KB084267

여주에게 버려진 악당을 구하는 방법

연비 장편소설

IV

여주에게 버려진 악당을 구하는 방법 IV

초판 1쇄 인쇄일 | 2020년 11월 20일
초판 1쇄 발행일 | 2020년 11월 27일

지은이 | 연비
펴낸이 | 박성면
펴낸곳 | (주)동아

출판등록 | 제406-3960100251002007000071호
주소 | 경기도 파주시 문발로 115, 세종대학교출판부 206호
전화 | (031)8071-5201
팩스 | (031)8071-5204
E-mail | bear6370@hanmail.net

정가 | 12,800원

ISBN 979-11-6302-408-8 (04810)
ISBN 979-11-6302-366-1 (set)

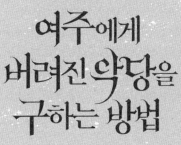

여주에게
버려진 악당을
구하는 방법

ZERONOVEL

연비 장편소설

IV

동아

c o n t e n t s

19
제단

비가 내리는 초저녁이었다. 나는 마차 안에서 몸을 기댄 채 창 너머를 바라보았다. 푸른 하늘은 어두워져 보랏빛을 띠더니, 구름 또한 회색 그림자를 머금기 시작했다.

'론제 상단까지 가려면 서둘러야겠는데…….'

가주가 되고 나서 매일 서류에 파묻혀 있었는데, 오늘은 외출 준비를 하게 되었다. 따로 갈 곳이 있기 때문이었다.

빠르게 달리던 마차가 점차 속력을 줄이더니 어느 한 곳에서 멈췄다. 스위트피 꽃들이 가득 피어난 후원 앞이었다.

똑똑.

그와 동시에 노크 소리가 나며 익숙한 목소리가 새어들었다.

"기다렸어, 시엘."

덜컥, 대답도 하기 전에 마차의 문이 열렸다. 후원 입구에서 나를 기다리고 있던 건 페르제였다.

"내가 늦은 건 아니겠지?"

"늦지는 않은 것 같네."

나는 회중시계를 꺼내 시각을 확인했다. 어느덧 마차에 탄 페르제가 내 맞은편에 앉았다. 검은 로브를 깊게 눌러 쓰고 있어 잘생긴 얼굴이 잘 보이지 않아 아쉬웠다.

그걸 아는지 모르는지, 페르제가 느긋한 미소를 지으며 말했다.

"샤르키스 공자를 따돌리느라 늦어질 줄 알았는데, 제때 온 건가?"

"샤키 오빠는 잘 따돌렸어? 일하러 가는 건데, 우리가 연애한다고 사사건건 방해할 것 같아서……."

"따돌리는 거야 쉽지. 들키지 않아서 다행이긴 해. 단둘이 마차를 타는 것도 감시할 위인이니까."

"샤키 오빠가 좀 그렇긴 해."

그래서 페르제와 단둘이 마차를 탄 거였다. 샤키 오빠는 물론, 다른 가족에게도 멀리 간다고 이야기하지 않았다.

'비밀은 아니지만……. 굳이 말할 필요도 없지.'

페르제와 내가 놀러 가는 건 아니었지만, 며칠 동안 단둘이 있다는 걸 알게 되면 난리가 날지도 몰랐다.

'그것도 밤낮으로 같이 지내는 거니까…….'

페르제와는 어렸을 때부터 봐 왔고, 달리 오해를 살 일도 없었다. 그런데다 가주가 된 후로 성안에서만 칩거했던지라, 나갈 필요성을 느꼈다.

'론제 상단은 직접 가야 하기도 하고.'

아나이스 백작이 겔트 길드를 지원했다는 증거는 찾아냈다. 하지만 겔트 길드장이 남긴 장부만으론 부족했다. 아나이스 가문에서 아이들을 제물로 바쳤다는 더 확실한 증거가 필요했다. 그리고 그 증거가 아나이스 가문과 론제 상단에 있었다. 그러니 증거를 찾기 위해서라도 론제 상단을 먼저 쳐야 했다.

혼자서 갔다간 무슨 일이 일어날지 몰랐기에 만일을 대비해 페르제와 함께 가기로 정했다. 가주인 나는 예전보다 더 스스로의 안위에 신경 써야 했고, 마침 성배가 어떻게 채워지는지 알게 된 페르제가 기꺼이 가겠다는 뜻을 밝혔다. 그의 외가였던 스페르차도 관련되어 있을지 모른다는 생각에 페르제는 나와 함께 가기를 원하는 눈치였다.

"준비는 됐어?"

나는 페르제를 보며 가벼운 웃음을 지었다. 굳이 그의 시선을 피한다던가, 예전처럼 잘생겼다며 얼굴을 빤히 쳐다보진 않았다.

"이미 끝냈지, 시엘."

나와 눈을 마주하던 페르제가 내가 쓰고 있는 로브로 시선을 주었다. 별안간 그는 내게로 몸을 숙였다. 갑작스레 훅 거리가 좁혀지자 나도 모르게 긴장해서 손에 힘을 주던 때였다.

"그렇게 허술하게 썼다간 얼굴 다 보이겠어. 로브 단추도 하나씩 엇갈렸고."

페르제는 가벼운 한숨을 내쉬더니 내 옷매무새를 정리해 주었다.

"우리 비센나 가주님의 외출 준비를 도와줄 하녀도 없는 건가?"

페르제는 황족으로 태어나 누군가의 수발을 든 적이 없을 텐데, 내게 해 주는 행동이 무척 자연스러웠다.

"바쁘게 나오느라 그런 거야."

"비센나의 하녀들이 전부 노는 게 아니라?"

로브의 단추를 제대로 잠가준 페르제가 낮게 웃었다.

"말없이 나와서 그래. 일도 많고."

내가 비센나의 고용인들을 감싸자 페르제는 알만하다며 고개를 끄덕였다.

덜컹거리며 출발한 마차가 얼마나 내달렸을까. 반쯤 열린 마차 창문을 통해 어두워진 바깥 구경을 할 때였다. 내 맞은편에 다리를 꼬고 앉아 있던 페르제가 급작스레 물어 왔다.

"그거 기억나, 시엘?"

"뭐 말이야?"

"새벽에 내가 서부 전선으로 가던 날, 네가 내 옷 정리해 줬던 거."

옛 기억을 떠오르게 하는 말에 나는 고개를 갸웃했다.

'생각나는 게 있긴 한데…….'

어째 난 쿠키 먹다가 걸린 기억밖에 없냐. 하녀로서 열심히 일했는데도, 그런 기억보단 뭘 몰래 먹다가 대공에게 들킨 것밖에 생각나지 않았다.

"그땐 나와 눈도 마주치지 않고 단추를 잠갔었는데."

"혹시 재킷 안에 옷 안 입어서 그런 거 아니야?"

농담이었는데 페르제의 얼굴이 굳었다. 설마 진짜로?

"그랬다면 시엘 네가 단추를 잠그지도 않았겠지."

확신에 가까운 말에 어쩐지 기분이 나빠졌다. 그래도 대놓고는 안 봤을 거 아냐. 몰래 힐끔힐끔 봤겠지. 이쯤 되면 페르제는 나에 대해 꽤 정확히 파악하고 있었다.

"아무튼 그게 왜?"

"그때 좋았어."

"뭐, 뭐가?"

갑작스럽게 나온 좋다는 말에 나는 눈을 크게 뜨고 물었다.

"무사히 다녀오세요, 대공님 하고 말해 줬던 것도."

아. 그제야 기억이 떠올랐다. 대공저에서 하녀로 일했을 때 나는 꽤 바빴다. 주로 청소 담당이었고, 주방 일이 밀릴 때면 가끔 채소를 깎곤 했다. 그러다 동료들이 싸움 나서 대공의 집무실로 혼자 트레이를 끌고 가기도 했었고.

내 동료들은 조금 귀여운 구석이 있었다. 그렇게 대공님을 보겠다며 싸웠으면서도 옷을 정리해 주는 것은 꺼렸다. 너무 잘생겨서 눈을 마주치기 싫다나. 헤, 하고 멍청한 표정만 지을 것 같다고도 했다. 하녀들의 걱정과는 무관하게 페르제 대공은 늘 혼자서 옷을 입는 편이었다. 가끔 시중을 들어도 남자 하인이 돕곤 했다.

그랬던 페르제 대공이 어느 날 갑작스레 새벽에 떠나려 준비를 서두르고 있었다. 그때 팔을 좀 다쳤는지 움직이는 것이 꽤 엉성했다. 지금 생각해 보면 알아서 할 테니, 물이나 갖다 달라는 거였는데 내 마음대로 해석했었다. 시키지도 않았는데, "제가 해 드릴게요!" 하고 나선 것이다. 잘생긴 주인의 옷을 입히다니. 옷 입히기 게임인가, 하고 손에 땀이 나던 기억이 났다. 그때도 페르제는 고맙다는 인사를 하지 않았다. 페르제는 황족이었으니까, 지금 생각하면 당연한 것이었다.

- 수고했다, 시엘.

이 말이 전부였다. 생각해 보면 그때 이름으로 불렀던 것 같은데…….

"그때 난 몇 점이었어? 하녀로서 말이야. 꽤 일 잘했던 것 같은데."

페르제는 잠시 고민하는 척하더니 한참 시간을 끌었다. 팔짱을 낀 페르제가 빤히 나를 쳐다보다가 심각한 낯으로 말했다.

"10점 정도?"

"야박하네. 나도 평가해도 돼?"

"아니."

단칼에 내뱉어진 거절에 나는 못마땅한 듯 미간을 살짝 찌푸렸다. 나도 페르제 평가하고 싶은데.

"넌 하녀였고 난 대공이었어, 시엘."

이럴 때만 교묘히 신분을 들먹이다니! 그렇게 안 봤는데 치사한 면이 있었다. 페르제가 만약 100점이라고 해 줬다면, 나는 그것보다 낮은 70점을 불렀을 것이다. 그렇다. 나는 페르제보다 더 치사한 인간이었다.

"아깝네, 0점 주려고 했는데."

내 말에 페르제는 웃음을 참으며 고개를 숙였다. 큭큭 대고 한참 웃을 땐 언제고, 웃지 않은 척 입가에 힘을 주는 게 보였다.

"비센나의 가주로선 100점."

생각지도 못한 말에 귀를 쫑긋 세웠다. 100점? 그렇게나 후하게 준다고? 칭찬과 타박을 동시에 하네. 턱을 괸 채 페르제를 빤히 쳐다보는데, 마차가 다시 덜컹거렸다.

어느새 목적지에 도착한 것이다.

마차에서 내려 상단이 늘어선 부유한 거리를 걸었다. 수도의 중남부에 위치한 멜벗은 아나이스 가문에 속한 론제 상단이 자리 잡은 곳이다. 수많은 상단이 위치한 제1지구만큼은 아니었지만 제법 큰 상단 건물이 많이 있었다. 나는 마차에서 내리며 주변을 주의 깊게 살폈다. 높이를 맞춘 듯 죄다 3층으로 된 건물뿐이었다.

'론제 상단은 녹색 지붕이랬지.'

주위를 가볍게 훑고는 저택 식으로 지어진 건물로 향했다.

'로브로 얼굴을 가리니까 누구 하나 의심하지 않잖아?'

자기네들도 떳떳한 일을 하지 않는다는 걸 아는지, 론제 상단에는 얼굴을 가리고 일하는 사람이 많았다. 대부분은 정말로 사치용 그림을 판매하는 사람들이었지만, 상단에 속한 소수의 인원은 성력이 있는 아이들을 수소문해 왔다. 그리고 겔트 길드가 앞서서 아이를 납치해 온 것이다. 겔트 길드가 와해된 후로는 사제들이 직접 나서야 했다.

성력을 채우기 위해선 아이들이 필요했지만, 수년 전처럼 제물로 쓰일 아이를 거리낌 없이 데려오진 못할 것이다. 자연스레 사제들이 직접 나서게 됐고, 그럴수록 꼬리는 커지는 법이었다. 어쨌건 이런 연유로 신분이 높은 사제들도 자주 들렀고, 하나같이 로브를 쓰고 있어서 의심을 살 일은 없었다.

룬이 준비해 둔 신분 패가 있었기에 가짜 신분으로 정문까지 들어오는 건 어렵지 않았다. 나는 엄지 척 하며 저만 믿으라던 전령을 떠올리고는 문과 이어진 철책을 지나쳤다. 경비병과 가벼운 인사를 나누고는, 간단한 검문을 통해 안으로 들어갔다. 페르제와 나는 자연스럽게 2층으로 향했다.

'웬만한 저택보다 클 줄은 알았지만, 이 정도일 줄이야.'

1층은 응접실을 겸비한 홀이었고, 3층은 상단의 관리자들이 머무는 침실이 있었다. 2층에서 주로 업무에 대한 논의가 이루어졌다. 그리고 사람들이 잘 가지 않는 곳, 2층 복도의 오른쪽 끝자락에 문제의 장소가 있었다. 론제 상단에서 일하는 사람이라 해도, 아나이스 백작과 그의 최측근이 아니면 들어갈 수 없는 곳이었다. 페르제와 함께 계단을 올라 2층에 도착했다. 길게 늘어선 복도는 저택이 꽤 넓다는 사실을 알려 주었다.

"저기야, 페리."

말하는 내 시선이 오른쪽 끝 방으로 향했다. 방 하나가 소규모 연회장 크기였기에 안에서 무슨 일이 일어나도 밖에선 모를 만했다.

"직접 상단에 올 거라 생각 못 한 건가? 너무 안일했군."

페르제가 비식 웃음을 지었다. 무슨 말인지 알 것 같다. 마고 사건이 수면 위로 떠오른 후 뒷골목에 있는 길드나 상단은 삼엄한 감시를 받았다. 그래서 일부러 건물이 많은 수도 거리에 상단을 세웠고, 이 건물에서 제물과 관련된 일을 다뤘을 것이다.

'제물을 처리할 제단이야, 이곳과 떨어진 곳에 있겠지.'

오른쪽 방에는 결계가 처져 있었다. 룬에게 듣기론, 고위 관리자의 신분 패로만 들어갈 수 있는 구조였다.

'전생에서처럼 비밀번호를 누르고 가거나, 지문 인식과는 거리가 멀지만 그런대로 보안 유지에 유용했던 모양이네.'

이곳의 경우는 보안 장치가 마법이었다. 상단의 고위급 관리자들은 신분 패에 2층 끝 방에 드나들 수 있도록 마력을 입력했다. 그랬기에 방 안으로 들어가는 건 어렵지 않았다.

"누구⋯⋯."

우리를 맞은 건 열세 살쯤 되어 보이는 여자아이였다. 갈색 머리칼을 아무렇게나 자른 한 소녀가 의아한 시선을 보내고 있었다.

"뭐야. 기껏 오래서 왔더니 웬 꼬맹이만 지키고 있어?"

룬에게 들었던 대로 자연스레 행동했다.

"이봐."

내가 투덜대는 사이 페르제가 소녀에게 다가갔다.

"제물은 준비되었나?"

대놓고 제물이라니. 그전에는 이런 식의 질문을 받은 적이 없었는지 소녀는 당황하는 눈치였다. 그들만의 암호가 있다는데, 룬이 거기까진 간파하지 못했다. 매번 주기적으로 암호가 바뀌기 때문이었다. 이전 암호가 상자였으니 꽤 간단한 단어일 것이다.

"……아, 아직요."

다른 관리자들은 어딜 간 건지 소녀가 주저하며 대답했다.

'설마 이 어린애가 수급책?'

말도 안 된다고 생각하면서도 단정 짓지는 않았다.

'마법사로 보이진 않는데.'

가까이 다가가 이마에 손을 가져다 대자 아이의 몸이 움찔 굳었다. 낯선 사제를 두려워하는 기색이었지만 손을 거두진 않았다.

'마나의 흐름도 크지 않아.'

평범한 사람이라도 소량의 마나는 있기 마련이다. 아이에게선 딱 그 정도의 마나가 느껴졌다. 마법사라고 하기에는 낮은 수치였다. 그렇다고 관리자들의 자녀일 리는 없다. 제물과 관련이 없는 관리자의 자녀라면 이 방엔 들어올 수 없다. 반대로 관련이 있는 자라면 미치지 않고서야 제 아이를 이곳에 데려다 놓진 않을 것이다.

"조금 있다가 수급하러 갈 거예요. 조금만 기다려 주시면……."

이쯤 되니 죄 없는 아이 괴롭히러 온 악당처럼 느껴졌다. 그래도 확실히 할 건 해야지. 나는 목소리를 조금 낮추며 물었다.

"차질이 생겼다는 거니?"

나긋한 목소리였지만 소녀의 눈엔 두려움이 그득 차올랐다. 페르제 또한 조금 놀란 눈으로 나를 보고 있었다.

"그, 그게……."

"우리가 기다려야 한다는 거야?"

그저 물었을 뿐인데, 소녀의 몸이 벌벌 떨렸다. 낡은 의자를 움켜쥐던 소녀가 고개를 숙인 채 무어라 한참을 중얼거렸다. 죄송하다는 혼잣말이었지만 잘 들리지는 않았다. 제대로 보니 뺨에는 상처가 가득했고, 눈가 아래에는 흉이 져 있었다. 계속 아이의 얼굴을 마주하다 보니 묘한 느낌이 들었다. 공교롭게도 내가 아는 누군가를 꽤 닮아 있었다.

"이름이 뭐지?"

"안, 안리요."

조심스레 내뱉어진 대답을 들으며 나는 가볍게 고개를 끄덕였다.

"그럼 장소로 안내해 줘. 더 지체됐다간 제법 안 좋은 일이 생길 테니까."

"……안 좋은 일."

괴물 보듯 나를 쳐다본 소녀가 책상 한구석에 널브러진 서류를 넣기 시작했다. 서늘한 시선에 손가락을 움찔, 떨던 소녀가 웅얼거리며 말을 전했다.

"원래 모레쯤 가기로 했는데……."

"더 지체되면 곤란할 거야. 너도, 그리고 나도."

협박이 제대로 먹혀들었는지 안리는 내키지 않아 하면서도 발걸음을 떼었다. 나는 어깨를 으쓱하곤 안리의 뒤를 따랐다.

"페리 사제님, 앞장서셔야죠?"

"그러도록 하겠습니다, 사제님."

페르제는 그런 나를 묘한 시선으로 보다가 곁에서 걸음을 옮겼다.

* * *

"여기라고?"

나는 페르제와 함께 낡고 허름한 집 안으로 들어섰다.

"네, 여기예요."

안리의 무미건조한 목소리가 정면을 향했다.

'한나와 닮은 것 같은······.'

나는 어딘지 모르게 익숙한 얼굴을 보며 눈을 가늘게 떴다. 한나의 쌍둥이 동생들도 실종된 지 오래였다. 내가 하녀로 일할 때 다락방에 숨어 울고 있던 한나에게 들어서 알고 있다. 조금 처진 눈이 닮았긴 해도······. 하지만 섣불리 한나의 여동생인지 물어볼 순 없다. 워낙 오래전이라 동생들의 이름이 잘 기억나지 않았다.

'일단은 지켜보자. 한나의 동생이 아닐 수도 있어.'

안리의 이름도 모르던 내가 한나를 아느냐고 물어보면 되레 의심을 살 테니까. 지금은 안리에 대해 묻는 것보다 상황에 집중해야 할 때였다.

'일단은 사제 흉내를 내며 아이를 데려가야겠지.'

집주인이 없어도 열리는 문 뒤로 덜덜 떠는 형제가 있었다.

'형은 일곱 살. 동생은 다섯 살이랬나······.'

안리가 말한 것에 따르면 둘은 형제였다. 저를 안리라고 소개한 여자애는 거침없었다. 아이들이 겁을 집어먹는 걸 알면서도 빠르게 다가가 형 쪽의 손목을 틀어쥐었다.

"내 말이 맞았지? 너희 부모가 찾으러 올 일은 없다고 했잖아."

"어, 엄마는 어디 있는데?"

동생 쪽이 물었지만 안리는 대답하지 않았다. 감정을 배제한 인형처럼 차가운 행동이 꽤 놀라웠다. 우리를 대할 때는 겁에 질린 양 같았는데, 지금은 사냥하러 나온 포식자처럼 굴었으니까. 안리는 이 일을 한두 번 해 본 게 아닌지, 저보다 어린 애들을 떼어 내는 데 주저함이 없었다.

"가자."

"싫, 싫어. 이거 놔!"

"쓸데없이 반항하지 마. 너희 부모가 푼돈에 팔았어."

고작 열셋의 소녀가 할 말은 아니었지만, 정작 안리는 익숙한 듯 행동했다. 그래서 위화감이 더 들었다. 덜덜 떠는 아이들을 내려다보는 소녀의 눈빛에는 얄팍한 동정심마저 없었다. 마치 푸줏간의 고기나, 흠집이 난 상품을 내려다보는 눈길이었다.

"안리, 우리가 끌고 갈게."

"하지만 사제님⋯⋯."

내가 나서자 안리의 눈에 두려움이 가득 들어찼다. 목소리를 높이거나 협박한 것이 아닌데도 소녀의 동공이 잘게 흔들렸다.

"쉬고 있어, 안리."

나는 아이들에게 다가가 한쪽 무릎을 꿇고 시선을 마주했다.

"이 누나는 나쁜 짓만 일삼는 사람인데."

거침없는 말에 페르제가 턱을 느릿하게 쓸며 나를 보고 있었다.

"너흰 제물로 쓰일 거야."

안리가 말도 안 된다는 표정으로 나를 보고 있었다. 사탕을 주겠다며 꼬드겨야지, 저렇게 협박해서 되겠냐는 표정이었다. 그러는 자기도 푼돈이라는 표현을 썼던 것 같은데.

"너희를 납치할 거야. 이제부터."

나는 형에게 폭삭 안긴 동생의 귀에 속삭이듯 말하고는 손목을 끌어당겼다.

"이, 이거 놔! 이 마녀야! 이거 놔!"

"형, 형 도망가! 내가 못된 마녀를 붙잡고 있을게!"

형제가 쌍으로 가지 않겠다고 버둥거렸지만 손쉽게 제압할 수 있었다. 가볍게 눈짓을 주자 페르제가 말없이 형 쪽을 품에 안아 들었다. 밤톨처럼 머리를 깎은 동생이 엉엉 울며 입술을 달싹거렸다.

"모르는 사람 따라가면 큰, 큰일 난다고 했는데……."

"맞아, 큰일 날 거야."

나보다 한참 어린 동생을 달래듯 등을 다독이면서도 협박 조로 답했다.

"반항하지 마라."

낯선 사람 보듯 날 볼 땐 언제고, 페르제는 버둥거리는 형에게 경고하듯 말했다. 페르제야말로 조금 이상했다. 말과 행동이 영 달라. 왜 공주님처럼, 아니. 왕자님 안듯 안고 있는 거냐고.

"사제님, 왕자님 안기는 아니지 않아?"

"무서워하는데 어쩔 수 없지."

웃음이 나올까 봐 입술을 질끈 깨물고는 무표정한 얼굴로 밖을 나왔다. 안리가 의심스러운 듯 나를 바라보는 게 느껴졌지만 모른 척했다. 그녀는 주위를 둘러보다가 해야 할 일을 깜빡했다며 옆으로 걸음을 옮기려 했다.

"사, 사제님! 제가 깜빡했나 봐요. 심부름이 있었는데 저 없이 두 분께서 제단에……."

우리끼리 제단으로 가라고 말하려나 본데, 그럴 수 있나.

"아, 안리."

안리 쪽은 돌아보지 않은 채 정면만 보고 걷던 나는 그녀를 불러 세웠다.

"네?"

빠르게 튀어 나갈 준비를 하던 안리의 몸이 쩡 하니 굳었다. 나는 훌쩍이는 아이의 등을 다독이며 목소리를 조금 낮췄다.

"도망가려고?"

장난스레 물었는데 안리는 겁을 먹은 기색이었다. 안리가 냅다 도망치려 했지만 내 마기가 더 빨랐다. 콰쾅-! 창처럼 솟아오른 검은 마기가 그대로 지면에 꽂혔다. 조금이라도 발을 헛디뎠다면 소녀의 작은 몸통은 반으로 나뉘었으리라.

"당신, 사제 아니지?! 역시 가짜였던 거야!"

"얌전히 따라오렴."

안리는 처음부터 우리가 가짜 사제라는 것을 눈치챈 모양이었다. 주변에 다른 사제들도 보이지 않고, 섣불리 도망쳤다간 더 위험해지지 않을까 싶어 내색하지 않은 거겠지.

"누가 당신을 따라간다고⋯⋯!"

안리가 다시 도망치려 하자 나는 그제야 몸을 돌려 소녀에게로 시선을 주었다.

"시간 끌지 말고 좋은 말로 할 때 따라와."

싸늘한 일갈에 안리는 겁을 먹은 듯 몸을 움츠렸다. 몇 번, 죽을 수도 있다는 위협을 받고 나서야 소녀는 잠자코 따랐다.

"아나이스 백작을 치려고 데려가는 건가?"

"우선은. 그리고 제단이 외곽 쪽 동굴에 있다는 건 알지만, 정확한 위치는 몰라. 들어가는 방법도 모르고."

나는 안리가 들을까 목소리를 작게 줄였다. 앞서 걷던 페르제는 생각에 잠긴 표정을 하다가 알겠다는 듯 고개를 끄덕였다.

'역시나. 묘하게 한나와 닮았단 말이지.'

처진 눈. 주근깨가 박힌 뺨. 웃을 때 볼우물이 팬 모습까지. 안리는 주저하며 마차를 잡아 세웠다. 페르제가 뒤따랐고, 나도 아이를 안은 채 마차에 올라탔다.

"동쪽 숲으로 가 주세요."

"동굴이 아니라?"

"실, 실수였어요."

처음에는 다른 곳으로 가려던 안리는, 내가 위치를 알고 있다는 말을 흘리자 자포자기한 심정으로 마부에게 제대로 된 목적지를 밝혔다.

거짓말을 했던 안리는 고개를 숙이고 있었다. 내가 안리를 계속 보고 있을 때, 마차가 덜컹거리며 출발했다. 도착했을 때는 이미 늦은 시각이었다.

룬이 알려 준 대로 론제 상단과 조금 떨어진 곳, 수도 외곽에 지하로 연결된 비밀 장소가 있었다. 지하이긴 해도, 수도 외곽에 제단을 숨겨 놓고 있었다니 대담한 행동이었다. 제단으로 들어가는 방법은 의외로 간단했다.

손가락을 단검으로 베어 피를 내자 마법 장치가 풀리며 문이 드러났다. 문 안으로 들어서자 동굴과 비슷한 구조가 보였다. 지하와 이어진 계단은 끝이 보이지 않을 정도였다. 안리가 간이 조명등을 켜 안을 밝히자 어두컴컴한 공간 가득 회색빛의 먼지가 자욱하게 퍼졌다.

앞서 걷던 안리가 우리를 힐끔 뒤돌아봤다.

"계단에선 넘어지기 쉬우니 조심하셔야 해요."

"넘어지길 바라는 게 아니고?"

"……제 탓이라고 뺨을 맞긴 싫어요."

계단의 끝이 뭉툭하게 닳아 미끄러지기 쉬운 구조였지만 넘어지는 일은 없었다.

웅ㅡ, 웅ㅡ. 바람 소리가 울릴 정도로 깊이 들어가자 안은 더욱 컴컴했다. 안리가 든 조명등에 의지해 벽을 더듬으며 나아갔다. 바깥에서 안쪽으로 세차게 불던 바람이 동굴 벽에 부딪쳐 흩어졌다. 그 소리가 꼭 흐느끼는 여자의 목소리 같기도 했고, 노파의 웃음소리 같기도 했다.

동굴 중앙에 위치한 제단까지 가는 덴 그리 오래 걸리지 않았다. 숨을 들이쉴 때마다 습기에 찬 눅눅한 공기가 훅하고 느껴졌다. 벽 곳곳에 이끼가 껴 있었고, 타다만 횃불이 벽 등처럼 꽂혀 있었다. 크기는 저택의 홀만 했고, 정사각형으로 된 구조였다. 가장 중앙에 얇은 계단과 연결된 제단이 있었다. 제단은 족히 세 명이 누울 수 있을 만큼 거대했다. 돌로 만든 것임에도 표면이 울퉁불퉁한 것 없이 매끄러웠다. 제단 아래에는 꽤 오래된 듯한 원형의 마법진이 새겨져 있었다.

'룬 말로는 수백 년 전의 것이라 했지.'

제단은 회갈색이었지만, 사람이 눕는 곳은 검은색으로 변색되어 있었다. 모두 희생자들의 피였다. 제단 위를 손으로 덧그리며 쓸어내릴 때였다. 안으로 들어오는 듯한, 여러 사람의 발걸음 소리가 들렸다. 내 시선을 느낀 안리가 묻기도 전에 답했다.

"제단을 지키는 사제들이에요. 결계를 점검하러 왔나 봐요. 곧 사제들이 들이닥칠 거예요."

그 말에 나는 제단 위에 아이를 내려놓고 사제들을 기다렸다. 곧 온다던 안리의 말대로 얼마 지나지 않아 사제들이 모습을 드러냈다.

"누가 들어온 흔적이 있는데?"

"그것참 이상하군, 겁대가리 없는 침입자인가."

검은 로브를 쓴 사제들이었다. 제단의 결계가 멀쩡한지 사제들이 자주 점검하러 온다는 말이 맞았다. 나는 담담한 눈길로 사제들을 훑었다. 낯선 사람이 익숙한 듯 기다리고 있자 제단을 지켜 오던 사제들이 놀란 눈치였다.

"당신들은 누굽니까. 이게 도대체 어떻게 된 일입니까?"

개중에 상급자로 보이는 늙은 사제가 어지간히 놀랐는지 멍청한 표정을 하며 물었다.

"전임자들이 죽은 건 알고 있겠지. 우리가 새로 이 일을 맡게 되었어."

나는 차가운 목소리로 답하며 사제들을 살폈다. 늙은 사제 뒤로 꽤 젊어 보이는 사제가 다섯 명 있었다. 남자 넷. 여자 하나였다. 이들에 대한 신상은 전부 파헤친 뒤였다. 신분만 사제였지, 살려 둘 자가 어째 한 명도 없었다. 그래서 조금 유감이었다.

늙은 사제가 이해가 안 된다는 듯 미간을 찡그리며 의문을 표했다.

"모레는 돼야 데려오는 게 아니었습니까?"

"미리 데려와서 나쁠 건 없잖아? 잘했다고 칭찬을 해 주진 못할망정."

자연스러운 하대에 늙은 사제의 눈썹이 찌푸려졌다. 굳어진 표정으로 봐선 기분은 나빴지만, 더 꼬투리 잡을 생각은 없는 듯했다.

"일단 제물이 먼저니 직급은 따지지 않겠습니다. 전임자가 살아만 있었어도……."

"전임자라……. 이제 와서 죽은 놈이 그리워진 건가?"

늙은 사제는 떨떠름한 시선으로 나를 보다가 알 만하다는 듯 고개를 끄덕였다. 위아래도 없다며, 쓰레기 보듯 나를 보던 사제가 수면향을 맡고 잠든 남자아이에게 다가갔다.

"오늘 미리 처리하고 쉬도록 하지."

그러고는 젊은 사제들에게 배려를 베푼답시고 알량한 목소리로 말했다. 피곤에 절어 보이는 다른 사제가 팔짱을 낀 채 불만을 토로했다.

"약속을 어기면 곤란하다고요. 정해진 날짜에 맞춰 성력을 공급하는 편이……."

"성배가 배고프다 떼쓰는 갓난애야? 날짜는 무슨."

다른 사제가 짜증을 숨기지 않고 맞받아쳤다.

"그래, 뭐. 모레까지 갈 것 있나? 요새 연화의 감시가 하도 삼엄하다 보니, 눈치 본다고 그런 거지. 그냥 후딱 해치우고 가서 쉬자고."

"저도 한숨 자고 싶어요. 연화 기사단엔 왜 그리 미친놈들이 많은지, 쯧."

설마, 그 미친놈 중 한 명이 우리 샤키는 아니겠지. 맞는다면 돌아가서 칭찬해 줘야겠다. 일 잘하고 있다고.

"그게 낫겠네요."

가장 끝자락에 있던 사제가 동조하며 단검을 들고 왔다. 서슬 퍼런 단검은 아이의 몸에 닿는 대신 흙먼지가 엉킨 옷자락을 잘라 내고 있었다. 깨끗하게 목욕시키고 난 뒤, 제물로 쓸 작정이겠지. 안 봐도 뻔하다.

"시간도 없는데 그냥 죽이면 안 돼? 아무리 의식이라지만 꼭 씻겨야 하냐고."

"거리의 아이라 더러울 테니 일단 씻기도록 하죠."

일행에게 말한 사제가 우리 쪽으로 시선을 주었다.

"품행을 보아하니 진짜 사제는 아닌가 보네요. 겔트 놈들은 전부 죽임을 당하거나, 몇 안 남은 길드원도 죄다 도망쳤다고 들었는데."

하, 이것 참. 아이 죽이는 놈들이 품행 따지니 우스울 노릇이다. 제물을 바치는 일에도 귀천이 있는지, 겔트 길드를 언급할 때마다 사제의 고운 이마가 찌푸려졌다. 비천한 놈들, 이라고 중얼거리던 사제가 어깨를 으쓱하며 출구를 가리켰다.

"수고하셨어요. 이만 가 보셔도 좋아요."

가 보라는 말에도 나는 볼일이 있는 사람처럼 미적거렸다. 결국 참다못한 사제가 짜증스레 아이의 옷을 잘라 내며 쏘아붙였다.

"계속 그렇게 지켜볼 거예요? 전임자들도 미적거리다 살해당했는데……."

"그래서 우리가 뽑힌 거로군."

페르제의 태연한 말에 사제는 별다른 의심 없이 고개를 끄덕였다. 며칠 밤을 새웠는지 몰골이 말이 아닌 데다, 이제껏 이곳에 외부인이 온 적 없었는지 안심하는 눈치였다.

"아는지 모르겠는데, 살인귀로 유명한 추기경 한 명 있어요."

"살인귀라니 무섭네."

자연스레 내뱉어진 하대에도 사제는 익숙한 듯 옷자락을 잘라 내며 답했다.

"발레리 추기경이 이끄는 헌터 소속이래요. 그게 아니었으면 쥐도 새도 모르게 저희가 처리했을……."

나는 사제의 말허리를 끊으며 물었다.

"헌터들은 모두 발레리의 사람이지 않나?"

"발레리라니……. 무례하기만 한 줄 알았는데, 겁도 없으시네요."

사제는 묘하게 겁이 없다고 중얼거리며 한숨을 삼킨 뒤 입을 열었다.

"발레리 추기경님은 실력이 뛰어난 사제들만 발아래에 두니까요. 그래도 우스운 일이죠. 상관인 발레리 경도 가만히 있는데, 부관이 뭐라고 나선답니까?"

"그러게 말이에요. 끼고 다니는 검은 장갑도 불길한데, 뒤집어쓴 얼굴 가면만 생각해도 자다가 경기를 일으킬 정도예요."

아. 나도 모르게 짧은 탄식이 새어 나왔다. 설마, 이것도 내가 아는 사람이야? 나는 흥미롭다는 눈빛을 보내며 사제 쪽을 쳐다보았다.

"혹시 그 추기경, 금발이야?"

"네, 뭐. 그랬던 것 같네요. 가짜로 염색하는 놈들은 많지만 그 추기경은 진짜였던 것 같아요."

나중에야 알게 된 사실이지만 성화(聖畵)에 나오는 여신 프레이야는 금발이었다고 한다. 그래서 금발로 염색하는 사제들도 많았다는 거고. 사제가 비웃듯 말했다.

"그렇게 미친개처럼 설쳐 대는 것도 하루 이틀이죠. 조만간 처리될 거예요."

"쉽게 처리되진 않을 거야."

사제가 당신이 뭐 아느냐는 눈빛을 보내며 픽 웃었다. 꽤 불손한 미소였지만 내버려 둘 작정이었다. 어차피 죽을 놈들이니까. 그리고 아쉽게도 그 추기경. 쉽게 처리될 만한 놈은 아니었다.

"아무튼 그쪽도 조심하세요. 수년간 이 짓을 했는데 여전히 살얼음판이에요. 미친놈들이 곳곳에……."

내 무사를 기원하는 사제를 향해 감사의 표시로 고개를 가볍게 까닥였다. 그러고는 가까이 다가가, 아이의 옷을 벗기려는 사제의 손을 단숨에 붙들었다.

"뭐, 뭐예요!"

"고마워서 그런데 나도 충고하나 할까."

"무슨 충고……."

손끝에서 흘러나온 검붉은 마기가 수면향에 취해 이미 잠들어 버린 아이들을 감쌌다.

"제물만 바치다 보니 눈치가 없어졌나 본데—."

"그게 무슨……."

"그 살인귀, 한때 내 가문이었어."

스걱—. 나는 그 자리에서 사제의 목을 그어 버렸다.

핏-! 핏물이 그대로 내 뺨에 튀었다. 손을 들어 질척한 핏물을 닦아 내는데, 벌어진 손가락 사이로 도망가는 다른 사제가 보였다.

"허억, 헉!"

사제의 거친 숨소리는 꼭 사냥터에서 쫓기는 짐승 같았다. 발자국 하나 떼지 않았건만, 곧 죽을 놈처럼 숨을 껄떡거리는 꼴이 퍽 우스웠다.

"제물을 처리할 땐—."

핏물이 묻은 손을 아무렇게나 옷에 문질렀다. 진득한 핏덩이가 머리고 몸이고 할 것 없이 엉겨 붙는 건 달갑지 않았다. 그래도 한 놈을 먼저 처리했으니 다음 차례는 늙은 사제였다. 엉거주춤 주저앉은 사제에게 느릿한 걸음으로 다가갔다.

"재밌었지? 우월감도 좀 느꼈을 테고."

가벼이 던져진 물음에 사제는 혼이라도 빠진 것처럼 멍하니 나를 보다가 입술을 달싹거렸다. 주름진 눈가에 눈물이 차오르는 모습을 보니 실소가 터져 나왔다. 늙은 사제에게선 살고 싶은 욕망과 죽을지도 모른다는 두려움이 뒤섞여 악취가 풍겼다.

"살려 달라고 빌어도 돼. 얄팍한 동정심이 생길지도 모르잖아?"

나지막한 속삭임에 늙은 사제의 몸이 경련하듯 움찔 떨렸다.

"커억—!"

뒤에서 숨넘어가는 소리가 몇 번 들리는 것으로 보아, 전쟁에 이골이 난 대공께서 잘 처리하는 듯했다. 뒤를 살짝 돌아보자 페르제가 소매 품에서 꺼냈는지 팔뚝보다 작은 단검을 가벼이 쥐고 있었다. 단검이라 길이는 짧았지만 짐승의 멱도 딸 수 있을 정도로 폭이 꽤 넓었다.

"먼저 처리할 줄은 몰랐어, 시엘."

그가 쥔 검날에 와인보다 붉은 핏물이 묻어났다. 페르제는 그의 검, 샤룬 바하이트를 쓸 생각이 조금도 없어 보였다.

"시간 끌 필요는 없을 것 같아서. 페르제는 끝났어?"

살려 달라는 외마디 중얼거림이 귓가를 간지럽혔다. 내 입술을 타고 흘러나온 대공의 이름에 두 무릎을 꿇고 정신없이 빌던 늙은 사제가 고개를 확 치켜들었다.

"말, 말도 안 돼. 설마 대공께서……. 대, 대공 전하! 이건 폐하께서도 넘어가신 일입니다!"

페르제의 너그러운 시선에 사제의 얼굴이 희망으로 물들었다. 살 수 있다는 확신이 서서히 차오르기 시작한 것이다.

"그랬던가? 폐하께선 넘어가셨다만—."

페르제는 사제에게 다가가 그와 시선을 마주쳤다. 한쪽 무릎을 꿇은 대공이 사제의 목덜미로 손을 가져갔다.

"나는 기꺼이 고귀한 황명에 불복하도록 하지."

섬세한 손에 잡힌 단검이 목에 바로 꽂혔다. 꺽, 하는 단말마의 비명과 함께 늙은 사제의 몸이 축 늘어졌다. 단검을 쥔 손에 어찌나 힘을 주었는지 핏줄이 도드라졌다. 살을 가르고 뼈를 쑤신 검이 거칠게 빼내어졌다. 붉은 핏물이 수려한 얼굴에 튀었는데도 페르제는 눈 하나 깜짝하지 않았다. 내리깐 눈에 서늘함이 묻어났다.

'내게 보여 준 적 없던 모습인데…….'

사람을 죽이는데 지극히 익숙해 보이는 모습이 되레 낯설게 느껴졌다. 지금에서야 페르제가 용의 기사임이 실감 났다. 단검을 거둔 페르제가 굽혔던 몸을 펴고는 뒤를 돌아보았다. 그의 시야에 아직 살아 있는 사제들의 모습이 비쳤다.

"시엘, 네 손을 더럽힐 필요는 없어."

페르제는 내가 나서기도 전, 벽에 들러붙은 사제의 몸에 단검을 쑤셔 넣었다. 몸을 웅크린 채 숨을 죽이던 안리가 헉, 하고 헛숨 삼키는 소리를 내었다. 사람을 죽이는 데 주저함 없는 페르제는 익숙한 듯 단검으로 사제들을 처리했다. 남은 사제는 두 명. 한 놈이 먼저 도망가려 했지만 소용없는 짓이었다. 가볍게 마기를 휘두르자 등을 보이고 도망치던 사제의 몸이 쓰러져 내렸다.

"글쎄. 이것들로 더러워진다면 같이 더러워지는 편이 낫겠지."

나는 페르제를 흘끗 쳐다보고는 구석에 쓰러진 아이에게 향했다. 동생 쪽이 제단에 있었으니 형이었다. 행여 다시 깰까 싶어 소매 품에 숨겨 두었던 수면향을 꺼내 피워 두었다. 여기서 살아 나갈 수 없다고 판단했는지, 나와 가까운 곳에 있던 사제가 불이 꺼진 촛대를 든 채 달려들었다.

이 미친놈이, 나를 상대로 촛대를 선택해?

"으억!"

다른 손으로 촛대를 붙잡아 빼앗아 버렸다.

"왜, 왜 성력을 썼는데 무사한 거야?!"

"왜긴 왜겠어. 쥐꼬리만 한 성력이 통할 리가 있나."

도망치려는 사제의 손을 잡아 그대로 꺾어 버렸다. 벽에 몸을 기댄 채 쓰러지듯 앉아 있던 안리가 몽롱한 눈길로 나를 지켜보았다.

"교황께서 아시면……."

그 뒷얘기는 듣지 않아도 뻔하다. 나는 허공을 향해 가볍게 손짓했다. 쾅—! 으득. 지면에서 솟아오른 검은 창이 그대로 사제의 몸을 꿰뚫었다.

"걱정 말렴. 성하께서도 네 뒤를 따라갈 거야."

죽어 가는 사제와 눈을 마주친 나는 기다렸다는 듯 웃어 보였다. 동시에 마기가 너른 지하실로 퍼져 나갔다. 운이 좋았던지 아직도 숨이 붙어 있는 자가 있었다. 페르제가 검을 쓰기도 전에 라티에스의 검은 줄기가 사제를 붙잡았다.

으드득! 마기로 이루어진 창이 사제를 꿰뚫었다. 물고기처럼 퍼덕거리던 사제의 몸이 얼마 지나지 않아 축 늘어졌다. 구멍이 뚫린 남자의 몸을 차가운 눈길로 내려다보았다.

"쿨럭, 그 표식은……."

왼손의 제식에서 흘러나온 푸른 나비가 피로 낭자한 제단 위에 내려앉았다. 나비를 본 사제의 눈이 일순간 커졌다가 힘없이 풀려 갔다. 콰득! 스멀스멀 움직이는 소리와 함께 검은 창이 줄기로 변했다. 숨이 꺼져 가는 남자의 몸을 감싼 라티에스가 굶주렸던 듯 그 자리에 있던 사제들을 모조리 먹어 치웠다.

마력이 빠진 사제들이 버쩍 마른 몸을 한 채 누워 있었다. 미라와도 같은 모습이라서 처음엔 역겨웠는데, 지금은 속이 조금 메스꺼울 뿐이다. 사제의 탈을 쓰고 이런 짓을 벌였으니 죽어서도 구원받지 못할 것이다. 제물을 쓴다면 죄 없는 어린아이가 아니라, 아이들을 지옥에 내몬 놈들이어야 했다.

꺼억. 라티에스의 소화되는 소리에 피가 뚝뚝 흘러내리는 단검을 거둔 페르제가 눈을 가늘게 떴다.

"저것이 이상한 소리를 내는군."

"꽃 비슷한 거라 소화 기관도 없으면서 사람이 되고 싶은지 가끔 저래."

"몇 번이나 봐도 적응이 안 돼."

"페르제도 그래? 사실, 난 적응 자체를 하고 싶지 않아."

이만 꺼지라는 눈짓을 보내자, 라티에스는 만족스러운 듯 줄기로 확확 바닥을 쳐 댔다. 내가 이렇다 할 반응을 보이지 않자 마기는 조용히 사라졌다. 끔찍한 광경이었지만 눈 하나 깜짝하지 않았다. 그에 비해 안리는 충격을 먹은 듯 멍하니 죽은 사제들을 쳐다보고 있었다. 아이들이 제물로 죽는 모습은 많이 봤을 텐데, 무엇이 그리 충격인 건지.

"동정할 필요 없어. 널 이용한 자들이니까."

"……우, 우웩."

토기가 치밀어 오르는지 몸을 숙인 안리가 속을 다 게워 냈다. 위액만이 부르튼 입술을 타고 흘렀다. 보아하니 먹을 것도 제대로 주지 않았던 모양이다. 벌벌 떠는 안리에게 다가가 손을 내밀었다. 눈도 마주치지 못하고 소녀는 고개를 숙인 채 몸을 잘게 떨고 있었다.

"안리 너……. 한나의 동생 맞지?"

내 물음에 소녀의 숨이 일순 멈추었다. 절반의 확률이라 생각했는데, 다행히도 맞았던 모양이다. 나는 핏물에 젖은 손을 안리에게 내밀며 말했다.

"집에 돌아가자, 안리. 한나가, 네 언니가 널 기다리고 있어."

그리고 로브의 소맷자락으로 안리의 입술을 조심스레 닦아 주었다. 돌아가자는 말에 안리는 꺼멓게 죽은 눈으로 나를 올려다보았다. 추를 매단 듯 무거운 정적이 우리 사이로 파고들었다. 멍하니 나를 보던 동공이 선명해진 것은 한참 후였다.

"언, 언니는, 죽었다고……."

안리가 꺽꺽, 숨을 참으며 울음을 토해 냈다. 흙먼지로 얼룩진 뺨에 눈물 자국이 눌어붙었다.

"언니가, 안시와 나를 팔았는데……!"

원망을 채 이기지 못한 눈에서 눈물이 뚝뚝 떨어져 내렸다. 쌍둥이 동생, 안시는 제물로 바쳐지기 전 열병을 앓다 죽었다고 흐느끼며 중얼거렸다.

"분명 돈이 없다고, 우리를 팔, 팔았는데."

"안리."

나는 그녀의 어깨를 부드럽게 잡으며 이름을 불렀다.

"내가 쓸모없다고……. 먹을, 먹을 거나 축내는 버……러지라서 내가, 나를 판 거예요."

안리의 말은 사실이 아닐 것이다. 한나는 제 쌍둥이 동생들을 위해서 열심히 일할 거라고 했었다. 한나도 나처럼 귀족 신분이 아니었지만, 운 좋게 하녀장의 눈에 띄어 대공저에서 일하게 된 것이었다. 내게 직접 대공저의 하녀가 되어서 기쁘다고 했었다. 직접 돌볼 수가 없어 고향의 숙모에게 동생들을 맡겼다고도. 동생을 위해서 어엿한 예카르트의 하녀장이 되고 싶다고 했는데.

"언니는 살아 있어. 너를 팔지도 않았고, 너를 버리지도 않았어."

나는 한쪽 무릎을 꿇은 채 안리의 눈물을 훔쳐 주며 이야기를 계속해 나갔다. 사제들에게 얼마나 고문을 받았는지 모르겠다. 이 어린아이에게 어떤 방식으로 세뇌했을지 뻔했다. 네 언니가 너를 버렸다고 했겠지. 저를 버렸다는 말에도 어린아이가 가족의 품으로 돌아갈 미련을 거두지 못하자, 종내에는 언니가 죽었다고 알렸으리라. 다 큰 어른도 세뇌를 받게 되면 제대로 된 생각을 하지 못한다. 하물며 백지장 같은 어린아이에게는 사제들의 말이 전지전능한 신의 명령처럼 들렸을 것이다.

"돌아가자, 안리. 네가 있을 곳으로."

나는 안리의 죄를 판단하지 않았다. 억지로 끌려온 안리는 자신과 같은 처지의 아이들을 데려오는 일을 맡게 되었지만, 본인이 원해서 한 일은 아니었다.

'안리가 없었다면 다른 아이를 시켰겠지.'

경계와 두려움이 섞인 소녀의 눈동자에 일말의 그리움이 번져 나갔다.

"언니, 언니가 보고 싶어요."

꺼억, 꺽 숨을 들이켠 안리의 어깨가 들썩였다.

"언니를 원망하지 않는다고……. 보고 싶었다고, 그 누구보다도 사랑한다고. 우리 때문에 고생했다고 말해 줘야 하는데……."

안리는 나를 와락 안으며 흐느꼈다. 그녀의 손은 덜덜 떨리면서도 내로브 자락을 꾹 힘주어 잡았다. 나를 경계하면서도 막상 내가 저를 이 지옥에서 버리고 떠나갈까 초조한 것 같았다.

"네가 있을 곳으로 돌아가자, 안리."

가벼운 한숨을 내쉬며 안리를 다독이다가, 제단 위로 시선을 주었다.

돌로 조각된 제단에서 그간 얼마나 많은 아이들을 죽여 왔던 건지 핏자국이 눌어붙어 검게 변색되어 있었다.

"일단 제단을 없애야겠어."

룬의 말에 의하면, 제단을 만들기 위해선 수년이 족히 걸린다 하였다. 지금에서야 수년이지만 제단이 만들어질 당시엔 수십 년이 걸렸을지도 모를 일이었다. 이런 제단을 통해서만 성력을 공급할 수 있었으리라. 제물을 바치지 못하게 제단을 없앨 뿐, 참상의 흔적은 둘 생각이었다. 내 뜻을 알아차린 페르제가 단검을 버려두고는 제단 위에 잠들어 있는 아이를 안고 내려왔다.

"뒤로 물러나 있어, 시엘."

페르제는 아이를 바닥에 내려놓고 은색으로 빛나는 검을 빼 들었다. 그의 검, 샤룬 바하이트였다. 쾅! 우지끈―. 은빛의 검이 맞닿은 순간, 수백 년간 유지해 왔던 제단이 무너져 내렸다. 산산이 흩어진 돌조각이 바닥으로 떨어졌다.

나는 안리의 손을 붙잡은 채 페르제가 오기를 기다렸다. 어느새 두 아이를 품에 안은 그가 내 뒤를 잠자코 따랐다.

* * *

"주점은 처음 와 봐."

나는 시원한 물로 마른 목을 축이며 주변을 힐끔거렸다. 이른 새벽, 페르제와 나는 안리와 함께 주점에서 시간을 보내고 있었다. 구출한 아이들은 당분간 비센나에서 보호하기로 했다. 부모가 도망쳤는지 사제들에게 살해되었는지 모르는 데다, 마땅히 갈 곳이 없었기 때문이었다.

수면향이 꽤 강했기에 형제는 아직도 잠들어 있었다. 가까운 여행자 숙소를 잡아 그곳에 안전하게 두고 나온 상태였다. 아이들만 두는 게 불안하긴 해도 룬을 불렀으니 괜찮았다. 시간을 정해서 전언을 보냈으니 곧 룬이 올 거다. 어쨌건 잠든 아이들을 주점에 데려올 순 없는 데다, 안리와 같이 두는 것도 꽤 곤란했다.

"자, 핫초코."

지금은 새벽이라 안리를 데리고 갈 만한 곳이 시끌벅적한 주점밖에 없었다. 옷을 갈아입긴 했지만, 제대로 씻지 못해 여전히 피 냄새가 풍겼다. 후각이 예민한 자들이라면 눈치채고도 남았을 텐데, 술에 취한 사람들은 낄낄대느라 바빠 보였다. 아니면 온갖 범죄가 판을 치니 신경 쓰지 않는 거라거나. 주점에 아이를 데려왔다고 눈치를 주기에 은화 몇 냥을 던져 주니, 중년의 남자 주인장은 크게 기뻐하는 눈치였다. 제 딸아이가 즐겨 마시던 핫초코라며 따뜻한 음료를 타서 안리에게 건네주었다.

"마셔. 독은 안 탔을 거야."

"……네, 사제님."

"사제는 아니니 편하게 불러."

"네, 사……. 주인님."

"주인님은 더더욱 아니야."

"네에……. 마님."

마님도 아니었지만 이번에는 그냥 넘어가 주었다. 페르제는 소녀의 곁에 앉아 있는 나를 묘한 시선으로 보고 있었다.

수도의 외곽에 있던 제단은 다시 쓸 수 없도록 부수고 왔다. 제단을 없애긴 했는데 그 뒤가 문제다.

'아나이스 백작에게 소식이 갔겠지.'

들키지 않고 제단을 없애는 건 무리였다. 지브릴 제국에서 제단은 총 세 곳. 수도 외곽의 것은 없앴으니 나머지 두 곳만 남았다.

'제단을 만드는 데 수년은 걸린다고 했으니…….'

제단도 하나 없앴고 아이들과 안리도 구했으니, 지금은 이것으로 되었다. 그래도 아직 할 일이 남았다는 생각에 한숨을 내쉬다가 주인장에게 눈짓을 보냈다. 안리는 우리의 눈치를 보면서도 조심스레 핫초코를 마시고 있었지만, 정작 우리가 마실 음료가 없었다. 게다가 은화 다섯 냥을 받고 핫초코 한 잔이라니, 양심이 없어도 너무 없다. 고급 식당이라면 모를까. 은화 한 냥에 맥주가 열 잔인데.

"핫초코 한 잔 더 줘요. 와인도 한 잔."

"핫초코야 더 있지만 와인은 안 팔아. 아가씨가 주점에 처음 와 봐서 영 모르는……."

내 돈 주고 사 먹겠다는데 이런 소리까지 들어야 하나. 피로감이 몰려들어 이마를 꾹 누르며 귀찮은 투로 말을 흘렸다.

"흐음. 이런 허름한 곳은 처음 와 봐서요. 핫초코 한 잔에 맥주 한 잔 줘요."

머리가 발라당 까진 남자 주인이 발끈 화를 내려다 페르제의 차가운 시선에 입을 다물었다. 그러고는 파리처럼 두 손을 싹싹 비비며 은근슬쩍 금전을 더 요구해 왔다.

"은화 한 냥은 더 주셔야……."

이젠 호구 취급이야? 싹 바뀌는 태도에 기분이 조금 상했다. 그깟 돈은 얼마든지 줄 수 있지만, 어쩐지 그럴 마음이 사라져 버렸다. 서늘한 시선으로 쳐다보자 주인장이 움찔 몸을 굳혔다.

"조용히 마시고 갈 생각인데……."

"아무렴! 얼른 갖다 드려야죠!"

갑작스레 고분고분해진 중년의 남자가 말없이 준비한 음료를 테이블에 올려 두었다.

"페리, 너도 마셔."

나는 페르제에게 핫초코를 건넸다. 그리고 내가 마실 건 맥주였다.

"왜 나는 핫초코지?"

페르제는 말없이 핫초코를 쳐다보았다.

"왜, 싫어?"

"아니, 너무 좋아서."

말과는 다르게 그리 좋은 표정이 아니었다. 핫초코를 마실 때마다 무언가 마땅찮은 듯 그의 눈썹이 올라갔다.

"페르제, 너 거짓말하는 거 다 티나. 어렸을 땐 핫초코 좋아하지 않았어?"

"지금도 좋아해."

그런 것치곤 점점 마시는 양이 줄어들었다. 내가 사 주는 거라 예의상 참고 마시는 표정이었다.

'입맛이 바뀌었나? 어렸을 땐 둘이서 핫초코 마시자고 먼저 졸랐으면서.'

이제는 성년이라 핫초코가 질렸을 수도 있겠다. 나도 모르게 소리 내어 웃자 페르제가 의아한 눈길로 쳐다보다가 잔을 슬쩍 옆으로 밀었다.

"시엘 너하고 마셨던 건 맛있었는데 이건 너무 달아."

"나랑 마셔서 맛있었던 거야?"

장난스레 물었는데 페르제는 부인하지 않았다. 역시, 비센나에 있는 핫초코 가루가 맛있었던 거야. 나도 목이 말라 왔다. 시원한 맥주를 마시고 싶어 잔을 쳐다보는데, 나무 잔에 든 맥주가 뭔가 이상했다.

'이 덩어리는 뭐야. 맥주에 침이라도 뱉었나.'

나는 침 덩어리로 추정되는 물체가 떠다니는 맥주 대신, 페르제가 미뤄 둔 핫초코를 한 모금 마셨다. 달콤하니 기분이 좋아지는 맛이다. 그에 비해 페르제의 미간은 찌푸려져 있었다.

안리는 그런 우리의 눈치를 보며 핫초코를 홀짝이고 있었다. 역시 어린아이가 맞는지, 꽤 좋아하는 눈치였다. 나와 눈이 마주칠 때마다 안리의 속눈썹이 초조한 듯 파르르 떨렸다. 고개를 푹 숙인 소녀의 뺨이 푹 익은 사과처럼 붉게 물들었다. 내가 홧김에 자신을 팔아 버릴까 불안해하는 거겠지.

'너무 빤히 쳐다봤나?'

나는 안리에게서 시선을 거두며 말했다.

"샤룬 바하이트가 대단하긴 한가 봐. 제단이 바로 무너질 줄은 몰랐는데."

"바탕이 같아서 그런 거겠지. 성배는 샤룬 바하이트의 심장이었고, 내가 쓰는 건 그의 뼈니까."

성배 트리비아와 그의 검 또한 태초의 용, 샤룬 바하이트에게서 났기에 반작용이 생기지 않는다는 소리였다. 그에 비해 내 마기는 용의 마력과는 상생이라, 쉽게 무너지지 않았던 거고. 어쨌건 제단은 없애 버렸고 상단의 사람들은 도망가 버렸다. 이제 남은 건 인형으로 둔갑한 시체를 어떻게 처리하나였다.

'어떻게든 비센나의 뒤를 치겠다고 수년간 보존 마법을 걸어 둔 건 확실한데. 악취미 중의 악취미야.'

수년이 지난 지금에야 비센나에 옮길 거라는데, 아마도 내가 가주가 되기를 기다렸던 모양이다. 아버지가 몸이 안 좋다는 사실을 굳이 숨기진 않았다. 이를 알게 된 아나이스 백작이 어떤 생각을 했을진 뻔했다. 고작 열일곱에 가주가 된 내가 어리숙할 거라 판단했을 거고, 이번에야말로 손바닥에 놓고 가지고 놀 수 있다 생각했겠지.

페르제는 내 곁에 찰싹 달라붙은 채 핫초코를 마시는 안리를 내려다보았다.

"이 꼬맹이는 어쩔 거지?"

무감정한 시선에 안리의 몸이 움찔 굳었다. 내게는 조금 마음을 놓은 것 같지만 페르제는 여전히 경계했다. 안리가 처음부터 페르제에게 날을 세웠던 건 아니었다. 제단으로 안내하라고 안리를 협박했던 나와 다르게 페르제는 별다른 말을 하지 않았었다. 내 뒤에서 아이를 안은 채 조용히 따라오는 페르제를 무섭게 여기지 않았다는 뜻이다. 그랬었는데, 페르제가 사제들을 잔혹하게 처리한 모습에 안리는 충격을 받은 모양이었다. 나도 놀랄 정도였으니까.

'어려지고 나서는 페르제가 쿠키를 내 주머니에 쏙 넣어 주거나, 왕왕

이에게 말린 과일을 줬었는데…….'

왜 타고난 망나니만 모였다던 백야 기사단이 페르제에게 충성을 바치는지 알 것 같았다. 그 모습을 봤다면 페르제가 황족 출신의 대공이 아니라, 평민 출신의 꽃집 주인이었어도 두 무릎을 꿇었으리라. 지금에서야 그런 페르제가 무섭지 않지만, 어렸을 적의 나였다면 분명 "정의의 용사님 같아요." 하고 아무 말이나 내뱉은 뒤 도망쳤을 것이다. 그런 것치곤 안리는 꽤 담대한 편이었다. 힐끔거리긴 해도 도망가진 않았으니까.

'그래도 무섭긴 한가 봐. 그나마 내가 곁에 있는 편이 안심되나 보네.'

나는 페르제와 눈을 마주치지 않으려 애쓰는 안리에게서 페르제에게로 시선을 옮기며 말했다.

"가문으로 데려갈 생각이야. 마땅히 갈 곳도 없을 테고."

"비센나까지 돌아가려면 시간이 많이 걸릴 텐데."

대공저에서 일하고 있을 한나에게 안리를 바로 보내기엔 그랬다. 안리의 얼굴 곳곳에 상처가 있어 치료가 필요해 보였다. 동생을 찾았다고 알릴 수는 있겠지만, 안리가 조금 안정을 찾으면 그때 보내는 게 좋을 것 같았다.

어느덧 룬이 오기로 한 시간이 되었다. 제대로 시간을 맞춰 왔는지 통신구가 지직거리며 도착했다는 룬의 목소리가 들렸다.

"이만 나가 볼까? 룬이 근처래."

자리에서 일어난 뒤, 안리의 손을 붙잡고 문으로 향했다. 몸을 일으킨 페르제가 뒤따라오며 물었다.

"그 전령이 목덜미를 쥐고 데려가는 건 아니겠지?"

룬은 고문에 능숙했지만, 나는 구태여 안리 앞에서 말하지 않았다. 그리고 페르제가 생각하는 것처럼 룬이 그렇게 나쁜 어른은 아니었다. 확실히 착한 부류도 아니지만, 적어도 나쁜 짓은……. 룬을 감싸려던 나는 크게 한숨을 내쉬었다. 고문에 능한, 암살자 가문의 전령. 겔트 길드장 한스마저 벌벌 떨 정도였다. 구를 대로 구른 겔트 길드장이 전령 앞에서 소변을 지릴 정도라니, 말 다 했지.

"페르제처럼 왕자님 안기는 아니더라도, 잘 데려가 줄 거야."

문을 열고 가게 밖으로 나오자 룬이 우리를 기다리고 있었다.

"가주님, 기다리고 있었습니다."

평소처럼 검은 로브를 쓰고 오나 싶었는데, 어울리지 않게 평상복 차림이었다. 꽤 날렵했던 룬은 어디 가고, 40대 아저씨가 허리춤에 손을 얹은 채 나를 기다리고 있었다. 나 '술주정뱅이요'라고 보이려 했는지, 크기가 다른 물병이 플레이팅한 그릇처럼 허리춤에 매어져 있다.

"내가 알던 룬이 아닌데?"

칭찬은 아니었는데, 룬은 감사하다는 듯 두 손을 곱게 모았다. 그러더니 대뜸 이상한 말을 해 왔다.

"이 얼굴이 마음에 드시는 겁니까?"

페르제의 눈이 가늘어질 무렵, 나는 묘한 질문을 던진 룬을 지그시 쳐다봐 주었다.

"위스키 한 병 걸친 것처럼 한껏 붉은 얼굴에, 두꺼비처럼 두꺼운 턱을 가진 중년의 남자를 내가 마음에 들어 할 거라 생각하는 건 아니지?"

여기 와서 술톤은 처음 봤다. 며칠 전, 룬을 공작저에서 봤을 때만 해도 멀끔한 모습이었는데……. 매번 로브로 얼굴을 가리는 데다, 눈매만 드러내긴 했었다. 어떻게 생겼는지 분명히 알진 못해도 이건 기억난다. 감정의 고조가 없던 진회색 눈동자. 언뜻 보이면 하얗게도 보이는, 갈기처럼 흩어졌던 회색 머리칼. 평상시 모습은 날렵한 체격을 가진 전령 그 자체였다. 키도 컸고 늘씬한 몸매였는데 요 며칠, 뭘 많이 주워 먹은 걸까. 이 정도면 사기 수준이다. 눈매 빼고 머리끝부터 발끝까지 다 가렸었는데, 눈매만 수려했던 걸지도.

"가주님의 취향을 배려하지 못한 제 실수였습니다."

"아니, 내 취향을 배려할 것까진 없고……. 룬의 얼굴을 모욕하려던 건 아니었어. 얼굴은 그래도 인성이, 아니. ……능력만 좋다면야."

룬의 인성이 좋은지 내가 판단할 문제가 아니다. 나는 자신이 없어져 말끝을 흐렸다. 페르제가 경계 어린 시선으로 룬을 보자 더 자괴감이 들었다. 설마, 내가 저 얼굴 보고 좋아할 거라 생각하는 건 아니지?

"왜 그렇게 변한 거야?"

내 물음에 룬이 가슴에 손을 얹으며 허리를 숙였다.

"얼굴 가면입니다, 가주님."

"……아."

왜 그 생각을 못 했지? 너무나도 자연스레 나온 대답에 나는 멍하니 룬을 쳐다보았다. 주점이라 해서 특별히 술을 잘 마실 것 같은 인상으로 준비했다는데, 굳이 알고 싶지 않은 걸 자세히 알려 주었다. 몸은 어떻게 했는지 모르겠다. 솜옷을 몇 겹이나 껴입은 건가……. 명색이 암살자인데 그러진 않았겠지. 분명 흉악범에 가까운 얼굴이었을 텐데, 꽤 생동감 있어서 더 기묘하게 느껴졌다. 보통 아이라면 울 법한 인상인데, 안리는 그런 룬이 신기한 듯 빤히 쳐다볼 뿐이었다.

"가주님께서도 원하셨다면 얼굴 가면 제작하는 법을 가르쳐 드렸을 텐데, 아쉽군요."

아니, 안 아쉬워. 그나저나 얼굴 가면이라니……. 의아한 내 표정을 봤는지 룬이 차분히 설명했다.

"슈레이 공자께선, 아니. 그 변절자는 제게 가르쳐 달라 졸랐었는데……."

룬이 아쉬운 듯 말을 끌었다. 당연하게 슈레이 공자라 칭했던 그는, 내 눈치를 보고는 변절자라고 말을 바꾸었다. 안타까운 듯 눈썹을 축 내린 표정을 보아하니 마음에도 없는 소리 같지만.

"룬이 슈레이의 스승이었어?"

"그건 아니었습니다, 가주님."

단호하게 답한 룬이 생각에 잠긴 눈빛을 하더니 말을 이었다.

"선대 가주님께서 직접 가르치셨던 기억이 납니다. 대련은 샤르키스 공자님의 몫이었지요. 그래서 제가 딱히 가르쳐 드린 건 없었습니다. 얼굴 가면 쓰는 법이나, 시체에서 얼굴 가면을 만드는……."

나는 안리의 귀를 막아 주었다. 분명 시체, 라고 들었을 텐데도 소녀는 눈 하나 깜짝하지 않았다. 그러고 보니 안리는 살아 있는 사제들만 두려워할 뿐, 죽은 사제들은 무서워하지 않았다.

"암살자로서 기본을 잡아 드렸던 걸로 기억합니다."

씁쓸함이 묻어난 목소리가 잦아들었다. 룬은 꽤 오랜 시간 우리와 함께 있었다. 시간을 끌자 답답했는지, 페르제는 룬을 보며 어서 아이를 데려가란 눈치를 보냈다. 룬이 모른 척 꾸물거리자 페르제가 야박하게 말했다.

"아이를 무사히 비센나로 데려갈 수 있겠지, 전령."

룬은 페르제와 시선을 맞추며 가벼운 눈웃음을 전했다. 그리고 내게 인사했던 것보다 더 공손하게 허리를 숙였다. 몸을 바로 한 룬이 눈웃음치며 입을 열었다.

"외람되게도 제 주인은 대공 전하가 아니라 비센나의 가주, 시엘 님이십니다. 그러니 제게 명령하지 마십시오."

페르제가 어이없다는 듯 헛웃음을 짓는데도 룬은 조금도 신경 쓰지 않았다. 그는 나를 향해 꽃 미소를 가득 날려 주고는—술에 취한 아저씨 모습이었다— 안리의 손을 덥석 붙잡았다.

"이 아저씨는 나쁜 사람이 아니란다. 널 가문에 데려가는 것도……."

"저를 보호해 주시려는 건가요?"

"그건 아니다. 순전히 가주님의 명령 때문이지."

"마님께서 저를……."

룬과 안리의 대화를 들으며 나는 골치가 아파져서 관자놀이를 꾹 눌렀다. 어째 가주가 되기 전엔 의젓한 모습만 보여 주던 룬이었는데, 지금은 은근히 성격을 드러내곤 했다. 그리고 그랑도르 성에 머물고 있는 페르제가 심심하지 않게 비센나 특유의 얄미운 행동도 보여 주었다. 내게는 꼬리를 살랑 흔들면서 페르제에겐 이를 드러내는 거친 야생의 늑대 같다고 해야 할까. 아니면 얄미운 야생의 여우 정도? 그것도 저보다 더 몸집 큰 개체들을 사냥하는. 여우치고는 좀 무서운 편이었지만. 나와 페르제를 대하는 온도 차가 큰 건 룬에게만 해당하는 이야기가 아니었다. 꽤 많은 비센나의 사람들이 그랬으니까.

"운이 좋다면 암살자가 될 수도 있겠지만."

"네? 저, 저는 언니를 만나고 싶어요."

"아, 내가 착각한 모양이구나. 그럼 기억을 지우고 보게 될 거다."

"그건……."

룬의 손에 이끌려 가던 안리가 나를 돌아보았다. 소녀의 눈에 알 수 없는 감정이 깃들어 있었다.

"마님, 전……."

"갔다 와, 안리. 언니는 보고 와야지."

망설이는 안리를 향해 말해 주자 소녀는 그제야 안심이 된 듯 보였다. 미적거리던 안리가 결심한 듯 룬의 손을 붙잡고 좁은 골목을 빠져나갔다. 원래는 치료 후 한나와 만나게 해 줄 생각이었는데. 얼마나 언니가 그리웠을지 생각지 못하고 내렸던 판단이었다. 룬이 안리를 데리고 가는 방향은 아이들이 있는 여행자 숙소였다. 따로 말하지 않았지만 알아서 비센나로 데려갈 것이다.

* * *

룬이 안리를 데리고 떠나간 후, 나는 페르제와 단둘이 남게 되었다. 거친 돌이 박힌 길을 걸으니, 옛 생각이 새록새록 떠올랐다.

"페르제."

"시엘, 왜?"

페르제는 항상 내 이름을 불러 주는 편이었다. 그게 다정하게 느껴져서 나도 모르게 웃음이 새어 나왔다.

"함께 와 줘서 고마워."

"당연한 거야. 네가 위험에 빠지지 않게 지키는 것도, 네 곁에 있어 주는 것도."

나는 걸음을 멈추고 페르제를 물끄러미 바라보았다. 당연하지 않은 말을 당연하게 하는 게 신기했다.

"페르제는 춥지 않아?"

나는 그의 옷자락을 붙잡고는 살짝 앞으로 당기며 물었다.

"추워? 이리 와."

페르제는 나를 품에 끌어안았다. 그의 품에 몇 번이나 안겼는지 모르겠다. 그런데도 뺨에 맞닿는 온기가 처음인 듯 심장이 쿵, 쿵 요동쳤다. 나는 페르제의 품에 안긴 채 너른 어깨에 고개를 묻었다. 숨을 살짝 들이쉬자 그에게서 차가운 바람 향이 나는 것 같았다.

"이제 된 것 같아. 춥지도 않고."

이제 괜찮다는 말에도 페르제는 여전히 나를 안고 있었다. 내가 재촉하고 나서야, 그는 아쉬운 듯 한참 미적거리다가 나를 놔주었다. 할 말이 있는지 큼큼, 헛기침하던 페르제가 품에서 보석함을 꺼내 들었다. 뭔가 싶어 멀뚱멀뚱 쳐다보는데, 페르제가 꺼내든 건 반지가 연결된 목걸이였다.

아. 잊고 있었다. 페르제가 내게 주었던 예카르트 대공가의 반지! 어릴 적엔 줄곧 은줄에 반지를 매단 목걸이를 했었다. 내가 어렸을 적 반지를 끼기엔 너무 작아 목걸이로 만들어 준 것이었지만. 한동안 계속 보물함에 있던 반지는 커서도 손에 맞지 않아 고쳐야 했다. 예카르트 가문의 보물이었기에 내가 직접 고치는 대신, 바니에게 부탁해 페르제에게 전해 달라 했었다.

힐끗 나를 보던 페르제가 반지를 꺼내 내 왼손에 직접 끼워 주었다.

"성년이 된 걸 축하드립니다, 가주님."

반지는 내 손에 딱 맞았다. 예전에는 조금 컸었는데, 장인에게 잘 맡겼나 보다. 페르제는 내 뺨에 살짝 입을 맞추었다.

"고마워요, 대공님."

반지보다 뺨에 닿는 온기가 더 좋았다. 바보 같게도, 더없이 따스한 온기에 심장이 간질거리는 기분이었다. 손에 끼워진 붉은 반지를 조심스럽게 쓰다듬었다. 점차 푸르러지는 하늘과 대조되게 반지는 붉은빛으로 반짝거렸다.

시린 공기가 숨을 들이쉴 때마다 폐부로 스며들었다. 차가운 숨을 내쉬며 페르제에게 말했다.

"난 아나이스 가문으로 갈 생각인데, 페르제 넌……."

리에나와 마주치게 돼도 괜찮은 건가? 나도 모르게 그런 생각이 들었다. 리에나는 페르제의 전 약혼녀이자 지브릴의 성녀였으니, 보기 껄끄러울 수도 있을 것이다.

"당연히 같이 간다고 생각했는데, 혼자 가려고?"

페르제가 이상한 걸 묻는다는 듯 한쪽 눈썹을 올렸다.

"리에나를 보게 돼도 괜찮아?"

"딱히 피할 이유는 없지 않나."

그렇게 답하는 페르제는 지극히 담담해 보였다. 걱정돼서 물어본 것이 머쓱할 정도였다. 나는 그런 그를 물끄러미 보다가 먼저 걸음을 옮겼다.

"잠깐만, 시엘."

"왜?"

"지금 바로 가겠다고? 마력을 마저 채우려면 제대로 쉬고 움직여야지."

페르제가 먼저 움직이려던 나를 붙잡아 세웠다. 아이들이 자던 여행자 숙소에서 잠시 쉬긴 했으나, 마력이 다 채워진 건 아니었다. 그리고 공교롭게도 우리가 멈춰 선 곳은 조금 그런 곳이었다. 명확히 표현하자면, 연인이 들를 법한 숙소였다. 핑크색으로 반짝거리는 간판을 멀거니 쳐다보다가 다시 페르제에게 시선을 주었다.

"지금 나와 여기 가자고?"

페르제는 뒤늦게 숙소를 보고 말을 잇지 못했다. 그가 찾던 건 여행자들의 숙소였지, 연인들이 따뜻하게 아니, 뜨겁게 몸을 누일 곳이 아니었나 보다.

"나는 성년이고 너도……."

"성년이긴 하지."

라티에스를 복속시켰으니 성년이 된 셈이다. 성장한 후로는 더 이상 나이를 헤아리는 게 별 의미 없어졌다. 사실, 여기서 성장이 멈춘 것도 같지만 크게 신경 쓸 일은 아니었다. 어쨌건 마기를 완벽히 다스릴 수 있다면 그걸로 된 거니까. 하지만 지금의 상황은 미묘했다. 간판 아래에 서 있던 우리는 한동안 말이 없었다. 한참 후에야 페르제와 내 입이 거의 동시에 열렸다.

"둘 다 성년이니 법적 보호자나 후견인의 동의 없이 숙소를 이용할 수 있는……."

"우리가 사고를 쳐도 된다는 거지?"

내 말을 듣던 페르제가 "사고……." 하고 나지막이 중얼거렸다. 설마, 나만 그렇게 생각한 거야?

"아니, 페르제. 내가 말하려던 건 사고가 아니라……."

나는 말을 잇다 말고 원망스레 페르제를 쳐다보았다. 넌 도대체 어떻게 자랐기에 그렇게 건전한 생각만 하는 거야? 실은 대공이 아니라 사제가 천직이었던 거 아냐? 이쯤 되니 조금 슬퍼졌다. 왜 소설에서 많이 보던 절륜남 있잖아. 나는 실은 페르제도 그러길 바랐는데…….

"법적으로 문제가 없다는 소리였어."

"아, 맞아. 그렇지!"

나만 또 이상한 사람 만들려는 거지? 어릴 적 누가 나보고 '변태 마도사!'라고 소리쳤던 게 생각나서 기분이 찝찝해졌다. 라티에스가 백야의 잘생긴 기사들만 매달았을 때였나……. 아무튼 기분이 나빠져서 마차로 걸음을 옮기려던 순간이었다.

"사고 칠까?"

페르제가 나를 붙잡으며 물어 왔다.

"뭐? 지금 나랑……."

갑작스러운 말에 너무 놀라 그를 멍하니 쳐다보고 말았다.

"진짜로? 감당할 수 있겠어?"

내 물음에 페르제는 태연하게 고개를 끄덕였다. 떨리는 내 눈동자를 보았을 텐데도 그는 평소와 다름없어 보였다. 내 팔을 잡은 손이 살짝 떨린다는 것을 빼면 그랬다. 나는 애써 아무렇지 않은 척 표정을 가다듬었다. 실제로는 페르제의 손만 붙잡아도 온몸의 세포가 "꺅, 시엘이 드디어 손잡았어!" 하고 오두방정을 다 떠는데. 지금은 포커페이스를 유지한 채 페르제를 시험하듯 되묻고 있었다. 저를 시험에 들지 말게 하옵시며……. 가끔 사제들이 그런 기도를 한다는데, 나도 해야 하나 몰라.

"사고는 치지 말고."

페르제가 한숨을 내쉬며 말을 덧붙였다.

"그냥 마력이나 충전할 겸 쉬자."

간단명료한 제안에 나도 모르게 고개를 끄덕여 버렸다. 페르제에게 이런 박력이라니.

"여기서?"

내가 가리킨 건 기분 나쁘게 분홍색으로 빛나는 간판이었다.

"여긴 말고 다른 곳으로. 시엘 널 이런 곳에서 재울 순 없어."

페르제는 꽤 단호한 태도를 보였다. 그제야 주변을 살피니 허름한 가게의 모습이 눈에 들어왔다.

'아 참, 여긴 수도 외곽이었지.'

수도 중앙이었다면 호텔 못지않은 숙소도 있을 텐데. 땅값이 싼 외곽에 귀족들이 이용할 법한 값비싼 숙소가 있을 리 없었다. 가문 소유의 별장을 가면 갔지, 별다른 시설이 없는 외곽에 오는 귀족들은 드물었기 때문이었다.

"그러게. 좀 허름해 보이네."

뺨이 화끈하게 달아올랐지만 애써 태연한 척 동의를 표했다. 천생 황족인 페르제는 탐탁지 않아 했지만, 나는 크게 상관없었다. 어떤 곳을 가도 대공저의 귀빈실이나 공작저의 침실보단 못할 테니까.

"비센나의 가주나 돼서 이런 허름한 곳에 머물 순 없지. 다른 곳이 낫겠다."

계속 보다 보니 진한 핑크색 간판이 영 부담스러웠다. 심지어 이름도 별로였다. 핑크 핫이라니……. 가게를 지나치려는 순간, 벌컥 문이 열리는 소리가 들렸다. 1층의 작은 홀이 얼마나 빈약하게 지어졌는지, 여자 주인장이 듣고 있었던 모양이다. 꽤 젊어 보이는 30대 여자가 팔짱을 낀 채 문에 기댔다. 낡은 안경을 쓱 올린 주인이 의욕 없는 얼굴로 말했다.

"오늘 비도 온다고 하는데, 쉬고 가시죠."

당당하게 뱉어진 말에 뭐 이런 주인이 다 있지, 하고 속으로 생각할 때였다. '마법사도 아닌데 비가 오는 걸 어떻게 알아?'

지금 이 상황에서 묻기엔 뭐 해서 멀뚱멀뚱 쳐다볼 때였다. 머리 위로 톡, 하고 물방울이 떨어져 내렸다. 신기하게도 페르제의 머리에는 떨어지지 않았다. 빗물이 내 정수리만 톡, 톡 적시고 있었다.

"페리, 이거 마법……."

투둑. 투두둑. 내가 말을 다 잇기도 전에 거짓말처럼 비가 세차게 퍼붓기 시작했다. 쏴아아─. 갑작스러운 비에 옷자락이 흠뻑 젖고 말았다.

"시엘, 안으로 들어와."

비가 내리는 게 이상해서 하늘을 올려다보는데, 페르제가 입고 있던 로브를 벗어 내게 덮어 주었다. 그리고 내 손을 부드럽게 끌어 건물의 처마 쪽으로 이끌었다. 처마 아래에 쏙 숨긴 했는데, 비를 피하기엔 좁은 곳이었다.

"페리 넌 안 들어와? 그러다 감기 걸려!"

"난 맞아도 돼."

비를 피할 생각이 없는 건지, 페르제는 나를 마주 보며 서 있었다. 밖에 서 있는 바람에 그의 흰 셔츠가 빗물에 젖어 가는데도 혹여나 내가 빗물에 젖지는 않을까 가려 줄 뿐이었다.

시가를 입에 문 주인이 흐뭇한 표정으로 우리를 보고 있었다. 나는 그녀를 돌아보며 물었다.

"지금 마법 쓰신 거예요?"

"어머, 손님께서 재밌는 농담도 할 줄 아시네. 마법사면 왜 이런 망해가는 여관을 운영하겠어요?"

그도 그렇겠지만, 분명 마력의 흐름이 느껴졌었다. 착각이라기엔 공기 중으로 흘러든 마나가 선명했다.

'마법사인 건 확실한데, 사정이 있는 거겠지.'

나는 더 캐묻는 대신 빼꼼 고개를 내밀어 문 안을 들여다보았다. 밖은 허름한데 안은 꽤 괜찮아 보였다. 황족인 페르제가 머물기엔 낡았지만. 안을 슬쩍 쳐다보자, 내 행동을 유심히 보던 주인이 기다렸다는 듯 말했다.

"안으로 들어오시면 마법처럼 쾌적해질 거예요. 따뜻한 물로 씻을 수도 있고, 미지근한 물과 마르고 버석한 빵이지만 요기도 할 수 있어요."

눈 밑이 게슴츠레한, 아마도 매일 잠을 설치는 것으로 보이는 주인장이 시가를 문 채 문 안을 가리켰다. 호객 행위인 건 확실했지만 영 틀린 말은 아니었다. 아무리 낡아도 이 저녁에 비가 내리는 바깥보단, 비를 피할 수 있는 건물 안이 나을 테니까.

"손님이 한 명도 없거든요. 새 옷도 준비되어 있답니다. 그것도 사이즈별로 있어요."

"옷까지 있어요?"

"네, 뭐. 어디 쫓기거나 뒤가 구린 놈들이 많이 오거든요. 오늘은 다행히 없지만요. 그런 놈들이 있었다면 젊은 부부 같은 선량한 손님들은 내쫓았을 거예요."

말을 마친 주인장이 시가를 입에 물고는 훅 숨을 내쉬었다. 매캐한 담배 향 대신 은은한 솔향이 나는 것으로 보아 건강을 신경 쓰는…… 아니, 이런 게 뭐가 중요해. 지금 페르제와 내가 분홍색 간판 아래 서 있는데! 황족이라 눈이 높은 페르제가 못마땅한 듯 눈을 내리깔며 입술을 떼었다.

"수도 중앙으로 갈 생각이었습니다만."

"아니, 왜요. 이렇게 좋은 숙소를 두고?"

"저는 몰라도 제 옆에 이분은 귀한 분입니다."

"허 참, 아내가 안 귀한 남자도 있어? 딱 봐도 갓 결혼한 것 같은데, 새 신부 감기 걸리게 할 거예요?"

아내 아닌데요. 그렇게 말하기도 전 페르제가 굳어진 낯으로 입술을 달싹였다. 제멋대로 오해한 주인장을 보는 시선이 제법 어두웠다.

"……아내가 귀족이라."

"예끼, 이 사람! 말 안 해도 귀족인 건 알겠네. 피부 고와. 얼굴도 예뻐. 손에 주름 하나 안 져 있어. 댁은 하인이고 저 아가씨가 어디 귀한 가문의 영애인가 본데, 사랑의 도피도 좋지만 감기 걸리면 어쩌려고 그래요?"

페르제는 이유 없이 혼이 나기 시작했다. 아마도 주인장은 우리를 사랑의 도피를 한 연인으로 여기는 듯했다. 연애 소설이 여러 사람 망치는구나, 쯧.

"그리고 지금 시간이 너무 늦어서 다 문 닫았을걸요?"

이건 지브릴에서 숙박업을 하는 상인들이 가장 많이 하는 거짓말이었다. 어떻게 아냐고? 연애 소설에 자주 나오는 멘트였으니까.

"저기 불이 켜진 여행자 숙소가……."

페르제가 멀지 않은 곳의 맞은편 가게를 짚자 주인장이 한숨을 푸욱 내쉬며 속사포처럼 말했다.

"외곽에선 그 집이 그 집이야. 다 똑같이 낡고 허름하다니까?"

페르제가 대답하지 않았는데도 주인은 계속해서 말을 이었다.

"설마, 비도 이렇게 오는데 추워하는 아내 데리고 수도 중앙까지 갈 거예요? 새신랑이 눈치가 없어도 너무 없네. 수도에는 가문의 기사들이 퍼져 있을 텐데 감당할 수 있겠어요?"

감당하고도 남는…… 게 아니라, 우리를 잡으러 올 기사는 없을 텐데 말이다. 호위도 필요 없다며 가문에 두고 온 상황이었다.

"이러다 아침 되겠네! 새신랑은 아내 눈치 좀 보셔야겠다."

나는 별 상관없었는데 페르제가 흘끗 고개를 들어 나를 쳐다보았다. 진짜 눈치 보는 건 아닐 테지만 내가 추워하는지 살피는 기색이었다.

"춥지는 않……."

말을 끊은 주인장이 갑자기 내 뒤쪽을 보고 반색했다.

"어머, 렉스. 너도 밖에 있으니까 춥지?"

페르제가 허름한 곳은 싫어하는 듯해서 슬쩍 안을 구경하다 말고 움직이려는데, 웬 털이 잔뜩 찐 흰 늑대가 내 앞을 가로막았다. 개인 것 같기도 하고, 늑대인 것 같기도 하고. 이 저녁에 왕, 하고 해맑게 짖는 것을 보니 어쩐지 왕왕이 생각이 나 버렸다. 동시에 맞은편 여행자 숙소의 문이 열리더니 중년의 남자가 씩씩거리며 나타났다.

"다 늦은 저녁에 웬 개 짖는 소리야?! 아, 거참! 혼자만 장사해? 이 아줌마가 내 가게 망치려고 작정……!"

"우리 강아지가 아직 아기라……. 미안해요. 렉스 너 아저씨한테 사과하고 오렴!"

"아직 새끼 늑대면 그럴 수도 있지!"

따지려고 이를 갈던 남자가 해맑게 송곳니를 드러내는 흰색 늑대를 보곤 조용히 문을 닫았다. 철근도 씹어 먹을 것 같은 늑대를 보고 항의할 마음이 사라졌나 보다. 우리 왕왕이보단 훨씬 작아서 귀엽기만 한데…….

"강아지가 참 귀엽네요."

쪼그리고 앉아 목을 긁어 주자 그르렁거리던 늑대가 더 만져 달라는 듯 고개를 들었다.

"여기가 마음에 들었나 보네."

"강아지가 귀여운 것뿐이야."

페르제는 늑대의 털을 쓰다듬는 나를 보더니 한숨을 삼켰다. 아까 안을 살피던 내 모습이 신경 쓰였는지 이내 숙박료를 지급했다.

"어? 왜 계산해?"

"네가, 아니. 부인께서 이곳이 마음에 드는 것 같아서……요."

별안간 페르제가 자연스레 말을 높이며 대꾸했다.

'설마 신분이 발각될까 봐? 페르제 이름이 흔한 건 아니다 보니, 나도 페리라고 부르긴 했는데.'

어쨌건 천생 황족치고는 꽤 그럴싸한 연기였다. 왜 하는지 모르겠지만.

"내가? 난 아니야. 페리가 머물고 싶은 거겠지."

"그러다 감기 걸려요, 부인."

페르제는 그렇게 말하며 내 등을 살짝 밀어 안으로 들어서게 했다. 축축이 젖은 제 어깨 자락도 툭툭, 가볍게 털고는 날카로운 시야로 주위를 살폈다. 안전한 곳인지 확인하는 듯 보였다. 우리의 사정을 알 리 없는 주인이 쯧쯧, 혀를 차면서 시선을 주었다. 으이구, 이 꼬맹이들. 한창 좋을 때다, 하고 생각하는 게 다 보였다.

"잘 거예요? 말 거예요? 환불은 안 되는데."

"그럼 잘게요."

나는 잠시 고민하다가 결정을 내렸다. 어차피 날씨나 시간 때문에 하룻밤 묵어야 했다. 푹 자고 다음 날 일찍, 아나이스 가문으로 떠나도 괜찮을 것 같았다.

카운터에서 턱을 괴고 있던 주인이 페르제에게 열쇠를 내밀며 말했다.

"자, 여기 2층 방 열쇠예요. 시원한 물도 준비해 놨어요. 배고프면 식사하러 내려와요. 솜씨는 없지만 근처에 유명한 식당이 있어서 사 오면 되니까. 심심하면 늑대 보러도 오고."

아까 전엔 분명 강아지라고 했었는데. 계산했으니 끝났다 이건가…….
실로 빠른 태도 변화였다. 주인은 하품을 내쉬더니 안으로 들어갔다.

페르제와 나는 각각 수건과 가운을 받아 2층으로 올라왔다. 삐걱거리
는 계단. 꺼진 횃불. 복도에 걸린 주인의 초상화까지.

'취미로 장사하는 곳인가?'

아무튼 특이하긴 했다. 발을 내디딜 때마다 마룻바닥에서 먼지가 올라
왔지만 크게 신경은 쓰지 않았다. 달칵─. 열쇠로 문을 열고 안으로 들어
서자 고즈넉한 방이 우리를 맞아 주었다. 그래도 가장 좋은 방을 준 건지,
생각 외로 방은 넓고 포근해 보였다. 먼지만 뺀다면 말이다.

"페르제, 피곤할 테니까 너 먼저 씻어."

페르제를 배려한답시고 한 말이었는데, 분위기가 더 어색해졌다.

"네가 먼저 씻는 게 좋을 텐데."

페르제도 나를 배려한답시고 말했지만 조금 이상하게 들렸다.

"그럼 같이…….."

농담이었는데 진담처럼 느껴졌나 보다. 페르제가 가늘어진 눈으로 나
를 보다가 말없이 수건을 테이블 위에 올려 두었다. 그리고 말릴 새도
없이 청소를 하다만 것으로 보이는 방의 창문을 열어젖힌 채 환기를 하
기 시작했다.

"내가 정리할게. 시엘 넌 씻고 와."

페르제는 먼지가 가득 쌓인 얼룩덜룩한 시트를 내려다보았다. 나도 그
를 따라 시선을 주었다. 아무래도 여기서 자다간 온몸에 먼지가 달라붙을
것 같다. 그나마 가운과 수건은 깨끗해서 다행이었다.

"흠."

페르제는 내가 씻으러 가거나 말거나 전혀 관심이 없어 보였다. 그는
방 한구석에 숨긴 듯 놓인 먼지떨이를 강하게 틀어쥐었다.

"이렇게 하면 되는 건가?"

"아니. 아니!"

툭툭 터는 건데, 그렇게 이불을 팍팍 때리면 먼지가 더 올라온단 말이야! 전직 하녀로서 용납할 수 없는 일이었기에 페르제에게 달려가 그의 손을 움켜쥐었다.

"그게 아니야."

먼지떨이를 빼앗아 손목에 살짝 힘을 빼고는 이불을 털기 시작했다.

"시엘, 먼지가 더 쌓이는 것 같은데."

"아냐. 잘 되고 있어."

그 뒤로 한참 먼지를 털었고, 페르제가 치우려고 건드리는 곳을 정리하다 보니 더 피곤해졌다.

'어째 미적거리는 걸 보니 무슨 꿍꿍이가 있는 것 같은데.'

청소하는데 귀는 왜 빨개진 것이며, 손은 왜 떠는지 모르겠다니까. 시트도 새로 갈아 달라고 했고, 방도 구석구석 깨끗이 치웠으니 이만하면 됐다. 몸이 천근만근 무거웠지만 씻기 위해 욕실로 향했다.

손 하나 까딱할 힘을 쥐어짜 따뜻한 물로 씻고 나올 수 있었다.

"하아, 피곤해."

라티에스가 물을 뿌릴 줄 알았다면 마법으로 씻고 싶을 정도로 몸이 기진맥진했다. 주인이 준비해 둔 슈미즈로 갈아입고 나오는데, 살짝 젖은 머리를 한 채 침대 헤드에 기댄 페르제가 보였다. 웃돈을 주고 다른 방에서 먼저 씻고 나왔나 보다. 흰 가운을 느슨하게 걸친 페르제가 턱을 괸 채 나를 부를…… 리가 없다. 가슴팍이 보이지 않도록 꼭꼭 묶은 페르제가 제 옆으로 오라는 듯 침대를 툭툭 쳤다.

"참나."

검술로 다져진 탄탄한 몸을 이번 생엔 볼 일이 없겠구나……. 딱히 상관은 없지만! 나는 일부러 느슨하게 여몄던 가운을 단단히 매었다. 무슨 의도였냐고? 의도는 무슨. 손에 힘이 빠져서 그런 거야. 나도 이제 성인인데, 페르제와 손을 잡고 잘 수도 있는 거니까.

'어째 남녀가 바뀐 것 같은…….'

자꾸만 야릇한 상상이 그려졌다. 흰 가운을 걸친 페르제의 상체에 올라탄 채 그의 두 손을 결박하는 내 모습이.

'넌 내 하인이지? 벗어.'

눈을 내리깐 페르제의 뺨이 붉게 물들고, 무심해 보이던 표정이 참지 못하겠다는 듯 일그러졌다. 무미건조하던 눈동자에 색기가 어리며…….

'이러면 안 됩니다, 주인님. 저는 하인이고…….'

"돼……."

"뭐가 된다는 거지?"

낮게 잠긴 목소리에 퍼뜩 정신이 들었다. 나는 어느새 페르제의 품에 안긴 채 그의 단단한 가슴팍에 얼굴을 묻고 있었다. 믿을 수 없게도 페르제가 물기 어린 눈동자로 나를 보았다.

"페르제, 울어?"

"여기서?"

페르제가 낮게 웃음을 터뜨리며 되물었다.

'시엘 이 멍청이!'

운 게 아니라 물기에 젖은 은빛 머리칼에서 물방울이 떨어진 거다. 내가 그의 품에서 꼼지락거리자, 늑대의 것을 닮은 날카로운 눈이 가늘게 떠졌다. 나도 모르게 페르제의 두 손을 붙잡고 상상했던 것처럼 올라탔다.

"내 두 손을 붙잡고 뭐 하려고?"

"아, 그게 말이야……."

"왜, 잡아먹게?"

제, 제가요? 자연스러운 물음에 나는 화끈하게 열기가 오른 얼굴을 들지 못했다. 그러게……. 왜 겁도 없이 대공 나리의 손을 잡아서 이런 상황을 초래한 걸까.

"잡아먹으려고 하면, 잡아먹혀 줘?"

"너 말고 잡아먹을 사람이 없긴 한데……."

내 물음에 페르제는 곤란하다는 듯 말끝을 흐렸다. 연애 소설에선 그러던데, 몸정으로 시작해서 마음으로 끝난다고. 검만 휘둘러 온 페르제와는 거리가 먼가 보다.

"하아, 시엘. 이러면 곤란해."

페르제가 정말로 곤란하다는 듯 눈을 내리깔았다. 기다란 속눈썹이 몇 번 움직이더니, 묘하게 잠긴 보랏빛 눈동자가 내게 고정되었다. 그의 손을 붙잡은 건 난데, 되레 잡힌 기분이었다.

"더 자극하면 정말로……."

페르제가 입술을 살짝 깨무는 것이 보였다. 목이 마른 듯 입술을 핥은 그가 어느새 내 손목을 붙든 채 올려다보고 있었다.

"사고 칠 수밖에."

그러니 장난은 이쯤에서 그만두라는 것 같았다. 겁을 주려는 듯했지만 무섭지는 않았다. 대신 다른 의미로 심장이 쾅, 하고 터지는 기분이었다. 나직한 한숨이 들리더니 유독 붉은 입술이 야하게 벌어졌다.

"날 만져도 되는데, 지금은 참아 줘."

"……응?"

순간 잘못 들었나 싶어 숙였던 몸을 바로 했다. 다리가 저려 움직이려는데 페르제가 단호한 손길로 나를 붙들었다.

"자꾸 움직이지 마. 미칠 것 같다고."

"……지, 지금?"

"훨씬 전부터."

나는 페르제의 말을 한참 후에야 이해하고 말았다. 왜 간과했던 걸까. 페르제가 신체 건강한 남자라는 것을!

"미, 미안해."

"미안할 것까지야……."

"내가 생각이 짧았나 봐."

거듭되는 사과에 페르제는 묘한 표정을 지었다. 한쪽 눈썹을 찌푸리는 걸 보니 놀란다고 생각하는 모양이지만, 나는 진심이었다.

"내려갈까?"

"그냥, 가만히 있어."

페르제가 처음으로 황족처럼 명령했다. 꽤 고압적인 태도에 눈을 크게 떴다가 알겠다며 고개를 끄덕였다.

페르제는 원망스레 나를 흘기더니 내 두 손목을 천천히 놔주었다. 제약이 풀리고 그가 손을 뻗어 물기 어린 은빛 머리칼을 아무렇게나 헤집었다. 그 모습을 직격으로 본 나는 순간 머리가 멍해지고 말았다.

'잘생긴 건 알았는데……'

숨이 멎을 정도로 잘생긴 줄은 몰랐지. 넘어지지 않기 위해 그의 가슴팍을 짚자, 페르제의 눈썹이 위로 올라갔다. 나른하게 벌어진 붉은 입술이 다시 한번 명령을 내렸다.

"가만히—."

이제야 정말로 황족과 공작의 관계가 된 것 같았다. 평소에는 말 잘 들어주면서, 침대 위에선 이렇게 명령을 내리니. 말과 행동이 다른 사람이었다, 페르제는.

"왜 명령이야? 들어는 주겠지만."

페르제가 처음으로 내린 명령에 기분이 이상해졌다.

'더 곤란해지지 않게 가만히 있어야 해.'

몸을 지탱할 곳이 없어서 가슴팍을 짚은 건데, 움직이지 말라니 조금 억울했다. 나를 올려다보던 페르제가 나직한 한숨을 내쉬며 말했다.

"비센나로 가더니 고문하는 법만 배워 왔어."

"고문은 내가 아니라 룬의 담당이야."

"전령이든 뭐든, 네 입에서 다른 남자 이름 듣고 싶지 않아."

페르제는 괘씸하다는 듯 눈매를 가늘게 좁혔다가 혀를 쯧, 하고 두 번이나 찼다. 나는 여전히 그의 몸에 올라탄 채, 페르제를 빤히 보며 물었다.

"룬이 싫어?"

"그놈에게 별 관심 없어. 룬이라니, 다정하게 이름까지 부르고."

페르제가 눈썹을 내리며 상심 어린 표정을 지었다. 진짜가 아니라, 장난치는 것 같은데…….

"그럼 룬을 룬이라고 부르지, 뭐라고…….'

말을 끝내기도 전에 페르제가 확, 하고 나를 끌어당겨 제 품에 기대게 했다. 얼떨결에 그의 탄탄한 가슴팍에 얼굴을 묻게 되었다.

"딴 놈 말고 내 이름만 불러."

두근두근. 심장이 쿵쾅거리는 소리가 귓가를 타고 흘러들었다. 페르제의 심장이 이렇게 강하게 뛸 줄은 몰랐다.

"나보다 그 남자가 잘생겼어?"

"아니! 페르제가 가장 잘생겼는걸."

"언젠 유스티아 공보다 못하다며?"

그건 또 어떻게 기억했대? 나는 그런 적 없다고 뻔뻔하게 말하고는 시선을 피했다.

"시엘, 잘 들어. 가족 말고는 미남을 봐도 돌보듯 해. 샤르키스 공자가 가르쳐 주지 않았어?"

"뭐 말이야?"

"미남을 돌보듯 하란 거."

페르제는 왜 매번 어기냐며, 괘씸하다고 중얼거리면서도 내 머리칼을 다정한 손길로 쓸어 주었다.

"내 얼굴만 실컷 봐. 나는 너밖에 안 보잖아."

한없이 느긋할 거란 생각과 다르게 페르제의 심장은 나만큼이나 빨리 뛰고 있었다.

'방금 뭐라고…….'

나밖에 안 본다고 한 거야? 다시 물으려 몸을 일으키려는데, 페르제가 제 품에 기대게 했다.

"자자, 시엘."

타이르는 목소리가 유독 나른하게 들렸다. 내가 품에서 꼼지락거리자 페르제는 자신의 상체에서 나를 내리고는 어서 자라는 듯 팔베개를 해 주었다. 나는 그의 가슴팍에 얼굴을 묻고 있었고, 페르제는 내가 편히 기댈 수 있도록 배려해 주었다.

"페르제, 나 잠이 안 와……."

작은 중얼거림을 들었는지 페르제가 살짝 움직였다. 어느새 그는 나를 내려다보고 있었다.

"재워 줄까?"

한없이 다정한 목소리에 나도 모르게 고개를 끄덕이다가 가로저었다. 페르제도 피곤할 테니 괜찮다는 뜻이었는데, 검만 잡던 커다란 손이 내 등을 가볍게 다독였다.

"얼른 한숨 자야지, 시엘."

적당히 낮은 목소리가 듣기 좋았다. 늘 딱딱한 어투였는데……. 감미롭다는 건 이럴 때 쓰는 걸까.

"페르제 넌?"

"너 잠드는 거 보고 나서."

그 말에 신기하게도 더 잠이 오지 않았다. 말똥말똥 그를 쳐다보는데, 시선을 느꼈는지 페르제가 나를 지그시 쳐다보았다. 내가 괜히 꼼지락거리자 장난친다고 생각했던 모양이다. 그가 툭, 내 이마에 늘씬한 검지를 올리며 말했다.

"이만 주무세요, 가주님."

"……."

나는 대답하는 대신 페르제의 품 안에 갇힌 채로 눈을 여러 번 깜빡였다. 주무시라는데 잠이 올 리가 없다. 한 침대에 누운 지금 같은 상황에서! 내 옆에 있는 건 왕왕이다. 페르제가 아니다. 털 찌고 복슬복슬한 왕왕이다. 페르제도 은발이고, 왕왕이도 흰색이니 꽤 비슷…….

"시엘, 자?"

페르제의 물음에 나는 잠든 척하려다 고개를 살짝 저었다.

"아니, 이제 자려고……. 왜? 페르제는 잠 안 와? 일찍 자야 덜 피곤해."

얼른 자라고 말하기 전에 페르제의 입술이 먼저 열렸다.

"키스하고 싶어서."

그제야 깨닫게 되기를, 내 옆에 있는 건 왕왕이가 아니라 성년이 된 페르제였다. 하고 싶으면 해야지. 그렇게 답할 순 없어서 얌전히 눈을 내리깔고 있었다. 어느새 그와 나의 자세가 바뀌었다. 두 팔로 내 허리 옆을 짚은 페르제가 몸을 숙여 왔다. 짙어진 보랏빛 눈동자에 그를 물끄러미 바라보는 내 얼굴이 비쳤다.

"이럴 땐 눈 감는 거예요, 가주님."

페르제가 귓가에 속삭이듯 말해서 움찔 몸을 굳혔다. 입술 사이로 흘러나온 무더운 바람에 솜털이 오소소 일어나는 기분이었다. 대답하려는 순간, 페르제가 고개를 숙여 키스해 왔다. 아랫입술을 살짝 깨무는 느낌에 숨을 흡 들이켰다. 포개진 입술 사이로 달아오른 숨결이 느껴졌다. 어느덧 그의 손에 이끌려 나도 몸을 일으켰다. 근육이 잡힌 단단한 허벅지 위에 걸터앉아 내리깐 시선으로 페르제를 내려다보았다. 청록색 눈동자에 물기가 살짝 젖은 은발이 어렸다. 시선을 내리자 나를 하염없이 올려다보는 페르제의 모습이 비쳤다. 내가 알던 그가 아닌 것처럼 나를 보는 눈길이 조금은, 애절하게 보였다.

"너와 한 게 첫 키스인 거 알아?"

내 물음에 페르제는 대답 대신 다시 깊게 입을 맞춰 왔다. 질척이는 소리와 함께 서로의 혀가 얽히고 타액이 흘러들었다. 사막을 헤매다 타는 갈증을 느끼는 사람처럼 그는 나를 강하게 끌어안고서 입을 맞추었다.

"훗……."

숨결이 가빠지자 페르제가 살짝 고개를 떼어 냈다. 한껏 잠긴 나른한 눈동자가 내게 향했다.

"나는 언제나 처음이었어. 손을 잡은 것도, 키스한 것도."

낮게 잠긴 목소리를 들으며 손을 뻗어 페르제의 두 뺨을 감쌌다.

"나도 네게만 내 몸을 허락하는 거야, 시엘."

이게 페르제가 내게 해 준다던 어른의 키스일지도 모르겠다. 그는 내가 성년이 되길 바랐으니까. 내가 자란 모습을 그토록 보고 싶어 했던 이유가 뭐였을까. 그저 어려졌다는 미안함에? 잃어버린 시간을 되찾기를 바라서?

"그거 알아, 시엘? 난 오늘을 잊지 못할 거야."

"페르제……."

"오늘만이 아니야. 너와 함께 한 모든 시간을 잊지 못하겠지. 난 한 번도 네 모습을 잊은 적이 없었으니까. 네가 어디에 있든, 어떤 모습을 하든."

짙은 감정이 묻어나는 목소리였다. 그는 여운이 담긴 손길로 내 뺨을 쓸다가 나를 제 품에 강하게 끌어안았다.

"욕심을 부리고 싶어졌어."

페르제는 나를 붙든 채 내 어깨에 고개를 묻었다. 지친 듯 그의 눈꺼풀이 스륵 감겼다. 나는 손을 뻗어 그의 머릿결을 조심스레 쓰다듬었다. 한 손으로 부드럽게 쓸어내리며 다른 손으론 그의 너른 등을 감쌌다.

"내게 욕심부리는 법을 가르쳐준 건 너잖아, 페르제. 가족도 생기게 해주었고……."

왜 이렇게 목소리가 잠기는지 모르겠다. 아무렇지 않게 말해야 하는데 바보 같게도 그러지 못했다.

"욕심내도 좋아. 아니, 욕심내 줘."

손가락 사이로 부드러운 은빛 머리칼이 산산이 흩어지는 빛 조각처럼 흘러 내렸다. 비누 향이 차가운 바람에 뒤섞여 스며드는 것만 같았다. 피 냄새가 아니라서 좋았다. 늘 용의 기사로서 누군가를 죽여야 했던 페르제였으니까.

"내가 네 가족이 되어 줄게, 페르제."

내 말에 그가 움찔 몸을 굳히는 것이 느껴졌다. 늘 가져온 생각인데, 페르제는 몰랐을 것이다.

"비센나에 계속 머물러 줘."

내가 그를 얼마나 사랑하는지. 우리가 당신을 얼마나 아끼고 귀애하는지.

"전쟁이 끝나면 비센나에서 기다릴게. 페르제가 어떤 모습을 하건. 그 때도 나를 보러 와 줄 거지?"

나는 손을 내려 그의 뺨을 조심스레 감쌌다. 차가운 입술이 미끄러지듯 그의 이마에 닿았다.

"페르제 예카르트, 넌 내 사람이잖아."

나는 맹세하듯 페르제의 이마에 입술을 깊게 맞추었다. 이걸로 내 진심이 조금이라도 전해지길. 더는 페르제가 나를 두고서 슬퍼하지 않기를 바랐다.

"잠시간은, 내 곁을 떠나도 괜찮아. 내 품으로 다시 돌아올 거지?"

"……시엘."

한없이 잠긴 목소리가 귓가를 파고들었다. 내게 안기듯 기댄 페르제의 손길이 부드러운 옷자락을 꽉 움켜쥐었다. 페르제는 성년이 되었고, 멈췄던 시간이 다시 흘러가기 시작했다. 유스티아 비센나. 내 아버지는 페르제가 용의 마기에 잠식되는 속도를 늦췄을 뿐, 샤룬 바하이트의 저주를 풀지는 못했다. 언젠가 시간은 우리에게 이별을 고할 것이다. 행복한 시간은 이제 끝이라고, 현실을 마주 봐야 한다고.

나는 페르제의 턱을 쥐어 숙였던 고개를 들게 했다. 용의 기사가 된 게 그의 선택은 아니었다. 죄인이 아닌데도 늘 자기 책임으로 돌리는 모습을, 더는 보고 싶지 않아.

"내 아버지가 풀지 못한 네 저주, 내가 목숨 걸고 풀어 줄 테니까……."

그의 턱을 붙잡은 손길이 잘게 떨렸다. 보랏빛 눈동자가 젖어 들어가는 걸 보면서 나는 떨리는 입술을 겨우 열었다.

"내가 네 저주를 풀 때까지 버텨 줘."

툭. 내 눈에서 흘러내린 눈물이 페르제의 뺨을 적시는 줄도 몰랐다. 한참 후에야 그 사실을 깨달았을 때, 나는 눈물로 얼룩진 눈꺼풀을 조심스레 내렸다. 다시 눈꺼풀을 올렸을 땐, 고개를 숙인 채 눈물을 감추려는 페르제의 모습이 비쳤다.

"내가 미치게 되면—."

페르제의 입술이 한차례 달싹였다.

"네가 나를 제압해 줘. 짐승처럼 대해도 좋으니까……."

간절함을 담은 보랏빛 눈동자가 일그러지는가 싶더니, 어여쁘게 휘어졌다.

"나를 버리지 말아 줘, 시엘……."

내가 그의 손에 부서질 유리 조각이라도 되는 것처럼 페르제는 조심스레 나를 붙잡았다. 그러면서도 행여 손이 내쳐질까, 옷자락을 쥔 손에 겨우 힘을 주었다.

"설령, 내가 미쳐서 너를 알아보지 못하게 돼도……."

보랏빛 눈동자에서 눈물 조각이 떨어져 내렸다.

"나를 괴물 보듯 외면하진 마. 차라리 나를 죽여도 좋으니까……."

나를 붙잡은 페르제가 흐느낌을 억누르기 위해 입술을 깨무는 것이 보였다. 얼마나 긴 시간 동안 눈물을 참아 왔을까. 아무도 알아주지 않는 명예를 위해 홀로 버텨 온 거였나.

제 가족에게도 감정을 드러내지 않는 사람이었다. 그의 주변 사람들조차 대공이 강인하다고 생각했을 뿐, 그의 속이 썩어 문드러지는 건 알지 못했다. 혼자서 두려움을 감내하고 용의 기사로서 지브릴 제국을 지켜 왔다. 그 누구도 제 품으로 들어올 수 없게 문을 잠근 채. 슬픔과 두려움은 나약한 감정이라고 생각했기에 아무에게도 얘기하지 않았겠지. 그저 담담히 미쳐 버릴 거라는 자신의 미래를 받아들일 뿐.

페르제는 얼음 성안에 갇힌 기분이었을까. 혼자서 감내하고, 이겨 내고, 버텨 내면서······.

"네가 미쳐 버리면 나는 너를 가둘 거야. 죽게 내버려 두지도 않겠어. 그 어떤 수를 써서든, 내가 수백 년을 살아서든······."

나는 페르제의 두 뺨을 감싼 채 애달픈 웃음을 지었다. 가냘픈 손길이 잘게 떨렸다. 괜찮을 거라고 웃어 주고 싶은데, 눈물이 나와서 웃을 수가 없었다.

"나만의 괴물을 사람으로 고쳐 줄게."

그러니 괴물이 되어도 괜찮아. 나는 페르제를 끌어안은 채 그의 귓가에 나지막이 속삭였다.

"이건 비센나의 가주로서 하는 맹세야."

눈물이 섞여 든 키스는 한없이 달콤했다.

가끔 힘들어질 때면, 나는 하늘 위로 손을 뻗었다. 내가 딛고 선 땅은 언제 무너질지 모를 만큼 약했기에. 나는 발을 딛고 설 필요가 없는 하늘이 좋았다. 현실은 내게 부서지는 땅과 같아서 하늘을 올려다보면 그 어떤 슬픔도 가셨으니까. 하지만 하늘에 있는 빛 조각을 붙잡지는 못했다. 내가 가질 수 없는 것이라고 생각했다. 함부로 손을 뻗게 되면, 하늘 아래 색색으로 비치는 빛 조각이 부서질까 무서웠다. 손가락 사이로 빠져나가는 빛줄기가 땅에 닿아 산산이 부서지는 것을 바라보기만 했다. 쉽게 가지지도, 만질 수도 없는 것. 이제야 깨닫게 되기를──.

내겐 그 빛 조각이 페르제 예카르트, 나의 대공님이었다.

* * *

"깼어?"

한결 다정한 목소리에 나는 침대에 누운 채 눈만 깜빡였다. 하늘빛 머리칼이 베개에 흩어져 있었다. 언제 잠들었는지 모르겠다.

어제 새벽, 울다 지쳐 잠들었을 정도로 나는 페르제의 품에 안겨 눈물을 토해 냈다. 내가 좋아하는 사람이 내 곁을 떠나지 않았으면 해서……. 내가 아끼고 사랑하는 존재가 나를 잊지 않았으면 해서. 내가 잠든 사이 페르제가 떠나갈까, 잠이 들지 못했다. 그런 내 불안을 알기라도 한 듯 페르제는 내 손을 꼭 붙잡아 주었다.

아침에 일어났을 때도 그의 손과 내 손은 여전히 맞잡은 상태였다. 조심스레 손을 떼고 자리에서 일어나는데, 나른하게 잠긴 목소리가 들려왔다.

"벌써 일어날 거야?"

페르제가 등 뒤에서 나를 끌어안으며 물었다. 내 어깨에 그의 고개가 살짝 얹어졌다. 좀 더 자도 괜찮다는 말이 들려와서 나는 작게 소리 내어 웃고 말았다.

"페르제, 잘 잤어?"

"한숨도 못 잤어."

몸을 돌리자 조금 피곤해 보이는 페르제의 모습이 보였다. 나도 푹 잠이 들진 못했지만, 나보다 더 잠을 설친 모양이었다.

"내가 뒤척여서 못 잤어?"

페르제는 가벼운 한숨을 내쉬며 꿈만 꾸었노라고 답했다. 무슨 꿈이냐고 슬쩍 물어도 페르제는 도통 입을 열지 않았다. 내가 나왔다는데, 꿈에서 멱살을 잡고 싸우기라도 한 걸까.

"꿈에서 나랑 싸우기라도 한 거야? 괜찮아. 싸울 수도 있는 거지. 원래 비센나와 예카르트 사이가 좋은 건 아니었잖아?"

그러니 상관없다며 나는 페르제의 어깨를 다독였다. 내 위로에 기다란 은빛 속눈썹이 느릿하게 깜빡였다. 페르제가 아직 잠이 덜 깬 것 같은데. 이래서 제대로 아나이스 가문까지 갈 수 있을지 모르겠다.

"내가 이겼지?"

내 물음에 페르제의 눈이 동그래졌다. 잘생긴 늑대를 닮았다고 생각했는데, 지금은 꼭 혈통 좋은 온순한 늑대처럼 느껴졌다. 나는 페르제의 품에서 벗어나 땅에 발을 디뎠다. 이제 아나이스 가문으로 가야 하니, 나갈 준비를 해야 했다.

제 품에서 벗어난 나를 묘한 눈길로 보던 페르제가 말했다.

"이겼다기보단······."

"그럼 내가 졌어? 꿈에서?"

페르제는 침대에 걸터앉은 채 나를 빤히 쳐다보았다. 보랏빛 눈동자에 하늘색 머리칼을 묶는 내 모습이 비쳤다. 나는 창문으로 다가가 반쯤 열린 문을 활짝 젖혔다. 시원한 바람이 아이보리색 커튼을 통과해 내 뺨을 스쳤다.

"왜 대답이 없어? 페르제가 정말로 진 거야?"

가벼운 채근에 페르제는 시선을 올려 나를 볼뿐, 대답하지 않았다. 아침에 갈아입었는지, 페르제의 흰 셔츠가 바람에 살짝 펄럭였다. 요새 대공으로서 격식을 차린 모습만 보다가, 저런 모습을 보니 낯설게 느껴졌다.

부드럽게 흩어진 은발, 나른해 보이는 보랏빛 눈동자. 가벼운 숨에는 잠기운이 묻어났다. 무슨 꿈을 꾼 건지 물어본 건데, 페르제는 곤란한 듯 제 얼굴을 쓸어내리더니 한숨을 내쉬었다. 마른세수를 하던 그가 고개를 들고서 물어 왔다.

"대답 안 해도 되는 건가?"

"그거야 페르제 마음이지."

내 답에 페르제는 기다렸다는 듯 반색했다. 흐음, 그게 뭐라고 그리 기뻐하는지 모르겠다니까. 감정을 억누르거나 아무렇지 않은 척 숨기는 건

봤어도, 저렇게 순수하게 기뻐하는 건 처음 봤다.

"뭐가 그리 좋은 거야?"

"대답 안 해도 돼서."

도대체 무슨 꿈이기에 그러는 걸까? 조금 궁금하긴 했지만, 더는 캐묻지 않았다. 나는 창문가에서 걸음을 옮겨 페르제에게 다가갔다. 침대에 앉아 있던 페르제가 내 허리를 끌어안았다.

"실은, 좋은 게 더 있어."

"오늘 아나이스 가문을 치게 된 거?"

가볍게 던진 물음에 페르제는 피식 웃다가 심각한 낯을 해 보였다. 그의 얼굴이 조금 굳어 있어서 무슨 일이 있나 싶은 걱정이 들었다.

"비센나의 가주님과 함께 아침을 맞아서 기분이 좋아. 여긴 공작저도 아니고."

황족이니 내게 말을 높일 필요가 없는데도, 페르제는 이런 식으로 존중을 표하곤 했다. 그게 조금은 귀엽게 느껴져서 잠결에 흐트러진 은빛 머리칼로 손을 뻗었다. 그리고 왕왕이를 쓰다듬는 것보다 더 정성스럽게 은빛의 머리칼을 쓸어내리며 물었다.

"나와 아침을 맞게 돼서 좋은 거야? 유스티아 비센나를 안 봐서 좋은 거야?"

"둘 다."

페르제는 비센나에 관해선 여전히 솔직했다. 요새 샤키 오빠와는 좀 친해진 것 같던데, 아버지와는 아직인가 보다.

"얼마 전엔 유스티아 공이 차도 끓여 줬어. 별맛은 없었지만."

"정말? 나는 맛있던데?"

"쓴맛밖에 안 나던데."

"설탕을 안 넣어 주셨구나."

부유하기로 소문난 아버지가 대공에게 줄 설탕을 아낄 리는 없을 테고……. 나는 어색한 웃음을 흘리며 말끝을 흐렸다.

"그, 그게 몸에 좋은 차는 원래 쓴 법이래."

페르제의 묘한 시선에 나는 한숨을 내쉬었다. 다음에는 꼭 설탕을 넣어 주라고 해야지.

"오랜만에 둘이서 시간을 보내네."

내 말에 페르제는 옅은 미소를 지었다.

창문가로 비친 햇살이 그의 뺨에 닿았다. 살짝 부는 바람에 흐트러진 은발, 매혹적인 보랏빛 눈동자. 남자치고는 살짝 붉은 입술이 유려한 호선을 그리고 있었다. 정말로 기분이 좋은 것처럼.

"아나이스로 가면 내 곁에 꼭 붙어 있어, 시엘."

페르제는 나를 올려다보며 시선만으로 대답을 채근했다.

"꼭 붙어 있을게."

쳐다보는 것만으로 내 심장이 멎는지도 모르나 보다. 언제 봐도 한 폭의 그림 같다니까. 나는 페르제에게서 겨우 시선을 떼어 냈다. 소년처럼 천진난만하게 웃는 페르제의 모습을 눈에 담은 건 요 근래 가장 잘한 일이다. 아나이스 가문으로 가야 한다는 건 기억도 나지 않을 정도로.

아, 근데 가긴 가야 한다. 시체로 만든 인형들도 전부 불태워 버려야 하고.

"기다릴 테니 씻고 와. 아나이스로 가야지."

나는 페르제의 뺨에 쪽 입을 맞추었다. 내가 뽀뽀할 줄은 몰랐는지, 방심했던 페르제가 제 뺨을 한 손으로 감쌌다. 페르제의 목울대가 넘어가는 것을 보며 가벼운 한숨을 내쉬었다.

"목말라? 물줄까?"

"아니."

페르제가 내 손을 움켜쥐곤 제 품에 앉게 했다. 자연스레 그의 단단한 허벅지에 앉은 꼴이 되었다.

"배고파졌어, 시엘."

그는 내 머리채를 늘씬한 손으로 붙잡고는 목덜미에 짙게 키스해 왔다. 잘근잘근 깨무는 것으로 보아, 아무래도 상당히 배가 고팠나 보다. 아나이스 가문으로 가기 전에 든든히 먹여야겠단 생각뿐이었다. 페르제가 많이 배고픈 것으로 보이니 식사는 고기가 나오는 세트면 되려나. 페르제도 그렇고, 나도 마기를 많이 쓰려면 뭐든 잘 먹어 둬야 하는 법이니까.

"씻고 밥부터 먹자."

페르제는 품에서 벗어나는 나를 아쉬운 듯 보다가 자리에서 느긋하게 움직였다.

방을 나온 후, 주인에게 부탁해 스테이크와 샐러드, 디저트까지 마음껏 먹었다. 든든하게 식사를 마치고 가게를 빠져나오자 어느덧 정오였다. 생각보다 출발이 지체되었지만 마차를 타고 아나이스 영지로 가는 건 아니었다. 수도 중앙과 연결된 마법진을 이용할 생각이었다. 지금은 햇볕이 내리쬐는 거리를 걷는 중이었다. 수도 외곽에도 상업 마차가 다니곤 했으니, 중앙까지는 마차를 타고 가면 된다.

"마법진으로 영지 부근까진 갈 수 있을 거야. 성에 잠입하는 건 까다롭겠지만."

"잠입이야, 어렵지 않지."

페르제가 나와 걷는 속도를 맞추며 답해 왔다. 비센나의 후원으로 백야 기사들을 이끌고 온 전적이 있어서 잘 아나 보다. 서둘러 걸음을 옮겨 상업 마차가 늘어선 곳으로 향했다. 그중 가장 앞에 있는 마차로 걸어가자 쉬고 있던 마부가 우리를 보며 반색했다. 모자를 벗은 마부가 친근하게 웃으며 물어 왔다.

"어디로 모실까요?"

"수도 중앙으로 가 주세요. 하얀 새 조각상이 있는 광장이요."

"거리가 조금 있지만 빨리 갈 수 있을 겁니다. 자, 손님. 제 손을 잡으세요!

문턱이 높으니 조심하셔야 합니다. 남성분들도 몇 번 넘어졌거든요."

마부가 모자를 다시 쓰며 손을 내밀어 왔다.

"손은 거두도록."

페르제의 싸늘한 시선에 마부가 머쓱한 듯 뺨을 긁적였다.

"알, 알겠습니다."

페르제는 내가 먼저 탈 수 있도록 손을 잡아 주었다. 그리고 마부가 잡을 새도 없이, 훌쩍 안으로 들어서더니 맞은편에 몸을 기댔다.

달그닥, 달그닥─. 우리가 탄 마차가 수도 중앙이 있는 남쪽으로 빠르게 내달렸다.

* * *

"여기야."

나는 검은색 로브를 쓴 채 눈앞의 성을 바라보았다. 마차에서 내린 뒤, 수도의 이동진을 타고 아나이스 영지의 가넷 성까지 오는 건 어렵지 않았다. 나는 지도를 살피며 페르제에게 말했다.

"두 번째 제단은 백작저 내에 있는 걸로 확인됐어."

손으로 성 쪽을 가리키자 페르제의 시선 또한 가넷 성으로 향했다.

"제단을 가문 내에 두다니 간도 크군."

"수백 년 전에 지어진 것이니까. 보존 마법을 해제하고 나서 제단을 없애야 하니, 이번엔 시간이 좀 걸릴 거야."

나는 반쯤 접은 지도를 품에 갈무리하며 고개를 들었다. 회색 빛깔의 성에는 짙은 녹색의 깃발이 수놓아져 있었다. 성벽 아래, 하얀 깃털의 새가 그려진 깃발은 아나이스 가문의 상징이었다.

페르제가 물었다.

"신분 패는?"

"상인의 것으로 준비해 뒀어."

성문에는 다섯의 경비병이 서 있었다. 우리 앞에는 양모를 가득 실은 마차가 기다리고 있었다.

"다음!"

빨리 오라는 재촉에 나는 페르제와 함께 성문으로 향했다. 그리고 품 안에 넣어 두었던 종이를 꺼내 경비병에게 건네주었다.

"르와네 남작님의 사람이로군요."

붉은 매듭을 푼 경비병이 서신의 내용을 빠르게 훑어 내렸다. 아나이스 가문의 봉신, 르와네 남작이 신원보증을 한다는 내용이었다. 르와네 남작 은 약 10년 전, 아나이스 백작의 봉신으로 들어온 자였다. 원래는 타국 출신이었다는데, 말수가 없고 묵묵히 일만 하는 자였다. 룬이 어떻게 그자 의 보증을 받아냈는진 모르겠지만, 별다른 소란 없이 성에 잠입하기 가장 좋은 방법이었다.

"남작께서 몸이 편찮으시다 들었는데, 요샌 어떠십니까?"

남작의 안부를 묻는 병사에게서 다시 서류를 건네받았다. 그리고 긴장 한 기색 없이 담담한 목소리로 대꾸했다.

"별로 좋진 않으십니다."

안타까운 얼굴로 고개를 끄덕인 병사가 동료에게 무어라 중얼거리고는 길을 터 주었다. 경비를 강화한다는 말은 들었지만 검문 절차는 간소했다. 확실한 신원이라 생각했기에 그런 거겠지만.

가넷 성은 사람 사는 냄새가 물씬 풍겼다. 성 자체는 굉장히 크고 고풍 스러웠고, 성안의 사람들은 모두 표정이 밝았다.

"남작께서 쾌차하셔야 할 텐데, 그렇지?"

"그러게 말이야. 요새 안 좋은 소문도 도는데……."

양털을 팔러 온 상인들의 말소리가 들렸다.

"용케 살아 있나 보군."

페르제가 냉소적으로 말했다. 아마도 룬이 이미 죽였거나, 남작의 흉내를 낸다고 생각하는 듯했다.

"죽이진 않았을 거야. 적당한 값을 치렀겠지."

나는 로브를 깊게 쓰곤 목소리를 낮추었다.

"페르제, 계획보다 빨리 지하에 접근할 수 있을 거야. 서둘러야 해. 제단도 정리하고 인형으로 둔갑한 시체도 태워야 하니까."

나는 걸음을 빨리 옮기며 주위를 살폈다. 가넷 성의 구조는 중앙의 본성과 외곽의 외성(外城)으로 나뉘어 있었다. 백작이 머무는 동쪽. 기사들의 훈련 시설과 숙소가 있는 서쪽. 가신들이 머무는 남쪽에는 갈 일이 없었다. 그리고 북쪽 성의 지하에 제물로 바쳐진 수백 구의 시신이 있었다. 인적이 드문 외성에 둘 거란 예상이 완벽히 어긋난 셈이다.

성문을 통과하는 데 문제가 없었으니, 며칠간 근처 숙소에서 지내면서 가넷 성의 경비가 어떤지 살피기로 했다.

그날 저녁, 본성에서 조금 떨어진 주점으로 향했다. 붉은 간판의 주점은 꽤 시설이 넓고 깨끗했다. 옆 테이블에서 시끌벅적한 환호성이 들린다 싶더니, 경비대 복장을 한 중년의 사내가 들어섰다.

"자네, 요새 얼굴 보기가 왜 이렇게 힘들어? 누가 보면 혼자 일 다 하는 줄 알겠네."

"어허, 떡이 파는 상인이 뭘 알어? 이 몸이 이래도 성을 지키는 주요 인력인데 말이야."

"아이구, 거참. 귀하신 분 오셨네. 잘나가는 경비병님이 술값 좀 내던가."

"술값은 무슨. 요새 경비가 어찌나 삼엄한지 숨도 못 돌려. 3인 1조로 움직이는데 쉴 수가 있어야지! 정기 훈련이 있는 날이면, 성안을 맴도는 기사들 때문에 눈치도 많이 보인다니까."

경비병과 그의 일행으로 보이는 자들의 대화에 귀를 쫑긋 세웠다. 이미 알고 있는 사실들이 경비병의 입에서 나왔다. 성문은 이른 아침 개방되었고,

새벽이 되기 전에 닫혔다. 나흘마다 정기 훈련이 있었으니, 그날을 피해 잠입할 생각이었다.

저녁이 지나 밤이 되자 손님들이 더 밀어닥쳤다. 회중시계를 꺼내 시각을 확인하고는 페르제에게 눈짓을 주었다. 더 이상 들을 정보도 없는 데다, 이제 숙소로 가야 할 시간이었다.

"이만 갈까?"

"그러지."

페르제는 고개를 끄덕이고는 마시던 와인을 내려 두었다. 우리는 점원에게 값을 치르고 근처 숙소에서 하룻밤을 묵었다.

다음 날, 정오가 지나서야 눈을 떴다. 어제 새벽 늦게까지 깨어 있던 터라 잠이 몰려왔다. 어젯밤 테이블에 펼쳐 두었던 지도를 갈무리한 뒤 나갈 준비를 했다. 따뜻한 물로 씻고 나온 뒤, 옷차림을 점검했다. 머리카락이 보이지 않도록 로브를 깊게 눌러쓰는 것도 잊지 않았다.

'인형들을 불태울 마법 도구도 챙겼고.'

"괜찮겠지? 잘 처리해야 하는데."

페르제는 초조해하는 나를 흘끗 보더니 진정하라는 듯 어깨를 다독였다. 언제 다 준비한 거지? 방금 전까지 누워 있던 것 같은데, 행동이 무척 빨랐다. 페르제는 검은 로브까지 완벽히 쓰고 나서 물었다.

"긴장돼?"

"조금. 심장이 두근거려. 페르제는 안 떨려?"

페르제가 고개를 외로 기울이며 답했다.

"잠입이야, 늘상 하던 거라 별 긴장은 안 돼."

페르제는 테이블에 올려 둔 단검을 챙겨 품 안에 갈무리했다. 무기를 숨기는 데 꽤 능숙한 모습이었다.

"시엘, 혼자 다니지 말고 내 곁에 붙어 있어."

"페르제야말로."

가벼운 대화에 긴장이 조금 풀려 갔다. 먼저 나가려는 나를 훤칠한 체격의 페르제가 막아섰다. 그가 나를 가로막는 바람에 자연스레 내 앞으로 커다란 그림자가 졌다.

"왜?"

"손잡는 거 잊은 듯해서."

그가 여상히 답하며 내 손을 붙잡은 채 문을 나섰다. 깍지 낀 손에서부터 빰까지 홧홧한 열기가 감돌았다. 다른 의미로 긴장이 되는 것만 같았다.

간단히 식사를 하고 숙소를 나왔다. 아나이스 영지에 왔던 어제보다 날이 더워진 것 같았다. 북쪽 시설에 접근하기로 한 오늘, 쨍쨍한 햇볕이 내리쬐고 있었다.

이른 저녁, 성안을 배회하다가 북쪽으로 향하는 듯한 사제를 발견했다. 흰 로브를 쓴 사제를 거리를 둔 채 쫓았고, 페르제도 나와 보폭을 맞추며 뒤따라왔다. 잰걸음으로 움직이던 사제가 걸음을 멈추고는 주위를 두리번거렸다. 인기척을 죽이고 뒤따라간 곳엔 지하 시설이 있었다.

나는 페르제를 보며 말했다.

"저기인가 봐."

"일단 여기서 지켜보도록 하지."

페르제는 시선을 내려 나를 보고는 능숙하게 몸을 숨겼다. 나도 수풀에 몸을 숨긴 뒤 사제가 다시 나올 때까지 기다렸다.

타오르듯 붉은 석양이 질 때가 되어서야, 사제는 밖으로 다시 나왔다. 지친 듯 한숨을 내쉰 사제가 로브를 벗어 팔에 걸쳤다. 온몸이 흠뻑 땀에 젖어 있었고, 안색 또한 새파랬다. 사제가 멀어진 뒤, 나는 페르제와 함께 지하로 향했다. 물결이 새겨진 거대한 철문이 우리를 기다리고 있었다. 문의 중앙에는 날개를 펼친 새 인장이 있었고, 거대한 자물쇠가 걸린 채였다.

"자물쇠는 부수라고 있는 거니까, 힘으로 내리치면 돼."

페르제가 묘한 눈길로 쳐다봤지만 나는 모른 척 넘겼다. 자물쇠를 해제해도 문은 열리지 않았다. 문에 손을 대자 겹겹이 쌓인 마나의 흐름이 느껴졌다.

"마법 장치가 원동력인가 봐."

나는 좀 더 정교하게 마기를 컨트롤했다. 삼중 마법으로 된 잠금이었기에 푸는 데 꽤 시간이 걸렸다.

드르륵. 시간은 오래 걸렸지만 마기를 써서 결계를 풀고 안으로 들어섰다. 내 앞에는 수백 개의 관이 놓여 있었다. 얇고 길지 않은 벽이 관을 구분 짓고 있었다. 지하로 들어서자 확연히 줄어든 공기 때문인지 숨쉬기가 갑갑했다. 비릿한 흙 내음이 나는 것도 같았다. 돌을 겹겹이 쌓아 지은 지하는 3층 높이의 탑을 세울 수 있을 만큼 깊었다. 회색 빛깔을 띠는 천장 벽면에는 여신 프레이야를 기리는 프레스코가 새겨져 있었다. 시선을 내리자 붉은 빛이 나는 관이 눈앞에 보였다. 조심스레 관을 열자 헝겊으로 감싼 무언가가 놓여 있었다. 나는 훅 숨을 참고는 조심스레 헝겊에 손을 가져다 댔다.

"잠깐만, 시엘."

"이 정도는 괜찮아."

페르제가 말리려는 듯 손을 뻗어 왔지만 내가 더 빨랐다.

스르륵. 내 손에 잡힌 헝겊을 끌어 내리자 인형처럼 꾸며진 시신의 모습이 드러났다. 색을 강하게 입힌 탓에 더 기괴하게 느껴졌다. 푸른 안색이 도는 살갗. 반쯤 내리떠진 눈이 바닥을 보고 있었다.

"욱."

벨라고스 섬에서 훈련을 하면서 잔혹한 꼴은 많이 봐 왔다. 하지만 마물의 시체였지, 이렇게 수백 구의 시신을 본 적은 없었다. 라티에스가 도륙 낸 마물의 시체와…… 인형처럼 꾸며진 사람의 주검을 보는 것은 비교가 되지 않는 일이었다.

"우욱."

나는 헛구역질을 하며 몸을 숙였다. 등을 다독여 주는 커다란 손이 느껴져 고개를 들었다. 어깨를 쓰다듬는 손길에 조금 안정이 되는 것 같았다.

"하아, 시엘 너 지금 안색이 별로 안 좋아."

그를 바라보는 내 얼굴은 필시 창백해졌을 것이다. 심장이 쿵쿵, 뛰는 것이 느껴질 정도였으니까. 그에 비해 페르제는 표정 하나 변하지 않은 채였다. 담담한 시선이 벗겨진 헝겊 사이로 모습을 드러낸 시체 인형을 살폈다. 죽은 지 두세 시간이 지나면 근육이 수축하며 딱딱해진다. 그러다 일정 시간이 지나면 부패하기 마련이었다. 하지만 눈앞의 인형은 겉보기에 멀쩡했다. 급격히 수분을 빼 고온에서 건조하여 부패를 멈춘 것이다. 얼마나 약물 처리를 한 건지 몰라도, 미약한 송진 냄새가 코끝을 찔렀다.

"욱!"

고인 피비린내와는 다르다. 송진과 섞인, 고기가 옅게 썩어 가는 냄새에 입을 틀어막았다.

"시엘, 내가 확인할 테니 뒤로 물러나 있어."

보통의 사람이었다면 트라우마가 생기고도 남을 상황이었다. 페르제는 헛구역질하는 나를 뒤로 물러서게 했다.

한참 후에야 헛구역질이 멎었다. 생리적으로 맺힌 눈물을 닦으며 숙였던 고개를 들었다. 떨리는 손으로 인형을 확인하려는데, 페르제가 내 손을 단번에 붙잡아 왔다.

"직접 손댈 필요는 없어. 내가 확인했으니까."

떨어져 나간 밀랍 아래, 말라비틀어진 근육과 부식된 뼈가 보였다.

"밀랍으로 감싼 데다 부패되지 않도록 처리했고 보존 마법까지 걸어 두었어."

"그만."

더 이상 듣고 있을 자신이 없어진 나는 손을 뻗어 페르제를 저지시켰다. 무심한 시선으로 시체를 보던 페르제의 눈이 조금 커졌다. 아, 하고 짧은 탄식이 그의 입술을 비집고 나왔다.

"이리로 와, 시엘."

그는 황급히 나를 감싸고는 밖을 향해 이끌었다. 덜덜 떨리는 다리를 움직여 겨우 지상과 이어진 계단을 걸으려 했지만, 다리에 힘이 풀리고 말았다.

"내 생각이 짧았어. 네가 못 보게 했어야 했는데."

쓰러지기 전, 내 팔을 붙든 페르제가 바로 품에 안아 들었다. 밖으로 나와서 맑은 공기를 쐬고 나서야 숨이 트였다. 페르제의 품에 안긴 채 바람을 쐬니 그제야 살 것 같았다.

"확인해야 했어……."

괜찮다고 이어 말하려는데 목소리 끝이 갈라지고 말았다.

"내 책임이 아닌 걸 알아. 비센나가 저지른 일도 아니지. 그렇지만 나는……."

두 눈으로 직접 봐야 했다. 그게 비센나의 가주로서 성배를 쓸 내가 감당해야 하는 무게였다.

'페르제도 처음부터 담담하진 않았겠지.'

나를 걱정스레 보는 페르제를 흘끗 쳐다보았다. 그도 전장에서 참혹한 광경을 수백 번, 아니. 수천 번 봐 왔기에 무덤덤해질 수밖에 없었던 거다. 수백의 시체가 늘어선 곳에 도착했을 때 꿈이기를 바랐다. 눈 앞에 펼쳐진 잔혹한 광경에 두 손이 떨렸다. 이런 짓을 벌인 이들이 책임을 지지 않았다는 것에 화가 났다.

"정리할게."

"지금 하겠다고?"

페르제의 물음에 나는 고개를 끄덕였다. 더는 시간을 지체할 필요가 없다.

"어차피 지금 하나, 나중에 하나 들키는 건 똑같아."

페르제의 품에서 내려온 뒤, 나는 로브를 벗고 그와 시선을 마주했다.

"제단을 보호하는 마법도 까다롭겠지만 주검과 제단 모두 내가 맡을게."

"내가 정리하는 편이……."

페르제의 말에 나는 고개를 저었다. 그에게 익숙한 광경이라고 이런 일까지 맡게 할 순 없었다.

"비센나가 해야 할 일이야. 그래야 무게를 더 깨닫게 되겠지. 황제를 친다는 것이, 반란이 어떤 의미인지."

잠시간의 충격이 컸을 뿐, 시야는 멀끔했고 땅을 딛고 서는데 흔들림도 없었다.

"보호 마법을 깨려면 시간이 더 걸릴 거야. 페르제는 내가 들키지 않게 시간을 끌어 줘."

"……시엘."

그가 말도 안 된다는 뜻을 내비쳤지만 나는 단호했다.

"네게 이런 일을 시킬 순 없어. 차라리 내가 맡을게."

"페르제, 나는 더 이상 어린 공녀가 아니야. 네게 어리광을 피울 이유도 없어. 비센나의 가주로 생각한다면 내 뜻을 받아들여 줘."

"……그러지."

페르제는 탐탁지 않은 표정을 하면서도 내 뜻을 받아들였다. 걱정하는 게 너무 빤히 보여서 나는 그의 뺨을 차가운 손길로 감쌌다.

"바로 정리하고 빌어먹을 가넷 성을 나가는 거야. 그전에 대공 전하께서 해 줘야 하는 일이 있어."

"시선을 끌라는 건가?"

페르제의 물음에 나는 고개를 끄덕였다. 오늘 자정부터 그다음 날 자정까지 백작의 명을 받은 이들이 북쪽 주변에 경계를 선다. 반나절마다 확인하러 오기에 새벽이 오기 전에 자리를 비워야 했다. 황궁 소속이었던 고위 마법사 넷이 보호 마법을 관리하고 있었고, 실력이 뛰어난 용병 출신의 기사들이 주변을 돌았다. 가문의 기사들이 감시를 서겠지만 발각돼도 괜찮았다.

마기로 제압하면 그만이었으니까. 문제는…….

"깨진 결계를 복구하기 위해서 가주인 아나이스 백작이 직접 이곳에 오려 할 거야. 제단을 없애기 전에 해제했던 보호 마법이 다시 작동되면 깨기 어려워져."

"그때까지 백작의 발을 묶어 두라는 거군."

"맞아. 무슨 일이 있어도 백작이 와선 안 돼."

거듭된 내 말에 페르제는 알 만하다는 듯 고개를 끄덕이며 말했다.

"대공이 방문했다고 알리면 아나이스 백작도 여기에 올 순 없겠지."

페르제의 말에 나는 의외라는 듯 눈을 깜빡였다.

"그런 정공법은 생각 못 했는데?"

"칭찬받을 만한가?"

페르제는 픽 웃으며 자신의 로브를 느릿한 손길로 벗어 내렸다.

"정공법만으론 부족하겠지."

로브를 벗자 그가 백야의 단장으로서 걸쳐 오던 흰 제복이 드러났다. 누가 봐도 눈에 띄는 모습이었다.

'언제 차려입은 거지?'

페르제가 고개를 숙인 채 소매 끝을 살폈다. 커다란 손으로 금장 단추를 채우는 모습이 한 폭의 그림 같았다. 날렵한 턱선에 나도 모르게 마른침을 삼켰다.

"시엘, 내게 할 말이 있는 것 같은데."

소매 끝을 채우던 페르제가 나와 눈이 마주치자 고개를 살짝 들었다.

"마저 정리해."

애써 헛기침을 하며 페르제가 흐트러진 옷차림을 정돈할 때까지 기다려 주었다. 무심한 표정으로 나를 보던 페르제가 손을 까닥했다.

"이리와, 시엘."

나는 페르제에게 가까이 다가가 그를 올려다보았다. 불러서 오긴 했는데 뭘 하란 거지?

"네 손으로 만져 줘."

"지, 지금 여기서?"

"지금."

세상에……. 나는 홀린 듯이 페르제의 가슴팍에 손을 얹었다. 두꺼운 제복 사이로 날렵하고 탄탄한 가슴팍이 느껴졌다. 시키는 대로 하면서도 자괴감은 들지 않았다. 아무리 생각해도 나는 꽤 뻔뻔한 편이었다. 잠시 말이 없던 페르제가 내 손을 붙잡아 느릿하게 떼어 냈다.

'이, 이게 아닌가 봐.'

우리 사이엔 기나긴 침묵이 흘렀다.

"가슴 말고 목깃."

"아……."

"만져도 되는데, 지금은 낮이잖아. 그것도 아나이스 가문 한복판에서 는—."

먼저 만지라고 했던 페르제는 말을 잇지 못했다. 나는 뒤늦게야 실수를 깨닫고 떨리는 손을 그의 목깃으로 옮겨 갔다. 정말로 제복의 목깃에 달린 단추가 풀려 있었다. 슬쩍 고개를 숙인 페르제가 내 귓가에 낮게 속삭였다.

"밤에는 하고 싶은 대로 해."

나는 아무것도 못 들은 거야. 저 멀리서 뿅, 하고 암기를 든 유스탸 요정이 나타날 것만 같은지, 페르제가 주위를 한차례 둘러보았다.

"목깃, 아직 그대로인데."

페르제는 시선만 내려 제 목깃을 눈짓으로 가리켰다. 가벼운 재촉에 나는 한숨을 내쉬며 발꿈치를 들었다. 훤칠한 체격 탓에 페르제와는 꽤 키 차이가 나서, 그가 훌쩍 나를 내려다보는 상황이었다. 페르제는 목깃을 정리해 주는 내 모습에서 한시도 눈을 떼지 않았다. 나를 보는 보랏빛 눈동자가 평소보다 더 짙어 보였다.

"다른 사람들이 내 몸에 손대는 건 싫은데, 네가 정리해 주는 건 좋아."

페르제는 내 손을 붙잡아 입술을 쪽 맞추었다. 여전히 시선은 내게 둔 채.

"나도 페르제가 준 쿠키가 제일 맛있었어."

"유스티아 공보다 더?"

"더."

이번엔 내가 한 대답이 흡족했나 보다. 페르제는 입이 귀에 걸린 것처럼 웃으려다 입매에 꾹 힘을 주었다. 그러다 당연한 거 아니냐며 어깨를 으쓱했다. 집사에게 시킨 게 아니라 직접 사 온 거라는데, 듣다가 깜짝 놀라고 말았다.

'내가 늑대 마물과 붙기 전에 줬던 그 쿠키! 그게 사 온 거였다고?'

뺨이 달아오를 것 같은 기분에 고개를 숙이자 페르제가 내 이마에 손을 얹었다. 열이 나는지 확인하려는 듯이.

"네가 쓰러질까 걱정돼. 지금도 마기를 많이 쓴 데다……."

나와 시선을 마주친 페르제가 가벼운 한숨을 내쉬었다. 대답이 없자 그는 톡 내 이마에 늘씬한 검지를 얹었다.

"나는 괜찮아. 페르제는 어쩔 계획이야? 아나이스 백작을 만난 다음엔?"

심장이 떨려 와서 괜히 머리칼을 매만지며 물었다. 말을 돌린다고 생각했는지, 페르제는 한쪽 눈썹을 올렸다가 이내 순순히 답했다.

"가볍게 사고를 치려고. 백작과 오래 티타임을 즐겨야 하니까."

"이왕 치는 거 거하게 쳐 줘. 백야의 주인답게."

인사 없이 지하로 향하려는데, 페르제가 먼저 나를 붙잡아 왔다. 내 팔을 붙든 그가 짙어진 눈동자로 나를 보더니 몸을 숙였다.

"이건 그 답례."

키스해 달란 건가? 허락의 표시로 그의 입술을 손으로 느릿하게 쓸었다. 페르제는 기다렸다는 듯 고개를 숙여 깊이 키스해 왔다. 내가 그의 손에서 빠져나갈까 간절함이 묻어 나왔다. 내 손목을 움켜쥔 그의 손에서 한껏 달아오른 열기가 느껴졌다. 단단하고 부드러운 혀가 휘감아 오자 꿀을 머금은 듯한 달콤한 타액이 전해졌다. 질척이는 소리가 귓가로 선명하게 들리니 기분이 이상했다.

"답례로는 부족해."

나지막한 중얼거림에 어느새 떠진 페르제의 눈이 커져 갔다. 나는 그의 품에서 빠져나와 단단한 목덜미를 두 팔로 끌어안았다. 그리고 그에게 안기듯 입을 맞췄다. 내 허리를 강하게 끌어안은 팔을 느끼며 그의 입술을 적셔 갔다.

입술이 떼어진 후, 한없이 깊어진 시선이 내게 향했다. 붉어진 눈가로 그를 올려다보는데, 어쩐지 무거운 한숨 소리가 들려왔다.

"하아, 미치겠군."

나는 페르제를 올려다보다가 그러면 안 된다는 듯 고개를 내저었다.

"아직 미치면 안 돼. 나와 못한 일이 잔뜩 남았으니까……."

"남은 일이라니?"

"손잡고 디저트 가게도 가 봐야 해. 있잖아, 난 페르제와 소금 광장도, 유리성도, 겨울 호수도 보고 싶어."

"어디든 가 줄게. 미치겠다는 게 그런 의미는 아니었지만—."

페르제는 대답 대신 손을 뻗어 내 눈가를 쓸어내렸다. 제비꽃을 닮은 아름다운 눈동자가 움직임을 멈춘 채 나를 담고 있었다.

"거짓말."

나는 페르제를 바라보며 못된 말을 입에 담았다. 페르제, 난 모르겠어. 모두 내 곁에 있겠다고 약속하는데, 불안감이 어째서 점점 커지는 건지.

믿지 못하겠다는 말에 페르제가 다정한 눈웃음을 지으며 나직이 답했다.

"부인께서 원하는 곳이라면 어디든."

"아직 결혼 안 했잖아."

아무렇지 않게 대하고 싶었는데, 가벼운 원망이 섞여 들고 말았다. 서툰 감정 표현에 페르제가 눈을 마주쳐 오며 피식 낮게 웃었다.

"대공비 자리, 여전히 비어 있어."

그의 늘씬한 손이 반지가 끼워진 내 왼손을 부드럽게 잡아챘다. 보석을 다루듯 섬세한 손길이었다. 손등에 느릿하게 입을 맞춘 페르제가 깊어진 눈길로 바라보았다.

"내 부인을 두고는 안 미쳐."

홀로 두지 않겠다는 말에 심장이 쿵, 내려앉았다.

"시엘 비센나, 당신만이 내가 사는 이유니까. 예카르트가 비센나와 함께하는 것도."

페르제는 내 손을 마주 잡아 오며 깍지 낀 손을 어루만졌다. 반지의 붉은 마정석을 조심스레 쓸어내린 그가 애틋한 두 눈동자에 내 모습을 담았다. 예카르트의 보물을 내게 건네주던 페르제 대공. 그의 과거 모습이 지금과 겹쳐졌다.

- 비센나의 개들이 널 해치려고 하거든, 언제든 도망쳐도 좋다. 가문에 첩자를 숨겨 두었으니.

그때는 고맙기보다 왜 이런 귀한 걸 내게 주나며 새초롬히 쳐다봤었는데.

- 내 얼굴 보고 가려고 기다린 고예요?

- 그럴 리가. 이걸 주러 온 거다.

가문의 하나뿐인 보물을 주는 것치곤, 한없이 무심한 시선이 내게 닿았었다.

- 가져라.

대대로 가주에게 내려온다는 귀한 보물이었다. 예카르트의 가주가 혼약을 맺은 대공비에게 건네준다는 붉은 마정석으로 된 반지. 가문의 귀한 보물을 아무렇지 않게 건네는 그의 모습을 어찌 잊을 수 있을까. 비센나가 예카르트와 함께하는 이유도 당신인 것을.

"그러니 다치지 마."

페르제가 걱정을 감추지 못한 채 부탁해 왔다. 내 손을 붙잡은 커다랗고 단단한 손이 사랑스러웠다. 나도 이대로 당신의 온기를 놓치고 싶지 않아. 그의 손을 살며시 잡아당겨 내 뺨에 묻으며 눈을 내리감았다.

"응, 페르제도."

"백작을 보는데 다칠 일이 뭐가 있겠어."

페르제는 가벼운 한숨을 내쉬며 뒷말을 이었다.

"무리하지 마, 시엘. 아까 봤던 광경을 잊고 싶다면, 기억을 지우는 약이라도 구해 올 테니까."

무뚝뚝한 어조였지만 그 속에 나를 향한 걱정이 묻어났다. 그 정도론 끄떡없다며 살짝 웃었다. 페르제가 걱정하는 건 알겠지만, 난 정말로 괜찮았다.

"그건 싫어."

나를 위한 배려라는 건 안다. 그래도 약의 힘을 빌려 기억을 지우고 싶진 않았다. 본 세례를 받게 된 슈레이가 기억을 잃어버려서 그런지 몰라도.

"우리가 키스한 거, 잊기 싫어."

나는 페르제의 뺨에 깊게 입을 맞추며 진심을 담아 속삭였다.

"너와의 기억은 누구에게도 빼앗기지 않을 거야. 그게 마법이든, 약이든."

페르제의 뺨을 감싼 채 그를 짙어진 눈길로 올려다보았다.

"네가 내게 해 준 말들. 내 곁에 있어 준 기억들. 전부 내 거니까."

페르제와 나는 좋은 기억만 가질 수는 없었다. 그렇기에 더 절박하고, 염원하고, 그리운 법이겠지.

"그러니 너도 날 잊지 마, 페르제. 용의 저주가 널 잡아먹게 돼도."

나는 페르제와 시선을 마주치며 원 없이 진심을 토해 냈다.

"다른 건 다 잊어도…… 이것만은 기억해. 네가 내 사람이라는 거."

내 아버지, 유스티아 비센나는 내게 경고했다. 페르제에게 용의 저주가 시작되면 나도 알아보지 못할 거라고.

"······시엘."

페르제는 잊지 않겠다고 말하는 대신 선명한 보랏빛 눈동자로 나를 내려다보았다. 그에게선 답이 없었다. 확신이 없는 거냐고, 물으려던 찰나. 선명한 빛을 품은 아름다운 눈이 내게 내려앉았다.

"로만은 잊어도 너를 잊는 일은 없을 거야."

"그 약속, 지켜야 해······."

나는 페르제의 너른 가슴팍에 얼굴을 묻었다. 미쳐 버린 용의 기사는 제 혈육도, 사랑했던 사람도 알아보지 못한다. 그래서 그렇게 미치기 전에 죽여야만 한다고, 아버지는 내게 말했었다. 그 전에 사랑을 주어야 한다고도. 마음을 전하고 더없이 귀한 시간을 보내야 한다는 말이 조금은 이해가 갔다.

"슈레이처럼 그러지 마."

고개를 뗀 나는 페르제의 옷깃을 꽉 붙들었다. 그리고 애처로운 눈길로 그를 올려다보았다.

"슈레이와 달리, 페르제 넌 내게 약속했으니까."

그와 헤어지기 아쉬웠지만, 옷깃을 놓아주었다.

"맹세하마, 시엘. 예카르트의 이름을 걸고."

페르제가 한쪽 무릎을 꿇고 내 손등에 입을 맞추었다.

"시엘 비센나, 널 잊는 일은 없을 것이라고."

나는 그런 그를 물끄러미 내려다보다가 손길을 거두었다. 차가운 입술이 닿은 곳엔 어떠한 표식도 없었으나, 그와 나의 맹세가 새겨진 것 같았다.

"그거면 충분해."

나는 목이 메는 것을 느끼며 답했다. 더는 시간을 지체할 수 없었기에 페르제에게서 먼저 몸을 돌렸다. 그와 헤어져 지하 시설로 향하는 발걸음이 무거웠다.

20
재회

"슈레이 비센나."

감정이 섞이지 않은 차가운 목소리였다. 신전 안, 백발을 허리까지 기른 여자가 금발의 추기경을 내려다보았다. 의자에 몸을 기댄 발레리의 서늘한 시선이 한쪽 무릎을 꿇은 슈레이에게 향했다.

"발레리 경, 아나이스 가문으로 가는 것을 허락해 주십시오."

발레리는 알 수 없는 시선으로 슈레이를 내려다보았다.

'이유 없이 가진 않을 터…….'

아나이스가 비센나에 누명을 씌우기 위해 모아 둔 인형을 정리하고 오겠단 의도가 분명했다. 아나이스가 그간 제물을 모아 왔단 사실은 발레리도 알고 있었다. 그 사실을 알게 된 지는 수십 년 전. 카샨, 자신의 남동생을 죽이기 위해 성배를 쓰고 나서였다. 성배를 그런 식으로 쓰게 될 줄은 몰랐지만, 성배의 성력이 제물로 인해 채워졌다는 사실도 그전까진 알지 못했다.

'리모나는 아이들이 제물로 쓰였단 사실을 알고 있었겠지. 그 아이는 성녀였으니까.'

성녀인 리모나가 모를 리가 없다. 그 사실을 알면서도 차마 언니인 자신에게 말할 수 없었던 것은, 알게 되어도 성배를 어찌할 수 없었기 때문이었다. 되레 위험해질 거라고 리모나는 판단했을 것이다. 리모나가 예상했듯 발레리에겐 성배를 없앨 마력이 없었다. 제 언니가 섣불리 성배를 제거하려 했다간, 도리어 신전의 배신자로 몰려 죽게 되리라고 미래를 예견했을지도 모른다.

어쨌건 발레리는 원치 않게 성배에 담긴 성력을 써 버렸다. 카샨을 죽이는 방법으로. 더 큰 희생을 막기 위해서였다고, 이제 와서 명분을 내세울 생각 따윈 없었다. 그릇된 방식으로 성력을 써 버린 것도, 제 남동생을 두 손으로 직접 죽인 것도 사실이었으니까. 카샨을 죽였으나, 그건 누이였던 자신이 해야 할 일이라고 발레리는 생각했다.

카샨을 죽인 그날 이후로, 발레리는 성배 관리를 맡게 되었다. 성배에 관한 기록이라면 뭐든 살폈다. 가문의 서고에서 찾아낸 기록에 의하면, 성배는 처음부터 제물을 필요로 했던 게 아니었다. 지브릴의 제1 신성 가문이었던 이스넬가(家)가 있을 때만 해도, 성배는 자체적으로 성력을 키워왔다. 그건 성배를 관리하는 사람, 즉 그때 당시의 성녀가 막대한 성력을 가졌기 때문이었다.

'샤리타.'

대 전쟁 때 죽음을 맞은 이스넬의 마지막 성녀.

몇 남지 않은 가문의 서고에 나와 있던 기록에 의하면, 샤리타 이스넬은 수백 년 전 용의 마력을 가진 연금술사와 맞서다 죽었다고 한다. 하지만 기록은 조작된 것이었다. 샤리타는 연금술사와 함께 200년을 넘게 살았고, 수십 년 전에야 생을 마감했다. 여신의 후예라 불렸던 신성 가문 이스넬이 와해된 후. 성배를 관리할 사람이 사라졌고, 그 후로 성배는 성력을 채우기 위해 제물이 필요해진 것이다. 그리고 이런 사실을, 비센나 출신의 추기경, 슈레이도 알게 되었으리라.

"발레리 추기경께서 반대하신다면 가지 않겠습니다."

"……내가 왜 반대할 거라고 생각하지?"

"아나이스 일족인 리에나 성녀를 아끼신다고 들었으니까요. 제가 가게 된다면 아나이스의 치부가 파헤쳐질 겁니다."

"그 아이는 무관하다. 제 아비가 저지른 짓이지."

발레리는 그렇게 말하면서도 어쩐지 새어 나오는 웃음을 멈추지 못했다. 나직이 웃던 그녀는 슈레이를 물끄러미 내려다보았다.

'비센나를 위해서 움직이려는 건가? 하지만 본 세례를 받았으니 그럴 동기도 없어졌을 텐데.'

어차피 전부 잊어버렸을 것이다. 아델하이트 남작이 사랑하던 리모나를 잊어버렸듯, 슈레이 비센나 또한 추기경이 되려던 목적을 잃어버렸을 테니.

"슈레이 경, 내게 이런 허락을 요구해 온 건 그대뿐이다. 조용히 지나가면 될 일이라는 생각은 들지 않던가?"

"조용히 지나가기를 원하시는 겁니까?"

슈레이는 발레리의 말에 답하는 대신 도리어 물었다. 도발적인 태도에 발레리는 묘한 이채가 서린 눈으로 그를 바라보았다. 여신의 것을 닮은 금발. 새벽의 호수를 그린 듯한 벽안. 헌터로서 사냥을 해 왔던 자답게 눈 매는 날카로웠으나, 고귀한 보석 같다고 발레리는 생각했다.

짙은 시선이 느껴지자 슈레이는 고개를 들어 발레리를 올려다보았다. 서릿발처럼 차가운 보랏빛 눈동자는 익숙했다. 발레리 스페르챠. 그리고 그녀의 아들인 페르제 예카르트. 둘 다 숱하게 보았던 이였다. 발레리는 신전에서, 페르제는 제 가문이었던 비센나에서. 그런 그가 눈앞의 추기경 에게 허락을 구하는 이유가 있었다. 발레리는 성배를 지키는, 가장 높은 직급의 제1 추기경이었다. 지위로 따지자면 교황보다 아래였지만, 교황

아우렐리스 2세마저도 그녀에게 함부로 굴지 못했다. 발레리의 눈치를 보는 교황이라니. 신전이 돌아가는 꼴이 퍽 우습긴 해도, 발레리의 명령이 떨어져야 아나이스로 갈 수 있었다.

"발레리 경께서 허락하지 않으신다면 저 또한 묵인하겠습니다."

조용히 읊조려진 말에 발레리는 웃음을 거두었다. 묵인이라……. 영 틀린 말은 아니다. 성배를 지켜야겠단 생각을 했었을 뿐, 성력이 어떻게 채워지는진 관여하지 않았다. 자신 또한 희생을 묵인해 온 괴물이었다. 그러니 이제 와서 옳고 그름을 따지기엔 이미 너무 늦어 버렸다.

"아나이스는 신성 가문으로 신전의 보호를 받아 왔다. 그걸, 지금 그대가 깨려 한다는 걸 알고 있나?"

"……."

슈레이의 침묵에 발레리는 상관없다는 듯 말을 이었다.

"내 명령을 기다린다고 했던가? 나는 네게 어떠한 명령도 내리지 않겠다."

발레리의 말은 묘하게 들렸다.

"슈레이 경을 비롯해 모든 추기경이 내 관할이긴 하나…… 그대가 아나이스 가문에 가건, 가지 않건 나와는 상관없는 일이다."

발레리는 슈레이의 턱을 움켜쥐어 저와 시선을 마주하게 했다. 악기를 연주할 것 같은 섬세한 손에 우악스러운 힘이 실렸다. 턱이 부서질 것 같은 악력에도 슈레이는 신음 하나 내뱉지 않은 채 상관의 시선을 받아쳤다.

"그러니 앞으로 벌어지는 일은, 모두 그대가 초래한 결과다. 슈레이 비센나."

복종의 표시로 무릎을 꿇었던 슈레이가 붉은 입술 끝을 말아 올렸다. 그토록 바라던 답이었다. 철혈의 추기경께서 쉽게 허락할 거라곤 예상치 못했지만.

슈레이는 발레리의 손등에 차가운 입술을 묻고는 시선을 올렸다. 누가 봐도 순종과는 거리가 먼 데다, 복종하는 눈빛은 더더욱 아니었다. 그럼에도 발레리는 크게 관여하지 않았다. 원래 이러한 자라는 걸 알고 있었으니까. 발레리의 손을 천천히 놓으며 슈레이는 자리에서 일어나 인사를 읊조렸다.

"여신의 축복이 발레리 경께 닿기를."

형식적인 인사치고는 제법 진심을 담았는데, 백발을 길게 늘어뜨린 추기경에게선 별 대답이 없었다. 그저 뜻을 알 수 없는 고요한 시선으로 슈레이 자신을 지켜볼 뿐이었다.

슈레이는 발레리에게서 몸을 돌렸다. 아나이스로 가겠다는 것을 막지 않는 이유는 알 수 없었으나 지금이 기회였다.

"제가 발레리 추기경님의 명예에 누를 끼치는 일은 없을 겁니다."

검은 구둣발이 일정한 보폭으로 움직였다. 단정한 움직임에 따라 자줏빛 천이 까마귀의 깃털처럼 새까만 제복을 감싸듯 내려앉았다.

"우습군. 아델하이트가 그대를 눈여겨본다는 건 알고 있겠지."

발레리의 나지막한 중얼거림에 슈레이는 걷던 것을 멈추었다.

"바라던 일입니다. 저 또한 아델하이트 추기경을 주의 깊게 보고 있으니까요."

조금의 두려움도 없이 답한 슈레이가 다시 걸음을 옮겼다. 벼려진 검날처럼 날카로운 시야가 정면을 향했다. 새파란 눈동자는 협곡 위에 쌓인 눈처럼 시리게 빛났다.

* * *

"이제 끝이야."

나는 마지막으로 남은 결계를 보며 쓴웃음을 지었다. 다른 사람에겐 보이지 않을 마력의 흐름이 시야에 선명히 담겼다. 얼마나 오랫동안 지하에 있었는지 모르겠다. 지하에 온 마법사 두 명을 제압한 것을 빼면, 별다른 일은 없었다. 파리한 안색을 하고 있었지만 정신을 잃었을 뿐, 죽이진 않았다.

나는 구석에 쓰러진 마법사들에게서 고개를 돌려 정면을 바라보았다. 푸른 마나로 덧그려진 원은 총 일곱 개였다. 여섯 개의 보호 마법을 해제했으니 남은 건 하나. 지금, 내가 서 있는 이곳이 두 번째 제단이었다. 제단이라 불리긴 해도 가넷 성에서 제물을 직접 바치는 건 아니었다.

우웅. 손에서 흘러나온 검은 마기가 마지막 보호 결계를 해제했다.

"결계를 다 해제하고 나서야 보일 줄이야."

마지막 결계까지 풀고 나서야, 푸르게 빛나는 돌이 내 앞에 모습을 드러냈다. 백탑에서 봤던 갈라테이아 마석보다 더 막대한 크기였다. 얼음을 깎아 만든 것처럼 창백한 푸른색이었다. 조심스레 돌조각을 만지자 손끝에 한기가 감돌았다. 거칠어 보이는 것과 다르게 표면은 손이 미끄러질 만큼 매끄러웠다.

'이게 성력이 깃든 어비스 석.'

가넷 성에는 가공하지 않은 거대한 어비스 석이 있었다. 수도 외곽, 첫 번째 제단에서 모아 온 성력을 이 어비스 석에 담아 온 것이다.

'여기 걸린 보호 마법도 수백 년은 되었겠지.'

하지만 외곽에 있던 제단을 없앴으니, 더는 어비스 석에 성력을 담지 못할 것이다. 교황청에 있는 세 번째 제단은 성력이 깃든 어비스 석과 성배를 잇는 역할이었다. 첫 번째 제단은 무너진 지 오래였고, 두 번째인 어비스 석도 부수면 끝이었다.

눈을 감고 라티에스의 마기를 모으는 데 집중했다. 검은 마나를 손끝에 두른 채 어비스 석에 손을 얹었다. 우웅―. 웅. 바람이 빈 벽을 치는 듯한 소리가 났다. 그 뒤로 한 차례 풍성이 들리더니 어비스 석이 쩍, 소리를 내며 갈라지기 시작했다.

푸른 나비가 살랑대며 성력이 회오리치는 어비스 석 주위에 내려앉았다. 어비스 석에 깃든 성력은 어마어마했다. 여신에게 빌린다는 성력은 신성하게 여겨졌던 것과 다르게 제물을 바쳐 쌓아 온 것이었다.

"성력이 가득 차 있어."

성배에 그간 모아 온 성력을 채워 넣었다면 어비스 석은 텅 비었을 것이다. 하지만 마고 사건이 수면 위로 떠오른 후, 세간의 이목이 쏠려 쉽사리 옮기지 못했을 터.

'수년간 모아 온 걸 거야. 이 정도 성력이라면, 페르제와 아버지도…….'

어쩌면 이만한 성력이 있다면 두 번의 기적을 볼 수 있지 않을까란 생각이 잠깐 들었다. 지금이라도 어비스 석을 부수지 않고 그대로 두는 게 어떨까 고민했다. 성배에 이제껏 모아 온 성력이 채워질 수 있도록. 하지만…….

아버지가 했던 말이 뇌리를 스치고 지나갔다.

- 타인의 목숨으로 삶을 연명하고 싶진 않구나.

꾸욱. 손을 힘주어 움켜쥐었다가 풀어냈다. 내가 할 일은 정해져 있었다. 바로 눈앞의 어비스 석을 없애 버리는 것.

나는 어비스 석에 손을 얹으며 눈을 내리감았다. 유스티아 비센나가 오래 살기를 바라는 건 이기적인 내 욕심이었다. 아버지를 위한 길이라는 이유로 그가 바라지 않는 일을 할 수는 없었다.

쩌억. 쩍—. 어비스 석에 갈라진 틈이 점점 크기를 키워 나갔다. 부서지는 새파란 돌조각 사이로, 환영이 보였다. 비센나의 왕좌에 앉아 나를 물끄러미 내려다보는 아버지의 모습. 까마귀 털처럼 새까만 머리칼. 어두컴컴한 바다를 담은 듯한 어둑한 눈동자. 한없이 차갑고 서늘했던 눈빛이 따스해져 가는 것을 볼 때면, 내가 세웠던 얼음의 벽도 제 의지를 잃고 서서히 녹아 가곤 했다.

'유스티아, 당신은 알까.'

그의 눈이 금빛으로 변할 때까지 얼마나 오랜 시간이 흘렀는지. 아버지가 내게 더없이 소중한 사람이 되었다는 것도.

파랗게 빛났던 어비스 조각이 산산이 부서져 내렸다. 쏴아아—. 빛나는 가루가 비처럼 쏟아졌다. 조심스레 손을 뻗자 닿게 된 조각이 허상처럼 사라져 버렸다.

"아버지."

들리지 않을 말이었다. 그런데도 나는 유스티아 비센나가 곁에 있는 것처럼, 그가 내 말을 들어 주기라도 하는 것처럼 입을 열었다. 사라져 가는 어비스 석이 유스티아 비센나의 옛 눈동자와 비슷하다고 생각했다.

"전 페르제의 저주를 풀어 줄 거예요."

파스스. 안개처럼 사라지는 푸른 조각을 보며 쓴웃음을 삼켰다. 두 개의 제단을 없앴으니 기뻐해야 하는데, 어째서 이토록 목이 메는 건지.

"수백 년간 당신을 괴롭혀 왔던 저주는……."

말을 이으려다 목이 잠겨 멈추었다. 유스티아 비센나의 저주는 풀지 못할 것이다. 그는 자신을 선택하기를 원하지 않았다. 그의 바람대로, 내 마기를 없애기 위해 성배를 쓰진 않을 것이다. 아버지가 겪어 왔던 삶을 나도 살아갈 생각이었다. 괴물로 불리는 삶이라 하여도. 아버지, 저는 모르겠어요. 당신의 끝은 영생이 될지, 그토록 바라던 죽음이 찾아올지.

"당신의 저주는 제가 풀지 못할 거예요. 저는……."

페르제 예카르트를 살릴 생각이었다. 성배로 그의 저주가 풀릴지 확신할 수 없어도, 페르제를 구하기 위해 뭐든 할 생각이었다.

"페르제를 살릴게요."

살랑—. 창백한 손에서 흘러나온 푸른 나비가 원을 그리며 날갯짓하다 내 뺨에 앉았다.

'우린 행복해질 수 있을까, 페르제.'

깊게 잠긴 청록색 눈동자가 페르제가 있을 동쪽 성에 닿았다.

* * *

"갑작스레 찾아와서 놀란 건가, 아나이스 백작?"

대공을 맞이하게 된 백작은 침음을 삼켰다. 응접실에 흐르던 기묘한 침묵이 길게 늘어졌다.

"놀라긴 했지만, 기쁨보다 크진 않을 겁니다. 대공 전하께서 친히 오시는 줄 알았다면 미리 연회라도 준비하였을 텐데, 아쉽군요."

입 안의 혀처럼 달게 구는군. 그리 생각하며 페르제는 입꼬리를 올렸다. 백작의 입에선 역겨울 정도로 단내가 풍겼다.

"연회를 그리 좋아하진 않아. 와인을 마시는 건 즐겼지만."

"……전하께서 오시는 줄 알았다면, 와인을 준비해 둘 것을 그랬군요."

아나이스 백작은 주름진 미간을 펴며 의미 없는 답을 늘어놓았다.

"백작의 딸인 리에나 성녀도 와인을 즐겨 마시지 않나?"

"성녀님이 어찌 술을 즐기겠습니까."

차가운 시선에도 아나이스 백작이 느긋한 투로 답했다. 페르제는 백작과 더 이상 실랑이를 할 필요가 없음을 깨달았다. 리에나는 대공저에서 자신을 독살하려 했었다. 그녀가 독단적으로 벌인 일이라 해도, 아비인 아나이스 백작에게 책임이 없진 않았다.

"세라테산 와인이었지."

차가운 입술이 열렸다.

"……무엇을 말씀하시는 겁니까?"

백작의 의문에 페르제는 꼬고 있던 다리를 풀었다.

"백작, 그대는 언제 봐도 세 치 혀를 잘 놀린단 말이지."

그는 무릎에 얹었던 손을 쭉 편 뒤, 백작에게로 몸을 숙였다. 웃음기를 거둔 싸늘한 눈동자가 백작을 주시했다.

"세 치 혀라니, 제가 대공 전하의 심기를 상하게 했나 봅니다. 잘못이 있다면 사과를……."

쾅—! 페르제의 손이 테이블 위를 거세게 내려쳤다. 유리잔에 금이 가는 것을 보며 백작의 눈이 커져 갔다.

"바로 본론으로 들어가도록 하지."

그때의 일에 화가 나서 테이블을 친 건 아니었다. 늘 참거나 넘겨 오는데 페르제는 익숙했다.

"리에나 아나이스가 나를 독살하려 한 것, 백작은 알고 있었나?"

대공이 멍청한 질문을 하는군. 아나이스 백작은 나오려는 웃음을 삼켰다. 이미 오래된 일인 데다, 성녀가 그랬다는 마땅한 증거도 없다.

'멍청한 놈.'

가느다란 조소가 백작의 입에 걸렸다가 자취를 감췄다.

'그나마 가문에서 명석했던 제 어미가 떠난 후로 제대로 된 교육도 받지 못했을 텐데.'

황족으로서 이것저것 배웠다고 해도, 결국 할 줄 아는 건 검을 쓰는 일뿐이었다. 백작이 조소를 감추며 말했다.

"성녀님께서 그러실 이유가 없잖습니까. 누구보다도 대공 전하를 귀애하셨던 분입니다."

조롱이 담긴 언사에 페르제는 화를 내는 대신 픽 웃었다.

"계속 발뺌할 생각인가? 성녀가 내게 연심을 품었던 건 알았지만, 그걸로 나를 죽이려 들 줄은 몰랐지."

"성녀님께선 결백하십니다. 오히려 그때 끼어들었던 그 하녀 계집을 조사해 보는 것이 나을 겁니다."

페르제의 입가에서 비웃음마저 사라졌다. 굳어 가는 대공을 본 아나이스 백작이 설핏 웃었다.

"아, 지금은 비센나의 가주가 되었으니 계집이라 불러선 안 되겠군요. 예전에도 비슷한 일이 있지 않았습니까? 대공저의 하인이 와인에 독을 탔었던……."

"백작."

칼을 벼린 듯한 섬뜩한 시선이 내려앉았다. 뒷말을 이으려던 백작의 입술이 얌전히 다물어진 것도 한순간이었다.

"그대의 목숨은 여러 개인가?"

페르제는 몸을 일으켜 벽으로 다가갔다. 왼쪽 외벽에는 태피스트리가 있었고, 오른쪽에는 오래전 세상을 떠난 백작 부인의 초상화가 걸려 있다. 벽 중앙에는 레이피어가 세 자루 장식되어 있었다. 알이 큰 보석이 손잡이에 박혀 있었는데 광택제를 바른 검날은 샹들리에의 빛을 반사할 정도로 반짝였다. 페르제는 여유로운 손길로 은빛을 뿜어내는 장식용 레이피어를 집어들었다. 휘익. 손에 들린 레이피어의 손잡이가 비스듬히 바닥으로 향했다.

"비센나의 계집이라……. 제국의 공작에게 대단히 무례한 표현이로군."

"제가 예의를 표하는 건 황제 폐하, 그리고 대공 전하 당신뿐입니다. 비센나. 그 근본도 없는 비천한 가문 따위와는 비교도 안 될 정도로 귀하신 분이지요."

페르제는 대답하지 않았다. 태연하게 차를 마시는 백작에게 장식용 검을 든 채 다가갔다.

"내가 예의를 표하는 건 비센나의 가주가 유일하다."

장식용 검이 아나이스 백작의 뺨을 가볍게 스치고 지나갔다. 주르륵. 붉은 핏물이 벌어진 살갗 사이로 흘러나왔다. 백작이 손을 뻗어 상처를 훑기도 전에, 얇고 무딘 장식용 검 끝이 목울대에 겨누어졌다.

꿀꺽. 검 끝을 보는 중년 남자의 눈이 세차게 흔들렸다. 마른침을 삼키는 소리가 제 것이라고 백작은 깨닫지 못했다.

"비센나의 가주가 내 목숨을 구해 주었고."

장식용 레이피어는 사람을 해할 용도가 되지 못한다. 그렇기에 응접실 벽에 걸어 둔 것이었다. 위협이 되지 않는 데다, 아무리 신분이 높다고 하여도 손님으로 온 이상 검을 차고 오진 않는다. 격식에 맞게 대공의 허리춤엔 그 흔한 검 자루조차 없었다. 그러나 그의 검, 샤룬 바하이트는 대공이 원하면 언제든 쓸 수 있다는 건 알고 있었다. 하지만 저를 겁박하는데 장식용 검을 쓰리라곤…….

은빛의 실타래가 사선처럼 검을 감싸고 있었다. 마나가 깃든 검날이 백작의 목을 짓눌렀다.

'비릿한 냄새.'

제 목에서 흘러내린 거였다. 내리누르는 압력을 이기지 못한 살갗에서 붉은 피가 흘렀다. 꾸욱. 대공이 목에 댄 검 끝에 힘을 주는 순간, 백작의 생각이 멎었다.

"그대의 딸인 리에나 아나이스는 내 목숨을 노렸지. 내가 잠자코 넘어갔던 것은……."

아나이스 백작은 초조한 눈길로 페르제를 올려다보았다. 금방이라도 저 검이 제 목을 베어 낼 것만 같았다.

"성녀를 봐주려던 게 아니었어. 증거도 있었지. 독이 든 와인. 사고를 목격했던 대공가의 기사. 네가 낮춰 부르던 비센나의 가주까지. 아, 그때는 하녀였던가."

페르제는 사나운 시선으로 백작을 노려보았다. 아나이스 백작은 대공이 이토록 분노하는 이유를 알 수 없었다. 다 지난 일이건만. 이제 와서 왜? 문제를 삼고 싶었다면 그때 성녀를 잡아들여야 했다.

"그럼 잡으시지 그러셨습니까? 성녀님이 의심되었다면……."

질척한 핏물이 묻은 검 끝이 느릿하게 위로 올라갔다. 백작의 턱을 배회하던 검이 뺨을 간지럽혔다.

"제국의 황제가 성녀의 편이고, 예카르트에 등을 돌린 귀족들이 대부분이었지."

급해진 아나이스 백작이 말을 돌렸다.

"……그건 오해십니다. 성녀께서 대공 전하를 독살하려 했단 것도, 제가 그 독살에 동조했다는 것도."

페르제는 입가를 끌어 올렸다. 원하는 대답이 아니었지만 상관없었다.

"수년이 지난 지금, 자백 따위가 듣고 싶을까. 명석한 줄 알았는데, 백작은 제 여식보다 눈치가 없어."

"그게 무슨……."

아나이스 백작은 대공을 이해할 수 없었다. 리에나를 사주해 독살시키려 했다는 자백을 듣고 싶은 게 아니었나? 하지만 그 일은 자신과 무관했다. 저라면 그런 멍청한 짓은 시키지 않았을 것이다. 직접 움직일 수 없었던 황제가 교묘한 행동으로 리에나를 나서게 했을 뿐.

"백작이 동조했든 동조하지 않았든 상관없다. 이제 와서 오래전 일을 들먹일 수도 없을뿐더러…… 제국의 성녀가 단둘이 먹는 저녁 식사에서 나를 독살하려 했다고 말해 봤자 우스운 꼴만 될 뿐이지."

리에나는 황제 칼란이 지지하고, 제국민이 사랑하는 성녀였다. 그에 비해 페르제 자신은 반역자를 제거하고, 마물을 처리해 왔지만 두려움과 경멸의 대상이었다. 용검 바하이트의 전 주인이었던 카샨 스페르챠가 저질렀던 참극 때문에 페르제는 나설 수가 없었다. 다음 대 용의 기사인 자신에게 향하는 시선을 알기에 리에나를 붙잡지 않았다. 저를 독살하려고 했던 걸 알면서도 성녀에게 책임을 물을 수 없었다.

용서한 것은 아니었지만 책임을 물을 만한 상황도 아니었다. 오히려 성녀의 죄를 까발린다면 역공을 당할 위험이 있었다. 예카르트는 황가에서 나온 가문이었지만, 정치적인 힘은 미약했다. 페르제는 제국의 귀족들이 저를 어떻게 부르는지 명확히 알고 있었다.

살인귀. 저주받은 용의 기사. 언제 악마로 변해 제 가족과 가신들을 죽일지 모르는…… 미치광이 대공. 그게 자신을 일컫는 전부였다. 그런 까닭에 예카르트를 지지하는 귀족들은 몇 없었다. 누군가를 죽이고도 남을 사람이 되레 독살당한다는 건, 그리고 그 당사자가 성녀라는 건 그 누구도 믿어 주지 않았을 것이다.

"백작은 패를 잘 쓰는 명석한 사람이라던데……."

페르제는 말끝을 흐리며 픽 웃었다.

"아직 버릴 패를 찾지 못했나 보군."

아나이스 백작은 표정을 굳혔다. 대공의 말이 무슨 뜻인지 이해하는 데는 시간이 필요했다. 기사를 부를까, 주변을 살피던 아나이스 백작의 얼굴이 급속도로 굳어졌다.

'제물······.'

리에나의 독살을 가지고 책임을 묻겠단 소리가 아니었다. 성녀의 독살 시도와는 비교가 되지 않을 만큼 그보다 더한 무게를 지닌 것. 마고 사건. 아나이스 가문이 지브릴에서 성력이 강한 아이들을 제물로 바쳐 온 일을 말하는 것이었다. 오래간 아나이스 가문이 해 온 일이었으나, 벤자민 아나이스. 자신의 대에 이르러서 발각되고 말았다.

"백작이 현명한 선택을 하기를 바라지."

검을 떼어 낸 대공이 푸줏간에 매단 고기 보듯 싸늘한 시선으로 백작을 내려다보았다.

"딸에게 모든 죄를 뒤집어씌우려면 서두르는 게 좋을 거다. 성녀가 제 아비에게 쉽게 당해 주진 않을 테니."

백작, 자신의 죄를 인정하지 말란 소리였다. 포기하지 말고 살아남을 때까지 발악하라는 노골적인 조롱이기도 했다.

"부디, 이번에도 쥐새끼처럼 잘 빠져나가기를 기대하도록 하지."

페르제는 벽에 걸린 시계를 본 뒤, 손에 들고 있던 장검을 아무렇게나 내팽개쳤다. 챙ㅡ! 대리석 바닥에 떨어진 금속이 귀를 찢는 소리를 냈다. 그것이 꼭 비명 같다고 아나이스 백작은 홀로 우두커니 앉은 채 생각했다.

"대공 전하······!"

백작이 붙잡기도 전에 페르제가 먼저 응접실을 빠져나갔다. 대공이 걸친 흰 제복이 움직임에 따라 펄럭이는 것을 멍한 눈길로 쫓았다. 홀로 남겨진 백작의 심장이 터질 것처럼 뛰었다.

"……성녀를 내 결정만으론 내려 앉힐 순 없지. 내게 남은 유일한 패인데."

리에나는 제 딸이었고, 그간 꽤 유용했었다. 가문을 위해 성녀가 되겠다고 했을 정도로 아버지인 자신에게 충성을 바쳤었다.

"리에나를 버려서라도, 이 일은 덮어야겠어……."

백작은 초조한 듯 손톱을 물어뜯다가 웃음을 터뜨렸다. 어차피 교황도 곧 성녀 자리에서 내려올 리에나보다는, 그간 성배의 성력을 채워 왔던 제 편을 들어줄 것이다. 그러니 저 대신 다른 누군가에게 제물을 바친 책임을 지우면 된다.

"리에나, 내 자랑스러운 딸."

백작은 자색으로 보이는 어둑한 입술을 끌어 올렸다.

"네가 쓸모가 있어지겠구나. 언니인 네 손에 가련히 죽은 엘리야보다 더."

낮게 읊조린 아나이스 백작이 주머니 속에 넣어 두었던 펜던트를 손에 쥐었다. 엘리야가 어릴 적, 리에나를 위해 만든 목걸이는 아니었다. 죽은 딸아이가 그리워 장인에게 시켜 만들어 둔 것일 뿐, 아쉽게도 그건 제 손에 없었다. 애틋한 시선이 제 손에 놓인 펜던트로 향했다. 펜던트 속 초상화에는 사랑하는 어린 딸, 엘리야가 희미한 미소를 지은 채 흰 안개꽃을 한 아름 가득 안고 있었다.

* * *

페르제가 무슨 일을 벌였는지 몰라도 아나이스 백작은 오지 않았다. 마지막 결계도 해제했고, 성력이 깃든 어비스 석도 마기를 쏟아부어 없앴다. 이제 제물로 바쳐진 주검만 불태우면 끝이었다. 조심스레 손을 뻗어 붉은 빛이 감도는 관을 쓸어내렸다. 차갑고 딱딱한 느낌이 손끝에 닿아 왔다. 떨리는 손으로 관을 짚은 채 고개를 숙였다.

"안식을 찾기를."

여신을 믿는 지브릴에선 죽은 이들에게 프레이야의 안식이 찾아오길 빌곤 한다. 하지만 성배 때문에 희생된 이들에게 그런 기도를 올릴 수는 없었기에, 그저 안식을 찾기를 바랄 뿐이었다. 페르제에게 이 일을 맡기지 않은 것도 같은 이유였다. 그들의 생을 쓰는 대가를 치러야 했고, 성배를 쓰게 되는 내가 져야 할 책임이었다.

"다시는 이런 일이 없도록…… 묵인하지 않을게요."

한없이 잠긴 목소리가 낯설게 느껴졌다. 듣는 이 하나 없는 고요한 지하에선 바람 소리 외 아무것도 들리지 않았다. 가엾은 아이들은 살아 있는 채로 제물로 바쳐졌다. 죽어서도 부모의 품에 돌아가지 못한 채, 이곳에 붙잡혀 있었다. 한나처럼 사라진 가족을 찾아 헤매는 이들도 있을 것이다. 안리는 가족의 품으로 돌아가겠지만, 그렇지 못한 이들이 더 많았다.

"제, 제발……."

부스럭거리는 소리가 들려 고개를 돌렸다. 그곳에는 마기에 제압당한 채 엎드려 있는 두 명의 마법사가 있었다. 차가운 시선으로 그들을 내려보다가 몸을 돌렸다.

"이, 이것 좀 풀어 주십시오. 여기서 본 건 비밀로 할 테니……."

살려 달라는 소리였지만 대꾸하지 않았다. 나는 손에 쥔 작은 유리구슬로 시선을 내렸다. 미리 챙겨 둔 마법 도구엔 강한 화력이 담겨 있었다. 쩌적―. 미약한 마기를 담자 유리구슬이 깨지며 불꽃이 피어났다. 저택 하나는 불태울 수 있을 만큼 강한 화력이었다.

툭, 데구르르. 지하 시설로 범위를 정한 뒤, 유리구슬을 바닥에 내던졌다. 유리 조각에서 흘러나온 붉은 마력이 불꽃으로 점화했다. 자그마했던 불꽃이 점차 크기를 키워 나갔다.

타닥타닥. 땅에 묻히지도 못한 가련한 아이들. 타오르는 화마가 제물로 바쳐진 억울한 이들의 넋을 달랠 수 있기를.

화르륵―. 밀랍에 붙은 불꽃이 거대한 화염으로 변해 가는 것을 보며 몸을 돌렸다.

이제 끝이었다.

"라티, 끝났어."

나는 내 손에 라티에스를 올리고는 꼼지락거리는 까만 물체를 물끄러미 보았다. 쓴웃음을 짓는 내게 라티에스는 위로하듯 작은 손에서 동동거렸다.

"라티, 널 끔찍이도 싫어했었는데 너도 원해서 내 계약자가 된 건 아닐 거야."

마기가 없었다면 죽은 이들에게 안식을 찾아 주는 일도 불가능했을 것이다.

"네 덕분이야, 라티."

비센나의 가주로 온전히 설 수 있었던 건, 내 삶을 엉망으로 만들 거라 생각했던 작은 괴물 덕분이었다.

"아버지에게도 이 일을 맡길 순 없었어. 샤키 오빠에게도……."

라티는 내 말을 듣는 것처럼 잠자코 앉아 있었다.

"슈레이가 비센나에 있었어도 맡기지 않았을 거야. 온전한 내 욕심이고 책임이니까."

차라리 다른 사람들을 위해 성배를 쓰는 거였다면, 이토록 죄책감을 느끼지 않아도 되었을까.

"어린 생명들로 채워진 성력을…… 내가 사랑하는 사람을 위해 쓰는 것이니까."

성배로 인해 저주가 풀린다면 그걸로 끝일 거라 과거의 나는 생각했다. 그 무게를 져야 한다는 것은 간과한 채.

"책임을 지고 살아갈게. 라티, 너도 버리지 않을 거고."

모든 일이 끝나면 라티에스와 떨어지는 것도 생각했었다. 현실적으로 말도 안 되는 소리였지만, 어떻게든 연구를 해서 떨구려고 마음먹은 적이 있었다.

"너를 아껴 줄게."

라티에스가 믿지 못하겠다는 듯 세모눈을 떴다. 아기처럼 작아진 마기의 뾰족한 시선이 의심스레 나를 올려다보았다. 그러다 손에 날카로운 것이 스쳤는지 피가 송골송골 배어 나왔다. 쪽, 쪽. 배가 고픈지 내게서 피를 게걸스레 훔치는 까만 뭉치가 보였다.

"깨물지는 마. 아프잖아."

목소리를 낮추자 라티의 몸이 움찔 굳었다. 가족들과 페르제는 아니더라도, 라티는 나를 변덕쟁이라고 생각할지도 모른다. 제멋대로에 오만한 주인이라고.

"라티."

라티를 조심스레 톡, 건드리며 다정한 웃음을 지어 보였다.

"내 귀여운 괴물."

라티의 눈이 동그래졌다. 사람을 닮고 싶었는지, 가끔 내가 귀여워하는 것들의 모습을 흉내 내곤 했다. 꺼지라는 말만 했었는데, 귀엽다고 느낀 건 이번이 처음이었다.

'라티도 감정을 느끼는 걸까?'

무감정했던 태초의 용, 샤룬 바하이트가 종내엔 사랑을 깨달았듯, 시초의 꽃인 라티도 감정을 알아 갈 수 있을지 모른다.

"전쟁이 끝나면, 더는 사람을 먹이로 주지 않을 거야."

무슨 말인지 이해한 걸까? 라티가 동그래진 눈으로 쳐다보고 있었다. 그러다 마기의 시선이 내 뒤로 향했다. 라티에게 집중하고 있던 터라, 어느새 마나의 흐름이 기묘해졌다는 것도 알지 못했다.

"라티, 먹잇감이 나타났나 보다."

내 뒤로 진득한 살기가 느껴졌다. 얼굴을 가리던 검은 로브를 천천히 벗어 내리고는 뒤를 돌아보았다.

"아쉽게도 저건 먹지 못하는 거네."

입맛 다시는 라티를 가볍게 혼내면서도 긴장의 끈은 놓지 않았다. 주름 하나 잡히지 않은 검은 사제복이 시야에 선명히 담겼다. 검은 장갑은 익숙한 것이었고, 금발 또한 내가 알던 모습이었다.

"……슈레이 비센나?"

쏴아아―. 탄내가 실린 미지근한 바람이 나와 그 사이를 지나쳐 갔다. 타오르는 화마를 뒤로한 채 내게 다가오는 남자를 쳐다보았다.

"오랜만이야, 슈."

어느덧 내 손에는 활로 변한 라티에스가 잡혀 있었다. 슈레이도 푸른 성력에 휘감긴 창을 쥔 채였다.

"오랜만입니다, 비센나의 가주."

낯선 인사에 소리 내어 작게 웃었다. 내 둘째 오라버니, 슈레이 비센나 가 저런 식으로 내게 인사할 줄은 몰랐다.

"어렸을 때 약속을 지키러 온 거지? 누가 이길지 기대되네."

슈레이는 기억할지 모르겠지만, 그와 나는 가주 자리를 걸고 붙기로 약속했었다. 차라리 그런 이유로 싸우는 거라면 좋았을 텐데.

"약속이라……."

슈레이는 타인을 보듯 무감정한 표정으로 나를 바라보았다. 기억을 잃은 그가 다정하게 볼 이유가 없다는 걸 알면서도 심장 한구석이 따끔거렸다. 나는 활대를 쥔 손에 힘을 꾹 주었다. 까맣게 빛나는 아름다운 활이 슈레이에게 향했다.

피융―. 주저 없이 마기를 실은 화살을 쏘아 보냈다. 이대로 물러가란 경고의 표시였으나, 슈레이는 가볍게 무마시켰다. 물리적인 화살이 아닌, 마기로 만들어진 활이었음에도 그의 성력에 의해 와해되었다.

"고작 이 정도로 비센나의 가주가 된 건가?"

가벼운 조롱에 눈썹 사이를 좁혔다. 도발에 넘어간 건 아니었다. 오히려 머릿속이 얼음물을 부은 듯 차가워졌다.

"아니."

나는 짧게 답하며 날카로운 마기로 손바닥을 베어 냈다. 툭, 투둑. 바닥으로 떨어진 붉은 피가 고여 웅덩이를 만들어 냈다.

"이제 진짜야."

가벼운 경고를 하는 대신, 사람을 죽일 수 있는 마기를 흘려보냈다. 검은 마기가 섬뜩한 화살촉으로 변해 갔다. 슈레이는 미끄러지듯 입술 끝을 올렸다.

'얕잡아 보는 건가?'

나는 눈을 가늘게 뜬 채 슈레이를 보다가 픽 웃었다.

"옛정을 봐서 봐주려고 했는데."

살기를 담아 슈레이를 노려보았다. 라티에스도 동조하듯 진득한 마기를 풀어냈다.

"그 잘난 무릎, 꿇게 되면 다시는 못 펴게 될 거야."

전투는 내 승리로 끝났다. 두 무릎을 꿇은 슈레이가 거친 숨을 몰아쉬었다. 그의 금발엔 핏물이 한껏 묻어 있었다. 슈레이의 패배는 당연했다. 이젠 비센나의 가주가 되었고, 라티에스를 내게 종속시켰으니까. 하지만 내 오라버니였던 그를 정말로 죽일 생각은 아니었다. 이대로 온전히 보낼 수도 없었기에 나는 잠시 망설였다. 나에 대한 기억을 잃었을지언정, 슈레이는 위협이 통하지 않는 상대였다. 다시는 찾아오지 않게 만들기 위해선 상처를 입혀야 했다.

"누님."

눈물로 얼룩진 파란 눈동자가 내게 향했다. 그의 창을 집어 등에 꽂으려던 나는 움찔 몸을 굳혔다. 급소만 피해야겠다고 생각하던 중에 말도 안 되는 소리가 들려왔다.

"제가 잘못했으니 용서해 주세요."

두 눈으로 똑똑히 보고 있는데도 믿을 수가 없었다. 기억을 전부 잃어버렸다고 했으니, 나와 어릴 적 했던 이야기도 잊어버렸을 텐데.

"기억을……."

되찾은 거냐고 물으려 했지만, 끝까지 말을 꺼내지 못했다. 정말로 찾은 거면? 기억을 찾았는데도 나를 죽이려 드는 거라면? 나는 참혹한 현실을 마주하고 싶지 않았다. 그래서 더 물을 수가 없었다. 그에게서 뺏은 창을 힘주어 잡으며 눈을 내리감았다.

"완전히는 아니지만 조금씩 기억이 나서 찾아온 거였어요."

"거짓말."

내 눈앞에 있는 사람이 정말로 슈레이가 맞는 건가? 어쩐지 의구심을 떨쳐 낼 수가 없었다. 목덜미에 있는 선명한 제식은 분명히 그의 것이었다. 짙고 선명한 푸른 나비가 흔들리는 눈동자에 들어왔다. 무릎을 꿇고 비는 사람이 슈레이임을 증명이라도 하듯.

"시엘 누님."

머릿속이 어지러웠다. 상처를 입혀 그를 돌려보내야 하는데, 창을 쥔 손에 힘을 주지 못했다.

"아."

마기를 너무 많이 쓴 탓일까. 속이 메슥거렸고 시야가 핑핑 돌았다.

'적당히 상대하고 돌려보내야 해. 안 그러면 내가 당해.'

지금, 그의 몸에 창을 꽂아야 했다. 치명상을 입힌다면 성력으로 치료하기 위해서라도 조용히 돌아갈 것이다. 그러니…….

"보고 싶었어요, 누님."

허락 없이 몸을 일으킨 슈레이가 나를 품에 와락 끌어안았다. 챙—! 창은 쓰기도 전에 힘없이 떨구어졌다.

눈물로 얼룩진 금발의 청년이 나를 보며 애달프게 웃었다.

"기억을 되찾았다고…….."

나는 그의 품에 안긴 채 쓴웃음을 지었다. 네 말을 믿어야 할까.

"나를 이기면 누님으로 불러 주기로 했던 거, 기억해요?"

슈레이가 목이 메는지 숨을 한차례 길게 들이쉬었다. 슈레이가 정말로 기억을 되찾은 거라면? 나를 잊지 않은 거라면 어떻게 해야 하는 거지? 심장이 쿵, 내려앉는 기분이었다.

"기억을 정말 되찾은 거라면……."

돌아가자고 말하려다가 입술을 달싹였다. 슈레이는 정말 비센나로 돌아오기를 바라는 걸까.

"용서해 주세요."

계속되는 사과에 차차 정신이 들었다. 죄책감에 어린 표정이 흐릿한 시야에 들어왔다. 그 모습이 꼭 배운 감정을 흉내 내는 인형처럼 느껴졌다.

"정말이야? 상황을 모면하기 위한 거라면……!"

그리 물으며 슈레이를 밀치려 했지만 두 손에 힘이 들어가지 않았다. 손쉽게 내 손목을 붙든 남자가 귓가에 나른한 목소리로 속삭였다.

"보고 싶다는 말은 진짜예요."

슈레이가 미친 게 아니라면 내가 제정신이 아닌 거겠지. 마기를 쓰려는 것을 알아차렸는지, 그의 말이 더 빨랐다.

"소원이 있어요. 향수는 받지 못했으니까 다른 소원 들어줘요."

이렇게 말을 높이는 것은 낯설었다. 기억을 되찾은 것치곤 그의 행동이 이질적으로 느껴졌다. 향수를 주려던 내 손을 먼저 내쳤으면서, 지금에서야…….

"난 아직 널 믿을 수 없어."

지금도 마치 나를 죽이려고 찾아온 것 같았다. 기억을 되찾았단 것도 거짓말일지도 모른다. 그러니 여기서 벗어나야 한다는 사실은 변하지 않았다.

'제단을 없애느라 너무 무리했어.'

멀쩡한 척했지만 한계치까지 마기를 쓴 탓에 머리가 어질어질했다.

"……그냥 얌전히 돌아가."

내가 마기를 한계까지 썼듯, 슈레이도 이미 많은 피를 흘렸다. 마기로 그를 제압하는 과정에서 입은 상처였다. 그가 걸친 검은 사제복이 더 어두운 색으로 물들었는데도 떠날 생각이 없어 보였다. 거친 욕이라도 내뱉어야 가려나 싶은데, 그의 입이 먼저 열렸다.

"같이 공작저로 가요. 아버지도 뵙고 싶어요. 샤키 형님도……."

"……샤키 형님."

나는 잠긴 목소리로 그가 한 말을 따라 했다. 슈레이는 샤르키스를 형님으로 부르지 않았다. 헤어지기 전, 마지막으로 그렇게 불렀을 뿐이다.

"형님이 많이 보고 싶었나 봐?"

슈레이는 의문이 어린 표정으로 나를 바라보았다. 얼어붙은 그의 얼굴을 보니 조소를 숨길 수가 없었다.

"기억을 되찾은 척하면서까지 나를 죽이고 싶었어? 쓸데없는 짓이야. 이만 돌아가."

가라는 말을 들었을 텐데도 슈레이는 여전히 나를 붙들고 있었다. 멱살을 잡든 밀치든 해야 하는데. 힘이 빠져서 손 하나 까닥할 기력조차 없었다.

"하고 싶은 말이 많았어. 만나게 되면 무슨 말을 해야 할까, 고민도 많이 했었는데."

슈레이는 그렇게 말하며 내 어깨에 고개를 묻었다. 쉬이, 낮은 한숨을 흘린 그가 잘게 떨리는 등을 조심스레 쓸어내렸다.

"보고 싶었어, 시엘. 본 세례 전에 하고 싶었던 말이 이제야 생각나서 찾아온 거야……."

분명 거짓말이다. 그걸 알면서도 난 그를 내칠 생각도 하지 못한 채 멍하니 그의 품에 있었다.

"……하고 싶은 말이 뭐였는데?"

마기를 너무 써서 머리가 생각하는 것을 멈춘 걸까. 제멋대로 붙잡힌 몸에 힘이 들어가지 않았다. 이유 모를 작열감에 손가락이 저려 왔고, 등 줄기를 따라 식은땀이 흘렀다. 겨우 고개를 들어 시선을 마주하는데, 그리움에 잠긴 애처로운 눈동자가 내게 향했다.

"내 손에 죽어 줘."

푸욱. 날카로운 것이 정확히 심장 쪽을 가격했다. 가까스로 손을 뻗어 단검을 붙잡을 순 있었다. 단검에 꿰뚫어진 손에서 붉은 핏물이 줄줄 흘러내렸다.

"슈레이……."

쯧, 혀를 낮게 차는 소리가 귓가를 울렸다.

"반항하면 더 아플 텐데, 멍청한 년."

푸욱―! 내 손에서 거칠게 단검을 빼낸 슈레이가 다시 심장 아래 검을 박아 넣었다.

"이 정도 소원은 들어줄 수 있겠지, 시엘 비센나. 귀찮게 하지 말고 죽어 줘."

비릿한 웃음소리가 귓가에 스쳤다. 흐릿해진 시야로 핏물에 젖은 금발과 아름다운 벽안이 어렸다. 과거 그의 모습과 지금이 스쳐 지나갔다. 정말로 슈레이가 맞는 거야?

"슈……."

털썩. 의지할 것을 잃은 몸이 바닥으로 쓰러졌다. 콰악. 무거운 눈꺼풀을 겨우 들어 올리자 가까워진 구둣발이 내 머리를 짓밟았다. 툭. 붉은 핏물이 검은 옷자락을 축축이 적셨다. 내 피가 이렇게 비릿한 냄새를 풍긴다는 것을, 처음으로 깨달았다.

"슈 오라버니……."

손이 힘없이 바닥을 뒹굴었다. 내 의지와 상관없이 점차 의식이 몽롱해졌다. 난 그토록 보고 싶었는데…….

"애초에 너와 난 타인이었다, 시엘 비센나."

듣지 않기를 바랐던 말이 잔혹한 비수가 되어 날아왔다. 단검에 박혔기 때문인지, 잔혹한 말 때문인지 뜨겁게 박동하는 심장이 멎을 것처럼 아려 왔다. 지금 이 순간만큼은, 귀가 먹어 버렸으면……. 듣지 않았다면 좋았을까. 가장 비참한 순간, 의식의 통제에서 벗어난 입이 제멋대로 달싹였다. 볼품없게도.

"……나……만 보고 싶었던 거구나……."

그 말을 뒤로, 나는 정신을 잃고 말았다.

"어째서……."

페르제는 멍하니 핏자국이 배인 땅을 내려다보았다. 마기의 흐름이 끊긴 건 한순간이었다. 응접실에서 나온 뒤, 곧바로 시엘이 있어야 할 곳으로 찾아왔다. 그런데 그 어디에도 시엘은 보이지 않았고, 흔적이 대신 남겨져 있었다. 페르제는 천천히 무릎을 굽혀 바닥에 떨어진 자줏빛 천을 주워 들었다.

"시엘."

꽈악. 날카로운 손톱이 살갗을 파고들었다. 붉은 핏물로 얼룩져 있던 원단이 악력에 힘없이 구겨졌다.

자줏빛 원단에는 프레이야의 인장이 새겨져 있었다. 분명, 추기경의 것이었다.

* * *

"괴물 같은 년."

남자는 길게 기른 남색 머리를 신경질적으로 헤집으며 욕을 내뱉었다. 슈레이 비센나로 위장해 가넷 성에 잠입할 때만 해도 일이 수월하게 풀릴 거라고 생각했다. 아델하이트는 피가 묻은 검은 사제복을 신경질적으로 벗어 내렸다.

'분명 방심했었는데!'

치명상을 입으면 숨이 멎는 게 당연했다. 그런데 아직까지도 시엘 비센나의 숨은 붙어 있었다. 신전으로 데려온 지금까지도. 마기 때문에 회복이 빠른 것도 아니었다. 시엘 비센나는 마기의 계약자였다. 하지만 수백 년 전부터 쌓아 온 결계를 무너뜨리느라 마기를 무리해서 쓴 탓에 기력이 쇠했을 터. 아델하이트는 질린 표정으로 시엘의 곁을 맴도는 푸른 나비를 노려보았다.

"하. 미친 새끼."

아델하이트는 제 머리칼을 훑으며 욕을 읊조렸다. 슈레이로 보이던 위장 마법도 풀린 지 오래였다. 그로서도 반쯤은 도박이었다. 평소라면 어림도 없었겠지만, 시엘 비센나가 마기를 한계까지 쓴 탓에 눈치채지 못한 것이다.

"성력으로 제식을 걸었다는 건 들었지만 그걸로 치료까지 될 줄은 몰랐지."

듣도 보도 못한 주술이었다. 유스티아 비센나라도 이건 생각지 못했을 거다.

"제 목숨을 무슨 소모품처럼……."

사제는 생명을 귀히 여기라는 가르침을 받고 이에 따라 행동하지만, 헌터들은 그 반대였다. 대부분 제정신이 아닌 놈들이다. 말이 사제였지, 신전에서 암묵적으로 키우는 살인 병기들이었다. 연쇄 살인범을 쫓거나, 신전의 이익을 위해 반대 세력을 처리해 오는 역할을 도맡아 왔다. 혹은 마물과의 전쟁을 위한 소모품에 지나지 않거나.

제정신이 아닌 헌터 중에서도 슈레이는 단연코 탑이었다. 그걸 알기에 성력이 미약할 때 복종시키려 했던 거였다. 다른 추기경들이 슈레이 비센나를 보고 경계해도 자신은 그런 적이 없었다. 버릇없는 꼬맹이라고 생각했을 뿐, 위협은 되지 않았다. 그런데 지금에 와서 느낀 건, 자신이 슈레이 비센나를 제대로 몰랐다는 점이었다.

"얼마나 성력을 써 댄 거지? 이 정도면 그놈도 기절했을 텐데."

제식으로 이어진 주술은 시엘 비센나가 치명상을 입으면 발동될 것이다. 얼마나 떨어져 있는지 상관없이 말이다. 주술에 어떠한 제한적 조건이 없다는 건 말도 안 되는 소리다. 이런 경우, 높은 확률로 아주 소중한 것을 대가로 바친 거다. 아마도 목숨. 성력을 제대로 쓰는 사제들의 경우, 성력이 생명의 근원이었다. 그 근원을 겁도 없이 바친 것이다. 그것도 여신이 아닌, 피하나 섞이지 않은 제 여동생에게.

"발레리도 이런 건 생각 못 했을 거야."

이런 주술을 새기는 방법이 기록에 있는지도 모르겠다. 슈레이 비센나 같이 미친놈은 흔하지 않을 테니까. 결국, 시엘 비센나는 살았다. 아델하이트는 그녀를 몇 번이나 죽이려 했지만, 결국엔 체념했다.

'제아무리 대단한 성력이라 한들, 한계는 있겠지.'

우선은 살려 둔 뒤, 슈레이의 성력이 바닥나는 그때를 노리기로 했다. 비센나의 추적을 피하기 위해 마력이 쉽게 통하지 않는 신전으로 온 건 탁월한 선택이었다.

"발레리가 알면 화를 내려나."

상관인 발레리도 자신이 나섰다는 건 알지 못했다. 시엘 비센나를 뒤탈 없이 죽인 뒤, 보고를 올리면 한 번은 웃어 줄 것이다. 슈레이가 추기경이 된 후로, 자중하라 일렀지만 알게 뭔가. 꼭 피하라는 말처럼 들려서 자존심이 상했고, 숨을 생각도 없었다.

'슈레이 그놈도 잠잠한 걸 보면 죽여도 상관없다는 거겠지. 아니면 벌써 기절했거나.'

그도 가넷 성으로 온다는 건 들었기에 방해하진 않을까 걱정했던 게 무색해졌다.

'제식을 새겼다는 것도 잊어버린 건가? 아직도 알지 못하는 거라면……'

다시 생각하니 모른다는 건 있을 수 없는 일이었다. 기억은 잃었어도 어떤 제식을 새겼는지 본능적으로 알 거다. 제 생명을 담보로 제식을 새겼고, 그 제식에서 흘러나온 성력이 끝도 없이 새어 나갈 테니 말이다.

피에 묻은 두 손을 씻으면 정신이 돌아올까. 한숨을 내쉰 아델하이트는 수도관을 틀어 피에 젖은 손을 닦아 내렸다. 흰 셔츠가 핏물에 젖어 있었지만 아델하이트는 신경 쓰지 않았다. 그는 제 방을 나와 기나긴 복도를 걸었다. 사제들이 아델하이트를 알아보고 움찔 몸을 굳혔지만, 그는 평소처럼 걷고 행동했다. 헌터로서 몸이나 의복에 피가 배는 건 익숙한 일이었기 때문이었다.

그 괴물과 같이 있다간 당장 미쳐 버릴 것 같아서 도망치듯 빠져나오긴 했는데, 마땅히 갈 곳이 없었다. 어쨌건 슈레이 비센나는 못 오는 게 확실했고, 유스티아 비센나도 제 딸이 다쳤다는 사실을 모를 것이다. 세기의 대마도사라해도, 비센나에서 쓰러진 게 아니었으니 알진 못할 터. 이제 페르제 대공만 피하면 될 것 같았다.

"내가 한 짓이란 건 모를 테지. 어디로 데려왔는지도 어떻게 알겠어?"

아델하이트는 피식 웃었다. 시엘 비센나가 죽기를 기다리면 끝이었다.

"이제 온 겁니까?"

아델하이트는 식당에서 가벼운 식사를 마치고 포도주까지 곁들었다. 한결 기분이 풀린 채 방으로 들어선 그는 숨을 멈추었다.

"생각보다 늦으셨네요, 아델하이트 추기경."

감정을 도려낸 듯한 파란색 눈동자가 무심히 제게 향했다. 오래된 친우를 맞이하는 것처럼 가벼운 인사가 붉은 입술 사이로 흘러나왔다.

검은 사제복을 단정하게 걸친 남자가 의자에 앉은 채 아델하이트를 기다리고 있었다. 아델하이트는 평소와 다름없는 슈레이 비센나를 멍하니 쳐다보았다. 금욕적으로 채운 목깃과 허리로 이어지는 선이 맵시 있게 떨어졌다. 결 좋은 금발이 살짝 흐트러진 것을 빼면 완벽한 차림새였다.

"아델하이트 남작께서 겁도 없이 사고를 치셨던데."

다리를 꼬고 앉은 슈레이가 턱을 괸 채 아델하이트와 시선을 마주했다. 살기를 절제한 시선이었음에도 아델하이트는 문을 연 채로 굳어 버렸다.

"……네 놈이 여긴 어떻게!"

"단둘이 보는 건 오랜만이군요."

슈레이는 자리에서 느긋하게 일어나 아델하이트에게 다가갔다. 그가 한 걸음씩 발을 내디딜 때마다, 아델하이트의 숨결이 거칠어졌다.

"제 흉내를 낸 건 재미있던가요?"

슈레이는 손을 뻗어 남작의 목을 틀어쥐었다. 아델하이트가 뒤늦게 성력을 써서 벗어나려 했지만 소용없는 일이었다.

"나는 재미없었는데."

나른한 목소리에 지루함이 한껏 묻어났다. 슈레이는 새파란 눈동자로 남작을 내려다보았다. 본 세례를 받기 전엔 어린 자신을 상대로 아델하이트가 이겼을지 몰라도, 성년이 된 지금은 아니었다. 언제든 남작을 해치울 수 있었으나, 그럴 명분이 제겐 없었다. 지금에서야 발레리가 자신에게 처벌하는 것을 허락했으니, 최대한 고통스럽게 죽여 줄 생각이었다. 죽이라는 명령은 없었으나, 크게 중요치 않았다.

"커억!"

"임무만 맡다 보니 여간 무료한 게 아니더군요."

아델하이트의 목덜미를 움켜쥔 손에 힘이 들어가며 핏줄이 섰다. 조금이라도 더 힘을 줬다간 목이 그대로 꺾일 것이다.

"그래서 당신의 행적을 좇았었는데, 눈치채지 못하셨나 봅니다."

한 손으론 남작의 목을 붙잡은 채 다른 손으론 팔을 뒤틀었다. 우드득.

팔이 꺾이는 소리에 슈레이는 픽 웃었다. 비센나에서 배운 암살 기술은 여전히 쓸모 있었다.

"크억, 이 손 놔……!"

제 아버지였던 남자는 죽이고 싶은 상대일수록 서두르지 말라 하였다. 느릿하게, 천천히, 조금씩. 하지만 그런 여유를 즐기기엔 시엘 비센나의 상태가 그리 좋아 보이지 않는다.

슈레이의 무심한 시선이 시엘에게 잠깐 닿았다. 그는 손에 힘을 풀어 남작을 놓고는 벽에 세워 두었던 창을 집어 들었다.

푸욱—! 성력으로 된 창이 아델하이트의 가슴팍을 꿰뚫었다. 교묘하게 빗나간 창이 심장을 아슬아슬하게 지나쳤다. 일부러 심장은 맞추지 않았다.

"허억……!"

견뎌 낼 거란 예상과 다르게 남작의 무릎은 바닥에 붙어 있었다. 잠시 후, 남작의 몸이 힘없이 바닥으로 떨어졌다.

슈레이는 아델하이트가 보는 앞에서 검은 제복을 벗어 내렸다. 얼룩 하나 없는 새하얀 리넨 셔츠가 탄탄한 몸을 감싸고 있었다.

"발레리 경은 당신을 처리하라고 했지. 죽이는 것까진 허락하진 않았어."

바닥에 엎어진 아델하이트가 헐떡거리며 고개를 들었다. 푸욱. 날카로운 창이 슈레이의 허벅지를 파고들었다. 힘주어 빼낸 창을 바닥에 내던지는 것을 보며 아델하이트는 멍한 얼굴을 했다.

"어디 끝까지 발악해 봐. 비센나의 가주를 해치려 했다는 사실이 알려지면 살아남지 못할 테지만."

슈레이는 넋이 나간 채 저를 올려다보는 아델하이트의 머리채를 우악스레 쥐었다. 살기를 품은 차가운 시선이 남작에게 내려앉았다.

"같은 추기경을 해치려 한 죗값도 치러야 할 거고."

'멀쩡한 몸에 일부러 상처 낸 게 그런 이유였다고? 미친 새끼!'

뒤늦게 상황을 파악한 아델하이트가 실소를 터뜨렸다.

"죽는 건 두렵지 않······."

우악스러운 손길이 제 턱을 움켜쥐었다. 아델하이트의 귓가로 차갑고 음습한 목소리가 내려앉았다.

"아니. 넌 두려워하게 될 거다."

슈레이는 도망가려고 몸을 일으키는 아델하이트를 놔주었다. 볼품없이 쓰러진 남자는 기다시피 방 안을 빠져나갔다. 질질 끌린 옷에서부터 흘러나온 붉은 핏물이 바닥을 적셔 갔다.

"건방진 새끼······! 허억, 날 살려 둔 걸 후회하게 될 거다!"

어둡게 잠긴 시선이 아델하이트의 뒤를 쫓았다. 짐승을 집요하게 쫓는 사냥꾼처럼.

둘만 남게 된 방에는 적막이 흘렀다. 말없이 서 있던 슈레이는 제복을 바닥에 내버려 둔 채 시엘에게 다가갔다. 정신을 잃은 비센나의 가주가 파리한 안색으로 잠들어 있었다.

'기억을 잃은 후론, 단 한 번도 누이라고 생각한 적 없어.'

그런데 어째서 시엘을 구하러 온 건지 알 수 없었다. 분명, 성력이 흘러나가는 것을 막기 위해서 온 거였는데······. 점점 희미해지는 숨소리를 들으니 기분이 이상했다. 눈앞에서 비센나의 가주가 죽어도 아무렇지 않을 것만 같다고, 처음엔 그렇게 생각했었다. 심장이 지끈, 아파 왔다. 슈레이는 가슴팍을 틀어쥔 채 거친 숨을 몰아쉬었다. 이렇게까지 초조했던 적은 없었다.

"내가 당신을 구하는 건 이번 한 번뿐이야······."

슈레이는 정신을 잃은 시엘의 이마에 손을 가져갔다. 조심스레 손을 얹자 축축한 식은땀이 배어 나왔다. 부드러운 소매로 땀을 훔쳐 주고 뺨에 달라붙은 머리칼까지 정리해 주었다.

"내가 왜······."

저도 모르게 한 행동에 슈레이는 얼어붙고 말았다. 슈레이는 숨 쉴 생각도 못 한 채 제 손을 물끄러미 내려다보았다.

"시엘 비센나. 당신은 내게 어떤 존재였기에……."

몸이 왜 멋대로 반응하는 건지 알 수 없었다.

"모두 내게 후회할 거라고 말하는 건지."

"읏……."

미약한 신음이 들린 순간, 슈레이는 자리에서 일어나려던 행동을 멈추었다. 고통스러워하는 모습을 보고 있기 힘들었다. 누군가 심장을 송곳으로 후벼 파는 끔찍한 기분을 도저히 떨쳐 낼 수가 없었다. 혼란에 물든 눈동자가 시엘에게 내려앉았다.

"비센나의 가주라더니, 바보 같이 당하기나 하고."

우선 치료부터. 슈레이는 떨리는 손길로 파헤쳐진 복부에 손을 얹었다. 반강제로 성력을 많이 써서 어질어질하긴 했지만, 주저할 틈이 없었다.

"어떤 미친놈이 반강제로 내게 이딴 제식을……."

으득. 터져 나오는 격분에 슈레이는 입 안을 강하게 베어 물었다. 이따위 제식 때문에 신경을 쓰지 않으려야 않을 수가 없다. 기억은 잘 나지 않지만, 이런 짓을 할 사람은 그가 유일했다. 비센나의 선대 가주, 유스티아 비센나. 그가 딸을 위해 자신을 이용했을지도 모른다.

'어쨌건 치료부터.'

그날, 슈레이는 추기경이 되고 처음으로 앞뒤 가리지 않고 성력을 쏟아부었다. 남은 성력을 계산하지 않고 쏟아부은 건 지금이 유일했다. 임무와는 무관한 상황에서. 그것도 타인을 살리기 위해. 이런 멍청한 짓은 이번이 처음이자 마지막이라고, 슈레이는 확신했다.

* * *

의식이 몽롱했다. 정신을 차린 지 한참 후에야 푹신한 곳에 누워 있단 사실을 깨달았다. 이마에 차가운 물수건이 닿았다. 나는 달뜬 숨을 내쉬며 그 손을 붙잡았다.

"……페르제?"

희미하게 뱉어진 이름에, 이마에 닿은 손이 움직임을 멈췄다. 남자의 손을 붙잡은 나는 조심스레 고개를 들었다. 나를 간호하고 있는 남자의 모습이 시야에 들어찼다. 그런데 페르제가 아니었다. 흐릿한 시야에 금빛이 어른거렸다.

"슈 오라버니……?"

나를 물끄러미 내려다보던 파란색 눈동자가 지금의 상황이 당혹스러운 듯 크게 떠졌다.

"아직도 그 소리를……."

슈레이는 조금 당황한 것 같았다. 눈이 동그래진 모습은 꼭 어릴 적 같았다. 실은 그가 나를 기억하는 게 아닐까, 착각할 만큼.

"왜 나를 살려 둔 거야?"

슈레이가 이마에 흐르는 땀을 닦아 주려 했지만, 나는 그의 손을 두 손으로 꾹 붙들었다. 나를 알 수 없는 시선으로 내려다보던 새파란 눈동자가 짙어졌다. 차라리 이게 꿈이었으면 했다. 슈레이 비센나가 나를 잊은 게 아니라, 실은 기억하는 거라고.

나를 말없이 바라보던 슈레이가 말했다.

"공작님을 공격했던 건 제가 아니라 아델하이트 남작입니다."

생각지도 못한 말에 눈이 크게 떠졌다. 그게 무슨 뜻이냐고 물으려 했지만, 슈레이는 더는 설명해 주지 않았다. 그저 차가운 손길로 머리칼을 넘겨 줄 뿐이었다.

"다치셨으니 쉬셔야 합니다."

쉬라는 말에 기분이 좋지 않은 건 처음이었다. 하지만 그의 말이 맞았다. 손 하나 까딱할 기력조차 내겐 없었으니까.

'아델하이트 남작이 나를······.'

우습게도 슈레이가 내게 거짓말을 한다는 생각은 들지 않았다.

"왜?"

나는 물러서려는 슈레이의 옷자락을 꽉 붙들고 물었다.

"당신은 왜 나를 구해 준 거지?"

입에서 고운 말이 흘러 나가지 않았다. 그의 잘못이 아닌데도, 쏟지 못한 원망이 금방이라도 터질 것만 같았다. 머리로는 이해하면서도 가슴은 거대한 바위가 들어찬 것처럼 답답했다.

"죽게 내버려 두지 그랬어."

진심이 아닌데도 모난 말이 입술 사이로 흘러나왔다. 채 거두지 못한 원망이 청록색 눈동자에 담겼다.

"······."

슈레이는 대답하지 않았다. 그는 나를 구한 이유를 친절하게 알려 줄 생각이 없어 보였다.

"어차피 나와 아무 사이도 아니잖아."

그의 손에 쥐어진 물수건이 볼품없이 비틀어졌다. 무엇이 슈레이를 화나게 했는지 알 수 없었다. 그 모습을 지켜보다가 무거워진 눈을 감고서 손을 이마에 내렸다. 다시 달그락거리는 소리에 감았던 눈을 떴다. 이제 본색을 드러내 죽이려나 싶었는데, 뜨뜻미지근한 이마에 아까 전보다 더 차가운 손수건이 올려졌다. 차갑긴 해도 얼마나 꽉 짰는지 물기는 흐르지 않았다. 이마에 올려지는 손길은 조심스러웠다.

"루인 사제에게서 공작님이 내 누이였다고 들었습니다."

슈레이는 나를 잠긴 시선으로 바라보며 나직이 말을 이었다.

"그런 말을 하더군요. 내가 누이를 가장 소중히 여겨서 잊어버린 거라고."

무슨 생각을 하는지 알 수 없는 얼굴을 하고서, 그런 말을 하다니. 그의 간호를 받으면서도 기쁜 대신 마음이 착잡했다.

"다 지난 일이지."

내 입에서 담담한 목소리가 흘러나왔다. 본 세례를 받고 나를 내쳤던 때와는 다르게 조금 심란해 보였다. 나는 이마에 손을 올린 채 눈을 내리 감으며 말을 꺼냈다.

"고맙다는 인사는 하지 않을 거야. 사례는 충분히 하도록 하지."

매몰차게 말했는데도, 슈레이에게선 조금의 표정 변화도 없었다.

"외람되지만 공작 각하, 저는 신전에 속한 추기경입니다."

공작 각하라니. 맞는 말이긴 하지만 기분이 묘했다. 깍듯한 존칭에 놀란 것보다, 자신을 추기경이라고 말하는 게 더 낯설었다.

"그러니 비센나의 사례는 받지 않겠습니다."

맞는 소리였기에 할 말이 없어지고 말았다. 슈레이는 테이블 위로 시선을 주며 딱 필요한 말만 내뱉었다.

"붕대는 갈아 두었습니다. 지혈도 해 두었고, 급한 건 성력으로 치료했지만 아직 상처가 깊습니다. 함부로 움직여선 안 됩니다."

"……왜 잔소리는 똑같은 거지?"

이해가 안 가서 눈을 찡그린 채 슈레이를 쳐다보았다. 나를 잊었다면서 어렸을 때 했던 잔소리는 변하지 않았다. 슈레이는 내 물음을 무시하며 제 할 말만 이어 나갔다. 역시나.

"상처가 덧나지 않게 조심하십시오. 대공에게 위치를 살짝 흘려 두었으니 바보가 아니라면 알아서 찾아올 겁니다. 약은 하루에 두 번, 쓰다고 뱉지 말고……."

슈레이는 말을 하다 말고 제 옷자락을 뒤적거렸다. 한참을 그러기에 뭐 하나 싶어서 계속 쳐다봐 주었다. 그의 손에는 금빛의 포장지에 감싸인 것이 들려 있었다. 자연스레 내 시선은 슈레이에게서 그의 손에 들린 쉘링 쿠키로 향했다.

"물에 닿지 않도록 조심하셔야 합니다."

"지금 나를……."

놀리는 거냐고 물으려 했지만, 슈레이가 먼저 말허리를 잘랐다.

"혼자 다니지 말고, 대공을 호위로 두는 편이 좋을 겁니다."

슈레이는 내가 붙잡기도 전에 제 할 말만 하고 가 버렸다.

나는 테이블 위에 올려진 새 옷과 약통을 보고선 한숨을 길게 내쉬었다. 어쩐지 슈레이에게서 익숙한 향이 나는 것만 같았다. 내가 오래전 준비했던 향수의 향이. 분명 버렸을 텐데도…….

* * *

거짓말처럼 페르제는 두 시간이 지나기 전에 내가 있는 곳으로 찾아왔다. 나는 그런 페르제를 보자마자 붙잡고 물었다.

"괜찮아? 어디 다쳤어?"

나처럼 크게 다치기라도 했는지, 그의 안색이 좋지 않았다. 페르제의 옷을 붙들고 이리저리 살필 때였다. 가벼운 한숨 뒤로, 겨우 화를 참는 듯한 목소리가 들려왔다.

"괜찮을 리가……!"

"작게 말해도 돼. 나 귀 안 먹었어."

목소리를 높이려던 페르제는 내가 다쳤단 사실을 깨닫고 입술을 짓깨물었다. 그의 온몸 곳곳엔 상처가 나 있었다. 그런데도 페르제는 다친 몸은 돌볼 생각이 없는지, 내 몸에 매진 붕대만 보고 있었다.

"네가 갑자기 사라졌는데, 괜찮을 리가 없잖아."

페르제는 미끄러지듯 바닥에 털썩 주저앉았다. 자연스레 침대 머리맡에 기대 있던 내가 그를 내려다보는 상황이 되었다.

"습격이었어. 방심한 것도 있고."

내가 어물쩍 넘기려고 하자 페르제는 입술을 꽉 깨물었다. 화가 단단히 났는지 그의 한쪽 눈썹이 올라갔다.

"다친 게 네 잘못은 아니지만, 다음부턴 내 곁에 붙어 있어."

부탁인지 협박인지 모르겠다. 어쨌든, 페르제가 화가 많이 났다는 건 알겠다. 이럴 땐 그냥 물어봐야겠지?

"화난 거 아니었어?"

"너한테 화를 왜 내? 그 개새끼……."

거친 욕을 내뱉으려던 페르제가 별안간 한숨을 내쉬더니 얼굴을 쓸어내렸다. 내 앞에서 욕을 한 적은 없었던지라 깜짝 놀라고 말았다. 샤키 오빠에게 했던 건 말이 심했을 뿐, 거친 욕은 아니었다.

"나도 가주가 되고 나선 종종 다쳤으니까."

페르제가 잠긴 목소리로 중얼거렸다.

"미안해, 걱정 끼쳐서."

나는 어쩔 수 없었다는 말을 늘어놓는 대신 페르제의 머리칼을 부드럽게 쓰다듬었다.

"내가 없어져서 놀랐어?"

가볍게 던진 물음에 페르제는 그런 당연한 걸 묻느냐는 표정으로 나를 쳐다보았다.

"그걸 말이라고……!"

커지는 목소리에 눈을 살짝 찡그렸다.

"아파, 페르제."

하나도 안 아팠지만 페르제를 진정시킬 필요는 있었다. 아니나 다를까, 눈썹을 축 내린 페르제가 누그러진 표정으로 물어 왔다.

"많이 아파?"

"응. 아델하이트 남작에게 창으로 꿰뚫렸을 때보다 더."

페르제의 표정이 너무 굳어 있어서 살짝 웃음을 흘리며 말을 덧붙였다.

"농담이야. 그러니까 표정 풀어요, 대공님."

"하아……. 그런 농담은 하지 마."

페르제는 제 얼굴을 쓸어내리다가 다시 나를 올려다보았다. 그의 시선이 창백한 내 얼굴 대신 창에 꿰뚫린 상처에 고정되었다.

"남작을 죽여야 했어."

"이미 도망쳤어. 백작 영지에서 나를 습격하고 돌아온 뒤 슈레이에게 크게 다친 모양이야."

놀란 듯 페르제의 동공이 커졌지만 원래대로 돌아왔다. 슈레이는 내가 여기 있다는 흔적을 남겼지만, 본인이 알렸다는 건 비밀로 한 듯싶었다.

"드디어 밥값을 했군."

픽 웃은 페르제가 싸늘한 목소리로 중얼거렸다.

"어쨌건, 남작이 왜 나를 죽이려 했는진 잘 모르겠어."

이제껏 남작과 따로 마주친 적은 없었다. 그렇다고 아버지와 나쁜 감정이 얽힌 것도 아니었다.

'남작은 발레리의 사람이었지.'

아무리 생각해도 그에겐 나를 죽일 이유나 동기가 없었다. 발레리가 나를 죽이란 명령을 내리지 않은 이상.

'발레리가 명령을 내린 걸까? 아니면…….'

묘한 침묵이 이어졌다. 화제를 바꿔야겠다 생각하며 입을 열었다.

"시체는 모두 불태웠어. 장례를 치러 주고 싶었지만……."

페르제는 생각에 잠긴 얼굴로 내가 입은 상처를 바라볼 뿐이었다. 그의 입술이 떼어진 건 한참 후였다.

"발레리 예카르트가……."

시트를 꾹 움켜쥐던 페르제의 입에서 발레리 추기경의 이름이 흘러나왔다.

"너를 해치라고 남작에게 명령을 내린 건가?"

"……그럴지도 모르지."

나는 무조건 그녀를 감싸는 대신 그럴 수 있다는 가능성을 열어 두었다.

내가 발레리 추기경을 변호했어도 페르제가 믿지 않았겠지만.

"근데 그랬을 거란 확신은 없어, 페르제."

얼마나 뛰어왔는지, 페르제가 땀에 젖은 은빛 머리칼을 쓸면서 할 말을 골랐다.

"누가 시킨 일이든, 어쨌건 남작에게 그대로 갚아 줄 생각이니 걱정 마."

꼭 자기 탓이라 말하지 않아도 페르제가 내게 얼마나 미안해하고 있는지 알 것 같았다. 하지만 그럴 필요는 없었다. 발레리가 명령을 내린 것이든 그렇지 않든 간에.

"다음에 발레리 추기경을 만나게 되면 물어볼게. 당신이 나를 살해하란 명령을 내린 거였냐고."

내 말에 페르제가 눈을 크게 떴다.

"그 정도는 물어볼 수 있을 거야. 발레리 추기경이 신전의 고위급이긴 하지만, 나도 이제 공작이니까."

손끝에 닿는 은빛의 실타래가 부드럽게 흩어져 내렸다. 듣기론, 발레리는 백발에 자색안을 가진 미인이라고 했었다.

"나를 죽이려 한 거라면, 스페르차의 가주가 책임을 져야겠지."

하지만 확실하지 않은 데다, 지금 당장 발레리 추기경을 찾아갈 필요는 없었다. 발레리 추기경이 암묵적으로 성녀인 리에나를 지지한다는 건 알고 있다. 리에나를 위해 나선 거라면, 비센나의 가주로서 발레리 예카르트와 대응해야 했다. 어쨌건, 내가 발레리 추기경과 맞선다면 모를까. 페르제가 검을 들고 제 어머니와 맞서는 일은 없기를 바랐다.

"발레리 추기경이 정말로 그랬다 해도 네 잘못은 아니야, 페르제."

부드럽게 흩어지는 은발이 꼭 설탕을 녹인 것만 같았다. 나는 괜찮다는 듯 페르제와 눈을 마주치며 살짝 웃었다. 페르제는 내 손을 붙잡아 제 뺨으로 끌었다. 손등에 고개를 묻으며 낮게 중얼거렸다.

"⋯⋯날 혼자 두지 마."

꼭 말 잘 듣는 대형견처럼 느껴져, 나도 모르게 배시시 웃고 말았다. 페르제는 그저 지친 듯 내 손에 얼굴을 묻었다.

다음 날, 나는 페르제와 함께 공작저로 귀환했다. 상처가 다 낫지 않았지만, 말도 없이 아나이스로 향했으니 일찍 돌아가야 한다고 판단했기 때문이었다.

'아버지도 알고 계시려나?'

조금 걱정하는 내 옆에서 더 큰 걱정을 하는 페르제가 보였다. 언뜻 무심한 표정이었지만 아마 속으로 긴장하고 있을지도.

평온한 표정을 지으려 애쓰며 페르제와 함께 접견실 안으로 들어섰다. 가죽 의자에 앉아 있던 아버지가 눈짓으로 우리를 반겼다. 나는 반겼다고 생각했는데, 페르제는 아니었나 보다. 그의 표정이 긴장한 듯 굳어 있었다.

"일단 앉으십시오. 시엘, 너도 앉거라."

소파에 몸을 기댄 아버지가 우리에게 앉을 것을 권했다. 우리가 자리에 앉자마자 곧바로 차가운 목소리가 떨어졌다.

"대공과 가출이라도 한 건 아닐 테고."

내가 해명하기도 전에 페르제의 입이 먼저 열렸다.

"유스티아 공, 전적으로 내 책임이었다."

"대공 전하께 책임을 물으려던 건 아니었습니다."

딱딱한 목소리에 조금의 화가 실려 있었다. 하지만 페르제의 잘못이 아니었기에 나는 옷매무새를 가다듬으며 입을 열었다.

"제 책임이었어요, 아버지. 페르제는 저를 도와준 것뿐이에요."

"어떻게 도와줬기에 그리 다쳤는지 모르겠구나. 죽을 뻔했다는 건 들었다."

"누가 그러던가요?"

짐짓 웃으며 묻는데, 어째 눈빛이 서늘했다. 혼나는 기분에 나는 얌전히 입을 다물고 고개를 숙였다. 차나 마셔야겠다. 슬쩍 곁을 쳐다보니 페르제도 나와 같은 생각을 하는지 조용히 차만 마시고 있었다.

"슈레이가 그러더구나. 말 안 했으면 모를 뻔했지."

"아……."

별 도움이 안 되네. 속으로 중얼거리며 한숨을 삼켰다. 내가 직접 말해도 되는데, 왜 이런 걸 알린 거람.

"가출은 아니었어요. 제단도 없었고, 아나이스가 제물을 바쳐 왔다는 증거도 있어요."

"……."

아버지는 대답하지 않았다. 그저 가라앉은 금색 눈동자로 나를 보고 있었다.

"론제 상단의 장부도 챙겨 두었어요. 겔트 길드장의 장부까지 있는 데다, 룬이 다른 증거도……."

화마가 지하 시설을 삼켰지만, 어비스 석까지 불태워진 건 아니었다. 룬이 조각의 잔해를 챙겨 왔을 테니, 증거는 충분했다. 그런데 내 이야기를 듣는 아버지의 표정은 여전히 굳어 있었다. 입매는 무표정하게 다물어져 있었고, 눈빛에는 못마땅한 기색이 옅게 어린 채였다.

"그런 이야기를 들으려는 게 아니다."

"……그럼요?"

다리를 꼬고 앉아 있던 아버지가 몸을 바로 풀었다. 곧 나지막한 한숨이 그의 입가에서 새어 나왔다.

"걱정했다."

그 말에 나는 차를 마시다 말고 눈을 깜빡였다. 분명 크게 혼날 거라 생각했는데.

"잠도 안 오더구나. 하루 더 소식이 없었으면 가문의 사병을 풀려고 했었다. 샤키가 기다려 보자고 해서 기다렸지만."

조금 의외였다. 샤키 오빠가 오히려 적극적으로 나섰을 거라 생각했기 때문이었다. 어쨌건 샤키 오빠 덕분에 조용히 지나갔으니, 쿠키라도 챙겨 줘야지.

"죄송해요, 아버지."

나는 진심으로 사과했다. 가주로서 일하다 보면 부상은 당연한 거라 생각했었지만, 아버지는 속상하실 테니까.

"괜찮다, 시엘. 무사히 돌아왔으니 그걸로 됐다."

아버지의 날카로운 시선이 고개를 들지 못하는 페르제에게 향했다.

"대공 전하께서도 고생 많으셨습니다."

딱딱한 투였지만 화난 기색은 아니었다. 조금 누그러진 목소리에 페르제는 가볍게 고개를 끄덕였다.

안리부터 제단까지. 나는 구체적인 상황을 마저 이야기했다. 페르제는 알고 있었기에 차를 마시며 간간히 동조할 뿐이었다. 이야기를 다 듣고 난 아버지의 표정은 꽤 묘했다. 다시 화가 난 건지, 괜찮은 건지 모를 정도로.

"아델하이트 남작이라……."

그 낮은 중얼거림이 유독 무섭게 들리는 건 내 기분 탓이겠지. 그 뒤로 별말씀은 없으셨다. 그저 남작의 이름을 한 번 더 되뇐 게 다였으니까.

"샤키 오빠는요?"

"아나이스 영지에 있을 거다."

차분한 목소리와 상반되는 내용에 하마터면 찻잔을 놓칠 뻔했다.

"……샤키가 집 나간 강아지도 아니고. 알아서 올 테니 걱정 말거라."

아버지는 별 걱정하는 기색이 아니었다. 다 큰 강아지가 집을 나갔는데, 제 발로 들어올 거라며 별로 놀라지 않는 주인 같은 모습이었다.

아버지가 예상했던 대로 샤키 오빠는 늦은 저녁이 되기 전에 돌아왔다. 걱정했던 게 무색하도록 상처 하나 없이 멀쩡한 모습이었다.

"저녁이나 먹자. 특별히 주방장에게 일러 만찬을 준비해 뒀거든."

샤키 오빠의 제안에 우리 셋은 자연스레 식사를 하게 되었다. 내 옆에는 페르제가 앉아 있었고, 맞은편에는 샤키 오빠가 자리했다.

샤키 오빠는 턱에 손을 올린 채 페르제를 사납게 노려보았다.

"호위가 영 쓸모가 없네."

이제 좀 철이 드나 싶었는데! 맞은편에서 식사하는 페르제를 건드리는 것을 보니 지극히 평소의 그다운 모습이었다.

"샤키 오빠, 호위라니. 페르제는 황족이야."

"그래? 까먹고 있었지."

샤키 오빠가 못마땅한 시선을 보냈지만, 페르제는 가볍게 무시했다. 아버지를 대할 때와는 다른 태도였다.

"내 동생을 못 지킬 거면 왜 같이 간 거냐고."

"샤르키스 공자야말로 동생과 같이 못 갔다고 징징대는 건 아니겠지?"

그럴 리가 있나, 라고 생각했는데 샤키 오빠가 침묵을 지켰다. 세상에. 페르제의 비아냥거림이 사실이었나 보다. 이러다 나까지 체하겠네. 나는 헛기침을 몇 번 하며 페르제를 눈짓으로 가리킨 뒤 말했다.

"너무 그러지 마. 페르제도 다쳤으니까."

샤키 오빠는 괜한 심술을 피우려다, 페르제의 뺨에 있는 옅은 생채기를 보고 입을 다물었다.

"우리 대공께선 폼으로 용의 기사가 된 건가? 봐줄 건 얼굴밖에 없었는데."

샤키 오빠가 쯧, 낮게 혀를 차곤 불성실한 태도로 식사를 이어 나갔다.

'묘하게 구박하는 시누이 같단 말이지.'

그에 비해 페르제는 별말이 없었다. 둘이 좀 친해지나 싶었는데. 아쉬워하며 한숨을 삼키는데, 페르제가 먼저 샤키 오빠에게 말을 걸었다.

"곧 재판이 열릴 거다."

"무슨 재판?"

샤키 오빠가 먹음직스럽게 썰어진 스테이크 조각을 삼키며 물었다.

"아나이스 백작을 재판에 소환할 생각이다."

"아, 그 제단 때문에?"

샤키 오빠가 그놈은 죽어도 싸다며 고개를 끄덕였다. 그러다 고개를 갸웃하며 물었다.

"선, 선, 선대부터 해 오던 일 아니었던가? 이제 와서 책임을 묻는 이유가 뭐지?"

"그전까진 모두 쉬쉬했으니 넘어갔던 거겠지. 칼란도 알고 있었지만, 넘겼던 거고. 하지만 이제 그냥 넘길 수 없는 지경에 이르렀으니 재판이 열리는 거지."

가만히 말을 듣던 샤키 오빠가 동의한다는 듯 말했다.

"사형식 때 꽃이라도 들고 가야겠네. 우리 아나이스 백작은 무슨 꽃을 좋아하려나."

"아직 사형이 정해진 건 아니야."

정해지지 않았다는 말에 샤키 오빠가 말도 안 된다는 듯 페르제를 쳐다보았다.

"그게 무슨 개똥 같은 소리야. 사형 확정으로 만들어야지. 이참에 힘 좀 써 봐."

"지금 당장 반역을 일으키라고?"

가벼운 농담에 샤키 오빠가 재미없다며 나직이 중얼거렸다.

"아니면 독살은 어때."

"진심으로 하는 소리인가, 샤르키스 공자?"

"농담이었어. 굳이 우리가 죽일 필요 있나? 떳떳하게 사형받는 게 여러모로 낫지."

말을 마친 샤키 오빠가 고기 한 조각을 우물거렸다. 냅킨으로 우아하게 입가를 닦고는 다시 입을 열었다.

"아나이스가 이번 일을 전적으로 책임지는 건가? 아니면 성녀에게 뒤집어씌운다든가……."

페르제는 조금 놀란 얼굴로 샤키 오빠를 쳐다보았다.

"거기까지 생각했을 줄은 몰랐다. 꽤 명석한데?"

"그럼 내가 멍청이로 보였어? 이래 봬도 연화 수석인데, 너무하네."

샤키 오빠가 끌끌, 혀를 차고는 페르제를 흘겼다. 놀랄 만한데도 그는 예상했다는 것처럼 태연한 반응이었다.

"아나이스가 책임을 지겠지. 아니면 성녀가 나서서 무마하거나. 아, 그래도 아예 덮지는 못하겠네. 그럼 리에나만 뒤집어쓰는 건가?"

샤키 오빠는 그것도 나름 괜찮다며 손뼉을 쳤다.

"흐음. 그렇게 되면 아쉬운데."

그러다 말끝을 흐리더니 디저트를 내 앞으로 가볍게 밀었다. 나는 자연스레 건네받은 복숭아 셔벗을 스푼으로 떠 입가로 가져갔다. 음. 다네, 달아. 뭘로 만들었기에 이렇게 단 거지? 흐뭇한 미소를 짓고 있는데, 뺨이 따끔거렸다. 샤키 오빠가 턱을 괸 채 나를 빤히 쳐다보고 있었다.

"우리 막내는 어떻게 생각해?"

자연스러운 부름에 나는 눈썹 사이를 좁히고는 딱 잘라 말했다.

"가주라니까."

"네네, 가주님."

"뭐. 아나이스 백작이 죗값을 치르는 게 맞지만 리에나가 먼저 무너지는 것도 나쁘지 않아. 백작보단 성녀가 힘을 잃는 게 더 유리할 테니까."

어차피 순서 문제였다. 아나이스 백작이 무너져도 리에나는 세력을 잃게 된다. 그 반대도 마찬가지. 결국 아나이스는 반쪽짜리가 될 것이다. 그러다 차츰 힘을 잃을 거고.

"리에나는 책임을 지고 싶지 않은 것 같던데."

"그걸 어떻게 알아?"

샤키 오빠가 품 안에서 무언가를 꺼내 들었다. 빳빳한 흰 종이에는 붉은 밀랍이 고정되어 있었다.

"협조 요청을 해 왔어. 제 아비가 제물에 관한 모든 책임을 지게 해 달라고."

"그건 좀 놀랍네."

셔벗을 꿀꺽 삼키며 놀라움을 표하자 샤키 오빠가 피식 웃었다.

"본인을 납치했던 샤르키스 공자에게 그런 서신을 보냈다고?"

페르제도 이해가 가지 않는지 미간을 찡그렸다. 사실, 나도 그랬다.

"네게 바로 보내면 보지도 않을 거라 판단한 거겠지. 어차피 별 기대 안 하고 보낸 걸 거야."

샤키 오빠가 별거 아니라는 듯 어깨를 으쓱하며 말했다.

리에나가 왜 도움을 요청했는지 그 이유를 알겠다. 아나이스 백작은 책임에서 벗어날 수 없다. 하지만 조금이라도 살기 위해서 몸통을 떼어 낼 순 있었다.

'아나이스는 리에나를 버리겠다고 판단한 건가? 제 딸에게 잘못을 뒤집어씌우려고…….'

이 경우엔 머리를 끊어 내는 꼴이었지만. 그리고 제 아비의 책략을 간파한 리에나가 도움을 요청한 거겠지.

"어떻게 할까요, 가주님?"

샤키 오빠의 물음에 나는 셔벗을 마저 먹고는 입가를 닦았다.

"우선, 리에나 아나이스를 먼저 만나야겠어."

* * *

리에나는 초조한 낯으로 텅 빈 예배당 안을 배회했다. 까득. 손톱을 베어 물다가 불안한 눈길로 닫힌 문을 힐끔거렸다.

며칠 전, 리에나는 가쁜 숨을 몰아쉬며 아버지인 아나이스 백작을 찾아 나섰다. 급히 자신을 찾는다는 전언을 받은 터라 서둘러 백작이 있을 응접실로 향했다. 발레리 추기경으로부터 제단이 무너졌다는 이야기는 들었지만, 제 아버지는 평소와 다름이 없었다. 표정 하나 변하지 않는 게 더없이 소름 끼쳤다.

－ 이제 어떻게 하실 거죠?

－ 성배는 스페르차의 가주, 발레리 추기경이 관리하는 것이 아니었습니까?

아나이스 백작은 평온한 미소를 지으며 재차 물었다.

－ 성녀님께선 유독 발레리 추기경을 따르지 않았습니까?

리에나는 머릿속에 있던 끈이 툭, 하고 끊기는 기분이었다. 제단이 발각되었다는 건 아버지도 이미 알고 있었다. 딸 취급도 안 하던 자신을 친히 불러서 한다는 이야기가 고작 이런 것일 줄은. 그리고 아버지는 뜻밖의 이야기를 늘어놓았다. 어렸을 적처럼 친근하게 말을 낮추며.

－ 리에나, 오래전부터 엘리야의 무덤에 늘 흰 안개꽃이 놓였다는 것 알고 있느냐?

－ 그게 제단과 무슨 상관인 거죠? 엘리야는 생전에 흰 꽃을 좋아했으니 동생을 추모하는 이들이 놓았겠죠.

－ 흰 꽃은 숭고한 희생자에게 바쳐지곤 하지. 누가 보면 이상하게 여길 법도 한데, 나는 단 한 번도 그 꽃을 치우라 명한 적이 없다.

이상한 소리였다. 제단이 무너졌는데 이제 와서 죽은 엘리야는 왜 들먹이는 건지, 소리치며 묻고 싶었다.

－ 내 딸, 리에나. 네가 해 줘야 할 일이 있다.

처음으로 불린 딸이란 소리에 기뻐하기엔, 저를 바라보는 눈빛이 차갑기 그지없다.

－ 제단에 대한 책임을 지거라, 리에나. 너는 성녀이니 목숨은 부지할 수 있을 거다. 얌전히 기다리고 있으면 다시 불러들이마. 성하께서도 동의

하신 일이다.

말도 안 되는 요구였다. 제 딸을 팔아 위기를 넘기겠단 소리로밖에 들리지 않았다. 제단에 아이를 바쳐 왔던 건 전적으로 아나이스의 가주였던 아버지가 도맡은 일이었다. 그래도 성녀가 되고 나서는 아버지의 관심을 받았다고 생각했다. 하지만 그건 리에나의 오산이었다.

싸늘해져 가는 엘리야의 몸을 붙들고 한없이 울음을 토해 내던 아버지. 그가 자신에겐 제물이 되라는 말로 비수를 꽂고 있었다.

— 엘리야는 유독 너를 따랐지. 아비인 나보다 더.

아나이스 백작은 제 이마를 느릿하게 문지르며 뒷말을 이었다.

— 엘리야는 성녀가 될 아이였다. 이제 그만 가련한 생을 꺾은 책임을 질 때도 되었지.

독사 같이 움직이는 아비의 입술을 보며 리에나는 쓴웃음을 지었다.

— 엘리야를 죽인 대가치고는 값싼 대가라고 생각하지 않느냐.

리에나는 고개를 저었다. 그녀는 아나이스 백작이 모를 거라 확신했다. 부친은 그 누구보다도 엘리야를 사랑하고 아꼈다. 그렇기에 엘리야를 죽였단 사실을 알게 된다면 자신을 용서하지 않을 거라 생각했다.

'결국 엘리야도 나와 같은 패였던 거야. 쓸모 있으면 귀히 여기고, 쓸모가 없어지면 버리는…….'

리에나는 고개를 떨군 채 웃음을 참지 못했다. 여린 손 안에 잡힌 물빛 드레스가 볼품없이 구겨졌다.

"성녀님."

하급 사제의 부름에 리에나는 고개를 들었다.

"비센나 공작께서 오셨습니다. 문밖에서 기다리고 계십니다."

"얼른 모셔 와."

리에나는 손톱을 깨무는 것을 그만두고 자리에 앉았다. 늘 가지런히 정리되었던 손톱이 볼품없이 깨져 있었다.

단정한 구둣발 소리가 지척에 들릴 때가 되어서야, 리에나는 고개를 들었다. 바스락. 옷이 스치는 소리와 함께 하늘색 머리칼을 가진 여자가 제 앞에 마주 앉았다.

"저를 부르셨다고 들었습니다, 성녀님."

리에나는 애써 표정을 갈무리했다. 그녀로서도 이렇게 긴장되는 건 처음이었다. 불안으로 물든 주홍빛 눈동자가 시엘에게 향했다.

나는 자리에 앉은 채 고개를 들었다. 오랜만에 보는 리에나의 얼굴은 기억과 조금 달랐다. 그녀는 창백한 빛이 도는 흰 피부에 금발이 부드럽게 흘러내리는 미인인데, 지금은 조금 초췌한 안색이었다.

"와 주셔서 감사해요, 공작님."

나는 대답 대신 차를 입가로 가져갔다. 시선을 살짝 올리자 초조한 듯 옷자락을 움켜쥐는 성녀가 보였다.

"……성녀님께서 부르시는데, 안 올 이유가 없지요."

부드러운 목소리에 리에나는 당혹한 얼굴이었다. 그럴 만도 하지. 엘리야의 목걸이로 리에나를 협박했었는데, 지금은 다른 태도를 보이니 말이다.

"소식은 들으셨나요?"

"소식이라뇨?"

나는 모른 척 눈을 크게 뜨고 물었다. 답은 빠르게 들려왔다.

"아나이스 백작이 가련한 아이들을 제물로 바쳐 왔다는 것 말이에요."

"모를 리가 있겠습니까? 제가 직접 제단을 정리했는데."

가벼운 미소와 함께 답하자 리에나의 얼굴에서 핏기가 사라졌다. 창백하게 질린 낯이 리에나의 초조함을 증명하고 있었다.

"제가 무지했어요. 제국의 성녀가 돼서 백작이 제물을 바쳐 온 줄도 몰랐으니까요."

그녀의 말에 동조하는 대신 살짝 웃으며 물었다.

"아나이스 백작을 더 이상 아버지라 부르지 않는군요."

"아버지라 부를 만한 가치도 없는 작자예요. 제 아버지가 아니었다면 지금 당장……!"

리에나가 격분한 듯 목소리를 올렸지만, 화가 난 것처럼 보이진 않았다. 불의를 참지 못하는 정의의 사도처럼 보이고 싶었나 본데, 별 효과는 없었다.

나는 리에나를 물끄러미 보다가 회중시계를 확인했다. 대화 중에 시간을 확인한다는 건 여러 의미가 있었다. 당신과 이 자리에서 계속 대화할 만큼 시간이 많지 않거나, 그럴 가치가 없다는 거거나. 내 행동을 지켜보던 리에나가 조금 굳은 표정으로 찻잔을 들었다.

"시간이 많이 없으니 본론부터 얘기하도록 하죠. 제 오라버니에게 서신을 보냈다고 들었습니다."

"맞아요. 달리 생각나는 사람이 없어 샤르키스 공자님에게 보냈었죠."

리에나는 순순히 인정했다. 과거와 달리 그녀의 눈에 가득 들어찼던 우월감이 씻겨 있었다. 그러나 사람은 변하지 않는다는 걸 알고 있다. 지금의 상황을 모면하기 위해서 몸을 낮추는 것이거나, 잠깐 내 눈치를 살피는 것일 뿐.

"공작님께선 바쁘실 것 같아……."

나는 무례인 걸 알면서도 그녀의 말허리를 끊었다.

"성녀님."

나직한 부름을 들은 리에나의 창백한 얼굴에 긴장의 기색이 감돌았다.

"성녀님께서도 아시다시피 비센나의 가주는 오라버니가 아니라, 저입니다. 비센나에 협조를 요하고 싶었다면 제게 직접 서신을 보내는 게 나았을 텐데요."

"공작님께선 제 서신을 보지도 않고 부탁을 거절하실 거라 생각했어요."

리에나는 찻잔의 손잡이를 꾹 움켜쥐며 나를 쳐다보았다. 지금의 상황이 마음에 들지 않는 거다. 리에나 입장에선 하녀였던 비천한 계집에게

꼬박 공작님이라고 부르게 됐으니, 기분이 나쁠 만도 하지.

"왜 그렇게 생각하셨습니까?"

나는 몸을 움직여 다리를 꼰 채 리에나를 쳐다보았다. 희고 부드러운 손이 턱에 걸쳐졌다.

"비센나와 아나이스는 사이가 좋지 않으니까요. 하지만 공작님께 개인적인 감정이 있던 건 아니었으니, 오해를 푸셨으면 해요."

꽤 재밌는 소리다. 데미온을 내 앞에 데려와 놓고, 오해였다니. 그런 식으로 기분을 더럽게 만들었던 건 생각나지 않는 건가? 내 친부를 데려오기 위해 오랜 시간 공을 들였으면서. 친부가 멍청한 노예가 되어 버려서 화가 난 건 아니었다. 기억할 가치조차 없는 사람이 내 앞에 나타난 것이 우스웠고, 그것이 자의가 아니라 타의였단 것에 화가 났던 것일 뿐.

"그것참 다행이군요. 친부를 제 앞으로 보냈을 때는…… 조금 놀라웠었는데."

말끝을 흐리자 리에나가 자신이 나선 일이 아닌 것처럼 억지웃음을 띠었다.

"저와는 무관한 일이에요. 그것도 아나이스 백작이 사주한 걸지도 모르니, 제가 조사를 해 보겠어요."

자기가 아나이스 백작을 조사하겠다고? 웃음을 참는 건 꽤 곤욕이었다.

"피는 못 속이나 봅니다. 백작은 성녀님께 죄를 뒤집어씌우기를 원하고, 성녀님께선 백작을 먼저 버리려는 것을 보면."

내가 이렇게까지 말할 줄은 몰랐는지, 리에나의 표정이 굳어 갔다. 잘게 떨리는 성녀의 손을 내려다보며 말을 이었다.

"성녀님께서 걱정하실 필요는 없습니다. 백작은 죗값을 치르게 될 테니까요."

"그렇게 확신할 문제가 아니에요! 성하께서 백작의 편을 드셨다는 걸 잘 모르시나 본데……!"

'그걸 누가 모르겠느냐마는.'

교황이 성녀의 손을 들어 줬다면 굳이 나를 찾을 필요가 없었을 것이다. 의견을 조정하는 와중에 잡음이 있었으니 나를 부른 것일 터. 그리고 지금, 리에나와 나는 협상 중이었다. 동등한 조건에서 협상을 한다면 모를까, 리에나가 현저히 불리한 상황이었다. 그런데 나와 거래를 원하는 것치고 고개가 빳빳한 건 둘째 치더라도, 눈치가 없었다. 오래간 성녀로서 떠받들어지다 보니 현실 감각이 없어진 걸지도.

"흐음. 성녀님과 이 이야기를 계속해야 하나요?"

한숨을 길게 내쉬며 미간을 살짝 찌푸렸다. 그제야 조급해진 건지 리에나는 언제 목소리를 높였냐는 듯, 작게 낮추며 말했다.

"아직 공작님께 더 말씀드릴 사항이 있어요. 귀한 발걸음을 해 주셨는데, 지금 가시려는 건 아니겠죠?"

이게 맞는 태도지. 속으로 웃음을 머금었다.

"그럼요, 성녀님. 좀 더 있도록 하죠. 약속이 있어서 오래 있진 못하겠지만요."

나는 꺼내 두었던 회중시계를 우아한 손길로 테이블에 내려놓았다. 그리고 가벼운 웃음을 입가에 걸쳤다.

"더 얘기해 봐요. 부디, 앞으로 나올 이야기가 시간을 들인 만큼 흥미로웠으면 좋겠군요."

내 흥미가 사그라들지 않도록 해 보란 소리였다. 무례한 요구를 듣게 된 리에나는 떨리는 손길로 찻잔을 쥐었다. 나는 그녀에게서 시선을 거두며 생각을 정리했다.

'교황이 백작의 편에 설 거라는 건 예상했어.'

아우렐리스 2세는 예순을 넘긴 교황이었다. 겉으론 제국의 민생과 안위에 신경 쓰는 듯했지만, 교황청 안에 꼭꼭 숨어서 제 측근만 끼고도는 음침한 노인네.

'하지만 이걸론 부족하지.'

얼굴 한 번 못 본 교황이 왜 백작의 편에 서는지 알기는 힘들었다. 의심이 많은 성격이라 접근하기도 어려울뿐더러, 높은 자리에 올랐음에도 제 몸을 바짝 낮추는 자였다. 거래를 하기도 어렵고, 대하기 까다로운 상대란 소리다.

초조한 듯 잔을 매만지는 리에나에게 가벼운 눈짓을 보냈다.

"약속은 뒤로 미루도록 하죠. 내가 알 수 있게 설명해 봐요."

"지금……."

가벼운 명령조에 리에나가 분한 얼굴로 입술을 깨물었다. 지금, 하고 뒤에 나올 뒷말은 듣지 않아도 충분히 예상되었다. 평민 출신의 계집 따위가, 지금 성녀인 내게 명령을 내리느냐. 뭐 그런 말이겠지. 그렇게 소리치고 싶을 텐데도, 얼마나 인내심이 강한지 꾹 참고 있었다. 그저 우악스러운 손길로 제 옷자락을 틀어쥘 뿐.

'야. 그러다 옷 뜯어지겠다.'

그렇게 말했다간 협상이고 뭐고 뺨 맞을 것 같단 말이지. 나는 차를 한 모금 마신 뒤 리에나의 질문에 친히 답했다.

"지금."

짧아진 답에 리에나는 더 이상 표정을 관리하지 못했다. 그녀가 다시 말을 잇기까진 꽤 시간이 걸렸다.

"아우렐리스 2세는 발레리 추기경의 감시에서 벗어나고 싶어 해요. 성하께선 발레리 추기경의 의견을 곧이곧대로 들으면서도, 휘둘리는 것 같다며 몇 번 불만을 토로하셨죠. 아나이스 백작은 자신이 나서서 그 불만을 해결해 드리겠다고 말했을 거예요."

리에나는 더 말하지 않았지만, 교황이 아나이스 백작의 편을 들려는 이유는 알 것 같았다. 리에나는 성녀였지만 장차 황후가 될 사람이었다. 그리고 교황도 이를 알고 있다. 내부자가 적으로 들어지면 곤란해지는 법. 성녀였던 리에나가 황후가 된다면, 신전은 위태해진다. 비센나란 공동의

적이 있는 지금은, 서로 동맹을 유지할 이유가 충분하겠지만.

"그런 이유로 성하께서 백작의 편을 든 거라면 이해가 가네요. 하지만 비센나의 도움 없이도 충분히 정리할 수 있을 텐데요."

"상황이 조금 복잡해요."

상황이 복잡하다는 건 리에나에게 불리하단 뜻이었다. 아버지가 연루되어 있었고, 교황은 그의 편이다. 그렇다고 황제가 나서지도 않을 터. 그랬다면 나를 찾아올 이유가 없다.

칼란은 마고 사건을 묵인해 왔다. 그러니 이번만큼은 침묵하려 들 것이다. 성녀와 교황 세력이 서로 반목하면 골치 아픈 건 황제였다. 중재할 수 없는 상황이니 섣불리 움직일 수 없을 것이다. 제 사람에게도 냉정한 성정으로 보아 이기는 쪽을 택할 확률이 높았다. 그걸 알고 있는 리에나는 칼란 대신 내게 도움을 청했다. 황제에게 부탁을 했고 거절했을 수도 있지만, 거기까진 알 필요가 없었다.

"정확히 원하는 바를 말씀하세요. 듣고 생각해 보도록 하죠."

리에나가 기다렸다는 듯 말했다.

"제 아버지를 재판에 불러 주세요. 유일한 목격자는 공작님이니, 직접 나서야만 아나이스 백작을 재판에 회부할 수 있어요. 공작님의 이름으로 재판을 열어 주시겠어요?"

달칵. 따뜻한 찻물을 삼키고는 찻잔을 내려 두었다.

"그 대가로 성녀님은 제게 무엇을 해 줄 수 있나요?"

내 물음에 리에나는 쉽사리 대답하지 못했다. 무엇을 내줘야 손해를 덜 볼지 한참 고민하는 것 같았다.

"친부를 돌려 드리도록 하죠."

"성녀님도 재밌는 분이셨군요."

리에나의 대답에 나는 그만 웃음을 참지 못했다. 설마, 그렇게 애틋한 부녀 사이로 보였던 건가? 나는 크게 소리 내어 웃다가 눈가에 맺힌 눈물을 닦았다. 이런 내 반응에 리에나는 적잖이 당황한 눈치였다.

"이런 때 농담으로 저를 즐겁게 해 주시다니."

가벼운 웃음을 흘리자 리에나의 표정이 딱딱하게 굳었다. 그런 그녀를 보며 할 말을 이어 나갔다.

"성기사들을 국경에 배치하도록 하죠. 아, 물론 성기사들을 따르는 일반 병사들도 포함해서."

"그게 무슨……."

"성녀님도 아시다시피, 교황청의 군 지휘권은 발레리 추기경에 있습니다. 하지만 성녀님 또한 당신의 이름으로 그들에게 명령을 내릴 수 있죠."

"수도를 지키는 이들이에요. 국경에 가 봤자 할 일도 없을 텐데, 굳이 보내시겠다는 건……."

말끝을 흐리는 리에나를 흘끗 쳐다보며 말했다.

"수도에 오백의 성기사가 있는 걸로 압니다. 개중에 그 누구도 제단을 찾아내지 못했죠. 하릴없는 자들이니, 이참에 국경에 보내는 것이 좋겠군요."

"하지만……!"

차가운 시선을 들자 리에나가 입술을 꽉 깨물었다.

수도에 있는 성기사들의 수는 어림잡아 500명. 개중 1할 정도는 귀족 신분을 이용해 성기사 작위를 얻어 냈을지 몰라도, 나머지 9할은 실력이 꽤 출중한 편이었다. 신전에 속한 병사들도 있었다. 위기 시에 모집한 상비병이라고 신전 측은 둘러댔으나, 실제로 모두 군인이었다. 상비병의 수는 약 이 천. 비센나의 병력이 천오백인 걸 감안하면, 원작의 대전쟁에선 열 배에 달하는 숫자를 보낸 것이다.

신전의 군사 이천 오백. 황가에 속한 기사와 일반 병사까지 합치면 삼천이었다. 그 외에 다른 가문에서 지원 온 사병과, 웃돈을 들여 모집한 용병들의 수까지 합치면 그 수가 족히 일만은 되었다. 한 가문을 삼키기엔 무리했다고 봐도 무방하다. 지브릴 국경 부근에 군력이 막강한 제국이 있었다면, 그리고 모든 병사가 비센나를 치는 그 순간에 그 제국이 침략했다면 바로 무너지는 건 한순간이었을 것이다.

'주변의 제국은 모두 약소국뿐이니까 그 점은 다행이라고 해야 하나.'

어쨌건 신전의 병력을 분산시킬 수 있다면 그것만으로도 유리했다.

'발레리 추기경이 군 지휘권을 갖고 있긴 해도, 독단적으론 쓸 수 없어.'

신전의 실세는 발레리였으나, 군을 움직이려면 표면적으로나마 성녀의 허가가 떨어져야 한다. 건국 초기엔 교황이 군 지휘권을 갖고 있었으나, 성녀의 권한이 된 건 오래된 일이었다. 그리고 그 틈을 비집고 파고든 게 발레리였고.

"터무니없는 부탁을 하시는군요! 그렇게 되면 수도는 누가 지키는 거죠?"

"성기사들이 수도의 치안까지 신경 썼다는 건, 오늘 처음 듣는 이야기네요. 신기해라."

나는 가볍게 손뼉을 치고는 눈을 동그랗게 떴다. 파르르 눈꺼풀을 떠는 리에나와 시선을 맞추며 말을 이었다.

"성녀님께서 그리 화를 내실 필요는 없습니다. 거절하시면 되니까요."

나는 피식 웃으며 자리에서 몸을 일으켰다.

"어차피, 제 말씀을 귀담아 들어주시리라 기대한 건 아니었습니다. 성녀님과 충분한 대화를 나눴으니 이만 가 보겠습니다."

리에나는 자리에 앉은 채 드레스 자락을 꾹 움켜쥐었다. 수도의 병력을 국경으로 옮긴다면 불리한 건 신전 측이었다. 다분히 의도가 보이는 요구라고 생각했기에 더 들어줄 수 없다고 판단했을 터. 또한 발레리를 설득하는 것도 쉽지 않은 일이었다. 하지만 내가 상관할 바는 아니었다. 리에나는 비센나와의 거래를 원했고, 이를 위해선 합당한 대가를 지불해야 했다.

"잠깐, 잠깐만! 재판은 어떻게 하고요?"

"그 또한, 성하께서 해결하시리라 믿습니다."

재판이 열리지 않아도 상관은 없었다. 리에나를 먼저 치고, 백작을 정리하면 그만이었으니까. 리에나가 군 병력을 옮기면 비센나에게 유리한 선택이었고, 옮기지 않아도 그만이었다.

"이만 가 보겠습니다. 여신의 축복이 함께하기를."

내 입에서 흘러나온 인사에 리에나의 얼굴이 창백히 질려 갔다. 진심 어린 인사였는데 조롱처럼 들렸다면, 정확히 본 거였다. 어찌나 분해하는지 꾹 깨문 입술이 간헐적으로 떨리고 있었다.

리에나와의 협상은 그렇게 끝이 날 것처럼 보였다. 그런데 일주일이 지나기도 전에 신전에서 서신이 날아들었다. 리에나가 직접 보낸 서신에는 꽤 놀라운 결정이 적혀 있었다.

[발레리 경계서 동의하였으나, 수도의 전 병력을 이동시키는 건 불가합니다. 하여, 육 할의 병력을 이동할 것입니다. 오백의 성기사 중 삼백. 이천의 일반 병사 중, 천 이백. 도합 천 오백의 병력을 국경에 배치시키겠습니다.]

집무실에서 서신을 읽으며 따뜻한 차를 한 모금 마셨다.

'샤키 오빠가 교황을 찾아간 게 효과가 있었어.'

사흘 전, 샤키 오빠는 내 부탁으로 아우렐리스 2세를 보러 갔었다. 교황에게 협상을 제의한 건 아니었다. 어차피 리에나가 들어줄 거란 확신이 있었기 때문이었다. 부탁했던 대로 샤키 오빠는 교황에게 별말을 하진 않았다고 한다. 빈손으로 가긴 뭣하다며 손주가 조부에게 줄 법한 건강 차(茶)를 전달했다나. 그 대가로 당당히 후식을 요구하여 케이크를 먹고 왔다고 했다. 하지만 교황이 이런 사실을 리에나에게 밝혔을 리 만무하고, 방문했다는 소식을 듣게 된 리에나는 혼자서 전전긍긍했을 것이다.

무슨 이야기를 했을까. 죄를 뒤집어씌우기로 합의한 건가? 이런 생각을 하며 끙끙 앓다가, 결국은 요구 조건에 응하기로 한 것일 테고.

'리에나도 용케 발레리의 동의를 얻어 냈단 말이지.'

어떤 식으로 얻어 냈는지 조금 궁금했지만 우선은 재판이 먼저였다.

나는 서신에 서명을 하고는 책상 위의 작은 종을 쳤다. 들어온 기사가 가슴에 손을 얹은 채 고개를 숙였다.

"공작님을 뵙습니다. 제게 시키실 일이라도 있으신지요?"

"샤르키스 오라버니를 불러와."

기사는 가슴에 손을 얹고 고개를 끄덕였다.

샤키 오빠는 호출을 내린 지 한 시간이 지나기 전 집무실로 찾아왔다. 늦은 저녁, 연화 기사단 제복을 입은 오빠가 동그란 종이 상자를 든 채 들어왔다.

"웬 상자? 오는 길에 뭐 샀어?"

"케이크. 교황청에서 먹었는데 맛있더라고. 같은 건 아니지만 네 생각 나서."

"오빠도 대단하단 말야. 교황을 독대하면서 케이크 없냐고 물어보다니."

"늙은 교황과는 간식 취향이 안 맞더라고. 꿀 과자라니, 그런 걸 누가 먹어?"

샤키 오빠가 뻔뻔하게 씩 웃으며 테이블에 케이크를 내려 두었다. 그리고 부지런히 손을 씻고는 하녀가 준비해 둔 차를 따랐다. 암살자 가문이라 그런지 전부 청결에 신경을 쓰곤 했다. 아버지도 그렇고 샤키 오빠도 그렇고. 그나저나 왜 하인을 시키지 않고 손수 하는지 모르겠다. 핸드메이드, 이런 걸까.

샤키 오빠가 내 앞에 케이크 한 조각을 놔주며 물었다.

"바로 재판을 열거라 했지?"

"응."

케이크를 먹느라 답이 짧아졌다. 그래도 상관없다는 듯 샤키 오빠는 빈 접시에 더 큰 케이크 조각을 올려 주었다. 부드러운 생크림에 딸기가 듬뿍 올라간 케이크였다.

"더 먹어. 요새 일한다고 잘 먹지도 못하던데."

"쿠키는 잘 먹고 있어."

"쿠키가 밥은 아니잖아."

가벼운 잔소리에 나는 미간을 찌푸렸다. 샤키 오빠가 이마를 꾹 눌러 주며 그렇게 듣기 싫었냐며 눈썹을 축 내렸다.

"내가 어린 애도 아닌데, 언제까지 잔소리할 거야? 할머니 될 때까지?"

"그거 좋은데? 우리 막내 귀먹을 때까지 잔소리해야겠다."

그건 좀……. 나는 턱을 괸 채 그를 빤히 쳐다보았다.

"보름 뒤면 재판이야. 오빠가 연기를 잘해 준 덕분이지."

"누가 뒤를 밟긴 했는데 너무 티가 났단 말이지. 들어가기 전엔 심각한 표정을 짓다가 웃으면서 나왔던 게 꽤 효과가 있었나 봐? 리에나가 덜컥 겁을 집어먹은 것 같던데."

"잘했어."

샤키 오빠가 두 눈을 반짝거리며 눈을 마주쳐 왔다. 뭔가를 기대하는 것 같은 눈빛이다.

"아주 잘했어, 우리 샤키."

손으로 머리를 쓱쓱 쓰다듬자 샤키 오빠가 그제야 뿌듯한 미소를 지었다.

"그나저나 의원을 자주 찾아가던데, 어디 아프기라도 한 거야?"

완강히 고개를 저은 샤키 오빠가 정색했다.

"예전에 미레이 머큐리에게서 산 개똥 같은 약 때문이지. 머리가 자주 빠지는데 나기는 더 난다고! 늑대의 털처럼 빳빳해서 짜증 나."

"털갈이라도 하는 거야? 아님 벌써 탈모가 온 건가?"

내가 짠한 눈빛을 보내자 샤키 오빠가 허, 하고 웃었다.

"오빠 아직 창창하단다. 탈모가 아니라 털갈이라고 해 두자. 네가 여덟 살 때 페르제만 예뻐하길래, 나도 어려지겠다고 마셨다가……."

샤키 오빠는 우울함을 감추지 못하고 훌쩍거렸다.

"이 꼴이 됐지. 하르트가 준 해독제를 꾸준히 먹고 있으니 다행이긴 한데, 어찌나 독한지 손이 떨린다니까."

"약 끊어야 하는 거 아니야? 하르트가 해독제에 독이라도 탄 건 아니겠지?"

"조카 준다고 정성껏 만들었다더라. 그렇게 나쁜 놈은 아니야. 뭐, 그래도 덜 떨어진 늑대가 돼서 왕왕 짖고 다니는 것보단 낫지."

"덜 떨어졌다니. 귀여울 것 같은데."

"내가 귀엽다고?"

역시나 듣고 싶은 말만 듣는 샤키 오빠다웠다.

'신기하네. 늑대의 털이라니.'

진짜 그런가 싶어 손으로 샤키 오빠의 머리를 쓱 만졌다. 부드러웠던 샤키 오빠의 머리가 조금 뻣뻣해져 있었다. 마치 왕왕이의 털처럼 말이다. 샤키 오빠를 닮은 새까만 늑대를 떠올리다가 고개를 저었다. 그러게 왜 어려지는 약을 먹으려 해선.

'여덟 살 때라면 한참 전인데.'

부작용이 오래가는 걸 보면, 미레이가 팔았지만 하르트가 만든 게 맞다. 지독한 현자 같으니라고.

"그럼 해독제 그만 먹을까?"

"아니, 농담이니까 잊지 말고 꾸준히 먹어! 아니면 암시장에 팔아 버릴 거야."

가벼운 경고에 샤키 오빠가 시무룩한 얼굴을 하더니 고개를 돌렸다. 그의 손이 냉큼 케이크 박스로 향했다. 서둘러 그의 손을 붙잡으며 저지시켰다.

"너무하네, 진짜. 그렇다고 케이크를 빼앗으면⋯⋯."

"뇌물."

케이크가 든 박스를 만지기에 도로 가져가려나 싶었는데, 아예 내 앞에 놔주었다. 나는 가벼운 한숨을 내쉬다가 결국 웃고 말았다. 얼마 만에 찾아온 평온한 시간인지 모르겠다.

그 뒤로는 재판에 관한 이야기를 계속 나누었다. 보름 뒤, 비센나 영지와 가까운 곳에서 재판이 열리게 된다. 아나이스 백작은 피의자 신분이었고, 나는 그를 제소하는 입장이었다. 아나이스 백작만 소환 여부가 정해진건 아니었다. 상부의 명령 없이 나를 공격했던 아델하이트 남작도 뒤에 있을 재판에 응해야 한다. 시일을 이틀 두고, 두 개의 재판이 행해지는 것이다. 재판에는 룬과 함께 가기로 했고, 리에나도 교황을 대신하여 참석할거라 하였다.

아나이스 백작이 받게 될 재판의 경우, 그가 인정하지 않는다면 한 번만으론 끝나지 않을 것이다. 리에나는 재판이 일찍 끝나기를 바라고 있을게 분명했다. 재판이 끝나면 그녀도 한시름 놓겠지만, 또 다른 불안에 휩싸일 것이다.

재판을 준비하며 시간을 보내다 보니 어느덧 일주일이 훌쩍 지나 있었다. 리에나가 신전의 병력을 국경으로 보내기로 약조한 날이 다가왔다.

* * *

신전의 응접실 안, 두 사람이 서로를 마주 보고 앉아 있었다. 붉은 벨벳 의자에 몸을 묻은 발레리 추기경은 차분한 태도로 차를 들었다. 긴장한 기색이 역력한 성녀와는 상반되는 모습이었다.

"군 병력을 국경에 배치시켜도 괜찮은 걸까요?"

발레리의 맞은편에 있던 리에나가 한참을 망설이다 물었다.

"별일이야 있겠습니까."

발레리는 시선을 내리며 따뜻한 차를 마셨다. 리에나가 자신에게 먼저 군 병력을 옮겨 달라 요청했고, 이를 들어주었다. 그런데도 성녀는 수일이

지난 지금까지도 불안을 내비쳤다.

"……반대하실 거라 생각했어요."

"성녀님의 권한이니, 당신의 결정에 따른 것이지요."

"하지만……."

어디까지나 표면상일 뿐, 군권의 실질적인 지휘자는 발레리 예카르트였다. 군 병력을 이동시키는 건 얻을 것 하나 없는 도박이다. 그렇기에 발레리가 쉽게 허락할 줄 몰랐던 리에나는 더 당황했다. 어쩔 줄 몰라 하는 성녀를 보며 발레리는 입가에 뜻을 알 수 없는 미소를 지었다.

"언젠가 성녀님께서 신전을 지휘하실 텐데, 무얼 그리 걱정하시나요?"

"제 선택이 옳은 건지……."

"공작이 그리 요구했다면 들어주도록 해요. 이참에 썩은 물을 도려내는 것도 필요할 테니."

'썩은 물…….'

리에나는 발레리가 한 말을 속으로 곱씹었다. 그 말은 교황을 치겠다는 건가? 찻잔을 입가로 기울이며 힐끗 발레리를 쳐다보았다. 제 아버지가 그녀에게 죄를 뒤집어씌우려 했다는 걸, 발레리는 알고 있었다. 그럼에도 추기경은 시종일관 덤덤했다. 분노를 표할 만한데도 백작이 그랬냐고 되물으며, 옅은 미소를 입가에 띠울 뿐이었다.

"백작이 죽는 날도 머지않았군요."

티타임에서 대수롭지 않은 일상을 이야기하는 어투였다. 그 기묘한 간극에 리에나는 등줄기에 쫙 소름이 끼쳤다.

"아버지가 죽게 돼도 괜찮은 건가요?"

"마땅한 책임을 지는 것뿐이죠."

발레리는 물음에 답한 뒤 더 이상 말을 꺼내지 않았다. 그저 고요한 눈길로 손을 잘게 떠는 리에나를 바라볼 뿐이었다.

"부친의 장례식엔 안개꽃이면 충분할 테지요."

그런 리에나를 보며 발레리가 생긋 웃었다.

"……!"

리에나는 너무 놀라 숨 쉬는 것도 잊어버렸다. 멈춘 호흡 뒤로, 손이 미끄러지며 뜨거운 찻잔을 놓치고 말았다. 쨍그랑─! 찻잔이 깨지며 바닥을 처참히 뒹굴었다. 날카로운 파편이 산산이 흩어지는 것을, 발레리는 내리깐 시선으로 훑었다. 하급 사제를 시켜도 될 텐데, 손수 허리를 숙인 추기경이 깨진 조각을 들어 올렸다.

"동요하지 마세요, 리에나."

날카로운 파편에 여린 살이 베였는지 붉은 피가 뚝, 뚝 떨어졌다. 발레리의 손이 베인 것인데도 리에나는 제 손끝이 따끔거리는 기분이었다. 다급히 숨을 삼키며 잘게 떨리는 손을 품 안으로 거둬들였다. 성녀의 흔들리는 손끝을 본 발레리가 작게 소리 내어 웃었다.

"성녀로서 책임을 져야 하는 당신이, 고작 이런 일로 겁을 집어먹어서 되겠어요?"

"저, 저는……."

"혈육을 두 손으로 죽인 내가…… 설마 성녀님을 탓하기라도 할까요."

발레리는 눈매를 휘며 말을 마쳤다. 그리고 손을 뻗어 리에나의 머리칼을 귀 뒤로 넘겨 주었다. 어렸을 때 종종 해 주었던 행동이었다. 다정한 손길이었는데도 리에나의 몸은 덜덜 떨렸다.

"안개꽃이든 뭐든…… 네 약점을 내보여선 곤란해져."

"……발레리 님."

리에나는 눈물을 삼키며 발레리를 올려다보았다. 저를 아껴서 이런 소리를 하는 게 아니었다. 발레리는 제1 추기경이자, 스페르챠의 가주다. 그러니 신전을 책임져야 하는 성녀의 곁에 있어 주는 것뿐이다.

"알고 있겠지, 리에나. 약점을 크게 키워선 안 돼. 길게 말하지 않아도, 어렸을 때부터 명석했으니 알아서 잘 처신하리라 믿으마."

예전처럼 낮춰 부르는 목소리가 귓가를 파고들었다. 눈앞의 추기경이 그 누구보다 무서웠으나, 리에나는 별다른 대꾸 없이 고개를 끄덕였다.

"착하구나."

만족한 듯 발레리는 부드럽게 입술 끝을 올렸다. 리에나에겐 그 미소가 꼭 사람의 온기를 도려낸 것처럼 느껴졌다.

"발레리 님께서도 재판에 오시는 건가요?"

정신을 차린 리에나가 조심스레 물었다.

"글쎄. 굳이 갈 이유가 없을 것 같구나. 내가 가지 않으면 안 될 이유라도 있는 거니?"

가지 않겠다는 뜻에 리에나는 고개를 내저으며 안도했다. 공작을 상대하는 것만으로도 진이 빠지는데, 재판에 발레리 추기경까지 온다면 정말로 숨이 막힐지도 모른다.

"그럴 리가요! 추기경께서 신경 쓰실 만한 일은 없을 거예요."

리에나는 재판까지 남은 시일을 헤아리며 떨리는 입술을 짓씹었다.

21
발레리 예카르트

재판이 시작되는 날. 나는 생각지도 못한 소식을 샤키 오빠에게 듣게 되었다. 놀랍게도 아나이스 방계 혈족이 살해되었단 소식이었다. 소매의 금장 단추를 잠그다 말고 고개를 들었다.

"셋이나 죽었다고?"

"뭐, 그렇다는데. 시체가 발견된 건 오래됐는데, 그간 쉬쉬했다더군."

"언제 죽은 건지 알아?"

"네가 백작저로 갔던 날. 그날 새벽에 바로 죽었어. 연화 단원에게서 들은 거니까, 정확해."

"범인은?"

"백작이 재판에서 밝힐 거라 했다더군. 누명을 씌우려다 잘 안 된 거겠지."

뻔한 술수였다. 뻔하지만, 제법 위험했을 수도 있었다. 백작이 제단 일로 재판에 오르지 않았다면, 분명 내게 화살이 꽂혔을 것이다. 얼굴도 본적 없는 혈족을 살해했다며, 어떻게든 누명을 씌우려 했겠지만 지금에선 별 소용없는 짓이었다.

'가문의 혈족을 죽이면서까지 그런 일을 벌일 줄이야……'

본성을 빠져나와 입구에 있던 마차로 향했다. 룬이 나를 기다리고 있었다. 샤키 오빠는 재판에 가지 않기에 가볍게 손 인사를 한 뒤, 마차에 올라탔다.

마차가 빠르게 달린 덕분에 늦지 않게 재판장에 도착할 수 있었다. 내가 백작을 제소했기에 비센나 영지와 가까운 슈테른 재판소에서 재판이 열리게 되었다. 반대의 상황이었다면 아나이스 영지와 가까운 재판소에 가게 되었을 것이다.

재판장에 도착하니 꽤 많은 귀족이 자리해 있었다. 저녁이 되었을 때쯤, 흰 의복을 걸친 법관이 들어섰다.

건국 당시 재판권은 군 지휘권과 더불어 황제가 가졌었다. 그러나 영토가 커지며 인구가 늘어감에 따라 직접 재판을 행사하는 것이 불가능해졌다. 따라서 백탑에서 학자 열 명을 선출하여 귀족들의 투표로 법관이 정해지게 되었다. 지금도 절차는 같았지만, 법관이 결정된 데는 황제의 입김이 들어가 있었다.

웅성웅성. 작은 소란이 일더니, 로브로 얼굴을 가린 남자가 들어섰다. 아나이스 백작이었다. 재판장에 도착하자마자 그는 로브를 벗었다. 자의로 가린 건 아니었는지, 허리를 빳빳이 세운 채 걸음을 옮겼다.

"들어오십시오."

기사 두 명이 아나이스 백작의 곁에 선 채 보폭을 맞추었다. 백작이 자리에 앉고 나서야 재판이 시작되었다. 재판 내내 기사들은 촉각을 곤두세웠다. 서늘한 시선이 백작의 일거수일투족을 감시했다.

아나이스 백작에게 사형 선고가 내려질 것이라고, 이미 몇몇 귀족들은 확신하고 있었다. 그럼에도 생각보다 재판은 오래 걸렸다. 사무관이 증거를 가져오면 법관이 그 증거를 확인했다. 판단을 내리는 데까지 많은 시간이 소요되었다.

기나긴 재판이 벌어지는 동안, 아나이스 백작은 단 한 번도 제단에 대해 부인하지 않았다. 론제 상단이 그의 소유였냐고 묻는 말에 "그렇습니다, 법관님." 하고 짧고 간결하게 답했을 뿐이다. 아나이스 가문이 저질러 온 범죄라는 건 확실했기에 재판의 판도가 바뀌는 일은 없었다.

지루한 재판 끝에 아나이스 백작의 사형 선고가 내려졌다. 백작도 이미 예상했는지 담담한 얼굴이었다. 법관은 아나이스 백작이 저질러 온 죄를 줄줄이 읊었다. 그걸 들으며 백작은 두 손을 꽉 잡은 채 고개를 숙였다. 사형 선고를 내리는 법관의 말을 듣고도 표정 변화가 없었다.

"……해서 사형을 선고하는 바입니다. 이의 있습니까?"

고요한 침묵이 흘렀다. 귀족들은 신성 가주로 존경받아왔던 아나이스 백작이 사형 선고를 받았단 것에 동요했다. 수군거림이 점차 커져 갈 때쯤.

"……인정하겠습니다."

놀랍게도 받아들이겠다는 말이 백작의 입에서 흘러나왔다. 단조롭지만 고급스러운 회색 옷을 입은 백작은 숙였던 고개를 뻣뻣이 들었다. 쓴웃음이 입가에 걸린 것치곤 태연한 모습이었다.

백작을 물끄러미 보던 재판관이 시선을 내렸다. 증거가 될 문건은 총 두 권이었다. 법관의 얇고 주름진 손이 끈으로 묶인 두툼한 서류를 확인해 나갔다. 모두 비센나 측에서 제출한 증거자료였다. 겔트 길드장이 써내려 간 장부가 첫 번째 증거였고, 론제 상단이 관리해 온 제단과 그를 기록한 문서가 두 번째 증거였다. 제물로 바쳐질 뻔했던 어린 형제와 안리가 증인으로 나설 필요도 없었다. 백작 본인이 모든 죄를 시인했으니까.

"……성하께서는 오지 않았군."

백작은 텅 빈 자리를 보며 허탈한 웃음을 지었다. 사사로운 재판에는 참석하지 않겠다고, 교황은 대리인을 시켜 이미 뜻을 밝혔다. 그의 대리로 성녀인 리에나가 자리를 지켰다. 리에나를 바라보던 백작은 허탈한 웃음을 지었다. 이미 현실을 깨달았는지, 그는 공허한 눈으로 제 딸을 보았다.

"비센나 공작에게 되레 누명을 씌우기 위해 혈족을 죽였다는 것도 인정하는 바입니까?"

"아니오."

성녀에게서 고개를 돌린 백작이 답했다. 사형 선고를 받았다고 믿기지 않을 만큼 담담한 모습이었다. 백작의 눈길이 내게 향했다.

"범인은 제가 아닙니다. 하나, 여기 재판소에 와 있는 건 확실합니다만—."

백작의 목소리가 잦아들었다. 고요한 음성이었으나, 귀족들이 들을 수 있을 만큼 선명했다. 메마른 눈이 나를 지나쳐 갔다. 빗겨 나간 시선이 오른쪽으로 향했다. 리에나가 헛웃음을 짓고 있었다.

"성녀님께서 잘 아실 겁니다. 그 누구보다도, 더 확실히."

백작이 지목한 건 리에나였다. 생각지도 못한 지목에 한차례 소란이 일었다. 웅성웅성—. 귀족들이 저마다 고개를 맞대고 중얼거리는 소리가 커져 갈 무렵, 리에나가 입을 열었다.

"제가 모르는 일을 백작께선 아신다는 거군요. 제단을 위해 가문마저 이용했으면서, 이젠 당신이 죽인 혈족까지 제가 죽였다고 누명을 씌우려는 거예요?"

백작은 대꾸하지 않았다. 고개를 숙인 채 큭큭, 하고 웃을 뿐이다.

"그래, 내가 죽였다. 하지만 너도 동의했었지. 이 아비가 모든 죄를 안고 가는 것을 다행으로 여기거라. 하지만 네가 어릴 적, 가문에 저지른 일은 내가 묻어 줄 수 없을 거다."

"……"

리에나는 대답하지 않았다. 차가운 시선을 내려 제 아비를 쳐다보았다. 그녀 대신 곁에 있던 사제가 빠르게 받아쳤다.

"더는 백작의 헛소리를 들을 가치가 없습니다! 어서 재판을 진행하시지요."

사제의 말에 아나이스 백작은 몸을 돌려 내게 시선을 주었다. 먹지 못해 부르튼 입술이 서서히 열렸다.

"······공작님께서도 그렇게 생각하십니까?"

"흥미로운 이야기군요. 좀 더 알아보겠습니다."

백작은 픽 웃고는 리에나에게로 시선을 옮겼다.

"내 딸아, 네게 방심하지 말라고 누누이 말했던 걸 기억하느냐? 나는 네가 아는 것보다 더 많은 것을 알고 있다. 네가 그토록 감추고 싶어 하던 진실도. 네가 그토록 벗어나고자 했던 그림자를 어떻게 지웠는지도."

백작은 마지막까지 미소를 잃지 않았다. 분노의 화살이 내게 향하는 대신, 그에게 반기를 든 리에나에게 향했다는 건 조금 의외였다.

"언젠가 네가 저지른 죗값을 치르게 되는 날이 올 거다. 그때까지 안온히 지낼 거라."

"······제 결백함은 여신께서 알고 계십니다."

리에나의 목소리가 조금 떨렸다. 그걸 들은 백작이 픽 웃으며 자리에서 일어났다. 기사들이 거칠게 붙잡기도 전에 스스로.

"성녀로서 모든 명예를 누리기를 바라마. 얼마 남지 않은 그 짧은 시간이, 네 전부가 될 테니."

백작의 시선이 리에나에게서 내게로 옮겨 왔다.

"내 딸이 속죄할 수 있도록, 그 기회를 주었으면 합니다."

백작은 그 말을 뒤로하고 기사들에게 두 팔이 붙잡힌 채 걸음을 옮겼다.

재판이 끝났음에도 리에나는 움직일 생각도 하지 못한 채 앉아 있었다. 생기를 잃은 눈이 서서히 내게로 떨어졌다.

* * *

백작의 사형 날짜가 정해졌다. 일주일 안으로 앞당겨졌다는 말은 들었지만, 생각보다 더 시일이 빨랐다.

'빨리 끝내고 싶다는 거겠지. 황제도 성녀가 걸려 있으니, 더 이상 입방

아에 오르는 걸 원치 않는 거야.'

백작의 사형 소식은 지브릴 전역에 알려졌다. 아나이스 가문의 기사들은 흩어진 지 오래였다. 그게 누구든, 녹색의 깃에 하얀 새의 인장을 본 이들은 분노를 참지 않았다. 아나이스 영지 곳곳이 걸려 있던 백작가의 문장은 갈가리 찢겨 바닥을 뒹굴었고 종내에는 그 흔적을 감췄다.

아나이스의 방계 혈족은 처벌을 면했다. 리에나가 어떻게든 힘을 쓴 것으로 보였다. 직접 제단과 관련이 있는 자와, 아나이스 백작의 측근들은 모두 사형대에 올랐다. 살아남은 건 아무것도 모르는 어린아이. 정사(政事)에 관여하지 않은 부인들뿐이었다. 본래라면 일족이 멸할 수준의 범죄였으나, 황제의 입김이 컸다. 그는 제게 올 비난의 화살을 알면서도 아나이스 일족을 비호했다.

리에나는 그 대가로 많은 것을 잃었다. 아나이스가 멸족하게 두었다면 의심에서 벗어날 수 있었을 것이나, 그녀는 무리를 해 가면서까지 남은 일족을 지켰다. 귀족에게 가문이 무너진다는 것은, 새가 두 날개를 잃은 것과 같다. 가문은 곧 무기이자 방패였다. 다른 세력을 공격하거나 외부의 충격으로부터 방어할 수 있는 유일한 수단. 그러나 지금의 아나이스는 리에나의 발목을 잡는 쇠사슬이 되었다. 족쇄가 영원히 그녀의 발목을 붙잡는 것이다.

'남은 일족마저 버릴 줄 알았는데…….'

목소리를 높이면서까지 방계 혈족을 지켜 낸 건 꽤 놀라웠다. 목적을 위해서 제 여동생을 죽인 리에나가, 이 일에 연루되지 않은 어린아이들과 부인들을 지켜 냈다는 것에 몇 번이고 의심했었으니까.

'모두에게 악독하진 않았던 건가.'

제 동생을 독살했고, 약혼자마저 죽이려 했지만 아나이스 일족의 수호자를 자처했다. 리에나가 성녀가 아닌 황족이었다면, 자매를 죽였다 해도 약점이 되지 않았을 것이다.

'그토록 원했던 성녀라는 직위가 도리어 위협이 될 줄은 몰랐겠지.'

나는 더 이상의 생각을 그만두었다. 리에나는 죄를 저질렀고, 처벌을 받아 마땅하다. 백작과 아나이스 가문은 힘을 잃었지만, 처벌받지 않은 사람은 또 있었다.

아델하이트 남작은 재판에 모습을 드러내지 않았다. 도망쳤다는 소문이 맞았다. 추기경들이 그를 쫓게 될 거라고, 샤키 오빠가 귀띔해 주었다. 발레리가 나설 것이라는데, 좀 더 지켜봐야 했다.

"도착했습니다, 가주님."

나는 오랜만에 공작저를 빠져나와 외출했다. 마차에서 내리자 룬이 내 곁에서 걸음을 맞춰 걸었다. 악명 높은 베덴의 지하 감옥으로 향하는 길이었다. 그곳에 아나이스 백작이 있었다.

베덴 감옥은 지하 2층까지 있는 구조였다. 사형이 정해진 사형수들은 지하의 감옥에서 홀로 머무른다. 지하는 꽤 깊었다. 손을 잡아 주겠다는 룬의 배려를 부드럽게 거절하고는 안으로 발을 내디뎠다.

간수에게 금화를 건네준 대가로 잠깐 이야기를 나눌 수 있었다. 빠르게 걸음을 옮기자 어느덧 백작이 머무는 독실 앞이었다. 음습한 지하의 습기가 온몸에 달라붙는 기분이었다. 부유하는 먼지가 시야에 들어찼다. 옷자락을 가볍게 털고서 감옥 바닥에 웅크려 잠든 남자에게 다가갔다.

"오랜만이에요, 아나이스 백작."

냉기가 흐르는 바닥에 옆으로 누워 있던 남자가 머리를 들었다. 낡고 더러운 모포가 아무렇게나 깔려 있었다.

'자고 있던 게 아니었나?'

몇 번 말을 걸었지만, 이렇다 할 답은 들려오지 않았다. 오랜만에 본 그는 달라져 있었다. 깔끔하게 넘겼던 머리는 풀어 헤쳐진 상태였고, 총기를 잃은 두 눈은 죽어 가는 생선의 것과 같았다. 씻지 못했는지 머리에는 기름이 져 있었고 케케묵은 냄새도 났다. 제대로 배식이 주어졌을 리 만무하다. 굶주린 듯 배를 움켜쥔 남자가 힘없이 비척이며 몸을 일으켰다. 살이 빠져 뼈대의 윤곽이 드러난 손이 쇠창살을 붙잡았다.

"먹을 것을 줘……."

백작이 처음 나를 보고 한 소리였다. 내가 비센나의 가주라는 사실은 더 이상 그에게 중요하지 않은 듯했다. 나는 룬을 시켜 가져온 음식을 건 냈다. 부드러운 빵, 식었지만 고소한 수프, 과일 몇 조각이 담긴 바구니였 다. 홀린 듯 음식을 입에 쑤셔 넣던 백작이 입을 연 건 한참 후였다. 조금 진정이 되었는지, 로브를 벗은 나와 시선을 마주했다.

"큭, 큭큭."

백작은 별안간 웃음을 터뜨렸다. 고문을 당해 제정신이 아닐 거란 예상 이 정확히 빗겨 나갔다.

"아무도 나를 찾지 않았는데, 비센나 공작께서 귀한 발걸음을 해 주 셨군……."

"백작저의 사람이 오지 않았나?"

"올 만한 놈들은 전부 죽어 버렸어. 그 외엔 가치가 없어진 가주를 볼 일이 없다는 거겠지."

백작이 쉰 목소리로 끅끅, 하고 웃음을 토해 냈다. 죽음에 대한 두려움 이 씻겨 나간 얼굴에는 웃음만이 걸려 있었다. 백작이 눈을 희미하게 뜨 며 말했다.

"산 채로 불에 태워진다던데."

"이제 와서 화형당하는 게 두려운 건가?"

"아니. 고통보다는 추하게 죽어 갈 내 모습이 두려워. 그 자리에 선 이 들은 내 마지막을 그렇게 기억하겠지. 늙고, 마르고, 더러운 귀족 놈이 귀 가 터져라 비명을 지르다 숨이 멎었노라고."

백작은 음식을 먹다 말고 다시 쇠창살 아래를 붙들었다. 조금이라도 손 이 더 가늘었다면 내 옷자락을 붙잡을 만큼 거리가 가까웠다.

"약을 줘. 고통 없이 죽을 수 있는 약을. 그게 힘들면 자결이라도 할 수 있게⋯⋯!"

"그건 들어줄 수 없어."

"여기까지 온 이유가 있을 텐데? ⋯⋯리에나, 그래. 그 계집을 진창으로 몰기 위해서 온 게 아니냐? 내가 그 증거를 갖고 있어. 아우렐리스 2세에게 서신을 보냈지. 그 서신이 아직도⋯⋯."

"서신이라니?"

의문을 표하자 아나이스 백작이 눈에 띄게 반색해 왔다.

"엘리야가 죽은 날. 사고로 죽은 게 아니라는 걸 알았어. 리에나가 제 여동생에게 독을 먹여 죽인 거였지!"

"왜 그때 가만히 있었던 거지? 엘리야를 아꼈다고 했으면서."

"리에나마저 죽게 만들 순 없었다. 재판에 보낼 수 없었거든."

숨을 깊이 들이쉰 그가 예전처럼 또렷한 목소리로 답했다.

"당신, 리에나를 아꼈었나?"

"천만에! 당장이라도 죽이고 싶었지만 내겐 리에나 말고 딸이 없었다. 아나이스는 신성 가문이었고, 대대로 성녀를 배출해야 했어. 빌어먹게도, 리에나 말고 마땅한 아이가 없었지. 사생아를 보기엔 이미 늙어 버렸고, 리에나가 유일했지. 방계의 아이를 성녀 후보로 삼기엔 너무 어려웠어. 갓난아이였으니까."

성녀가 되면 족히 수십 년은 자리에 머무르게 된다. 아나이스 백작은 그 틈을 놓치고 싶지 않았을 터. 그랬기에 리에나를 자식으로 생각한 적 없었음에도 백작은 그녀를 살려 두었다.

나는 차갑게 물었다.

"엘리야를 죽였다는 걸 알았으면서도?"

"아나이스의 가주로서 묵인할 수밖에 없었다. 내 피를 물려받은 계집이 독사라는 걸 알았을 땐, 나도 방법을 생각해 내야 했지. 그래서 교황에게 이를 의논하는 서신을 보냈어. 리에나가 엘리야를 죽였단 증거를 남기기 위해서."

"그 서신은 어디에 있지?"

내 물음에 백작은 슬며시 웃더니 입을 닫았다. 거래를 하자는 소리에 나는 차갑게 말했다.

"거래를 하는 건 서신이 있다는 걸 확인하고 난 다음. 나는 아쉬울 게 없어, 백작."

"하, 하하. 그래. 서신의 위치를 알려 주면 그땐 어떻게 할 거지?"

"당신이 원하는 것을 정확히 말해."

"내가 원하는 건 평온한 죽음이다. 여기서 살아 나갈 생각 따윈 없어. 사형을 당하기 전에 감옥 안에서 죽고 싶어. 그렇게만 해 준다면……."

백작의 목소리가 간절하게 떨렸다.

"서신이라면 주고받은 게 있겠지. 가주로서 직인이 찍혀 있는 서신인가? 날짜는?"

그를 차가운 눈길로 내려다보며 물었다.

"모두 기록되어 있다. 조작하래야 할 수도 없는 거지. 아예 불태운다면 몰라도, 그 서신이 공개되면 리에나도 무사하지 못해."

"……그 서신은 어디에 있지?"

"내가 보냈던 건 교황에게 있다. 교황이 내게 보낸 서신은 믿을 만한 사람이 보관하고 있지."

"교황이 서신을 없앴을 가능성은? 일방의 주장만으론 성녀가 엘리야를 죽였단 증거가 될 수 없어. 오래전 기록이라 해도."

"그 의심 많은 노인네가 서신을 없애지는 않았을 거다. 교황청에 불이 나면 가장 먼저 그 서신이 안전한지 찾으러 갈 놈이야. 교황청이든, 어디든 안심이 될 만한 곳에 숨겨 놨겠지. 제 목숨줄인데 그걸 그리 쉽게 버릴까."

백작이 헛웃음을 지으며 말을 이었다.

"어차피 리에나가 성녀를 그만두게 되면 곤란해지는 건 교황이다. 발레리 그 여자야, 권력을 움켜쥐면서도 권력욕은 없으니 조용히 물러나겠지."

'발레리가 물러나면 일이 수월해지겠는데. 백작의 오판일 수도 있겠지만.'

계속 말해 보란 뜻으로 눈짓을 보내자 백작이 실소를 터뜨렸다.

"하지만 교황은 달라. 리에나도 제 치부를 아는 교황을 살려 두진 않을 거고, 교황은 살기 위해 서신을 들먹여 협박하려 들겠지. 그게 그 늙고 고약한 영감탱이의 목숨을 연장할 유일한 밧줄이거든."

백작은 숨김없이 진실을 토해 냈다. 더 이상 잃을 것이 없기에 가능한 일이었다.

"좋아, 거래를 받아들이도록 하지. 내일 다시 올 테니 그때까지 서신이 어디에 있는지 밝혀야 할 거야."

"독약만 제대로 건네준다면야."

백작은 그제야 안도하는 듯 미소를 지었다. 평온한 표정에 속이 메스꺼웠지만, 별다른 말 없이 룬과 함께 감옥을 빠져나왔다.

"말씀하신 독을 준비했습니다."

까만색의 불투명한 크리스털 병에 액체가 찰랑거렸다. 벨록은 무취 무향의 독이었다. 여타의 독과 다른 점이 있다면, 고통 없이 숨이 끊어진단 것이다. 보통의 독은 강한 산성이기에 식도가 녹고 위가 부식된다. 하지만 벨록은 급속도로 신경을 마비시켜 고통을 느낄 새도 없이 단칼에 숨을 끊어 주는 독이었다.

벨록이 든 두 개의 병이 책상 위에 놓였다. 코르크 마개를 열어 얼굴 가까이로 가져가자 룬이 손을 뻗어 막아 왔다.

"정말로 드시려는 건 아니리라 믿습니다."

"설마. 뭐, 진짜 독이라고 해도 나에겐 통하진 않겠지만. 이 벨록도 룬이 준비한 것이니 효력은 확실할 거고."

무향이라기에 궁금했을 뿐이다. 룬의 만류에 독이 든 병을 내려 두었다.

"정말로 백작에게 벨록을 건네실 겁니까? 수십 년간 아이들을 제물로 바쳐 온 백작이 평온한 죽음을 맞이할 텐데요."

"거래니 어쩔 수 없지."

단호한 말에 룬은 별다른 말 없이 고개를 끄덕였다.

"할 말이 많이 있는 듯한 표정이네."

"아닙니다. 제가 어찌 가주님의 결정에 의문을 표하겠습니까."

돌려 말했지만, 내 결정이 마음에 들지 않는다는 소리였다. 룬은 두 손을 모은 채 한참을 서 있었다. 아직도 내 결정이 이해가 가지 않는지 조심스레 물어 왔다.

"왜 두 병을 가져오라 하신 건지……."

"아우렐리스 2세를 의심 많은 노친네라고 했지만, 백작도 만만찮은 놈이야. 가짜 독을 줬다고 의심할 수도 있으니 시험용으로 쓸 수 있게 하나 더 준비해 둬야지."

"그렇군요……."

"왜, 실망했나?"

내 물음에 룬은 조용히 고개를 내저었다.

"저, 룬은 가주님의 선택을 믿고 따를 뿐입니다."

나는 피식 웃고는 독이 든 두 병을 손으로 톡, 하고 느릿하게 두드렸다. 코르크 마개를 열어 햇살이 강하게 비치는 창가에 두었다. 룬이 당황한 듯 쳐다보는 게 느껴졌다.

"햇빛에 두시면 안 됩니다. 벨록은 열기와 빛에 특히 약하니, 곧바로 밀폐시켜야 합니다."

"독술사라도 되는 거야? 모든 독을 꿰뚫은 것처럼 들리네."

"잠깐, 연구했었습니다. 그마저도 선대 가주님에 비할 바는 안 되겠지만요."

룬의 우려에 코르크 마개를 들어 입구를 막았다. 할 말이 있는지, 룬이 우두커니 자리를 지켰다.

"혹시 몰라 해독제를 준비했습니다."

"룬은 세심하네."

가벼운 칭찬에 그의 얼굴이 새빨갛게 물들었다. 늘 철면피 같은 모습만 보여 줬던지라 이런 모습은 꽤 신선했다.

"칭찬은 처음 듣는 것 같습니다."

"그래? 내가 칭찬에 야박했던가?"

"그건 아닙니다."

"그렇지."

샤키 오빠와 함께 있다 보니 자연스레 칭찬이 늘었다. 오늘 머리가 예쁘다. 밥을 잘 먹어서 보기 좋다. 주로 소소한 칭찬이었다. 기뻐하는 샤키 오빠의 모습을 보며 다른 사람에게도 가끔 칭찬을 건네었다. 다들 놀란 표정으로 눈을 깜빡이다가, 부끄러운 듯 고개를 숙이곤 했다. 지금의 룬처럼.

"세심하다는 말은 처음입니다."

"암살자는 그 누구보다도 세심해야 한다고 생각해."

아, 하고 룬이 고개를 끄덕였다. 나는 가볍게 웃고는 독 병의 마개를 닫아 품에 갈무리했다.

"아, 다른 전령에게 조사하라고 전해. 아나이스 가문을 보필해왔던 집사를 최대한 상세히 알아봐."

다음 날. 전령을 시켜 아나이스 백작이 말한 서신이 백작가를 보필해 오던 전 집사의 딸에게 있다는 사실을 확인했다. 아나이스 백작과 거래를 한 지 이틀이 된 날, 나는 다시 베덴 감옥으로 향했다. 제복 안자락에서 독 병을 꺼내 룬에게 건네자 그가 눈치껏 백작에게 내밀었다.

"약속한 대로 준비한 약입니다."

"······정말로 준비했군."

백작은 독 병을 건네받으면서도 어떤 독인지 묻지 않았다. 물었다면 친히 대답해 줬을 텐데. 어떤 식으로 죽음을 맞을지 알고 싶지 않은 건가.

"독의 약효를 시험하고 싶은데."

백작의 말에 내 뒤에 서 있던 룬이 주머니를 내던졌다. 툭―. 주머니에서 찍, 찍 거리는 소리가 나자 백작이 혐오스러운 표정을 지었다.

"제가 해 드리겠습니다."

아랫사람을 시켰을지언정, 백작은 제 손으로 사람을 죽여 본 적이 없는 귀족이었다. 하물며 호화스러운 성안에서만 머물던 그가 쥐를 만질 일은 없었을 것이다. 그 사실을 깨달은 룬이 백작에게 다가갔다. 그는 주머니를 건네받으려는 듯 손을 뻗었다.

"주십시오."

달라는 어투는 공손했으나, 얼굴만 봐선 '저 새끼, 귀족이라서 아무것도 못 하지'라며 하찮게 보는 듯했다.

"그럼 부탁하겠네."

백작이 감옥 바닥에 내팽개쳐진 주머니를 건네주기 전이었다. 나는 먼저 룬의 손을 확 붙잡았다.

"손 거둬. 내 전령에게 이런 일 시키고 싶지 않아."

서늘한 눈길로 보자 룬은 실수를 깨달은 듯 몸을 뒤로 물렸다.

"그런 것쯤은 직접 하지그래? 죄인이 된 마당에 내 귀한 전령을 시키려는 건 아니겠지? 내 허락도 없이."

"빌어먹을!"

거친 욕을 내뱉은 백작이 일그러진 얼굴로 독이 든 크리스털 병을 꺼냈다.

"두 개 다 같은 성분이야. 의심되면 둘 다 써 봐도 좋아."

친절한 제안이 조롱하는 것으로 들렸는지 백작이 얼굴을 잔뜩 구겼다. 곧이어 떨리는 손으로 먹다 남은 음식에 독을 부었다. 그러자 쥐가 들어 있는 주머니가 움직였다. 백작은 이를 악물며 주머니를 열었다.

찍―, 찍. 주머니에서 나온 쥐를 향해 백작이 빵 부스러기를 내던졌다. 그의 예상과 다르게 쥐는 빵 부스러기를 먹지 않았다.

"뭐, 뭐야."

당황하는 백작을 보니 피식 웃음이 새어 나왔다. 나는 룬에게 눈짓해 흰색의 병을 건네게 했다.

"고양이의 소변입니다. 쥐가 환장할 겁니다."

"그런 건 진작 말했어야지."

뼈다귀밖에 남지 않은 백작의 손이 창살의 틈을 비집고 들어왔다. 백작은 룬을 쏘아보며 뺏듯이 병을 낚아챘다. 룬이 준비한 벨록은 정말로 효과가 있었다. 독을 먹게 된 쥐는 그 자리에서 발버둥 치다가 숨이 멎었다. 백작은 어쩐지 소름이 돋은 듯한 얼굴로 죽은 쥐를 가만히 바라보았다. 꼭 제 죽음이 그럴 거라 생각하는 것처럼.

* * *

"시엘, 수도 외곽으로 간댔지."

다음 날, 나는 페르제와 함께 수도 외곽에 있는 마을로 향했다. 근교까지 마차를 탄 뒤, 근처에서 내렸다. 붉은 지붕으로 된 가정집이 모여 있는 곳이었다. 목적지가 바로 앞이었다. 색이 조금 벗겨진 붉은 지붕이 보이자 걷는 속도를 늦추었다.

작은 화단을 갖춘 아담한 집이었다. 페르제와 나는 단단한 나무로 친 울타리 앞에서 멈추었다. 줄을 잡아당기자 작은 종소리가 울렸다. 앞치마를 두른 20대 초반의 여자가 놀란 듯 우리를 보았다.

"녹색 정원에서 오신 거죠?"

'녹색 정원?'

처음 듣는 곳이다. 일종의 암호일 수도 있겠다. 나는 가볍게 고개를 끄덕이며 먼저 걸음을 옮겼다. 무언가 말하려던 페르제가 내가 움직이자 곧바로 뒤따라왔다.

"어서 오세요. 아주머니가 낯선 사람은 들이지 말랬지만, 그래도 가진 걸 좀 나누고 싶어서……."

웃을 때마다 보조개가 움푹 팬다. 부드러운 인상에 다정한 성격이 배어 있었다. 여자의 이름은 베일리. 아나이스 백작을 오래간 보필해 온 전 집사의 딸이었다.

베일리는 어색해하면서도 우리가 안으로 들어설 수 있게 비켜 주었다. 모락모락 빵이 익는 냄새가 났고, 고소한 스튜 향이 온 집 안에 퍼져 있었다.

"배고프시죠?"

"밥을 먹으러 온 건……."

"그래도 같이해요! 손이 크다 보니 늘 제가 먹을 것보다 더 많이 나오더라고요. 귀한 음식을 버릴 수도 없어서……."

나는 대답 대신 페르제를 흘끗 쳐다보았다. 별말 없이 내 옆에 앉는 걸 보니 먹어도 상관없다는 태도였다.

"행여 독이 들어도 통하지 않을……."

페르제의 귓가에 속삭이던 나는 장갑을 낀 채 음식을 들고 오는 베일리를 보고 입을 닫았다. 뜨거운지 조심조심 걸음을 내딛던 그녀가 우리 앞에 따뜻한 스튜와 부드러운 빵을 내밀었다.

"여기 복숭아 잼이에요. 귀한 상품은 아니고, 바닥에 떨어져서 떨이로 파는 걸로 만들긴 했지만 꽤 괜찮을 거예요."

"……음식을 얻어먹으려고 온 게 아닙니다."

"녹색 정원에서 오신 분들이 아닌 거예요? 그, 그럼 대체 왜……."

내 말에 베일리는 화들짝 놀랐다. 그녀의 손이 잘게 떨리기 시작했다.

'녹색 정원이 암호가 아니었던 건가.'

놀란 얼굴로 베일리를 쳐다보자 그녀의 눈이 휘둥그레졌다.

"그, 그럼요? 제가 세금을 내는 걸 깜빡했나요? 울타리를 잘못 쳤다든가 그런……. 아니면 오늘 근처에 이사를 오신 건가요……."

베일리가 말끝을 흐리며 불안함을 내비쳤다.

"녹색 정원? 처음 듣는 곳인데, 근교의 정원이라도 되나요?"

그에 나 또한 의아해하며 물었다. 초조해하는 베일리 대신 페르제가 빠르게 답했다.

"구호소 비슷한 거지. 황가가 운영하는 건 아니고 민간단체라고 해야하나. 대부호 몇 명이 후원하고 있다고 들었어."

"마을에 녹색 정원 지부가 있긴 하지만, 작은 단체라 아는 사람이 드물거든요."

베일리는 그렇게 말하며 로브를 쓴 우리가 구호소에서 온 줄 알았다고 덧붙였다. 익명의 후원자나 배급받으러 온 이들인 줄 알았다나.

"좋은 일을 하는 곳이네요."

고개를 끄덕이자 베일리는 한참 입술을 달싹였다. 그녀는 결심한 듯 시선을 마주쳐 왔다.

"아. 그, 그럼 무슨 일로 오신 거죠? 저기, 실례가 되지 않는다면 알려 주실 수 있나요?"

"……지금 알려 드려요?"

"아, 아뇨! 식사부터 해요. 그, 일단은 준비한 거니까 어서들 드세요. 나, 나중에 꼭 말씀해 주세요!"

베일리가 어깨를 움츠리며 내 표정을 살피다가 결심한 듯 개인 접시에 스튜를 떠 주었다. 내 것을 먼저 떠 주고, 뒤이어 페르제 것도 떠 주었다. 마지막에야 자신의 그릇에 감자 스튜를 듬뿍 떠 담았다.

"흐음. 녹색 정원에서 온 게 아닌데, 모르는 사람을 이렇게 들여도 되는 건가요?"

"처음에는 이웃에 사는 꼬맹이들이 배고파서 줄을 당긴 거라 생각했어요. 문 안의 종과 연결되도록 일부러 만든 거거든요. 아이들 아니면, 손녀딸 먹이겠다고 꽃을 직접 파는 할머니도 있어서……."

내가 생각했던 이미지와는 상당히 달랐다. 분명 아나이스 백작을 수십 년 모셔 온 집사의 딸이라면, 교묘하고 영악할 거라 생각했는데.

'한참 예상을 벗어났단 말이지.'

"위험하지 않아요? 불청객이 할 말은 아니지만."

나는 한숨을 내쉬며 말했다.

"네! 좀 바보 같죠? 빵집 아주머니도 사람 조심하라 늘 이르시는데, 배고파하는 아이들 보면 문을 열지 않을 수가 없어서……."

"다음엔 함부로 문 열어 주지 마요. 모르는 사람이라면 더더욱."

이런 상황에서 말하려니 기분이 묘했다. 페르제가 헛기침을 하고선 식사를 시작했다. 나도 스푼을 들어 스튜가 담긴 그릇에 담갔다. 커다란 감자를 반으로 가른 뒤 조심스레 입가로 가져갔다. 후, 후 불고 나서 따끈따끈한 감자를 삼키자 담백하고 고소한 향이 입 안 가득 맴돌았다.

'맛있어.'

눈이 커졌다. 감자 스튜 먹으려고 온 게 아닌데, 생각보다 맛있었다.

"감자 스튜 장사라도 하는 거예요? 맛있네요."

냅킨으로 입가를 닦으며 물었다.

"어렸을 때부터 자주 만들어 왔거든요. 대량으로 끓이다 보니 염분 조절이 어려웠는데, 요새는 꽤 수월하게 되는 것 같아요. 공자님 입맛에도 맞으신가요?"

"먹을 만하군."

페르제가 가볍게 고개를 끄덕였다. 그의 시선이 어느새 꺼내 놓은 회중시계로 내려앉았다.

'빨리 먹으라는 건가?'

그런데 재촉하진 않는다. 가만히 시간을 재더니, 스튜를 계속 먹었다.

"독은 안 들었나 본데. 다음엔 내가 먼저 먹을 때까지 기다려. 독에 내성이 있다지만, 새로운 합성 독일 수도 있으니."

"페르제는 철저하네."

솔직히 말하자면 먼저 스푼을 가져가길래 배고파서 먹으려는 건 줄 알았다.

"오해해서 미안."

"사과할 것까지야."

페르제가 어깨를 으쓱했다. 베일리가 우리를 신기한 듯 쳐다보고 있었다.

"그, 두 분께선 농담도 참 무섭게 하시네요."

베일리는 진중한 우리의 표정을 보고 머쓱해했다. 베일리에겐 농담처럼 들리겠지만, 우리는 일상이었다. 의심받는다고 생각했는지 베일리가 창백히 질린 얼굴을 했다.

"독, 독은 안 들었어요! 감자 알레르기라도 있으시다면 모르겠지만요!"

"그런 건 없어요. 아무튼 잘 먹을게요."

빵을 뜯어 스튜에 살짝 적시자 베일리가 신기한 듯 나를 쳐다봤다.

'샤키 오빠가 놀릴까 봐 혼자 먹을 때만 찍어 먹었는데.'

시중을 들던 하인의 눈이 휘둥그레 커졌다가, 곧 이내 수긍했었다. 그 뒤로 비센나의 사용인들은 모두 그렇게 먹는다나.

'시중드는 사람이 없으니 이것도 은근 편하네. 옆에서 도와주면 몸은 편한데, 마음이 썩.'

페르제도 내 행동을 따라 하며 맛을 음미했다. 뻘쭘한 얼굴로 그런 우리를 보던 베일리도 나를 따라 빵을 적셔 먹기 시작했다.

"우와. 이렇게 먹으니 정말 맛있네요!"

환호성 섞인 감탄에 나는 가볍게 고개를 끄덕였다. 식사는 맛있는데, 의심은 더욱 커져 갔다. 이 베일리가 그 베일리가 맞는지. 우리가 제대로 찾아온 건지.

스튜와 빵을 해치운 다음, 베일리에게 서신에 대해 물어볼 생각이었다. 빈 그릇을 살피던 그녀가 말릴 새도 없이 자리에서 일어났다.

"다 드셨으면 후식도 내올게요."

베일리는 서둘러 움직이더니 종이가 깔린 바구니를 들고 왔다. 무언가 들은 바구니에선 달콤한 초콜릿 향이 가득 풍겼다.

"자, 쿠키예요. 이웃 아이들 주려고 구운 건데 한번 맛보세요."

"뭘 이런 것까지……."

베일리가 만든 쿠키를 손으로 집어 입으로 가져갈 때였다. 페르제가 먹지 말라는 듯 내 손을 붙잡아 오기에, 말없이 놓으라는 시선을 보냈다.

"먹여 주게?"

페르제는 내 손에 있던 쿠키를 지그시 보더니 제 입가로 가져갔다. 덥석—. 설마, 내가 집은 쿠키를 베어 먹을 줄은 몰랐다.

"왜……."

붉은 입술에 쏙 들어가는 쿠키를 보며 망연자실한 얼굴로 페르제를 쳐다보았다. 실은, 남의 쿠키가 더 맛있어 보였던 거야?

"뺏어 드실 줄은 몰랐는데……. 남편분께서 식탐이 조금 있으시네요."

그런 페르제를 베일리가 놀란 눈으로 보며 말했다. 우물우물. 쿠키를 먼저 입에 삼킨 페르제가 말없이 나를 응시했다. 그리고 5분이 지났을 때, 고개를 끄덕였다.

'5분간의 고문이었어.'

독이 들지 않았으니 먹어도 좋다는 뜻이었다. 그 뒤로 페르제는 쿠키에 입도 대지 않았다. 나는 초코 쿠키 하나를 집어 들며 솔직하게 평했다.

"어린아이들이 좋아할 만한 맛이네요. 한 대여섯 살 정도?"

"에……. 어른 입맛에는 별로인가 봐요."

"그럴 리가요. 아주 맛있다는 뜻이었어요."

"다행이네요! 어릴 때 잠깐 빵집에서 일한 게 도움이 됐나 봐요. 아 참, 녹색 정원에서 오신 게 아니라면 어떤 일로 저를 찾으신 거예요?"

나는 바로 대답하지 않고 베일리가 차를 마실 때까지 기다려 주었다. 그녀가 뜨거운 차를 마실 동안 생각을 정리했다. 행여 듣다가 놀라서 차를 엎지르기라도 하면 안 되니까.

"서신을 찾으러 왔는데, 볼 수 있을까요?"

"서……신이요?"

베일리가 말끝을 흐리다가 고개를 숙였다. 옷자락을 꾹 움켜쥐던 그녀가 결심한 듯 자리에서 일어났다.

'붙잡아야 하나?'

도망가는 거라면 지금 잡아야 한다. 잠깐 고민하다 자리를 지켰다. 페르제도 여전히 자리에 앉아 있었다.

'나중에 움직여도 충분히 잡을 수 있으니까.'

좀 더 기다려 볼까. 언제까지 기다릴지 생각하던 중이었다.

"조금만 기다리세요. 아버지를 아시는 분들이죠?"

앞치마에 두 손을 문지르던 베일리가 뒤를 돌아보며 물었다.

"맞아요."

선 채로 얼어붙은 베일리가 정신을 차린 건 조금 뒤였다. 그녀는 잔뜩 긴장한 얼굴로 우리에게 암호를 요구했다.

"암, 암호는요?"

"가을 숲."

간단하게 답하자 베일리는 한동안 나를 멍하니 보다가 겨우 움직였다.

"창고에 갔다 올 테니 잠시만 기다려 주세요."

조용한 발걸음 소리가 작은 방을 빠져나갔다.

한참 후에야 나타난 그녀는 먼지로 뒤덮인 낡고 오래된 가방을 품에 안고 있었다.

"받으세요. 여기에 원하시는 물건이 있어요."

"의심하지 않는 겁니까?"

페르제의 물음에 베일리는 고개를 끄덕였다. 그럴 이유가 없다는 말이 뒤이어 들려왔다. 물건을 맡은 지 10년이 지났는데, 그녀를 찾아온 사람은 한 명도 없었다고 했다.

베일리가 말했다.

"아버지는 귀한 물건이라 했지만, 전 한 번도 그게 어떤 건지 본 적이 없어요."

"베일리 양도 어떤 물건인지 모른다는 건가요?"

"어릴 적 호기심에 가방을 연 적이 있어요, 그래서 서신이란 건 알고 있었죠. 일곱 살 적에 가방을 열었단 사실을 아버지에게 들켰는데, 혼내진 않으셨어요. 대신 아무 말씀도 안 해 주셨죠. 그땐 너무 어렸고, 글을 읽을 줄도 몰라서 어떤 내용이 쓰여 있는지 알 수 없었어요."

집사의 딸이라면 충분히 글을 배울 여유가 있었다. 글을 모른다면 일부러 가르치지 않은 것이다.

"지금도 글을 읽는 게 불편하신가요?"

"아, 아뇨. 괜찮아요! 지금은 복잡하고 긴 단어도 읽고 쓸 줄 알아요. 문장은 엉성해도……. 그래도 확인하진 않았어요."

베일리가 머뭇거리며 말을 이었다.

"실은, 작년에 아버지가 돌아가셨어요. 제게 마지막 유언을 남기셨는데 서신을 읽지 말란 거였죠. 유언을 듣고 나서야, 아버지가 대귀족의 집사였다는 걸 알았어요. 그 아나이스의……."

베일리는 말을 삼켰다. 천진난만하게 음식을 가져오던 방금 전과 상반된 모습이었다. 주근깨가 진 얼굴에 그늘이 드리웠다.

"저는 아버지의 양딸이에요. 아버지는 결혼도 하지 않고 한평생 집사로 사셨거든요. 그렇다고 법적으로 자식 관계도 아니에요. 그렇게 되면 위험하다고만 말씀하셔서……. 제가 조금 큰 후로는 자주 오시지도 않았어요. 빵집 아주머니에게 저를 돌봐 달라 부탁하셨을 뿐, 3, 4년에 가끔 얼굴을 볼까 말까 했어요."

그의 선택은 현명했다. 서신을 갖고 있다는 걸 알게 되면 베일리는 분명 위험에 처했을 테니까. 최악의 경우엔 서신을 빼앗기고 살해당할 수도 있었다. 이를 예상했기에 명패에 자식으로 올리지도 않고, 글도 가르쳐 주지 않은 거다.

"빵집 아주머니는 저를 거의 키워 주다시피 했는데, 아버지가 아나이스 백작가의 집사였다는 건 몰라요. 아버지께서 3년마다 큰돈을 주실 때면 그냥 제법 버는 상인이라고 여기셨죠. 아버지는 그 돈을 저를 위해 쓰지 말아 달라고 부탁했어요."

잠시 숨을 삼킨 베일리가 떨리는 목소리로 말을 이었다.

"저는 그저…… 아버지가 다른 사람을 도와주시는 걸 좋아한다고 생각했어요. 빵집 아주머니는 하나뿐인 딸에게 너무하다며 툴툴댔지만, 제가 당신을 의지하지 않고 자라기를 바라셨던 것 같아요. 딸아이는 알아서 클 테니, 갈 곳 없는 아이들을 위해 써 달라며……."

베일리의 시선이 낡은 가방으로 향했다. 그녀는 울 것 같은 얼굴을 하면서도 낯선 사람들 앞에서 눈물을 내보이진 않았다.

나는 베일리가 보는 앞에서 가방을 꺼내 서신을 확인했다. 맞은편이라 서신이 어떤 내용인지 볼 수 없는 데도, 베일리는 먼저 고개를 돌렸다.

서신은 확실했다. 리에나가 엘리야를 살해했음에도 사고사로 무마하려 했다는 것. 그때 리에나를 도왔던 하녀의 자백까지 기록되어 있었다. 엘리야가 숨을 거둔 지 3일 후. 백작 부인의 하녀였던 늙은 여자가 사체로 발견되었던 것도.

'하녀를 시켜 독살했던 거였어.'

딱딱하고 날카로운 필체는, 예전에 본 적이 있는 아나이스 백작의 것이었다. 내가 지금 읽고 있는 건 백작이 교황에게 보낸 서신을 필사한 사본이었다. 교황에게 보낸 서신의 진본은 아우렐리스 2세에게 있다. 진본이 있으면 더 확실하나, 사본만으로도 충분했다.

나는 좀 더 서신을 살폈다. 필사한 사본의 맨 끝에는 아나이스 가주의 인장. 그리고 그때의 날짜가 기록되어 있다. 물이 고인 성배를 본뜬 교황청의 인장이 서신의 앞쪽에, 아나이스 가문의 인장인 하얀 새가 뒤쪽에 있었다.

'9월 17일.'

수확이 시작되는 가을의 시작이었다.

'가을 숲…….'

엘리야가 숨을 거둔 곳. 나는 색이 바랜 서신을 조심스레 갈무리했다. 나머지 서신은 교황이 아나이스 백작에게 송부한 것이다. 당연하게도 진본이었다. 백작 앞으로 보낸 편지에 현 교황, 아우렐리스 2세의 인장이 찍힌 것도 확인했다. 후에 교황이 직접 성녀를 조사할 거란 내용이 세세히 적혀 있었다. 모종의 이유로 조사는 시도조차 하지 않은 것 같지만.

서신은 최후의 수단이었다. 적어도 아우렐리스 2세는 그렇게 생각했을 것이다. 아나이스 백작이 그러했듯. 교황 또한 리에나가 성녀로서 자격이 없다는 걸 알면서도 이를 묵인했다.

'어째서 교황이 지금까지도 서신을 공개하지 않았는지 알겠어.'

리에나를 무너뜨릴 패임과 동시에 자신이 교황으로서 자질이 없다는 증거였기에 쉽사리 보이지 못했을 터.

'백작이 교황에게 보냈다는 서신의 진본 또한 그가 간직하고 있겠지.'

나는 낡은 가방을 든 채 자리에서 일어났다. 드르륵. 의자가 끌리는 소리에 두 손을 모은 채 고개를 숙이고 있던 베일리가 얼굴을 들었다.

"아버지는……."

창백해진 낯으로 우리를 보고 있던 베일리는 떨리는 입술을 겨우 움직였다.

"나쁜 사람이었나요?"

서신의 내용은 알지 못했으나, 베일리 또한 수도에 떠도는 소문을 들었을 것이다. 아나이스 백작이 아이들을 제물로 바쳤다는 소문은 기정사실이 되었다. 백작의 사형이 정해졌다는 것도 알고 있겠지.

"그런 건 왜 묻는 거죠?"

나는 무표정한 얼굴로 되물었다. 베일리가 어두운 낯으로 말했다.

"제물로 바쳐진 아이처럼 저도 길거리 출신이었어요. 아버지는 그런 저를 거둬 주셨는데……."

베일리는 끝까지 말을 잇지 못했다. 그녀 또한 집사의 친딸이 아니었으니 더 괴로웠을지 모른다. 저와 같은 처지의 아이들이 제물로 바쳐졌고, 그런 명령을 내린 게 아나이스 백작이다. 베일리의 아버지는 집사로서 백작을 오래간 보필해 왔다.

"베일리 양의 아버지를 만나 본 적은 없어요. 그가 나쁜 사람인지, 좋은 사람인지 판단할 수도 없고."

나는 가벼운 한숨을 내쉬었다.

"그렇지만……."

베일리는 확신하고 싶어 했다. 그녀를 거둬 준 아버지가 사실은 좋은 사람이라고 믿고 싶었는지.

"아나이스 백작이 쓰레기란 건 확실해요. 그런 백작을 충직하게 보필해 온 아버지가 좋은 사람이었다고 생각하나요?"

"……."

베일리는 대답하지 못했다. 나는 누그러진 목소리로 말했다.

"내게는 한없이 좋은 사람이 누군가에겐 최악일 수도 있어요. 그 반대일 수도 있고요."

베일리가 울음을 삼키며 말했다.

"……저에겐 따뜻한 분이셨어요."

"그럼, 그렇게 생각해요. 주인인 백작을 훌륭하게 모시는 것이 집사의 본분이라고 생각했겠죠. 그게 부친의 선이었을 거예요. 사람은 자기 기준으로 생각하니까."

선인지 악인지 구별하는 것은 명확한 답이 나오지 않는 문제였다.

'베일리가 알아 가야 할 문제야.'

내가 관여할 게 아니다. 답을 찾는 것도, 답을 찾지 않고 묻어 두는 것도 베일리의 몫이었다.

"······저는 모르겠어요. 제가 이렇게 살아도 되는 건지."

그 말에 나는 문으로 걷다 말고 뒤를 돌아보았다.

"아버지가 어떻든 간에—."

베일리는 눈물로 얼룩진 창백한 낯으로 나를 보고 있었다. 두 손을 마주 잡은 그녀의 손이 잘게 떨렸다.

"당신은 좋은 사람이에요, 베일리."

내가 해 줄 수 있는 말은 그게 전부였다. 나는 베일리를 판단할 수 없다. 그건 지금의 베일리도 그랬다. 아버지에게 향하던 원망이 결국엔 스스로에게 꽂힐 화살이 될 수도 있다. 그렇다고 해도, 그 화살을 꺾어 내는 건 베일리가 해야 할 일이었다. 더러운 돈을 제 딸에겐 쓰고 싶지 않은 걸 보면, 베일리의 아버지도 이중적인 사람이었다.

"베일리 양이 아버지와 같은 길을 걷지 않는다면, 그걸로 충분하다고 생각해요."

곁에 있던 페르제가 물끄러미 쳐다보는 시선이 느껴졌지만, 고개를 돌리진 않았다.

"저는, 전······. 저, 저 같은 것도, 살아가도 되는 거죠?"

우두커니 서 있던 베일리가 눈물이 고인 얼굴로 나를 보았다. 그녀의 고개가 힘없이 떨구어졌다. 그 이후로도 베일리는 고개를 들지 못했다.

"베일리, 앞을 봐요. 그렇게 바닥만 보면 고개 들기 힘들어져요."

"그, 그렇지 않아요! 제겐 그럴 자격이……!"

없다고 말하려던 베일리가 왈칵, 하고 울음을 터뜨렸다. 그런 아버지 밑에서 자라 왔단 죄책감이 가시처럼 박혀 들기라도 한 것처럼. 베일리의 잘못이 아니었다. 백작을 모시던 집사가 그녀의 아버지인 것도, 그의 딸이 된 것도. 하지만 지금의 베일리는 이런 생각조차 할 수 없어 보였다. 그저, 그녀의 곁에 좋은 사람들이 있기를 바랄 뿐이다. 그럼에도 상처에서 벗어나는 건 오로지 베일리 혼자서 해내야 할 몫이었다.

"바닥은 청소할 때 잠깐 보는 거예요."

페르제가 놀란 듯 나를 쳐다보았다. 나도 이렇게 다정한 목소리를 낼 수 있는지 몰랐다. 그전엔 그러지 못했으니까.

"히끅, 그럴게요."

겨우 울음을 참느라 뭉개진 발음이 잇새로 새어 나왔다. 베일리가 조심스레 고개를 들었다. 딸꾹질이 나는지 베일리의 어깨가 계속 들썩였다.

"……고마워요."

숨을 깊이 들이쉰 그녀가 눈물로 젖은 얼굴로 나를 바라보았다.

"제게 그런 말 해 줘서……."

나는 그녀에게서 몸을 돌렸다. 너무 오래 있는 건 좋지 않았다. 먼저 베일리의 집을 빠져나가자 페르제가 말없이 뒤따랐다. 아직 닫을 생각을 못 하는지, 작은 집의 문은 우리가 나간 뒤에도 계속 열려 있었다.

"앞을 보고 걸어야지. 그러다 넘어진다."

"아, 응."

슥―. 갑자기 맞닿은 손에 깜짝 놀라 페르제를 쳐다보았다. 그가 부드럽게 내 머리를 쓰다듬었다.

"언제 이렇게 자란 거지?"

"성년이니까 당연한 거야. 페르제도 성년이잖아?"

"그거야 그렇지. 우리 이제 성년이니까―."

페르제가 내 귓가에 무어라 속삭였다. 듣자마자 화르륵, 뺨이 달아오르는 말들이었다.

"페르제, 너 진짜!"

"내가 세 살이나 많은데, 너라니."

"그럼 뭐라고 부르는데? 오빠라고 부르긴 싫어."

"오빠는 샤르키스 공자도 있고, 슈레이 공자도 있으니 됐어. 나만 들을 수 있는 게 좋겠는데."

"……그게 뭔데?"

페르제가 걷던 것을 멈추고는 몸을 돌렸다. 시력이 올라갈 만큼 잘생긴 대공님이 내 손을 부드럽게 그러쥐었다. 쪽. 뽀뽀라기엔 짙고, 키스라기엔 가볍다. 내 손등에 입술을 묻은 페르제가 눈을 들어 나를 올려다보았다.

'내 심장을 멈추게 하려는 건가 봐.'

멍한 눈으로 페르제를 보는데, 그의 예쁜 입술이 호선을 그렸다.

"여보."

그 소리에 심장이 쿵, 하고 내려앉았다.

"부인, 저를 봐 주세요."

페르제가 귓가에 속삭이듯 말했다. 귓가에 솜털이 바짝 일어났는지 간지러웠다. 내가 뻣뻣한 반응을 보이자 페르제가 피식 낮게 웃었다.

"부끄러워? '여보'라고 못 부르겠어?"

"아, 왜 그래."

"나는 '여보'라고 부를 건데."

"자꾸 그러지 마. 놀리는 거 다 알아."

"놀리는 거 아냐. '여보'라고 부르는 게 왜 놀리는 거지?"

"페르제가 그러니까ㅡ."

꼭 놀리는 것 같잖아……. 나는 뒷말을 삼켰다.

"'여보'라고 언제 불러 주게?"

"나중에 부를래. 아직 결혼 안 했으니까."

괜스레 달아오른 뺨을 손등으로 감췄다.

허리를 숙인 페르제가 시선을 마주쳐 왔다. 숨결이 느껴질 정도로 거리가 너무 가까웠다.

"그럼 결혼하면 그렇게 불러 줄 건가?"

미남계를 쓰겠다는 계략일지도 몰라. 나는 시선을 흘리며 말했다.

"그, 그럼."

"정말로? 그때도 '페르제, 너.'하고 부르는 거 아냐?"

"아냐, 진짜 아냐. 여보라고 불러 줄게. 대공가의 가신들도 볼 테니까."

"둘이 있을 때도 여보, 라고 불러 줘야지."

"아, 알았어. 여……. 아, 늦었어. 페르제, 얼른 가자."

도망가려는 나를 페르제가 단번에 붙잡았다. 내 어깨를 팔로 감싸더니 느리게 걸었다.

"이러다 언제 공작저로 돌아가?"

"안 돌아가도 좋고."

그 말에 나는 가자미눈으로 페르제를 쳐다보았다. 집을 두고 어딜 가겠다는 거야. 말만 그랬을 뿐이지, 실은 천천히 걷는 게 좋았다. 페르제와 오래 있을 수 있으니까. 페르제도 그랬는지 여전히 속도를 내지 않았다. 어깨를 감싼 그의 손이 새삼스레 크다는 걸 알아차렸다.

"아, 시엘."

"응?"

페르제가 걷다 말고 나를 불렀다.

"이왕이면 유스티아 공과 샤르키스 공자 앞에서 '여보'라고 불러 줘."

"응?"

"그게 평생소원이야."

"에이, 그게 뭐라고……."

페르제가 입을 꾹 다문 채 나를 지그시 쳐다보았다. 무표정한 게 꼭 화가 난 것 같았다.

"당연히 그렇게 해 줘야지."

내가 쉽게 허락하자 페르제의 표정이 풀렸다. 언제 무표정했냐는 듯 그가 씩 웃으며 말했다.

"그날이 무척 기대돼."

"응?"

"독 들은 케이크쯤이야 아무것도 아니었지. 더 먹으라면 더 먹을 수도 있어."

의아해서 페르제를 쳐다보는데, 그가 별거 아니라는 듯 내 머리를 헝클어트렸다. 비센나의 남자들만 아는 그런 게 있다나.

페르제는 나를 공작저로 데려다주고, 그날 바로 말을 타고 대공저로 가야만 했다. 가주로서 할 일이 많았기 때문인데, 말의 고삐를 쥐면서도 그는 줄곧 내게 시선을 두었다.

나는 조금 멀리서 소리치듯 말했다.

"그러다 넘어져!"

"넘어져도 돼. 다치면 오래 볼 수 있잖아."

"그게 뭐야……."

다그닥―. 말발굽 소리가 가까워졌다. 떠나겠다던 페르제가 내 앞으로 다가왔다. 아까 실컷 봤는데도 페르제는 아쉬운 듯 내가 있는 곳으로 말을 몰았다.

"시엘."

흰 망토를 두른 페르제가 허리를 숙여 왔다. 사락―. 서늘한 가을바람이 하늘색 머리를 간지럽히듯 스치고 지나갔다. 희미하게 남은 바람은 페르제와 내 사이를 파고들었다. 바람에 망토가 펄럭였다.

"서부 전선 정리하고 나면, 다시 올게. 그동안 다치지 말고."

"알았어. 페르제도 마물에게 잡아먹히면 안 돼."

"잡아먹힐 리가 없잖아. 누굴 걱정하는 거야?"

툭. 페르제가 피식 웃고는 내 이마를 가볍게 쳤다. 아프기보단 간지러운 느낌이었다.

"다녀올게요, 여보."

페르제는 흰 군마를 탄 채로 내게 고개를 숙였다. 그 모습이 한 폭의 명화 같다고 생각할 때쯤, 그의 입술이 내 이마에 서서히 닿았다. 미끄러지듯 내려온 입술은 뺨에 깊이 묻혔다. 아쉬운 듯 느릿하게 입술을 떼어 낸 페르제가 내게서 눈을 떼지 못했다. 갈 길이 급하다더니, 지금도 시선이 내게 고정되어 있었다.

페르제가 낮은 한숨을 내쉬며 물었다.

"비센나에도 협조 요청을 했던가?"

"음, 다른 귀족들이 했었어. 예카르트가 서부 전선에서 손을 뗀 후로는. 그것도 자기들 병력을 쓰기 싫다는 거겠지만."

"그럼 서부 전선에서 볼 수 있는 건가?"

"정리가 늦어지면 그렇겠지?"

"늦어질 수도 있겠는데."

페르제는 그렇게 말하곤 허리를 곧게 세웠다. 곧 느슨히 쥐었던 고삐를 힘주어 잡았다. 나는 그 모습을 눈에 가득 담았다. 지금에서야 깨닫기를, 페르제는 군마를 탄 모습이 가장 잘 어울렸다. 그는 근육이 잡힌 허벅지로 균형을 잡고는, 군화를 발고리에 단단히 걸었다. 긴장한 말을 달래려는 듯 쉬이, 하고 낮은 소리를 냈다.

'아는 사람 중에서 가장 말을 잘 다루는 것 같네.'

처음 보는 모습이라 신기해서 계속 쳐다보는데, 그런 나를 보며 페르제가 웃음을 참았다.

페르제는 시선을 내리며 말했다.

"진짜 가니까, 보고 싶어도 참아. 난 참을 테니까."

휘익. 페르제가 고삐를 힘껏 잡아당기자 굽혔던 말의 앞발이 확 펴졌다. 히이잉—. 거친 울음소리와 함께 전속력으로 달려 나갔다. 흰 군마를 탄 페르제가 그대로 숲을 빠져나갔다.

* * *

시간이 흘러 백작의 사형식 날이 되었다. 베덴 감옥과 가까운 비센나 영지에서 사형식이 진행되었다. 소식을 들었는지 이미 많은 사람들이 광장에 모여 있었다. 그때, 머리에 흰 두건을 쓴 백작이 앞으로 끌려 나왔다. 성난 제국민들이 그를 향해 고래고래 소리를 질렀다.

페르제는 예카르트 영지로 돌아가 서부 전선에 합류했고, 나는 룬과 함께 사형식에 참여했다. 검은 베일로 얼굴을 가린 채 앞을 바라보았다. 새까만 로브를 깊게 눌러 쓴 룬이 귓속말했다.

"백작에게 독약을 주었는데, 멀쩡히 살아 있군요."

"독약을 주긴 했지. 주기 전에 해독제를 넣었지만. 백작이 그날 바로 독을 마셨다면 해독이 완전히 되지 않아 죽었을 거야. 해독제가 제대로 작용하려면 보통 이틀은 걸리니까."

내 말을 들은 룬이 눈을 크게 떴다.

"그 말씀은……."

"룬도 알다시피 이틀이 지나면 완전히 해독이 돼. 백작의 운에 달렸던 거지. 일찍 독을 마셨다면 죽을 수 있었는데도, 백작은 그러지 않았어. 산 채로 태워지는 고통은 피하고 싶어도 일찍 죽고 싶지는 않았던 거야."

백작은 자결을 택했지만 그 누구보다도 살고 싶어 하는 사람이었다. 감옥에 갇힌 초라한 삶이라 하더라도, 하루라도 더 빛을 보고 싶었을 것이다.

마시게 되면 즉사하게 되는 맹독으로 알고 있었으니, 조금이라도 늦게 마시고 싶었을 터. 마지막으로 맑은 하늘과 바람. 눈 부신 태양을 보고 싶다고, 허탈한 웃음을 내며 말했으니까.

'사형수는 죽을 때가 되어서야 하늘을 볼 기회가 주어져.'

감옥에서 사형대에 이르는 길이 무척 길게 느껴진다고 했다. 두건을 씌웠으니 하늘을 볼 일은 없다. 두껍고 단단한 나무에 몸이 묶일 때가 되어서야, 잠깐이나마 맨눈으로 볼 수 있다.

'공포에 질려 볼 수 있겠냐마는.'

백작에게 하늘을 볼 기회가 주어졌지만, 그는 넋이 나간 채 땅만 쳐다보았다. 자신을 욕하고 손가락질하는 군중들이 시야에 있었다. 멍한 눈동자가 잠깐 움직이더니 한 곳에서 멈췄다. 생기를 잃은 눈이 리에나에게 향했다.

화르륵. 기름이 백작의 몸에 부어졌다. 사형 집행관이 불을 붙이자 검붉은 불꽃이 백작의 발끝에서부터 타올랐다. 불에 타들어 가는 광경을 지켜보는데, 인기척이 느껴졌다. 룬이 붙잡기도 전에 누군가 내게 말을 걸었다.

"공작께선 사형식은 처음인가요?"

사형식은 처음이 아니었으나, 화형을 실제로 보는 건 처음이었다. 검은 제복을 걸친 백발의 여자가 옅은 웃음을 지으며 나와 눈을 마주했다.

"아."

주위를 돌아보자 룬이 내 곁에 바짝 붙어 경계하고 있었다. 기척에 민감할 텐데도 발레리는 모른 척 미소 지었다.

"제가 말을 걸어 놀라셨나 봅니다."

놀랐다. 그것도 아주 많이. 심장이 쿵, 아래로 곤두박질치는 느낌은 오랜만이었다. 나는 대답하지 않고 입을 다물었다. 머릿속이 쫙, 하고 얼어붙은 기분이다. 뭐라 답해야 하는데, 차가운 인상의 아름다운 여자와 시선을 겨우 마주치는 게 다였다.

"처음 뵙네요."

어색한 인사였다. 턱, 숨이 막혔다. 여기서 발레리를 만나게 될 줄은 몰랐다. 화가 난 건 아니었고, 기분이 나쁘지도 않았다. 어안이 벙벙하다는 표현이 맞을 것이다. 남작에게 나를 죽이란 명령을 내린 거냐고 묻기엔 그녀의 표정이 지나치게 평온해 보였다. 사형식이 아닌, 경건한 의식을 보러 온 것처럼.

"로만을 본 적이 있나요?"

발레리가 선뜻 물었다.

"그런……."

그녀는 맑은 눈을 들어 내 대답을 기다렸다.

"로만이 실수라도 저질렀던가요?"

가벼운 웃음이 흘러나왔다. 내게 적대적인 태도가 아니라서 더 경계하게 된다. 나는 겨우 입을 열었다.

"좋은 분이시죠, 로만 공은."

"로만은 마음이 여려요. 그래도 좋은 사람이지만."

'남편을 싫어하는 게 아니었나?'

한참 고민하다 말했다.

"로만 공께서 보고 싶다고 하셨는데……."

"그이가요?"

옅은 웃음이 그녀의 입가로 퍼졌다. 로만의 이야기에 발레리는 웃고 있었다.

그 뒤론 별말이 없었다. 발레리는 두 손을 모은 채 불에 타들어 가는 백작을 바라보았다. 룬이 여전히 경계를 세우는 것과 상반된 모습이었다.

"대공께선 건강히 잘 지내던가요?"

여전히 내 곁에 선 발레리가 물었다.

'대공께선, 이라니…….'

그녀가 묻는 건 로만이 아닌 페르제의 안부다.

"건강히—. 그냥, 지내고 있으시죠."

나는 한참 후에야 입술을 달싹여 말했다. 대답을 들은 발레리가 말없이 나를 바라보았다. 페르제가 아픈 건 아니었지만 건강하다고 말할 순 없었다. 발레리도 이미 알고 있다. 그것도 나보다 훨씬 전부터.

'더 많은 것을 알 거야. 어쩌면 아버지보다 더…….'

발레리가 모를 리 없다. 용의 기사인 페르제가 샤룬 바하이트의 저주를 이겨 내야 한다는 것을. 그렇지 않으면 그는…….

"페르제는……."

나는 더는 말을 잇지 못했다. 화염에 휩싸인 정면을 보며 발레리가 말했다.

"페르제가 저를 원망하고 있다는 건 이미 알고 있습니다."

"……알고 계셨군요."

"나라도 많이 원망했을 테니까요."

발레리는 그리 말하며 힘없이 고개를 숙였다. 입가에 지었던 미소는 흩어진 지 오래였다. 언제 고개를 숙였냐는 듯, 발레리는 담담한 시선으로 정면을 주시했다.

"아델하이트 남작은—."

갑작스러운 말이었다. 발레리가 먼저 그의 이름을 꺼낼 줄은 몰랐다. 나는 그녀에게서 시선을 떼지 않았다. 발레리는 기다렸다는 듯 말을 이었다.

"제 과오였죠. 아델하이트의 상관으로서 공작께 대신 사과드립니다."

간결한 사과였다. 하지만 그 안에 담긴 메시지는 분명했다. 그를 통제하지 못한 것은 제 잘못이라고, 그녀는 그렇게 말하고 있었다.

"발레리 경께서 그런 명령을 내리신 건가요?"

나는 발레리가 그러지 않았다는 걸 알면서도 물었다. 그녀는 곧 고개를 내저었다. 그럼 왜 사과하는 거냐고 묻자 발레리는 고조 없는 목소리로 말을 덧붙였다.

"아델하이트의 상관이니까요."

백작이 내지르는 처절한 비명이 울려 퍼지는 지금의 상황과는 어울리지 않는 대화였다. 기묘한 간극처럼 느껴졌다. 그를 아끼지 않았느냐고 물으려다 그만두었다. 제대로 답해 줄 거란 확신이 없을뿐더러, 처음 본 상대에게 그런 걸 물을 순 없었다. 그것도 아델하이트를 처분하는 결정을 내린 그녀에게.

"만나서 즐거웠어요, 시엘 공작. 전 이만 가 보겠습니다."

백작의 죽음을 고요히 지켜보던 발레리가 내게서 몸을 돌렸다. 미동도 않던 추기경이 움직이는 순간, 룬이 바짝 긴장하는 게 느껴졌다.

"공작께 여신의 축복이 닿기를."

그렇게 인사한 발레리가 먼저 걸음을 떼었다. 내가 그녀에게 같은 인사를 건네기 전에.

* * *

신전으로 돌아온 발레리는 추기경들을 한곳에 모았다. 오랜만에 내려진 소환 명령에 검은 사제복을 입은 추기경들이 바짝 긴장했다.

'헌터는 맞지만 추기경은 아닌데.'

루인은 자신이 여기 껴도 되나, 생각하면서도 착실히 자리를 지켰다. 추기경이 아닌데도 루인이 왔다는 것에 발레리는 눈을 가늘게 떴다. 일단은 명령부터. 그녀는 빠르게 결정을 내렸다.

발레리의 시선이 잠깐 그에게 닿았다가 다른 곳으로 향했다. 그에 루인은 안도했다.

"아델하이트 남작이 도망쳤다는 건 다들 알고 있겠지. 제국의 귀족을 해치려 한 책임을 져야 한다. 수색 명령을 내리마."

추기경은 모두 스물. 임무 때문에 오지 않은 이들을 제외하면 총 여섯

밖에 모이지 않았다. 가벼운 인사도 없다. 얼굴을 보자마자 바로 수색 명령이 내려졌다.

"지금으로부터 아델하이트 베르그를 추기경 직위에서 해제. 즉결 처분권을 비롯한 모든 권한을 박탈하는 바이다."

발레리의 성정답게 단조롭고 간결한 명령이었다. 도리어 놀란 건 추기경들이었다.

"말도 안 되는……."

한 추기경이 중얼거리자 발레리는 차가운 시선을 보냈다.

"헤일론 경, 이의 있나?"

"아닙니다."

지목된 추기경은 바로 고개를 숙였다.

발레리는 아델하이트의 처분 명령을 거둘 생각이 없었다. 그가 어떤 이유에서 나섰는지는 알고 있으나, 쓸데없는 행동이었다. 성녀인 리에나가 패배하면 그녀를 지지하는 스페르챠가 무너질 거라고, 알량한 머리로 생각했을 터. 하지만 그건 아델하이트의 오산이었다. 제게 안위는 중요하지 않다. 비센나 하나로 무너질 세력이라면, 무너지는 게 낫다. 리에나를 성녀로서 아끼는 이유는 하나였다. 제 아들이 용의 기사였기에 그를 죽일 사람이 필요했을 뿐.

더는 과거의 과오를 반복하고 싶지 않다. 그렇다고 미쳐 버릴 아들을 제 손으로 죽일 수는 없다. 남동생은 죽였을지언정, 제가 낳은 아이를 어찌 죽일 수 있을까. 울며 보채던 아이에게 젖을 먹였고, 배고픔에 칭얼거리던 아이를 두 품에 안아 키웠다. 열에 달떠 가쁜 숨을 내쉬는 아이를 두 손으로 보듬었건만 어찌 그럴 수 있겠는가.

처음, 그래. 처음에는 살려 주고 싶었다. 네 잘못이 아니니, 이 어미가 죗값을 대신 받고 너만은 살리려 했다. 잔혹하게도, 여신께선 성배를 쓴 대가로 더 큰 것을 요구했다. 카샨을 죽이기 위해 성배를 쓰지 않았다면,

페르제가 용의 기사가 되는 일은 없었을까. 후회가 꼬리의 꼬리를 물고 늘어졌다.

'내 탓이었다. 그때 성배를 쓰지만 않았어도……'

죄책감에 심장이 타들어 갔다. 카샨을 죽였던 손을 도려내고, 그를 저주했던 혀를 뽑고 싶었다. 목숨보다도 사랑하는 아들이 용의 기사가 된 건 분명하게도 제 탓이었다. 그럼에도 수십 년을 추기경으로서, 신전을 위해 살아온 자신은 신념을 저버리지 못했다.

그런데 그 신념보다 자식을 귀애하는 마음이 훨씬 커질 거란 걸, 발레리 자신도 알지 못했다. 다른 부모였다면 어떻게든 살리려 했을 것이다. 자신도 생각했었다. 아무도 올 수 없는, 마물이 득실거리는 숲속. 작은 창고를 지어 가둔 뒤, 죽일 만한 사람을 사냥감으로 던져 주는 것을 말이다. 이를테면 사형수.

페르제는 유스티아 비센나처럼 사람의 피를 필요로 하는 건 아니었다. 그자는 그런 식으로도 정신과 마력을 제어할 수 있으나, 용의 기사는 그렇지 못했다.

'지칠 때까지 사냥감을 넣어 주는 것뿐이지.'

수백, 수천을 죽이게 되더라도 죄를 덮어 주려 했으나, 그게 자식을 위한 길이 아님을 깨달았다. 그건 제 아이가 살인을 즐기는 짐승이 되도록 만드는 꼴이었다. 사랑이 아니었다.

'부모의 추악한 욕심일 뿐이지.'

해가 뜨고 밤이 질 때까지 고민했다. 하루가 한 달이 되고, 한 달이 1년이 될 때까지. 한 해가 다음 해로 바뀔 때까지. 고민과 고민 끝에, 거듭되는 갈등 속에서 내린 결정이었다. 사랑하는 아이가 마지막은 사람답게 죽기를, 어미로서 바랐다.

제 사랑은 타인에게 잔혹하게 보일 것이나, 그런 건 아무래도 상관없었다. 자신을 닮아 신념을 가지며 살아온 작은 아이가, 망가지지 않고 순리

대로 생을 끝마치는 게 아이를 위한 길이라 생각했다. 차라리 저를 죽게 만든 어미를 원망할지언정, 괴물이 되어 버린 스스로를 원망하지 않기를 진심으로 기도했다.

발레리는 신전에 복속된 추기경이었으나 여신을 믿지 않았다. 그녀가 믿은 건 오로지 자신과 리모나를 지켜야겠단 신념뿐이었다. 그럼에도 그녀는 매일 새벽, 무릎을 꿇고 진심으로 기도했다.

'20년을 살면 많이 산다 하였지.'

그 짧은 시간 살아온 삶이 헛되지 않게 느껴지기를. 제국과 가문을 위해 버텨 온 나날이, 페르제 예카르트가 신념을 가지고 살았단 증거가 되기를. 그렇게 되면, 그걸로 족하다고 생각했다. 그리고 지금도 그 생각은 변치 않았다. 무능한 자신은, 어미로서 해 줄 수 있는 게 없다. 그저 평온한 죽음을 맞이할 수 있기를 바라는 게 다였다. 카산처럼 희대의 역적이 되어, 죽어서도 욕받이로 불리지 않았으면 했다.

모두를 돌려보낸 뒤, 발레리는 어둑한 예배당에 홀로 남았다. 무거운 걸음을 떼자 그녀의 눈만큼이나 고요하고 오묘한 하늘이 시야에 비쳤다.

'너는 그렇게 되지 않기를 바라. 내가 사랑하는 아이만큼은.'

발레리는 메마른 눈을 들어 하늘을 올려다보았다.

"끝낼 때가 온 것 같구나, 페르제."

나의 전부였던, 나와 로만의 아이. 자식을 사랑하는 마음에 눈이 멀어 수천의 희생양을 만들게 될까 두려웠다. 한 해가 지날수록, 사랑하는 마음이 걷잡을 수 없어져서 떠나야만 했다. 목소리를 듣지 않고, 얼굴을 보지 않으면 스페르차의 가주로서 이성적인 판단을 내릴 수 있을 거라 여겼다. 페르제의 어머니였던 발레리 예카르트가 아니라, 추기경으로서.

제 아들에게 평온한 죽음을 줄 수 있는 방법은, 성배뿐이었다. 그리고 그 성배를 쓸 수 있는 사람은 자신을 제외하고 성녀인 리에나뿐이다.

성배를 쓰기 위해선 성녀가 될 만큼의 성력이 있어야 했다. 그런데 예전에는 들지 않았던 의문이 파동이 되어 커져 나갔다. 수천을 죽게 만들 용의 기사라서 페르제가 죽어야 한다면, 그보다 더 많은 목숨을 제물로 바쳐 온 아나이스는 살 자격이 있는 것인지. 성녀인 리에나가 관여한 것은 아니라 하더라도, 성녀 또한 자신처럼 아나이스 백작의 과오를 묵인해 왔다. 그러니 아나이스의 핏줄에겐 용의 기사를 죽일 자격이 없다.

"거래를 하면 될까."

유스티아 비센나에게는 페르제의 죽음을 부탁하고 싶지 않았다. 그 잔혹한 남자가 어떤 식으로 유린할지 몰랐으니까.

'하지만 그의 딸이라면······.'

발레리는 자조적으로 웃었다. 스스로가 미쳤다는 건 안다. 하지만 이제 와서 선택을 무를 수는 없었고, 그만큼 간절하고 절박했다. 사랑하던 리모나가 카산에게 죽임을 당했을 때부터, 저는 진즉 미쳐 있었다.

'언제 미쳤는지 때를 가늠하는 것도 우습지.'

옆을 돌아보면 주위에 제정신인 자가 없었다. 페르제를 보며 자신과 닮았다고 말하던 유스티아 공작도. 리모나를 기억하지 못하는 어리석은 아델하이트 남작도.

'조금은, 그자가 가엾구나.'

발레리는 하늘을 보던 시선을 내렸다. 딱하다는 감정은 찰나에 그쳤다. 뒤에서 낯선 인기척이 느껴졌기 때문이었다.

"슈레이 비센나."

발레리는 뒤도 돌아보지 않은 채, 저를 따라온 남자를 불렀다. 슈레이의 눈이 커졌다. 인기척을 못 느낄 거라 생각한 건가? 그렇다면 슈레이의 실수다. 아직, 자신은 그보다 성력이 강했고 경험에서도 위였다.

슈레이는 눈을 크게 떴다가 좁히며 말했다.

"알고 계셨군요."

"아직 미숙하니까. 기척을 죽였다고 하지만 선명히 느껴져."

슈레이는 곧 수긍했다. 발레리 추기경은 여신의 검을 자처할 정도로 강했다. 천재란 말론 부족할 만큼 검술의 명인이었다.

"……왜 그대로 계셨습니까? 뒤를 쫓았다는 걸 알고 계셨으면서."

"네게 따로 시킬 일이 있었다."

발레리는 슈레이에게 가까이 다가갔다. 세 걸음에서 한 걸음으로 좁혀졌을 때, 슈레이는 숨을 들이켰다.

"긴장하지 마라. 네가 가장 원하던 일을 명령으로 내릴 거니까."

"원하는 일이라면……."

발레리는 웃음을 거두었다. 그녀가 차가운 눈동자를 들어 말했다.

"슈레이 경. 그대가 아델하이트 남작을 처리해라."

"제가 말입니까?"

"제대로 처리하되 고통 없이."

발레리의 말은 모순이다. 제대로 처리하되 고통 없이라니……. 사체를 훼손하지 말라는 것처럼 들렸다.

"예우를 지켜라. 한때는 같은 추기경이자, 네 상관이었던 남작에게."

"……예우를 지킬 만한 자였습니까?"

"너와 같은 이유로 본 세례를 받은 자다. 마지막은 사람답게 눈을 감을 수 있도록."

발레리는 쓴웃음을 지었다. 본 세례를 받은 헌터의 끝은 그리 좋지 못했다. 명예와 신념을 위해 행동했을지라도 그들의 죽음은 하나 같이 다 초라했다. 발레리의 부탁을 이해할 수 없었지만, 슈레이는 고개를 끄덕였다.

"명에 따르겠습니다."

명령이 내려졌으니 움직여야 한다. 곧바로 몸을 돌리려는데, 발레리의 말이 그를 붙잡았다.

"백작의 사형식 때, 시엘 비센나를 만났다는 걸 알고 있나?"

"만났다 해도, 저와는 상관없는 일입니다."

"생각이 깊었지. 신념도 있어 보이고."

"저와는—."

슈레이의 말허리를 끊으며 발레리가 피식 웃었다.

"두 번 말할 것 없어. 앵무새처럼 반복하지 않아도 알아들었으니까."

"왜 제게 그런 이야기를 하시는 겁니까? 아신다는 분이."

"시엘 공작은 슈레이 경과 닮았더군. 틈을 보이는 것 같으면서도 철저했어. 손에 쥔 것들을 어떻게든 지켜 내려 하는 모습도 닮았지."

"추기경님의 생각일 뿐입니다. 저는 더 이상 지킬 게 없습니다."

"정말로?"

발레리는 웃었다. 정말로 지키고자 하는 게 없는 건가? 애써 잊으려 한 게 아니라?

"시엘 비센나를 보다 보면 리모나가 생각나. 그 아이도 다정하고 상냥했는데."

"……죽은 성녀 말입니까."

"하지만 마음이 너무 여렸어. 그런데 네 누이는 강한 것 같더군. 유스티아 공을 닮아 독종인 면도 있고."

잠깐이지만 자신을 보는 두 눈에 독기가 서려 있었다. 얼굴을 마주 본 것만으로 표정이 풀어져 있었다. 그래서 그게 더 의문이었다.

"시엘 비센나."

발레리는 입술을 둥글게 모아 한 번도 담아 본 적 없는 이름을 되뇌었다.

"예쁜 이름이지. 그렇지 않나?"

"마음에 드신 겁니까?"

"조금은."

발레리는 작게 웃었다. 미소는 사람들 간의 경계를 풀고 안심하게 만든다. 하지만 발레리는 정반대였다. 냉혹할 만큼 이성적인 추기경이 짓는 미소는 사람을 두렵게 만들었다. 경계하고, 두려워하며, 뒤로 물러서게 했다.

"난 예전부터 빛나는 사람이 좋았어. 시엘 공작이 그렇게 보이더군."

암살자 가문과는 어울리지 않는 평가였다. 그런데도 시선을 마주쳐 오는 청록색 눈동자가 고귀하게 느껴졌다.

"나는 그러지 못했으니까."

발레리는 두 눈을 내리감고 평온한 미소를 입가에 지었다. 서늘한 공기가 달게 느껴졌다.

"간절한 모습이 신기했지. 예전의 나를 보는 것 같아서."

"오늘따라 감성적이시군요. 저는 아델하이트가 아닙니다."

"알아. 아델하이트에겐 이런 말을 한 적이 없어."

발레리는 고요한 눈으로 붉게 물든 하늘을 올려다보았다. 꼭 그날이 떠오른다. 카샨이 리모나를 죽였던 그 날. 자신이 그런 카샨의 목을 벤 그때도. 리모나의 장례를 치렀을 때도.

'오늘처럼 하늘이 붉었지.'

저물어 가는 저녁 석양이, 제게 악몽이 될 줄 누가 알았겠는가.

성 프레이야.

여신을 위해 수없이 검을 휘둘렀지만, 이제 아무것도 남지 않았다. 발레리는 쓴웃음을 삼켰다. 모든 것을 잃었던 나와 다르게 비센나의 가주는 지켜 낼 수 있을까.

"시엘이라, 예쁜 이름이지."

발레리는 여전히 하늘을 올려다보며 읊조렸다.

"할 말이 더 없으시다면, 가 보겠습니다."

"누이의 이름이 하늘을 뜻한다는 걸 알고 있나?"

발레리의 물음에 슈레이는 대답하지 않았다. 그는 몸을 돌린 채 앞으로 걸어 나갔다. 단정한 검은 구둣발이 비로 젖은 땅에 흔적을 남겨 갔다.

알고 있다. 그 이름이 하늘을 뜻한다는 것도. 하늘을 바라보는 걸 좋아했다는 것도. 전부는 아니지만, 제 것이 아닌 기억들이 떠돌고 있었다.

슈레이는 홀로 걸으며 중얼거렸다.

"알고 있었어. 말해 주지 않아도 시엘, 네 이름이 하늘을 뜻한다는 건."

네가 내 동생이었다는 것도. 하지만. 다시 오라버니라고 불릴 일은 없을 것이다. 그 아이가 자신을 가족으로 여길 일도······.

"네가 나를 좋아했다는 것도."

'슈'라고 부르면 반드시 찾아가겠다 말한 것도 흐릿하게나마 기억이 난다. 다정한 그 아이는, 저보다 어린아이의 품에서 우는 못난 오빠를 달래 주려 했었다. 가족이 되어 주겠다고 했었다. 어렴풋하게나마 기억을 되찾은 건 아델하이트 덕분이었다.

'성력 때문인 건가. 제식을 새겨 둬서······.'

어째서 기억이 단편적이나마 돌아온 걸까. 이유는 알 수 없었지만, 분명한 건 그 제식 때문이었다. 그때, 아델하이트가 시엘을 죽이려 들지 않았다면 기억해 내지 못했을 것이다. 더 되찾고 싶은데, 가진 건 실낱같은 흔적뿐이다.

'하필이면 기억나는 게 어린 동생 품에 안겨서 엉엉 우는 꼴이라니.'

가장 선명한 것도 그런 기억이었다. 그래도 이것만큼은 잃고 싶지 않았다. 겨우 일부분. 달콤한 조각이 저를 찾아와 준 것에 감사했다. 어째서 추기경이 되려 한 건지. 무엇을 위해 발레리의 사람이 되려 했는지, 이제는 분명히 알 것 같았다. 과거의 슈레이 비센나가 위험을 무릅쓰고 본 세례를 받은 이유를.

"시엘, 네가 날 잊지 않았으면 하는 건, 욕심이겠지."

원망하지 않기를 바라는 건 터무니없는 욕심이었다. 가문을 위해서라곤 해도 시엘의 곁을 떠나고 말았으니까. 하지만 슈레이에게는 한 가지 계획이 있었다. 아버지는 불가능하다며 그런 시도는 하지 말라고 완강하게 반대했다. 아버지는 용의 조각으로 인해 수백 년을 살아 온 사람이었다.

세기의 연금술사인 유스티아 비센나가 승산이 없는 일이라며 단언했다. 하지만, 비센나를 살리려면 그 수밖에 없었다.

"……목숨을 걸면 가능할까?"

슈레이는 조심스레 손을 펼쳤다. 손가락 사이로 붉은 석양이 스며들었다.

* * *

"발레리 추기경께서도 너무하십니다. 방관하실 거라 생각했는데, 처리하라는 명령을 내리실 줄은……."

가쁜 숨을 몰아쉬며 추기경이 불만에 차 중얼거렸다.

"차라리 죽이는 척을 하는 게……."

아델하이트 남작의 뒤를 쫓던 다른 추기경이 입을 다물었다. 이미 숨을 거둔 시체가 눈앞에 있었다. 그 앞을 지키고 선 것은 새하얀 옷을 입은 소년이었다. 허벅지까지 오는 품이 넓은 리넨 셔츠가 피에 젖은 채 바람에 펄럭였다. 짙은 흑발이 허리까지 흘러내렸고, 금빛의 두 눈동자가 고양이의 것처럼 빛났다. 탐스럽게 핀 꽃처럼 붉은 입술은 악마의 것처럼 매혹적으로 보였다.

겉모습만 본다면 두 눈을 빼앗기고도 그 사실조차 잊을 만큼 고혹적이었다. 그런데도 묘한 분위기 때문에 사람을 잡아먹는다는 괴물인가, 하는 생각이 들 정도였다. 헌터로서 사냥만 해 온 자신들인데도, 굶주린 포식자와 마주한 기분이었다.

"도대체가……."

추기경이 넋이 나가 중얼거렸다. 처참히 도륙된 남작의 시체가 소년의 발치에 놓여 있다. 거대하고 흉포한 짐승에게 산채로 뜯어 먹힌 것 같은 흔적이었다.

"오늘은 운이 나빴다고 생각해."

유스티아는 손을 들어 올렸다. 자신을 목격한 사제들을 전부 처리할 계획이었다. 결정은 빨랐다. 그때, 누군가가 겁도 없이 그의 손목을 세게 움켜쥐었다.

"당신께선 제게도 운이 나빴다고 하실 겁니까."

유스티아는 미간을 찌푸렸다가 몸을 틀었다. 그의 아들, 슈레이가 바로 눈앞에 있었다. 일부러 어려진 모습으로 움직였는데 바로 알아볼 줄은 몰랐다.

"유스티아."

슈레이는 유스티아의 손목을 붙잡은 손에 힘을 주었다. 아델하이트 남작을 멋대로 처리해서 화는 났지만, 죄 없는 사제들을 죽이게 둘 순 없었다. 아버지의 판단력이 흐려진 상태라면, 자신이 붙잡아야 한다.

"운이 나쁘구나, 슈레이."

듣기 좋은 미성이 나직이 들린 순간, 거대한 마나가 그의 몸을 꿰뚫었다.

"천천히 오지 그랬어."

안타깝다는 목소리와 다르게 시선은 차갑기 그지없었다. 금빛 눈동자에 미미하지만 옅은 살기가 감돌았다.

"발레리의 사람이 되었으니, 이제 내 아들도 아니지."

"……쿨럭. 그랬다면 나를 죽였어야지, 유스티아."

함부로 내뱉어진 반말에 유스티아의 표정이 굳었다. 순간 잘못 들었나 하고 그는 귀를 의심했다. 슈레이가 아버지라 부르지도 못하고 공작님이라고 부르던 때가 있었다. 조금 자란 뒤에 아버지라 부르라고 했더니, 한참을 머뭇거리다 아버님이라고 부를 정도로 저를 어려워하던 아이였다.

'유스티아라니.'

이 정도면 날 이기겠단 생각인가? 복잡한 심정과 다르게 유스티아의 표정은 태연자약했다. 이 정도로 충격받기엔 겪은 일이 많다. 믿었던 친우에게 배신당하고, 들짐승의 피나 삼키며 목숨을 연명하다가 악마라 불리며 쫓겨 왔던 신세였다. 하물며 제가 사랑했던 샤리타는—지금도 사랑하지만— 한때 자신을 죽이려 했었다.

'이제는 아들이 내게 맞서는데도, 그리 놀랍지 않아.'

유스티아는 쓰게 웃었다. 샤리타와 닮아서 슈레이를 거둬들였고, 지금은 이렇게 되었지만 후회되진 않았다. 샤리타와 같은 금발. 그녀가 부리던 성력과 같은 푸른 나비. 꼭 그녀와 저 사이에서 낳은 아들 같았으니까. 그래서 죽어 가던 아이를 데려왔다는 걸 슈레이 비센나는 모를 것이다.

타악—. 유스티아는 한숨을 내쉬며 손을 가볍게 맞부딪쳤다. 가벼운 마력이 돎과 동시에 반쯤 넋이 나간 채 서 있던 추기경들이 풀썩, 정신을 잃고 쓰러졌다.

"부자 싸움에 끼어들어서 죄송하지만, 슈레이 경의 말이 맞습니다."

뒤에서 부스럭거리는 소리가 들리더니, 로브를 뒤집어쓴 소년이 앞으로 나타났다.

'저 아이는……'

유스티아의 눈이 가늘어졌다. 마땅히 생각나는 자가 없었다. 예전이라면 바로 정체를 간파했을 텐데, 요사이 마력을 억제하느라 제정신이 아닌 탓이다.

"아."

유스티아는 짧게 탄식했다. 이제야 생각난다. 세라테 공작저를 염탐한이후로, 다른 곳에서 본 건 처음이다. 저 피다 만 사루비아 꽃 같은 머리카락 색을 모를 수가 없지. 첫째 아들 샤키처럼 눈이 붉어서 더 기억이 난다. 샤키처럼 어두운 루비색은 아니었지만.

'샤키 보단 좀 밝은 건가.'

훌쩍 자란 모습이 두 눈에 들어왔다.

"세라테 공작의 외동아들이로군."

"귀한 분께서 미천한 세라테의 공자를 알고 계시다니, 영광입니다."

슈레이가 입가로 흐른 피를 닦으며 목소리가 난 쪽으로 고개를 돌렸다. 제 파트너, 루인 세라테가 겁도 없이 유스티아 비센나를 향해 입을 놀리고 있었다.

"알다마다. 같은 공작이니."

의외로 관대한 답이 떨어졌다. 루인은 지금이라도 슈레이를 내버리고 도망칠까, 궁리하며 예의 있게 답했다.

"미천한 제 아버지를 기억하시다니, 그것 또한 영광입니다."

"입 안의 혀처럼 달게 구는구나. 네 아버지가 나를 경멸했던 것치곤."

"그건 제 부친이 뭘 몰라서 그런 겁니다. 작위가 뭐가 중요하겠습니까. 용의 조각이 깃든 분께."

유스티아의 표정이 굳어지자 루인은 황급히 입을 다물었다. 아뿔싸. 목숨을 조금이라도 연명하기 위함이었는데, 조롱처럼 들렸나 보다. 연명하려는 게 슈레이 목숨이 아니라 제 목숨이었다. 나서기 전까지만 해도 시간을 벌어 슈레이를 도망가게 해 줄 작정이었는데, 유스티아와 마주한 순간 그럴 마음이 싹 사라져 버렸다.

'넌 하나도 좋은 점이 없는 파트너였어, 슈레이 비센나. 이만 보내 줄 때가 된 것 같다.'

인생은 한 번뿐. 어차피 슈레이는 잠깐이긴 해도 저 정신 나간 용의 아들로 살았으니 자비를 베풀지도 모르지.

'자기 아들인데 죽이진 않겠지.'

보아하니 남작은 최대한 고통스럽게 죽은 모양이다. 그런 것 치곤 입가에 옅은 미소가 지어져 있어 소름이 끼쳤다.

'징글징글한 새끼. 죽어서도 왜 쳐 웃고 있는 건데.'

루인은 직위를 들먹이며 슈레이를 괴롭혔던 남작을 노려보다가 유스티아에게 시선을 주었다. 아들이 잠깐 말렸다고 해서, 용의 마력으로 몸을 꿰뚫어 버리다니. 성력이 지하수처럼 끊임없이 나오는 슈레이라서 살아남

앉지, 정령사인 저였다면 바로 즉사했을 것이다.

"저흰 남작을 처리하러 온 겁니다. 하지만 먼저 끝내셨으니 시신은 거두어 가겠습니다. 저희를 고이 보내 주신다면, 생각 없이 발레리 경께 오늘의 일을 발설하지 않⋯⋯."

딱ㅡ. 손가락이 가볍게 맞부딪히는 소리가 났다. 그와 동시에 루인의 뺨에 날카로운 생채기가 그어졌다.

'닥치란 소리네.'

말보다 행동으로 보여 주실지는 몰랐지만.

"주검만 어떻게 거둬 가면 안 될까요, 아버님?"

루인은 힐끗 주변을 살폈다. 다른 사제들은 기절한 채로 결박된 지 오래였다. 인질이 있으나 없으나, 무서운 건 매한가지.

"⋯⋯발레리 추기경이 내린 명령인가?"

유스티아가 물었다. 가벼운 한숨이 들리더니, 쓰러진 추기경들을 결박했던 마법이 풀렸다.

'무서울 정도로 이성적이라고 했던 것 같은데.'

루인이 유스티아를 흘끗 쳐다보았다. 지금은 심술을 부리는 것 같단 말이지. 선대 비센나 공작 입장에선 화가 많이 날 만도 하다. 남작이 벌써 두 명이나 건드렸으니까.

'아들은 패고, 딸은 죽이려 들고. 아, 슈레이가 맞은 건 모르려나.'

기억을 잃기 전에도 반쯤 미친 것 같았던 슈레이 비센나가, 제 아버지 앞에서만큼은 깍듯이 행동하면서 정신을 차리던 이유를 이제야 알 것 같았다.

"저희가 무례했습니다. 슈레이 경도 반성하고 있을 겁니다."

루인은 재빠르게 사과하며 슈레이를 흘끗 쳐다보았다. 슈레이가 그 와중에 마기에 뚫린 가슴팍을 성력으로 치료하고 있었다.

슈레이가 흐릿해진 시야를 다잡으며 말했다. 유스티아는 눈을 가늘게 뜨더니 마력을 풀고 슈레이에게 다가갔다.

"잘못했습니다, 아버지."

"사과를 듣고 싶은 게 아니었다."

유스티아가 관자놀이를 짚으며 중얼거렸다. 루인은 멀찍이 떨어져 유스티아와 슈레이를 번갈아 쳐다보았다.

거짓말. 그런 것치곤 소년의 표정이 한결 누그러졌다. 슈레이 비센나가 자신을 타인 대하듯 하는 행동에 화가 난 게 확실했다. 아버지라고 부르며 사과까지 했으니 풀린 거고.

'겉모습을 숨기려고 어려지신 건가?'

루인은 신기한 듯 유스티아를 힐끗 쳐다보았다. 외양으로 봐선 많이 잡아 봤자 열두 살. 이목을 피하기 위해서 저런 모습을 한 거라지만, 정말로 그 나이대 소년 같았다. 하지만 열두 살 소년의 모습을 했어도 유스티아는 유스티아. 목숨을 연명하기 위해 무릎을 꿇을 이유는 충분했다.

"아버지 소리를 듣고 싶은 거였지."

슈레이와 루인의 눈이 동시에 커졌다.

"때가 되면 집으로 돌아오거라."

그리 말하며 유스티아는 가벼운 한숨을 내쉬었다.

쪼그려 앉은 소년이 손가락으로 바닥에 술식을 그려 나갔다. 겉보기에는 집 나간 애가 갈 곳 없어서 흙장난하는 것처럼 보였지만, 유스티아 비센나이니 납득이 되었다. 손으로 직접 맨땅에 복잡한 술식을 새기는 것으로 보아, 대단한 마법이라도 쓰려는 모양이다. 추측하건대, 남작의 시체와 함께 여기 있는 추기경들을 흔적도 없이 없애려는 거겠지. 단말마도 느낄 수 없도록 죽일 작정인 것이다.

"비센나에서 장례식은 치러 주는 거지? 대답 좀 해 봐, 슈레이!"

"……모른다."

무책임한 대답에 루인은 뻣뻣한 목덜미를 붙잡으며 이를 갈았다.

"저, 아버님. 무슨 일을 하시는 건지…… 여쭤봐도 되려는지요?"

두 무릎을 꿇은 루인이 손마저 가지런히 모은 채 물었다.

"기억을 지우는 술식."

기대도 안 했는데 제대로 된 답이 들려왔다. 의외로 친절하시군, 그런 생각을 할 때쯤, 술식이 완성되었다.

'미친 속도네.'

루인은 순수하게 감탄했다. 비센나 일족은 정상이 아니라고 했다. 그들이 쓰는 마법도 제정신으론 쓸 수 없는 것들이라고, 아버지가 했던 말이 생각났다.

가벼운 빛이 발하며 검은 진이 그림처럼 퍼져 나갔다.

"네 기억은 살려 두마. 슈레이의 것도."

새하얗게 빛나는 마법진 사이로, 눈을 내리깐 아름다운 소년의 모습이 비쳤다.

"슈레이, 남작은 내가 처리했다."

"……쓸데없는 일이었습니다."

루인이 말리기도 전에 슈레이가 눈치 없이 답했다. 깜짝 놀란 루인이 유스티아를 쳐다봤지만 그는 화를 내지 않았다. 오히려 기쁜 듯 눈가를 휘며 말했다.

"오랜만에 보니 좋구나. 시신은 가져가도 좋다."

"……왜 직접 남작을 처리하신 겁니까? 다시는 마기를 쓰지 않겠다고 하셨으면서."

슈레이가 물었다. 유스티아는 가라앉은 눈길로 아들을 보며 말했다.

"내 딸을 죽이려 한 데다—."

무거운 시선이 슈레이에게 잠깐 닿았다.

"내 아들을 다치게 만들었으니, 죽어도 될 놈이다."

슈레이가 무릎을 꿇은 채 아버지를 바라보았다. 그의 눈에는 형용할 수 없는 감정이 깃들어 있었다. 믿을 수 없게도 울음을 참는 것처럼 보였다.

눈꺼풀이 파르르 떨렸다. 생전 처음 보는 표정이라, 루인은 심장이 펄쩍 뛸 정도로 놀랐다.

"내가 죽기 전에는 돌아오거라. 슈, 내 아들."

빛이 점멸하는 순간, 거짓말처럼 유스티아의 모습이 사라졌다. 그대로 떠나신 건가 싶었는데, 신전 안이었다.

"본인이 이동한 게 아니라 우리를……."

시체도 함께라니. 잊지 않고 함께 보내 준 것에 감사하다고 해야 할지, 너무하다고 해야 할지. 거기다 기절한 추기경 둘도 바닥에 널브러져 있었다. 세심한 배려라고 생각하며 루인은 한숨을 내쉬었다.

고개를 돌린 루인의 시선이 멈췄다. 슈레이가 이상했다. 고장 난 기계처럼 두 무릎을 꿇은 채 바닥만 주시할 뿐이었다.

"슈레이?"

"……."

고개를 숙인 탓에 핏물에 젖은 금발이 조각 같은 얼굴을 가렸다. 그래서 어떤 표정인지 알 수 없었다.

"부럽네요. 한때 소원이었잖아요. 따뜻한 목소리로 아들 소리 듣는 거."

아들인 추기경을 부르는 것치곤 목소리가 조금도 따뜻하지 않고 차가웠지만. 그래도 그게 어딘가.

"……예전에도 한 번 불러 주셨어."

슈레이가 잠긴 목소리로 중얼거렸다.

루인은 자리에서 먼저 일어났다. 무릎을 꿇은 채 일어날 생각이 없는 슈레이의 어깨를 턱, 하고 짚었다.

"유스티아 비센나는 불로불사잖아요."

"……그랬었지."

"그러니 죽기 전에 오라는 건 평생 기다리겠다는 뜻 아닙니까?"

루인의 말에 슈레이는 눈을 크게 떴다. 두 무릎을 꿇은 채 허벅지에 가지런히 올렸던 손이 잘게 떨렸다.

"뭐, 어차피 가문을 나온 슈레이 경과는 상관없는…….."

"평생을 기다리겠다고…….."

보석보다 아름다운 파란 눈동자에 눈물이 맺혔다.

"가문을 배신한 나를, 평생 기다려 주겠다고."

배신한 건 알긴 아나 보네. 루인은 한숨을 내쉬며 슈레이에게 손수건을 내밀었다. 그렇지만 결벽증을 다시 상기시켜 주려는 듯, 슈레이는 루인의 호의를 받지 않았다. 아니면 충격이 너무 커서 멍한 거거나.

"그나저나 그 오래된 향수 언제까지 쓸 겁니까? 피 냄새보단 향긋하긴 한데…….."

뒤늦게 정신을 차린 슈레이가 자리에서 일어났다. 그는 언제 울었냐는 듯 눈가를 손으로 훔쳤다.

"버린 지 오래됐어."

"……추기경이라면서 입만 열면 거짓말이야, 아주."

루인은 비센나가 어떻게 돌아가는 가문인지 생각하지 않기로 했다. 시엘 비센나가 가주라서 그나마 다행이다.

"평생…….."

슈레이는 고개를 젖혔다. 붉게 물드는 하늘이 조금 흐릿해진 시야에 담겼다.

"가족이 있다는 건 어떤 기분일까, 루인."

"나보다 더 잘 안다고 확신할 때는 언제고 이제 와서 그런 걸 물어요? 무서운 아버지도 있고, 재수 없는 형님도 있고, 영혼 하나 내줄 정도로 사랑스러운 여동생도 있다고 기뻐할 땐 언제고."

"비센나에 계속 있었으면 평생 내 것이었을까?"

슈레이가 중얼거렸다. 계속된 후회만큼 어리석은 일은 없다. 그걸 알면서도 하지 않은 선택을 하면 어땠을까, 하고 되짚는 건 인간의 습성이었다.

"배부른 고민이네요. 평생 기다려 줄 사람도 있으면서."

루인에게는 평생 기다려 줄 어머니가 없었다. 그녀의 아들이 가주가 되기도 전인 오래전, 일찍 곁을 떠나 버렸으니까. 망할 아버지 때문에 고생만 해서 조금 늦게 가셨으면 했는데.

"루인……."

루인은 핏물이 묻은 분홍빛 머리칼을 쓸어 넘기며 슈레이를 흘겼다.

"부러우면 지는 거라는데."

루인은 그만 일어나라며 슈레이의 옷깃을 끌어당겼다. 올해 열일곱이 된 루인은 장신에 속했다. 제국 평균보다 4센티미터는 더 컸다. 슈레이는 그보다 더 커서 별로였다.

'커피가 답이었나.'

슈레이 비센나가 우유를 마시는 걸 본 적이 없다. 영양가 없는 마른 빵만 조금씩 먹는 것치곤 너무 잘 자랐다.

루인이 투덜대며 말했다.

"수도 중앙도 아니고, 빈 신전에 보낼 줄이야. 여기서 노숙할 거 아니면 공작저로 가요."

"세라테 공작이 반길 리가……."

슈레이가 주저하는 기색을 내비치자, 루인이 답지 않다며 고개를 기울였다.

"몰래 가도 티 안 납니다."

"난 밖에서 자도 괜찮아. 자주 그래 와서 익숙하니까."

"내가 싫어요. 지금은 왕왕이도 없는데 밖에서 자면 입 돌아가요."

밖에서 자겠다는 소리에 루인은 질색했다. 그나저나 요새 왕왕이 걔는 왜 안 보이는지 의문이다. 이럴 때만 눈치가 빠른 슈레이 비센나가 즉각 답했다.

"왕왕이를 데리고 올 수 없었어. 비센나에 속한 마물이니까."

"여동생이나 아버지야, 사람이니 그렇다 쳐요. 집 나간 주인을 하염없이 기다리고 있을 왕왕이는 무슨 죄야? 버림받은 줄 알겠네."

"……내가 왕왕이를 어떻게 버려."

알고 보면 왕왕이를 가장 아끼는 거 아냐? 반응이 즉각 나온단 말이지. 흐음, 느른한 숨을 내쉰 루인이 어깨를 으쓱하며 말했다.

"그럼 몰래 빼돌려요. 못난 주인 매일 핥아 주고, 반갑다며 꼬리 쳐 주고, 밖에서 잘 때 따뜻하라고 품까지 내어 주던데."

"……보고 싶긴 하네."

루인은 고개를 끄덕였다. 사실상 왕왕이는 슈레이 비센나의 유일한 친구였다.

"주인이 울 때면 곁을 지켜 준다는 게, 사람보다 나아요. 울지 말라고 핥아도 주고."

마물이라 두 번 핥을 때면 식사하기 전에 소금 간 치는 건가 싶지만, 왕왕이만큼 착한 마물은 없었으니 논외였다. 야비한 짹잭이와는 달랐다.

"잔말 말고 따라와요."

루인은 먼저 신전을 빠져나가며 뒤를 돌아보았다. 갈 곳 없는 슈레이 비센나가 잠자코 따르고 있었다.

"왕왕이는 보고 싶다더니, 여동생은 보고 싶지 않아요?"

루인의 말에 슈레이는 고개를 들어 그를 바라보았다.

"보고 싶다고 하면, 볼 수 있을까?"

루인은 대답하지 않았다. 어리석은 질문이라는 걸, 슈레이 자신도 이미 알고 있을 테니까.

* * *

발레리를 사형식에서 보게 된 지 이틀이 지났다. 성기사들의 병력이 수도를 지나 국경에 도착했다는 소식을 전령으로부터 전해 들을 수 있었다.

리에나는 예상외로 잡음이 나지 않게 일을 처리했다. 애초에 믿지 않았기에 전령을 시켜 확인해 둔 거였지만.

신전의 병력을 국경에 주둔시켰으니, 남은 건 교황의 인장이 찍힌 서신을 확인하는 것이었다. 교황은 아직까지도 갈등을 하고 있었다. 성녀를 배신하고 아나이스 백작의 편에 붙으려고 했으나, 백작의 세력은 이미 무너졌기 때문이었다.

'교황에게 남은 패는 리에나 하나뿐인 건가.'

그러니 교황은 서신을 절대로 외부에 공개하지 않을 것이다. 비센나가 무너진 이후라면 모를까.

'그전에 공개해야 해.'

베일리에서 가져왔던 서신을 샤키 오빠에게 보여 주었다. 그걸 본 그는 한참이나 말이 없었다. 등받이에 느긋하게 몸을 기댄 샤키 오빠가 허리를 바로 했다. 갓 구운 베이글을 한 입 베어 물며 그는 말을 꺼냈다.

"재판을 열 생각이야?"

꿀꺽, 하고 베이글을 다 삼킨 그가 입술에 묻은 빵 부스러기를 핥았다. 나는 잠깐 생각을 정리하다 답했다.

"그건 어려울 거야. 아나이스 백작은 버리는 패였으니까 황제도 재판을 열어 준 걸 테고."

"뭐, 그렇지. 칼란이 아나이스 백작의 재판을 반대했다면 시간이 더 걸렸을 테니까. 아예 재판이 열리지 않았을 수도 있고."

"맞아. 우리 쪽에 유리한 것 같지만, 사실 칼란 입장에서도 영 불리한 선택은 아냐. 성녀가 제물을 바쳤단 누명에서 벗어났으니까."

말을 마치고 한숨을 내쉬자 샤키 오빠가 고개를 가볍게 내저었다.

"한 번에 모든 걸 완벽히 해낼 수는 없어. 모든 일엔 단계가 있잖아? 리에나가 제단에 관여하지 않은 것도 사실이었고."

"그런가?"

"그렇지."

샤키 오빠가 손을 뻗어 내 머리를 쓰다듬었다. 너무 많은 걱정은 하지 말라는 것처럼.

"황제가 건재한 이상, 리에나를 재판에 회부할 수 없다는 건 확실해."

백작은 수천 명의 아이를 제물로 바쳐왔고, 그건 가문이 멸문할 만큼 큰 죄였다. 리에나는 그녀의 동생, 엘리야를 살해했지만 백작의 죄와 비견할 순 없었다. 게다가 이미 오래전 일. 재판을 열려고 해도 증거가 불충분하단 이유로 잡아떼면 그만이었다.

"여론을 우리 편으로 만들어야 해."

나는 서신을 탁자에 내려놓은 뒤 관자놀이를 매만지며 말했다.

"역시 그 방법밖에 없나 봐. 중립 가문에 접촉해야겠어."

"중립 가문이 있던가? 예카르트 빼면 우리와 모두 사이가 좋지 않잖아?"

손수건으로 손을 닦던 샤키 오빠가 눈을 동그랗게 뜨며 물었다. 샤키 오빠의 말이 맞았다. 비센나 주위엔 널린 게 적대 세력이었다. 하지만 그렇다고 아예 손을 놓을 수는 없는 법. 나는 조금 긴장한 얼굴로 입을 뗐다.

"니나이스 가문은 어때?"

"너, 설마……."

샤키 오빠가 말도 안 된다는 듯 입을 벌렸다. 곧 정신을 차린 그가 미간을 확 좁혔다. 표정으로 이미 "안 돼!" 하고 말하는 것 같았다. 나는 모른 체하며 말을 이어 나갔다.

"나타샤 영애를 만날 거야. 자연스레 어머니에게 의견을 여쭙겠지. 백작 부인이 니나이스 백작과 의논하게 되면……."

의사 결정권은 가주인 니나이스 백작에게 있었지만, 실질적인 영향력은 백작 부인이 더 컸다. 그리고 니나이스 백작 부인, 나디아는 비센나의 편에 서겠다는 의견을 내비쳤었다.

샤키 오빠가 의심쩍다는 얼굴을 했다.

"저번에 니나이스 가문에 바니와 함께 갔다는 건 알지만, 그렇다고 우리 편이 될 거란 보장은 없어."

"보장은 없지만 해 봐야지."

나는 자리에서 일어나며 외투를 빠르게 걸쳤다. 나타샤와 만나기로 약속을 한 건 아니었지만, 어디로 가면 만날 수 있을지 행선지는 꿰고 있었다.

"어디로 가려고?"

"나타샤를 보러! 샤키 오빠도 같이 갈래?"

"농담이지?"

샤키 오빠가 팔짱을 낀 채 어깨를 으쓱했다. 니나이스 생각만 해도 진저리가 난다는 표정이었다.

"잘 갔다 와, 시엘. 내 안부는 전하지 말고."

행여 내가 같이 가자고 할까 봐 샤키 오빠는 서둘러 말했다.

"나중에는 좀 친해져 봐."

"그건 무리야."

마른세수를 하는 그에게 웃어 주고는 마차가 있는 곳으로 향했다.

* * *

"그게 정말이에요? 비센나 공작이 제단을 발견했다는 게?"

한 귀족 영애가 묻자 나타샤는 고개를 끄덕였다. 그녀의 맞은편에 앉은 영애가 어머머, 하며 벌어진 입가를 가렸다. 다른 영애의 반응도 별반 다르지 않았다.

"비센나가 제물을 바쳐 왔으면 바쳐 왔지. 제단을 없앨 거라곤 생각지도 못했어요."

"그러게요. 살다 보니 이런 일도 다 겪네요."

로안나 남작 영애가 부채를 빠르게 부치며 눈썹을 올렸다. 테레지아

자작 영애도 별일이라며 혀를 내둘렀다.

"실은 아나이스 백작이 제물을 바쳐왔다는 거, 진짜 소름 끼치지 않아요?"

자작 영애의 말에 모두가 동의하듯 고개를 끄덕였다. 얼떨결에 중앙에 앉게 된 나타샤 또한 그건 그렇다며, 맞장구를 쳤다.

'하아. 내가 왜 여기서 이러고 있는 거지?'

본래라면 검술 훈련을 하거나, 재수 없는 샤르키스 비센나와 연화의 업무를 보고 있을 텐데⋯⋯.

'샤르키스 얼굴은 안 봐서 좋지만.'

영애들을 상대하는 건 또 다른 피곤함이었다. 말 한마디도 조심해야 했고, 경청하는 태도를 보여 줘야만 했다. 주기적으로 가지는 영애들과의 티타임은 나타샤에게 여간 곤혹스러운 일이 아니었다. 무심하고, 무디고, 검술과 일 외에는 관심이 없는 나타샤는 어디서 맞장구를 쳐야 할지, 어떻게 공감을 표현해야 할지 알 수가 없었다. 다른 영애들이 고개를 끄덕이면, 그녀 또한 눈치껏 따라 고개를 움직였다.

'난 비센나가 더 소름 끼치는데.'

제단은 어떻게 발견한 거며, 아나이스 백작은 어떻게 재판에 올린 것인지, 나 원.

'대단하다고 해야 할지. 독하다고 해야 할지.'

아나이스 가문은 신전의 보호를 받아 왔고, 가주인 백작은 황제의 측근이었다. 그랬으나 아나이스 가문은 멸문했다. 비센나를 그리 좋아하진 않지만, 수완은 인정해야 한다.

영애들과의 티타임이 나타샤에겐 유독 길게 느껴졌다. 티타임이 끝날 무렵이 돼서야, 나타샤의 얼굴에 화색이 피었다. "다음에 또 봐요." 하고 상투적인 인사를 건넨 다음, 나타샤는 활기찬 웃음을 지으며 타고 온 마차에 몸을 실었다.

"후우, 살 것 같⋯⋯."

그 웃음이 사라진 건 마차에 오른 동시였다.

"허억!"

너무 놀란 나머지 소리를 내는 것도 잊어버렸다. 숨을 삼킨 나타샤는 제 맞은편에 앉아 있는 낯선 인형을 보고 기절할 뻔했다. 놀란 것도 잠시, 나타샤는 빠르게 움직였다. 허리춤에 맨 검집에서 검을 뽑아 상대의 목에 겨누었다. 예리한 장검의 날이 여린 목에 상처를 낼 것처럼 거리가 가까웠다.

"당신이 왜 여기에 있는 거지?"

나타샤는 서늘한 눈으로 시엘의 움직임을 주시했다. 정작 위협당한 상대는 별 미동도 없었다. 시엘은 속이 비치는 검은 장갑을 느릿하게 쓸며 웃었다. 슈레이가 그녀의 왼쪽 손등에 새겼던 제식이 어렴풋이 드러났다. 나타샤의 시선이 자연스레 그쪽으로 향했다.

"티타임 하러 왔다고 하면 믿어 주려나?"

당연한 듯 내뱉어진 하대에 나타샤가 눈썹을 위로 올렸다.

"나타샤 영애."

시엘은 친애하는 사람을 대하듯 그녀를 불렀다.

"그런 식으로 찾아올 줄은 몰랐습니다."

순진하게 '티타임'을 믿은 건 아니었지만, 나타샤는 곧바로 검을 떼어 냈다. 그리고 한때는 적이라고 생각했던 비센나의 가주를 자주 가는 가든으로 이끌었다.

"여기가 제 단골 가든입니다."

시엘은 고개를 들어 느긋한 눈길로 주위를 살폈다. 가든 주위에서 "꺅, 꺅!" 하는 소리가 들리는 걸 보니 역시 연화였다. 나타샤는 소란스러운 주변을 싹 훑었다. 그녀의 눈빛 하나에 재잘재잘 떠들던 영애들이 꺄악, 비명을 지르며 나타샤를 힐끔 쳐다봤다.

"제 오라버니보다 인기가 더 많은 것 같네요."

"요새 연화 기사단이 자주 오지 않아 그런 것뿐입니다."

나타샤는 단칼에 칭찬을 베어 내었다. 샤르키스의 수작질 때문에 비센나가 하는 칭찬은 의심을 불러일으키곤 했다.

'샤르키스 그 자식! 나를 꼭 키우는 개처럼 대했었지.'

비센나 공작저에 늑대 마물이 있다더니, 꼭 그것처럼 대했다. 먹을 것을 주고. 맛있는 것을 사 주고. 일도 많이 시켰다. 상관이라기엔 애매한 위치였지만 먹을 것을 준 만큼 부려 먹었다.

시엘은 나타샤의 말을 흘려들으며 테이블 위로 시선을 내렸다. 연화 기사단의 초상화가 빳빳한 카드에 담겨 있었다.

"사람 얼굴이 담긴 카드가 나온다니. 정말 신기하지 않나요?"

"불쾌할 뿐입니다. 남의 얼굴 팔아먹는 장사치들 아닙니까?"

나타샤의 말에 시엘은 턱을 괸 채 그녀를 빤히 쳐다보았다. 그리고 물었다.

"불쾌하시다면 그만두게 할까요?"

"그게 무슨……."

"나타샤 영애의 의사와 무관하게 진행된 것이니, 초상화 사업을 그만두게 할 권리가 있다고 생각해요."

생글생글 웃으며 하는 말에 나타샤는 의심에 찬 시선을 던졌다.

"……그래서 가든을 폐업시키겠단 겁니까?"

"나타샤 영애께서 원하신다면."

"샤르키스 공자께서 원하시는 게 아니라?"

나타샤의 물음에 시엘은 고개를 끄덕였다. 그녀가 알기론 오라버니는 이런 자잘한 것에 신경 쓰지 않는다.

'오히려 순위가 낮으면 밀렸다고 너스레를 떨었으니까.'

인기가 많은 건 피곤하지만, 그 피곤함마저도 샤르키스에겐 사소한 것이었다. 애초에 남의 시선 따위, 요만큼도 신경 쓰지 않는 사람이었으니까.

톡, 톡. 시엘은 테이블을 느릿하게 두드리며 입을 열었다.

"나타샤 영애께서 원하신다면, 그리해 드리겠습니다."

"영애, 아니. 공작께서 무슨 권리로……."

"공작이니까요."

군더더기 없는 깔끔한 답에 나타샤는 입을 벌렸다. 제 권력을 이용하겠다는 말을 서슴지 않고 하다니! 역시 비센나답다.

"초상화를 구경하러 온 건 아닐 테고. 제 뒤를 쫓으신 이유가 뭡니까?"

사람들의 시선을 느낀 나타샤가 얇은 간이 커튼을 치며 물었다. 시엘은 시원한 아이스티를 한 모금 삼키고는 품에서 서신을 꺼내 들었다.

"재밌는 서신을 하나 들고 왔는데, 보시겠어요?"

"갑자기 서신이라니, 무슨 내용입니까?"

"보시면 알 거예요. 나타샤 영애의 생각이 궁금하거든요."

나타샤는 시엘이 내민 서신을 조심스레 건네받았다. 시엘이 말했다.

"모친과 소나에게 내용을 전달해도 상관없어요. 다만 다른 가문의 귀에 들어가는 건 곤란해요."

"읽어 보겠습니다."

알겠다는 듯 고개를 끄덕인 나타샤가 서신을 펼쳤다.

쪼옥. 빨대로 아이스티를 마시던 시엘이 눈을 크게 떴다. 서신을 보던 나타샤의 반응이 심상치 않았기 때문이었다.

"이게 사실이라면……."

나타샤의 목소리가 떨려 왔다. 몇 번이고 서신을 보던 그녀는 침음을 삼켰다.

"다 보셨으면 나가 볼까요?"

"그러도록 하죠."

먼저 자리에서 일어선 나타샤를 시엘이 느긋하게 뒤따랐다. 계산을 마친 시엘이 나타샤와 걷는 속도를 맞추며 물었다.

"근데 어디로 가려는 거예요?"

"폐하에게……. 아니, 성하를 찾아가야……."

나타샤는 말을 끝까지 하지 못하고 입을 다물었다. 아무리 생각해도 교황을 찾아간다는 건 좋은 생각이 아니었다. 급해 보이는 나타샤와 다르게 시엘은 천천히 움직였다.

"우리 편에 선다는 것만 확실히 말씀해 주시면 그걸로 충분해요."

"그런……."

"서신은 분명 성녀의 약점이 될 테지만 그게 전부일 순 없어요. 전쟁을 치르게 되면 양쪽 다 무사하진 못할 거예요."

그 말에 나타샤는 걷던 것을 멈췄다. 진흙으로 빚은 인형처럼 나타샤의 얼굴에서 표정이 사라졌다.

"말씀인즉……. 황가에 대항하겠다는 거군요."

나타샤는 주위를 둘러보며 목소리를 낮추었다. 이런 중요한 이야기를 논하는데도 시엘 공작에게선 별 반응이 없었다. 담담한 얼굴이 낯설었다. 고요한 청록색 눈동자가 저를 보고 있었다.

'이 정도는 아닌 것 같았는데.'

데뷔탕트 때 시엘 비센나가 어땠는지 들은 적이 있다. 분명 동생은…….

– 시엘 영애 말이야. 엄청 엄청 예뻤어! 표정이 차가워서 말 붙이는 건 어려웠지만……. 춤도 같이 춰주는 걸 보면 분명 다정한 사람일 거야!

– 하아, 소냐. 널 이용하려는 수작이란 생각은 안 드는 거야?

– 수작이라도 상관없어. 그냥 마음에 들었는걸.

그리 말했던 기억이 난다. 소냐는 신이 나서 언니인 제게 떠들어 댔다. 가주가 된다는 건 사람을 변화시키는 걸까. 아버지인 니나이스 백작이 짊어진 무거운 짐을, 저보다 어린 시엘 비센나가 지고 있다는 것에 묘한 기분이 들었다.

'감상은 됐어.'

나타샤는 괜히 옷자락을 털어 내며 가슴팍에 갈무리했던 서신을 꺼내 건네주었다. 한참 망설이던 그녀는 입 안의 말을 골랐다. 페르제 대공이 서부 전선으로 갔다는 소식이 뒤늦게 떠올라 물었다.

"공작께서도 서부 전선으로 가시나요?"

"마물 처리가 늦어지면 갈 생각이에요."

대공이 별로 걱정되지 않는지 평이한 어조였다. 나타샤는 니나이스가 서부 전선에 병력을 파견하기로 한 사실을 말할까 하다가 그만두었다.

고민이 있어 보이는 나타샤를 보며 시엘이 물었다.

"니나이스도 많이 고민되겠죠. 충분한 의논 끝에 어떤 결정을 내리실지 알려 줘요. 너무 늦으면 곤란하겠지만."

나타샤는 고개를 내린 채 옅게 웃었다.

"어쩌면 니나이스는 오래전부터 결정했을지도 모르겠습니다."

타오르는 듯한 주홍빛 눈. 그 눈이 아나이스 백작저에서 봤던 불길과 비슷하다고, 시엘은 생각했다. 제물을 태우던 불길은 희생된 원혼을 달래 주듯 활활 타올랐다. 리에나의 어두운 주홍빛 눈동자와는 달랐다. 붉은 기가 감도는 나타샤의 눈이 좀 더 예뻤으니까.

"……무엇을요?"

묻는 시엘에게 나타샤는 가까이 다가갔다. 허리를 숙인 장신의 기사가 시엘에게만 들릴 만큼 작게 속삭였다.

"누구에게 충성을 바쳐야 하는지."

그 말에 시엘은 놀라 눈을 크게 떴다. 나타샤가 무심한 눈으로 내려다 보며 말을 덧붙였다.

"아직 정하지 못했습니다만……."

그럼 그렇지. 시엘이 미심쩍은 눈으로 나타샤를 보자 금발의 기사가 덤 덤히 고했다.

"우직한 니나이스도 폐하께 충성을 바쳐선 안 된다는 것쯤은 압니다."

나타샤는 여전히 몸을 숙인 채였다. 비센나를 악이라 단정 짓던 차가운 입술이 담담히 진심을 그려 냈다.

"하지만 니나이스가 누구를 위해 방패가 되어야 하는지는 압니다."

* * *

사흘 후, 니나이스의 전령이 공작저를 방문했다. 전령은 니나이스 백작의 인장이 찍힌 서신을 건넨 후 조용히 돌아갔다.

서신을 펼쳐 든 시엘의 눈이 커졌다가 원래대로 돌아왔다.

'비센나의 방패가 되어 주겠다니.'

니나이스 백작도 큰 결심을 했으리라. 시엘은 안도의 한숨을 내쉬며 서신을 접어 서랍 안에 두었다. 똑똑. 서랍을 닫았을 때 정갈한 노크 소리가 들렸다. 시엘은 고개를 들며 말했다.

"들어와."

문이 열리고 들어온 것은 샤르키스였다. 그가 복잡한 낯을 한 채 다가오고 있었다.

"샤키 오빠? 무슨 일이야?"

샤르키스는 바로 대답하지 않고 짙은 한숨을 내쉬었다. 니나이스 때문에 그러는 걸까? 그런 거라면 괜찮다고, 시엘이 말하려던 때였다.

"신전에서 성녀의 호위를 강화했어."

"그런 일에 그렇게 우울해할 줄은 몰랐어."

호위를 강화하는 것쯤이야……. 그럴 수도 있다고 생각했다. 시엘이 의아한 눈으로 샤르키스를 바라보았다.

"최정예로 구성했다는데."

샤르키스는 시엘의 머리를 다정하게 쓸어 주며 말했다. "그다음은 뭔데?" 하고 시엘이 물었지만, 한참 후에야 그의 입이 조심스레 떼어졌다.

"추기경들이 성녀의 호위를 서기로 했나 봐."

"……발레리 추기경이?"

조심스러운 물음에 샤르키스가 고개를 내저었다. 리에나가 제아무리 성녀라 해도 발레리가 호위를 설 리는 없다. 그녀는 모든 헌터가 충성을 바치는 대상이자, 추기경을 직접 관할하는 지위였기 때문이었다.

"발레리가 아니더라도 추기경 자체가 높은 신분이니, 성녀의 호위를 서는 게 일반적인 상황은 아니지."

"그렇지. 보통은 성기사들이 호위를 서니까."

시엘은 그리 대답하며 찬찬히 샤르키스의 안색을 살폈다. 오라버니의 표정이 그리 좋지 않았다.

"최정예로 구성된 호위."

잠긴 목소리를 들으며 시엘은 고개를 끄덕였다. 그녀의 손이 잘게 떨리는 것을 본 샤르키스는 침음을 삼켰다.

"응. 그 호위가 왜?"

아무렇지 않게 묻는 시엘을 보며 샤르키스의 시선이 가라앉았다.

"슈레이가 성녀의 곁을 지키는 모양이야."

"……아."

시엘은 멍청한 표정을 지었다. 벌어진 입이 다시 닫히기까진 시간이 걸렸다.

"왜?"

"발레리 경이 명령이라도 내린 거라면……."

샤르키스가 망설이며 답했다. 슈레이도 어쩔 수 없었을 거다. 그런 답을 기대했던 시엘의 눈이 커졌다.

"리에나가 직접 요청했대. 슈레이 추기경이 성녀인 자신을 보필해 줬으면 한다고."

샤르키스의 말에 시엘은 입술을 잘근잘근 깨물었다. 여린 입술이 붉어졌지만 정작 본인은 그마저도 모르고 있었다.

"괜찮아. 아니, 상관없어."

시엘은 흔들리는 눈빛을 지워 냈다. 턱을 괸 그녀가 무료한 표정으로 벽을 보며 말했다.

"리에나를 암살할 생각은 애초에 없었으니까. 누가 호위를 서든 상관없어."

시엘 너, 정말로 괜찮은 거야? 할 말이 많았지만 샤르키스는 입을 닫았다. 동생이 애써 마음을 추스르려는 게 보였기 때문이었다.

"그래, 네가 괜찮다면 그걸로 됐어."

"아버지는?"

시엘은 유스티아를 떠올리며 물었다. 그가 알게 된다면 속상해할 테니, 차라리 모르는 게 나았다.

"모르겠어, 아시는 건지. 알면서도 그대로 내버려 두시는 거라면……."

"슈레이의 결정이니 우리가 관여할 건 없어. 비센나와 부딪치지만 않으면 돼."

시엘은 나직한 한숨을 내쉬며 자리에서 일어났다.

"나쁜 소식만 있는 건 아냐. 니나이스가 우리 편에 설 거야."

시엘은 길게 말하지 않았다. 그거면 충분하다. 지금은 감정적으로 굴 때가 아니었다. 그런 생각으로 마음을 다잡았다.

'난 괜찮아.'

이야기를 들은 처음에는 몸이 얼어붙은 것처럼 제대로 된 반응이 나오지 않았다. 하지만 샤르키스를 걱정시킬 수는 없었다.

"난 괜찮아."

시엘은 속으로 되뇌었던 말을 저도 모르게 입 밖으로 꺼냈다.

"난 괜찮아. 우린 괜찮아질 거야."

시엘은 그리 말하며 애써 웃었다. 그 모습을 속상하게 바라보던 샤르키스가 그녀를 품에 와락, 끌어안았다.

"괜찮지 않다는 거 잘 알아."

"난······."

시엘은 뭐라 말하려다 그만두었다. 샤키 오빠는 예전부터 자신을 봐 온 사람이었다. 그러니 괜찮은 척 감정을 덮어도 지금처럼 알아차렸다.

"내가 괜찮지 않은데, 시엘 네가 아무렇지 않을 리가 없잖아."

샤르키스가 한숨과 함께 말했다. 시엘은 그의 너른 어깨에 얼굴을 묻었다. 툭, 지쳐 버린 듯 힘없이 고개가 떨구어졌다.

"괜찮아질 거야, 시엘."

샤르키스는 시엘을 다독이려는 듯 더 꽉 끌어안았다.

"내가 슈레이 데려올게. 네 눈앞에."

샤르키스의 부드러운 손길이 하늘빛 머리칼을 다정하게 쓸어내렸다. 시엘이 덤덤한 목소리로 말했다.

"슈레이가 보고 싶은 건 아니었어."

"난 보고 싶은데."

샤르키스의 솔직한 말에 시엘의 눈이 크게 떠졌다. 비센나에 살면서 늘 감정을 통제해야 한다고 생각했다. 그런데 샤르키스는 그녀와 달랐다. 누구보다도 솔직했고, 감정을 드러내는 것을 서슴지 않았다.

"난 둘째가 보고 싶어. 우리 막내와 달리 귀여운 구석도 없는 놈이지만."

샤르키스의 커다란 손이 시엘의 머리칼을 부드럽게 매만졌다. 그는 걱정스레 바라보는 동생과 시선을 마주하며 눈꼬리를 휘었다.

"슈레이를 납치해서라도 데려올게. 전쟁이 끝나면 예전처럼 지낼 수 있을 거야."

샤르키스는 진심이었다. 검을 잡아 왔던 거친 손이 아프지 않게 시엘의 눈가를 쓸었다.

"······응."

시엘은 조심스레 대답했다. 걱정은 내려 두기로 했다. 서부 전선의 마물 처리가 늦어지고 있으니, 지금은 그 준비를 해야 할 때였다.

다음 날, 서부로부터 서신이 날아왔다. 위협이 되는 상위 마물은 대부분 해치웠다는 내용에 시엘은 안도했다. 하지만 그 안도는 오래가지 않았다. 이틀 후, 대공저로부터 검은 서신이 날아들었다. 공작저로 다급히 달려오는 파발마와 함께.

* * *

"성녀님."

접견실의 문이 열리며, 검은 사제복을 입은 미남자가 들어왔다. 레몬빛을 띤 금발 아래 날카로운 눈매가 성녀를 보고 있었다. 리에나는 새하얀 드레스를 입은 채 슈레이가 오기를 기다리던 참이었다.

"부르셨다는 소식을 듣고 찾아왔습니다."

슈레이가 완벽한 예우를 갖추며 말했다. 발레리에게 날을 세우던 것과는 사뭇 다른 태도였다. 리에나의 눈에 들어온 슈레이 비센나는 기대했던 것보다 더 근사했다. 비센나에 입양되기 전엔 노예 출신이었다고 들었는데, 황족 못지않은 기품이 흘렀다. 지금까지 몰랐던 게 아쉬울 정도였다.

'칼란보다 더 미색이네.'

리에나는 그런 생각을 하다 피식 웃었다. 눈앞의 남자가 아름답다고 해서 연심을 품을 만큼 어리석진 않다.

'그래, 넌 나를 위한 검이 될 테지.'

장식 없이 날카롭게 벼려진 검도 쓸 만하다. 하지만 성녀인 그녀가 갖고 싶었던 것은 날카로우면서도 더없이 아름다운 검이었다. 가지고 싶은 보석이 눈앞에 아른거렸다. 새파랗게 빛나는 푸른 검날이, 사람의 형태를 띤다면 이런 모습이 아닐까 싶을 만큼.

"어서 오세요, 슈레이 경."

부드러운 인사에 접견실 안의 정적이 깨졌다. 리에나는 넓은 의자에 기댔던 몸을 바로 세우며 그를 반겼다. 하지만 자리에서 일어나지는 않았다. 신전에서 성녀와 추기경은 계급 차이가 났기 때문이었다. 발레리 추기경이었다면 바로 일어났겠지만.

그리고 따로 확인하고 싶은 것이 있었다. 슈레이가 가까이 다가서자 리에나는 기다렸다는 듯 손을 내밀었다. 슈레이는 무표정한 얼굴로 내밀어진 성녀의 손을 내려다보았다. 차가운 시선에 리에나의 몸이 움찔 굳은 것도 잠시였다. 부드러운 실크 장갑을 낀 그녀의 손에 낯선 체온이 닿았다. 검은 장갑을 낀 추기경이 리에나의 한쪽 장갑을 느리게 벗겨 냈다.

"장갑을 끼셨다는 걸 잊으셨군요."

전부 벗겨 내는 대신, 손등만 보이게 내렸다. 고개를 살짝 숙인 슈레이가 리에나의 오른쪽 손을 천천히 붙잡았다. 보란 듯이 리에나와 시선을 마주하며 그녀의 손등에 입술을 묻었다. 추기경의 차가운 입술이 성녀의 손등에 직접 닿은 건 처음이었다. 리에나는 저도 모르게 마른침을 삼켰다. 일부러 긴장하라고 그런 건지는 몰라도, 그런 의도라면 꽤 효과가 있었다.

"타인과의 접촉을 극히 꺼린다고 들었는데―."

리에나의 말을 들으며 슈레이는 천천히 그녀의 손을 놓아 주었다. 한쪽 무릎을 굽힌 그가 성녀를 올려다보았다.

"제게는 허락하셨군요."

성녀의 말에 슈레이는 흥미롭다는 듯 입꼬리를 올렸다.

"아직 허락한 건 아닙니다."

슈레이는 묘한 눈길로 성녀를 보았다. 일어서란 허락이 없었는데도 굽혔던 무릎을 바로 했다. 허리를 숙인 그가 리에나를 내려다보았다. 성좌(聖座)로 보이는 의자의 끝자락을 두 손으로 붙잡았다.

"성녀님."

리에나의 발끝에 거대한 그림자가 졌다. 슈레이가 장신이란 건 알고 있었지만, 체격이 꽤 크다는 건 이제야 알게 된 사실이었다. 리에나의 손끝이 자신의 **뺨**에 닿는 걸 알면서도 그는 내버려 두었다. 마음대로 하라는 듯이. 살짝 벌어진 입술로 그녀의 손길이 옮겨졌을 때, 차가운 시선이 내려앉았다.

탁ㅡ. 슈레이는 검은 장갑을 낀 손으로 리에나의 손목을 움켜쥐었다. 꽈악. 아릿함이 느껴질 정도로 강한 악력이었다.

"읏……!"

미약한 신음에 슈레이는 곧바로 리에나의 손을 놔주었다. 그녀의 시선이 새파란 나비가 그려진 추기경의 목덜미로 향했다.

"프레이야의 성흔이군요. 성녀가 아님에도 푸른 나비를 쓸 수 있다고 들었어요. 제게도 그 나비를 보여 줄 수 있나요?"

"이 제식은 다른 사람을 위해 새긴 겁니다."

낮은 한숨과 함께 내뱉어진 말에 리에나의 눈이 크게 떠졌다.

"그럼 왜 내 호위로……."

온 거냐고 물으려던 리에나는 입을 다물었다. 애초에 슈레이는 자발적으로 온 게 아니었다. 하지만 호위로 서지 않겠다고 거절할 수도 있었다. 슈레이는 무표정한 얼굴로 리에나를 내려다보며 말했다.

"프레이야를 믿기에 당신을 따르는 것입니다."

정말 그것뿐이라고? 리에나는 진실을 가늠하기 위해 눈을 가늘게 떴다.

* * *

"왜 이렇게 씻는 겁니까?"

루인은 슈레이를 이상하단 눈으로 쳐다보았다. 슈레이가 샤워를 하고 나서도 목덜미를 수건으로 세게 닦고 있었다. 결벽증이 있다는 건 알았지만, 요 근래 더 심해진 건가. 루인은 잠깐 고민했다.

"아무것도 아냐."

슈레이는 물기가 어린 목덜미를 수건으로 감쌌다. 리에나의 시선이 닿았던 곳이라고 말할 생각은 조금도 없었다.

루인이 알 만하다는 얼굴을 하며 물었다.

"성녀를 실제로 보니 어땠습니까?"

"노인에게 희롱당하는 것보단 낫다고 생각했는데―."

슈레이가 낮게 한숨을 내쉬며 말을 이었다.

"별반 다를 것이 없더군. 소름이 끼치는 건 똑같아."

교황은 저를 보면 두 눈을 마주치지 못하고 얼굴을 붉혔고, 성녀는 탐욕스러운 눈으로 바라보았다.

그럴 만도 하지. 고개를 끄덕인 루인이 떠보듯 물었다.

"성녀를 뵈러 간다더니 아우렐리스 2세의 손등에 입을 맞춘 건 아니겠죠? 비위도 좋아라."

"그럴 리가. 입을 맞추진 않았어. 루인은 그랬나?"

"미쳤어요? 차라리 지나가던 고양이 발에 입을 맞추지. 아무튼 그 노인네. 미색을 가진 남자만 보면……."

좋다고 난리라니까. 속으로 중얼거린 루인이 소름 끼친다며 어깨를 으쓱했다.

"그나마 성녀의 호위로 선 게 다행이네요."

슈레이는 고개를 외로 기울였다. 다행인지 아닌지는 두고 봐야 한다.

"그렇게 불쾌하시면 호위를 바꿔드릴까요?"

슈레이는 고개를 내저었다. 마음에 내키지 않는 것과는 별개로, 이건 놓칠 수 없는 기회였다.

'아버지는 말도 안 된다고 하셨지만.'

성녀의 호위를 서는 이유는 하나뿐이었다. 슈레이는 신전에서 봤던 것을 떠올리며 마른 입술을 달싹였다.

"실제로 보니 아름다웠어."

"성녀께서도 미인이긴 하죠. 그래도 단순히 미색으로만 따지자면 누이

쪽이 좀 더……."

말을 이으려던 루인은 서늘한 시선이 느껴져 입을 다물었다. 더 말했다간 혀를 자를 기세였다.

"갑작스레 성녀의 호위를 서다니……."

루인은 이해가 가지 않는다는 듯 눈을 찡그렸다. 거절하려고 했다면 충분히 그럴 수 있었다. 제아무리 성녀라 해도 고위급인 추기경에게 강압적으로 나오긴 힘들었다. 그럼에도 슈레이는 기꺼이 성녀의 요청에 응했다.

"갖고 싶은 것이 있어."

말을 하며 슈레이는 천천히 창가로 다가갔다. 창문 너머로 불그스름한 하늘이 새파란 눈동자에 비쳤다.

"추기경이 되면 만날 수 있다고 생각했는데, 그것도 아니었어."

"성녀 말입니까?"

루인이 되물었지만 슈레이는 대꾸하지 않았다. 성녀는 아니다. 추기경이 되기 전에도 만날 수 있었다.

"성녀가 아니라면……."

루인은 말끝을 흐렸다. 아무리 생각해도 슈레이가 갖고 싶다는 것이 무엇인지 짐작조차 가지 않았다.

"그게 그렇게 갖고 싶습니까?"

루인의 물음에 슈레이는 고개를 끄덕였다. 메마른 눈길이 창문 너머에 있는 후원에 닿았다. 금빛 덩굴에 휩싸인 잘 영근 포도알이 끝없이 매달려 있었다.

"훔쳐서라도."

슈레이가 무미건조한 얼굴로 답했다. 열망이 담긴 시선이 짙게 잠겨 있었다.

22
복종과 변화

군마가 빠르게 내달렸다. 대공저에서 보낸 서신 때문에 더 서둘러야 했다.

'짹짹이를 타서 빨리 오긴 했지만.'

서쪽 전선까지 비센나의 마물을 끌고 올 순 없었다. 그래서 숲의 초입에서부터 정신없이 달려야 했다. 내 옆에는 검은 군마를 탄 샤키 오빠가 속도를 더 내고 있었다. 세찬 바람이 뺨을 스치며 풍경이 빠르게 바뀌었다. 나와 속도를 맞추며 샤키 오빠가 걱정스러운 눈길을 보냈다.

"너무 빨리 달리지는 마, 시엘. 백야의 기사들이 있으니 페르제도 괜찮을 거야."

"괜찮았다면 급히 파발꾼을 보내지 않았겠지."

대답하고는 입술을 질끈 깨물었다. 좀 더 서둘렀어야 했다. 서부 전선의 마물 처리가 끝났다는 소식에 안도했던 게 잘못이었다.

최고 속력으로 말을 몬 덕분에 샤키 오빠와 나는 예정보다 일찍 서부 전선에 도착할 수 있었다. 다그닥 다그닥. 숲의 초입에서 말의 고삐를 움켜쥐어 당긴 뒤 속력을 줄였다. 말발굽이 땅을 치는 소리가 울리며 두 마리의 군마가 멈춰 섰다. 마물의 시체를 태우는 고약한 냄새가 코를 찔러 왔다.

"도착했나 본데."

샤키 오빠의 말에 고개를 끄덕였다. 그의 시선을 따라 고개를 움직였다. 화르륵. 숲과 연결된 공터에서 붉은 불길이 치솟아 올랐다. 마물의 시체를 태우는 것이었다. 매캐한 검은 연기가 안개처럼 퍼져 시야를 가렸다. 검은 로브로 얼굴을 가리며 천천히 말을 몰았다.

"여깁니다!"

우리를 기다리던 한 남자가 다급히 뛰어왔다. 백야 기사단 소속인 카나힐이었다. 늘 단정히 묶여 있던 금발이 볼품없이 흐트러져 있었다. 전투의 급박함을 알리듯 뺨 곳곳에는 붉은 피가 묻은 상태였다.

"대공은 어디에 있지?"

샤키 오빠는 말을 앞쪽으로 몰며 물었다. 그가 착잡한 눈길로 숲 안쪽을 향해 시선을 주자, 카나힐이 답했다.

"숲 중앙에 있습니다. 나타샤 경과 녹센 경이 대공 전하와 대치 중입니다만……."

대치 중이란 말에 나는 눈썹을 올렸다. 밀려드는 초조함에 고삐를 쥔 손이 떨려 왔다.

숲 귀퉁이 쪽에 매어 두었던 말에 올라타며 카나힐이 먼저 앞장섰다. 세 사람이 탄 말이 숲의 안자락으로 들어섰다. 여기서부턴 말을 빨리 몰게 되면 위험하다. 전속력으로 말을 몰지 않고 속도만 조금 내는 게 다였다.

나는 카나힐을 보며 물었다.

"이틀 전까진 괜찮다고 하지 않았던가?"

"그랬었습니다. 상위 마물은 모두 처리했고, 다른 가문의 병력도 대부분 해산했으니까요."

그 말을 끝으로 카나힐은 더 이상 대꾸하지 않았다. 그는 몇 번이나 입술을 달싹거렸다.

우리를 둘러싼 숲의 모습이 달라졌다. 해가 떠 있는데도 사위가 어두웠다. 나무가 빽빽이 차올랐고 날카로운 가시덤불에 의해 로브 자락이 긁혔다.

"저기 계십니다."

기사의 착잡한 시선 끝에는 구속구에 묶인 채 짐승처럼 으르렁거리는 남자가 있었다. 흰 제복엔 누구의 것인지 모를 핏자국이 짙게 배어 있었다. 두 무릎을 꿇은 남자는 고개를 숙인 채 땅만 보고 있었다. 시선이 미끄러지듯 내려갔다. 내가 익히 아는 사람. 페르제 예카르트, 백야의 주인이었다.

중상을 입은 백야의 기사들이 주춤거리며 뒤로 물러섰다. 선두에는 상처 난 어깨를 꾹 누르는 나타샤와 창백한 낯으로 앞을 보는 녹센이 있었다.

"페르제!"

나는 말에서 내려 그에게 다가갔다. 놀란 기사들이 몸을 뒤로 물렸지만, 신경 쓰지 않았다.

"다가가시면 위험합니다!"

"어째서 대공에게 구속구를 채워 놨지?"

금속으로 된 쇠사슬이 그의 두 손목을 억죄는 것으로 모자라 몸을 감고 있었다. 나는 이유를 짐작하면서도 구태여 물었다.

"……저주가 시작되기 전에 대공 전하의 명령으로 묶어 둔 것입니다. 하지만 구속구도 곧 풀릴 겁니다."

대답은 검을 든 채 거친 숨을 몰아쉬는 녹센에게서 들려왔다. 고개를 숙인 페르제에게선 별말이 없었다. 그의 검, 샤룬 바하이트는 바닥에 떨어진 지 오래였고 피에 젖은 은발이 제멋대로 흐트러져 있었다.

"물러나십시오."

내가 가까이 다가가려 하자 녹센이 검을 들어 저지했다.

"검을 거둬라."

샤키 오빠의 명령에도 그는 검을 내리지 않았다. 오히려 더 위협적으로 겨눌 뿐이었다.

"백야의 누군가가 공작님께 소식을 알릴 거라고 예상했지만, 이젠 소용
없습니다. 이미 늦었습니다."

"뭐가 늦었다는 거지?"

내 물음에 녹센은 쓰게 웃었다. 그의 시선 끝에 잘게 손을 떠는 대공이
있었다.

"늦었다 해도 내 두 눈으로 직접 보겠어."

녹센의 검날을 손으로 잡으려 들자 화들짝 놀란 그가 먼저 검을 물렸
다. 백야 기사들의 시선을 받으며 나는 페르제에게 천천히 다가갔다.

"페르제."

차가운 손이 그의 뺨에 닿았다. 열기에 녹아내릴 것처럼 그의 체온은
달아올라 있었다.

"내가 왔어."

나는 페르제와 시선을 맞추려 허리를 숙였다. 그는 고개를 숙인 채 땅
만 보고 있었다. 조심스레 턱을 쥐어 고개를 들게 했다. 텅 빈 눈동자가
내게로 향했다.

"처음 보는 독이었습니다."

찢은 천으로 상처를 지혈하던 나타샤가 내게 말했다. 그녀는 언제라도
페르제에게 검을 겨눌 수 있도록 경계 태세를 취하고 있었다.

녹센이 말했다.

"대공님께선 독이 묻은 화살을 맞고 난 이후 변하셨습니다."

뒤이어 짐승에겐 그 독이 통하지 않았다는 것과, 다른 사람에게는 무해
한 독이었다는 설명이 들렸다. 나는 말없이 녹센을 올려보다가 페르제를
품에 안았다. 고통을 참는 희미한 숨소리가 귓가를 파고들었다.

"대공 전하께 구속구를 더 채워야 합니다. 전하께서 제게 명령하신 겁
니다!"

녹센이 말했지만, 나는 비켜설 수 없었다. 페르제가 그에게 명령을 내렸다는 것은 말하지 않아도 알 수 있었다.

"내가 왔으니 괜찮아."

괜찮아야 했다. 위험하다고 판단한 녹센이 나를 제지하려 했지만, 샤키 오빠가 그를 막았다. 피에 젖은 페르제의 고개를 내 어깨에 묻게 하고선 조용히 두 눈을 내리감았다.

"곁에 있어 주기로 약속했으니까."

멍한 두 눈동자가 조용히 감기는 것을 보며 쓴웃음을 지었다. 나를 알아볼 거란 기대가 부서진 건 얼마 지나지 않아서였다.

"시엘!"

그때였다. 샤키 오빠의 외침이 들렸다. 휘잉—. 스산한 검의 움직임에 나는 반사적으로 뒤로 물러났다. 어깨를 파고든 칼날이 살갗을 뚫으며 거칠게 비틀어졌다. 페르제가 내게 검을 휘두른 것이었다.

촤악! 살기가 어린 검 끝이 어깻죽지를 스치듯 베며 붉은 핏줄기를 흩뿌려 댔다. 대공을 억죄던 구속구는 풀린 지 오래였다.

"물러나십시오!"

"공작님!"

경악 어린 기사들의 외침을 들으며 침착하기 위해 숨을 길게 들이쉬었다. 무슨 일이 일어났는지 기억을 찬찬히 되짚었다. 페르제에게 더는 구속구를 채우지 못하게 했고, 위험하단 이유로 근처에 있던 기사들을 뒤로 물렸다.

"무모했습니다, 공작님."

나타샤가 휘두른 검이 아니었다면 어깨가 그대로 날아갔을지도 모른다. 연화의 제복을 입은 두 명의 남녀가 내 앞을 가로막고 있었다. 햇빛을 받은 눈부신 검이 페르제의 검을 막았고, 검붉은 검이 대공의 목을 향해 겨누어졌다.

샤키 오빠가 차갑게 명령했다.

"시엘, 이만 물러나."

명검 로덴베르크의 붉은 칼날이 페르제의 목을 금방이라도 벨 것처럼 겨누고 있었다. 우웅―. 용검 바하이트의 살기를 느낀 것인지 샤키 오빠가 든 검이 날카롭게 진동했다.

"시엘!"

내가 물러서지 않자 샤키 오빠가 다급한 목소리로 외쳤다. 화가 난 그가 나를 매섭게 보고 있었다. 페르제가 나를 공격하리라고 샤키 오빠도 나도 생각하지 못했다. 다른 사람이라면 몰라도 나는 알아볼 거라 확신했었다.

"구속구는 내가 채울게."

하얗게 질린 얼굴로 다가오는 녹센에게 멈추라는 눈짓을 보내며 말했다. 금속으로 된 구속구를 페르제에게 채울 수는 없었다.

"라티."

작은 한숨과 함께 손끝에서 검붉은 꽃이 피어났다. 밤의 조각을 닮은 검은 줄기가 미끄러지듯 페르제를 향해 움직였다. 스스스. 검은 넝쿨이 페르제의 발끝을 타고 올라가기 시작했다. 자신의 몸을 감싼 넝쿨의 강한 마기에 페르제가 사나운 눈으로 나를 노려보았다.

다정하게 나를 보던 시선이 다른 사람의 것으로 변해 있었다. 가슴께가 막힌 것처럼 답답해졌다. 피가 새어 나올 정도로 입술을 꽉 깨물다가 움켜쥔 주먹을 풀었다. 내가 마기를 쓰는 동안 샤키 오빠는 페르제를 상대했다. 그가 붉은 예기가 어린 검을 움직일 때마다, 어깨에 걸친 새하얀 망토가 바람에 휘날렸다.

파스스. 붉은 검과 맞서던 은빛의 검에 검은 마력이 넘실거렸다. 좌악. 나는 페르제가 다시 검을 휘두르기 전에 검은 줄기로 두 손을 재빠르게 묶었다. 마기로 이루어진 검은 줄기가 페르제가 든 검을 빼앗아 버렸다. 그의 텅 빈 동공이 허전한 손을 멍하니 내려다보았다.

"페르제."

나는 힘주어 그의 이름을 부르고는 자리에서 일어났다. 검을 잡기 위해 페르제의 손이 내뻗어진 순간.

"안 돼."

나는 차갑게 말하며 페르제를 마기로 통제했다. 어느새 팽팽해진 검은 줄기가 위협하듯 대공의 몸을 옭아맸다.

"비……켜……라."

살기가 깃든 흉흉한 보랏빛 눈동자가 나를 노려보았다. 붉게 충혈된 눈에 적의가 짙게 묻어났다. 눈빛만으로도 나를 찢어 죽일 것만 같은 기세였다. 페르제가 저항하려는 듯 몸을 일으켰지만 내가 더 빨랐다. 샤키 오빠가 이번에야말로 그의 목을 베기 전에 제압해야 했다.

"앉아."

차가운 명령에 페르제의 몸이 곧바로 수그러졌다. 그가 자의로 앉은 건 아니었다. 시초의 꽃, 라티에스의 검은 마력이 대공의 몸을 통제하는 것뿐이었다. 탐욕스레 입을 벌린 꽃이 잎사귀를 흔들며 그의 마력을 게걸스레 삼켰다. 츠읏. 츳. 만족스레 잎사귀가 움직일 때마다 새까만 별빛 같은 가루가 떨어져 내렸다.

샤키 오빠의 눈이 커졌다. 그는 손끝 하나 움직이지 못하는 페르제와 나를 번갈아 쳐다보았다. 그리고 조금 충격이란 얼굴로 말했다.

"……시엘, 너. 페르제 싫어했던 거지?"

샤키 오빠도 여전히 검을 페르제의 목에 겨누고 있었다. 검은 줄기가 페르제의 목에 상처를 냈는지, 붉은 핏물이 흘러나왔다. 상처가 깊어지는 것을 보며 나는 눈을 찡그렸다.

샤키 오빠가 나를 흘끗 보며 말했다.

"그래도 죽이는 건 내가 할게."

다분히 의도적인 말에 나는 검은 줄기로 샤키 오빠의 어깨를 툭 쳤다.

"살리려고 한 거야. 이만 물러나."

샤키 오빠의 사나운 시선이 내 어깨로 향했다. 어느새 어깨가 붉은 핏물로 젖어 들었다.

"괜찮대도."

"허."

샤키 오빠는 헛웃음을 흘렸다. 땅을 밟고 있는 단정한 구두가 물러설 줄을 몰랐다. 기필코 검을 휘두르겠단 기세로 움직이던 그는 결국 한숨을 내쉬며 무기를 거두었다.

"……페르제 예카르트. 정신 차리면 그때 눈물을 쏟게 될 거다."

샤키 오빠가 경고하며 물러났다. 나타샤도 조심스레 검을 거두었다. 나는 한숨을 삼키며 서 있는 채로 얼어붙은 백야의 기사들에게 눈짓했다.

"수면제 가져와요. 늑대 마물도 재울 수 있는 가장 강력한 걸로."

복잡한 표정으로 나를 보던 녹센이 알겠다는 듯 고개를 끄덕이곤 다른 기사에게 지시했다. 얼마 지나지 않아 땀에 흠뻑 젖은 백야의 기사가 녹센에게 크리스털 병을 내밀었다.

이젠 페르제를 길들여야 하는 시간이었다. 나는 페르제의 턱을 움켜쥐었다. 으득.

"멋……대로……!"

페르제가 짐승처럼 으르렁거렸지만, 나는 눈 하나 깜짝하지 않았다. 그가 본인의 입술을 짓씹은 탓에 붉은 핏물이 흘러내렸다. 살기가 깃든 눈이 나를 찢어 죽일 듯이 보고 있었다. 녹센에게서 받은 크리스털 병을 열자 비릿한 냄새가 코끝을 스쳤다. 어떤 재료로 만든 건지는 몰라도 약초의 쓴 내와 텁텁하고 비릿한 냄새가 같이 풍겼다.

"놔……라."

페르제가 경고하듯 읊조렸지만, 나는 그를 풀어 줄 생각이 없었다.

"화나? 그래도 안 되는 건 안 되는 거야."

그의 귓가에 작게 속삭이고서 크리스털 병을 입가로 가져갔다. 숨을 짧게

들이켜고는 그대로 한 모금 머금었다. 차가운 손으로 페르제의 턱 끝을 쥔
뒤, 천천히 고개를 숙여 피로 번들거리는 대공의 입술을 삼켰다.

챙그랑—!

"시엘 너……."

검이 바닥에 떨어지는 소리가 났던 것도 같다. 세 번이나 같은 행동을
반복하고 나서야, 페르제의 눈꺼풀이 느릿하게 감기기 시작했다. 페르제
와 겹쳤던 몸을 떼어 내며 손등으로 피가 묻은 입술을 훔쳤다. 장어 열 마
리를 즙으로 낸 것 같은 비릿한 약의 맛이 혀끝에 생생히 느껴졌다.

"윽, 써."

나는 한 손으로 입가를 가린 채 미간을 찌푸렸다.

"……개자식."

중얼거린 샤키 오빠가 별안간 페르제를 노려보았다. 거친 욕이 쏟아졌
지만, 기사들 중 그 누구도 그를 타박하거나 제지하려 들지 않았다. 나타
샤를 제외하고선.

"잠깐만, 샤르키스 경. 대공 전하께 개자식이라뇨? 어디까지나 의료 행
위였습니다."

"후배님께서 뭘 알아? 저 미친놈이 내 동생에게 사심이 있었던 게 분명
하다고."

샤키 오빠는 단호했다. 나타샤가 붉어진 낯으로 나를 보다가 괜히 옷매
무새를 정리하기 시작했다. 샤키 오빠가 땅에 떨어진 검을 주우며 결심에
찬 어조로 말했다.

"그 의료 행위, 이번이 마지막이야. 다음엔 내가 할 거니까."

짝짝. 어디선가 손뼉을 치는 소리가 들려왔다. 기사의 도움으로 어깨에
붕대를 감던 나타샤가 입술을 비죽였다.

"저런, 사랑과 키스만으론 부족했나 봅니다."

샤키 오빠는 나타샤의 말을 그대로 무시하며 내게 다가왔다. 안쓰러운

시선이 내게 닿았다.

"오빠는 우리 막내를 위해 얼마든지 희생할 수 있단다."

심지어 눈꼬리에 살짝 눈물을 매단 채 나를 보고 있었다. 나를 보며 슬픈 눈을 하다가도, 잊지 않고 페르제를 살기 어린 시선으로 노려보았다.

"그게 내 첫 키스라도."

숭고한 희생을 하겠다는 샤키 오빠에게 나는 다친 어깨를 내려다보며 중얼거렸다.

"첫 키스 아냐."

"뭐?"

"페르제는 첫 키스 아니라고."

나는 대수롭지 않게 말하며 녹센에게 다가가 크리스털 병을 건넸다. 어쩐지 그의 얼굴도 조금 붉어져 있었다.

"으음."

뒤늦게 뛰어온 카나힐이 턱을 쓰다듬으며 물었다.

"근데, 샤르키스 공자님께선 정말로 첫 키스인 건가요?"

짓궂은 말투에 샤키 오빠가 조용히 검을 든 채 카나힐에게 다가갔다.

"카나힐 경, 지금 죽어도 외롭진 않을 거야. 그대의 주군도 곧 뒤따라갈 테니까."

나는 말릴 생각도 없이 도망가는 카나힐과 뒤쫓는 샤키 오빠를 쳐다보다가 고개를 내저었다. 연화의 기사가 백야의 기사와 '나 잡아 봐라' 놀이를 하게 될 줄이야.

"일단 침실로 데려갑시다."

곤히 잠든 페르제를 손으로 가리키는데, 그 누구도 다가오려 하지 않았다. 나 혼자 페르제를 안고 가기엔 체격 차이가 너무 컸다. 어쩐지 붉어진 얼굴의 녹센이 메마른 입술을 만지작거리며 가까이 다가왔다.

"제가 옮기겠습니다."

결의에 찬 목소리에 나는 고개를 끄덕였다. 쓰러진 대공을 품에 안아든 녹센이 딱딱한 걸음으로 몸을 움직였다. 뭐 때문에 그리 긴장한 건지 모르겠다. 나는 말없이 녹센의 뒤를 따랐다. 페르제가 장신이라 불편할 텐데도, 녹센은 대공의 상처가 덧나지 않게 천천히 걷고 있었다.

'아무렇지 않게 말은 했지만……'

아무렇지 않을 리가 없다. 속이 타들어 가는 기분에 입술을 잘근잘근 깨물었다.

'무서웠어.'

내가 다치게 될까 무서운 게 아니었다. 예전처럼 다시 돌아갈 수 없다는 생각에 두려웠다. 이제 내게 남은 것은 페르제를 믿는 것뿐이었다. 나를 잊지 않겠다고 맹세했던 약속을 떠올리며 마음을 다잡았다. 부탁하지도 않았는데, 나타샤와 샤키 오빠가 내 뒤를 따르고 있었다.

"혹시 깨어날 수도 있으니 경계하는 게 좋을 겁니다."

"내 동생은 내가 지킬 테니, 후배님은 그냥 가도 돼."

"연화의 기사가 아닌, 니나이스 후계자로서 내린 결정이니 신경 꺼 주시면 감사하겠습니다."

여전히 사이가 안 좋은 듯 좋다니까. 나는 몸을 돌려 샤키 오빠와 나타샤를 흘끗 쳐다보다가 다시 걸음을 옮겼다. 지금은 페르제의 안위가 먼저였다.

* * *

그날 밤, 나는 상처 치료를 마친 뒤 대공의 침실로 향했다. 그곳에는 파리한 안색의 페르제가 잠들어 있었다. 흰 붕대가 상체 곳곳에 감겨 있었고, 부드럽고 얇은 리넨 셔츠가 입히다 만 것처럼 몸을 덮고 있었다. 살짝 베었던 목에도 붕대가 정성스레 감겨 있었다. 침실 곳곳에서 싸한 약초 냄새가 풍겨 왔다. 보기 힘든 특이한 모양의 향로에 수면향이 피워져 있었다. 자작나무를 닮은 은은한 향이 잔뜩 긴장했던 심신을 안정시켰다.

"잘 자네."

페르제가 잠든 침대에 걸터앉았다. 턱을 괸 채 페르제를 물끄러미 바라보았다. 공작저를 떠난 지 며칠이 되었다고, 수척해진 얼굴을 보니 안쓰러웠다.

– 독이 묻은 화살이 날아들었습니다. 그 후로 대공 전하께서 저희를 물리셨고…….

녹센이 내게 했던 말을 떠올리자 착잡한 기분이 들었다. 목숨을 노릴 거라곤 예상했지만, 일부러 저주를 가속화시킬 줄은 생각지도 못했다.

샤키 오빠를 시켜 하르트에게 독을 조사해 달라고 부탁했다. 못 해도 내일 밤에는 후작가에 서신이 도착할 것이다. 답신을 받으려면 시간이 좀 더 걸리겠지만.

"계속 그렇게 보고 있을 거야?"

벽에 몸을 기댄 샤키 오빠가 팔짱을 끼며 못마땅한 얼굴을 했다. 페르제의 곁을 지키는 것이 위험하다고 판단했기 때문이었다. 샤키 오빠는 대공가의 기사를 물리면서까지 호위-실상은 감시였다-를 하겠다고 자처했다. 그건 곤란하다고 거절하려던 녹센은 나를 보고 고개를 끄덕였다. 방금 전과 똑같은 일이 일어난다면, 백야의 기사 몇 명이 붙어도 상대가 되지 않을 테니까.

나는 페르제의 머리칼을 조심스레 쓸며 말했다.

"깨어나는 데 시간이 걸린대."

"그럴 만도 하지. 네 마기가 대공의 마력을 가져갔으니까."

나는 저녁때 있었던 일을 떠올리며 한숨을 삼켰다. 어깨가 살짝 베었을 뿐이었고, 페르제의 마력을 라티에스의 마기로 삼켰을 때까진 별문제가 없었다. 기묘한 감각이 들긴 했지만 처음에는 괜찮았다. 마기가 불안하게 요동친다고만 생각했고, 그 정돈 제어할 수 있을 거라 여겼는데.

'조금 무모했어.'

그 뒤로 몇 번이나 각혈을 했는지 모른다. 검붉은 핏물을 토해 내며 정신을 못 차리다가 치료사가 오고 나서야 겨우 숨을 돌릴 수 있었다.

"언제는 페르제도 비센나라며?"

일부러 장난스럽게 말하자 샤키 오빠가 긴 한숨을 내쉬었다.

"손이 닿는 데까진 도와준다는 거였지, 내 동생이 다치는 걸 볼 생각은 없어."

입술을 꾹 다문 그가 내 간호를 받고 있는 페르제를 흘끗 쳐다보았다. 루비를 닮은 붉은 눈동자에 초조와 불안이 서려 있다. 행여 내가 페르제 때문에 다치는 건 아닐지 극도로 경계하는 눈빛이었다. 할 말이 있는 건지 샤키 오빠는 입술을 달싹거리다가 이내 입을 꾹 다물었다. 뭘 말하려는지 묻지 않아도 알 것 같았다. 그는 내가 대공의 침실에 있는 걸 원하지 않는 것이다. 방금 전과 같은 일이 또 일어나지 않을 거란 보장이 없었으니까.

샤키 오빠는 여전히 심란한 얼굴이었다. 나는 그와 눈을 마주치며 입술을 떼었다.

"오래 안 있을 거야. 새벽이 되면 출발하려고."

"안 쉬고?"

"응. 교황청에 갈 준비를 해야 해. 오빠는 이곳에 남아서 페르제를 좀 봐줘. 라티에스 때문에 페르제도 마력이 거의 바닥이니까 위험하진 않을 거야. 다시 회복된다면 모르겠지만."

"그래, 그게 낫겠다. 내가 감시하고 있을 테니 공작저로 돌아가. 회복되면 그때 때리지, 뭐."

샤키 오빠가 한결 누그러진 투로 말했다. 내가 비센나로 간다니까 화가 풀렸나 보다.

나는 침대에 걸터앉았던 몸을 일으켜 샤키 오빠에게 다가갔다. 그리고 품에 안기듯 지친 몸을 기댔다. 툭. 단단한 어깨에 얼굴을 묻자 샤키 오빠가 두 팔을 뻗어 안아 주었다.

"페르제가 정신을 차리는 덴, 사랑의 매가 낫다고 생각해. 걱정 말고 공작저로 먼저 돌아가."

"오빠가 있어서 다행이야. 혼자였다면 무서웠을 텐데."

그의 너른 어깨에 고개를 묻으며 눈을 내리감았다. 혼자가 아니란 사실에 안도감이 들었다. 혼자였다면 불안했을 거다.

"걱정 마. 페르제가 또 이성을 잃으면 정신 차릴 때까지 검으로 패 줄테니까."

사실 그러지 않을 거란 걸 잘 알고 있다. 나는 그저 웃는 것으로 답을 대신했다.

"응. 그럼 갈게."

샤키 오빠는 품에서 나를 놔주고는 어서 가라며 등을 다독였다.

나는 문을 향해 걸음을 옮기며 뒤를 돌아보았다. 샤키 오빠가 손을 가볍게 흔들고 있었다. 창으로 스며든 밤바람에 그의 새까만 머리칼이 부드럽게 흩어졌다. 짙은 남색의 제복 위로 스산한 달빛이 내려앉았다.

* * *

"이제 깨신 거예요?"

잠결에 눈을 뜨자 걱정스레 나를 보고 있는 바니가 보였다. 나는 졸린 눈을 비비며 멍하니 바니를 쳐다보았다. 아직 잠에서 덜 깨 천천히 눈을 깜빡이는데, 바니가 걱정스러운 듯 물었다.

"더 주무시는 게 어때요? 어제 새벽에 오셨잖아요."

"아, 맞아……. 새벽에 왔었지."

나는 고개를 끄덕였다. 언제 갈아입었는지 새하얀 잠옷을 입고 있었다.

'어젠 완전 녹초가 됐었는데.'

목도 조금 따끔거렸고, 온몸의 근육이 비명을 지르고 있었다. 뻐근한 몸을 쭉 펴며 어젯밤의 일을 상기했다. 나는 창문가로 시선을 옮기며 물었다.

"지금 몇 시야?"

"정오 조금 지났어요. 식사를 가져올까요?"

"괜찮아. 별로 입맛이 없거든."

"그래도 드셔야 해요. 간단히 준비할게요."

바니의 말에 고개를 가볍게 끄덕였다.

"우선은 차부터 드세요. 목이 마르실 것 같네요."

"고마워, 바니."

쨍쨍한 햇볕이 창가로 스며들고 있었다. 곱게 묶인 하얀 커튼을 멍하니 보다가 바니가 건네주는 따뜻한 차를 건네받아 마셨다. 찻물을 삼키자 목이 풀리는 것 같았다. 바니가 안쓰럽단 얼굴로 나를 보고 있었다.

"안색이 별로 좋지 않으세요. 평소보다 창백한 것 같으신데……"

"어제 좀 무리를 했나 봐. 피로가 쌓인 것도 같고. 조금 더 쉬면 금방 회복될 거야."

걱정을 지우지 못하는 바니에게 괜찮다며 고개를 내저었다. 어차피 오래 쉴 수는 없었다. 오늘 룬과 함께 교황청에 가기로 했으니까.

"성기사 제복은 준비해 뒀어?"

"그럼요. 이미 일주일 전에 찾아 놨답니다. 빳빳한 새 제복이에요. 공작님껜 반 치수 클지도 모르겠네요."

"그 정도면 괜찮아."

"성기사들이 입는 제복이라니……. 위험한 일을 하시는 건 아닌지 걱정돼요."

바니는 여전히 걱정하는 기색이었다. 어렸을 때면 모를까, 내가 크고 나서는 묵묵히 지켜보기만 했었는데.

"위험한 건 아냐. 룬과 함께 가니까 다치지도 않을 거고."

"그렇다면 다행이지만……"

"걱정하지 마, 바니. 룬의 실력이 어떤지 알잖아?"

"잘 알고 있죠. 공작님께서 충분히 강하시다는 것도 알고요. 제가 주책이었나 봐요."

바니는 생긋 웃으며 내게서 빈 찻잔을 건네받았다. 그녀가 준비해 준 간단한 수프와 부드러운 빵으로 식사를 마친 뒤, 교황청으로 가기 위한 채비를 마쳤다.

'기사 제복은 또 처음이네.'

크림색 제복을 입은 채 거울 앞에 섰다. 곱게 빗은 하늘색 머리칼을 하나로 높이 묶었고, 하고 있던 장신구는 모두 빼 버렸다.

'귀걸이.'

룬이 준비해 둔 귀걸이를 걸자 하늘색 머리칼이 짙은 감색으로 변했다. 청록색 눈동자도 한층 어두워 짙은 녹색으로 보일 정도였다.

'이 정도면 된 건가.'

가슴이 드러나지 않도록 제복 안에 늑대 마물의 외피를 걸치는 것도 잊지 않았다. 마법이 걸린 귀걸이의 영향 때문인지 평소의 내 모습보다 더 중성적으로 보였다.

"이만하면 됐겠지."

금장 단추를 채우고는 거울 앞에서 몸을 돌렸다. 저녁이 되기 전에 룬은 검은 클로크를 쓰고서 나를 찾았다. 내 몫의 클로크도 그의 팔에 걸쳐져 있었다.

'지극히 담담한 얼굴이네. 룬이라도 이번엔 긴장하지 않을까 싶었는데.'

긴장했을 거란 내 예상은 한참 빗나가 있었다. 나는 그에게 가까이 다가가며 입을 떼었다.

"준비됐어, 룬?"

"준비는 마쳤습니다."

대답한 룬은 자신이 입은 검은 로브를 살짝 들추었다. 성기사들만 입는다던 크림색 제복이 살짝 드러났다.

"그건 또 누구의 얼굴이야?"

"제가 예전에 애용하던 얼굴입니다. 20년 전에 풍기문란으로 처형당한 사형수였습니다."

룬은 후드를 조심스레 내렸다. 낯선 얼굴을 한 룬을 보며 눈을 깜빡였다. 성기사가 아니라 유명한 연극단원 같았다. 발연기지만 얼굴로 때우는.

준비를 마쳤으니, 룬과 함께 교황청에 성기사로 잠입할 계획이었다. 교황과 협상을 하려는 의도는 아니었다.

'애초에 협상은 무의미해.'

성녀를 볼 때마다 치를 떠는 교황은, 비센나 공작을 본 순간 입에 게거품을 물며 숨어 버릴지도 몰랐다.

클로크를 걸치는 것은 룬이 도와주었다. 발끝까지 내려오는 검은 망토를 두른 뒤, 목 아래 보석으로 된 체인을 걸었다. 얼굴까지 꼼꼼히 가리고 나서 나는 룬과 함께 공작저를 벗어났다. 한적한 숲길을 걸으며 룬에게 할 말을 골랐다.

"안전이 최우선이야. 무리해서 나설 것 없어."

"명심하겠습니다, 가주님."

룬은 걸음을 옮기며 고개를 끄덕였다.

그날 저녁, 계획한 시간에 교황청에 도착할 수 있었다. 내 뒤엔 성기사 제복을 걸친 룬이 조용히 뒤따르고 있었다.

'리에나는 아나이스 영지에 있다고 했었지.'

전령에게 들은 정보를 상기했다. 나는 새하얀 대리석을 밟으며 단정한 걸음을 떼었다. 목적지인 알현실까지 스무 걸음 남짓 남아 있었다.

일정을 끝낸 아우렐리스 2세가 알현실에서 나와 성기사들의 호위를 받으며 내실로 향하고 있었다. 그때를 놓치지 않고 곧바로 교황을 습격했다. 후드로 얼굴을 가린 채 성기사들이 있는 쪽으로 빠르게 뛰었다.

타앗! 바닥을 힘껏 밟아 도약한 뒤, 우왕좌왕하는 성기사들을 베어 나갔다.

"침입자다! 성하를 지켜라!"

개중에 쓸모가 있는 몇몇은 곧바로 검을 꺼내 맞부딪혔다. 챙ㅡ! 금속과 금속이 부딪치는 소리가 복도를 날카롭게 찢었다.

'도합 다섯인가.'

교황청을 직접 습격할 거라곤 생각 못 했는지, 눈앞의 호위가 전부였다.

'길게 끈다면 다른 성기사들도 몰려오겠지.'

그 전에 성기사들을 제압하고 교황을 위협하는 게 목적이었다. 횡으로 길게 그은 검이 부드러운 궤적을 만들며 살점을 베고 뼈를 갈랐다. 어느덧 해치운 기사가 두 명이 될 무렵, 거대한 장신이 내 앞에 존재를 드러냈다.

"누가 감히 성하의 목숨을 노리는가!"

내 앞을 가로막은 사람은 머리가 희끗한 중년의 성기사 단장이었다.

'기사단장 알테.'

교황의 충실한 종으로 제 주인을 위해서라면 더러운 짓도 꺼리지 않는 종자였다.

"누구긴."

나는 가벼운 조롱을 입에 담으며 그와 검을 섞었다. 휘익. 주인만큼이나 두꺼운 장검이 목을 찌르듯 휘둘러졌다. 힘을 실으며 그대로 검을 받아쳤다. 검을 잡은 손에 찌릿한 전류가 흐르듯 저린 감각이 찾아들었다.

"셋을 해치웠으니 이제 둘만 남았군."

룬이 고조 없는 목소리로 중얼거렸다. 몸을 사리지 않고 공격하는 룬과 다르게 나는 적당히 기사단장의 검술을 흘려보냈다. 어렸을 때부터 검술 훈련을 받았지만, 주무기가 검인 건 아니었다. 건물 안이라 활을 쏘기엔 어려웠고, 마기를 쓰면 내 정체가 발각될 테니 적당히 검으로 상대할 생각이었다.

'성급하고 공격적인 검술.'

안으로 파고드는 검을 미끄러지듯 쳐 내고는 곧바로 기사단장의 목

향해 검을 휘둘렀다. 빠르게 기사들을 처리해 나간 룬이 교황에게 다가간 순간, 기사단장의 시선이 쓰러지듯 주저앉은 백발의 노인에게로 향했다. 스걱! 나는 찰나의 틈을 놓치지 않고 그대로 기사단장의 목을 베었다.

툭, 데구르르. 공교롭게도 남자의 잘린 목이 교황의 발치로 굴러들었다.

"으아아악!"

비명을 지르는 교황의 입을 틀어막은 건 룬이었다. 피에 젖은 커다란 손이 노인의 입을 꽉 붙들었다. 바닥에 주저앉은 교황이 뒤를 돌아보기도 전에 일어난 일이었다.

"읍, 으읍!"

교황은 살려고 버둥거리면서도 차마 룬의 손을 깨물지 못했다. 총명을 잃은 눈동자가 빠르게 움직였다. 소극적으로 반항하던 교황이 숨을 거둔 기사단장을 보며 몸을 움츠렸다.

"비명을 지르면 죽이겠다."

룬의 서슬 퍼런 경고에 교황은 조심스레 고개를 끄덕였다. 룬이 손을 거두자 교황은 울 것 같은 얼굴로 입을 열었다.

"이, 이……게 무슨 짓인가?!"

그의 시선은 룬을 지나쳐 내게 닿아 있었다. 두려움에 떠는 교황을 보며 두 눈을 휘었다. 교황의 눈엔 짙은 녹색의 눈이 호선을 그리는 것으로 보일 것이다.

"오랜만입니다, 성하."

나는 가슴에 손을 얹고 교황을 향해 한쪽 무릎을 굽혔다. 정중한 태도에 아우렐리스 2세의 얼굴이 창백해졌다. 사람을 죽여 놓고 예의를 지켜 인사하는 모습에 더 겁을 집어먹은 눈치였다. 교황이 초조한 얼굴로 우리의 모습을 애처로이 훑었다. 검은 클로크 사이로 드러난 크림색 제복을 봤는지, 교황의 눈이 크게 떠졌다.

"그, 그대들은……!"

"한때 신전에 몸을 담았던 적이 있습니다."

나는 여상히 말하며 교황과 두 눈을 마주치고는 웃었다. 두려움에 고개를 숙이려는 교황을 룬이 우악스러운 손길로 붙들었다.

"……소, 소속을 말하라! 원하는 게 있다면 뭐든 들어주겠다!"

다급한 말에 나는 고개를 갸웃했다. 내가 진짜 성기사라면 모를까, 원하는 건 딱히 없었다.

소속을 밝히는 대신 침묵을 지켰다. 내가 옅은 미소를 짓자 교황의 몸이 뻣뻣하게 굳었다.

"제 소속이 미천하여 밝힐 수는 없습니다."

무언가 깨달은 듯 교황이 입을 벌렸다. 멍한 표정으로 나를 보던 그가 겨우 정신을 차리곤 되물었다.

"리, 리에나가 보낸 것이냐?"

나는 그에 대답하지 않았다. 여기서 '리에나가 보냈습니다.'라고 하는 것만큼 어리석은 행동은 없었다. 침묵이 긍정으로 비칠지, 부정으로 보일지는 교황의 작은 머리에 달려 있었다.

나는 그의 의문을 해결해 주지 않고 다른 말을 전했다.

"성하께서 신전을 위해 헌신해 왔다는 건, 저도 잘 알고 있습니다. 하지만 이제 썩은 물을 도려낼 때가 되었단 생각이 드는군요. 혼자 너무 많은 권력을 움켜쥐시지 않았습니까?"

내 입에서 흘러나온 목소리가 조금 낯설었다. 마법을 쓴 덕분에 듣기 좋은 남자의 목소리가 나오고 있었다.

"그, 그게 무슨 소리오?"

교황이 다급히 말을 높이며 내 옷자락을 붙잡으려 했다. 나는 곧바로 몸을 뒤로 물리며 룬에게 눈짓했다. 교황을 뒤에서 옭아매던 룬이 천천히 그를 놔주었다.

"평생을 신전을 위해 몸 바쳐왔소! 오해가 있나 본데……!"

"오해?"

내 물음에 교황은 엉거주춤하며 손으로 땅을 짚었다. 룬이 굽힌 무릎을 펴고 몸을 일으켰다. 장검을 든 그와 교황의 거리가 급속도로 가까워졌다.

"살, 살려만 주시오! 이 늙은이, 성녀가 원하는 건 뭐든 들어주겠소!"

"원하는 것? 그런 건 없습니다. 그냥 지금 죽는 편이 나을⋯⋯."

"으아악!"

교황이 외마디 비명을 지르며 허겁지겁 뒤로 물러났다. 고귀함을 드러내려 걸친 새하얀 망토가 바닥에 끌리고 있었다. 목에 두르는 금자수가 놓인 영대는 떨어졌고, 머리에 쓰는 주교관은 이미 바닥에 팽개쳐진 지 오래였다. 무표정한 룬이 교황을 내려다보는 것을, 나는 관조했다.

휘익! 룬의 검이 교황의 목을 치려는 순간, 우리 앞으로 뛰어든 인형이 있었다. 헌터들만 입는 검은 제복이 잔상이 되어 눈앞을 스쳐 지나갔다.

"성하, 괜찮으십니까?!"

다급한 목소리에는 교황을 향한 걱정이 서려 있었다. 나는 눈을 가늘게 뜨며 내 앞을 가로막은 사람을 살폈다.

'루인 세라테.'

귀걸이 때문에 나를 알아볼 일은 없겠지만, 여기서 눈치라도 채면 곤란하다. 나는 룬에게 그만 물러나라는 눈짓을 보냈다. 충분히 위협을 가했으니 교황도 깨닫는 바가 있을 것이다. 아우렐리스 2세가 취할 수 있는 선택지는 세 가지였다.

첫째, 제 목숨을 노리려 한 리에나에게 맞서는 것.

둘째, 리에나에게 항복하는 것.

셋째, 그의 목숨을 취하려던 기사들이 리에나의 세력이 아님을 알아차린 뒤, 수색 명령을 내리는 것. 두 눈에 이글거리는 적개심을 보니 그럴 가능성은 없어 보였다.

'더 이상 시간을 끌 필요는 없겠지.'

처음부터 교황을 죽이려는 의도는 없었다. 오히려 서신이 공개되기 전에 죽게 되면 곤란했다. 그저 언제든 죽을 수 있다는 공포감만 심어 줄 생각이었으니까. 교황청 내에서 습격을 받았고, 그를 지키던 노련한 기사단장이 죽었다. 교황이 성녀를 더 경계하고 두려워하게 되리란 건 정해진 수순이었다. 아우렐리스 2세가 좀 더 합리적인 사람이었다면, 검을 든 성기사들이 성녀 측 사람이 맞는지 면밀히 조사했을 테지만.

"성녀가 왜 나를 죽이려 드는 거냐!"

헌터를 본 교황의 목소리가 다시 커졌다. 자신을 지켜 줄 사람이 왔다는 사실에 조금 안도하는 눈치였다.

"당장 저 무뢰배들을 잡게! 성녀의 허물까지 감싸 주려 했건만……!"

스걱—! 교황이 입을 연 순간, 룬은 곧바로 날카로운 검을 휘둘렀다. 예기가 흐르는 검 끝이 주름진 피부의 거죽을 부드럽게 베어 냈다.

룬이 차갑게 말했다.

"성녀님께서 보내신 것이 아닙니다."

"으아악!"

상처 난 얼굴을 붙잡으며 교황이 새된 비명을 질렀다.

"……리에나 그 계집이 은혜도 모르고!"

"거기까지."

룬은 교황의 입가로 검 끝을 내렸다. 다시 한번 지껄이면 입을 베어 내겠단 명백한 의도였다. 우리가 교황을 위협하는데도 루인은 섣불리 달려들지 않았다. 검을 꺼낸 채 고요한 눈으로 사위를 살필 뿐이었다. 교황이 흐느끼는 것을 보며 루인이 차갑게 말했다.

"성하의 곁에서 물러나십시오."

금방이라도 정령술을 쓸 것 같으면서도 실상은 아무것도 하지 않는다. 그 기묘한 간극을 알아차린 건 나와 룬, 둘뿐이었다.

"네놈부터 죽이고 교황을 처리하면 되겠군."

나는 검을 든 채 루인을 향해 천천히 다가갔다. 말과는 달리 그를 해칠 생각은 없었다. 루인이 검을 치켜들며 눈을 가늘게 떴다. 나는 그를 보며 물었다.

"정령사가 아니었던가?"

"정령사라도 검은 쓸 줄 압니다."

루인이 정령술을 쓰기 위해 손을 내뻗은 순간, 나와 룬은 동시에 몸을 뒤로 물렸다.

"저기다!"

저 멀리서 크림색 제복을 입은 성기사 무리가 뛰어오고 있었다. 기사단장은 죽었고, 나머지 기사들은 움직이지 못하는 상태였으니 지원 요청이 있던 건 아니었다.

'교황이 오래간 내실로 오지 않으니 찾으러 온 거겠지.'

나는 다친 교황을 내버려 두곤 빠르게 몸을 돌렸다. 쨍그랑! 검으로 창문을 내려친 룬이 먼저 빠져나갔다. 날카로운 유리 파편이 얼음 조각처럼 지면 아래로 떨어졌다.

타앗. 나도 룬을 따라 창문으로 몸을 내던져 지면에 착지했다. 두 손으로 땅을 짚고 일어서는데, 곁에서 바로 인기척이 느껴졌다. 그 순간 망설임 없이 그대로 검을 휘둘렀다. 루인이었다. 그가 두 손을 펼쳐 들며 뒤로 훌쩍 물러섰다.

"오늘 일은 못 본 걸로 하겠습니다, 공작님."

그 말을 믿을 수 있어야지. 나는 검으로 그의 목울대를 겨누며 노려보았다.

"그렇게 무서운 눈으로 보실 건 없잖습니까."

루인이 묘한 얼굴을 하며 차분히 말했다. 조금 놀라긴 했지만, 즐거워하는 기색이었다.

루인은 검이 닿는 사정거리 안에 있었다. 내 손에 들린 검이 얼마든지 자신을 벨 수 있는데도, 루인은 태연한 얼굴이었다. 심지어 그의 손에는 어떤 무기도 들려 있지 않았다. 대꾸하지 않았는데도 그는 계속해서 입을 열었다.

"슈레이 추기경이 보고 싶어서 교황청에 오신 건 아닐 테고……."

루인이 미묘한 웃음을 흘리며 말끝을 흐렸다. 사루비아 꽃을 닮은 붉은 눈동자가 부드러운 선을 그리며 나를 보고 있었다.

"이번에는 비센나가 제게 빚을 졌군요."

"빚이라곤 생각하지 않습니다."

그 말을 끝으로 나는 검을 거두었다. 검을 거두자 루인이 의아한 얼굴로 말했다.

"공작님께서 제 몸 어디 한 군데를 검으로 쑤실 거라 생각했습니다."

"적극적으로 나서지 않는 사람을 상대로?"

나는 피식 웃으며 루인에게서 세 걸음 정도 물러났다. 교황의 앞을 가로막던 것과 다르게 그는 나와 붙을 생각이 없어 보였다.

가슴에 손을 얹은 그가 가벼운 눈인사를 보냈다.

"다음에 뵙도록 하죠."

멀어지는 루인의 뒤를 쫓으려는 룬을 말렸다. 시간을 많이 허비했으니 이만 돌아가야 했다.

"쫓아라!"

"성하를 습격한 게 저놈들이다!"

어느새 창문으로 뛰어내린 성기사들이 우리를 쫓았지만, 따돌리는 건 어렵지 않았다. 한참의 추격 끝에 5층 높이의 첨탑에 몸을 숨겼다. 부산스레 뛰어다니는 성기사 무리를 내려다보며 입술을 떼었다.

"이제 간 것 같지?"

"그런 것 같습니다. 조금 더 기다리는 편이 좋겠지만요."

나는 고개를 끄덕이며 새하얀 첨탑에 몸을 기대었다. 얼음을 깎아 만든 것처럼 차가운 촉감이 등 뒤로 선연히 느껴졌다.

"그자를 그대로 보내도 괜찮겠습니까?"

"헌터까지 건드리면 일이 복잡해져."

짧게 답하며 한숨을 길게 내쉬었다. 룬에게 시선을 주지 않은 채 정면을 보고 말을 이었다.

"그가 사제로 있는 것은 아버지 때문이니까."

"……세라테 공작 말입니까?"

"맞아. 루인은 공작과 사이가 좋지 않아. 외동아들이지만 후계에 관심이 없다는 뜻을 내비치려고 신전의 사제가 된 거지."

"그렇게 욕심이 없어 보이진 않았습니다만."

룬의 말에 나는 고개를 끄덕였다. 룬은 루인을 따로 만난 적이 없을 텐데, 꽤 정확히 봤다.

"욕심이 많으니 사제 노릇을 하면서까지 아버지 앞에서 몸을 낮추는 거야."

"그렇군요."

세라테 공작은 황제의 편에 섰지만, 그의 아들인 루인의 행보는 묘연했다. 루인이 어째서 사제가 된 건지 그 이유를 알고 있었다. 원작에서 분명…….

― *아버지가 어머니를 죽인 겁니다. 이기적인 당신 때문에 어머니와 로지가 희생당한 거예요.*

루인이 처음부터 정령사였던 건 아니었다. 세라테의 핏줄이었지만 그에겐 별 재능이 없었다.

― *당신의 욕심만 아니었더라면……*

루인은 세라테 공작의 외동아들로 알려져 있지만, 실은 그에겐 여동생이 있었다. 아버지인 세라테 공작이 외도를 한 건 아니었다.

후계자가 될 가능성이 없다고 판단한 여동생의 숨이 멎은 건 그가 아홉 살 때의 일이었다. 루인은 가장 끔찍한 방법으로 세라테의 정령술을 얻게 되었다. 그리고 그 상황을 지켜봐야 했던 공작부인은 스스로 목숨을 끊었다.

루인은 숨을 거둔 어머니의 손을 붙든 채 고개를 묻었다.

울음이 섞인 가냘픈 숨을 토해 내며 싸늘해진 주검을 끌어안는 게, 그가 할 수 있는 전부였다.

'세라테 공작의 최측근이 아니면 알지 못하는 사실이지.'

나는 상념에서 벗어나 첨탑 아래를 내려다보며 말했다.

"루인도 세라테 공작이 유리해지는 것을 원하진 않을 거야. 황제가 승리를 거두면 세라테 공작은 더한 권력을 얻게 될 테니까. 상대하기 더 까다로워지겠지."

내 말을 듣던 룬이 생각에 잠긴 얼굴로 지면을 바라보았다. 아득한 파도처럼 잠긴 목소리가 들려왔다.

"그에게 친부인 세라테 공작과 맞설 이유가 있다는 거군요. 루인 세라테는 우리 편일까요?"

"그자는 그 누구의 편도 아냐."

루인이 겪은 비극은 비단 그에게만 있었던 일은 아니었다. 세라테가 정령사로 유명을 떨친 이유는 일족의 희생 덕분이었다. 세라테 가문의 비전은 금기시되는 주술을 써서 유지해 온 것. 빛이 강할수록 그림자는 커지는 법이다. 정령의 축복을 받았다고 알려진 세라테 일가의 비밀. 일족에게 내려졌다는 축복은 음습하고 짙었다.

나는 어둠에 잠긴 하늘을 보다 눈을 내리깔았다.

― 편히 눈 감으세요, 어머니. 세라테의 이름은 제가 반드시 지워 낼 테니까요.

공작부인의 숨이 꺼지기 직전, 루인이 그녀의 손을 붙잡고 한 말이었다.

* * *

룬과 함께 공작저로 돌아왔을 때는 이미 늦은 새벽이었다. 피에 절은 몸을 씻고 침대에 지친 몸을 뉘었다.

다음 날, 나는 아침 일찍 정무를 시작했다. 치료사가 잘 봐준 덕분에 어깨의 상처도 많이 회복되었다.

"……페르제는."

나는 복잡한 눈으로 샤키 오빠가 보낸 서신을 살폈다.

페르제는 다행히 정신이 돌아온 상태로 대공저에 도착했다고 한다. 샤키 오빠가 그의 일거수일투족을 감시하고 있으니 걱정 말란 내용이었다. 그게 더 걱정이었다. 하인들의 수군거림을 들으면서도 계속 감시하나 본데. 마치 아기 새가 어미 새를 쫓듯 졸졸 따라다니는 것도 같았다. 이번 일로 기사단도 오래 결근했을 텐데, 잘리지 않고 버티는 게 용하다니까.

나는 또 다른 서신으로 흘끗 시선을 주었다. 페르제가 보낸 것이었다. 스걱. 두근거리는 마음을 붙잡으며 페이퍼 나이프로 편지를 개봉했다. 조심스럽게 서신을 꺼내 펼치자 정갈한 필체가 보였다.

"길게도 썼구나."

어렸을 적엔 내가 열 번 보내면 세 번 겨우 답신을 주던 사람이었는데. 나중에야 내 쪽에서 다섯 번 보내면 열 번 답신을 보내왔지만.

"페르제답지 않네."

어쩐지 그 이유를 알 것 같았다. 그의 성정을 닮은 정갈한 서체를 보며 작게 웃었다. 어찌할 줄 몰라 하는 감정이 묻어나 있었다. 다시 얼굴을 보려 하지 않아도 이해한다는 말이 적혀 있었다. 제 두 어깨를 내어 주겠단 말도.

'나라서 그 정도였지. 다른 사람이었으면 분명 목이 잘렸을 수도……'

한순간에 구속구를 풀어낸 페르제가 내 어깨를 노릴 줄은 몰랐었다. 가벼운 상처긴 했지만…….

'슬프기보단 놀랐었는데.'

대공이 나를 보러 가겠다는 걸 샤키 오빠가 죽일 심산으로 말린 것 같았다. 페르제가 말한 건 아니었다. 샤키 오빠가 보낸 서신에 "그놈이 절대

네 근처에 다가가지 못하도록 막겠다."고 휘갈긴 글씨로 쓰여 있었으니까.

"급히 쓴 건가? 마지막 문장은 영 삐뚤삐뚤하네."

마력이 안정되면 찾아가겠단 내용이었다. 찾아가겠……까지 쓰여 있었지만.

하르트가 보낸 서신도 와 있었다. 생각보다 답이 빨랐다.

[의뢰해 주신 독은 식물의 뿌리에서 채취한 것으로 추정되고, 마력을 불안정하게 만드는 것 같습니다.]

가벼운 인사도 없이 시작된 서신에는 간결한 문장이 적혀 있었다.

[저를 비롯하여 비센나 가문 또한 독에 대해 많은 정보를 갖고 있지만, 식물에 관해선 세라테 만큼 자세히 알지 못합니다. 세라테 가문이 독초를 비롯한 희귀한 식물을 독점하고 있으니 따로 조사하는 편이 좋을 겁니다.]

"세라테?"

예로부터 유명하긴 했다. 하녀일 때는 와인 생산지로 알고 있었고, 비센나에 입양되고 나선 암암리에 독초를 키운다는 사실을 알게 되었다. 자연에서 난 독을 더 강화시킨 합성독이라면, 하르트가 모를 만도 했다.

[…… 하여 세라테 가문을 통해 알아보거나, 정황상 의심이 된다면 그쪽을 조사하는 편이 빠를 겁니다.]

하르트의 성정다운 서신이었다. 정중하면서도 군더더기 없는 깔끔한 문장.

[의뢰비는 받지 않겠습니다. 대신 작은 부탁을 들어주셨으면 합니다.]

금전적인 대가는 받지 않겠다는 말에 나는 고개를 갸웃했다. 알다가도 모를 사람이다.

'작은 부탁이라니.'

뭔지는 몰라도 과한 부탁이 아니라면 흔쾌히 들어줄 생각이었다. 서신을 접으며 생각을 간단히 정리했다.

'마력을 불안정하게 만드는 독이랬지…….'

반대로 안정되게 만들 수도 있지 않을까, 하는 생각이 그날 밤에 들었다.

다음 날 일찍 일어나 조찬을 먹기 위해 다이닝 홀을 찾았다. 집무실에서 일할 땐 제복을 입는데, 오늘은 오랜만에 평상복 대신 드레스를 입고 나왔다. 평상시엔 머리카락을 반으로 묶거나, 하나로 높이 묶거나, 길게 늘어뜨렸는데 오늘은 달랐다. 풍성하게 올린 하늘색 머리에 촘촘한 은빛의 헤어 바인을 장식했다. 은은한 하늘빛이 도는 드레스는 걸을 때마다 부드럽게 흩어졌다.

나는 가장 상석에 앉아 있는 사람을 보며 환히 웃었다.

"아버지, 오늘은 일찍 일어나셨네요."

아버지는 고개를 끄덕이며 웃었다. 그리고 어서 앉으라며 대각선 자리를 권했다. 예법에 따르면 맞은편에 앉아야겠지만 거리가 너무 멀다. 족히 2미터는 될 법한 테이블 위에 갖가지 음식이 차려졌다. 그린 샐러드. 육즙을 촉촉이 머금은 소고기 스테이크. 매콤한 해물 스튜. 갓 구운 따끈한 빵에 치즈와 버터까지. 모두 내가 좋아하는 것이었다.

나는 자리에 앉으며 말했다.

"오늘은 제복이 아니네요?"

"좀 더 편해도 될 것 같아서 말이다."

아버지는 전보다는 가벼운, 귀족 도련님 풍의 헐렁한 셔츠와 진회색 바지 차림이었다. 새하얀 셔츠를 날렵한 선의 검은 조끼가 감쌌고, 우아한

은색 브로치가 포인트로 달려 있었다.

'왕자 풍 옷이다.'

늘 고위 귀족 가문의 가주처럼 보이던 검은 제복이 아니란 것이 신기했다. 분위기가 한결 부드러워졌다고 해야 하나.

'심경의 변화가 있으셨던 걸까. 뭘 입어도 잘 어울리시니 이것도 괜찮네.'

옷차림새만 바뀐 건 아니었다. 가주로 일할 땐 늘 반듯하게 올렸던 머리가 자연스럽게 내려와 있었다. 부드럽게 웨이브가 진 앞머리가 거슬리는지 만지작거리는 게 보였다.

내가 너무 빤히 쳐다봤는지 아버지가 눈을 찡그리며 물었다.

"이상한가?"

"네?"

"레오가 추천해 준 대로 입었는데. 옷을 보는 눈이 영 없었던 모양이야."

아버지는 슬쩍 레오의 이름을 늘어놓으며 그의 추천이었음을 넌지시 흘렸다.

"예전에는 어떻게 입으셨는데요?"

"예전에는 룬이 권하는 대로."

"아하. 검은색이 아니면 안 입으시는 줄 알았어요."

내 말에 아빠는 한쪽 눈썹을 올렸다.

"역시 이상한 거였군."

낮게 중얼거린 그가 옷을 갈아입으려는 듯 몸을 일으켰다. 식사 시중을 들던 하인이 눈치가 없었던 나를 원망스레 보고 있었다.

"완전 잘 어울려요!"

그제야 나는 자리에서 벌떡 일어나 다급하게 말했다. 원하는 답을 듣고 나서야 아버지는 자리에 슥 앉았다.

보면 볼수록 왕자님 같았다. 정확히는 황제의 목을 베고 반역을 일으키려는 왕자님. 그래도 꽤 멋졌기에 나는 엄지를 척 들어 올렸다. 아버지는 스테이크를 썰다 말고 나를 물끄러미 쳐다보았다. 그의 눈이 가늘어졌다.

"내 딸은 마음에도 없는 소리를 잘하는 편이지."

나를 너무 잘 아신다니까. 뜨끔했지만 고개를 저으며 말했다.

"이번에는 진짜예요! 세상에서 제일 잘 어울려요."

"알고 있었다. 레오에게 상금을 줘야겠군."

덤덤한 말투와 다르게 뿌듯한 미소가 그의 입가에 걸려 있었다. 부드럽게 풀리는 입술을 보며 나도 배시시 웃었다.

아침 바람이 열린 창문 틈으로 부드럽게 흘러들었다. 참새가 지저귀는 소리. 바람에 살랑거리는 아이보리색 커튼. 고소한 빵의 향미까지. 오랜만에 맞는 평화로운 아침이 좋았다. 고즈넉한 분위기도.

만족스러운 식사를 마칠 즈음, 냅킨으로 입가를 닦으며 아버지가 물었다.

"다쳤다고 들었는데 어깨는 좀 괜찮은지 모르겠구나."

"다 나았어요."

"그럼 다행이고."라고 말하며 아버지는 고개를 가볍게 끄덕였다. 뒤이어 그의 입술이 열렸다.

"페르제가 그랬다지?"

"샤키 오빠가 알린 거죠?"

나는 눈을 찡그리며 물었다. 질문에 질문으로 답하는 건 좋지 않았지만, 바로 수긍하긴 그랬다.

"신경 쓸 것 없다. 샤키는 사실을 말한 것뿐이고, 페르제에게도 사정이 있었겠지."

뜻밖의 말에 나는 놀라 눈을 동그랗게 떴다. 의외로 관대하구나, 하고 생각할 때였다.

"어떠한 사정이 있어도 내 딸을 다치게 한 건 용납 못 하겠지만."

역시 사람 말은 끝까지 들어야 한다니까. 나는 받아치는 대신 고개를 끄덕였다.

"나중에 조금 손을 볼 생각이다. 죽지 않을 정도로만."

미안, 페르제. 나는 너를 지켜 주지 못할 거야. 그런 생각을 하며 작게 고개를 끄덕였다.

"조금만 보셔야 해요."

미미한 수긍에 아버지는 만족한 듯 웃었다. 그저 웃었을 뿐인데, 다이닝 홀이 환해지고 있었다. 두런두런 대화를 나누다가 나는 그간 있었던 일을 아버지에게 알려 주었다.

"교황을 위협했다고?"

"네. 뻔한 술수라 당할지는 모르겠지만요."

"때론 정공법이 먹힐 수도 있지. 잘했다."

딱딱한 말투와 다르게 더없이 다정한 목소리였다. 손을 뻗은 그가 내 머리칼을 쓰다듬었다.

"장하다, 내 딸."

담백한 칭찬에 나도 모르게 입매가 느슨해졌다. 사람을 위협했다고 칭찬받는 건 비센나가 유일할 것이다.

"서신을 공개할지 말지는 교황의 의사에 달려 있어요."

"아우렐리스 2세는 겁이 많은 데다 조급한 성정이니 뭐든 할 거다."

역시, 유스티아 비센나. 교황을 잘 아는 듯한 말투였다. 가까운 사이일 리는 없을 테고, 역시 도청을 통한 정보 획득이 아니었을까 싶다. 무언가 생각난 듯 아버지는 턱을 매만지며 말했다.

"세라테 공작이 조만간 연회를 주최한다더구나. 갈 생각이 있다면 나도 함께 가겠다."

"연회요?"

이 시국에? 그것도 비센나만큼은 아니더라도 폐쇄적인 세라테 공작가가? 내 의문에 답하듯 아버지가 말했다.

"단순히 즐기려고 여는 연회가 아니겠지. 세력 확인이 목적이지 싶어."

"그럼 더 가야겠네요."

나는 옅은 웃음을 띠고는 마지막 디저트를 한입 베어 물었다.

"세라테 공작을 안 본 지 좀 됐지. 즐거운 연회가 되겠어."

아버지는 연회에 잘 참석하는 편이 아니었지만, 이번에는 다른 생각인 것 같았다.

'제국의 공작가는 단 둘뿐이니까.'

세라테와 비센나. 지금의 아버지는 선대 공작이었지만, 세라테 공작가의 연회에 얼굴을 비춘다고 이상할 건 없었다.

나는 식사를 마치고 아버지와 후원을 거닐었다.

"오랜만에 산책을 하니 좋구나."

"얼마 만인지 모르겠어요. 그간 일만 했었는데……."

"가끔은 이런 것도 좋지."

나는 고개를 끄덕였다. 아버지의 팔에 손을 얹은 채 걸음을 옮겼다. 후원에는 대리석상으로 만든 분수대가 있었고, 그곳에서 흘러내린 물줄기가 햇빛에 반사되어 반짝였다. 곳곳에 피어난 붉은 장미가 부드러운 향을 내뿜었다. 싱그러운 튤립도 한가득 피어 있었다. 아버지는 튤립과 장미꽃밭을 지나쳐 좀 더 안으로 들어갔다. 그를 따라 걸음을 옮기자 생각지도 못한 광경이 펼쳐졌다.

"와아……."

눈앞에는 연보라색 스위트피가 가득했다. 나도 모르게 탄성이 새어 나왔다. 휘둥그레 커진 눈으로 스위트피를 바라볼 때였다. 아버지가 나를 보며 작게 웃음을 삼켰다.

"직접 키운 거란다."

"직접요?"

"씨앗을 심는 건 하인들을 시켰지만 돌보는 건 내가 했지."

나는 그를 따라 좀 더 안으로 들어섰다. 싱그러운 스위트피가 우리를 반겨 주는 것 같았다. 한쪽 무릎을 굽힌 그가 부드러운 손길로 꽃을 어루만졌다. 살짝 내밀어진 손끝이 조심스러웠다.

아버지는 연보라색 꽃을 물끄러미 내려다보며 말했다.

"내 손에 닿는 건 전부 망가질 줄 알았는데……."

금빛 눈동자가 생각에 잠겨 갔다. 알 수 없는 그리움이 그의 눈에 짙게 고여 있었다.

"꽃은 그렇지 않더구나. 한때는 작은 것들을 돌보는 게 귀찮았었는데."

"어떤 걸 돌봤는데요?"

"어린 양들. 집 앞에 핀 작은 꽃들. 내 무릎에 겨우 닿던 작은 나무."

아버지는 잠긴 목소리로 말했다. 그가 어떤 감정을 느끼는지 조금은 알 것 같았다. 아마도 그리움. 그때로는 다시 돌아가지 못한다는 슬픔. 나는 아버지를 따라 쪼그려 앉아 스위트피를 물끄러미 바라보았다.

"양을 치는 건 어렵지 않았어요?"

"어렵긴 했어. 실수를 많이 했거든."

의외라는 듯 쳐다보자 아버지는 씩 웃었다. 그 미소가 장난스럽게 보여 나는 눈을 껌뻑였다.

"막내였어."

갑작스러운 말에 입을 벌렸다. 원작에서만 알고 있던 과거를 그의 입을 통해 듣게 되리라곤 생각지 못했기 때문이었다.

"실수투성이에 눈물도 많았어. 누님들과 형들이 많이 놀렸지. 그렇게 자주 넘어져선 양치기가 될 수 없다고 다그쳤거든."

"……자주 넘어지셨구나. 형님들이 괴롭혔던 건 아니죠?"

"으음, 괴롭힌 건…… 잘 모르겠구나. 꿀밤을 맞은 것도 괴롭힌 건가."

나는 믿을 수 없다는 듯 입을 벌렸다. 유스티아 비센나를 괴롭힐 수 있다니, 그건 신이 아닐까.

"나도 어렸을 땐 평범한 아이였어. 어느 동네에서나 볼 수 있는."

아버지는 생각에 잠긴 얼굴로 말을 이어 나갔다.

"아버지는 양치기였고, 어머니는 여섯 남매를 키웠지. 내 위로 세 명의 형님과 두 명의 누님들이 있었어. 이미 오래전 일이 되어 버렸지만."

후원의 꽃을 둘러보던 그의 목소리가 무겁게 가라앉았다.

그 뒤의 이야기는 들을 수 없었다. 그가 입술을 열고 닫는 것을 반복하다가 이내 입을 다물었기 때문이었다. 아버지는 슬픔을 감추려는 듯 쓰게 웃을 뿐이었다.

집무실로 돌아와 다시 일을 시작하는데, 기사가 당황한 얼굴로 나를 찾았다. 나는 서류를 보다 말고 창백한 얼굴의 기사를 보았다.

"무슨 일이지?"

"허억, 헉. 가주님! 그게⋯⋯."

낯선 손님이 비센나를 방문했다는 소식이 기사의 입에서 흘러나왔다.

* * *

유스티아는 감았던 눈을 떴다. 어느덧 달이 뜬 새벽이었다. 달빛이 어슴푸레 그가 몸을 뉜 하얀 침대를 비추고 있었다. 유스티아는 이마 위에 손등을 올리며 다시 눈을 감았다. 그의 몸은 축축한 땀에 젖어 있었다.

'왜 그때 일이⋯⋯.'

붉은 입술이 일그러졌다. 지독한 악몽이었다. 잊을 만하면 아홉 살 때의 기억은 망령처럼 살아나 그를 옭아매었다.

꿈속의 자신은 유스티아 비센나가 아니었다. 망령의 꼭두각시가 되어 도망치는 것이 전부였던 아이에 불과했다.

'고작 아홉 살이었지.'

저주받은 그를 가족들은 외면했다. 악마가 붙었다며 내쫓던 아버지. 마을에서 나가라 고함치던 형제들. 그저 멀리서 지켜만 봤던 어머니. 그를 지키려 했던 건, 네 살 터울의 작은 누님. 그리고 다섯 살 차이가 났던 셋째 형님뿐이었다.

아홉 살의 유스티아가 샤룬 바하이트 조각으로부터 저주를 받은 날. 그 후로 작은 마을에서는 끊임없이 가축이 죽어 나갔다. 숨을 거둔 토끼 몇 마리를 발견했을 때, 그의 가족들은 대수롭지 않게 여겼다. 토끼가 양이 될 무렵, 유스티아의 아버지는 무언가 이상하다는 사실을 알아차렸다.

동물의 사체가 발견되는 범위가 넓어졌다. 처음에는 그의 집이었던 것이 마을이 되어가자, 마을 사람들은 진노했다. 오래가지 않아 동물을 죽인 범인이 발각되었다. 횃불을 든 마을 사람들이 악마를 죽여야 한다고 소리쳤고, 소년은 숨을 곳을 찾아야 했다.

"유스!"

마구간에 숨어 벌벌 떠는 아이를 다정한 손길이 안아 주었다. 부드러운 갈색 머리를 가진 둘째 누이 마리였다.

"아버지는 널 미워하시는 게 아니야. 어머니도 너를 진심으로……."

떨리는 목소리에 유스티아는 누이의 낡은 옷자락 꾹 붙들었다.

"작은누나, 나 무서워. 아버지는 나를 죽이시려는 거야?"

겁에 질린 금빛 눈동자가 누이를 애타게 보고 있었다.

"마을 사람들 때문에 어쩔 수 없이 위협한 거야……."

하지만 유스티아는 그게 거짓임을 알고 있었다. 아버지에게 있어 자식은 부양해야 하는 존재이면서도, 다른 한 편으론 목장을 운영하기 위한 도구에 지나지 않았다. 생계에 위협이 되는 막내아들. 더 나아가 마을에 위협적인 도구는 아버지의 입장에서 치워 버리면 그만이었다.

겁에 질린 채 누이를 보던 유스티아는 힘없이 고개를 떨궜다. 눈 색이 기이하게 변한 저를 소름 끼치게 보던 아버지. 그의 시선이 뇌리에 선명했다. 체념 어린 미소가 떨리는 입가에 지어졌다. 그런 동생이 가여워서 마리는 끝까지 말을 잇지 못했다. 누가 뭐래도 유스티아는 소중한 동생이었다.

아직은 품에 보듬어 줘야 할 만큼 한없이 여리고 어린.

바스락. 누군가 다급히 마구간의 문을 열었다. 놀란 마리가 유스티아를 감싸며 사납게 문을 노려보았다.

"누구든……."

"나야, 마리."

활활 타오르는 횃불을 든 열넷의 소년이었다. 유스티아의 셋째 형, 칼릭스였다.

"유스티아는 가야 해."

마리가 앞을 가로막는 걸 보면서도 칼릭스는 성큼성큼 다가갔다. 마리의 뒤에 숨은 유스티아의 손목을 붙들고 강제로 끌고 나왔다.

"칼릭스!"

마리가 놀라 외쳤다. 칼릭스는 눈 하나 깜짝하지 않았다.

"유스티아는 여기 있으면 안 돼! 다시 사람들이 찾으러 올 거야. 발각되면 죽이려 들 거라고!"

칼릭스는 거센 힘으로 유스티아를 끌었다. 겁에 질린 막내를 보며 차갑게 말했다.

"우리는 널 지켜 주지 못해. 그러니……."

칼릭스는 품에서 단검을 꺼내며 유스티아를 알 수 없는 시선으로 내려다보았다. 대장간의 수련생으로 일하던 그가 만든 작은 단검이었다. 그는 유스티아의 허리춤에 단검을 매어 주며 말했다.

"달아나, 유스. 뒤도 돌아보지 말고 가 버려."

유스티아는 히끅, 숨을 참으며 제 셋째 형을 바라보았다. 강압적인 명령 이면에는 채 숨기지 못한 애정이 담겨 있었다.

"마을에는 다시 오지 마."

"다시는 못 보는 거야? 칼릭스 형과 마리도?"

유스티아는 눈물을 뚝 떨구며 물었다. 커다란 금빛 눈동자가 그렁그렁

했다. 애처로운 손길이 저보다 훌쩍 큰 형의 옷자락을 붙들었다.

"다음에 기회가 되면……."

칼릭스는 유스티아를 품에 꽉 안으며 중얼거렸다. 하지만 그의 말은 끝을 맺지 못했다.

"뭐야, 여기 있었어?"

"어젠 분명 없었잖아."

횃불을 든 첫째와 둘째 형이 마구간의 입구에 있었다.

"쥐새끼가 여기 숨어 있었네. 칼릭스, 넌 아직도 저게 동생이라고 생각해? 유스티아는 이미 괴물에게 잡아먹혔다고!"

"저게 유스티아라 해도 우린 죽여야 해. 영주님이 명령을 내리셨어. 죽이지 못하면 우리 가족이 죽어!"

칼릭스가 저와 한 살 터울인 둘째 형을 세차게 노려보았다.

"말은 바로 해, 가비. 영주님이 내린다던 막대한 보상금이 탐나는 거겠지. 그것만 있으면 무시 받는 양치기로 있을 일도 없고, 지긋지긋한 목장을 관둬도 되니까!"

칼릭스가 사납게 받아쳤다. 마리는 유스티아를 감싸며 뒤로 밀었다. 결심한 듯 남매의 두 눈이 부딪혔다.

"도망가!"

칼릭스와 마리가 그들을 막아선 순간, 유스티아는 작은 보따리를 품에 안은 채 숨도 쉬지 않고 내달렸다. 칼릭스와 마리가 보이지 않을 때까지, 숨이 멎을 때까지 세차게 뛰었다.

그게 마지막이었다. 다시 돌아왔을 땐, 칼릭스와 마리를 찾을 수 없었다. 고작 반년이었다. 살아남기 위해 악착같이 버텼던 시간. 산에서 산으로. 마을에서 마을로 숨어들었다.

매섭게 휘몰아치던 눈보라가 그친 날, 유스티아는 다시 돌아왔다. 옛 보금자리를 찾았으나 양들은 보이지 않았고 목장은 폐허가 된 지 오래였다.

삐걱. 삐걱. 곰팡이가 슨 낡은 마룻바닥을 밟으며 폐허가 된 집 안에 발을 내디뎠다. 검은 로브를 둘러쓴 소년의 손이 잘게 떨려 왔다.

"칼릭스."

둘째 형을 불렀지만 대답은 들려오지 않았다. 걸음을 내디디려던 유스티아는 더 이상 앞으로 나아가지 못했다. 끝이 헤진 밧줄이 무언가에 묶인 채 그의 앞을 가로막고 있었다. 그를 도왔던 대가로 형과 누이의 잘린 목이 유스티아를 기다리고 있었다. 땅에도 묻히지 못한 칼릭스와 마리의 주검. 그 주검이 아무렇게나 버려져 썩은 채 문드러져 있었다.

기대감에 빛나던 금빛 눈동자가 멍하니 숨을 쉬지 않는 형제들을 바라보았다. 용의 조각에게서 빼앗은 금빛 눈동자에 절망이 스몄다. 한 줌의 재였던 절망은 어느새 그의 텅 빈 눈을 채울 만큼 커져 있었다.

"마리, 난……."

유스티아는 악취가 나는 주검을 끌어안으며 서글픈 울음을 터뜨렸다.

"차라리 날 팔아넘기지 그랬어."

그랬다면 마리와 칼릭스는 살 수 있었다. 자신이 비겁하게 도망치지 않았다면. 포식자를 발견한 작은 동물처럼 숨지만 않았어도! 다시 보자는 칼릭스의 말은 거짓이었다. 다른 형제들보다 더 어른스러웠던 셋째 형은 이미 알고 있었을지도 모른다. 괴물이 된 동생을 도운 대가가 가장 끔찍한 모습으로 찾아올 수도 있다는 것을.

유스티아는 그들의 장례를 치렀다. 목에 매진 낡은 밧줄을 끊어 내 주검을 땅에 눕혔다. 작은 나뭇가지를 모아 원을 그렸고, 차가운 물을 떠서 앞에 놓았다. 큰 나뭇가지를 쌓아 불을 태웠다. 칼릭스와 마리를 떠나보낼 준비를 하며 유스티아는 깨달았다. 괴물보다 더 무서운 것이 있다면 사람이라고. 자신이 두려워하던 용의 조각보다, 더 두려운 건 사람이라는 것을 뼈저리게 알게 되었다.

"……보고 싶었어."

차가운 낱말 조각이 허공으로 흩어졌다. 내가 너무 늦어 버렸어. 유스티아는 타오르는 거대한 불꽃을 보며 흐느꼈다. 이날 이후로 눈물을 흘리지 않겠다고 다짐했다.

그 뒤로 마을 하나가 사라졌다. 모든 이가 죽었다. 살아남은 건 마을의 아이들뿐이었다.

유스티아는 몸을 일으켰다. 텅 빈 눈이 창문가로 향했다. 정신을 차리려는 듯 그는 고개를 살짝 흔들고는 느리게 발을 내디뎠다. 차가운 물로 몸을 씻으면 정신을 차리지 않을까, 하는 생각이었다. 꽤 효과가 있었다. 어지럽게 떠돌던 생각이 한결 정리되었으니 말이다.

무감각한 손으로 짙은 남색의 가운을 걸쳤다. 느슨한 가운의 매듭을 묶고 창가 옆 의자에 몸을 기댔다. 물기로 젖은 머리에서 턱 끝으로 흘러내린 차가운 물방울이 똑, 떨어졌다. 손등으로 물기를 훔치며 따뜻한 물을 한 모금 마셨다.

'내게도 가족이 생겼지.'

그가 상념에서 벗어난 건 딱딱한 노크 소리 때문이었다. 유스티아는 가운에서 정복으로 갈아입었다. 그리고 물기가 묻은 머리칼을 아무렇게나 쓸어 올렸다.

"시엘?"

아직 안 자고 있었던 건가? 유스티아는 의아해하며 문을 열었다. 금빛 눈동자가 커졌다. 생각지도 못한 사람이 있었기 때문이었다.

"여긴 무슨 일로 온 거지?"

반갑지 않다는 듯 차가운 목소리였다. 유스티아의 서늘한 시선이 문 앞에서 기다리고 있는 상대에게 향했다.

"들이라고 허락한 적도 없었는데."

실로 오랜만에 공작저를 방문한 남자가 시선을 맞대 왔다. 비센나에 오는데 꼭 유스티아, 선대 공작의 허락이 필요한 건 아니었다.

"따님이 들여보내 주던데."

붉은 머리를 단정히 묶은 하르트는 선물로 가져온 와인을 보여 주었다. 유스티아가 여전히 비켜서지 않자 그는 무료한 얼굴로 어깨를 으쓱했다. 언제까지 기다리게 할 거냐는 책망의 눈빛이었다.

"후작께서 다시 꺼지는 데 내 딸의 허락이 필요치는 않겠지."

유스티아가 칼같이 문을 닫으려는 순간, 후작의 검은 구둣발이 문틈으로 끼어들었다.

"얘기 좀 합시다, 선대 공작님."

"우리 사이에 따로 할 얘기는 없는 걸로 아는데."

싸늘한 거절에 하르트는 고개를 기울였다. 넌 없겠지만 난 있어. 삐뚜름한 미소가 그의 입가에 걸려 있었다.

"네 후계자가 허락했어. 얘기해도 된다고."

유스티아의 차가운 눈빛을 받으면서도 하르트는 물러서지 않았다.

"얘기 좀 하자, 유스."

다소 뻔뻔하게 들리는 요구에 유스티아는 한쪽 눈썹을 올렸다.

"이 새벽에? 정신이 나간 건가?"

"새벽에 늘 깨어 있는 거 알아."

스토커 짓을 해서 아는 건가. 유스티아의 눈이 가늘어졌다. 어느 정도 사실이긴 했다. 매번 깨어 있는 것은 아니지만 종종 그랬으니까.

하르트가 말했다.

"긴히 의논할 게 있어."

설득할 마음이 없는지 건조한 투였다. 유스티아는 문을 닫으려 힘을 주던 것을 그만두었다. 휙 뻗어진 길쭉한 손이 하르트의 멱살을 쥐어 끌어당겼다.

"독대를 허락한다, 후작."

악감정이 가득 담긴 거친 손길이었다. 짐짝처럼 잡아끄는 유스티아로 인해 하르트는 넘어질 뻔했다. 하지만 간신히 균형을 잡아 넘어지지 않을 수 있었다.

"손님을 맞는 예법이 굉장히 무례한데."

"따라와."

어딜 가나 했더니 유스티아가 문밖으로 이끌었다. 침실을 벗어나 접견실로 가는 길이 하르트에겐 무척 길게 느껴졌다. 유스티아를 뒤따르는 그의 걸음이 더욱 느려졌다.

접견실에 도착한 이후로 두 사람 사이엔 여전히 침묵만이 흘렀다.

"앉아."

하르트는 그를 흘끗 쳐다보다가 맞은편에 앉았다. 다리를 꼬고 앉은 유스티아가 알 수 없는 시선으로 저를 보고 있었다.

똑똑. 노크 소리와 함께 들어온 하인이 얼음이 가득 든 바스켓과 와인을 올려두고 떠났다. 하르트는 잔을 기울여 와인을 따랐다. 붉은 와인이 잔으로 조금씩 흘러들었다. 그에게서 와인 잔을 건네받으며 유스티아가 물었다.

"왜 찾아온 거지?"

"오랜만에 이야기하고 싶었어."

"갑작스럽지 않나?"

"언제였어도 갑작스러운 건 마찬가지지."

틀린 말은 아니지. 유스티아는 속으로 생각했다.

오래간 멀리했던 관계다. 한때는 마음을 털어놓을 정도로 가까웠으나, 서로를 극도로 미워하게 되었다. 오랜 시간이 흐른 지금에선 미워했던 감정조차도 물을 부은 것처럼 희석되었지만.

하르트가 말했다.

"잘 지내는지 궁금했다…… 고 말하면 믿으려나."

"이제 와서?"

유스티아가 담담하게 되물었다.

그가 어떤 기분을 느끼는지 알 것 같아서 하르트는 쓴웃음을 삼켰다. 유스티아가 자신에게 용의 마력을 심은 것을 원망했었다. 하지만 오랜 시간이 흐른 지금은, 그를 조금 이해할 수 있었다. 하르트는 입을 여닫는 것을 반복하다 겨우 말을 꺼냈다.

"미안하다는 말을 전하고 싶었어."

"……."

유스티아는 침묵했다. 뒤늦은 사과에 화가 나서가 아니었다. 그 또한 하르트에게 잘못한 것이 있었다.

"이미 과거의 일이지만 널 배신했던 건 사실이니까."

말을 하는 하르트의 얼굴이 상념으로 젖어 들었다.

"……그런 말을 들으려고 공작저로 들인 건 아니었다."

생각지도 못한 사람에게 사과를 받는 건 묘한 기분이어서, 유스티아는 눈을 깜빡였다.

"지금은 오히려 유스, 네게 고맙게 생각해."

"고맙다고? 괴물로 만들었다고 원망하지 않았나?"

"그땐 그랬지."

하르트는 붉은 와인을 한 모금 마시며 옅게 웃었다.

"그때, 황제의 기사로 죽었다면 샤리타와 제대로 된 이야기를 못 했을 거야. 샤리타의 아이도 못 봤을 테고."

어쩌면 기적이었을지 모른다고, 하르트는 생각했다. 수백 년 전 전쟁에서 패했던 날. 신성 가문 이스넬의 가주이자, 세나크 황제의 기사였던 그의 검은 꺾였다. 사냥감으로 쫓던 유스티아 비센나에 의해서. 그때는 제 삶을 나락으로 이끈 괴물이라고 유스티아를 저주했으나 지금은…….

"살려 준 걸 고맙게 생각한다, 유스티아."

하르트의 말에 유스티아의 눈이 크게 떠졌다. 괜한 쑥스러움에 하르트는 몇 번이나 헛기침했다. 답을 바라고 한 말은 아니었다.

"⋯⋯."

침묵하는 유스티아를 보며 하르트는 주절주절 이야기를 시작해 나갔다.

"너야 모르겠지만 샤키가 자라는 것을 보게 돼서 기뻤어."

"자주 본 적도 없을 텐데?"

"너 없을 때 몰래 왔지. 어렸을 때 샤키가 나만 보면 안아 달라고 했었는데."

"입만 열면 거짓말이군."

"한번은 칭얼대다가 내 품에 안겼어. 내가 자기 삼촌인 줄은 몰랐겠지만."

이야기를 듣는 유스티아의 입가에 웃음이 지어졌다. 잠깐의 미소는 하르트와 눈이 마주치자마자 사라졌다. 하르트는 칼란의 사람이었다. 과거의 일을 반복하게 될지도 모르지. 그렇게 생각한 유스티아가 차갑게 물었다.

"긴히 할 말이 있다더니, 그게 다인가? 그런 이야기로 황제의 사람인 네가 여기까지 올 필요는 없었을 텐데."

"그랬었지. 한때는⋯⋯."

건조한 화답에 유스티아는 숨을 짧게 들이쉬었다. '그렇다'가 아닌 '그랬었다'고 했다. 유스티아의 눈이 커지는 것을 보며 하르트는 자조적인 웃음을 지었다.

"유스티아, 난 비센나와 황가의 전쟁에 참여하지 않을 거다."

"⋯⋯어째서? 백탑을 나오면서까지 칼란의 기사로 살고 싶던 게 아니었나?"

"내 신념이 실은 아무것도 아니었다는 걸 이제야 깨달았어."

실은, 지금도 많이 늦었다고 하르트는 생각했다. 그런데도 유스티아와 대화할 수 있게 되어 다행이었다. 이제야 샤리타가 조금은 편히 잠들 수 있지 않을까. 하르트는 두 손을 만지작거리며 담담한 미소를 그려 냈다.

"예전처럼 지낼 수 없다는 건 알아. 너무 많은 시간이 흘렀으니까."

하르트는 고개를 들어 창문 밖으로 시선을 던졌다. 새벽하늘의 별을 감싼 구름이 유유자적 흘러가고 있었다.

"미안하다는 말로는 부족하겠지만—."

하르트는 숙인 고개를 들지 못했다. 저지른 잘못에 대한 책임감이 목 끝까지 차올라 그의 숨을 턱 막히게 했다. 담담했던 가면이 부식되어 깨져 갔다. 하르트는 낮은 숨을 내쉬며 입술을 깨물었다.

"미안하다."

진심이 묻어난 말에 유스티아는 대답하지 않았다. 의자의 서늘한 턱걸이를 쥔 그의 손이 딱딱하게 굳었다. 신뢰의 끈을 잘라 낸 건 하르트 쪽이었다. 단 한 번도 못 들을 거라고 생각했던 말. 하르트가 자신에게 용서를 구하고 있었다.

벼려진 검처럼 날카롭던 호박색 눈동자가 한결 누그러졌다. 유스티아는 담담한 시선으로 하르트를 보았다. 유스티아의 입술이 느릿하게 떨어졌다.

"용서한다."

죄인처럼 고개를 숙였던 하르트가 놀라 얼굴을 들었다.

* * *

하르트는 며칠 동안 공작저에 머물기로 했다. 아버지가 허락하셨기에 그 이유를 묻진 않았지만, 모종의 거래가 있지 않았을까 하고 추측했다. 그간 큰 사건이 터지는 건 아닐까 하고 조마조마했는데, 걱정과 다르게 평온한 나날이 흘러갔다. 신기하게도 아버지와 하르트, 두 사람은 꽤 가깝게 지냈다. 같이 후원을 거닐기도 하고-스위트피가 핀 후원에는 아버지가 발도 못 들이게 하는 것 같았지만-가끔 식사도 같이했다.

'도대체 둘이 무슨 이야기를 하는 거지? 사이도 안 좋으면서.'

대화는 언제나 일방적이었다. 하르트는 가끔 웃으며 말했고, 아버지는 처음부터 끝까지 무표정한 얼굴로 고개를 끄덕일 뿐이었다.

오늘도 아버지와 하르트는 거리를 둔 채 한적한 후원을 거닐고 있었다. 인기척을 줄이며 둘의 뒤를 쫓고 있는데, 등 뒤에서 바스락거리는 소리가 들렸다.

"누구……."

"쉿!"

역시나. 나만 염탐하러 온 게 아니었나 보다! 남색 제복에 나뭇잎을 덕지덕지 붙인 샤키 오빠가 내 입술에 손을 갖다 댔다. 염탐을 방해하려는 건 아니겠지. 난 샤키 오빠에게 뾰족한 시선을 보내며 물었다.

"여긴 무슨 일이야? 연화 일은 어쩌고?"

"장기간 휴가 받았어."

"장기간 무단결석은 아니고? 백수가 된 걸 미리 축하해."

"고맙다, 동생아."

놀리는 건데, 샤키 오빠는 진심으로 좋아하고 있었다.

'참 한결같단 말이지. 나쁜 의미로.'

늘 변하지 않는 샤키 오빠를 보니 조금 심란해졌다. 진심으로 그의 머릿속을 파헤치고 싶다는 생각이 들었다. 사악한 마음이 샤키 오빠의 머리를 점령한 건 아닐까. 난 팔짱을 낀 채 샤키 오빠를 괜스레 흘겼다.

"연화가 가장 대우가 좋은 기사단 아냐? 그만두면 뭐 하려고? 백야로 갈 거야?"

"그만둔 거 아니야, 휴가라니까. 그리고 페르제의 졸개가 되라는 거라면 사양할게."

무슨 그런 말을 하냐며 샤키 오빠가 눈살을 찌푸렸다.

'페르제도 사양할 텐데.'

나는 대충 고개를 끄덕였다. 그리고 품에서 새 모양의 금속 장식을 꺼냈다.

샤키 오빠가 궁금하다는 듯 새 장식을 빤히 쳐다보았다.

"그건 뭔데?"

"확성기 마법이 설치된 도구야. 하르트에게 비싸게 주고 샀어."

"대단하구나, 시엘. 하르트에게서 산 걸 하르트에게 쓴다고?"

"이런 걸 가지고 뭘."

나는 대답하며 피식 웃었다. 그러고는 새 장식을 땅에 조심스레 놓고는 그 옆에 쪼그려 앉았다. 지지직거리는 소리가 들린 순간, 귀를 쫑긋 세웠다. 도대체 무슨 이야기를 하는 걸까? 하르트가 황제의 졸개로서 비센나와 대적하겠다는 뜻을 밝힌 건가? 오늘부로 "넌 나의 적이다, 유스티아" 하고 선포하러 온 거라면…….

'그럼 그냥 보내기 곤란한데.'

전쟁이 끝날 때까지 하르트를 감금할 계획을 하나부터 열까지 짜낼 때였다. 삐익. 삐익. 금속으로 된 새 모양의 도청 장치에서 신호음이 여러 번 들려왔다.

"됐다! 연결됐어. 이제부터 조용히 해야 해."

"엿들을 게 뭐 있다고. 하르트는 이빨 빠진 호랑이 아냐?"

"그래도 오빠 삼촌인데 너무 평가 절하하는 거 아냐? 백탑의 수장이잖아."

샤키 오빠가 대답 대신 새의 부리를 툭 건드리며 볼륨을 올렸다. 잡음이 좀 들리긴 했지만, 아버지와 하르트의 대화는 꽤 자세하게 들렸다. 그들의 주제는 앞으로 있을 전쟁이 아닌……. 산딸기였다.

첼로의 선율을 닮은 부드러운 목소리가 먼저 들려왔다. 하르트였다.

「예전엔 산딸기 케이크를 참 좋아했는데…….」

「네 취향 물은 적 없다.」

「기억나? 유스티아 너 때문에 한동안 먹지 못했어.」

「귀찮게 자꾸 물어보는군.」

「그래도 왜 못 먹었는지 물어봐 줘야지. 대화가 끊기잖아.」

아버지가 그만 물으라며 비센나 화법을 쓰는데도 하르트는 꿋꿋했다. 다행히 거리가 멀지 않아 대화는 잘 들렸다. 우리는 풀숲에 몸을 웅크린 채 두 남자의 대화를 엿들었다. 귀찮은 듯 눈을 찡그린 아버지의 입술이 떨어졌다.

「왜.」

「네가 사람을 산딸기처럼 으깨놔서 그래.」

「……그래서?」

「그냥 그렇다고.」

아버지는 대화할 마음이 없어 보이는데, 하르트는 픽 웃으며 이야기를 계속해 나갔다.

「……유스, 넌 산딸기 케이크 좋아해?」

「싫어한다.」

차가운 대답에 하르트는 "음……" 하고 낮은 신음을 흘렸다.

그 뒤로도 두 사람의 대화는 비슷한 양상을 띠었다.

"별거 없네."

슬슬 지루해졌는지 샤키 오빠는 하암 하품을 하며 나를 돌아보았다.

치직. 치지직. 도청 장치에서 귀에 거슬리는 잡음이 계속 났다. 어느덧 아버지와 하르트 사이엔 대화가 끊긴 지 오래.

'뭔가 싸한데…….'

새 모양의 장식을 쥐려던 나는 샤키 오빠의 등을 톡톡 쳤다.

"왜?"

"오빠가 저 새 장식 좀 봐 봐. 도청 마법이 멈춘 것 같은데."

"난 마법에 문외한인……."

싱거운 얼굴로 거절하려는 샤키 오빠의 말을 막았다.

"샤키, 넌 할 수 있어!"

불끈 쥔 내 주먹을 말없이 내려다보던 그가 기어코 한쪽 무릎을 굽혔다. 샤키 오빠는 풀숲에 앉아 금속으로 된 새를 이리저리 만지작거렸다.

이때다 싶어 나는 티 나지 않게 천천히 뒤로 물러섰다.

"샤키는 예전부터 남의 이야기를 엿듣는 걸 좋아했지."

선명해진 목소리에 샤키 오빠가 도청 장치를 고쳤다며 반색했다.

"오, 이제 들린다!"

싱글벙글 웃던 샤키 오빠가 고개를 갸웃했다. 무언가 이상함을 느낀 그의 몸이 천천히 뒤로 돌아섰다.

"너무 선명하게 들리지?"

하르트가 지금의 상황이 재미있다는 듯 웃으며 물었다. 맞은편에 서 있는 장신의 남자 두 명이 말없이 샤키 오빠를 내려다보았다. 강 건너 불구경하듯 구경하는 하르트 이스넬. 그런 그의 등 뒤에 서늘한 표정의 유스티아 비센나가 있었다.

"샤르키스 비센나."

경고하듯 내뱉어진 낮은 음성에 샤키 오빠가 숨을 흡 들이켰다.

"내가 눈치를 줬는데도 못 알아차린 모양이구나. 어른들의 대화를 엿듣는 건 어디서 배운 버릇이야?"

가벼운 한숨을 내쉬며 하르트가 샤키 오빠의 어깨를 다독였다.

"시엘, 너……."

샤키 오빠는 말없이 나를 올려다보았다. 짙은 원망이 루비색 눈에 잠깐 스쳤던 것도 같다.

"샤키, 네가 앞서서 도청을 해 놓고 여동생 탓을 해?"

아버지가 크게 화를 냈다. 나는 역성을 드는 아버지의 뒤에 숨었다. 아버지의 옷깃을 슬쩍 쥔 채 샤키 오빠를 힐끗 쳐다보았다. 의도치 않게 오빠를 방패로 쓰고 말았다.

"네 나이가 몇인데 동생에게……."

"탓한 게 아닙니다."

샤키 오빠는 꼬박꼬박 말대답하며 자리에서 일어났다. 맹렬한 두 남자의 눈빛이 허공에서 맞부딪쳤다.

"제가 시엘을 끌어들인 건 맞습니다."

의외의 대처에 나는 깜짝 놀라 그를 쳐다보았다. 샤키 오빠가 나를 팔지 않다니? 짹짹이가 착해졌다는 것만큼 믿지 못할 일이었다. 심지어 내가 먼저 도청하자고 했는데도…….

처음으로 샤키 오빠가 듬직하게 보여 나는 몇 번이고 눈을 비볐다.

"단장님. 그리고 공작님. 여기서 도청을 하지 않은 자만이, 제게 돌을 던질 수 있을 겁니다."

샤키 오빠의 차가운 응답에 하르트는 침묵했고, 아버지는 말없이 샤키 오빠를 노려보았다.

"이 장치는 단장님에게서 산 것이고, 도청은 공작님에게서 배운 겁니다."

"큼큼!"

"흐음."

하르트는 헛기침했고 아버지는 묘한 침음을 흘렸다. 진짜로 화가 나신 건 아니었는지, 아버지가 눈을 가늘게 뜨며 물었다.

"하르트와 나를 도청할 정도로 궁금했던 게 뭐지?"

샤키 오빠도 딱히 할 말이 없었나 보다. 그는 대담하게도 두 사람에게 직접 묻는 방식을 택했다. 바로 지금처럼.

"대체 두 분, 무슨 사이입니까? 제 생각이 맞는다면 두 분은 필시……."

벌써 실망이란 기색이 샤키 오빠의 두 눈에 어렸다. 도대체 무슨 생각을 하면 저런 표정이 나오는지 모르겠다. 그걸 본 하르트가 허, 하고 헛웃음을 터뜨리며 쏘아붙이듯 말했다.

"잠깐만, 샤키. 네가 뭘 생각하든 틀렸어. 미리 실망부터 하지도 말고!"

하르트가 곤혹스럽다는 얼굴로 샤키를 쳐다보았다. 그 후에는 붉은 머리칼을 손으로 쓸어 넘겼다. 얼마나 당황했는지 속눈썹까지 파르르 떨렸다.

"실망?"

아버지가 의아한 얼굴로 나를 돌아보았다. 시엘 년, 저치-안타깝게도 장남인 샤키였다-의 말을 이해하느냐는 눈빛이었다.

한동안 침묵이 흘렀다. 말할까 말까? 나는 한참을 고민하다 입술을 달싹였다. 그런 내가 답답했는지 아버지가 답지 않게 채근했다.

"말해 보렴."

어음. 으음……. 나는 한숨을 연이어 삼키다가 입술을 떼었다.

"'사랑과 키스' 본 적이 있으세요?"

그 물음에 샤키 오빠는 "역시. 알고 있을 줄 알았다니까?" 하고 관자놀이를 매만졌다. 나머지 두 사람은…….

"모른다."

"안다."

하르트는 부정했고 아버지는 긍정했다. 갈라지는 대답에 두 남자의 시선이 묘하게 얽혀 들었다.

아빠가 먼저 타박했다.

"백탑의 현자라는 놈이 습관처럼 거짓말을 입에 담는군."

"현자가 진실만을 말한다는 건 고리타분한 선입견이지. 워낙 유명해서 알긴 아는데, 읽어 본 적은 없어."

하르트는 어깨를 으쓱하며 엉거주춤 서 있는 샤르키스를 일어서게 했다. 그러더니 대뜸 그의 팔을 붙잡고 끌어당겼다.

"그 망할 책 이야기는 그쯤하고. 잠깐 샤르키스 좀 빌리고 싶은데."

"내게 허락을 구할 것 없다."

아버지가 딱 잘라 말했다. 그러자 하르트의 시선이 아버지에게서 가주인 내게 향했다.

"오라버니를 빌리고 싶은데, 데리고 가도 되겠습니까?"

기분이 좀 이상했다. 아버지에겐 반말을 하면서 내겐 꼬박꼬박 말을 높이다니. 이래서 권력이 좋은 건가 보다. 그나저나 무슨 속셈인 거야? 나는 고개를 가볍게 젓고는 물었다.

"데리고 가다뇨? 어디로요?"

내가 경계하며 묻자 샤키 오빠가 "잘한다."며 흡족한 미소를 지었다. 본인 일인데 어째 별 심각성을 못 느끼는 것 같았다.

"당분간 이스넬가에 머물게 할 생각입니다."

"가는 건 샤키 오빠의 자유지만, 이유는 들어 봐야 할 것 같네요."

하르트는 곤란한 표정으로 턱을 문질렀다. 이걸 어떻게 말해야 하나, 한참 고민하는 걸 보니 간단한 문제가 아닌 듯했다.

"샤르키스 비센나를 이스넬에서 보호할 생각입니다."

하르트의 말을 시작으로 후원에 무거운 정적이 내려앉았다.

"그게 무슨 뜻이지, 하르트?"

아버지의 물음에도 하르트는 쉽사리 대답하지 않았다. 무엇이 그리 고민인지 그는 몇 번이나 입술을 달싹였다.

"유스티아."

이름을 부르고 한참 뒤에야, 하르트는 다시 입을 열었다.

"샤르키스를 살리고 싶다."

밑도 끝도 없는 소리에 아버지는 한쪽 눈썹을 올렸고, 샤키 오빠는 하르트에게 소매가 붙잡힌 채 눈을 깜빡였다. 뭔 뜻인지 아느냐고 입 모양으로 묻자 '나도 모르겠는데 개판인 건 알겠다.'는 표정이 샤키 오빠에게서 돌아왔다. 이유라도 들어 볼까 싶어 나는 팔짱을 낀 채 하르트에게 답하라는 시선을 보냈다.

"샤르키스 비센나. 아니, 샤르키스는 비센나의 전쟁에 참여하지 않을 거다."

"네가 그걸 결정할 권한은 없을 텐데, 하르트 이스넬."

"왜 없다고 생각해? 샤르키스에게도 이스넬의 피가 흐른다고. 내 어머니와 아버지에게 했던 맹세를 잊은 건 아니겠지?"

"무슨 맹세……."

코웃음 치며 물으려던 아버지의 낯빛이 점점 어두워졌다.

"아이가 생기면 샤를리엔 이스넬, 튜린 이스넬. 두 분께도 보여 드리겠다고."

원작에선 두 사람의 이름이 자세히 나오지 않았지만, 누군지 짐작은 갔다. 무심결에 아버지를 쳐다봤다가 깜짝 놀랐다. 유스티아 비센나, 내 아버지가 실로 오랜만에 당혹해하고 있었다.

"이미 돌아가신 분들이다."

"그래. 수백 년 전 황가와의 전쟁이 끝난 뒤, 두 분은 얼마 되지 않아 숨을 거두셨지."

하르트가 한쪽 눈썹을 올리며 세차게 말했다.

"샤리타를 행복하게 해 주겠다며 아버지 앞에서 무릎을 꿇었던 기억은 안 나는 건가?"

'그렇다'라고 답할 것 같던 아버지가 나와 샤키 오빠를 보더니, 말끝을 흐렸다.

"……기억이 잘 안 나는데."

"네가 전쟁에서 이긴 후 우리 이스넬 일가는 네게 무릎을 꿇었지. 그것 때문에 아버지는 앙심을 품으셨고……."

"앙심치고는 상당히 집요했어."

기억만 떠올려도 피곤하다는 듯 아버지는 관자놀이를 매만졌다.

"샤리타와 결혼하겠다며 스물두 번의 시험을 통과한 네가 더 집요했어. 아, 결혼은 이미 했고 뒤늦게 인정을 받고 싶었던 거겠지만."

줄줄 나오는 과거에 아버지는 손을 들어 슬며시 내 귀를 막아 주었다. 자신의 흑역사라고 생각하는 것 같은데. 사실, 왜 부끄러워하는지 잘 모르겠다.

하르트가 의미심장하게 말했다.

"장인어른이라며 살갑게 대했었잖아."

"그런 적 없어."

아버지는 살기가 어린 흉흉한 눈으로 하르트를 노려보았다. 그만 닥치라는 뜻 같은데, 하르트는 대놓고 비웃으며 주절주절 말을 이어 나갔다.

"왜? 딸 앞이라 신경 쓰여? 샤리타를 위해 헌신했던 과거가 부끄러워?"

"그건 아니고……."

아버지가 자신 없는 어조로 대답하며 흘끗 나를 쳐다보았다.

"내가 괜히 페르제를 괴롭혔던 건 아니란다."

제 발이 찔린 사람처럼 아버지가 나를 보며 변명을 이어 나갔다.

"나도 배운 거지, 시엘."

"페르제에게 독이 든 케이크를 먹인 것도요?"

"그래, 그것도."

아버지의 말을 들으며 나는 두 귀를 의심했다. 하르트의 말이 농담이 아니라 진짜라고? 유스티아에게 앙심을 품은 집요한 장인어른, 샤를리엔 이스넬. 스물두 번의 시험을 냈었다니……. 그건 좀 놀라웠다.

"그래도 독이 든 건 좀 그래요."

"페르제 혼자 먹기 서러웠던 건가? 뭐, 다음에는 같이 먹어 주도록 하지."

아버지의 말에 동의한다며 샤키 오빠가 고개를 끄덕였다.

"대공도 참, 애도 아니고 편식이 심해. 나 때는 말이야……."

그런가? 아, 아니지. 비센나의 남자라면 독이 든 케이크를 먹어야…… 할 리가 없지! 페르제는 그게 당연하단 반응에 나도 모르게 넘어갈 뻔했다.

그 뒤로도 하르트의 폭로는 계속되었다. 묻지 않아도 술술 말하는 걸 보니 혼자서 신난 게 틀림없다. 병풍처럼 하르트에게 붙잡혀 있던 샤키 오빠도 귀를 쫑긋 세우는 듯했다. 그가 싱글벙글 웃으며 말했다.

"이거 재밌네. 나만 재밌나?"

"샤키 오빠, 쉿!"

샤키 오빠에게 조용히 하라고 했지만 사실 그리 나쁜 이야기도 아니었다. 아버지는 이스넬 가문을 망하게 한 대역 죄인이자, 동시에 갈 곳 잃은 이스넬의 사람들을 지켜 오며 수호자 노릇을 자처했다고 한다. 그때 당시 하르트는 용의 마력이 심어진 뒤라 도망 다녔다는데……. 자신을 쫓는 사냥꾼에게서 살아남느라 가문을 지키지 못했다는 말을 할 때는 미미한 죄책감이 얼굴에 서려 있었다. 먼 과거를 떠올리듯 하르트의 녹색 눈동자가 짙게 잠겼다.

"전쟁에서 패한 우리 이스넬을 네가 지켜 줬지. 이스넬 일족이 비센나의 악마에게 빌붙었다며 몇 번이나 죽을 뻔했는데도."

그런 말을 하는 하르트는 아버지를 원망하는 기색이 아니었다. 오히려 안타까운 눈으로 보고 있었다.

"……알고 있었나?"

"모를 리가 있나. 그 정도 눈치도 없으면 죽어야지."

하르트의 말에 아버지는 이해했다는 듯 고개를 끄덕였다. 그냥 나가 죽으라는 것 같은데…….

"너와 샤리타는 아이를 가질 수 없다고 했지만, 샤리타가 원했던 대로 기어코 가졌어. 그것도 양친께서 돌아가신 지 수백 년 후에야……."

"돌아가신 분께서 꿈에 나타나기라도 하신 건가? 샤키가 보고 싶다고?"

아버지가 헛웃음을 짓는 걸 보며 하르트는 입술을 떼었다.

"이미 돌아가셨지만, 샤르키스는 조부모님을 뵐 자격이 있어."

조부모님이 살아 계셔서 뵐 시간이 얼마 남지 않았다면 모를까, 허점이 많은 명분이었다. 듣다가 뭔가 이상해서 나는 눈을 가늘게 뜨며 물었다.

"……왜 꼭 지금이어야 해요? 영 수상한데."

내가 손을 까닥이자 하르트가 움찔 몸을 굳혔다. 예전에 내게 머리카락이 뽑힌 적이 있어서 그런 걸 거다, 아마.

"꼭 지금이어야 돼. 두 분의 비석이 남아 있으니, 그곳으로 샤키를 데려갈 생각이야."

"샤르키스는 훌륭한 전력이다. 전쟁이 끝난 이후면 허락하마."

아버지의 말을 끊으며 하르트가 차갑게 조소했다.

"너라면 그렇게 말할 줄 알았지. 근데 그때도 샤키가 네 곁에 있을 거라 생각하나?"

하르트가 힘주어 샤키 오빠의 손목을 붙잡았다.

'설마……!'

나는 놀란 얼굴로 하르트에게 붙잡힌 샤키 오빠를 보았다. 묘한 시선으로 샤키 오빠를 보던 하르트가 결심한 듯 입을 열었다.

"샤르키스는 이번 전쟁 때 죽어."

예언처럼 내뱉어진 말에 등줄기에 소름이 쫙 끼쳤다. 설마, 하르트가 미래를 알고 있다고? 원작에선 하르트가 쏜 화살에 의해 샤르키스가 죽었다. 슈레이를 지키려다 대신 화살을 맞은 거였지만.

샤르키스 비센나가 하르트의 손에 죽게 되는 일은 오지 않을 거라 생각했다. 수없이 많은 미래가 바뀌었고, 나는 그 변화를 두 눈으로 지켜봐 왔다. 비센나에 존재하지 않았던 시엘 공녀가 생겼고, 가주가 바뀌었다. 이미 죽었어야 할 페르제가 살았고……. 그러니 미래 또한 바뀌었을 거라고 믿어 의심치 않았다. 생각이 점차 복잡해졌다.

'하르트가 알고 있었어.'

심장이 세차게 뛰는 것을 느끼며 아버지를 돌아보았다.

"샤리타도 내게 같은 말을 했었지."

원작에서 없던 내용이었기에 나는 눈을 크게 떴다. 샤리타는 미래를 볼 수 있었지만, 하르트에게 그런 예언을 남겼다는 내용은 없었다. 그녀가 볼 수 있는 미래는 어디까지나 단편적인 것에 불과했기 때문이었다.

"내 두 아들이 죽게 되고……."

예언을 담는 입술이 일그러졌다. 주먹을 거세게 쥔 유스티아 비센나가 담담히 말을 이었다.

"나 또한 죽음을 맞을 거라더군."

아버지는 알 수 없는 눈길로 나를 바라보았다. 하르트가 묘한 시선을 보내자, 그는 내게서 시선을 거두며 말을 이었다.

"백탑의 최상층에 묶여, 살아 있되 살아 있지 않은 형체의 모습으로. 네가 거두었던 갈라테이아 마석처럼."

"그것까진 듣지 못했는데……."

침음을 삼키는 하르트를 보며 아버지는 웃었다.

"그런 날이 오지 않기를 바란다고, 샤리타는 말했었어."

아버지는 얼어붙은 내게 시선을 내리며 손을 붙잡아 왔다.

"그리고 죽음이 드리운 우리에게 기적이 찾아올 거라고도."

아버지는 나와 눈을 마주치며 천천히 무릎을 꿇었다. 애틋한 눈이 슬픔을 담고서 휘어졌다.

"처음 만났을 때 시엘 네게 물었었지. 비센나의 약점이 무엇이냐고."

그랬어요, 분명. 나는 조심스레 고개를 끄덕였다.

비센나에 입양되기 전, 역사 시험이 있던 날이었다. 약점이 뭐냐고 묻는 유스티아 공작이 무서웠지만, 그 시선을 피하지는 않았었다.

— 방심은 금물이란 소리입니다.

꿋꿋하게 고개를 들고 말했고, 그런 나를 보는 공작의 눈에는 이채가 서려 있었다.

— 시험 통과다, 꼬맹아.

멍한 얼굴로 그를 보는 내게 유스티아 공작은 검은 장갑을 낀 손을 내려 내 뺨을 훑었었다. 옛 기억을 떠올리는 나와 눈을 맞추며 아버지는 뺨을 쓸어 주었다.

"방심하지 않으마, 시엘."

아름다운 금빛 눈동자가 슬픈 기색을 지워 내며 선명히 빛나고 있었다.

"이젠 카르넨 광산도, 시험도 중요하지 않게 되었어."

나를 보는 아버지의 눈에 묘한 감정이 서렸다. 가장 아끼는 보물을 기억하려는 듯, 깊은 시선이 내게서 떨어지지 않았다.

"내 딸이 되어 줘서 고맙구나. 시엘 넌 샤리타가 보낸 선물일지도 모르겠어."

다정한 목소리를 들으며 나는 아무런 말도 하지 못했다. 미래를 알면서도 그에게 아무런 말도 해 주지 않았던 건 나였다.

"예언에 의한 미래에서 나는 패배했지만—."

말을 하던 그가 천천히 시선을 떼어 내며 비센나 공작저를 둘러보았다.

생기를 품고 후원에 핀 꽃. 늘어선 백색의 탑과 은빛의 성채. 단단한 회갈색 석벽으로 된 고성에는 그가 살아온 시간이 오롯이 새겨져 있었다. 감시탑 위에 꽂힌 검은 깃발이 펄럭였다. 아버지가 지켜 왔던 비센나가 그의 금빛 눈동자에 가득 담겼다.

"네가 황제에게 두 무릎을 꿇는 일은 없을 거다."

아버지가 계승식 때 어째서 월계수를 태웠는지 조금은 알 것 같았다. 비센나가 승리하기를 바랐을 것이다.

"샤르키스도, 슈레이도……."

느릿하게 말을 잇는 아버지의 목소리가 미세하게 떨리기 시작했다. 목이 메는 듯 눈을 내리감은 그가 억지로 웃음을 지어 보였다.

"죽지 않을 거다."

눈가에 맺힌 눈물을 닦을 생각도 못 한 채 아버지는 나를 와락 끌어안았다.

"나는 예언을 믿지 않는다. 내게 남은 건 너희들뿐이야."

아버지는 나를 안은 손에 힘을 주었다. 어릴 땐 한없이 커 보였던 사람. 그런데 지금은 두려움에 떨리는 그의 손이 작게 느껴졌다.

"전쟁 따윈 져도 괜찮다."

목이 메어 오는지 아버지는 제대로 말을 잇지 못했다.

"……난 너희들을 잃고 싶지 않아. 샤리타가 나를 두고 떠났을 땐, 죽어서라도 샤리타를 만날 수 있기를 기도했지만—."

내 어깨가 축축이 젖어 들며 고요한 목소리가 들렸다.

"내겐 이제 너희뿐이다. 그래서 더 두려웠어. 내 품 안에서 너희를 잃게 될까 봐."

전쟁에서 져도 괜찮다는 말이 그의 입에서 몇 번이고 반복되었다.

"내가 두려웠던 건 비센나가 패배하는 것이 아니라……."

떨리는 목소리로 아버지가 말을 이었다.

"혼자 남겨지는 거였어."

나는 아버지의 품에 안긴 채 눈을 감았다. 이렇게 여린 사람을 어떻게 괴물이라 말할 수 있을까. 이렇게나 다정한 사람인데, 악당이란 이유로 버릴 수 있을까.

"시엘 난, 올바른 판단을 내릴 수 없을 거라 생각했다. 내겐 약점이 생겼고, 너무 많은 감정을 알게 되었어."

나는 그의 말을 들으며 손을 뻗어 등을 다독였다. 그래서 아버지가 내게 가주 자리를 물려준 걸까.

"제가 가르쳐 드린다고 말했던 거 기억나요? 아버지는 많은 걸 알고 있지만 모르는 것도 있다고. 같이 배울 수 있다고."

그를 보며 말을 이어 나갔다.

"행복해지는 법, 아직 가르쳐 드리지 못했으니까……."

나는 어릴 때처럼 아버지의 손을 붙잡으며 환히 웃었다.

"전쟁이 끝나면 하나씩 배워 나가요."

아버지는 흐릿한 눈으로 나를 보다가 낮게 웃음을 터뜨렸다. 아름다운 금빛의 눈동자가 초승달처럼 휘어졌다.

"이미 배운 것 같구나, 시엘. 곁에 있어 주는 것만으로도 충분해."

커다란 손이 내 손을 감싸며 따뜻한 위로를 전했다.

샤키 오빠는 하르트의 곁에 선 채 우리를 보고 있었다. 가라앉은 늪처럼 고요한 시선이 바뀐 것은 한순간이었다.

"오빠도 원래 예언 같은 거 안 믿어."

자신의 머리를 쓸던 샤키 오빠가 한쪽 눈썹을 올리며 말을 이었다.

"단장, 여기 눈치 없는 외부인이 한 명 있네요."

뻘쭘해진 하르트가 아버지와 나를 쳐다보다가 넌지시 말을 걸어왔다.

"발 아픈데 응접실 가서 이야기 좀 할까? 너와 긴히 할 이야기도 있고."

"아버지와 둘이서요?"

"그렇습니다, 공작님. 공작님께서 허락하신다면……."

아버지 눈치를 보면 그렇구나 이해하겠는데, 어쩐지 하르트가 내 눈치를 보고 있었다. 왠지 자기가 한없이 나쁜 놈이 된 것 같다나. 나쁜 놈 맞는데, 왜 의심을 하나 몰라.

"후작님은 항상 제 의견을 물어보시네요?"

"제국의 법도가 지엄한데 감히……!"

하르트가 미쳤는지 갑자기 소리를 쳐서 깜짝 놀랐다. 내가 한쪽 귀를 막으며 눈살을 찌푸리자 하르트는 자신감이 사라진 얼굴로 어깨를 축 늘어뜨렸다.

"나이 먹더니 더 시끄러워졌군."

아버지가 하르트를 타박했고.

"뭡니까, 단장님. 새파랗게 어린 조카 앞인데 나잇값 좀 하시죠."

샤키 오빠마저 한쪽 눈썹을 올리며 핀잔을 주었다. 비센나에서 제 편이 없다는 걸 하르트도 알게 되었나 보다. 그가 다소 풀이 죽은 목소리로 말했다.

"……라면서 저를 혼내셨잖습니까? 머리카락도 한 가닥도 뽑으셨고."

기억력이 쓸데없이 좋단 말이지. 나는 시치미를 떼려다 기억이 나긴 난다며 고개를 끄덕였다. 그러자 하르트는 내게서 세 발자국 물러났다. 그 모습이 꼭 천적을 보고 경계하는 미어캣 같았다. 백탑의 현자라면서 머리카락 뽑혔다고 저렇게 경계할 필요가 있나? 샤키 오빠가 간단한 말로 내 의문을 해결해 주었다.

"하르트도 탈모는 못 고치거든."

그 말이 맞는다며 고개를 끄덕인 하르트가 일정 거리를 유지한 채 물었다.

"아, 유스티아와 둘이서 대화를 나눠도 되겠습니까?"

나는 대답 대신 아버지를 빤히 쳐다보았다. 가주라곤 해도 내가 결정할 문제는 아니었기 때문이었다. 아버지가 마땅찮은 얼굴을 하고서 대답했다.

"뭐, 좋아. 길어지지만 않는다면. 할 말은 미리 요약해 두었겠지?"

"아니……. 무슨 보고하는 것도 아닌데 요약을 해야 하나?"

"하라면 해."

아버지가 팔짱을 낀 채 하르트를 지그시 쳐다보았다. 실로 고압적이고 강경한 태도였다.

"하라니까 하겠는데……."

고개를 기울인 하르트가 열심히 머리를 굴리고 있었다. 백탑의 현자니 그리 어려운 게 아닐 텐데도, 무엇이 문제인지 복잡한 심경이 그대로 얼굴에 나타났다.

"근데 꼭 해야……."

"시엘, 샤키와 함께 쉬고 있거라."

하르트의 말허리를 자른 아버지가 우리를 돌아보며 말했다.

"그럴게요. 두 분께선 천천히 이야기하다 오세요."

나는 알겠다는 듯 고개를 끄덕였다. 어쩐지 하르트와 유스티아, 두 사람의 대화가 길어질 것 같은 느낌이었다. 몸으로 대화하는 건 아니겠지. 말로 하다 안 돼서 칼부림이라도 나면 큰일이었다. 물론, 세기말 악당 출신인 유스티아 비센나의 끗발이 세니 걱정할 건 없겠지만.

* * *

응접실에 도착한 뒤, 하르트는 계속 침묵을 지켰다. 가장 구석진 자리에 앉은 그는 심각한 고민을 하는 중이었다.

샤리타에겐 미래를 볼 수 있는 혜안이 있었다. 그녀가 보는 미래는 단편적이고 찰나에 그친 것들. 깨진 유리 파편이 흩뿌려진 것과 같다고 했었다. 샤리타가 예견한 미래에 절망만 있는 건 아니었다. 한 줌의 행복도 있었다. 그녀와 유스티아 사이에 기적처럼 아이가 태어났다. 그리고 그 아이가 자신이 사랑하는 유스티아의 곁에 대신 있어 주기를, 샤리타는 기도했다.

'샤르키스⋯⋯.'

성녀 샤리타와 비센나 공작 사이에서 태어난 작은 아이. 둘의 피를 이은 샤르키스가 악마로 불리는 용의 곁에 있어 줄 거라고 샤리타는 믿었다. 그 자리에 비록 자신이 없다고 하여도.

하르트가 샤리타로부터 예언을 듣게 된 건 그녀의 수명이 얼마 남지 않았을 때였다. 고요한 정적이 내려앉은 방 안. 시계마저 멈춘 곳에는 어떠한 소음도 없었다. 방의 주인인 샤리타는 담담히 죽음을 기다리고 있었다. 하르트가 준비한 샛노란 프리지아만이 죽음이 드리운 방에서 생기를 가진 채 피어 있었다. 몸이 약해진 누이는 희미한 숨을 넘기며 마지막 유언을 오라버니에게 남겼다.

– 오라버니가 전쟁에 참여하면 샤르키스는 죽게 될 거예요. 당신의 신념이 제 아이를 죽이겠죠.

그녀가 하는 말을 들으며 하르트는 혼란에 휩싸였다. 늘 다정한 웃음을 짓던 샤리타의 입술에 차가운 죽음의 냄새가 감돌았다. 그런 그녀에게 하르트는 말했다.

– 그런 일은 없어, 샤리타. 샤르키스는 이스넬의 마지막 아이다.

– 제 아이를 이용해 가문을 부흥시키려는 건가요?

– 내가 어떻게 그럴 수 있겠느냐? 네가 떠나고 나면 내게 남은 마지막 가족은 샤르키스뿐인데.

부정하는 말에도 샤리타는 알 수 없는 눈으로 하르트를 바라보았다.

- 오라버니께선 대의를 위해서라면 작은 것들의 희생도 마다하지 않으셨죠.

- 샤리타······.

- 오라버니에겐 작은 것인 내 아이가, 내게는 전부였다는 걸 잊지 말아요.

하르트는 샤리타에게서 시선을 떼지 못했다. 죽어 가는 사람이라고는 믿기지 않을 만큼 선명한 붉은 눈동자가 그를 보고 있었다. 햇살을 녹인 것 같은 금발은 빛이 바랜 지 오래였고, 아름다웠던 얼굴은 창백해져 주름과 죽음의 흔적만이 가득 차 있었다.

그 일이 언제냐고 하르트가 물었지만, 샤리타는 끝까지 대답해 주지 않았다. 다시 한번 비센나와 맞서게 될 거라고 말하며 생기를 잃어 가는 눈으로 바라만 볼 뿐.

- *유스 곁에 머물러 줘요, 오라버니.*

샤리타가 마지막으로 남긴 유언은 지극히 짧았다. 미라의 것처럼 뼈만 남은 손이 하르트의 손을 간절히 붙잡았다. 들리지 않는 대답을 마지막으로 듣기 원하는 것처럼.

- ······샤리타. 내가 그 괴물의 곁에 남기를 바라는 거라면, 그러도록 하마.

누이가 안온한 죽음을 맞이할 수 있도록 하르트는 마음에도 없는 말을 거짓으로 꾸며 냈다. 그는 죽음이 장막처럼 드리워진 방을 나오며 실소를 자아냈다. 그때는 샤리타의 생각을 이해하지 못했다. 유스티아는 자신의 삶을 나락으로 처박은 악마였으니까.

하르트는 그때의 기록을 일기로 써 내려갔고, 수십 년 뒤 백탑의 최상층에 보관해 두었다. 다시는 볼 일이 없을 거라 믿으며, 자신을 제외한 그 누구도 백탑의 최상층에 오지 못하도록 막아 두었다. 샤리타가 말한 미래가 가까워지자 하르트는 다시 그 일기에 대해 생각해 보게 되었다.

'누군가 일기를 찢어 간 흔적이 있었지.'

예언 일지가 찢긴 건 꽤 오래전의 일이었다. 여덟 살의 시엘 공녀가 백탑에 시험을 치르러 오기도 전에 그 일이 있었으니까.

백탑의 최상층에 누군가 잠입했었고, 그자는 일기를 훔쳐본 거로 모자라 예언까지 찢어 갔다. 정의롭지 못한 그 도둑이 누구였는지 하르트는 알고 있었다. 검은 사제복을 입고 당당히 백탑으로 잠입한 소년은 샤르키스의 죽음과도 밀접한 관련이 있었다.

'나 못지않게 충격을 받았겠지.'

예언을 찢어 간 금발의 소년은 고고한 자존심을 가진 거로도 유명했다. 그런데 예언에는 샤르키스에게 구해진다는 내용이 있었다. 슈레이에게 샤르키스는 라이벌이자 끔찍이 싫어하던 대상이었다. 입양된 후로 샤르키스와 사이가 좋지 않은 것으로 유명했다.

슈레이도 처음에는 예언이 진짜인지 믿지 못했을 것이다. 그렇다고 쉽게 넘길 수도 없는 문제였다. 만약 예언이 진짜라면 샤르키스에게 갚지 못할 빚을 지게 되는 것이었다. 더욱이 슈레이는 여신을 믿는 사제였다. 성녀 샤리타의 예언이었으니 그 불안감은 점점 더 커졌으리라.

샤리타의 예언은 슈레이가 추기경이 되겠다는 결정에 영향을 끼쳤다. 때론 희망보다 불안이 움직이는 원동력이 된다. 그러니 예언이 담긴 일지가 슈레이 비센나가 추기경이 되겠다는 이유 전부는 아니더라도 일부분은 충족했을 것이다.

일기에 담긴 예언은 간단하고 직선적이었다.

[하르트 이스넬이 전쟁에 참여하면 샤르키스 비센나는 필연적으로 죽는다.]

말도 안 된다며 뇌리에서 지우려 했던 예언이었건만 이젠 하르트도 믿을 수밖에 없었다.

"앞서도 말했지만 백탑은 비센나와 황가의 전쟁에 참여하지 않기로 했다."

하르트가 확신에 차 말했다. 유스티아는 진의를 의심하듯 눈을 가늘게 떴다. 잠깐의 침묵 끝에 하르트의 입이 다시 열렸다.

"유스티아, 난 황제의 편에 서지 않을 거야."

어째서지? 유스티아의 눈에 묘한 이채가 서렸다.

"황제를 배신하겠다는 건가?"

"단, 조건이 있어. 샤르키스가 전쟁에 참여하지 않는다면."

"내가 결정할 문제가 아니군."

유스티아는 앞으로 흘러내린 새까만 머리칼을 쓸어 올리며 한숨을 내쉬었다. 예전이라면 샤르키스에게 수작 부리지 못하도록 하르트를 쫓아냈을 것이다. 하지만 지금은 생각이 좀 바뀌었다. 마력이 불안정해졌기 때문인지, 한낱 변덕인지 유스티아 자신도 결론을 내리지 못했다.

"샤르키스와 직접 얘기해 보도록."

유스티아의 허락에 하르트는 긴장했던 몸을 느슨히 풀었다. 설득이 쉽진 않겠지만, 자신이 직접 이야기를 하면 샤르키스도 마음이 바뀔지 모른다. 불안감과 일말의 기대감을 품으며 하르트는 샤르키스가 있을 응접실로 향했다.

하르트에게서 이야기를 듣는 샤르키스는 평온을 유지했다. 본인의 죽음이 타인의 입을 통해 거론되었는데도 그는 조금도 놀라지 않았다. 오히려 시엘이 창백한 낯으로 샤르키스를 보고 있었다. 의자에 걸쳐진 그녀의 손이 미세하게 떨렸다.

샤르키스는 눈치가 빨랐다. 그는 곁에 앉은 시엘에게 상체를 기울였다. 흔들리는 청록색 눈을 보며 샤르키스는 누이의 작은 두 뺨을 감쌌다. 어릴 적, 손을 잡아 주었던 것처럼.

"예언이라고 다 맞는 건 아니야."

"……샤키."

힘이 빠진 중얼거림에 샤르키스는 귀를 기울이며 웃었다.

"말해 줘, 시엘. 비센나는 나 없이는 안 된다고. 아직 내가 필요하다고."

시엘은 샤르키스가 말했던 문장을 입에 담지 못했다. 안온했던 그녀의 눈동자가 깨진 파편처럼 흔들렸다.

"난 네게 맹세했어. 유스티아 비센나도, 하르트 이스넬도 아닌 네게만."

샤르키스는 흔들림 없이 말했다. 선명한 의지를 담은 붉은 눈이 시엘에게 향했다.

"그러니 내게 확신을 줘. 내가 아직 필요하다고."

시엘은 확신을 내리지 못했다. 자신이 알고 있는 원작과 하르트의 말이 정확히 일치했기 때문이었다. 그렇기에 샤르키스는 전쟁에 참여하지 않아야 했다.

주저하는 시엘을 향해 샤르키스는 적요한 시선을 마주쳐 왔다. 가주인 시엘이 확신하지 못한다면 그는 전장에 설 수 없다. 비센나를 세운 유스티아 비센나도, 어머니와 피가 이어진 하르트 이스넬의 의견도 제겐 중요하지 않았다. 그러니 비센나의 가주인 시엘이 스스로 결정할 때였다.

"시엘 비센나."

샤르키스는 시엘의 손끝을 잡아 차가운 손등에 입술을 묻었다. 예전에도 몇 번이나 어린 누이의 손등에 입을 맞추었었다. 그때도 지금과 같았다. 여전히 시엘은 자신에게 있어 세상에서 가장 소중한 존재였다. 하지만 달라진 점이 있다면, 목숨보다 귀한 동생이 수천의 생명을 책임져야 할 가주가 되었단 것이었다.

"전쟁에 참여하지 말라고 한다면 비겁하게 숨으마."

샤르키스는 한쪽 무릎을 꿇고서 시엘의 모습을 두 눈 가득 담았다.

"내게 전장의 검이 되라고 한다면 목숨을 걸어서라도 승리로 이끌겠다."

장난스러움이 사라진 중후한 눈. 그 눈이 시엘을 고집스레 바라보고 있었다. 시엘의 깊게 잠긴 시선이 샤르키스에게 향했다. 붉은 눈동자를 보고 있노라면 생명력을 품고 한여름에 피어난 사루비아가 떠올랐다. 답하기를 머뭇거리던 시엘은 결심한 듯 손을 뻗었다. 떨림을 감추지 못하던 그녀의 손이 샤르키스를 붙잡았다.

망망대해 앞에 서 있는 듯한 기분에 시엘은 숨이 턱 막혀 왔다. 거대한 불안감에 휩싸이면서도 그녀는 샤르키스의 손을 꽉 붙잡았다. 심장이 쪼개질 것처럼 세차게 뛰었지만 시엘은 내색하지 않았다. 애써 그려 낸 담담한 시선으로 자리에서 일어난 샤르키스를 바라볼 뿐이었다.

"비센나의 검이 되어 줘, 샤키."

시엘은 샤르키스의 손을 꼭 붙든 채 시선을 올렸다. 눈길이 닿는 끝자락에 샤르키스 비센나가 있었다. 새벽의 그림자가 짙게 내려앉은 까만 머리칼 아래, 선명하게 빛나는 붉은 눈동자를 하고서.

"그렇게 되면 샤르키스는……."

하르트가 당혹스러운 얼굴로 말렸지만 시엘은 듣지 않기로 했다. 예언의 진위를 떠나, 샤르키스가 그걸 원치 않았으니까.

"샤르키스는 숨지 않을 거예요. 비센나를 위한 검이 되어 주겠다는 말을 지키기 위해서라도."

시엘은 신뢰를 보여 주듯 살짝 웃어 보였다. 눈을 내리깐 채 시엘을 보던 샤르키스가 입술에 호선을 그렸다. 기분 좋은 온기가 손끝에 닿아서 샤르키스는 그만 웃고 말았다. 찰나의 생이 영원처럼 느껴질 만큼 오래도록 기다리던 답이었다. 신뢰에 보답하기 위해선 뭐든 다 할 수 있을 것만 같았다.

스르릉. 샤르키스는 물 흐르는 듯 부드러운 동작으로 검집에서 검을 꺼내 들었다. 챙ㅡ! 검날을 바닥에 두며 샤르키스는 다시 한쪽 무릎을 굽혔다.

"비센나의 가주께서 바라는 대로."

기사는 검으로 이야기한다. 기사에게 검은 무기이며, 생명이며, 언약의 도구였다. 기사가 검을 증거로 맹세한다면 그것은 진심이었다.

샤르키스는 맹세의 무게를 아는 기사였다. 오직 한 사람에게 몇 번이나 같은 맹세를 했다.

"죽음도 내 맹세를 꺾지 못할 거야, 시엘."

샤르키스는 기쁜 듯 웃으며 어머니가 자신에게 남겼던 유언을 떠올렸다.

– 샤키, 아버지를 지켜 주렴.

어릴 적, 어머니에게서 마지막 말을 듣게 된 다섯 살의 샤르키스는 망설였다. 아버지가 어머니를 죽게 했다는 말을 집사에게서 들은 뒤로, 샤르키스는 줄곧 아버지를 원망했었다.

샤르키스는 성년이 되고 나서도 여전히 유스티아 공작과 거리를 두었다. 자신이 아버지를 오해했다는 것을 너무 늦게 알아 버렸다. 나중에서야 진실을 알게 된 후로 샤르키스는 생각을 굳혔다. 누이를 지키는 것이 비센나를 보호하는 것이고, 비센나를 수호하는 것이 아버지를 지켜 내는 길이라고. 그 길을 찾기까지 오랜 시간이 흐른 것이 아쉬웠다. 입에 손을 가져다 댄 샤르키스가 시엘과 하염없이 시선을 마주했다.

"승리가 비센나에 닿기를."

언젠가, 전장에 나서게 되면 금빛의 갑옷을 걸치고 하게 될 말.

'미리 해 두는 것도 나쁘지 않겠지.'

샤르키스는 시엘을 올려다보며 입술을 떼었다.

"내가 죽게 된다고 어머니가 예언했다 해도 난 믿지 않아."

입술을 꾹 깨무는 시엘을 향해, 샤르키스는 두 눈을 휘며 웃었다.

"비센나가 승리를 거둘 때까진, 편히 두 눈을 감지 못할 테니까."

샤르키스는 웃었다. 온전히 비센나를 위한 검으로 쓰일 수 있어서 기뻤다. 기사로서 증명할 기회가 주어졌다는 것도. 그의 심장이 세차게 뛰고 있었다. 가슴이 벅차올라 샤르키스는 숨을 짧게 들이쉬었다.

하르트는 샤르키스를 말리려고 뻗었던 손길을 거두었다. 유스티아는 침묵에 잠긴 눈으로 제 아들을 바라볼 뿐이었다.

'샤리타……. 이번에는 당신이 틀렸기를 바라야겠지.'

유스티아는 흔들리는 시야를 닫으려는 듯 바닥으로 눈을 내리깔았다. 무언가를 말하려던 그는 입술을 꽉 깨물었다.

샤르키스는 시엘을 지나쳐 유스티아에게 다가갔다. 고개를 들자 어릴 적 한없이 크게 느껴졌던 아버지가 눈앞에 있었다. 모두가 두려워하는 비센나의 공작. 괴물이라 손가락질을 받아 온 비센나의 주인. 어렸을 땐 아버지가 한없이 커 보였는데, 지금은 시야가 엇비슷했다. 아버지와 시선이 얼추 맞게 된 건 꽤 기묘한 경험이라고 샤르키스는 생각했다.

"당신과 시엘을 두고 비센나를 떠나지 않을 겁니다."

샤르키스는 잠긴 목소리로 말하고는 아버지의 어깨에 고개를 묻었다. 긴 숨을 들이켠 유스티아가 조심스레 샤르키스를 품에 끌어안았다. 유리 조각을 다루듯 조심스럽던 아버지의 손길에 힘이 들어갔다.

"그래, 샤르키스. 우리 곁에 있어 다오."

제 아이가 손에서 빠져나갈 민들레 씨앗이라도 되는 것처럼, 유스티아는 샤르키스를 간절히 붙잡았다.

"……공작님?"

애틋하게 느껴지는 손길에 놀란 샤르키스가 눈을 크게 떴다.

"이제야 알 것 같네요."

샤르키스의 갑작스러운 말에 유스티아가 반문했다.

"뭘 알겠단 말이냐?"

"저를 걱정하셨던 거. 어머니를 당신 목숨보다 더 아꼈다는 것도……."

"그런 건 몰라도 돼. 일찍 철들어서 좋을 거 없다."

"이젠 들 때도 되었어요. 당신이 너무 미웠었는데 이제야 조금, 어떤 기분이셨을지 알 것 같아요."

그런 아버지를 이해했다는 듯, 샤르키스는 눈을 내리감으며 옅은 미소를 입가에 지었다.

"……전쟁이 끝나면 잘했다고 칭찬해 주세요."

다정한 목소리를 들으며 유스티아는 샤르키스를 꽉 끌어안았다.

"몇 번이고—."

어찌 부탁을 들어주지 않을 수 있을까. 유스티아는 잠긴 목을 풀기 위해 한참 입술을 달싹였다.

"……몇 번이든 간에 얘기해 주마, 내 아들."

유스티아는 제 품에 안긴 샤르키스의 온기를 느끼며 마음을 놓았다. 제 아이가 살아 있음에 그는 진심으로 안도했다. 아이들을 위해서라면 몇 번이고 목숨을 바칠 각오가 되어 있었다. 영원을 살라면 영원을 살 것이고, 용의 저주에서 벗어날 기회가 주어진다 해도 벗어나지 않을 것이다.

"어째서 어머니를 살리지 않았냐고 물었을 때, 아무것도 말하지 못했던 걸 용서해다오."

샤르키스는 감았던 눈을 뜨며 말없이 고개를 끄덕였다. 안개가 낀 것처럼 시야가 흐릿했다.

"샤키, 네가 우리를 찾아와 줘서 기뻤다. 줄곧 아이를 갖는다는 건 불가능하다고 생각했었는데……."

나직한 말에 샤르키스는 쓰게 웃었다. 자신이 태어나지 않았다면 어머니는 고통스러운 죽음을 맞지 않았을 것이다. 아버지도 사랑하는 연인과 좀 더 오랜 시간을 함께했으리란 것도, 샤르키스는 알고 있었다. 그런데도 자신은 아버지가 어머니를 죽게 한 거라 원망했다. 그토록 오랜 시간을 오해했었다.

샤르키스는 꾹 눈을 감았다. 눈물이 붉게 달아오른 눈자위를 적시며 뺨으로 흘러내렸다.

"괜찮다, 샤키. 샤리타가 보게 되면 아들을 울렸다고 속상해할지도 모르겠어."

"……웃."

흐느낌을 억누르려는 듯 샤르키스는 입술을 깨물었다. 떨리는 손길이 유스티아의 부드러운 셔츠를 거세게 쥐었다.

"⋯⋯용서해 주세요, 아버지."

샤르키스는 유스티아의 어깨에 고개를 파묻으며 눈물을 토해 냈다. 시야가 흐렸고, 부어오른 눈가는 따끔거렸다. 붉어진 눈가가 일그러진 채 저를 달래는 아버지를 올려다보았다.

"어떻게 용서를 해야 할까? 샤키 넌 내게 잘못한 것이 없는데."

유스티아의 손이 샤르키스의 뺨을 다정히 쓸었다. 아버지의 손이 이토록 차갑다는 것을, 샤르키스는 잊고 있었다.

'⋯⋯바보 같은 아버지.'

제 아이에게 내쳐지는 게 두려워 손을 대지 못했던 사람이었다. 자신을 보는 시선이 믿을 수 없을 만큼 다정했다는 것을, 샤르키스는 너무 늦게 알아 버렸다.

23
소년과 후작

유스티아는 차가운 손끝으로 이마를 매만졌다. 그런 뒤 붉은 벨벳 의자에 등을 깊숙이 파묻었다. 속이 어지러웠다. 저를 옭아매는 복잡한 생각 또한 이대로 파묻히면 좋으련만.

꽈악. 샤르키스가 했던 말을 떠올리며 유스티아는 팔걸이를 쥔 손에 힘을 주었다. 전쟁이 끝나면 잘했다고 칭찬해 달라니……. 샤르키스답지 않은 말이었다.

"전쟁에 참여해도 비센나에 맞서진 않을 거야."

하르트가 먼저 잠긴 목소리로 말을 꺼냈다.

비센나의 남자들이 우는 것을 연이어 봐서 그런지 마음이 꺼질 것처럼 무거웠다. 우연인진 모르겠지만 이로써 두 번째 목격이다. 자신이 가정 파괴범이 된 것 같은 기분을 느끼는 것이.

"……무슨 뜻이지?"

유스티아는 외알 안경을 벗으며 맞은편에 있는 하르트를 바라보았다.

"샤키가 어떻게 나오든, 처음부터 비센나를 적대시할 생각은 아니었어."

깊은 한숨을 내쉬며 하르트가 이마를 매만졌다. 유스티아가 지금 어떤 생각을 하는지 알 수 있었다. 자신이 비센나를 노린다면, 유스티아는 언제라도 제 심장에 활을 쏠 것이다.

정말로 그런 생각을 했던 유스티아는 한쪽 눈썹을 올렸다. 하르트에게 이런 말을 들을 줄은 몰랐기에 기분이 더 묘했다.

"조심하는 게 좋아. 유스, 네가 아무리 용의 조각을 삼켰다 해도……."

하르트는 말을 삼켰다. 어차피 유스티아 본인도 예전과 다르다는 것을 알고 있을 테니까. 과거의 유스티아 비센나는 약점이 없었으나, 지금은 아니었다. 샤리타와 만나서 샤르키스를 가진 대가로 그 또한 상당한 마력을 바친 것이다. 서서히 죽어 가던 샤리타와 다르게 유스티아는 영생의 저주에서 벗어나지 못했을 뿐, 그 또한 약해져 있었다.

"기억하나, 유스? 백탑의 모두가 널 악신의 환생이라며 두려워했지. 하지만 넌 절대자도 뭣도 아니었어. 수도의 거리에서 처음 너를 봤을 때……."

먼 과거를 떠올리는 하르트의 목소리가 아득하게 잠겨 갔다.

이스넬 후작은 수도에 도착한 즉시 마차에서 내렸다. 소문의 그 '아이'를 보기 위해서였다.

'요요한 눈동자로 귀족을 유혹한다는…….'

그런 말에 픽 웃었던 후작이었다. 마차에서 내려 아이를 본 순간, 하르트는 놀라고 말았다. 남자, 여자 할 것 없이 탐욕에 번들거리는 눈으로 한 소년을 보고 있었다. 누군가에게 쫓기고 있었는지 밭은 숨을 내쉬던 소년이 숨어 있던 곳에서 나왔다.

흑요석을 갈아 넣은 것 같은 새까만 머리칼이 바람에 나부꼈다. 새파란 눈동자는 부유하는 별을 박은 것 같았고, 차가운 밤공기가 흩어지며 입술을 장미와 같이 붉게 물들였다. 달그림자가 내려앉은 뺨은 탐스럽고, 알이 큰 진주를 간 것처럼 하얗고 보드라웠다. 분명 살아 있는 사람인데도, 아름다운 소년에게선 생에 대한 욕망을 찾아볼 수가 없었다.

어떤 욕망도 없이, 깨끗한 눈으로 소년을 보는 건 하르트가 유일했다. 후작이 다른 사람과 다르다는 것을 알아차린 소년이 먼저 움직였다. 부르튼 발로 걸음을 옮기며 다가오는 작은 아이를 후작은 말없이 보았다. 소년은 자신이 쥐고 있던 볼품없이 시든 꽃을 후작에게 내밀었다. 하르트는 주저하다가 그 꽃을 건네받았다. 그리고 품에서 금화가 가득 든 주머니를 꺼내 소년의 손에 쥐여 주었다.

- 애야, 갈 곳을 잃은 거니?

걱정 어린 물음에 소년은 고개를 저었다.

- 보호자도 없는 것 같은데, 여긴 위험한 곳이란다. 돌아갈 곳이 있다면 얼른 여기서…….

- 돌아갈 곳은 없어요, 귀족 나으리.

- 흐음. 그럼 내 영지에서 하인 일을 해 보는 건 어떻겠니? 허드렛일을 하는 게 괜찮다면 이스넬가로 데려갈까 하는데. 아, 오해는 말려무나. 작위도 있고 나쁜 사람은 아니니까.

- 귀족이신 건 처음부터 알았어요. 이스넬은 어떤 곳이에요?

조심스레 묻는 소년을 하르트는 딱한 시선으로 바라보다 한숨을 내쉬었다.

- 신성 가문이란다. 여기 제도만큼 각박하지 않으니, 부지런하면 먹고 살 수 있을 거야.

- 저…… 배운 건 없지만 데려가 주실 수 있나요?

- 그럼. 검에 재능이 있다면 기사도 될 수 있고, 꽃을 가꾸는 게 좋다면 정원사도 될 수 있지.

소년은 고개를 끄덕이더니 길 잃은 토끼처럼 후작의 뒤를 따랐다. 행여 길을 잃을까, 씻지 못해 지저분한 손으로 귀족의 옷을 붙든 채.

그때의 일을 하르트는 뼈에 사무치도록 후회했었다. 다시 기회가 주어진다면 도움의 손길을 내밀지 않을 거라 이를 갈 정도였다. 동정을 베푼

것도 지금 생각하면 우스운 일이었다.

'재능은 소름 끼칠 정도였지. 배운 게 없기는커녕, 내가 모르는 것도 전부 꿰고 있었고.'

아무것도 모르는 순진무구한 소년을 감쪽같이 연기하던 유스티아는 곧 본색을 드러냈다. 이스넬에서 지내는 게 영 따분했는지 그는 얼마 되지 않아 능력을 보인 것이다. 정치. 군사. 경제. 예술. 역사. 그 어떤 분야에도 유스티아는 질릴 정도로 박식했다. 그 모습을 보고 하르트는 어안이 벙벙했다. 이스넬 가주가 되기 위해 긴 시간을 배워 온 지식의 탑이 와르르 무너지는 기분이란! 유스티아가 한 번 본 건 절대 잊지 않는다는 것도 나중에야 알게 되었다.

'제대로 낚였어. 근데 화가 나긴커녕…… 즐거웠는데.'

하르트는 턱을 괸 채 생각에 잠긴 유스티아를 흘끗 쳐다보았다.

"유스티아, 난 널 처음 봤을 때 네가 신이 아닐까 생각했어. 손을 뻗어도 닿지 않을 별처럼 느껴졌지."

"삶을 선택하지 못하는 신도 있나?"

유스티아는 자조적으로 웃었다. 그런 신이 있다면 필시 자신의 무능함을 뼈저리게 원망했을 것이다.

그런 유스티아를 보며 하르트는 찬찬히 기억을 더듬었다. 그때의 유스티아는 낡은 흰옷을 걸친 열두 살 소년의 모습이었다. 유스티아에겐 얼음으로 된 벽이 있었다. 방어적이고 타인을 경계했다. 장인이 정성껏 빚어 만든 장식용 인형처럼 감정 기복이 없어서 걱정했을 정도였다. 유스티아는 사람을 그리 좋아하진 않았지만, 함부로 목숨을 빼앗는 법은 없었다.

"그때의 내가 오판했는지 네가 달라진 건진 몰라도—."

하르트는 씁쓸하게 웃으며 말을 이었다.

"지금의 너는 사람이구나, 유스티아."

그 말을 들은 순간, 유스티아는 숨을 들이켰다. 그리고 몇 번이나 귀를 의심하며 말도 안 된다는 듯 헛웃음을 지었다.

"후작께서 죽을 때가 다 됐는지 헛소리를 하는군."

"그렇게 오래 살았는데 헛소리를 할 만도 하지, 안 그래? 너도 그렇고 나도 그렇고."

넘두리하듯 말하며 하르트는 웃었다. 수백 년 전의 자신이 유스티아에게 가졌던 케케묵은 감정은 희미해진 지 오래였다. 원망. 증오. 적의. 악의. 그 모든 감정이 바위에 부딪힌 파도처럼 물안개를 그리며 사라지고 있었다.

줄곧 유스티아에게 해 줄 말이 있었다. 지금 하는 말이 그에게 닿지 않으리란 것을 잘 알면서도 하르트는 다시 입을 열었다.

"네가 괴물이라면, 너보다 다정한 괴물은 세상에 없을 거야."

"노망이 났는지 쓸데없는 소리만 내뱉는군."

"그거 알아, 유스? 넌 꽤 변덕스러웠어. 나를 '친구'로 삼아 주겠다고 말했지만 실은 종으로 부리려 했던 거 다 알아."

말을 마친 하르트가 씩 웃었다.

믿지 못할 만큼 오랜 시간 비센나에 있었고, 유스티아와 긴 이야기를 나누었다. 단 한 번도 꿈꾼 적 없던 지금이 더없이 소중했다.

하르트는 천천히 자리에서 일어났다. 붉은 망토 자락이 그의 부드러운 움직임에 따라 펄럭였다.

"유스티아 넌 한번 말하면 못 알아듣더라."

"……할 말만 얼른 하고 꺼져라."

서늘한 경고에 하르트는 눈을 동그랗게 뜨다가 결국 너털웃음을 터뜨렸다.

"넌 영원을 살 사람이다. 용의 조각을 삼킨 사람이며……."

유스티아를 보고 제국민들은 수군거렸다. 영원을 사는 괴물. 용의 조각을 삼킨 악마. 하지만 하르트는 지금의 유스티아를 사람이라 생각했다. 고요한 목소리에 유스티아의 눈이 서서히 커졌다.

"버림받은 이들을 지켜 온 수호자였고."

하르트는 가슴에 손을 얹고는 유스티아를 향해 천천히 고개를 숙였다.

"괴물의 이름을 이용해 버려진 이들을 지켜 온 너를 존경한다."

예우를 담은 인사는 극히 짧았다.

고개를 들며 하르트는 잠긴 눈동자로 유스티아를 보았다. 유스티아를 지칭하는 말들을 기억한다. 어린 양치기. 죽음을 파먹는 까마귀. 저주받은 악마. 암살자 가문의 수장. 비센나의 주인. 그런데도 그는 사랑하는 아내를 지키려 했고, 자신을 배신했던 친우를 지켜 온 다정한 악마였다.

유스티아와 이미 신뢰가 어긋났다는 걸 알면서도 하르트는 진심으로 기도했다. 제 친우가 용의 조각으로 말미암은 저주를 이겨 내는 날이 오기를.

"내가 사람이라고…… 나를 괴물이라 저주했던 네가—."

유스티아의 목소리가 간헐적으로 떨렸다. 금빛의 눈에 동요와 흔들림이 서려 한 차례 파동이 일었다. 하르트는 말없이 유스티아를 바라보았다. 무덤덤한 그 시선이, 유스티아는 감히 위로라고 생각했다. 오래전 친우라고 믿었던 자의 손에서 깨져 버린 조각. 처참히 부서진 조각이 되어 버린 자신을 감싸는 것 같다고.

유스티아는 쓰게 웃으며 메마른 손으로 얼굴을 감쌌다. 지쳐 버린 삶의 흔적이 손길에 묻어났다. 한때 유스티아에겐 샤리타와 하르트가 세상 전부였다. 그래서 잊을 수가 없었다. 하르트의 배신에 더 외로웠고, 더 절망했고, 스스로가 끔찍한 괴물이라 생각했다. 유스티아는 일그러진 눈으로 하르트를 쳐다보았다. 제 오랜 과거를 알고 있는 하르트에겐 감정을 내보이고 싶지 않았다.

하르트가 천천히 한쪽 무릎을 굽혔다. 자신과 시선을 마주치려 하지 않는 유스티아와 조심스레 두 눈을 맞췄다.

"너는 사람이다, 유스티아 비센나. 지금껏 지켜 온 비센나가 그 증거다."

유스티아와 예전 관계로 돌아갈 수 없다는 걸 알면서도 하르트는 그렇게 말했다.

* * *

하르트가 떠난 지 사흘이 지났다. 떠나기 전 그가 아버지와 어떤 이야기를 나눴는지 궁금했지만 묻지는 않았다. 어떤 대화가 오갔는지는 몰라도 하르트와 보낸 시간이 아버지에게 큰 영향을 준 것 같았다. 며칠간 아버지는 별 이유 없이 하늘을 올려다보거나, 후원에 핀 꽃을 보는 일이 잦았다. 그러다 연구할 게 생겼다며 한동안 모습을 보이지 않았다. 그래도 하르트를 독살시키려는 것 같지는 않아서 다행이었다.

한동안은 샤키 오빠와 내가 가문의 일을 결정했다. 사실, 내가 가주가 된 후로 아버지에겐 조언을 구하는 정도였기에 큰 상관은 없었다. 그리고 오늘 점심은 오랜만에 맞는 평화로운 시간이었다. 식사도 하는 둥 마는 둥 하며 샤키 오빠는 했던 말을 반복했다.

"예언은 다 헛소리야."

"오빠의 어머니께서 남기신 말이잖아?"

하르트가 말하기 전까지 나는 원작의 미래가 반복될 거라 생각하지 않았다. 그런데 최근 불안감이 스멀스멀 밀려들곤 했다. 일로 바쁠 때는 그런 생각이 안 들다가 밤에 잠들기 전이나 휴식을 취할 때면 심장이 콩닥콩닥 뛰었다. 오죽하면 부정맥이 생겼나, 하고 생각할 정도였다.

"요새 그런 예언을 누가 믿어? 하르트처럼 고리타분한 방구석 현자라면 몰라도."

점심을 먹고 디자이너가 응접실을 방문했을 때도, 샤키 오빠는 같은 말을 반복했다. 내 불안을 덮어 주려는 명백한 의도였다. 세라테 공작이 주최하는 연회가 코앞이었기에 의상실 디자이너를 공작저로 부른 것이었다. 조금 전에 디자이너가 가져온 카탈로그를 보고 원단 샘플과 디자인은 미리 골라 두었기에 치수 재는 일만 남았다. 의상실 디자이너가 치수를 잴 수 있도록 팔을 뻗으며, 샤키 오빠는 입을 열었다.

"어머니도 가끔 틀리셨던 적이 있어. 잘 깜빡하는 데다 곧잘 넘어지곤 했지. 틈이 많은 분이셨어."

"으음, 알겠어. 누가 했든 예언은 헛소리야, 됐지?"

나는 한숨을 내쉬고는 땀을 뻘뻘 흘리는 디자이너를 가련하게 쳐다보았다.

치수를 재고 난 뒤, 나는 샤키 오빠와 함께 접견실로 돌아왔다. 소파에 몸을 기댄 채 처리할 업무를 보고 있는데, 샤키 오빠가 말을 걸어왔다.

"대공은? 녹센인가 뭔가가 계속 감시하고 있겠지?"

"글쎄, 감시하는지는 잘 모르겠네. 페르제는 백탑에 들른다고 했어."

"대공이 백탑에? 방구석 현자가 또 참견하려고 나섰나 보네."

연화의 한량으로 악명 높은 샤키 오빠가 보기에 하르트도 방구석 현자로 보였나 보다.

"하르트가 걱정돼?"

그런 것치곤 별 애정이 없어 보이는데······. 정곡을 찔렀는지 샤키 오빠의 콧잔등이 씰룩거렸다.

"딱히 걱정하는 건 아니고."

그는 괜히 팔을 긁으며 주절거렸다. 그러다 팔짱을 낀 채 나를 빤히 쳐다보았다.

"시엘 넌 별로 걱정 안 되나 봐?"

"하르트가 이유가 있으니 페르제를 불렀겠지. 비센나가 예카르트와 동맹이긴 해도 대공이 모든 거취를 알릴 필요는 없으니까. 우리도 페르제에게 모든 걸 말하진 않잖아?"

그렇게 말하면서도 조금은 그 이유가 궁금했다. 페르제에게서 별말이 없는 걸 보면 무슨 일이 생긴 건 아닐 텐데. 샤키 오빠가 연락하지 말라고 해서 그런 걸까? 아니면 죄책감 때문인 걸까. 뭐라도 괜찮다고 말해 주고 싶었다. 실은, 그가 많이 보고 싶었다.

"대공과 거리를 두는 게 좋을 거야, 시엘."

나를 걱정하는 듯 샤키 오빠의 목소리가 한참 낮았다. 그런 샤키 오빠에게 페르제가 보고 싶다는 말은 할 수 없었다. 그리움을 내색할 수 없었기에 아무렇지 않은 얼굴을 하며 말했다.

"페르제에겐 마력을 제어할 도구가 있으니 괜찮을 거야. 아버지가 준 귀걸이에 마기를 가득 담아서 선물로 보냈거든. 도착하려면 시간은 좀 걸리겠지만……."

그 덕택에 한동안 난 흐느적거리는 문어처럼 지냈었다. 마기를 어비스 석에 옮긴다는 건 생각보다 까다로운 작업인 데다, 막대한 마력을 필요로 했기 때문이었다. 회복하는데 꽤 시간이 걸렸던 거로 기억한다.

샤키 오빠가 무언가 생각난 듯 모호한 얼굴로 나를 불렀다.

"아 참, 시엘. 누가 선물 보내왔더라."

"누가?"

"곧 죽을 놈이 보낸 선물이라 누군지는 잘 모르겠는데."

아, 페르제구나. 나는 곧바로 이해했다.

"뭐 보냈는데? 옷?"

"치수도 모르는데 옷을 어떻게 보내?"

샤키 오빠는 선물이 별로 기대되지 않는지 심드렁한 얼굴이었다. 때마침 하녀가 커다란 상자를 품에 안은 채 이쪽으로 오고 있었다. 샤키 오빠가 가로채기 전에 내가 먼저 건네받았다. 상자에는 금빛의 리본이 묶여 있었고, 크기가 제법 컸다. 기다란 탁자 위에 올려놓고는 고개를 갸우뚱했다.

"쿠키인가? 이 금빛 포장지를 봐선……."

분명 쉘링 쿠키다. 절대 쉘링 쿠키야. 비웃음을 입가에 건 샤키 오빠가 볼 것도 없다며 입매를 비틀었다.

"아직도 철 지난 쿠키 선물이야? 대공 그놈, 감이 죽었다니까."

상자에서 선물을 꺼내든 나는 어쩐지 입을 다물지 못했다. 휘둥그레진 눈이 커졌다.

"쿠키가 아니야."

"그럼 뭐, 보나 마나 촌스러운 브로치겠지. 쓸모없는 놈이 필요도 없는 선물을 보낸 거 아닌가?"

손을 홰홰 내젓던 샤키 오빠가 무언가 이상함을 느낀 듯 내 쪽으로 걸어왔다. 그의 시선이 선물에 닿기도 전에 내 입이 먼저 열렸다.

"옷인데?"

나는 샤키 오빠에게서 눈길을 돌려 드레스를 주의 깊게 살폈다. 페르제가 내게 보낸 건 엠파이어 라인을 가진 흰 실크 드레스였다. 금은사(金銀絲)가 꽃과 잎을 수놓으며 은은한 실버톤을 자랑했다. 드레스 외에 장신구도 함께 있었다. 레이스가 달린 하얀색 반 장갑. 올림머리에 얹는 물방울 모양의 서클 장식이었다.

"베니, 나 드레스 갈아입는 것 좀 도와줄래?"

"그럼요, 공작님. 이쪽으로 오시겠어요?"

베니와 함께 자리를 옮겼다. 그녀의 도움을 받아 드레스를 걸친 뒤, 샤키 오빠가 있을 방으로 향했다.

"어때?"

나는 제자리에서 빙그르르 돌며 고개를 돌려 드레스를 살폈다. 좀 더 세세히 보기 위해 전신 거울 쪽으로 가까이 다가갔다.

"와, 예쁘다……."

엠파이어 드레스라 쇄골이 드러났고 가슴 부분도 조금 파여 있었다. 달빛 조각을 원단으로 세공한 것 같은 아름다운 드레스였다. 천연 실크라 그런지 움직일 때마다 몸의 부드러운 실루엣이 드러났고, 가슴 아래 물결무늬 선이 우아함을 키웠다. 간결한 디자인이었지만 세부적으론 꽤 공을 많이 들인 태가 났다. 트임이 소매에 많이 나 있었고, 은빛의 나뭇잎으로 새겨 놓은 레이스가 드레스 끝단을 장식했다. 하나하나 자수를 놓은 꽃잎이 골드 펄로 은은하게 빛났다. 베니의 도움을 받아 땋은 올림머리에 물방울 다이아로 된 서클 장식까지 얹으니 우아한 공주님이 된 기분이었다.

몇 번이나 감탄하며 드레스를 살펴볼 때였다. 샤키 오빠의 못마땅한 시선이 내게 꽂혔다.

"별로야."

관자놀이를 꾹 누른 샤키 오빠가 고개를 내저었다. 그러더니 내가 입은 드레스를 노려보았다. 무표정한 얼굴 위 콧잔등이 씰룩였다. 어쩐지 짙은 패배감을 느끼는 것 같은 표정이었다.

"……예쁘잖아, 망할."

샤키 오빠는 결국 인정했다. 체념한 듯 두 손을 펼치고는 빈 선물 상자를 발로 툭툭 찼다.

"저, 공작님? 대공 전하께서 보내신 선물이 더 있었어요. 남성용 브로치로 보이는데, 보시겠어요?"

베니는 브로치를 꺼내 내게 보여 주었다. 상자 구석에 있어서 내가 못 본 거라나. 베니에게서 브로치와 서신을 건네받으며 자리로 걸음을 옮겼다. 소파에 앉아서 서신을 읽다가 눈을 동그랗게 떴다. 내겐 드레스가 잘 어울릴 거란 단조로운 인사말이 다였는데, 샤키 오빠에게는……. 미남 샤르키스 공자에게 브로치가 잘 어울릴 거라며, 과할 정도로 미사여구가 달려 있었다.

"이 브로치가 오빠 선물인가 봐. 이건 오빠한테 보내는 서신 같은데, 읽어 볼래?"

이건 분명 대필이다. 페르제의 서체는 단아하고 정갈했다. 대필이 확실해. 그런 생각을 하며 휘갈겨 쓴 듯한 필체를 보고 있는데, 길쭉한 손이 내가 보고 있던 서신을 빼앗아 갔다.

"관심은 없지만 뭐라고 썼을지 궁금하긴 하네."

궁금하다며 서신을 빼어 든 샤키 오빠가 미간을 찌푸렸다.

"여우 같은 놈. 부하를 시켜서 서신을 쓰게 할 거면 왜 보낸 거야?"

서신을 세차게 버린 샤키 오빠가 몸을 일으켰다. 그의 시선이 내 손에 있는 브로치로 향했다. 관심 없다는 표정을 짓던 그가 볼멘소리를 했다.

"그런다고 누가 달고 다닌대? 버려."

나는 됐다며 손사래를 치는 샤키 오빠의 가슴팍에 브로치를 달아 주었다.

"촌스러워."

"하나도 안 촌스러워. 예뻐."

싫다고 할 땐 언제고, 예쁘다는 말에 샤키 오빠의 입이 히죽 올라간 것은 비밀이었다.

"인물이 멀끔하니 브로치도 예뻐 보이는 거지."

"브로치도 예쁜데 오빠가 더 예뻐."

미사여구를 줄줄이 덧붙이자 샤키 오빠가 나를 애달프게 바라보았다. 금방이라도 눈물을 흘릴 것 같은 표정이었다.

나는 그의 가슴팍을 톡 치며 말했다.

"오늘은 특별히 데이트하는 날이야."

"오늘 무슨 날인가? 예쁘다는 말도 난생처음 듣고, 동생하고 데이트도 하고. 뭔진 몰라도 좋네."

샤키 오빠는 씩 웃으며 나를 보다가 상체를 기울였다.

"자, 에스코트."

나는 그런 그를 물끄러미 보다가 피식 웃었다. 단단한 팔에 손을 얹고는 시선을 들어 샤키 오빠의 얼굴을 살폈다.

"가실까요, 누이."

오랜만에 듣는 호칭에 묘한 기분을 느끼며 고개를 끄덕였다.

"좋아요, 샤르키스 오라버니."

가벼운 말장난을 하며 발걸음을 떼었다.

샤키 오빠와의 산책은 오랜만이었다. 후원으로 향하던 길에 샤키 오빠가 잠시 걸음을 멈추었다. 무언가 갑작스레 생각난 듯 그의 눈이 조금 커져 있었다.

"아버지는?"

아버지라니. 평소엔 공작님이라고 부르면서 꼭 안 계실 때 아버지라고 부른단 말이지. 나는 청개구리 같은 샤키 오빠를 흘끗 쳐다보며 답했다.

"오늘 새벽에 일찍 떠나셨어. 귀걸이 대신 전해 주시겠대."

"직접 가셨다고?"

놀란 기색의 샤키 오빠가 눈을 깜빡였다. 그러더니 곧 만족스러운 미소를 입가에 지었다.

"그거 잘됐군."

"뭘 생각하길래 그리 좋아해?"

"생각해 봐, 시엘. 유스티아 비센나가 처음으로 대공저에 가는 거라고."

보스몹 소환, 뭐 이런 건가? 나는 그런 생각을 하며 웃었다.

"아, 맞아. 그러고 보니 처음 방문하시는 거지. 그나저나 식사 시종 기절하는 거 아냐?"

"시종이 아니라 페르제가 기절할걸."

아무리 그래도 대공인데? 나는 가벼운 한숨을 내쉬었다. 대공의 불행은 나의 행복이라며, 샤키 오빠가 천진난만한 웃음을 지었다.

나는 한숨을 내쉬며 샤키 오빠를 흘겼다.

"역시 에스 맞지? 샤키 오빠는 페르제가 고생하면 좋아하더라."

"내 인생의 낙이거든. 페르제가 내겐 빛과 소금인 셈이지."

하르트 말에 따르면 샤키 오빠가 어렸을 땐 아기 천사였다는데……. 역시 사악한 마음이 샤르키스 비센나의 몸을 조종하는 게 틀림없었다.

* * *

눈을 뜬 페르제는 따사로운 햇살을 가리려는 듯 손으로 이마를 가렸다.

"······시엘."

미간이 찌푸려지며 은빛의 속눈썹이 사붓이 움직거렸다. 잠에서 깰 때마다 그날의 기억이 끊임없이 반복되었다. 용검의 마력에 정신이 침습당한 그때가.

악마의 혀처럼 붉은 불길에 타오르던 서부 전선의 숲. 기사들이 자신과 대치하듯 서 있고 시엘은 정신을 차리지 못하는 제 몸을 간절한 손길로 끌어안았다. 그런 그녀를 다치게 만들었던 건 다름 아닌 자신이었다. 잊어선 안 된다며 그날의 악몽이 귀를 붙잡고 속삭이는 것만 같았다.

페르제는 정신을 차렸던 이후의 기억을 떠올렸다. 서부 전선에서 쓰러졌었는데 언제 옮긴 건지 대공저의 침대 위였다. 눈을 뜬 그 순간, 무표정한 얼굴의 샤르키스가 자신을 쳐다보고 있어서 얼마나 놀랐는지 모른다. 잠에서 깨자마자 섬뜩한 검날이 제 목을 겨누고 있었다. 처음에는 영문을 몰라 당황하던 페르제는 나중에서야 샤르키스가 화난 이유를 알 수 있었다.

'나 때문에 시엘이 다쳤지.'

비센나로 올 생각은 절대 하지 말라며, 샤르키스는 제 할 말만 하고 가 버렸다.

지금도 시엘을 다치게 했단 사실이 믿기지 않았다. 손으로 얼굴을 쓸어내리다가 설렁줄을 잡아당기자 집사가 들어와 차가운 물을 건넸다.

"대공 전하, 얼른 채비하시지요."

"채비라니?"

어제만 해도 일할 생각은 말고 쉬라며 호들갑을 떨었던 집사였다. 그런 그가 하루 사이에 달라진 태도를 보였다.

"비센나 선대 공작님께서 방문하셨습니다."

"······유스티아 공이?"

페르제는 하마터면 마시던 물을 뱉을 뻔했다. 사레가 들려 마른기침을 하다가 손등으로 입가를 훔쳤다.

"그가 왜……?"

"선물을 들고 오셨다고 합니다."

집사가 걱정스러운 눈길로 페르제를 보며 답했다.

'선물일 리가 없지.'

조금 긴장한 페르제는 길게 한숨을 늘어뜨렸다. 유스티아에게 뺨을 맞아도 할 말이 없는 처지였다.

"유스티아를 기다리게 할 순 없지."

페르제는 정복으로 갖추어 입고는 손님이 기다리고 있을 접견실로 향했다.

대공을 본 기사가 황급히 고개를 숙이며 문을 열어 주었다. 붉은 의자에 기대앉아 있는 남자가 보였다. 유스티아 비센나, 선대 공작이었다. 주인인 대공이 앉아야 할 상석에 당연한 듯 앉은 유스티아가 페르제를 빤히 쳐다보았다.

"이제야 왔군."

지극히 담담한 목소리에 페르제의 몸이 움찔 굳었다.

"앉게나."

유스티아는 앉으라는 듯 가볍게 턱짓했다. 오래전 말을 높였던 것이 무색하게 그는 대공을 편히 대했다. 페르제가 정중한 동작으로 앉자 유스티아는 제복 안자락에서 작은 보석함을 꺼냈다. 시엘의 마기가 담긴 귀걸이를 친히 들고 대공가를 방문한 것이다.

'독을 쓰려고 온 건가?'

그것을 모르는 페르제는 보석함을 보며 깊은숨을 들이쉬었다.

'시엘이 다쳤다는 걸 유스티아 공도 알고 있겠지.'

자신에게 화를 낼 거란 예상과 다르게 유스티아는 무표정한 얼굴이었다.

"샤르키스에게 들었다."

"면목이 없습니다, 유스티아 공."

"있다면 사람이 아니겠지."

차가운 조소에 페르제는 고개를 들지 못했다.

"내 딸을 지켜 달라 했지. 다치게 하라 했던 적은 없던 거로 아는데."

"죄송합니다."

"사과를 들으러 온 건 아니다. 선물을 주러 온 거니까."

"선물…… 말입니까?"

"시엘이 직접 오겠다는 걸 내가 말렸지."

유스티아의 낮은 목소리가 어딘지 모르게 차분하게 느껴져 뒷덜미가 오싹했다. 알 수 없는 시선으로 페르제를 보던 유스티아가 말했다.

"대공, 카샨 스페르차에 대해 알고 있나?"

"용의 기사라는 것은 알고 있습니다."

"그대의 이모부이기도 했지."

유스티아는 페르제와 시선을 맞추며 말을 계속 이어 나갔다.

"그의 유품이다."

페르제의 눈이 커져 가는 것을 보며 유스티아는 가볍게 조소했다. 금장 장식이 달린 붉은 의자에 몸을 기댄 유스티아가 천천히 시선을 내리며 말했다.

"카샨의 누이들이 그를 위해 이 귀걸이에 성력을 담았었지."

유스티아는 무겁게 잠긴 목소리로 말을 이었다.

"카샨이 죽은 뒤로 아무도 그를 기억하지 않았다. 가문의 기록에서도 지워졌지."

그의 말을 들으며 페르제는 눈을 스르륵 내리감았다.

카샨은 가장 강했던 용의 기사였다. 신성 가주로서 기품을 지닌 자였고, 성녀와 추기경으로 일했던 누이들에게도 다정한 사람이었다. 그랬던 그가 미쳐서 전대 성녀였던 리모나를 죽였다는 건 알고 있었다.

"카샨과 같은 길을 걷는다면 그대도 없는 사람이 될 거다."

"그게 무슨 뜻입니까?"

쓴웃음을 삼키며 페르제가 물었다.

"대공, 그대가 만약 저주로 미친다면 내 손으로 죽일 생각이다. 대공과 보냈던 모든 시간을 잊을 수 있도록, 시엘의 기억도 지울 거고."

페르제는 아무런 말도 하지 못했다. 그런 일은 없을 거란 확신도, 그러지 말란 부탁도 입에서 나오지 않았다.

유스티아가 왕좌에 앉은 것처럼 오만한 시선을 보냈다. 그리고 명령하듯 말했다.

"그러니 버텨라."

그 말에 페르제는 눈을 뜨고 고개를 들었다. 차가운 손길이 대공의 손목을 잡아끌었다. 쾅! 폭발하는 듯한 소리가 나더니 진득한 살기가 담긴 마력이 페르제의 몸을 휘감았다. 방심한 사이, 그는 유스티아의 앞에 두 무릎을 꿇고 있었다. 악기를 연주할 것 같은 섬세한 손이 대공의 머리채를 강압적으로 쥐었다. 스산한 눈을 한 유스티아가 악마처럼 입매를 비틀었다.

뒤이어 거대한 마력이 몰려들었고, 어느새 페르제는 바닥에 엎어진 채였다. 유스티아의 차가운 손이 대공의 턱을 우악스럽게 쥐고서 자신과 시선을 마주치게 했다.

"어디, 내 딸에게 그랬던 것처럼 내게도 짐승처럼 화내 보거라."

"……유스티아."

그 말을 듣는 순간, 페르제는 심장이 타들어 가는 기분을 느꼈다. 시엘을 다치게 했단 사실에 자괴감이 거세게 밀려들었다. 그깟 저주 하나 이겨 내지 못한 스스로가 혐오스러웠다.

아무 반응이 없는 페르제를 보며 유스티아가 고개를 기울인 채 웃었다.

"왜 얌전히 있지? 아, 검이 없었군."

챙! 이해했다는 듯 고개를 끄덕인 유스티아가 은빛의 검을 페르제에게 내던졌다. 페르제의 동공이 확장되었다. 샤르키스 비센나가 거두어 갔던 검, 바하이트가 자신의 눈앞에 있었다.

"쥐어라."

페르제는 검을 잡지 않았다. 몇 번이나 유스티아의 명령이 내려지고 나서야, 그는 겨우 손을 뻗어 검을 쥐었다. 어차피 한 번은 잡아야 하는 검이다. 검을 잡지 않는다고 저주가 멈추진 않을 터.

다시 검을 쥐자 머릿속이 아득해졌다. 누군가의 것인지 모를 지독한 기억이, 음습한 광기가 제 몸을 가닥가닥 옭아매었다. 까드득. 페르제는 이를 악물었다. 피가 새어 나올 정도로 입술을 꽉 깨물었다. 목구멍이 간질거린다 싶더니, 붉은 핏덩이가 왈칵 쏟아졌다.

수만 개의 바늘로 제 몸을 찌르는 고통. 누군가 몸에 실을 매달고 흔드는 것 같은 불유쾌한 경험은 이번이 두 번째였다.

"⋯⋯윽."

어금니를 꽉 깨물며 고통을 감내했다. 마기로 저를 옭아맨 흑발의 남자가 왕좌에 앉은 채 자신을 내려다보았다.

"페르제, 나는 네가 이성을 잃는 모습을 보고 싶다."

진심으로 한 말이었지만 페르제의 귀엔 들리지 않았다.

타앗. 유스티아가 허공에 가볍게 손짓하자 짐승처럼 페르제를 옭아매던 마기가 한순간에 사라졌다. 흔적도 없이 용의 마기가 사라진 그 순간, 페르제는 홀린 것처럼 검을 고쳐 쥐었다. 그리고 왕좌에 앉은 남자에게 달려들었다.

죽여. 죽여. 죽여. 이유는 모르겠다. 그저 죽이고 싶다. 왕의 살갗을 베어 뼈가 보일 정도로 가르란 말이 속삭임처럼 들렸다. 붉은 피를 내어 마시란 말이, 황금빛의 아름다운 눈을 빼앗으란 웃음소리가 머릿속에서 메아리쳤다.

용을 죽여.

눈앞의 남자를 죽여 심장을 찝어 삼키란 달콤한 유혹에 두 눈이 흔들렸다.

유스티아는 왕좌에 앉은 채 자신에게 달려드는 페르제를 차가운 시선으로 내려다보았다. 마력도, 무기도, 그 어떤 것도 유스티아를 보호하고 있지 않았다. 대공의 눈에 무방비하게 보이도록 그가 일부러 거둬들였기 때문이었다. 페르제는 검을 든 채 빠르게 달려들었다. 어느새 그의 코앞에 턱을 괴고 앉아 있는 유스티아가 있었다.

천천히 눈을 감던 유스티아는 느릿하게 눈꺼풀을 올렸다. 톡, 톡—. 금장식을 손으로 두드리는 듯한 규칙적인 소리가 무거운 정적을 깨뜨렸다. 팔걸이에 우아하게 놓인 유스티아의 손이 움직임을 멈췄다. 이대로 대공이 짐승이 되어 버리는 건가, 하고 유스티아는 잠깐 기대했다. 페르제는 으득 이를 갈며 힘껏 검을 붙잡았다. 유스티아의 목을 겨누던 검 끝이 아슬아슬하게 멈췄다.

팽. 반동을 이기지 못한 손이 찢기며 흘러내린 핏물이 검 손잡이를 적셨다. 온 힘을 다해 붙잡은 검이 진동하며 떨림을 자아냈다. 여린 입술이 터지며 비릿한 맛이 페르제의 입 안에 감돌았다.

챙—! 페르제는 은빛의 검, 바하이트를 거세게 움켜쥐었다. 고통에 몸부림치면서도 절박한 손길이었다.

"허억, 헉. 내가 이긴 겁니다, 유스티아."

갓 태어난 생명처럼 페르제는 격렬한 숨을 토해 냈다. 긴장으로 잔뜩 밭은 목에 침을 삼켰다. 경련하듯 거친 호흡을 뱉으며 페르제는 사납게 웃었다.

"흐음."

예상외로 아무런 일도 일어나지 않자 유스티아는 낮은 한숨을 흘렸다.

"생각 외로 잘 참는군. 아쉬워."

금빛의 눈동자가 검의 마력을 가까스로 통제해 낸 대공을 사늘한 표정으로 내려다보았다.

'카샨보다 불안정한 마력이군.'

그런데도 카샨 스페르챠보다 더 가능성이 있어 보였다. 혼절할 것 같은 얼굴을 하면서도 검을 놓지 않고 버티는 점이 카샨보다 더 독했다. 대공의 손에 붙잡혀 떨리는 검을 보며 유스티아의 눈에 이채가 서렸다.

좀 더 실험을 해 봐도 좋겠지. 턱을 괸 유스티아는 나른한 미소를 띠며 말했다.

"대공, 날 죽여도 좋다. 내게 감정이 많겠지. 아, 그래. 불로불사라 죽진 않을 테니 난도질해도 상관없어."

페르제는 입술을 꽉 깨물었다. 미세한 혈관이 터진 건지 눈앞이 붉었다. 그걸 보고도 유스티아는 무저갱의 악마처럼 나른히 웃었다. 흔들리는 검 끝이 그의 뺨을 살짝 베었을 뿐, 더 상처를 내진 않았다.

멈춘 것 같았던 시간이 더디게 흘러간 순간. 유스티아의 목을 베기 위해 노려졌던 검이 힘없이 바닥으로 내려졌다.

"허억, 헉."

숨이 끊길 것처럼 거친 호흡을 토해 내며 페르제는 이를 악물었다. 털썩. 두 무릎을 꿇은 대공의 오른손엔 여전히 은빛의 검이 붙잡혀 있었다.

"운이 좋았군, 대공. 아쉬워."

유스티아, 당신의 목을 베지 않아 아쉽다고? 페르제는 정신이 번쩍 들었다. 한 차례 끊어졌던 의식의 끈이 이어지면서 한순간에 이성이 돌아왔다.

"내 앞에서 이성을 잃었다면, 그대로 죽여 버렸을 텐데."

악감정 없이 내뱉어진 말이라서 페르제는 더 소름이 돋았다.

"당신의 딸이라면 모를까, 유스티아 공에게 제 목숨을 허락한 적 없습니다."

페르제가 유스티아를 도발적으로 노려보며 사납게 말했다.

겨우 이성을 되찾은 페르제는 저주가 어떻게 진행되는지 되새겼다. 첫 번째는 의식의 시작. 저주가 몸을 옭아매는 단계였다. 그리고 두 번째는, 샤룬 바하이트의 저주가 의식을 집어삼키게 되는 과정이었다. 두 번째에서 가까스로 멈출 수 있었다.

"정말로 아쉽구나, 페르제."

허리를 숙인 흑발의 미남자가 아쉬운 듯 말끝을 흐렸다. 그는 페르제의 턱을 쥐어 자신과 시선을 맞추게 했다.

"네 번째 시험 통과다."

그 말을 듣는 순간, 페르제는 욕지거리를 삼켰다. 유스티아만큼 미친놈은 이 세상에 없다고 페르제는 자부했다.

"세 번째까진 쉬웠겠지."

"빌어먹을."

페르제는 유스티아 앞에서 처음으로 욕을 내뱉었다. 그런 대공의 무례에도 유스티아는 너그러이 넘어가 주었다. 턱을 괸 채 대공을 내려다보며 유스티아는 나른히 웃었다.

"그러니 다섯 번째 시험이다, 페르제 예카르트."

유스티아가 뒤이어 빠르게 말했다.

"버텨라, 페르제."

무엇을 버티라는 건지 유스티아에게 굳이 묻지 않아도 알 수 있었다. 카샨 스페르챠를 살인귀로 만든 샤룬 바하이트의 저주로부터 이겨 내란 소리였다. 첫 번째는 비센나의 역사 시험. 두 번째는 고대어 시험. 세 번째는 시엘의 생일 연회에서 하르트를 내쫓는 것이었다. 네 번째가 이것이고, 다섯 번째는······.

뭐든 쉬울 리가 없다. 페르제가 이를 갈며 물었다.

"다섯 번째 시험이라니 너무하다는 생각은 안 하십니까?"

"다섯 번 가지고 무얼."

유스티아가 가소롭다는 듯 웃었다.

"나는 스물두 번의 시험을 치렀다."

"도대체 누가 유스티아 공에게 시험을 내렸다는 겁니까?"

하, 유스티아. 거짓말도 그럴싸하게 해야지. 페르제는 진위를 확인하려는 듯 눈을 가늘게 떴다. 그런데 뜻밖의 말이 들려왔다.

"내 장인께선 신성 가문의 후계자로 태어나 가주로 살아왔다."

"그게 무슨……."

"샤를리엔 이스넬은 고지식하고, 완강하며, 바늘 하나 들어가지 않을 만큼 지독한 장인이었지."

설마. 페르제는 믿을 수 없다는 듯 눈을 부릅떴다. 핏기가 사라진 입술에서 힘없는 목소리가 늘어졌다.

"……유스티아, 당신이 나와 같은 일을 겪었다고."

"그랬었지."

담담한 대답에 페르제는 어땠을지 알 만하다며 고개를 끄덕였다. 누군지 몰라도 대악마의 환생 같은 유스티아를 구르게 했다니! 얼굴도 모르는 그 샤를리엔이란 사람. 내 은인인가? 페르제는 그런 생각을 하고는 속으로 혀를 찼다. 아무리 그래도 유스티아보다 더 심하지는 않았을 것이다.

유스티아는 페르제와 다른 생각을 하고 있었다. 겉보기엔 단정하게 웃는 금발 남자가 얼마나 독한지, 대공은 죽었다 깨어나도 모를 것이다.

샤를리엔 이스넬. 하르트 이스넬보다 좀 더 서글서글한 인상에, 단정한 눈웃음을 짓던 미남자. 신성 가문 출신이라, 기껏 해 봐야 30대 중반으로 보였던 샤를리엔은 능구렁이 100마리는 삼킨 것 같은 최악의 장인이었다.

"다섯 번째 시험을 버티면 결혼시켜 주마."

페르제가 의심스러운 눈길로 보자 유스티아는 가벼운 미소를 입가에 지었다.

"다섯 번째 시험을 통과한다면 그때야말로 저를 죽이실 게 아닙니까?"

"똑똑해졌구나. 흐음, 그래도 죽이지는 않으마."

죽이겠단 건지 살리겠단 건지 도통 이해가 가지 않았다. 페르제는 생각하는 것을 포기하며 자리에서 몸을 일으켰다.

"온 김에 식사나 하고 가시죠. 좋아하시는 소고기 스테이크는 어떻습니까?"

"여우 같은 건 여전하군. 그건 내게서 점수를 따겠다는 건가?"

"하아, 그냥 식사나 하자는 겁니다. 그리고 황족인 대공에게 여우 같다고 하는 건 당신이 유일할 겁니다, 유스티아 공."

페르제의 핀잔에 유스티아는 뭐든 상관없다며 피식 웃었다.

"좋아. 앞으로 내 딸이 먹게 될 음식이니 내가 미리 먹어 두는 것도 나쁘지 않겠지."

페르제는 긴장을 늦추려 애를 쓰며 집사를 불렀다. 문이 열리며 산뜻한 얼굴로 나타난 집사 알베르토가 상처투성이의 대공을 보고 숨을 컥 들이켰다.

"하이고, 이게 무슨 날벼락인지 모르겠습니다. 그 괴물 양반은 가신 거겠지요?"

"아직 안 갔다만."

느긋한 대답에 집사의 떨리는 동공이 멈췄다. 붉게 상기되었던 집사의 얼굴이 유스티아를 보자마자 핏기가 가신 듯 창백해졌다.

"흐억, 비센나 공작. 아, 아니. 선대 공작님께서……."

충격을 집어먹은 집사를 느긋이 관전하며 유스티아가 입술을 떼었다.

"집사 알베르토, 내 종종 그대의 이야기를 들었지. 시엘이 잔소리가 많았다고 하더군. 여간 깐깐한 게 아니라서 하녀들에게도 인기가 없다고도."

"아이고, 선대 공작님. 오해이십니다! 대공 전하께서 워낙 꼼꼼하셔서 그렇지, 저는 허수아비 집사였습니다!"

주군을 팔아넘긴 집사가 손사래를 치며 주절주절 변명했다.

"대공 전하께서 예카르트 실세였습니다. 암요, 암요."

말을 하던 집사는 유스티아와 눈이 마주친 순간, 하마터면 숨이 멎을 뻔했다.

"집사, 변명은 그쯤하고. 유스티아 공을 위해 최선을 다해 저녁을 준비하도록."

얼어붙은 가련한 집사를 보며 페르제가 칼같이 명령했다. 죄 없는 요리사들만 쓰러지게 생겼다고 생각하며 집사는 결연한 얼굴로 고개를 주억거렸다.

유스티아는 여전히 의자에 몸을 기댄 채 페르제를 빤히 쳐다보았다. 그 시선이 꼭 재롱 피우는 날짐승을 보듯 했다. 페르제는 기분이 나쁜 건 둘째 치더라도 유스티아의 생각을 좀처럼 알 수 없다는 데 더 신경 쓰였다. 유스티아 비센나는 대악마의 환생이 틀림없다. 그런 생각을 하는 와중 한결 부드러워진 유스티아의 눈빛에 페르제는 간담이 서늘해졌다.

"난 네가 마음에 든다, 페르제."

"그럼 저를 인정하시는……."

페르제의 말허리를 자른 유스티아가 맹수처럼 나른히 웃었다.

"응? 내가 대공에게 말하지 않았나?"

"……들은 적 없습니다."

"실험체로서 마음에 든다고. 사위로서는 좀 더 생각해 보도록 하지."

"저도 유스티아 당신이 장인으로 썩 마음에 드는 건 아닙니다."

"으음? 그것참 신기하군. 우린 생각이 잘 맞아."

그건 당신 생각이고. 페르제가 진저리를 치며 냉소를 지었다.

"사위 말고 내 골렘이 되는 건 어떻지, 대공?"

유스티아는 말을 하며 페르제를 오만하게 내려다보았다. 꼭 선심을 베푼다는 투였다.

"그런 관심과 호의, 제겐 필요 없습니다."

저 남자의 호감을 얻는 건 진즉 포기했다. 유스티아 비센나야말로 난공불락의 요새가 틀림없다고 생각하며 페르제는 입술을 깨물었다. 시엘에게 최고의 아버지일지 몰라도 유스티아는 최악의 장인이었다. 페르제는 대공의 지위와 예카르트의 이름을 걸고 확신했다.

"골렘이 되면 귀여울 텐데."

하나도 귀엽지 않고 소름만 끼칠 뿐이다. 샤르키스가 누구를 닮았는지 다시 한번 깨달은 페르제가 유스티아를 노려보았다.

"누구 좋으라고 그러겠습니까?"

"귀엽지 않은 사위는 별로다, 페르제. 순종적인 면이 있어야지. 바락바락 대들기나 하고."

유스티아가 한쪽 눈썹을 올리며 실망했다는 눈빛을 했지만 페르제는 그러든 말든 신경 쓰지 않기로 했다. 이 정도로 실망이라니? 이유는 몰라도 유스티아도 꽤 물러졌다.

'비센나에서 사위 수업을 들었을 때였나⋯⋯. 사냥은 천천히 하라고 했었지.'

페르제는 그 가르침에 착실히 따르기로 했다. 샤르키스가 첫 번째 애피타이저고 유스티아 선대 공작은 마지막 디저트였다. 딸 바보 눈에서 눈물을 콸콸 쏟게 해 주마.

"당신도 장인으로서 별로입니다, 유스티아."

"하? 당돌하구나, 페르제."

헛웃음을 짓는 유스티아에게 페르제가 눈썹 사이를 좁히며 말했다.

"기대하신 만큼 더 실망시켜 드리겠습니다."

페르제의 말을 들으며 유스티아가 눈을 가늘게 떴다. 골렘을 생각하던 유스티아에게 새삼 쓰라린 기억이 떠올랐다. 시엘에게 어렸을 때 페르제를 골렘으로 만들면 어떻겠냐고 지나가는 식으로 제안한 적이 있었다. 그때 시엘이 뭐라고 답했었더라⋯⋯.

─ 골렘은 싫어요!

검은 구두를 신은 작은 발이 까닥거렸다. 시엘은 책을 보다 말고 유스티아를 새침한 표정으로 흘겼다.

─ 다시 생각해 보렴. 골렘은 사람보다 더 튼튼하고 아플 일도 없어.

─ 아이참! 완전 별로예요, 아빠.

─ 페르제를 죽이려는 게 아니란다. 골렘도 한 생명이잖니.

─ 절대, 절대 안 돼요! 페르제의 미모를 죽이면 큰일 나요! 그리고 저랑 결혼할 사람은 페르제밖에 없으니 아빠가 소중히 대해 주셔야 해요.

그런 제 마음을 몰라주는 막내딸이 야속하게 느껴졌었는데.

"역시 골렘이……."

진귀한 산해진미를 앞에 둔 미식가처럼 입맛을 다시는 유스티아를 보며 페르제는 질색했다.

"수작 부리시면 도망칠 겁니다."

진짜 골렘으로 만드는 거 아니야? 페르제는 의심스럽다는 듯 유스티아를 흘끗 쳐다보았다. 나 참, 시엘 데리고 당분간만 지브릴을 뜨든가 해야지. 페르제의 결심을 알 리 없는 유스티아가 섭섭한 얼굴을 하며 물었다.

"골렘이 그리 싫단 말이냐?"

"싫습니다."

"그럼 뭐, 어쩔 수 없지."

유스티아는 다정한 웃음을 지으며 페르제의 옷깃을 정리해 주었다. 방금 전만 해도 대공의 턱을 우악스럽게 쥐던 손이 작은 동물을 대하듯 상냥했다. 그게 더 소름이 끼친다는 걸 아는지 모르는지.

"아, 대공. 내가 까먹고 말하지 않은 게 있었는데."

유스티아는 의아한 얼굴로 자신을 보는 페르제에게 더 가까이 다가갔다. 친애하는 사람과 긴밀한 이야기를 나누듯 상체를 기울이고는 대공의 귓가에 낮게 읊조렸다.

"한 번만 더 내 딸 다치게 하면 산 채로 묻어 주지, 페르제."

죽일 거란 말과는 다르게 퍽 다정한 목소리였다. 무슨 말을 한 건지 영문을 모르는 집사가 어리둥절해했다. 그런 집사를 흘끗 쳐다보며 유스티아는 다시 입술을 떼었다.

"지금껏 얼마나 시엘을 울렸는지 양심이 있으면 생각해 보려무나."

"그런……."

그걸 또 헤아렸다고? 당혹해하는 페르제에게 유스티아는 서늘한 시선을 올렸다.

"진심으로 경고하는데 내 딸 울리면 가만 안 둬."

샤르키스나 슈레이면 모를까, 유스티아가 이렇게 직접 경고하는 것은 처음이었다. 늘 두 아들을 시켜 뜻을 전했으니까.

"더는 시엘을 다치게 하는 일도, 제 연인을 울게 만드는 일도 없을 겁니다."

페르제에게서 확답을 듣고 나서야 유스티아는 싸늘한 표정을 살짝 풀었다.

"그럼 사위와 오붓하게 둘이서 식사나 하러 갈까."

저 유스티아와 오붓하게? 얼어붙은 페르제를 보며 유스티아가 화사한 미소를 지었다. 역시, 사위보단 골렘이 낫겠다. 시엘이 보고 싶을 때 볼 수 있도록 박제하기도 좋고. 그런 생각을 감추며 유스티아가 넌지시 물었다.

"여기 계속 있을 건가? 늘 시엘에게 말만 들었지, 대공가는 처음 와 본 건데 구경시켜 줘야 하지 않겠나?"

말을 마친 유스티아는 망부석처럼 서 있는 페르제의 어깨를 친근하게 감쌌다.

"따라오시죠, 유스티아 공."

상냥함이라곤 조금도 느껴지지 않는 무뚝뚝한 대답이었지만 유스티아는 옅은 미소를 입가에 지었다. 그런 유스티아를 묘한 눈길로 보던 페르제는 단정한 걸음을 떼었다. 그리 사이가 좋지 않았던 예카르트와 비센나였는데, 잠깐이긴 해도 어깨동무라니! 집사는 진심으로 놀라워했다. 두 눈으로 보고도 도무지 믿지 못할 광경이었다.

'허허, 드디어 선대 공작께 인정받으신 건가? 대공님도 대단하시지.'

기절하지 않은 대공을 대견해하던 집사도 뒤이어 장신의 훤칠한 두 남자를 따랐다.

대공의 흰 제복과 유스티아 선대 공작이 입은 검은 제복이 대비된다고 생각하며, 집사는 눈을 깜빡였다. 두 사람이 복도를 가로지르니 전방이 환해진 느낌이었다. 한 폭의 그림 같다고 연신 감탄하며 집사는 서둘러 걸음을 옮겼다.

* * *

대공저로 떠났던 아버지가 돌아온 건 이틀 밤이 지나서였다. 대공저의
식사가 무척 흡족했는지 아버지는 음식이 훌륭했다며 칭찬을 아끼지 않았
다. 잊지 않고 페르제에게 귀걸이를 전해 줬다는 말에 마음이 놓였다. 내가
준 선물이라고 매일 끼고 다닌다는 소리를 들으니 기분이 조금 좋아졌다.

똑똑. 문을 두드리는 소리에 나는 거울을 보다 말고 몸을 돌렸다. 샤키
오빠가 도착한 모양이었다.

오늘은 세라테 공작저로 가는 날이었다. 나는 페르제가 선물해 준 실크
드레스를 입고 방을 나섰다. 연회복을 입은 샤키 오빠가 문 앞에서 기다
리고 있었다. 그는 검은 제복에 금 자수가 놓인 정복 차림을 한 채였다.

흰색의 주름진 크라바트가 금장식 아래 달려 있었고, 블라우스의 둥글
게 부푼 소매가 손을 덮고 있었다. 생각해 보면 샤키 오빠는 의상실에 자
주 가는 편이 아니지만, 옷차림은 늘 신경 쓰곤 했다. 기사면 꽤 바쁠 텐
데도 자기 관리에 소홀했던 적이 없었던 것 같다. 예전에야 한량이라고
놀려 댔지만.

나는 드레스 자락을 살짝 쥐며 물었다.

"어때? 드레스 괜찮은 것 같아?"

"잘 어울리네. 대공이 보는 눈은 있다니까."

눈엣가시 같은 대공이지만 안목만큼은 인정하기로 했다. 샤키 오빠가
툴툴거리면서도 고개를 끄덕였다.

나는 그의 팔을 붙잡은 채 금색의 철제 난간을 내려왔다. 장방형의 홀과
연결된 롱 갤러리로 걸음을 내딛자 희귀한 장식품들이 우리를 맞아 주었다.

얼음 조각처럼 내려앉은 샹들리에 아래, 희귀한 장식품들이 도열되어 있
었다. 치열한 전쟁을 담은 프레스코. 진주 귀걸이를 매단 귀부인의 벽화.
대리석으로 한 땀 한 땀 깎아 만든 물새 조각상. 하프를 연주하는 여인을

금사(金絲)로 짠 태피스트리까지.

불이 꺼진 벽난로 위에는 또 다른 초상화가 걸려 있었다. 나는 천천히 시선을 올렸다. 익히 보아 온 초상화였다. 하늘색 머리칼이 부드럽게 흘러내리고, 청록색 눈동자가 담금질한 금속처럼 날카로운 빛을 띤다. 검은 제복을 걸친 여자는 허리춤에 검을 찬 채 눈을 내리깔고 있다. 붉은 융단이 깔린 의자에 몸을 기댄 내 모습이 어쩐지 낯설게 느껴졌다. 가주가 되고 나서 그린 초상화를 오랜만에 본 탓이다.

옆으로 아버지와 샤르키스, 슈레이의 초상화도 놓여 있었다. 롱 갤러리를 찬찬히 둘러보던 내 시선이 어느 순간 멈췄다. 그곳엔 가족 모두가 담긴 초상화가 벽에 걸려 있다. 유스티아 비센나, 내 아버지는 의자에 몸을 기댔고 여덟 살의 나는 그의 무릎 위에 앉아 있다. 내 왼편에는 샤르키스가, 오른쪽에는 슈레이가 자리를 잡았다. 오래전 기억이 떠오른 탓일까. 얼굴에 옅은 미소가 지어졌다.

"흐음, 우리 가족 초상화네. 시엘 너도 이제 컸으니 가족 초상화 다시 그릴까?"

나를 따라 걸음을 멈춘 샤키 오빠가 고개를 돌리며 물었다.

"굳이 그럴 필요 있어? 슈레이도 없는데."

"아, 준비물이 하나 빠졌네. 막돼먹은 금발 납치해 올까?"

"납치는 무슨! 바쁜데 됐어."

내 거절에 샤키 오빠가 고개를 외로 기울였다. 나는 새로 그릴 필요는 없다며 꿋꿋이 의견을 피력했다.

"왜? 새로 그리면 좋지 않아?"

"납치까지 하면서 그리고 싶진 않아."

나는 가벼이 한숨을 내쉬며 샤키 오빠를 눈으로 흘겼다. 이내 그가 장난스레 웃으며 슬쩍 입을 열었다.

"내가 가출했어도 이렇게 그리워했을까?"

"당연한 걸 묻네. 슈레이처럼 말도 없이 사라지면 가만 안 둘 거야."

"그래도 슈레이보단 덜 걱정되지? 나는 언제나 뒷전이잖아."

말을 하다 말고 샤키 오빠가 멋쩍은 듯 어색한 웃음을 지었다. 나는 그를 흘끗 올려다보았다.

"더 걱정했을 거야."

내 말에 샤키 오빠의 눈이 크게 떠졌다. 잠시간의 침묵이 흐르는가 싶더니 어느새 환한 미소가 그의 입가에 걸려 있었다.

"이야, 성공했네. 샤르키스 비센나."

샤키 오빠는 진심으로 기쁜 듯 두 눈을 휘었다. 그 미소에 롱 갤러리가 한순간에 밝아지는 것 같은 착각이 들었다.

"그럼 이제 몇 순위야?"

그렇게 물은 샤키 오빠는 자신만만한 미소를 지으며 어깨를 으쓱했다. 나는 바로 대답하려다 열었던 입을 닫고 잠깐 고민했다. 여긴 샤키 오빠뿐이니까 그냥 1순위라고 해 주자.

"당연히 1순위지. 난 샤키 오빠가 제일 좋아."

어찌나 놀랐는지 내가 붙잡은 그의 팔뚝에 힘이 바짝 들어가는 게 느껴졌다. 이게 뭐라고. 샤키 오빠가 눈가를 매만지며 슬픈 얼굴을 했다.

"우리 막내, 내가 제일 아끼는 거 알지? 우리 시엘한테 용돈 줘야 하는데 못난 오빠라서 받기만 하고."

"고급 인력이니까 많이 받아야. 그 정도로 비센나가 파산하진 않으니까."

"그럼 더 사치 부려도 되나?"

"얼마든지."

샤키 오빠의 검소한 모습은 잘 상상이 되지 않았다. 그는 연극이라도 하듯 가슴에 손을 얹은 뒤 숙였다.

"더 넉넉한 용돈 배정을 부탁드립니다, 가주님."

"사치는 미덕이 아니랍니다, 오라버니."

"가주님께서 잘 모르시나 본데, 미남으로 사는 게 여간 어려운 일이 아닙니다. 그래도 품위 유지비는 있어야 하지 않겠습니까?"

그렇게 말한 샤키 오빠는 느릿한 손길로 턱을 매만졌다. 실로 여주인공을 괴롭히는 악역 같은 모습이었다.

"하아, 내가 1순위라니. 이제 배신자 금발이 뒷전이 된 건가? 뭐, 그럴 만도 해. 능력 있지. 잘생겼지. 쿠키도 잘 사 주지."

능청스럽게 말하는 샤키 오빠를 보다가 대충 고개를 주억거렸다. 그를 따라 걸음을 옮기던 나는 문득 든 생각에 뒤를 돌아보았다.

'가족 초상화를 새롭게 그리는 날이 올까? 슈레이가 돌아온다면 그땐……'

미련일지 모르지만 그런 날이 왔으면 좋겠다. 하지만 역시 샤키 오빠나 아버지에겐 내색할 수 없었다. 그래도 샤키 오빠와 이렇게 대화를 나누니 기분이 좀 풀리는 것 같긴 했다.

1층으로 내려가자 거대한 마차가 기다리고 있었다. 샤키 오빠의 손을 붙잡고 마차에 올라타는데, 맞은편에 앉아 묘한 웃음을 짓고 있는 아버지가 보였다.

"뭐 좋은 일 있으세요?"

기분이 좋기보단 후련해 보였다. 스트레스가 싹 날아간 것 같은 그런 모습이랄까. 매사 냉소적이던 두 부자의 기분이 오늘따라 하늘을 날고 있었다. 그래서 더 의심스럽다는 걸 모르는지 두 사람의 입가에선 웃음이 떠나질 않았다.

아버지가 말했다.

"아, 페르제와 좋은 대화를 나눴단다."

"좋은 대화요?"

페르제에게 있어 나쁜 대화일 확률이 99퍼센트다. 안 봐도 뻔하다니까.

페르제는 잘 지내는 걸까? 옅은 한숨을 내쉬며 턱을 괸 채 창밖을 내다보았다. 마부의 채찍질 소리와 함께 마차가 빠르게 내달렸다.

* * *

"대공 전하."

자신을 부르는 소리에 페르제는 뒤를 돌아보았다. 백야의 기사, 녹센이 걱정스레 보고 있었다.

"무슨 일이지, 녹센? 군사를 지도하라는 명령을 내렸을 텐데."

"카나힐이 대신 봐준다기에 잠깐 틈을 냈습니다. 전 대공 전하께서 괜찮으신지 걱정됩니다."

"괜찮지 않을 게 뭐가 있겠나?"

"하지만……."

길어지려는 녹센의 말을 페르제는 담담한 시선으로 끊어 냈다. 괜찮지 않아도 어찌할 방법이 없다. 기사에게서 몸을 돌린 대공은 걸음을 내디뎠다.

페르제는 귀에 매달린 푸른 귀걸이로 손을 뻗었다. 얼음처럼 차가운 감촉이 손끝에 닿았다.

'카샨 스페르챠가 했던 것.'

그가 했던 귀걸이는 새로운 주인을 찾았다. 어비스 석에 담긴 성력은 사라진 지 오래였고, 지금은 시엘의 마력이 담겨 있었다.

녹센은 불안한 시선으로 페르제를 바라보았다. 서부 전선에서의 일로 더 걱정이 되었다. 주군과 함께 서부 전선에서 마물을 처리하던 그때, 독이 묻은 화살촉이 대공에게 빠른 속도로 날아왔었다. 뒤늦게 화살을 발견한 녹센이 대공의 근처로 뛰어들었지만 막지 못했다.

그때, 녹센은 다급히 인기척이 난 방향으로 고개를 들었다. 하늘을 가린 빽빽한 나무 위에 낯선 인형이 몸을 숙이고 있었다. 하얀 로브를 쓴 남자는 제 몸의 반절 정도 되는 활을 들고 있었다. 그의 엄지에 끼워진 금속으로 만든 활깍지가 햇빛에 반짝였다.

"분명 슈레이 비센나였습니다."

녹센의 말에 페르제는 걷던 것을 멈추고 몸을 돌렸다. 대공의 무덤덤한 시선이 녹센에게 향했다. 조금의 동요도 없는 고요한 눈빛이었다.

"그래, 슈레이 비센나였다. 얼마 전 성녀의 요구로 호위가 되었다지."

"그럼 그때는 왜 아니라고 하신 겁니까?"

"비센나에 알리고 싶지 않았다."

페르제의 목소리가 무겁게 잠겼다. 녹센은 착잡한 마음을 감추지 못했다. 침음을 삼킨 녹센이 물었다.

"유스티아 공께선 알고 계시는 겁니까?"

"아니, 샤르키스 공자에게만 일러두었다. 시엘과 유스티아 공에겐 말할 수 없었어."

"샤르키스 공자가 분명 유스티아 공과 시엘 공작님께 말했을 겁니다."

확신하는 녹센의 말에 페르제는 고개를 저으며 말했다.

"샤르키스 공자만 알고 있을 거다."

녹센이 충격을 받은 듯 입을 벌렸다. 페르제는 담담한 얼굴로 말문을 열었다.

"봐주는 건 이번이 마지막일지도 모르겠다고 하더군."

페르제는 독에 당하고 나서 겨우 정신을 차렸다. 방을 밝히는 작은 촛불의 그림자가 벽에 늘어설 무렵, 서늘한 날것의 촉감이 목에 닿았다. 자신이 이성을 유지하고 있다는 걸 확인하고 나서야 샤르키스는 검을 거뒀다. 미련 없이 몸을 돌린 남자는 창문가로 걸어가 벽에 몸을 기댔다. 내려다보는 시선이 사막의 모래알처럼 건조했다.

‐ *슈레이가 대공에게 화살을 쐈다고⋯⋯.*

그렇게 말하는 샤르키스의 얼굴에선 지워 낸 것처럼 표정이 없었다.

- 슈레이가 정말로 위협이 된다면, 내가 거두겠다.

그런 일은 없기를 바란다고 대답했었다. 자신의 말에도 샤르키스는 그저 쓰게 웃었다.

페르제는 휘하의 기사를 잠깐 바라보며 말했다.

"걱정은 접어 둬라, 녹센. 비센나의 일이니 나설 필요까진 없다."

"대공 전하께서 그리 말씀하신다면…… 알겠습니다."

녹센을 뒤로 한 채 페르제는 홀을 나섰다. 백색의 화려한 마차에 오른 뒤, 그는 너른 가죽 의자에 몸을 기댔다. 말의 푸르릉거리는 소리와 함께 마차가 출발했다. 생각에 잠긴 보라색 눈동자에 창밖의 풍경이 스쳐 지나갔다.

달그락달그락. 빠르게 달리는 마차 안에서 페르제는 눈을 감았다. 무거운 눈꺼풀이 올라간 건 시간이 조금 흐른 후였다.

페르제는 창문에 비친 제 얼굴을 바라보았다. 달빛을 세공한 것 같은 은발. 제비꽃을 닮은 보랏빛 눈동자가 어둑히 빛났다. 어쩐지 지금의 모습이 낯설게 느껴졌다. 그의 시선이 천천히 내려와 한 쌍의 푸른 귀걸이에 닿았다.

'발레리가 카샨을 위해 만들었다고 했지.'

카샨은 발레리에게 있어 지우고 싶은 악몽. 수십 년의 시간이 흘러도 깨지 못하는 지독한 꿈이라 하였다.

"나도 네게 악몽이 되는 걸까, 시엘."

뒤늦게야 조금 후회가 되었다. 비센나로 시엘을 데려간 것은 후회하지 않았다. 시엘은 가족이 생겼다고 기뻐했으니까. 다만 자신이 시엘의 곁에 남겠다고 한 것이 잘한 결정이었는지 지금에 와선 의문이었다.

빠르게 달리던 마차가 서서히 속도를 줄였다. 목적지인 이스넬 영지에 도착한 것이다. 도개교가 열리며 마차는 성문 안으로 천천히 들어섰다. 마차에서 내린 페르제의 눈에 이채가 서렸다. 가주인 하르트를 비롯해 가신들이 나와 있었다.

그 뒤로도 하르트는 희귀한 음식을 극진히 대접했다. 융숭한 대접을 받을 거라 생각 못 했던 페르제는 식사를 하면서도 의도를 간파하려는 듯 하르트를 향해 눈을 가늘게 떴다. 그 시선을 알아차린 하르트가 넌지시 말했다.

"음식에 독을 탄 건 아니니 마음껏 드셔도 좋습니다. 이번 세라테 연회와 관련해 긴히 의논할 사항이 있어 대공 전하께 서신을 드린 것이니까요."

"세라테 공작이 개최한 연회에 후작도 참석하는 건가?"

페르제가 눈썹 사이를 좁히며 물었다. 하르트는 빙그레 미소 지었다. 부정도 긍정도 아닌 묘한 웃음에 페르제는 한쪽 눈썹을 치켜들었다.

"참여는 합니다만—."

교묘히 말끝을 흐린 하르트가 갈증이 난 사람처럼 와인 잔을 들었다. 그의 시선이 잠깐 테이블 위로 향했다. 생각지도 못한 인물이 전령 새를 통해 보낸 서신이었다.

"세라테 공작께서 반겨 주실 것 같진 않네요."

하르트가 가벼운 미소를 지으며 와인 잔을 입가에 기울였다. 그의 손이 가벼운 원을 그리자, 붉은 와인이 찰랑거렸다.

"그렇겠지. 우린 불청객이 될 테니."

페르제도 동의한다는 듯 옅은 미소를 입가에 지었다.

* * *

연회가 시작된 그 날 오후, 비센나에서 출발한 마차가 세라테 공작저에 도착했다. 시종이 안내한 응접실에서 한숨을 돌리니 조금 살 것 같았다. 마차를 타고 올 동안 편히 쉬지 못했다. 드레스를 입고 허리를 꼿꼿이 세우는 건 중노동에 가까웠다. 머리 장식이 흐트러질까 봐 편히 기대지도 못했다.

응접실 한 편에 비치된 소파에서 쉬는 동안, 아버지와 샤키 오빠는 할 이야기가 있다며 자리를 옮겼다. 나는 잠깐의 휴식을 취한 뒤, 연회가 열리는 그랜드 홀로 향했다.

무도회장이 있는 그랜드 홀에는 이미 사람으로 가득 차 있었다. 천장에는 샹들리에가 반짝거렸고 홀 곳곳엔 장인이 조각한 대리석상이 놓여 있었다. 버지널(*소형 하프시코드)을 연주하는 악사들이 긴 밤의 시작을 알렸다. 흥이 올랐던 연회는 주인의 등장과 함께 잠잠해졌다.

곰 같은 체격의 남자, 세라테 공작이 앞으로 걸어 나와 귀족들의 시선을 끌었다.

'저 사람이 세라테 공작…….'

벨라고스 섬에서 귀족 가문의 가계도를 봤을 때, 세라테 공작의 초상화를 본 적이 있다. 숱이 많은 짙은 붉은 머리칼. 불그스름한 진흙 같은 갈색 눈동자. 석상을 떠올리게 하는 각진 턱. 전체적으로 완강한 분위기를 가진 남자였다.

'루인과는 사뭇 다르네.'

주위를 둘러봐도 공작의 외아들인 루인은 보이지 않았다. 보통 연회는 축하하기 위해 열린다. 후작급 이상이면 자식의 데뷔탕트가 있거나, 새로 가주가 즉위한다거나 다양한 이유로 개최된다. 후계자가 아버지의 곁을 지키는 게 관례지만 정작 루인은 자리에 없었다. 연회장에 있는 다른 귀족들도 의아한 눈초리를 하고 있었다.

"먼 걸음 하시느라 고생이 많았습니다. 부디 즐겁게 지내시길."

세라테 공작이 와인이 든 잔을 들며 축배사를 마쳤다. 상기된 얼굴의 귀족들은 하인들이 건네주는 와인잔을 건네받으며 연회를 즐겼다.

나는 곧바로 테라스로 가서 바람을 쐬었다. 주위를 둘러봐도 내게 다가오는 귀족은 없었다. 니나이스 가문은 연회에 참석하지 않은 듯했다. 그런데 제법 떨어진 곳에서 익숙한 사람이 보였다. 성녀 리에나였다. 그녀는 연녹색 드레스를 걸친 채 세라테 공작과 긴밀한 이야기를 나누고 있었다.

'생각보다 평온한 얼굴이네.'

가문이 날아갔는데도 리에나는 여전히 고고한 성녀로서 행동했다. 리에나 주변에 있는 귀족들의 반응도 별반 다르지 않았다. 리에나를 뒤에서 비웃을지언정, 어떻게든 눈에 띄겠다고 부나방처럼 성녀 앞으로 몰려들었다.

'아무나 성녀가 되는 건 아니라니까.'

나는 리에나에게서 시선을 옮겨 연회장을 빙 둘러보았다. 시야에 사람이 가득해서 내가 찾는 사람은 보이지 않았다.

'먼저 출발했다고 들었는데 아직 안 온 건가?'

초조한 눈길로 주변을 살피다가 테라스에서 나왔다. 실례한다는 말을 입에 달며 사람들 사이를 파고들어 페르제를 찾았지만, 그 어디에도 그의 모습은 보이지 않았다.

'또 일이 생긴 건 아니겠지.'

불안한 마음을 다독이며 연회장 한 편에 놓인 붉은색 카우치에 몸을 기댔다.

'갑갑한데 나가 봐야겠다. 후원도 조사해볼 겸.'

악단이 빠른 곡을 연주하며 연회가 한창 무르익을 무렵, 나는 홀에서 빠져나와 공작저의 후원으로 향했다. 해자 위의 다리를 건너자 끝없이 펼쳐진 호수로부터 선선한 바람이 불어와 머리칼이 나부꼈다.

후원으로 가는 길목은 한산했다. 사람들의 발길이 닿지 않는 곳인지 별다른 인기척이 느껴지지 않았다. 파란 물결이 이는 호수에 석양빛이 붉은 물감처럼 번졌다. 녹음을 자랑하는 커다란 교목이 길쭉한 그림자를 만들었다. 사람들이 우글거리는 홀에서 벗어나 탁 트인 정경과 마주하니 조금 살 것 같았.

쉴 새 없이 걷다 보니 어느덧 후원 앞이었다. 검은 철책에 손을 뻗어 조심스레 당겼다. 기름칠이 잘 됐는지 매끄럽게 열렸다. 생화가 잔뜩 핀 바깥을 둘러보다가 좀 더 깊숙한 안쪽으로 들어서자 달콤한 향내가 풍겼다.

'포도밭인가?'

잘 익은 포도나무를 보며 손을 조심스레 넝쿨로 가져갔다. 세라테 영지는 지브릴 제국에서도 동부에 있다. 정령사 가문이라 그런지 몰라도, 품질 좋은 와인을 생산하는 곳 중 하나였다. 리에나가 대공과의 저녁 식사를 위해 준비했던 와인 또한 세라테 산이었다.

낯선 인기척에 고개를 돌리자 부드러운 목소리가 들려왔다.

"오랜만이네요, 시엘 공작님."

분홍 머리칼을 옆으로 느슨히 묶은 남자가 묵례하며 내게 예의를 차렸다.

'루인 세라테.'

나는 가늘어진 눈으로 그를 훑다가 천천히 고개를 끄덕였다.

'아무리 봐도 세라테 공작과는 안 닮았다니까.'

늘씬한 체격에 얼굴선이 고운 미인형이다. 길쭉한 눈이 부드럽게 접히는 것을 보니 여자들에게 인기 있을 법도 했다.

'잘 웃지만 대하기 어려운 분위기라 해야 하나.'

세라테와 비센나의 사이가 그리 좋은 게 아닌데도, 그의 붉은 입술은 나긋한 호선을 그리고 있었다.

나는 시선을 조금 내렸다. 루인은 늘 입던 사제복 대신 리넨 셔츠를 걸친 가벼운 차림이었다.

'아무리 봐도 연회에 입을 법한 의상은 아냐.'

이상하긴 했다. 오늘이 연회 첫날인데도 루인은 그랜드 홀에 얼굴을 보이지 않았으니까. 나는 그에게 가벼운 눈인사를 보내며 물었다.

"공자께선 연회에 참여하지 않는 건가?"

"제가 참석할 자리가 아니거든요. 아버지께서도 원치 않으실 테고."

대답한 루인이 작게 웃었다.

"여기까지 들어오는 손님은 없었는데 대담하시네요."

"대담할 것까지야……. 그렇게 말하는 루인 공자야말로 포도밭에 뭐라도 숨겨놨어?"

"제가 아니라 아버지가 사람들을 시켜 숨겼죠."

루인이 붉은 포도를 향해 손을 뻗었다.

'맛있어 보여.'

탐스러운 포도알이 먹어 달라고 아우성치는 것 같았다. 꿀꺽, 목울대를 넘기자 루인이 묘한 웃음을 흘렸다.

"여긴 독이 없어요. 가끔 길 잃은 손님이 오곤 하거든요. 뒤쪽에 독초가 많긴 하지만 들어가실 순 없을 거예요."

말을 마친 루인이 남쪽을 손으로 가리켰다. 검은 철창이 포도가 익은 과수원과 그 뒤쪽을 경계선처럼 나누고 있었다.

"저 안쪽으로 한참 걷다 보면 탑이 나와요. 탑에서 동쪽으로 가면 넓은 정원이 나오는데……."

아무도 없는데도 긴밀한 비밀 이야기를 하듯 루인이 목소리를 줄였다.

"그곳에 여러 독초가 있죠."

"독초라면……."

루인이 허리를 숙이며 귓가에 속삭였다.

"가령, 대공 전하의 저주를 가속한 독이라든가."

내가 나서기도 전에 루인이 먼저 몸을 뒤로 뺐다.

'쓸데없이 귓속말은 왜 하는 거야?'

마기를 써서 제압할까 하다가 그냥 두었다. 그간 여러 번 신세를 져서 뭐라 하기도 그렇고.

'누가 대공에 관한 정보를 흘린 건가? 아니면 이번 일에 정말로 세라테가 관련된 건가?'

서부 전선에서 있었던 일을 어떻게 아는 거지. 나는 눈을 가늘게 뜨며 물었다.

"흐음, 공자의 말이 맞는다면 세라테도 관련이 있는 것처럼 들리는데."

"세라테에서 난 독일 확률이 높아요. 아쉽게도 제가 가문에서 내놓은 자식이라 잘은 모릅니다. 아버지라면 모를까."

루인이 피식 웃고는 제복 안자락을 뒤적거렸다. 단검이라도 꺼내나 싶었는데, 작은 크리스털 병 두 개를 내 앞에 보여 주었다.

"마력을 안정시키는 치료제예요."

이해가 가지 않아 눈을 찡그리자 루인이 알 만하다는 표정을 지으며 설명을 덧붙였다.

"마력이 안정화되면 좋을 것 같지만, 마법을 쓰는 덴 별로 효과적이지 않죠. 무리해야 하는 상황도 있으니까요."

반투명한 병에는 녹색의 액체가 들어 있었다. 루인이 병을 기울이자 끈적한 유동성의 액체가 따라 움직였다.

"드릴까요?"

"아무런 조건 없이?"

의심스러운 얼굴로 묻자 루인이 무해한 표정으로 말했다.

"조건이 있긴 한데, 공작님께 별문제가 되지는 않을 겁니다. 음, 들어 보시겠어요?"

"조건이 뭔지 들어 보도록 하지."

대뜸 마력을 안정시키는 치료제를 준다니 의심은 갔지만 대화는 해 볼 생각이었다. 루인이 건넨 치료제가 페르제에게 효과가 있을 진 확실치 않았다. 그렇다고 아예 없는 말을 지어내진 않았을 것이다.

'꽤 자신만만한 어조이긴 한데.'

숨기는 건 많아 보여도 거짓말하는 것 같진 않았다. 루인은 자신이 내놓은 자식이라 했지만 그 역시 세라테의 적통 후계자다. 내가 모르는 세라테의 일들을 루인이 알고 있는 건 당연했다.

"제 아버지 때문에 공작님께 아주 기분 나쁜 일이 곧 생길 건데……."

아직 그 일이 생긴 것도 아닌데, 벌써 기분이 나빠지려 한다. 눈썹 끝을 올리자 루인이 의뭉스러운 미소를 지으며 말을 이었다.

"얌전히만 있어 주시면 될 것 같네요."

"얌전히?"

그렇게 되묻자 루인은 "그렇다"라고 답하며 손가락을 경쾌히 부딪쳤다.

"정확히 말해 줘야 공자의 제안을 받아들일 의욕이 생기지 않겠어? 그 전에 준비했다는 치료제가 효과가 있는지부터 확인하는 게 먼저겠지만."

내가 병을 든 채 다가가자 루인이 질색하며 물러났다.

"확인은 본인에게 하시죠. 절 실험체로 쓰지 마시고. 치료제라곤 해도 원료가 식물의 독이니 조심하는 게 좋을 겁니다."

"그거 아쉽네."

혀를 쯧, 차고는 그대로 치료제를 삼켰다. 한 병을 통째로 비우는 것을 보며 루인이 아연실색해서 쳐다보았다.

"독한 건데…… 그걸 마셨습니까?"

"실험하라면서? 웬만한 독엔 내성이 있으니 상관없는 데다 없으면 이번에 생기겠지. 그래도 별맛은 없었어."

"그렇다고 다 마실 줄은 몰랐죠. 비위도 좋으시네요."

"와이번의 독도 마셨는데 이 정도야 뭘."

손등으로 입가를 훔치자 비릿한 녹색의 액체가 끈끈이처럼 묻어났다. 강한 독이라 해서 기대했는데, 아무런 반응도 없었다. 몸이 아픈 것도 아니고 체내에 남아 있는 마력도 그대로였다.

"별 효과가 없는 것 같은데?"

"하루 지나서 효과가 있다는 걸 깜빡 잊었네요."

"일부러 늦게 알려 주는 것 같은데. 뭐, 아무튼 됐어. 약이 진짜라고 치고 뭘 얌전히 있어 달라는 건지 구체적으로 말해 봐."

내가 공병을 거두자 다시 거리를 좁힌 루인이 빙긋 웃으며 설명했다. 생각지도 못한 제안을 듣는 내 표정은 이미 싸늘하게 식어 있었다. '그 사람'을 보게 되면 동요한 모습을 보이라는데, 사실 이해가 되지 않았다.

상처받은 듯한 얼굴을 하라는 것도 썩.

"연회장에서 공작이 엉엉 우는 모습은 별론데. 비센나의 체면이 있지."

"울 것까진 없지만 연기를 해 주셨으면 해요. 옛 감정에 흔들리는 모습이라든가. 그런 거 있잖아요."

"그렇게 하면 세라테 공작에게 이득이 있는 건가?"

"글쎄요. 아버지에겐 없겠지만 제겐 있을 것 같군요."

교묘한 말장난처럼 들렸다. 나는 잠깐 고민했다.

'세라테 공작이 만든 술수에 넘어가 달라는 건가?'

루인이 건넨 치료제는 마셨고, 나머지 한 병은 품에 갈무리했다. 시간이 조금 걸려도 내가 이번 연회에서 얌전히만 잘 있어 준다면 앞으로도 치료제를 공급할 거라는데…….

루인의 진의를 의심하는 건 아니다. 치료제를 공급한다고 그가 손해 입는 일은 없을 테니 속는 셈 치고 믿어볼 만했다. 문제는 약의 효과가 아닌 다른 데 있었다. 가문에서만 나는 안정제라면 필시 귀한 것인데, 그걸 공작도 아닌 소공작이 허가할 수 있느냐는 것이다. 세라테 공작이 제 아들에게 권한을 위임했다면 모를까. 세라테 돌아가는 상황을 보니 그랬을 것 같진 않은데.

"무례한 질문일 수도 있는데, 뭐 하나 물어봐도 되겠나?"

"공작님은 무례해도 괜찮습니다."

실없이 웃는 루인을 가늘어진 눈으로 보며 물었다.

"루인 공자에겐 가문의 독을 다룰 권한이 없지 않나? 귀한 독이든, 후원에 널린 풀이든 다른 가문에 반입시킬 순 없을 것 같은데."

"흐음. 세라테가 돌아가는 꼴을 정확히 보셨네요. 공작님의 말씀이 맞습니다."

곧게 대답한 루인이 묘한 미소를 지으며 말을 덧붙였다.

"지금은 그렇죠."

그는 피식 웃고는 두 손을 펼쳐 보았다.

"이번 연회에서 공작님께서 얌전히 있어 주신다면 세라테는 비센나에 마력 안정제를 공급할 겁니다. 아버지가 짠 연극에 성실히 참여하신 다면요."

그 말인즉슨, 세라테 공작이 짠 계책에 넘어가는 모습을 보이라는 건데. 안정제라 해도 페르제의 저주를 근본적으로 해결하진 못한다. 하지만 내가 지금 마신 약물이 마력을 안정시키는 데 효과가 있다면, 임시방편이라 해도 일정 물량을 구비해 놔야 한다.

"그럼 이제 구체적으로 말해 봐."

"공작님께서 화낼 만한 상황이라도 화를 내시지 않으셨으면 하고. 아, 또 무기를 들거나, 마력을 쓰거나, 사람을 죽이지만 않으시면 돼요. 무력한 모습을 보여 주시면 딱 좋겠는데, 너무 어려운 부탁인가요?"

잠깐 고민하던 나는 팔짱을 낀 채 루인을 쳐다보았다. 그리 어려운 부탁은 아니다. 생각지 못한 사고가 터진다 해도 어차피 샤키 오빠도 있고, 아버지도 있으니 굳이 내가 나설 필요는 없었다. 내가 움직여야 할 정도로 위급한 일이 생긴다면 루인과의 약속은 넘기면 된다. 어차피 거래는 최소한의 손해로 최대한의 이익을 얻는 거니까.

"좋아, 루인 공자. 그렇게 하지."

나는 흔쾌히 대답하며 루인에게 긍정의 뜻을 표했다.

"아버지가 공작 자리에서 실권된다면 치료제는 무사히 공급될 겁니다. 그때는 루인 공자 말고 루인 경이라 불러 주셔도 좋을 것 같네요."

거래가 끝났건만 루인은 내 곁에서 떠나지 않았다. 낯선 방문객에게 호기심을 보이는 강아지처럼 내 주위를 맴돌 뿐이었다.

나는 그에게서 관심을 끄고는 루인이 했던 말을 정리했다. 내가 가장 싫어하는 사람을 보게 된다는 게, 세라테 공작이 만든 함정인 건가.

부스럭. 풀이 밟히는 소리에 나는 천천히 고개를 들었다. 놀랍게도 그 상황이 눈앞에 펼쳐져 있었다. 이거 생각보다 너무 빠르잖아? 리에나가 후원에 있어서 기분 나쁜 건 둘째 치더라도…….

금발의 추기경이 리에나의 팔을 붙든 채 걸어오고 있었다. 나는 눈썹 사이를 좁혔다.

'주름 생기겠네.'

찌푸려진 미간을 손으로 꾹 누르며 긴 한숨을 삼켰다. 둘을 못 본 척 돌아서려는데, 루인이 그런 나를 붙잡아 왔다.

"공작님께서 저 둘을 피하실 이유는 없는 거로 압니다. 한데, 왜 물러서시는 겁니까?"

"루인 공자가 내게 화내지 말라 했던 거로 기억하는데. 안 보는 게 이로울 것 같아서 자리를 뜨려는 거야. 이 정도면 충분히 무력해 보이지 않나?"

그런 나를 보며 빙그레 웃던 루인이 손을 높게 들고는 흔들었다.

"추기경!"

제법 커다란 목소리에 우리를 지나치려던 두 명의 시선이 내게 닿았다. 포도 넝쿨을 어루만지던 리에나와 그런 그녀의 곁을 지키는 슈레이가 동시에 나를 쳐다보았다. 루인이 내 어깨를 부드럽게 밀며 윙크했다.

"피하시면 지는 겁니다."

요것 봐라? 아무리 생각해도 공작이 꾀를 낸 계책치고는 허술하다. 아니면 장기전이 시작되기 전에 벌써 물 먹이려는 건가 싶었다.

"루인 경이야말로 내 화를 더 돋우는 것 같은데 말야."

"고작 이 정도로 화내시기엔 이릅니다. 진정하시죠."

"흐음. 루인 공자가 나를 성난 황소 취급하는 것 같은데."

"제가 감히 공작님을요? 가장 싫어하는 사람이 성녀였다니 유감이네요. 아쉽지만 아버지가 준비한 건 이런 게 아니거든요. 이건 잠깐의 이벤트 같은 거죠."

루인이 악마 같은 미소를 지으며 앞을 가리켰다.

"이대로 지실 건가요?"

"지는 건 싫긴 해. 그래도 딱히 할 말이……."

없는데, 하고 말하기도 전에 나는 어느새 그들의 앞에 있었다. 원하지 않는 삼자대면이 시작된 것이다.

"호위도 없이……."

여기 있긴 그렇지 않나. 그런 말을 하며 루인을 돌아보았다. 바스락, 하는 소리가 들리더니 멀지 않은 곳에서 낯선 인기척이 느껴졌다. 언제 나타난 건지 누군가 내 뒤에 섰다. 두 어깨를 부드럽게 잡는 손길에 몸이 뻣뻣이 굳었다.

"호위가 없다니. 허수아비 추기경보다 나은 호위가 여기 있는데."

붉은 입술을 비집고 나온 나른한 웃음이 후원의 정적을 깨뜨렸다. 샤르키스였다.

"하릴없는 연화의 한량이로군."

이에 지지 않겠다는 듯 비아냥거리는 목소리가 멀지 않은 곳에서 들려왔다. 서로를 허수아비 추기경, 연화의 한량이라 조소하다니. 역시 성격 나쁜 비센나답다.

"가출해서 정신 차린 줄 알았더니 여전히 무례하구나, 슈레이."

"애초에 네게 지킬 예의는 없다고 생각하는데."

하릴없는 연화의 한량이 되어 버린 샤키 오빠가 입가를 끌어 올렸다. 인내심이 그리 강한 건 아니었는지 샤르키스가 먼저 검집에서 검을 빼 들곤 슈레이에게 다가갔다.

"이제 성녀 뒤나 졸졸 쫓아다니기로 작정했나 본데, 그만 정신 차릴 때도 되지 않았나? 형님이 좋은 말로 할 때……."

"난 너 같은 망나니를 형님으로 둔 적 없어, 샤르키스 비센나."

슈레이는 리에나를 뒤로 물리고는 앞으로 발걸음을 내디뎠다. 성력에 휩싸인 푸른 창의 날이 샤르키스를 향해 겨누어졌다.

챙─! 두 금속이 맞부딪치는 소리가 후원에 울려 퍼졌다. 두 사람은 몇 번이나 검을 주고받았다. 서로의 무기가 산산이 깨어질 때까지 맞설 것처럼 살기를 가득 드러냈다.

팔짱을 낀 루인이 샤르키스와 슈레이의 경합을 보며 말했다.

"무력으로 치면 둘 다 막상막하인가? 둘 다 성격 더럽고 까칠한 거 보면 형제가 맞는 것 같네요."

루인이 순수하게 감탄했다. 조금 기분이 나빴지만, 사실이었으므로 구태여 부인하지 않았다. 처음엔 분명 막상막하였다. 그런데 조금 시간이 흐르자 샤르키스가 슈레이를 밀어붙이고 있었다. 검술로만 따진다면 그가 우위에 있기 때문이리라. 그에 비해 슈레이는 샤르키스에게 성력을 쓰지 않았다. 그걸 알면서도 샤르키스는 조금의 틈도 내어 주지 않고 더 몰아붙였다.

한쪽 눈썹을 추켜세운 샤키 오빠가 서늘히 말했다.

"어린애 같은 가출은 그만두라고 했지."

"······본 세례를 받는 게 가출로 보였나?"

"귀엽지 않게 변했어."

"끔찍한 소리를 잘도······."

형제가 서로 검을 맞대는 것을 초조한 눈길로 보고 있을 때였다.

"샤르키스의 검을 빼앗아요."

리에나의 명령에 슈레이의 눈이 커졌다.

"그럼 보여 줄게요."

'뭘 보여 준다는 거지······.'

아무래도 불안했다. 슈레이가 물불 가리지 않을까 봐 조마조마했다. 평소의 속도로 뛰던 심장이 세차게 요동치기 시작했다.

"정말로 제게 보여 주실 겁니까?"

"그런다고 이미 약속했잖아요? 아, 샤르키스 공자의 검을 빼앗기 힘들다면 죽여도 좋아요."

말을 마친 리에나가 나를 보며 픽 웃었다. 샤르키스와 맞서는 와중에도 슈레이는 거센 악력으로 창을 붙든 채 나를 흘끗 쳐다보았다.

'안 돼……!'

정말로 큰일이라도 날 것 같아서 심장이 덜컹 내려앉았다. 결국, 나는 샤키 오빠의 앞으로 뛰어들었다.

"시엘!"

그가 말리기도 전에 나는 샤르키스의 앞을 가로막듯 섰다. 슈레이가 쥔 창의 날이 가까스로 내 목 언저리에서 멈추었다. 놀란 슈레이를 지나쳐 그대로 리에나에게 성큼성큼 걸어갔다.

짜악ㅡ! 곁눈으로 나를 보던 리에나의 뺨을 세게 내려쳤다.

"내 가족들은 쓰고 버리면 되는 도구가 아냐."

"가문을 나와 도구를 자처한 건 슈레이 경일 텐데요?"

좌악ㅡ! 리에나는 그대로 손을 뻗어 내 뺨을 후려갈겼다. 피할 수 있었는데도 일부러 맞았다. 날카로운 손톱이 뺨을 긁었는지 살갗이 따끔했다.

"시엘!"

놀란 샤키 오빠가 검을 든 채 내게 뛰어오는 것이 보였다. 나는 붉어진 뺨을 가리지 않으며 슈레이를 쳐다보았다. 그의 눈이 미미하게 흔들렸다. 착각이라 여길 만큼 짧은 시간이었다.

어느새 곁으로 다가온 샤키 오빠가 나를 자신의 뒤로 물러서게 했다. 그리고 리에나를 죽일 듯이 노려보았지만 그녀에게 손을 대지는 않았다. 그저 경고하듯 싸늘한 시선으로 주시할 뿐이었다.

"설마 진짜로 그런 명령을 내렸다고 생각했어요? 농담이었는데 공작께선 꽤 과한 반응을 보이시는군요."

"하."

리에나가 몸을 움츠리며 샤르키스 오빠를 쳐다보았다. 그가 자신을 납치했던 기억을 떠올리기라도 한 것처럼 그녀의 손이 잘게 떨렸다.

내 손목을 움켜쥔 샤키 오빠가 나를 곁으로 끌어당겼다. 그러고선 다가올 생각도 못 한 채 서 있는 슈레이에게 말했다.

"다시는 내 눈에 띄지 마라."

서늘한 경고에 슈레이는 언제 내게 뻗었는지 모를 손을 거두었다. 내가 슈레이를 붙잡기도 전에 샤르키스 오빠가 먼저 품 안으로 끌어당겼다.

"시엘 넌 물러서 있어."

샤키 오빠는 겨우 화를 억누르는 듯 입술을 짓씹었다. 한참 슈레이를 노려보던 그는 말도 없이 몸을 돌렸다. 붙잡혀 걷는 바람에 나는 자연스레 후원을 벗어나게 되었다.

함께 걷던 샤키 오빠가 무거운 한숨을 내쉬며 말했다.

"이젠 버릴 때가 된 거야."

"버릴 수 없어."

"바보같이 미련 가지지 마. 이제 더는……."

슈레이는 가족이 아니라고 말하고 싶은 걸까. 그저 내가 바보 같다고 말하려는 걸까. 뭐가 됐든 샤키 오빠의 말이 맞았다. 하지만 나는 슈레이를 버릴 수 없었다. 나는 겨우 입술을 달싹여 말했다.

"우리가 먼저 버려졌으니까."

애초에 내가 버린 게 아니었다. 이젠 슈레이를 붙잡을 수 없다는 것을 받아들여야 했다. 내 말을 들은 샤키 오빠에게선 한참이나 말이 없었다. 후원 바깥으로 걸음을 옮기던 그가 문득 걸음을 멈추었다. 뒤를 돌아보지 않는 내게 그는 손을 내밀었다. 부어오른 뺨을 쓸던 손길이 떨어지며 샤키 오빠가 나를 품에 와락 끌어안았다.

"이젠 울어도 괜찮아."

나는 볼 수 없었지만 샤키 오빠는 우리가 떠나온 방향을 보고 있었다. 그가 나를 끌어안고 있어서 어떤 표정을 짓는진 알 수 없었다.

다만, 눈물을 보이지 않는 나와 다르게 그의 목은 가득 잠겨 있었다.

"울지 않을래. 그간 많이 울어서 이젠 눈물도 안 나."

내 말에 샤키 오빠가 고개를 내저었다. 어깨에 힘없이 묻은 고개가 그의 기분을 알려 주었다.

"막내가 이런 기분이었을까?"

"……어떤 기분?"

"공허하고, 그립고, 외로운 그런 기분."

"가끔……. 나, 샤키 오빠는 괜찮은 줄 알았어."

고개를 든 샤키 오빠는 나를 품에서 놔 주었다. 그리고 힘없이 웃었다.

"괜찮아야 했으니까."

그의 붉은 눈동자가 하염없이 나를 보았다.

나는 이제야 깨달았다. 내가 힘들까 봐 그는 이제껏 힘든 내색을 하지 못했던 것뿐이라는 걸. 차가운 바람이 불자 나는 감았던 눈을 떴다. 아무렇지 않게 웃는 샤르키스의 얼굴에 심장이 쿵, 내려앉았다.

"시엘, 난 슈레이를 다치게 하고 싶지 않아."

슈레이를 다치게 할 거란 소리로 들려서 나는 아무런 대답도 할 수 없었다.

* * *

슈레이는 떠나가는 샤르키스와 시엘을 하염없이 바라보았다. 그의 시선이 떨어진 건 성녀의 말이 들린 직후였다.

"잘하셨어요, 슈레이 경."

잘했다고? 슈레이는 입술을 깨물며 쓰게 웃었다. 리에나가 그런 그를 안쓰럽게 보고는 말했다.

"공작이 슈레이 경의 동생이었다곤 하지만, 무례한 여자네요."

리에나는 부어오른 뺨을 한쪽 손으로 감싸며 눈을 찡그렸다. 솔직히 슈레이가 달려와서 막을 줄 알았다. 샤르키스와 대치 중이라곤 해도 둘 다 진심은 아니었으니까.

'그대로 쳐다보고만 있다니.'

그런 슈레이가 조금 괘씸해서 리에나는 붉은 입술을 비틀었다.

"상으로 성배를 볼 수 있게 해 줄게요."

그토록 기다리던 말을 들었는데도 슈레이는 별다른 반응을 하지 않았다.

"슈레이 경!"

리에나의 부름을 듣고 나서야 슈레이는 정신을 차렸다. 뒤늦게야 그는 고개를 들어 리에나를 쳐다보았다. 다친 곳은 괜찮냐고 물어볼 만도 한데 입도 벙긋하지 않았다. 리에나가 한숨을 내쉬며 슈레이에게 말했다.

"성배는 제가 관리하는 게 아니니 발레리 경께 부탁해 볼게요."

슈레이가 성배를 보고 싶어 하는 이유를 리에나는 알고 있었다.

'가문을 위한 거겠지.'

기억을 잃었다는 게 진짜라고 해도 아직은 믿을 수 없어. 리에나는 속으로 중얼거렸다. 어차피 속 타는 건 비센나 공작일 테니, 데리고 있는 재미도 쏠쏠했다. 그리고 슈레이가 성배를 봐도 상관없었다. 성녀도 아닌 그가 성배를 쓸 수 있을 리가 없을 테니까.

리에나는 비웃지 않으려 애쓰며 입가에 힘을 주었다.

"아, 대공에게 활을 쐈다는 건 들었어요. 정확히 맞출 줄은 몰랐는데 추기경의 공을 치하해야겠네요."

"시키신 대로 처리했을 뿐입니다."

"급소를 노려서 죽이지 그랬어요?"

"심장을 노린다 해도 대공이 피했을 겁니다."

"발레리 경이 크게 아쉬워하겠네요."

리에나가 아쉬운 듯 숨을 길게 내쉬자 슈레이는 놀란 얼굴로 물었다.

"발레리 추기경이 부탁한 일이었습니까?"

"왜요? 추기경이 그랬다고 하면 달라지나요?"

"아닙니다."

"이미 버린 자식인데 이제 와 상관이 있을 리가 없죠."

리에나는 진실을 알리는 대신 애매모호하게 답했다. 발레리가 알아 봤자 달라질 건 없지만, 대공저가 조용한 걸 보면 페르제는 멀쩡한 모양이었다. 리에나가 입술을 당겨 웃었다.

"이번엔 대공이 운 좋게 버텼다 해도 오래 살진 못할 거예요. 안 그래도 병석에 앓아누운 것 같던데 비센나에서도 버려지겠죠. 아, 슈레이 경은 아직까지 쓸모가 있는 것 같아서 다행이라고 생각해요."

냉소적으로 웃는 리에나를 슈레이는 조용히 뒤따랐다. 자신을 조롱하는 걸 알면서도 그는 표정 변화 없이 걸음을 떼었다.

* * *

루인은 곧바로 응접실로 향했다. 세라테 공작이 자신을 급히 호출했다는 소식을 기사에게서 들은 터라 그의 걸음이 조금 빨라졌다. 공작의 집무실과 연결된 거대한 아치형의 문에 도달해서야, 루인은 걸음을 멈추었다.

"공자님께서 오셨습니다."

기사가 고한 뒤 철문을 열어 주었다. 루인은 안으로 들어서며 시선을 올렸다. 감색 의자에 몸을 기댄 중년의 남자가 자신을 서늘한 눈으로 보고 있었다. 노쇠한 시야에 자신을 향한 애정이 조금도 깃들어 있지 않았지만, 루인은 개의치 않았다. 어머니를 빼닮았을 뿐이지, 자신의 외양 중에서 세라테 공작을 떠올리게 하는 구석은 조금도 없었다.

"바로 올 줄은 몰랐다. 연회를 즐기는 게 어떠냐."

"제가 있을 자리가 아닙니다. 그리고 급한 일이 있다고 들었습니다, 아버지."

"확인할 게 있어서 부른 거다, 루인. 대공의 거처를 알아본 건 어떻게 되었지?"

"대공저에 틀어박혀서 요양 중이라고 합니다."

"잘됐군. 검에 미친 작자가 연회에 올 리는 없겠어. 운이 좋았지. 성녀가 준비한 계획이 정확히 맞아 들었으니."

"저도 몰랐습니다만, 슈레이 추기경이 명사수더군요."

"헌터로 같이 일했다면서 그것도 모르는 게냐? 쯧, 그리 둔해 빠져서 뭘 하겠단 건지."

부친의 책망하는 말에 루인이 서운한 얼굴로 입을 열었다.

"……제가 정말로 둔했다면 아버지가 내린 명령을 이수해 내지 못했을 겁니다. 슈레이 비센나와 친해진 것도 아버지의 뜻이었지 않습니까?"

"내린 명령만 잘 따른다고 후계자가 되는 건 아니다. 때론 네 스스로 생각이란 것을 좀 하거라. 언제까지 떠먹여 줘야 하는지 모르겠구나."

세라테 공작이 마땅찮은 듯 혀를 길게 찼다. 그는 자식을 탓하면서도 루인이 왜 소극적으로 구는지 알고 있었다. 여동생과 어머니를 죽게 하였다는 쓸데없는 죄책감. 그 고리타분한 감정이 세라테의 유일한 후계자를 좀먹고 있었다. 그래도 그런 아들을 내치지 않은 건, 나름대로 쓸모가 있기 때문이었다. 먼저 나서는 적극성은 없어도 시키는 대로 고분고분 잘 따랐다. 기본 머리가 있어서 까다로운 명령을 내려도 그럴싸한 결과물을 들고 왔다.

상품을 평가하듯 세라테 공작의 눈이 좁아졌다.

"네가 그래도 잘한 건 있지. 비센나 공작의 신뢰를 얻을 줄은 몰랐다."

"저도 조금 의외였습니다. 시엘 공작은 타인을 잘 믿지 않는다고 들었으니까요."

"어찌 됐든 좋다! 공작에게 독을 마시게 했으니 이제 신병만 확보하면 되겠지. 은밀하고 신속하게 움직이거라."

"알겠습니다, 아버지."

루인이 건넨 약은 독이라 불리긴 해도 안정제에 가까운 것이었다. 잠시간 마력을 묶어 두는 것으로, 과한 마력을 다스릴 때 임시방편으로 쓰는 치료제였다. 시엘 공작에게 거짓을 말한 적은 없었다. 그녀도 알고 제안을 받아들인 것이다. 아버지가 노리는 건 처음부터 시엘 공작이 아니었다. 비센나에서 가장 위험한 존재가 있다면 그건 바로 유스티아 비센나였다. 죽일 수 없는 불로불사의 괴물과 맞서기 위해선 약점이 필요했다.

루인은 생각을 갈무리하며 말했다.

"독을 마셨으니 시엘 공작은 당분간 마력을 쓸 수 없을 겁니다. 신전의 군사를 먼저 움직여 유스티아 비센나와 샤르키스 공자와도 떨어지게 할 겁니다. 그 틈을 타 공작을 붙잡는다면 아버지의 계획은 성공이겠죠."

조곤조곤한 설명에 세라테 공작은 만족스럽다는 듯 이를 드러내며 웃었다.

"네게 작위를 물려주는 날이 기다려지는구나, 루인."

"아직 전 한참 부족합니다, 아버지."

루인은 가슴에 손을 얹고 허리를 숙였다 폈다. 완전히 복종하겠다는 순종적인 눈이 공작을 향해 있었다. 이만 나가 보라는 명령에 루인은 조용히 응접실을 빠져나왔다. 밖으로 나온 순간, 그는 단정하게 묶었던 머리를 신경질적으로 헝클어뜨렸다.

저 또한 그날만을 기다리고 있습니다, 아버지. 이 말을 꼭 해 주고 싶었지만 아직은 때가 아니었다.

"망할 노인네."

짜증스러운 표정을 지으면서도 루인은 기분이 나쁘지 않았다. 그의 입가에 미미한 호선이 그려졌다.

침실로 돌아온 루인은 문을 걸어 잠갔다. 창문을 열고 침대에 걸터앉아 한참을 기다렸다.

푸드덕. 맹금류의 힘찬 날갯짓 소리에 루인은 몸을 돌렸다. 그가 어릴 적부터 길러 온 하얀 매가 창틀에 내려앉았다. 매의 발목에는 붉은 실로 돌돌 말린 서신이 매어져 있었다.

루인은 붉은 매듭을 풀어내며 매에게 생고기를 던져 주었다. 텁! 백탑에서부터 세라테 공작저까지 긴 시간을 비행한 탓인지 매는 퍼뜩 먹이를 받아먹었다.

루인은 차분한 눈길로 서신의 내용을 빠르게 훑어 내렸다. 간단한 인사도 없이 휘갈긴 서신에는 늦지 않게 가겠다는 답언이 전부였다.

"하르트 후작도 예전엔 좀처럼 답을 안 주더니. 이젠 재촉을 안 해도 빠르네. 그쪽에서도 확실한 냄새를 맡은 건가?"

한숨을 내쉰 루인은 책상에 앉아 빳빳한 종이를 꺼내 들었다. 깃펜으로 답신을 적어 내려가는 속도가 빨랐다. 이윽고 늘씬한 손이 매의 발목에 붉은 실로 답신을 묶었다.

차가운 물로 목을 축인 매가 날아올랐다. 매가 백탑을 향해 날아가는 것을 보며 루인은 턱을 괸 채 입술 끝을 올렸다. 세라테 가문 사람들이 생각하는 얌전하고 조용한 도련님답지 않은 웃음이었다.

"우리 가문 곧 유명해지겠는데."

그의 붉은 입술이 부드러운 호선을 그렸다.

* * *

나는 부어오른 뺨이 가라앉을 때까지 응접실에서 시간을 보내기로 했다.

"하아."

얼음을 이중으로 감싼 손수건으로 볼을 꾹 누르며 옅은 한숨을 내쉬었다. 맞은편에 앉은 샤키 오빠가 못마땅한 듯 내가 쥔 손수건을 노려보았다.

"비센나로 납치했던 그때, 성녀를 처리했어야 했는데."

"다 지난 일이잖아. 그리고 지금 그렇게 처리하면 큰일 나."

아직 제국민은 성녀의 편이었다. 그러니 리에나를 쓱싹 암살했다간, 비센나에 희생당한 성녀를 추모하겠다며 지브릴이 들끓을지도 모른다. 황제인 칼란은 영악한 남자였다. 사랑하는 연인이자 제국의 수호자를 잃었다며 비센나로 검을 겨눌 것이다. 안 봐도 훤하다.

조금 전에 한 말은 농담이었다며 샤키 오빠가 한숨을 내쉬었다. 그는 속상한 얼굴로 나를 바라보더니 말했다.

"오늘 당장 돌아가자, 시엘."

"안 돼. 세라테 공작저에 좀 더 있어야 해."

"⋯⋯왜?"

샤키 오빠는 이해할 수 없다는 듯 되물었다. 그의 목소리가 땅에 꺼질 것처럼 낮아서 나는 조금 긴장했다.

"그게 말이지⋯⋯."

나는 시간을 벌기 위해 말끝을 늘였다.

'루인에게 받을 치료제 때문이라고는 말 못 하겠어.'

지금 여기서 말하게 되면 샤키 오빠는 분명 크게 화를 낼 거야. 페르제가 휘두른 검 때문에 어깨를 다친 지 얼마 되지 않았으니까. 그런 상황에서 대공을 위해 위험을 감수하겠단 말을 듣게 되면 분명 뭐든 할 사람이었다. 최악의 경우엔 나를 억지로 비센나로 데려갈 수도 있었다.

나는 애써 표정을 관리하며 말했다.

"며칠 더 지내면서 세라테 공작의 동태를 살펴봐야 해."

"동태? 가문에 숨어 아무것도 하지 않는 늙은 호랑이 놈을 왜?"

"글쎄. 명색에 공작인데 숨어서 아무것도 안 하기만 할까? 뒤에서 뭘 꾸미고 있을지도 모르지."

"그러니 더 비센나로 돌아가야 한다는 거야, 시엘. 여긴 세라테 가문이야. 너를 지켜 줄 기사도 없어. 저들이 무슨 수를 쓰기 전에⋯⋯."

"난 마기가 있으니 괜찮아. 그리고 샤키 오빠도 있고."

빙긋 웃으며 하는 말에 샤키 오빠가 긴 한숨을 내쉬었다. 못 말리겠다며 고개를 내저은 그가 소파에 몸을 기댔다. 그의 시선이 부어오른 내

빰을 향했다.

"하, 뺨도 부었네."

"좀 있으면 부기도 빠질 거야. 별거 아냐. 훈련할 땐 더 다쳤는걸."

"어떻게 같아? 그건 훈련이고 지금은 네가 맞은 거잖아."

"어쨌든 그리 아픈 건 아니니까."

나는 부드럽게 흘러내리는 머리카락을 매만지며 뒷말을 이었다.

"세라테 공작이 어떤 수를 썼을지 궁금하지 않아?"

"두 번 궁금해했다간 저번처럼 네가 또 다칠걸."

턱을 괸 샤키 오빠가 나를 쳐다보며 답했다. 자신의 볼이 제멋대로 눌린지도 모른 채.

'샤키 오빠의 말이 맞긴 해.'

그렇지만 가끔은 적의 계략에 당해 주는 것도 필요한 법. 세라테 공작이 무슨 수를 쓴 건진 몰라도, 루인이 건넨 치료제와 관련이 있을 것이다.

그렇다고 내가 루인을 완전히 믿는 건 아니었다. 하지만 루인이 그의 아버지와 세라테 가문을 끔찍이 증오한다는 사실은 알고 있었다. 그 누구보다 냉정해 보이지만, 이성보다 감정으로 움직이는 사람이 있다. 루인이 그 경우였다. 격렬한 증오를 평온한 미소 아래 감추고는 제 가문을 무너뜨릴 계획을 세우는 사람.

"너무 벽만 세우면 점점 더 경계할 거야. 때론 틈도 보여 줘야지."

내 말을 온전히 이해할 수 없다는 듯 샤키 오빠가 한쪽 눈썹을 올렸다. 그는 유독 내 안전 문제에 예민했다. 이성적인 판단을 뒤로해서라도 내가 손끝 하나 다치지 않기를 바랐다. 하지만 그랬다간 더 큰 위험을 감수해야 할 수도 있었다. 가주인 내가 온실 속 화초처럼 보호만 받을 순 없는 노릇이다. 가끔은 적들에게 틈을 내보이는 것도 좋은 방법이었다.

"누구든 네게 손끝 하나라도 댔다간 가만있지 않겠어."

샤키 오빠가 신경질적으로 머리를 휙 쓸어 올리며 짓씹듯 말했다.

까드득, 이를 가는 소리에 나는 괜히 쿠키를 집어 들었다.

"샤키 오빠, 요새 좀 무서운 것 같아."

"으음? 내가?"

샤키 오빠가 눈썹을 쓱 올리더니 무해한 표정을 지어 보였다.

"난 어디까지나 쓰레기를 청소하는 거란다, 시엘. 청소가 내 특기거든."

연극조로 중얼거리는 그를 보며 나는 고개를 기울였다.

"방금 삼류 희극 배우 같았어. 연기력은 제로지만 얼굴로 먹고사는……."

"아, 취미로 연극도 괜찮지."

샤키 오빠가 입꼬리를 끌어 올렸다. 어째 자신만만한 게 막장 연극도 씹어 먹을 것 같은 표정이었다.

'배역도 한정적일 텐데.'

소시오패스 기사나, 암살자나, 첩자 역할만 맡을 것 같단 말이지. 나는 잠깐이지만 심각하게 고민했다.

턱을 느릿하게 쓸던 샤키 오빠가 말했다.

"아, 시엘. 그러고 보니 사랑과 키스를 연극으로 만든다는 제의가 들어왔는데 말이야. 금전적 대가를 제시하겠다는데."

"아, 정말? 받아들이기로 했어?"

"올해 안에 단명하고 싶으면 하라고 했어. 키스가 하트를 죽이는 역할이면 허락하겠지만."

역시 샤키 오빠도 사랑과 키스를 본 게 틀림없어. 보통 사람의 상식과는 많이 다른 행동이었다. 아무튼, 저 머릿속이 궁금하긴 하다. 작고 사악한 미남 요정이 샤르키스 비센나를 조종하는 건 아닌지 좀 살펴봐야 할지도.

루인이 내게 말했던 '좋지 않은 일'이 닥친 건 하루가 지난 다음 날이었다. 지난번 리에나와 함께 있는 슈레이를 봤을 때도 기분이 나빴는데, 이번에는 진짜로 사건이 터진 것이다.

다음 날 저녁 연회에서 나는 생각지도 못한 사람과 마주하게 되었다.

연회에 좀처럼 모습을 드러낸 적 없던 루인이 연미복을 걸친 채 내게 다가왔다. 춤이라도 권하듯 가볍게 고개를 숙이더니 나를 앞으로 끌었다. 그리고 그곳에서 의외의 인물이 나를 기다리고 있었다.

"시, 시엘!"

귀족들의 시선을 받으며 덜덜 떠는 중년의 남자가 애처롭게 나를 보았다.

"데미온……."

초췌한 얼굴을 보니 얼마나 고생했는지 알 수 있었다. 세월이 그에게만 흐른 듯 주름진 눈가가 잘게 떨렸다. 나를 보며 반색하던 데미온이 곧 울음을 터뜨렸다. 쉰 목소리로 흐느끼던 그가 내게 주춤거리며 다가왔다.

"시, 시엘. 난 네게 할 말이 있어서 왔단다."

놀랍게도 조금의 죄책감이 남자의 얼굴에 서려 있었다.

'사과하러 온 건가?'

들어나 보자 싶어 팔짱을 낀 채 데미온을 쳐다보았다. 루인은 조용히 뒤로 물러섰고, 귀족들의 시선이 한순간에 나와 데미온에게 꽂혔다.

"미, 미안하다……."

그 사과를 들으며 나는 침묵을 지켰다. 화를 내거나, 울분을 터트리거나, 상처받은 얼굴을 하지도 않았다.

"내가 아비로서 자격이 없……."

대답이 없자 데미온은 상처받은 눈으로 나를 바라보았다. 왜 이제 와 용서를 구하는 걸까. 어리고 겁 많던 딸은 이제 이곳에 없는데.

데미온을 보면, 내가 눈을 뜨기 전의 시엘이 어떤 삶을 살았을지 그 모습이 선명하게 그려졌다. 그리고 나도 그의 폭력을 진저리가 날 만큼 겪었다. 데미온이 어떤 이유로 여기 있든, 나는 그의 사과를 받지 않을 생각이었다. 애초에 용서할 마음이 없었다.

"원망하지 않아요."

작은 중얼거림에 데미온이 눈을 홉떴다. 세뇌를 당했던 전보다는 확실히 이지를 되찾은 모습이었다. 나는 데미온에게 더 가까이 다가가 그에게만 들릴 만큼 낮게 속삭였다.

"당신과 나는 타인이니까. 아무 관계도 아니지."

이젠 완전히 끝이었다. 예전처럼 내 머리채를 쥐려 하든, 겁먹은 표정으로 물러서든 어떤 행동이든 보일 거라 생각했는데 데미온은 그냥 멍하니 쳐다만 볼 뿐이었다. 뭐, 조금 아쉽긴 했다. 만약 내게 손을 댄다면 그 자리에서 손목을 날려 버릴 생각이었는데.

"네, 네가 지금 뭐라도 된다고 착각하나 본데……!"

몇 발자국 물러난 데미온이 부들부들 떨며 나를 노려보았다. 바로 태도가 변하는 것을 보며 든 생각이 있다. 역시 사람은 바뀌지 않는다는 것. 유예의 시간도 데미온에겐 불필요했다.

"아직도 공작 노릇을 하고 있느냐! 넌 사람이 아닌 괴물이다. 어미를 잡아먹은 괴물!"

남루한 누더기를 걸친 데미온이 나를 보며 손가락질했다. 소리치는 남자를 나는 고요한 시선으로 주시했다.

"마기도, 네 어미를 죽이고 얻은 능력이고!"

데미온의 말은 사실과는 무관했다. 싸구려 연극처럼 소리쳐 봤자 타격을 입을 리 없었다. 내가 페르제 대신 마신 와인의 독이 계기가 되었을 뿐이니까. 하지만 나는 이렇다 할 반응을 보이지 않았다. 언젠가 이런 날이 한 번쯤은 올 거라 생각했다. 제아무리 쓸모없는 패라 한들, 리에나가 쓰지도 않고 버리진 않을 테니까.

귀족들의 수군거림이 점점 선명해졌다.

"그걸 어떻게 확신할 수 있지?"

멀지 않은 곳에서 들린 말에 나는 시선을 옮겼다. 짙은 감색 제복을 걸친 남자가 조소를 머금고 있었다. 연회를 연 장본인인 세라테 공작이었다.

그 곁에는 리에나가 웃음을 참는지 입술을 깨물고 있었다.

"공, 공작님! 제가 시엘의 친부입니다."

데미온은 두렵다는 듯 떨면서도 세라테 공작을 곁눈질했다. 시선을 돌린 그가 내게 다시 물었다.

"시엘, 이 아비를 못 알아보는 게냐?"

나는 잠깐 고민했다. 마음 같아선 친부고 뭐고 눈앞에서 치워 버리고 싶었지만, 루인과 약속한 것이 있었다. 뭐라고 했었지……. 무력한 모습을 보이며 화를 내지 말라 했었다.

'세라테 공작이 방심하게끔 약한 모습을 보이면 되는 거겠지.'

툭. 억지로 쥐어 짜낸 눈물이 그렁그렁 눈가에 매달려 있었다. 가주 직함을 달고 울고 싶진 않았지만, 루인에게서 약을 받아야 하니 어쩔 수 없었다. 루인도 세라테 공작이 방심하길 원하는 듯했으니까.

데미온이 기억난 건지, 내 맞은편에 서 있던 샤키 오빠의 얼굴에서 표정이 사라졌다.

"시엘……."

샤키 오빠가 잔뜩 놀란 토끼 눈으로 나를 보았다. 내 눈에 눈물이 맺힌 순간, 그의 표정이 한순간에 무섭게 일그러졌다.

쨍그랑! 그가 쥐고 있던 와인 잔이 바닥으로 떨어지며 날카로운 소리를 냈다. 연회장 한복판에서 검을 든 샤키 오빠가 데미온을 향해 천천히 다가갔다. 검은 언제 또 챙긴 건지, 세라테 가문의 기사들은 당혹스러운 얼굴을 하면서도 그를 말리지 못했다.

"샤르키스."

그를 막아 세운 건 중후한 중저음의 목소리였다. 나는 뒤늦게 뒤를 돌아보았다. 시선의 끝에 검은 제복을 걸친 남자가 있었다. 흑발을 반듯하게 올린 미청년이 천천히 다가왔다.

'내가 우는 걸 보셨을까? 진심이 아니었는데.'

조금, 아니. 아주 많이 긴장하고 말았다. 천하의 불효자가 되어 가슴에 대못을 박는 기분이었다. 내 걱정과 다르게 아버지는 나를 지나쳐 그대로 데미온에게 다가갔다. 그는 아무 짓도 하지 않았다. 고요한 황금빛 눈동자가 데미온을 차갑게 내려다보았다.

"설, 설마……. 분명 여기 없다고 했는데!"

서늘한 손이 데미온의 턱 끝을 들어 올렸다.

"그대가 내 딸의 친부라 하였나?"

미미한 살기가 담긴 금빛 눈동자가 초승달처럼 휘어졌다. 지금의 상황이 퍽 재미있다는 듯 조소를 머금었다.

"내 딸이 타인 때문에 우는 건 이번이 처음이다."

스걱.

"으아아악!"

데미온의 팔이 잘린 건 한순간이었다. 무기도 들지 않은 섬세한 손에 검은 마기가 실 끝처럼 매달려 있었다.

"뭐, 뭐야?!"

"사람 손이……!"

귀족들의 날카로운 비명을 뒤로한 채 아버지는 데미온의 멱살을 쥐었다.

"네놈 같은 쓰레기 때문에 눈물을 보였다니……. 이거 조금 화가 나는데."

사람마다 화를 내는 방식은 달랐다. 얼굴을 붉히며 소리치거나, 감정을 이기지 못하고 눈물을 터뜨리거나, 웃을 수 없는 상황에서 웃거나. 아버지는 웃지도 화를 내지도 않았다. 감정이 사라진 무표정한 얼굴로 데미온을 내려다볼 뿐이었다.

서 있는 아버지와 무릎을 꿇은 데미온이 대조적이었다. 원래도 한참 체격 차이가 나지만 복종하는 사람과 복종시키는 사람의 차이는 더 커 보였다.

으득. 턱관절이 비틀어지는 소리에 나는 놀란 눈으로 아버지를 쳐다보았다. 금방이라도 숨을 끊어 낼 것처럼 강한 악력이 데미온의 목을 틀어쥐었다.

"크, 크읍. 살, 살려······!"

숨이 막히는지 데미온이 아버지의 손끝에 상처를 내며 버둥거렸지만, 아버지는 손을 풀지 않았다. 피가 섞인 침이 데미온의 입가에서 줄줄 흘러 손을 적시는데도 그는 놔줄 생각이 없어 보였다.

"주제도 모르는 버러지가 잘도 지껄이는구나."

차가운 조소가 아버지의 입가에 걸렸다. 자리에 남은 귀족들조차 움직일 생각을 하지 못하는지 얼어붙은 채 숨을 죽이고 있었다.

"시엘은 내 딸이다."

쿵──! 숨이 끊어지려는 순간, 차가운 손이 데미온을 바닥에 내팽개쳤다.

"으, 으······."

대리석에 던져진 데미온이 몸을 웅크렸다. 붉은 핏물이 쓰러진 남자의 입가에 거품처럼 올라와 있었다.

"연회에 맞지 않는 자가 왔군."

아버지는 피식 웃으며 하인에게서 손수건을 건네받았다. 피가 묻은 손을 꼼꼼히 닦은 그가 서늘히 눈을 빛냈다.

"데려가도록."

세라테 공작저의 기사들이 멍하니 아버지를 보았다. 여긴 세라테 공작가였지, 비센나가 아니었다. 그런데도 기사들은 일사불란하게 몸을 움직여 데미온을 붙들었다.

아버지는 기사들에게 붙잡힌 데미온을 메마른 눈으로 지켜보다가 걸음을 떼었다. 검은 구둣발이 세라테 공작을 지나쳐 흰옷을 입은 성녀의 앞에서 멈추었다.

"무모하고 어리석다는 건 알고 있었지만······."

철썩! 아버지의 손이 리에나의 뺨을 내려쳤다. 힘을 완전히 뺀 것인지 리에나가 벽에 처박히는 일은 없었다. 그저 고개가 세차게 돌아갔을 뿐이었다. 샤키 오빠조차 깜짝 놀라 멍하니 그 모습을 지켜보았다.

"주제를 아는 편이 좋을 거다."

리에나가 덜덜 떨며 겨우 고개를 들었다. 아버지는 무감정한 시선을 내렸다. 마력이 깃든 외알 안경 사이로 금빛 눈동자가 싸늘하게 내려앉았다.

"황제가 언제까지고 너를 보호해 줄 거라 생각하지 마라."

"……보호?"

뺨을 맞은 리에나가 고개를 들었다.

"하, 이거 재밌네. 공작도 아닌 당신이 성녀의 몸에 함부로 손을 댄 거라고! 알아들었어?"

창백히 질린 얼굴을 하면서도 리에나의 입가엔 웃음이 끊이지 않았다. 웃느라 어깨를 들썩이는 성녀를 보며 아버지는 조소했다.

"성녀라는 직위를 빼면 뭐가 남지? 네 동생을 죽여 얻은 자리가 그리도 자랑스럽던가?"

"……당신이 뭘 안다고!"

"가엾은 것."

혀를 낮게 차는 소리에 리에나의 몸이 석고상처럼 딱딱하게 굳었다.

"뭘 준비했든 간에 기대를 실망시키지 마라. 기회가 많지 않을 테니."

적나라한 조소에 리에나가 붉어진 눈으로 아버지를 노려보았다. 꽤 호전적인 눈빛이었지만, 아쉽게도 그녀는 손이 잘게 떨리는 것까진 감추지 못했다.

"하, 운 좋게 살아남은 괴물 주제에……."

"그대의 말이 맞는다. 하지만 이제 괴물 타령도 슬슬 질려."

포식자에게 본능적으로 두려움을 느끼듯, 리에나는 떨리는 손으로 다른 손을 움켜쥐었다.

"리에나, 그대는 자매를 죽여서 얻은 자리에 만족하나?"

"당신 미친 거야?! 무슨 말도 안 되는 소리를……!"

"나도 내 형제를 죽였지. 그래도 성녀인 그대처럼 형제를 죽인 죄를 부인하지는 않았다. 무엇이 그리 두려워 숨기려 들지?"

악마와도 같은 속삭임에 리에나의 눈에서 미지근한 눈물이 흘러내렸다. 입술을 꽉 깨문 리에나가 어깨를 가련히 떨었다. 아버지는 느긋하게 몸을 돌렸다. 그 모습이 정말로 천사를 조롱하는 악마처럼 보였다는 건 이 자리에 있는 사람이라면 누구나 동의할 것이다.

아버지가 가볍게 눈짓하자 세라테 가문의 기사들이 데미온을 끌고 가기 시작했다. 내가 말릴 새도 없이 아버지는 먼저 연회장을 벗어났다.

그의 뒷모습이 한없이 무거워 보였다. 결단을 내리기라도 한 것처럼.

* * *

유스티아는 무릎을 꿇은 데미온을 향해 단검을 내던졌다. 정신을 차릴 때까지 뺨을 쳐댄 게 효과가 있었는지 남자는 겨우 정신을 차려 혼몽한 얼굴을 했다. 다시 깨지 않았다면 발로 잘근잘근 밟아 주었을 텐데. 조금 아쉽다고 생각하며 유스티아가 말했다.

"자결해라."

예전이라면 기회를 주지 않고 직접 처리했을 것이다. 하지만 그는 이번만큼은 그러지 못했다. 눈앞의 늙은 남자를 경멸하지만 시엘의 친부이기 때문이었다.

"죽음이 간절해지기 전에 네놈의 손으로 목숨을 끊는 게 좋을 거다."

데미온이 덜덜 떨리는 손으로 단검을 거머쥐었다. 유스티아는 알 수 없는 눈길로 그를 내려다보았다.

"저, 저는 못 하겠⋯⋯ 흐억!"

푸욱! 어디선가 날아든 화살이 데미온의 심장을 꿰뚫었다. 단말마의 비명도 내지 못한 채 데미온의 숨이 끊겼다. 싸늘해져 가는 육신이 실이 끊긴 마리오네트 인형처럼 힘없이 널브러졌다.

모습을 드러내지 않았지만, 유스티아는 누가 데미온에게 화살을 쐈는지 알 수 있었다. 유스티아, 그가 아이에게 직접 화살을 쏘는 법을 가르쳤으니까.

바스락. 풀잎이 옷에 닿는 소리가 들리더니 익숙한 사람이 눈앞에 모습을 보였다. 검은 구둣발이 풀잎을 밟고 있었고, 밤의 조각을 오린 듯한 묵색의 사제복이 유스티아의 눈에 스쳤다. 목에 두른 자줏빛 영대가 눈앞의 남자가 추기경임을 알려 주었다.

"······기어코 죽였구나, 슈레이."

"오래간 세뇌당해 제정신이 아닌 자였습니다. 정신을 차린다 해도 똑같을 겁니다."

슈레이는 차가운 눈빛으로 숨이 멎은 남자를 내려다보았다. 친부모와의 혈연이 중요하다고 하지만, 슈레이는 그렇게 생각하지 않았다. 어머니는 푼돈을 받고 자신을 노예로 팔았다. 귀족들이 마시는 비싼 술값도 안 되는 푼돈에 자식을 팔고, 죄책감을 덜고자 괴물로 태어난 네 탓이라며 책임마저 지웠다.

슈레이는 시신을 보고도 무표정한 얼굴이었다. 유스티아가 한숨을 내쉬었다.

"무모했다."

"차라리 없는 편이 나았습니다. 쥐 죽은 듯이 조용히 지냈다면 죽을 일도 없었을 테죠."

무감정한 말에 유스티아는 시선을 들어 슈레이를 쳐다보았다. 그에게 자비를 베풀지 말라 가르친 건 자신이었다. 그러니 이제 와 탓할 수도 없는 노릇이었다.

"시엘의 원망은 제가 듣겠습니다. 아버지가 들으실 필요는 없습니다."

동생을 위한 길이 무엇인지 슈레이는 확신하지 못했다. 하지만 어린 시엘을 붙잡고 분명 약속했었다. 네게 상처 주었던 것들을 내 손으로 끝내겠다고. 오래전 있었던 일이었지만 슈레이는 전부 선명히 기억했다. 상처로 얼룩진 얼굴을 애써 감추고는 묻던 시엘. 그런 동생에게 울음을 참아

내며 답하던 금발의 소년.

    - 슈레이, 나 버려진 거…… 내 잘못이 아니야?

    - 그래, 네 잘못이 아니야. 그 새끼 잘못이야. 약속할게. 그 새끼 잡아 족치겠다고.

가만히 제 이야기를 듣는 어린 동생. 그런 시엘 앞에 두 무릎을 꿇고 울었던 그때, 그는 그렇게 약속했다. 그리고 지금, 심장을 정확히 맞힌 화살은 희생양이 고통을 느낄 새도 없이 숨을 거둬 갔다.

"단칼에 처리했구나."

유스티아는 묘한 시선을 보냈다. 슈레이가 입매를 비틀었다.

"아버지가 가르쳐 주신 덕분입니다."

그래, 내가 널 가르쳤지. 유스티아는 짙은 한숨을 삼켰다.

언젠가 둘째 아들이 제게 말한 적이 있었다. 시엘의 친부를 만나게 되면 제 손으로 죽이겠다고. 천천히, 길게, 고통스럽게 죽일 거라 했지만 했던 말과는 달랐다. 친부가 고통을 느낄 새도 없이 슈레이는 그의 목숨을 거뒀다. 여기서 벗어난다 해도 신전으로 끌려가 끔찍한 고문을 받게 될 처지였으니 차라리 잘된 걸지도 모른다.

"동정할 가치도 없는 자입니다. 다시 기회가 와도 똑같이 죽일 겁니다."

슈레이의 목소리는 얼음이 꽃을 피운 듯 차가웠다. 서늘한 얼음 조각 같은 눈빛이 죽은 남자를 곁눈으로 내려다보았다. 조금의 동정도 서리지 않은 시선이었다.

"세라테엔 독초가 많으니 몸조심하시길."

삭막하고 건조한 인사에 유스티아는 눈을 가늘게 떴다. 자신은 그 어떤 독을 삼켜도 죽지 않는다. 웬만한 독에 내성을 가졌단 사실을, 비센나에서 자라 온 슈레이가 모를 리 없었다.

"슈레이."

"먼저 가 보겠습니다, 아버지."

유스티아가 붙잡기 전에 슈레이는 먼저 몸을 돌렸다.

사락. 검은 제복이 풀잎에 닿으며 바람이 스치는 소리가 났다. 슈레이는 남쪽의 연회장 대신 귀빈실이 있는 서쪽으로 발걸음을 돌렸다. 연회장에서 리에나가 기다리고 있다는 걸 알면서도 성녀에게 돌아갈 생각은 없었다.

'성녀가 기다린다고 했지만…….'

그에겐 따로 갈 곳이 있었다. 한동안 그 사람을 볼 생각이 없었는데 마음이 바뀐 것이다.

'번거롭긴 해도 행동 패턴을 익혀 두는 것도…….'

영 번거롭고 귀찮았지만 지금 움직여야 한다. 바람에 금빛 머리칼이 나부끼며 눈가를 간지럽혔다. 검은 반 장갑이 끼워진 손으로 머리칼을 쓸어 올리며 슈레이는 걸음을 내디뎠다.

* * *

리에나는 도망치듯 세라테 공작가를 빠져나와 마차를 타고 황성으로 향했다. 황성에 도착하고 나서도 리에나는 좀처럼 진정이 되지 않았다. 황제가 그녀를 위해 준비한 방에서 쉬라고 일렀지만 도저히 마음을 놓을 수 없었다. 귀빈실로 들어선 리에나는 울분을 참지 못하고 방 안에 있는 유리병을 모두 깨 버렸다.

몇 번이나 분풀이를 하고 나서야, 그녀는 겨우 숨을 고르며 진정할 수 있었다.

"멍청한 새끼!"

호위면 호위답게 개처럼 자리를 지켜야 하는데, 주인을 내버리고 그 잘난 얼굴도 보이지 않았다. 슈레이가 호위 역할을 저버렸지만 그딴 건 아무래도 좋았다. 나중에 큰 책임을 물으면 되니까.

리에나가 이토록 화난 건 유스티아 때문이었다. 귀족들이 보는 앞에서 저를 욕보였다. 귀족으로서 정당성도 없는 그 남자가 제국의 성녀를 우습게 여기지 않았던가.

"유스티아 제까짓 것이……!"

씩씩 거친 숨을 내뱉으며 리에나는 입술을 깨물었다.

'어차피 시간 끌기용이었어.'

뺨을 맞은 건 수치스러웠지만 비센나의 시선을 끌 수 있다면 그걸로 되었다. 리에나가 황급히 황성으로 온 이유는 따로 있었다. 비센나 공작 때문만이 아니었다. 그녀는 일의 원흉을 떠올리며 이를 까득 갈았다.

'능구렁이 같은 교황 놈!'

꽤 오래전 리에나는 세라테 공작과 손을 잡았다. 거미줄을 치듯 시간을 들여 움직이려 했으나, 요 며칠간 교황 쪽의 움직임이 심상치 않았다. 그리고 오늘 저녁. 연회장에 소란이 있던 그때. 한 성기사가 다급하게 그녀를 찾았고 놀랄만한 소식을 전해 주었다.

'교황이 원로원의 고위 사제들을 모았다고 했지.'

그런 뒤 성녀의 처분을 결정하는 공문을 발표하겠다고 알렸다. 그것도 오늘이 아닌 어젯밤에. 그 소식을 듣는 순간, 리에나는 머리끝까지 피가 솟구치는 기분을 느꼈다. 유스티아에게 뺨을 맞았단 기억조차 한순간에 잊게 할 만큼 격분했다. 성기사가 말해 주지 않았다면, 그리고 발레리 경이 막아 주지 않았다면 오늘 아침 바로 공문이 발표됐으리라.

'교활한 늙은 너구리 같으니라고. 내가 연회로 자리를 비운 틈을 타서 일을 벌일 거라 예상은 했지만…….'

뒤늦게야 성기사들을 시켜 교황을 생포해 두었다. 리에나가 내린 명령은 아니었다. 발레리가 성녀의 이름으로 나선 것에 불과했다. 만약 발레리가 한발만 더 늦었어도 공문이 발표되고 교황을 따르는 성기사들이 먼저 움직였을 것이다. 그녀가 아니었다면 감옥에 처박혔을 상황이었다. 교황의 세력이 쉽게 무너진 것도 발레리가 성녀인 자신을 도왔기 때문이었다.

하마터면 성녀 자리에서 끌어내려질 뻔했기에 리에나는 더 치가 떨렸다.

'교황의 신병을 확보했으니 공문은 이제 신경 쓰지 않아도 돼.'

성녀가 엘리야를 죽였다는 공문을 발표하더라도 조금 타격을 입는 정도였다. 교황이 서거한다면 신전을 책임질 여신의 대리자는 자신뿐이기 때문이었다. 발레리는 국경에 보낸 성기사들은 제외하고 남은 병력으로 교황청을 점령했다. 그녀가 아니었다면 단두대에 서는 건 교황이 아닌 리에나 자신이 되었으리라.

교황의 밀서를 빼돌린 사제는 아쉽게도 붙잡지 못했다. 늦어도 내일 새벽이면 공문이 발표될 것이다. 하지만 아우렐리스 2세가 간과한 사실이 있었다. 이미 폐위된 교황의 성명으로 낸 공문이 성녀인 자신에겐 어떤 영향도 끼치지 못한다는 것을.

"그 늙은이. 그냥 얌전히 있는 편이 좋았을 텐데."

픽 웃던 리에나는 별안간 입술을 짓씹었다. 불안한 듯 방 안을 왔다 갔다 걷기를 반복하다가 손톱을 깨물었다. 공문을 믿는 사람이 생겨도 상관없었다. 제게 목소리를 높이는 자들은 어른이나 아이 할 것 없이 모두 처리하면 된다. 리에나는 땀에 젖은 손을 드레스 자락에 문질렀다.

"후우."

그녀는 터질 듯한 조급함을 내버리려는 듯 길게 숨을 뱉었다.

'발레리도, 황제인 칼란도 내 편이야.'

리에나는 성녀로서 오래 자리를 지켰다. 그리고 아나이스는 무너졌을지언정, 성녀 리에나는 건재했다. 비센나의 멸문도 머지않았다. 지브릴의 최고 권력자인 황제마저 그녀의 오랜 동맹이지 않은가. 자신이 자리를 비운 세라테의 연회는 좀 더 즐겁게 흘러갈 것이다. 세라테 공작이 잘 나서 준다면, 전쟁을 일으킬 것도 없이 비센나는 무너질 테니까.

"둘 중 하나만 잡으면 돼."

까드득. 손톱을 베어 물던 리에나가 별안간 행동을 멈췄다.

"내가 불안해할 이유는 없어."

시엘 공작을 인질로 잡든, 최악의 패인 유스티아를 없애 버리든 뭐든 할 생각이었다.

'결과만 지켜보면 돼.'

리에나는 지친 몸을 소파에 기대었다. 세라테 공작이 움직인다고 했으니 직접 나설 필요는 없었다.

리에나는 두 눈을 감으며 나른한 숨을 흘렸다.

* * *

다음 날 아침, 나는 일찍 눈을 떴다. 새벽달이 뜰 때가 되어서야 억지로 잠을 청해서 그런지 오늘따라 몸이 물에 젖은 솜처럼 무거웠다. 며칠 밤을 새운 것처럼 머리가 멍했다. 머릿속이 어지러워 한동안 침대에 앉아 있다가 몸을 일으켰다. 그래도 간단히 씻고 나자 조금은 기력이 돌아오는 것 같았다.

나는 하녀의 안내를 받아 접견실로 향했다. 세라테 공작은 외관의 3층을 통째로 우리에게 내준 듯했다. 후작급 이상이 되면 따로 신경을 쓴다더니 준비에 공을 들인 태가 났다.

너도밤나무로 만든 식탁은 얇게 벤 흑단을 깔아 은은한 광택이 감돌았다. 그 외에 협탁과 나무 가구들은 모두 장미목으로 만든 것들이었다. 장미목은 잘 들어오지 않는 희귀한 수입품이었다.

세라테 공작이 우리에게 귀빈들만 모시는 접견실을 내어 주었단 것이 조금 의외였다. 지내면서 불편한 구석을 찾을 수 없었다.

'아침 식사치곤 거한데.'

신선한 오렌지 주스, 민트소스를 곁들인 양고기, 통밀빵에 얹어 먹는 비프스튜, 건포도가 들어간 라이스 푸딩까지. 전반적으로 훌륭한 식사였다.

최후의 만찬을 즐기라는 의도인가? 조만간 일이 터질 것 같긴 한데 아직까진 조용하다.

나는 라이스 푸딩을 스푼으로 듬뿍 떠서 입 안에 넣고 오물거렸다. 역시 건포도는 별로다. 샤키 오빠도 나와 식성이 같은지 건포도는 거들떠보지도 않는다. 우리가 너무 잘 먹는지 아버지가 떨떠름한 얼굴로 잘 차려진 음식들을 내려다보았다.

"비센나에서 굶기진 않았던 것 같은데."

"우물우물. 여기가 더 맛있습니다."

샤키 오빠는 역시 솔직했다. 아버지는 씁쓸한 얼굴을 하고는 간단히 맛만 봤다. 그리고 더 먹을 것도 없다는 듯 냅킨으로 입가를 닦았다.

"꽤 먹을 만하군. 비센나보단 못하지만."

"맞아요! 비센나가 더 맛있어요."

건포도만 쏙 남긴 샤키 오빠가 '그럼 그렇지'란 얼굴로 나를 보았다.

식사를 마치고 조금 이상한 일이 있었다. 어젯밤에 무슨 일이 있었던 건지 두 사람 다 바쁜 것처럼 움직였다. 먼저 자리에서 일어난 샤키 오빠가 나를 돌아보았다.

"시엘 어제는⋯⋯."

"어제 뭐?"

어제 뭔 일이 있었나? 곰곰이 생각하던 나는 "아" 하고 소리를 내었다.

"별일 아니었으니까 크게 신경 쓰지 마."

"그게⋯⋯."

샤키 오빠가 답답한 듯 말을 흘렸다. 무언가 말하려던 그는 아버지와 나를 흘긋 쳐다보다가 다시 입을 다물었다.

"뭐야, 할 말 있어?"

"나중에 말할게."

샤키 오빠는 심란한 얼굴로 나를 보다가 긴 한숨을 내쉬었다. 아버지의 반응도 별반 다르지 않았다. 두 사람 다 평소와 같은 얼굴이었지만 어찌된 영문인지 내 기색만 살피고 있었다.

"많이 먹어 둬라. 잠깐 바람을 쐬고 올 테니 쉬고 있으렴."

연이어 한숨을 내쉰 아버지가 먼저 자리에서 일어났다. 아버지가 잠깐 자리를 비운 사이, 샤키 오빠도 슈레이를 찾겠다고 나섰다.

나는 하녀의 도움을 받아 가벼운 채비를 마쳤다. 어제 입었던 실크 드레스와는 다른 푸른색 드레스를 걸치고 손님들이 머무는 외관 별채를 나섰다. 긴장한 표정이 역력한 비센나의 기사가 내 뒤를 따랐다. 연회장 앞까지 무사히 나를 데려다주고 나서야, 기사는 본업을 마친 사람처럼 안도했다.

"이만 쉬어요."

기사에게 간결하게 말하고는 연회장 안으로 들어갔다.

데미온은 어디로 사라졌는지 보이지 않았지만 크게 신경 쓸 건 아니었다. 연회장으로 들어왔을 때도 조금 소란이 일었을 뿐, 별다른 일은 일어나지 않았다. 어제와 크게 다를 것 없는 분위기였다.

"비센나 공."

나를 부르는 소리에 뒤를 돌아보았다. 그곳엔 의외의 인물이 있었다.

'세라테 공작이 왜?'

의문을 알아차렸는지 세라테 공작이 입가에 진한 미소를 지었다.

"제가 준비한 것이 있습니다. 실례가 되지 않는다며 부디 받아 주셨으면 합니다."

세라테 공작은 본의 아니게 실수를 했다며 사과의 의미로 준비한 선물을 건네었다. 별건 아니었고 작은 백합으로 된 장신구였다.

"아들을 시켜 따로 준비한 선물입니다. 어젯밤에 괴한을 따로 잡아들이지 못한 책임을 크게 느끼고 있습니다."

세라테 공작은 괴한이라고 말한 순간, 나를 떠보듯 눈을 가늘게 떴다.

"괜찮습니다, 세라테 공."

정작 나는 별 감정이 없었기에 어깨를 으쓱하며 답했다. 장신구를 쥐려던 그때. 갑작스레 둔탁한 소리가 연회장에 울렸다. 쿵! 연회장의 거대한 철문이 닫히는 소리였다. 그 뒤로 무거운 것으로 철문을 막는 듯한 소리가 연이어 들렸다.

"꺄아악!"

"뭐, 뭐야!"

혼비백산하여 뛰어다니는 귀족들의 비명을 들으며 나는 눈을 가늘게 떴다.

'설마……. 여기서 무력을 쓴다고?'

챙ー! 병장기가 부딪히며 날카로운 금속의 파찰음이 귀를 찢을 듯 울렸다.

"저기 있다! 비센나 공작을 사로잡아라!"

한순간에 무장한 성기사들이 연회장 안을 에워쌌다. 세라테 공작은 보이지 않았고, 공작가의 기사들은 성기사들과 대치할 생각이 없음을 알려 주듯 구석으로 물러나 있었다.

"아악!"

"성기사들이 왜……."

숨이 넘어갈 듯한 비명을 내지르던 귀족들이 뒤로 물러났다.

'아.'

나는 한숨을 내쉬며 마기를 쓰려다가 몸을 굳혔다. 루인이 한 말과 오늘 몸이 좋지 않았던 것이 뒤늦게 생각났다. 나는 무장한 성기사가 다가오는 것을 보며 황급히 몸을 돌렸다.

챙ー! 가까이 있던 기사의 허리춤에서 장검을 빼내 공격을 막았다. 2미터는 될 법한 거구의 기사가 내 정면에 있었고, 주변에도 성기사들이 포진해 있었다.

"……윽."

무력으로는 이길 수 없는지 손잡이를 쥔 손에 아릿한 통증이 일었다.

등 뒤에서 느껴지는 강한 살기에 몸을 돌렸을 때였다. 푸욱─! 살갗을 가르는 소름 끼치는 소리가 들리더니, 등 뒤에 있던 성기사의 심장을 꿰뚫은 날카로운 검이 드러났다. 검이 거칠게 비틀어지듯 빠지며 눈앞의 인형이 쓰러져 내렸다. 그림자의 장막이 걷히듯, 검을 든 은발의 미남자가 그곳에 있었다.

"시엘."

치열한 전투가 있었음을 알려 주듯, 페르제의 뺨엔 붉은 피가 곳곳에 튀어 있었다. 흰 제복에도 붉은 핏물이 가득 배 있었다.

"다친 곳은……!"

나는 그를 보고 눈을 크게 떴다가 조심스레 고개를 저었다. 평소라면 검을 쓰는 데 무리가 없었겠지만 마기를 쓰려 할 때마다 회전판에 선 것처럼 어지러웠다. 갑작스레 시야가 팽 돌았다. 페르제에게 줄 귀걸이에 마기를 가득 담았을 때와는 또 다른 느낌이었다.

"읏……."

머리가 깨질 것 같은 고통에 입술을 잘근 깨물었다.

어느덧 내 곁으로 온 페르제가 검으로 성기사를 쳐 내며 빠져나갈 틈을 만들었다. 나는 그에게 다급히 물었다.

"페르제! 어떻게 여기 온 거야? 샤키 오빠와 아버지는?"

페르제는 대답 대신 내 손목을 잡고 품으로 끌어당겼다.

"난 네가 중요해, 시엘."

어차피 두 사람은 알아서 피했을 거란 대답이었다. 나는 불안감을 애써 억누르며 고개를 끄덕였다.

페르제의 옷자락을 붙든 채 걸음을 내디딜 때였다.

"대공 전하를 지켜라!"

"물러서지 마라!"

언제 잠입한 건지 백야의 기사들이 보였다. 대부분은 내가 모르는 사람들이었지만 눈에 띄는 금발과 녹색 머리가 있었다. 카나힐과 녹센을 보며 안도하는 사이, 의외의 인물이 폐쇄된 문을 열고 우리를 기다리고 있었다.

"여깁니다, 대공 전하."

"빚은 갚도록 하지, 하르트."

페르제가 눈을 가늘게 뜨며 나를 공주님 안 듯 품에 안아 들었다.

어느새 나는 눈 깜짝할 사이 홀에서 벗어나 말에 올라탄 상태였다. 나를 먼저 말에 태운 페르제가 뒤이어 훌쩍 올라탔다. 그의 품에 안긴 채 나는 고개만 살짝 들어 물었다.

"카나힐과 녹센은 두고 가도 괜찮아?"

"네 안전이 먼저야."

답은 빠르게 들려왔다. 둘 다 백야의 기사들이니 죽지 않고 돌아올 거라나. 날카로운 금속이 부딪치는 소리를 뒤로 한 채, 페르제와 내가 탄 말이 빠르게 내달렸다.

24
샤리타의 예언

"이거 완전히 노린 것 같은데?"

샤르키스가 이를 악물며 검을 휘둘렀다. 시엘이 무사히 도망쳤는지 확인도 못 했는데 망할 성기사들이 자신만 노려 댔다.

'차라리 다행인가. 이쪽으로 시선이 쏠렸으니……'

샤르키스는 그런 생각을 하며 검을 붙잡은 손에 힘을 주었다. 불그스름해진 검날이 안으로 파고들며 기사의 목을 베었다. 검을 가볍게 털자 붉은 핏방울이 뺨에 달라붙었다. 으드득. 날카로운 창이 기사의 머리에 파고들었다. 뼈가 갈라지는 소리를 들으며 샤르키스는 고개를 돌렸다.

"눈치도 없이 왜 끼어드는 거지?"

샤르키스는 금발의 남자를 세차게 노려보았다. 그토록 찾아다닐 땐 코빼기도 안 보이면서, 찾을 생각도 없는 지금에서야 모습을 드러내다니. 상대는 대답하지 않았다. 찢어진 입가를 어루만지며 샤르키스가 물었다.

"성녀는 어쩌고."

"……나도 잘 모른다. 황성으로 돌아간 것 같은데."

슈레이는 뺨에 튄 붉은 피를 손등으로 훔치며 답했다. 샤르키스가 입술을 비틀었다.

"하, 슈레이. 연화의 한량은 죽게 내버려 두는 게 나았을 텐데."

"배신자 금발은 어떻고."

슈레이는 창을 쥔 손에 꽉 힘을 주었다. 두 사람은 서로의 등을 맞대고 섰다. 생각지도 못한 상황에 샤르키스는 참지 못하고 크게 웃었다. 성기사들이 자신을 노리고 있는 것보다 슈레이와 함께 있단 사실이 낯설었다. 기분 좋은 울림을 느끼며 샤르키스는 눈을 내리깔았다.

"동생들 두고 죽을 순 없지."

그 뒤로는 말없이 검만 휘둘렀다. 샤르키스는 거친 숨을 몰아쉬었다. 몇 번의 대치 끝에 성기사들의 숨은 모두 끊긴 지 오래였다. 예전이었다면 머리를 짓밟으며 고통스럽게 죽어 가는 모습을 지켜봤을 것이다. 하지만 지금은 그럴 수가 없었다. 목이 반쯤 잘린 성기사가 고통스러운 호흡을 내뱉었다. 초점을 잃은 눈이 간절히 죽음을 바라고 있었다.

"한 놈은 잡아서……."

샤르키스는 말을 하다 멈췄다. 데려가기도 전에 숨이 멎을 테니 고문할 필요는 없었다. 콰득. 샤르키스가 나서기 전에 슈레이가 먼저 창을 휘둘렀다. 죽어 가던 성기사의 목에 창이 꽂히며 실낱같은 의식 또한 끊겼다. 살아 있을 때 한없이 고통스러워하던 기사는 죽어서야 평온을 되찾게 되었다.

샤르키스가 놀란 얼굴로 슈레이를 쳐다보았다. 저놈이 고이 죽여 줄 리가 없는데! 자신이 미친 건지 슈레이가 바뀐 건지 모르겠다.

"답지 않은 행동이군, 슈레이."

"안식을 찾길 바랐어. 기사들도 원해서 온 게 아닐 테니까."

성기사들 또한 명령에 따라 온 것이었다. 그러니 값싼 동정을 베푼 것뿐이라고 슈레이는 무감정한 얼굴로 말했다.

놀란 샤르키스를 보며 슈레이는 쓴웃음을 지었다. 죽어 가는 기사를 무감각하게 보던 샤르키스의 모습이 꼭 제 모습을 떠올리게 했다. 샤르키스는 무표정한 얼굴을 했지만, 미세하게 떨리는 시선마저 숨길 순 없었다. 세상 사람들이 악마라 손가락질하던 비센나라기엔 너무 변해 버렸다. 고통에 물든 사람들의 얼굴을, 샤르키스도 슈레이 자신도 예전처럼 아무렇지 않게 볼 수가 없었다.

"뭘 그렇게 놀라?"

슈레이가 묻자 샤르키스는 고개를 내저었다.

"우린 이제 사람이 된 거네."

그 말에 슈레이는 흘끗 샤르키스를 보다가 나무에 지쳐 버린 몸을 기대 앉았다. 그러자 검은 사제복이 아무렇게나 땅에 끌렸다. 슈레이는 한쪽 무릎만 세운 채 피에 절은 손을 들어 올렸다.

"왜 창을 버린 거지? 이때다 싶어 내가 달려들면 어쩌려고?"

샤르키스가 묻자 슈레이는 정면으로 천천히 시선을 옮겼다. 목숨 줄처럼 휘두르던 금빛의 창이 아무렇게나 널브러져 있었다.

"샤르키스 비센나, 네가 날 죽이지 않을 걸 아니까."

끝까지 형이라 부르지 않다니, 귀엽지 않다. 그렇게 생각하며 샤르키스는 슈레이의 옆에 기대듯 앉았다.

"넌 내 동생이잖아?"

샤르키스는 손을 뻗어 땀에 젖은 슈레이의 머리를 제 어깨에 기대게 했다. 그 손길을 쳐 낼까 하다가 슈레이는 가만히 두었다. 고양이 같은 추기경의 눈매가 느릿하게 감겼다.

"난 널 형으로 인정한 적 없어. 도와주는 건 이번뿐이야."

"그러든지."

샤르키스는 그리 대답하며 씩 웃었다. 피 냄새로 가득 찬 후원에서 두 사람은 어렸을 적 자신들의 모습을 되짚었다. 재수 없던 샤르키스 비센나와 반항심만 가득했던 슈레이 비센나. 슈레이는 샤르키스를 곁눈으로 살폈다. 후원에 널브러진 시체들을 보는 샤르키스의 붉은 눈동자가 침전된 늪처럼 잠겨 있었다.

'샤르키스와 단둘이 있는 것도 오랜만이네.'

슈레이는 오래전의 일을 떠올렸다. 백탑의 가장 높은 층에 갔을 때. 그곳에 샤리타 성녀가 남긴 예언이 있었다.

슈레이는 두 무릎을 꿇은 채 일기와도 같은 예언을 두 눈에 담고 또 담았다. 그리고 세 문장으로 적힌 형제의 싸늘한 죽음을 알게 되었다. 백탑에서 본 기록이 얼마나 슈레이를 괴롭게 만들었는지 곁에 있는 형제는 모를 것이다.

[샤르키스 비센나는 슈레이 비센나를 구하려다 죽음을 맞는다.
슈레이 비센나는 죽어 가는 샤르키스 비센나를 품에 안으며 숨이 끊긴다.
비센나는 패배할 것이다.]

그날, 슈레이는 환각을 보았다. 백탑의 최상층을 뚫느라 몸 어디 하나 성한 곳이 없었다. 슈레이는 잘게 떨리는 손으로 창에 꿰뚫린 복부를 짓눌렀다. 출혈이 커서 의식 또한 혼미했다.

'함정을 다 간파하지 못했어.'

성력이 깃든 푸른 나비가 가물어져 가는 소년의 시야에 어른거렸다. 미래에 있을 대전쟁이 환각이 되어 펼쳐졌다.

무너져 내리는 비센나의 그랑도르 성. 자신은 창을 든 채 신전의 군사와 맞서고 있었다. 하르트의 마력이 담긴 금빛의 화살이 병사들과 맞서던 슈레이 비센나를 노렸다. 하지만 환각 속에서 화살은 그의 목숨을 거두지 않았다. 차라리 거두었으면 좋으련만. 그는 자신의 등 뒤에서 느껴지는 온기에 서서히 고개를 들었다.

- 비센나의 후계자가 된다면서 이 정도도 못 피해서 되겠나, 슈레이 비센나.

그곳에 죽어 가는 샤르키스가 있었다. 저를 꽉 끌어안은 채 희미한 웃음을 짓고 있는 유일한 형제가.

- 살아남아라, 슈레이 비센나…… 아버지께서도 그걸 원하실 거다.

정신을 잃은 슈레이가 눈을 떴을 땐 이미 새벽이 지난 뒤였다. 누군가의 것인지 모를 겉옷이 제 몸에 덮여 있었다. 백탑의 최상층은 대현자인 하르트만이 올 수 있는 곳이었으니 그일 거라 생각했다. 상처투성이의 몸을 일으켜 백탑을 겨우 빠져나왔다.

슈레이는 예언을 모두 외운 후에 일지에서 뜯어 낸 기록을 모두 불태워 버렸다. 그때의 일을 떠올리며 그는 피식 웃었다.

"빚은 갚을 생각이다, 샤르키스."

"형이라고 부르라니까."

"갚게 되면 그땐……."

슈레이는 심란한 얼굴로 샤르키스를 보다가 제 무릎에 고개를 묻었다. 아직 일어나지 않은 일이니 빚이라고 하기도 그랬다. 그런데도 슈레이는 가슴이 답답하고 무거운 감정을 떨쳐 내지 못했다. 샤르키스를 도우러 온 시점에서 성녀의 신뢰를 쌓으려던 계획은 이미 어긋난 지 오래였다.

슈레이가 힘없이 중얼거렸다.

"성배를 훔치려고 했었어."

"그럴 거라곤 생각했지. 근데, 넌 성녀도 아니잖아."

"될지도 모르잖아."

뚱한 대답에 샤르키스는 슈레이의 머리를 헝클어뜨렸다.

"됐으니까, 그냥 집으로 돌아와. 너무 늦게 돌아오면 시엘이 네 금발다 뽑을지도 모르니까."

어릴 때부터 그랬지, 시엘은. 슈레이는 피식 웃었다. 사랑스러운 제

동생은 유독 머리칼을 잘 뽑곤 했다. 아버지와 다르게 단 한 번도 뽑힌 적이 없다는 건, 손에 꼽을 만큼 자랑스러운 일이었다.

"샤르키스, 난 네가 부러웠어."

"내가?"

샤르키스가 놀라 눈을 크게 떴다. 슈레이는 픽 웃으며 말했다.

"시엘이 오라버니라고 꼬박 불러 주잖아."

"난 네가 둘째라고 예쁨받는 게 부러웠는데."

그런 건 필요 없다며 슈레이가 쓴웃음을 지었다.

"내겐 한 번도 기대려고 한 적이 없었어. 하지만 샤르키스 네겐 달랐지."

"그건 몰랐네."

샤르키스는 긴 한숨을 내쉬며 제 머리칼을 흐트러뜨렸다. 바보같이 손에 핏물이 묻은지도 몰라서 머리에 그대로 묻고 말았다.

'형제끼리 제대로 얘기해 본 적은 오늘이 처음인가……'

샤르키스는 지금의 상황이 기쁘면서도 슬펐다. 그는 제 어깨에 기댄 슈레이를 곁눈으로 내려다보다가 복잡한 심경을 감추지 못했다.

"다음에도 내 동생으로 태어나. 그땐 괴롭히지 않고 잘해 줄 테니까."

샤르키스답지 않은 말에 슈레이가 의심스러운 듯 눈을 가늘게 떴다. 어렸을 적 공작저로 온 자신에게 늘 못되게 굴었던 샤르키스 비센나였다.

매일 저를 주워 온 노예라며 놀리고, 아버지가 새로 키우는 개냐며 졸졸 따라다니는 게 우습다고 비웃고, 계집애같이 가녀리다며 어디 사는 영애냐고도 놀렸었다.

"영혼 없는 소리를 잘도……. 동생이 되라는 건 거짓말 아닌가?"

"거짓말은 아냐."

샤르키스의 대답에 슈레이는 한숨을 내쉬었다. 거짓말이든 진심이든, 지금은 알 수 없는 문제였다.

슈레이는 다친 몸을 성력으로 치유한 뒤, 먼저 자리에서 일어났다.

샤르키스도 다쳤지만, 그를 위해 쓸 성력은 없었다. 허리를 곧게 세운 슈레이가 사늘하게 쏘아붙였다.

"샤르키스 넌 대전쟁 때 나서지 마."

"……하르트와 같은 이야기를 하네. 둘이 뭐 짜기라도 했어?"

"그 정도로 할 일이 없진 않은데."

답한 슈레이가 차가운 시선으로 훑었다. 샤르키스가 반쯤 체념한 표정으로 슈레이를 올려다보았다.

"형이 그렇게 미워?"

샤르키스 비센나가 드디어 미친 건가? 그답지 않은 순진무구한 표정에 슈레이는 못 본 척 고개를 돌렸다. 허리를 숙여 창을 주워드는데 타박하는 목소리가 들렸다.

"좀 솔직해져라. 이 형님이 죽을까 봐 걱정된다고."

"개소리는."

"나중에 형 보고 싶다고 울지 말고."

"……미친놈."

슈레이는 헛웃음을 흘리며 샤르키스를 내려다보았다. 샤르키스가 나무에 몸을 기댄 채 빤히 쳐다보았지만, 슈레이는 먼저 후원을 빠져나왔다.

"하, 미친놈이라니."

샤르키스는 혀를 차고는 한숨을 삼켰다. 욕을 듣긴 했지만, 기분이 그리 나쁘진 않았다. 조금 전 습격으로 크게 다칠 뻔했는데도 느슨한 미소가 그의 입가에 걸려 있었다.

"귀엽기는. 누굴 닮아서 저렇게 솔직하지 못한 건지……."

싫다면서 형을 구하러 올 줄은 몰랐네. 샤르키스는 생채기가 난 뺨을 손등으로 훔치며 픽 웃었다. 죽게 내버려 둔다고 할 땐 언제고 구하러 와 줬다. 그래서 벅찰 만큼 기뻤다는 것을, 무정한 슈레이 비센나는 모를 것이다.

* * *

그 시각 유스티아는 눈을 찡그렸다. 성기사들을 처리하긴 했는데-쓸모없는 목숨이긴 하지만 살려 주었다- 여전히 제 앞을 가로막는 졸개들이 있었다. 세라테 공작가의 기사들이 검을 든 채 덜덜 떨었다. 하필이면 상대가 유스티아였다.

"흐음."

유스티아는 팔짱을 낀 채 눈을 가늘게 떴다. 먼저 공격이라도 하면 가뿐히 밟아 주겠는데, 그나마 눈치가 있는지 몸을 사렸다.

"저, 저놈을 붙잡아라!"

"저놈?"

유스티아가 고개를 기울이며 묻자 겁도 없이 소리친 기사가 황급히 입을 다물었다. 자연스레 먹잇감은 유스티아 근처에서 얼쩡거리던 하르트가 되었다. 그들은 짜기라도 한 듯 무기 하나 없는 유스티아에겐 손도 대지 않았다. 하르트에게 몰려드는 화살을 보며 유스티아는 픽 웃었다.

"영 쓸모없는 줄 알았는데 화살 받이로서 재능이 있었어."

"넌 웃음이 나와? 난 이 상황이 지긋지긋한데."

하르트가 투덜거렸다. 유스티아를 괴물로 부르면서도, 그 누구도 그를 잡을 생각은 하지 못했다.

'유스티아는 겁 나서 못 건들겠고……. 만만한 게 난가?'

하르트는 어이없다는 듯 기사들을 훑었다. 그들은 하나만 알지, 둘은 모르고 있었다. 하르트가 과거에도 질릴 만큼 비슷한 경험을 했다는 것을.

'이게 다 유스티아가 용의 마력을 심어 준 덕분이지.'

하르트가 파란만장한 삶을 살게 된 건 유스티아 때문이었다. 유스티아는 무서우니 그 대신 화풀이를 하겠다며 쫓아오는 사냥꾼들이 과거에도 여럿 있었다. 덕분에 하르트는 자신을 죽이려던 사냥꾼들과 맞서 살아남는 법을 익힐 수 있었다.

'저놈들……. 내가 백탑의 수장이란 걸 모르지 않을 텐데.'

하르트는 검을 든 채 삐딱하게 섰다. 기사들이 꿩 대신 닭이라며 공격을 퍼부었다. 까각—! 하르트는 검을 들어 제 심장을 노리는 화살을 쳐 냈다. 금속끼리 부딪치는 날 선 소리가 울릴 만큼 급박했지만, 유스티아는 평온했다. 그는 구름이 흘러가는 광경을 유유자적하게 구경했다. 고군분투하는 하르트는 안중에도 없었다.

쉬익! 그러다 실수로 쏘아진 화살이 자신에게 향하자 유스티아는 간단히 마기로 태워 버렸다.

"하르트 이스넬, 눈앞의 잔챙이들을 처리하도록."

익숙한 하대에 하르트는 짜증스럽게 유스티아를 노려보았다. 이제 몇놈 안 남긴 했는데, 사람 신경 긁는 것도 정도껏 해야지!

쳉! 하르트가 이를 까드득 씹으며 들고 있던 검을 내던졌다. 기사 노릇을 한다고 검 좀 휘둘렀는데 여간 답답한 게 아니다. 지브릴에서 대마도사로 불리는 사람은 유스티아를 제외하고서 자신이 유일했다. 마법사는 역시 마법을 써야 하는 법. 하르트는 복잡한 술식을 떠올리며 마력을 불어넣었다.

"흐어억!"

"이게 뭐야?!"

마력을 쓰는 동시에 검을 든 기사들의 사지가 제압되었다. 차라리 저들은 운이 좋은 편이다. 손목이 잘릴 일은 없을 테니까.

"흐음. 영 쓸모가 없는 건 아니었군."

순식간에 처리된 기사들을 보며 유스티아는 감탄했다. 그러다 눈을 가늘게 뜨고서 하르트에게 물었다.

"시엘은?"

"거참, 빨리도 묻는다. 대공이 갔으니 무사히 빠져나갔을 거야."

유스티아는 처음으로 잘했다는 눈빛으로 하르트를 보았다. 하르트가 툴툴대며 말했다.

"차별도 이런 차별이 없네. 샤키는 걱정 안 해?"

"알아서 탈출했겠지."

아들과 딸 대하는 방식이 너무 다르다. 그렇게 말하면서도 유스티아는 조금 걱정이 되는지 샤르키스가 있는 서쪽을 흘끗 쳐다보았다. 하르트가 유스티아의 어깨를 툭 치며 말했다.

"샤키가 어디 가서 꿀릴 애는 아니지. 죽진 않았을 거야. 자제력 잃은 미친놈처럼 죽이면 몰라도."

"누구 아들인데."

고슴도치도 제 새끼는 예뻐한다더니. 하르트는 끌끌 혀를 차면서 먼저 후원을 빠져나왔다. 그 뒤를 유스티아가 느긋하게 따랐다.

"아무리 샤키가 믿음직스럽다지만, 넌 왜 이렇게 긴장감이 없어?"

"긴장해 줘?"

긴장하는 척 숨을 들이켜는 유스티아를 보며 하르트는 질색했다. 그래, 저게 원래 유스티아다. 한동안 너무 얌전해져서 걱정했었다. 괜히 좀 챙겨주고 싶었는데 저 한량 같은 모습을 보니 그럴 마음이 싹 사라졌다.

"이봐, 후작."

하르트의 손목을 거세게 움켜쥔 유스티아가 눈을 살짝 내리깔았다. 그리고 어울리지 않게 공손한 어조로 말했다.

"비센나 도와줄 거지, 하르트?"

하르트는 진심으로 당황했다. 유스티아가 이런 반응을 보인다는 것은 둘 중 하나다. 쓸모없어진 자신을 단칼에 처리하겠다는 거거나. 아니면 죽여서 입을 막겠다는 거다. 즉, 죽이기 전에 하는 마지막 조롱 같은 거겠지. 질색한 하르트가 새된 목소리로 외쳤다.

"미쳤어?"

"아직은."

유스티아가 어깨를 으쓱하며 뻔뻔히 말하자 하르트가 여러 번 질색했다.

"왜 열두 살 적의 모습을 흉내 내고 그러냐고. 소름 끼치게!"

"그땐 네가 날 잘 도와줬으니까."

"샤티도 그렇게 유혹했지?"

유혹이란 말에 유스티아는 미간을 확 찌푸렸다. 저 멍청이가 못 하는 말이 없다.

"천박한 생각을 하는구나, 하르트. 유혹이 아니라 동정을 산 거다."

"넌 진짜 빌어먹을 개새끼야."

"너도."

유스티아는 비웃음을 흘리며 하르트 옆을 스쳐 지나갔다. 조금이라도 같은 공간에 있기 싫다는 것처럼 걸음을 빨리했다. 질 수 없다는 듯 하르트도 더 빨리 움직였다. 속도를 줄여 느긋이 걷던 유스티아가 말했다.

"세라테 공작이 황제의 편인 걸 모르지 않을 텐데. 흐음, 하르트 네가 여기 왔다는 건 백탑의 졸개들도 비센나의 전력에 합류하는 건가?"

"누가 그런데?"

"박쥐처럼 우리 편에 서겠다고 했던 게 누구겠어?"

어째 같은 말을 해도 상처받는 말만 한다니까. 하르트가 기가 막혀 유스티아를 쳐다보았다. 이왕이면 '같은 편에 서 주는 거야?' 하고 귀엽게 물어 오면 좋을 텐데.

"박쥐한테 잘해. 수틀리면 황제의 편에 붙을 테니까."

"변심하기 전에 처리해 달라는 건가?"

하르트는 짜증스레 유스티아를 노려보았다. 하여간, 샤르키스가 태어나며 애 아빠가 되고 나선 좀 점잖아졌다고 생각했는데……. 성격 비틀리고 심성 나쁜 건 여전한 모양이다. 이러니 샤키 성격이 그 모양이지. 애 성격 다 버렸다니까. 하르트가 씩씩거리며 유스티아를 속으로 욕했다.

속으로 열심히 욕하던 하르트는 잠깐 고민했다. 이대로 비센나를 돕는 게 정말로 올바른 선택인 걸까? 하르트의 생각을 알아차린 듯 유스티아가 걷다 말고 그의 손목을 힘주어 잡았다.

"도와줘, 하르트."

"너 진짜……. 말이랑 행동이랑 너무 다르잖아. 협박을 하든 부탁을 하든 하나만 하라고."

하르트가 분노에 콧김을 내뿜자 유스티아는 야살스럽게 눈을 휘었다.

"비센나의 개가 될 기회를 주지, 하르트."

왕좌에 앉은 오만한 왕이 비천한 노예에게 기회라도 주는 듯한 투에 하르트는 거칠게 머리칼을 쓸어 올렸다.

"그러니까 친구가 없는 거야, 넌."

"대신 노예는 있지."

어깨를 으쓱하며 하는 말에 하르트는 미칠 것 같았다. 화병이 날 것 같다며 제 가슴팍을 움켜쥐는 하르트를 보며 유스티아는 씩 웃었다.

"쓸모없는 우리 노예께선, 쓸데없이 감정적이군."

"유스티아!"

뒤에서 소리치는 하르트를 내버려 두고 유스티아는 유유자적하게 걸음을 옮겼다.

"이 개자식!"

"열심히 짖으려무나."

하르트가 거친 욕설을 내뱉자 유스티아는 몸을 빙그르르 돌렸다. 비센나로 돌아가기 전에 세라테 공작을 정리할 생각이었다. 같은 공작이니 죽일 수는 없어도 비센나를 공격한 책임은 물어야 하지 않겠는가.

하르트가 투덜거리며 물었다.

"거긴 성문 쪽이 아니잖아. 어딜 가는데?"

"잔말 말고 따라와."

"어딜 가는지 알아야……!"

걸음을 멈춘 유스티아가 뒤를 돌아보았다. 뭐냐는 눈빛을 보내는 하르트를 보며 유스티아는 입꼬리를 끌어 올렸다.

"이참에 공작위를 가지는 건 어때, 하르트? 이대로 후작위로 만족할 건가?"

누가 작위를 그딴 식으로 이어받냐. 하르트가 미친놈 보듯 유스티아를 쳐다보았다.

"선심 쓰듯 말하지 말랬지. 네가 황제인 것도 아니잖아."

"난 아니지."

"설마 네 딸이 황제가 되겠다는 건 아니겠지?"

유스티아가 어깨를 으쓱했다. 하르트는 유스티아를 착실히 따르면서도 비센나가 제국을 말아먹는 건 아닌지 진심으로 걱정했다.

"너 설마…… 세라테 공작을 죽일 건 아니지? 비정상적으로 공작위를 뜯어낸 너와 다르게 그는 '진짜' 공작이라고. 정통성을 무시할 순 없어."

기분 나쁘라고 세라테와 비교하는 건가? 그쪽이 정통성이 있을지 몰라도 이쪽이 더 유명했다. 유스티아는 한쪽 눈썹을 추켜세우며 말했다.

"죽이진 않고 납치를 좀 할 생각이다."

"미친…….."

하르트는 욕을 하면서도 홀린 듯이 유스티아의 뒤를 따랐다. 사실, 조금 재밌을 것 같단 말이지. 유스티아 때문에 지브릴이 망할 것 같으면서도 망하지 않는다니까. 하르트가 피식 웃으며 유스티아와 보폭을 맞추었다.

"진짜 막 나가네. 너도 공작이면서 같은 공작을 납치하겠다고?"

"겁이 나면 빠져도 좋다, 하르트. 정확히는 납치해서 비센나에 감금할 생각이지."

유스티아는 답하며 느긋한 미소를 지었다. 전에도 세라테 공작을 처리할까 생각했지만 깜빡했었다.

'납치의 원조 비센나답게 독단적인 결정이네.'

오수를 즐긴 뒤 산책하러 가는 것처럼 무덤덤한 유스티아의 모습에 하르트는 혀를 내둘렀다.

"누가 안 가겠대? 나도 끼련다. 요새 좀 심심했거든."

유스티아는 아무 말 없이 하르트를 바라보았다.

하르트 이스넬은 역시……. 말 잘 듣는 한 마리의 양 같았다.

* * *

한참 달리던 말이 숲으로 들어섰다. 숲의 꽤 깊숙한 안쪽까지 들어왔는지 사방이 쥐 죽은 듯이 고요했다. 저녁이 지난 어둑새벽 같았다.

푸르릉―. 페르제는 말의 고삐를 쥐고 호숫가로 향했다. 지친 몸을 이끌고 걸음을 옮기니 고요한 호수에 달그림자가 맺혀 있었다. 적요한 숲에는 늑대 울음소리와 새가 날갯짓하는 소리만이 들렸다.

페르제는 말에게 충분한 물을 먹인 뒤, 나무 등치에 커브 체인을 매었다. 맞은편 나무에 앉아서 숨을 고르는데 수통을 든 페르제가 가까이 오는 것이 보였다.

"마셔."

그가 건넨 수통을 받아들고 물을 마시자 긴장이 탁 풀렸다. 선선한 바람까지 쐬니 조금 살 것 같았다. 그는 내게서 수통을 받아들고는 고개를 젖힌 채 입구를 기울였다. 목울대가 급히 넘어가는 것을 보니 목이 많이 말랐나 보다.

"불편해도 조금만 참아. 여기서 백야 기사단과 합류하기로 했으니까."

"난 괜찮아."

조금 어지러운 것만 빼면 아까보다 훨씬 나았다. 새벽이라 그런지 숲의 바람이 세차게 움직였다. 조금 쌀쌀하게 느껴져서 몸을 웅크리는데 갑작스레 어깨에 옷자락이 닿았다.

"좀 쉬고 있어."

어느새 흰 제복을 벗은 페르제가 세세한 손길로 겉옷을 덮어 주었다. 부드러운 옷의 촉감에 뺨을 묻으며 배시시 웃었다. 정작 페르제는 셔츠 차림이었다. 춥지 않으냐고 물으려는데 그가 손을 뻗어 내 머리를 어깨에 기대게 했다.

"한숨 자."

숲에서 잠드는 건 위험한 일이라고 생각되면서도 잠이 몰려들었다. 춥지 않도록 나를 끌어안은 페르제의 품이 한없이 안락했다. 따뜻한 온기가 도는 것을 느끼며 눈을 감았다.

사부작사부작.

푹 잠들었던 나는 풀잎이 밟히는 소리에 잠에서 깨어났다. 무거운 눈꺼풀을 들어 올리자 내가 덮고 있는 옷자락이 보였다. 짙은 흑발이 가물거리는 시야에 들어왔다.

"이제 깬 거야? 한숨 더 자."

샤르키스였다. 어떻게 여기 온 건지 모르겠지만 쌩쌩했던 평소와 다르게 조금 지쳐 보였다. 더 자라는 듯 샤키 오빠는 내 머리를 헝클어뜨렸다. 또 어디서 다친 건지 그의 뺨에 난 생채기를 보다가 눈을 살며시 찡그렸다. 내가 손을 뻗으려 하자 그는 먼저 뒤로 물러섰다. 피가 묻는 게 싫나.

페르제는 어디로 갔는지 보이지 않았다. 흰 제복에 검은 제복까지 덮고 있으니 옷 장사하려다 길 잃은 상인이 된 기분이다.

"어떻게 온 거야?"

"도움을 좀 받았어. 백야의 기사들과 중간에 만나서 이쪽으로 빠진 거고."

샤키 오빠의 설명을 들으며 나는 고개를 끄덕였다. 무언가 고민이 있는지 그가 미미한 한숨을 내쉬며 물었다.

"슈레이 보고 싶지 않아?"

갑작스러운 말에 나는 고개를 내저었다. 샤키 오빠가 놀란 듯 눈을 크게 떴다.

"조금도? 요만큼도?"

"보고 싶지 않아."

보고 싶다고 하면 샤키 오빠가 무리할 것 같아서 한 말이었다. 그리고 조금은 감정이 쌓이긴 했다. 슈레이를 미워하는 건 아니지만, 그가 야속한 건 사실이었다. 알겠다는 듯 고개를 끄덕인 샤키 오빠가 말했다.

"그럼 버릴까?"

"응. 버려야지."

나도 진심은 아니었지만 달리 할 말이 없었다. 샤키 오빠가 계속 묻는 것이 유도신문처럼 느껴져서 고개를 갸웃할 때였다.

"들었어?"

뭘 들었단 거지? 페르제가 왔나 싶어 고개를 두리번거리는데 내 옆에 털썩 앉는 사람이 있었다.

"페르……제?"

시야가 어두우면 홍채가 커지기 마련이다. 어둠에 적응한 눈이 뒤늦게 바삐 움직였건만 보이는 건 금발뿐이다. 이거 은발 어디 갔어. 당황한 내가 아무 말도 하지 못한 채 내 옆에 앉은 남자를 쳐다볼 때였다. 샤키 오빠가 나를 대신해 불난 집에 부채질했다.

"버림받은 거 축하한다, 슈레이."

셔츠 차림의 샤키 오빠가 춥지도 않은지 킥킥 웃고 있었다. 오늘이 생일이라도 되는 것처럼 만연한 미소를 입가에 띄운 채.

"……버려도 돼. 잊지만 않는다면."

한숨을 내쉰 슈레이가 내게 상체를 기울였다. 움찔, 몸을 굳히며 눈을 감는데 그의 손길이 내 뺨 언저리에 닿았다.

"제대로 지켜 주지 못했으니까."

검은 반 장갑을 낀 손 사이로 따뜻한 체온이 선명했다.

"줄곧 보고 싶었어."

슈레이가 손을 뻗어 나를 끌어안았다. 애틋한 손길에선 간절함마저 느껴지는 것 같았다.

"……그러니까 아직 나 버리지 마."

너른 어깨에 내 머리를 기대게 한 그가 말없이 웃었다. 빗물에 젖은 검은 사제복이 뺨을 축축하게 물들였다. 멀지 않은 곳에서 우리를 물끄러미 보던 샤키 오빠가 가까이 다가왔다. 말릴 새도 없이 슈레이와 나를 품에 와락 끌어안았다. 애정이 가득 담긴 포옹에 슈레이와 나는 눈을 동그랗게 떴다.

"……샤키 오빠?"

"뭐야, 샤르키스."

놀란 얼굴로 샤키 오빠를 보는 나와 다르게 슈레이는 지극히 담담했다.

"눈치 없이 끼어들지 마."

말과는 다르게 슈레이는 샤키 오빠의 손길을 쳐내지 않았다. 하지만 샤르키스와의 포옹이 많이 어색했는지 고양이처럼 날을 세웠다.

"이럴 땐 시엘처럼 얌전히 있는 거야, 슈레이."

가벼운 타박이었지만 목소리에 애정이 깃든 건 숨길 수 없었다. 나는 따뜻한 온기에 몸을 묻으며 사르르 웃고 말았다. 어릴 때로 돌아간 것 같아 마음 가득 포근했다.

"돌아왔어, 시엘."

나는 슈레이의 머리칼을 부드럽게 쓰다듬었다. 빗물에 젖어 짙어진 금발이 손에 실처럼 감겼다.

"기다렸어, 슈레이."

다정한 목소리에 슈레이의 눈시울이 붉어졌다. 고양이 같던 눈매는 늑대처럼 변했고 키도 체격도 훌쩍 커 버렸지만, 슈레이를 향한 감정은 그대로였다. 까칠하고 도도한 고양이 같은 내 둘째 오라버니. 지금은 달라진 모습이 낯설기도 하고 조금 슬프기도 했다. 가문과 나를 위해 슈레이가 지독한 무게를 견뎌야 했던 게 눈에 선히 보였다.

슈레이는 혼자서 끌어안는 게 익숙한 사람이었다. 아버지에게도, 샤키에게도, 내게도 틈을 보이는 걸 원치 않는 그런 사람.

"슈 오라버니 보고 싶었어."

슈레이의 눈이 커지는 것을 보며 나는 작게 웃었다. 할 말이 있는지 입술을 달싹거리던 슈레이가 결국 내 어깨에 고개를 푹 묻었다.

"울어도 괜찮아. 샤키 오빠는 두 번이나 울었거든."

젖어 가는 눈꺼풀을 느끼며 나는 금발을 쓰다듬어 주었다.

"그런 건 말 안 해도 돼."

머쓱한지 뺨을 긁적이는 샤키 오빠를 보고선 고개를 설레설레 저었다. 다들 이렇게 눈물이 많아서 어찌할는지.

달콤한 휴식 시간도 끝이 났다. 이만 숲에서 벗어나야 할 때가 되었다. 새벽의 숲은 위험했지만 모두 겁먹은 기색은 아니었다. 오히려 들짐승이 끼깅, 하며 몸을 숨길 정도였으니까. 한 차례 전투로 흉악해진 백야의 기사들을 잘못 건드렸다간 산 채로 잡아먹힐 판이었다. 동물들도 아는지 털자락 하나 보이지 않았다.

페르제가 백야의 기사를 이끌고 선두에서 움직였고, 나는 그의 품에 안기듯 기대었다. 고삐를 쥔 커다란 손이 내 팔을 감쌌다. 등 뒤에서 단단한 가슴팍이 느껴져 나는 얼굴을 슬그머니 붉혔다. 어두워서 다행이지, 하마터면 푹 익은 홍당무를 보여 줄 뻔했다.

샤르키스와 슈레이는 각각 군마에 올라탄 채였다. 말이 부족하다는 기사의 말에 샤르키스는 "앞에 앉을 특별한 기회를 주지"라고 슈레이에게 탈 것을 권했었다. 그 뒤로 슈레이는 자신이 왜 앞에 앉느냐며 싸움이 날 뻔했지만 백야의 부단장, 녹센이 알아서 중재했다. 덕분에 녹센은 대놓고 싫어하는 티를 내는 카나힐과 같은 말을 타고 있었다.

'착한 녹센.'

네 말은 어디 갔냐며 카나힐에게 구박받는 녹센에게서 시선을 돌렸다. 저쪽도 영 사이가 좋지 않은지 수틀리면 버리겠다는 협박이 계속 들렸다.

페르제는 샤르키스와 슈레이가 싸우든 말든 별 관심이 없었다. 비센나에서 지낼 때 질릴 만큼 봤기 때문이리라.

"아."

나는 생각을 하다 말고 고개를 돌렸다. 페르제가 그런 나를 보며 물었다.

"왜?"

"잊은 게 있어."

"두고 온 거라도 있었나?"

페르제가 그런 게 있었냐며 고개를 외로 기울였다.

"그게…… 아버지를 공작저에 두고 온 것 같아."

"잘했어, 시엘."

페르제가 한쪽 손을 뻗어 내 머리를 슥슥 쓰다듬었다. 샤키 오빠가 뒤에서 쿡쿡 웃었고 슈레이조차도 그러려니 하는 얼굴이었다. 예전의 슈레이였다면 당장 찾으러 가겠다며 말머리를 돌렸을 텐데.

"슈레이는 걱정 안 돼?"

"……."

들고도 슈레이는 대답하지 않았다.

"하아, 알겠어. 슈 오빠는 걱정 안 돼?"

"별로."

드디어 슈레이가 변심했나 보다. 예전엔 유스티아 공작의 뒤를 졸졸 쫓아다니더니 지금은 별 관심도 없어 보였다. 아들 여럿 키워도 소용이 없다더니 그 말이 맞는지도 모르겠다. 여기서 아버지가 걱정되는 건 나뿐인가?

"유스티아 공보다 그 옆에 있는 사람을 걱정해야 할걸."

누가 아버지 곁에 있다면 다행이겠지만. 유스티아 비센나가 걸어 다니는 시한폭탄도 아닌데 다들 너무했다. 나는 페르제의 말을 한 귀로 듣고 흘리며 뒤로 향했던 고개를 돌렸다. 새벽이라 말을 천천히 몰아서 그런지 갈 길이 많이 남아 보였다.

"얼마 안 남았으니 조금만 버텨."

"오래 걸릴 것 같은데."

페르제가 대답 대신 눈짓으로 앞을 가리켰다. 거대한 두 존재가 자신들의 그림자를 밟고 모습을 드러냈다.

"왕왕!"

푸르릉. 늑대와 거대한 참새였다. 새하얀 늑대의 털이 달빛을 받아 은색으로 반짝거렸다. 나무껍질을 닮은 거대한 참새가 날카로운 송곳니를 드러내며 위협을 해 왔다. 크르릉……. 계속 보니 위협이 아니라 반가워서 웃는 것 같기도, 사납게 웃는 짹짹이를 보며 나는 말에서 내려 두 마물에게 달려갔다.

"왕왕아!"

돌처럼 딱딱한 참새 대신 쿠션처럼 푹신한 늑대의 품에 안기려는데 짹짹이가 주둥이로 내 옷자락을 끌어당겼다. 쉬익! 먼저 쓰다듬어 달라고 짹짹이가 계속 끄는 바람에 하마터면 넘어질 뻔했다.

"우리 참새도 여기 있었네."

나는 환히 웃으며 짹짹이의 머리를 톡톡 쓰다듬었다. 조각난 바위를 만지듯 딱딱한 촉감이 손에 어렸다. 왕왕이는 나를 보며 헥헥거리다가 어느새 말에서 내린 슈레이를 보고 눈을 동그랗게 떴다.

"왕!"

그 뒤로 왕왕이와 슈레이 사이에 한참 격렬한 인사가 이어졌다.

"우린 먼저 갈 테니 넌 여기서 한숨 자고 와라."

거의 바닥에 패대기쳐진 슈레이를 보며 샤키 오빠가 쯧쯧, 혀를 찼다. 철푸덕. 하필이면 빗물이 고인 웅덩이에 빠진 것 같았다. 바닥에 주저앉은 슈레이가 두 손으로 힘겹게 땅을 짚고 있었다. 무릎을 세운 채 버티는 슈레이가 보이지 않는지 왕왕이는 힘을 아끼지 않았다.

"레이아칸."

왕왕이의 주체 못 하는 환영을 받으며 슈레이는 눈을 살짝 찡그렸다. 이름을 불렀는데도 왕왕이는 못 알아들은 건지 거친 포효를 내뱉었다.

"하아, 왕왕아. 알았으니까⋯⋯."

그만하라는 말을 하기도 전에 붉은 혀가 슈레이의 얼굴을 소금 간 치듯 핥았다. 그때 무심한 얼굴의 페르제가 기사에게 타던 말을 건네고는 내 곁으로 다가왔다.

"내가 짹짹이를 모는 게 낫지 않나?"

"짹짹이가 나 말고 다른 사람이 모는 건 원치 않을걸."

푸르릉—. 나는 짹짹이의 머리를 가볍게 쓰다듬고는 단단한 와이번 위에 올라탔다. 어느새 내 뒤에는 샤키 오빠를 밀친 페르제가 냉큼 앉아 있었다. 눈치가 없다며 샤키 오빠에게 핀잔준 페르제가 어서 날자고 재촉했다.

휘익! 고삐를 단단히 틀어쥐자 짹짹이가 거대한 날개를 쫙 펼쳤다. 갑작스러운 돌풍에 말을 몰던 백야의 기사들이 당황해 뒤로 물러났다.

샤키 오빠가 질 수 없다는 듯 페르제의 옷자락을 움켜쥐었다. 얼떨결에 셋이서 타게 된 것이다. 워낙 큰 와이번이라 별 상관은 없었지만 가는 길이 조금 시끄러울 것 같다. 나는 백야의 기사들에게 눈짓으로 인사하곤 그대로 와이번을 몰았다. 한때는 나를 경계했던 그들의 시선이 어느덧 신뢰로 바뀌어 있다는 건 묘한 기분이었다.

거대한 와이번이 날개를 펄럭이며 힘차게 비행했다. 천공을 가르는 길을 나는 건 이번이 처음이었다. 처음으로 짹짹이를 탔던 날. 나를 입양하겠다며 유스티아 공작과 함께 황도로 갔던 그때. 그가 탔던 천도였다. 천도는 마력이 응집된 상공으로 격렬한 바람 폭풍이 휘몰아치는 곳이었다. 바람에 단련된 와이번은 괜찮지만 사람이 맨몸으로 버틸 수는 없었다.

마력으로 결계를 쳐야만 천도를 무사히 건널 수 있었다. 공작저로 돌아가는 최단 루트는 이것뿐이라 다시 돌아갈 순 없었다.

휘이잉—. 나는 고삐를 틀어쥐며 세찬 바람을 이겨 내려 입술을 깨물었다.

"잠깐만……."

페르제가 낮게 속삭였지만 바람 소리에 뒷말을 들을 순 없었다. 내 허리를 감은 손에 힘이 살짝 들어갔다. 거세게 불던 바람이 약해지며 살을 찢을 것 같은 광폭한 바람결이 부드럽게 바뀌었다.

'페르제가 마력을 쓴 건가? 샤키 오빠 괜찮겠지?'

걱정이 돼서 뒤를 돌아보았다. 내 예상과 다르게 샤키 오빠는 더없이 평온한 얼굴이었다. 더 빨리 가도 되겠지? 나는 비행에 집중하며 고삐를 바짝 당겼다. 속도를 더 올리자 뒤에서 당황한 듯한 목소리가 들려왔다.

"……날아갈지도 모르겠는데."

"시엘, 조금만 천천히……! 이러다 오빠 죽겠다."

거친 숨소리와 낮은 비명이 들려왔지만 두 사람 다 알아서 잘 버티겠지, 뭐. 뒤를 슬쩍 돌아보니 은빛의 날개를 단 왕왕이-마력 장치로 추정된다-가 거리를 두고 쫓아오고 있었다. 슈레이도 오랜만에 왕왕이를 모는 것치곤 능숙해 보였다.

차가운 바람에 몸을 움츠리자 등 뒤에서 따뜻한 손이 의복을 모포처럼 덮어 주었다. 페르제의 따뜻한 온기를 느끼며 고삐를 바짝 당겨 속도를 더 내었다. 머지않아 비센나에 도착할 것이다.

* * *

유스티아는 천천히 걸음을 옮겼다. 산산이 깨진 유리 조각이 검은 구둣발에 밟히며 모래알처럼 부서졌다.

"오랜만에 보는군, 세라테 공작."

피투성이가 된 중년의 남자가 부어오른 눈꺼풀을 움직였다. 안개가 들어찬 듯 흐릿한 시야에 흑발의 남자가 보였다.

"……유스티아."

상대는 서거한 선황에게서 강제로 공작위를 얻어 냈을 만큼 악명이 높은 자였다. 저보다 높은 지위의 무리를 사냥감처럼 짓밟던 남자. 몸을 웅크린 세라테 공작이 덜덜 떨며 말했다.

"어떻게 여기 있는 거지? 지금쯤 기사들에게 분명……!"

"선대 비센나 공작에게 예의를 차릴 줄 아는 자들이더군."

조롱과도 같은 말이었다. 기사들이 자신에게 검을 휘두르지 못했다는 사실을 가엾은 사내는 모를 것이다. 세라테 공작이 힘주어 눈을 떴다. 그의 말대로다. 유스티아는 상처 하나 입지 않은 채였다.

"성녀와 거래를 했다지. 내 딸을 인질로 잡으려고 성기사까지 공작저로 들였고."

"그걸 어떻게 아는 거지?"

세라테 공작이 멍청한 얼굴로 말을 더듬으며 물었다. 유스티아는 대답하지 않았다.

"루인은 어디에 있지?! 내 아들은……!"

"아버지의 죽음을 바라는 아들을 기다리고 있는 건가?"

"그게 무슨……!"

세라테 공작은 어깨를 부르르 떨었다. 낯빛이 점차 희게 변하며 감정의 동요를 숨기지 못했다. 아들이 저를 배신했을지도 모른다는 절망적인 생각이 머리를 스쳤다.

"공작위가 머리를 녹슬게 만들었나? 가문의 사병이 이토록 쉽게 정리됐으니 이상하다고 생각할 법도 한데."

"루, 루인이 나를 배신했을 리가 없어!"

세라테 공작이 쉰 목소리로 발악하듯 외쳤지만, 돌아오는 건 싸늘한 눈초리였다.

"그 애는 내 아들이다! 나를 배신할 이유가……."

세라테 공작은 가쁜 숨을 토해 내다가 고개를 떨구었다. 땅을 짚은 주름진 손이 바르르 떨렸다. 한 가문의 가주라고 볼 수 없는 초라한 모습이었다.

유스티아는 조소를 걸쳤다.

"피를 이은 아들이라 마음대로 해도 된다고 생각했었나?"

"난……!"

그 아이를 아꼈다. 그렇게 말하려던 세라테 공작은 입술을 깨물었다. 제대로 된 이야기도 해 본 적이 없었다. 아버지는 늘 명령만을 내렸고, 아들은 유순히 지시에 따랐다. 누이동생이 후계자인 자신을 위해 죽었을 때도 눈물 하나 흘리지 않던 독한 아들이었다. 누이의 죽음을 헛되지 않게 하겠다며 무표정한 얼굴로 같은 말을 되뇌이는 것을, 세라테 공작은 알지 못했다.

레위스 세라테는 자식만큼 유용한 패가 없다고 생각했다. 아들을 믿었던 건 피를 이은 혈육이 등에 칼을 꽂을 리가 없다고 여겼기 때문이었다. 후계자가 되지 못한다면 네 가치 또한 없어지는 거다. 네가 정령술을 쓰지 못해 불쌍한 누이가 비명 하나 지르지 못하고 죽었다. 네 무능력함이 누이를 죽게 만들었다고, 조용히 숨을 죽인 어린 아들에게 차가운 비수를 꽂았다. 그런 말을 들을 때도 루인은 반박하지 않고 고개만 숙였다. 아버지는 상품을 평가하듯 아들을 바라봤었다. 아이가 무릎에 올 만큼 작을 때도. 작았던 아이가 자라나 시야가 맞닿을 때도.

"하하, 하……."

헛웃음을 터뜨린 세라테 공작은 말을 잇지 못했다. 반성을 하는 건 아니었다. 지나간 세월에 대한 후회도 없었다. 그저 제 아들을 죽여 버렸어야 했다고 멍한 얼굴로 중얼거렸다. 귀한 아들이었다. 당신과 내게 주어진 선물이라고 부인에게 말했던 기억을 손끝으로 더듬거리듯 잡아챘다.

그 선물이 결국엔 재앙이 될 줄도 모르고……. 싸늘하게 식은 딸을 안고 울던 부인도 몰랐을 것이다. 마음 약한 아내는 얼마 가지 않아 숨을 거두었다. 그 뒤로 자신은 루인에게 더 집착했다.

"내 탓이 아니었다. 나는 루인을 그런 식으로 지킬 수밖에 없었어. 다른 가문에 잡아먹히기 전에 내가……."

레위스는 고개를 푹 수그렸다. 그토록 지키려 했던 가문은 먼지가 되어 흩날리게 될 것이다. 두 눈으로 그 광경을 보기 전에 목숨이 끊어질 것만 같았다.

"우습군."

낮은 조소에 레위스는 멍한 시선을 올렸다.

"후계자로 이용하려다 그렇지 못한 거겠지. 루인이 그러더군. 아버지를 먼저 버리지 않았다면 죽는 건 자신이 되었을 거라고."

유스티아가 차갑게 말했다. 무자비하고 냉랭한 눈동자가 숨을 꺽꺽 몰아쉬는 세라테 공작을 주시했다. 실소를 머금은 유스티아가 말을 이었다.

"친애하는 레위스. 각오는 하고 벌인 일이겠지?"

"……."

대답하지 않는 남자의 멱살을 유스티아가 한 손으로 들어 올렸다.

"컥!"

목이 졸리는지 버둥거리는 세라테 공작을 차갑게 내려다보며 유스티아가 말했다.

"천것을 공작위에서 내몰아야 한다고 주장할 땐 언제고, 거세당하기 직전의 숫양처럼 얌전하군."

모욕적인 언사에도 레위스는 말을 받아치지 못했다.

"……그헉."

레위스가 핏물에 젖은 입술을 달싹거렸지만 제대로 된 말은 나오지 않았다.

"아, 사과하려는 거라면 사양하도록 하지. 억울할 테지? 이해해. 자네는 자부심 **빼면** 시체잖나."

"……."

레위스는 핏줄이 터진 눈을 올렸다. 작위를 잃은 노장에게 동정을 베풀 만도 하건만, 눈앞의 상대는 야속하게도 자신을 조롱했다.

유스티아는 레위스의 멱살을 쥐던 것을 놓아주었다. 그리고 더러운 물건을 만진 것처럼 손수건을 꺼내 손을 닦았다. 모욕적인 행동을 멀거니 보던 레위스가 더듬더듬 입을 열었다.

"……내, 내 가문은 어찌할 생각이냐?"

"그건 루인 세라테의 뜻에 달렸지. 네 아들이 너를 배신할 줄 누가 알았겠느냐마는."

이 모든 게 루인 때문에……! 레위스가 발작하듯 몸을 벌벌 떨었다.

유스티아는 차가운 시선을 내렸다. 실로 루인의 공이 컸다. 세라테의 후계자가 아니었다면, 레위스가 숨은 거처를 찾아내는 데 시간이 오래 걸렸을 것이다. 그렇다고 루인의 도움 없이 레위스를 찾을 수 없었던 건 아니었다. 제국 그 어디에 있든 쥐새끼처럼 숨은 놈 하나 찾는 건 유스티아에게 대단한 일도 아니었다.

"아들을 원망하나? 그러기엔 자신을 탓하는 게 좋을 텐데. 그대의 능력이 모자랐던 것뿐이니."

유스티아의 붉은 입술이 나른한 호선을 그렸다. 레위스는 별말이 없었다. 이미 체념한 듯 원망조차 꺼내지 않았다.

"세라테는 곧 끝날 거다."

유스티아는 상체를 기울여 힘없이 앉아 있는 레위스의 귓가에 속삭였다. 의식을 잃은 사람처럼 이야기를 듣던 레위스가 고개를 숙였다. 유스티아는 발을 뻗어 힘이 빠진 레위스의 몸을 퍽 소리가 날 정도로 걷어찼다.

꽈악. 바닥에 널브러진 레위스의 목덜미를 검은 구둣발로 꾹 눌렀다. 유스티아는 공포에 버둥거리는 늙은 남자를 보며 조소를 띠었다.

"흑, 흐억. ……살려 줘."

버둥거리던 남자가 제복 자락을 꽉 붙들었지만, 유스티아는 목을 밟는 힘을 풀지 않았다.

"이 정도는 각오했어야지."

유스티아는 혀를 차면서도 발끝에 힘을 더 가했다. 억지로 뭍에 끌려 나온 생선처럼 꺼떡거리던 세라테 공작의 숨이 멎기 직전. 유스티아는 사냥감의 목을 짓누르던 구둣발을 서서히 떼어 냈다.

"그리 살고 싶다면 살려 주마."

의식을 잃어 가는 와중에도 세라테 공작은 안도의 숨을 내쉬었다. 이 자리에서 바로 죽는 게 낫다는 걸 그는 모르고 있었다.

"내 특별히 공작을 비센나의 감옥으로 모시도록 하지. 공작이 죽는 순간을 보고 싶어 하는 사람이 있을 테니."

"제 마음을 잘 아는 건 유스티아 님뿐이군요."

그렇게 말하며 벽에 비스듬히 기대 있던 남자가 몸을 바로 했다. 얼룩덜룩한 핏물이 밴 사제복이 움직임에 따라 부드럽게 펄럭였다. 유스티아가 루인을 보며 물었다.

"지금이라도 세라테 공작을 풀어 주길 원하나?"

"그럴 리가요."

대답한 루인은 가슴에 손을 얹고 허리를 숙였다. 그 모습이 꼭 연극의 마지막을 앞에 둔 광대 같았다.

'여동생이 제물로 바쳐졌다고 했었지. 그 대가로 정령술을 쓰게 되었고.'

유스티아는 루인을 보던 시선을 거두었다. 갑작스러운 인기척에 유스티아는 몸을 돌렸다. 거친 숨을 몰아쉰 하르트가 뺨에 튄 피를 닦으며 웬 남자를 질질 끌고 왔다.

"유스, 넌 다 끝났어?"

"진작."

"이런 건 빠르다니까."

하르트는 제일 계급이 높은 놈을 본보기로 사로잡았다. 그리고 몇 차례 고문에 가까운 주먹을 휘두른 결과, 그들은 패배를 승복했다. 이미 자신들의 주군인 세라테 공작이 인질로 잡힌 상황에서 어찌할 도리가 없다고 판단한 것이다. 적법한 후계자가 아버지에게 반기를 들었다. 기사들이 검을 내려놓을 수밖에 없는 상황이었다. 병장기 소리로 들끓던 세라테 공작가에 정적이 찾아든 건 한순간이었다.

"하아, 이게 뭔 고생인지. 세라테가 정리돼서 다행이긴 한데."

머리카락을 쓸어넘긴 하르트가 피로 엉킨 머리를 느슨히 묶었다.

"수고했다, 하르트. 오랜만에 쓸모 있었어."

유스티아는 붉은 입술에 궐련을 물고 마음껏 여유를 즐겼다. 그들을 바라보며 루인이 어깨를 으쓱했다.

"제가 세라테 공작위를 이어도 두 분께선 괜찮으시겠습니까?"

"그거야 후계자인 루인 경의 뜻이지."

하르트는 어깨를 으쓱했다. 루인이 대답하지 않는 유스티아에게 시선을 돌렸다. 검은 구둣발이 식어 가는 궐련을 비벼 껐다. 유스티아는 재밌다는 듯 입가를 올렸다.

"귀찮아지겠구나, 루인."

* * *

아버지는 세라테 공작을 끌고 비센나로 돌아왔다. 루인이 싼값에 그를 팔아넘겼다나. 어쨌든 나는 세라테로부터 마력 안정제를 공급받기로 했다. 아직 물량이 충분한 건 아니었기에 한 사람이 섭취할 수 있을 만큼 극소량이었다.

비센나에 더 일찍 도착했던 페르제와 샤키 오빠는 이른 아침부터 대련 중이었다. 어제 새벽에 도착했는데 피곤하지도 않나 보다.

'페르제가 오늘 밤에 예카르트로 돌아간댔지. 그 전에 잠깐 저녁이나 먹을까.'

적막이 감돌던 접견실에 차를 따르는 소리만이 울려 퍼졌다. 하인이 따라 주는 차를 마시며 아버지가 낮게 혀를 찼다.

"교황이 폐위되었다더군. 성녀의 발목을 붙잡고 처리됐으면 좋았을 텐데."

"성녀를 치려했던 건 실패했나 보네요. 폐위 전에 공문이 발표만 되었어도……."

밀서를 빼돌렸던 사제는 싸늘한 시체로 발견되었다. 숨진 자리에서 밀서가 있었다는 어떠한 흔적도 찾지 못했다. 폐위된 이후에 공표되는 건 공문으로서 효력이 없다. 논란이 일어날 순 있어도 성녀를 퇴위할 강제성은 찾지 못하는 것이다.

"발레리와 성녀를 상대로 이길 순 없었을 거다."

그렇긴 했겠지. 나는 고개를 끄덕였다.

아버지는 답답한 듯 목을 죄던 크라바트를 느슨하게 끌렀다. 그도 지금의 상황이 갑갑한 것이다. 교황이 준비했던 성명은 없던 것이 되었고, 리에나는 성녀의 이름으로 공문을 발표했다. 교황 아우렐리스 2세가 그간 제물을 바쳐 왔다는 내용이었다. 아우렐리스 2세가 여신의 대리자로서의 직분을 잊고 타락했으니 그의 권한과 지위를 모두 박탈한다는 내용도 포함되어 있었다. 몇몇 사제들은 의문을 표했지만 항의하던 목소리는 빠르게 사그라들었다. 목숨을 걸면서까지 교황을 변호할 충정이 없었던 까닭이다.

리에나 또한 아나이스 가문이었기에 그녀를 둘러싸고 무수한 소문이 돌았다. 그러나 그 누구도 황제가 비호하는 성녀에게 책임을 묻진 못했다.

세라테 가문도 평온한 건 아니었다. 연회 이후로 세라테 공작이 비센나의 감옥에 갇혔기 때문이었다. 먼저 무력을 행사한 건 세라테 공작이었으므로 그를 가둘 명분은 충분했다. 루인은 비센나에 세라테 공작을 팔아넘겼고, 공작위를 계승하기 위해 준비 중이었다. 공작이 된 후에야 가문의 정사를 논할 생각으로 보였다. 가주가 될 건지, 세라테 공작가를 없앨지는 루인의 선택에 달려 있었다.

'이따위 가문이라고 욕을 하면서도 루인이 가문 사람들을 버릴 수 있을지는……'

유구한 역사를 가진 세라테가(家). 하루아침에 가문을 없애는 건 불가능했다. 가문에 딸린 군사. 영지민. 가신들이 갈 곳을 잃은 유랑민이 된다는 문제가 생기기 때문이었다. 그래서 전쟁이 끝날 때까지 세라테 공작으로서 책임을 진다는 것이 루인의 입장이었다.

비센나에 폭풍이 치기 전에 고요함이 흘렀다. 아직 이렇다 할 소식은 없었지만 황가와의 전쟁이 곧 시작될 것이다. 전쟁은 명분 싸움에서 시작되어 무력 충돌로 점화된다. 황제와 성녀가 비센나를 치기 위해 반란죄를 명분으로 삼을 게 분명했다.

황제 측에선 습격할 틈을 보고 있을 것이다. 그러니 비센나도 혹시 모를 습격에 대비해야 했다. 군을 정비하고 성벽을 보수하란 명령을 내렸지만 다른 문제가 있었다. 다른 가문으로부터 병력 지원을 받아야 하는데, 늦어지고 있었다.

'나타샤가 모레 안에 온댔지.'

나는 나타샤와 잡았던 약속을 떠올렸다. 군 동맹을 논하기 위해 니나이스 백작의 대리로 오겠다는 서신이 얼마 전에 왔었다.

"곧 전쟁이 터질지도 모르겠어요, 아버지."

"긴 밤이 되겠구나."

아버지는 그리 말하며 창밖으로 시선을 돌렸다. 무겁게 잠긴 눈동자가 고요한 빛을 띠고 있었다. 밤이 지나 겨울이 끝나면 비센나에 봄이 찾아올까.

달그락. 찻잔이 부딪치는 소리만이 응접실을 울렸다.

"명령대로 도제에게 성벽을 보수하라 일러두었습니다."

그날 오후. 망루에 서서 비센나 영지를 내려다볼 때였다. 등 뒤에서 건조한 목소리가 들렸다. 고개를 돌리자 로브를 쓴 룬이 나와 같은 시선으로 영지를 굽어보고 있었다. 호숫가 너머로 햇빛을 받은 평원이 보였다.

평원을 노랗게 뒤덮은 야생화. 갈색 물결이 치는 갈대밭. 드넓은 곡창을 바라보다가 천천히 시선을 올렸다. 은빛의 그랑도르 성에 꽂힌 검은 깃발이 바람에 휘날렸다. 붉은 테두리 아래, 금빛의 눈을 가진 검은 용은 어렸을 때부터 보아 온 비센나의 상징이었다.

"성 방어전은 처음이야, 룬."

"분명 잘해 내실 겁니다. 전쟁에 익숙한 선대 가주님이 계시지 않습니까?"

"……그렇지."

슈레이가 내게 전술을 가르쳐 주었고 샤르키스는 활을 쏘는 법을 알려 주었다. 하지만 그거론 부족했다. 실전 경험이 없다는 건 큰 약점이었으니까.

"아버지께선 아무 말씀도 없으셔."

"……그랬군요."

룬도 이미 알고 있었는지 별다른 말이 없었다.

"가주인 내가 오롯이 이끌기를 원하시지."

"가혹하다고 생각하십니까?"

"그렇진 않아. 직접 나서는 걸 꺼리시는 이유가 있겠지."

나는 그 이유를 잘 알고 있었다. 예언에서 유스티아 비센나는 패배한다. '그땐 병력도 모자랐고 동맹도 없었지만.'

예언 때문인지 아버지는 군 지휘권을 가지는 것을 원치 않아 했다.

"가주님께선 그 이유가 뭔지 아십니까?"

룬이 물었다. 사실 그도 이해가 잘 가지 않을 것이다. 마력이 높고 실전 경험도 많은 아버지가 왜 내게 가주직을 물려준 것인지.

"어릴 때는 나를 아껴서 그런 거라 생각했어."

"외람되지만 지금도 가주님을 무척 아끼십니다."

"룬도 참. 내가 그걸 모를 리가 있겠어? 아버지는⋯⋯."

나는 입술을 달싹이다가 다물었다. 유스티아 비센나는 두려운 것이다. 자신의 잘못된 판단으로 전쟁에서 자식들을 잃게 될까 봐.

"선대 가주님께서 그러시더군요. 수백 년 전 전쟁에서 승리를 거두었을 땐 그의 곁에 아무도 없었다고."

"⋯⋯그런 말씀을 하셨어?"

"지킬 것이 없어서 거리낄 것도 없었다고 하셨습니다. 그땐 혼자였고, 가주도 아니었으며, 전쟁에서 패해도 본인의 목숨 하나만으로 끝날 문제였다고도⋯⋯."

룬의 말에 나는 천천히 고개를 끄덕였다. 그때와는 달라진 상황에 아버지는 쉽사리 움직이지 못했을 것이다.

"아버지께서 어떤 기분으로 말씀하셨을지 알 것 같아."

나는 룬에게 말하며 웃었다. 망루에 서서 성 밖을 바라보다가 집무실로 자리를 옮겼다. 바니가 만들어 준 과일 주스를 마시며 일에 몰두했다.

'시간이 지나서 그런가? 마력도 돌아온 것 같은데.'

밀린 업무와 공문을 확인하느라 눈이 침침한 걸 빼면 몸 상태는 괜찮았다. 서신에 서명하던 중, 룬이 집무실을 찾았다. 고민이 있는 얼굴로 들어선 그가 조심스럽게 운을 띄웠다.

"잠깐 아이를 들여도 괜찮을지요? 문 앞에서 기다리고 있습니다만 가주님께서 바쁘시다면⋯⋯."

"아이? 룬의 딸?"

진심으로 당혹해하는 룬에게 웃으며 말을 덧붙였다.

"농담이었어. 이름 정도는 말해 줘야지."

"안리가 인사를 하기 위해 기다리고 있습니다. 내일 집으로 돌아가는 날이라 가주님을 뵙고 싶다고 하는군요."

"아, 맞아. 안리가 있었지⋯⋯. 군 회의를 준비하느라 바쁘긴 하지만 그 정도 틈은 있어. 어서 들어오라고 해."

나는 깃펜을 놓고는 천천히 열리는 문을 바라보았다. 룬이 밀어젖힌 문을 안리가 낑낑거리며 붙잡고 있었다. 그러다 나와 시선이 마주치자 화들짝 놀라며 쳐다보았다. 쭈뼛거리며 안으로 들어선 안리가 손을 꼼지락거렸다. 긴장이 역력한 표정이었다.

"가, 가주님? 공작님이라 불러야 할까요?"

옆으로 느슨히 묶은 하늘색 머리를 쓸어 올리며 입술을 떼었다.

"뭐든 괜찮아. 공작님이 더 낫긴 하겠지만."

가주님이라고 부르면 비센나의 일원이 된다는 소리니까. 그건 곤란하다. 발그레하게 뺨을 붉히며 안리가 원피스를 손으로 쥔 채 무릎을 굽혔다.

"안리가 비센나 공작님께 정식으로 인사드려요."

누가 귀족의 예법을 가르쳐 준 모양이다. 아직 엉성하긴 해도 서툰 모습이 꽤 귀엽게 보였다. 나는 턱을 괸 채 안리에게 물었다.

"내일 집으로 돌아간댔지?"

"네! 대공저는 제가 갈 수 없는 곳이라……."

"원한다면 거기서 지내도 괜찮은데. 한나는 대공저에서 머무를 테고……. 너 혼자 지내는 거 아니니?"

"룬 님이 집을 구해 주셔서 거기서 살게 되었어요. 수도에서 멀리 떨어진 곳이래요. 아, 네! 한나 언니는 대공저에 있기로 했어요. 하지만 저 혼자 지내는 건 아니래요. 룬 님의 아는 분께 신세를 지기로 했어요. 상냥한 이모님이라고 들었는데……."

"암살자는 아니겠지?"

룬을 향해 묻자 그가 어깨를 으쓱했다. 내 시선을 피하는 걸 보니 한가닥 하는 암살자를 소개해 줬나 보다. 뜸을 들이던 룬은 "숙박업 하는 마법사입니다."라고 얼버무렸다.

안리가 반짝반짝 눈을 빛내며 내게 물었다.

"쿠키 굽는 거랑 이것저것 배우기로 했는데……. 저 크면 다시 비센나로 와도 되나요?"

"음. 여기 온다고 좋을 게 있을까?"

내가 되묻자 안리는 진심으로 당황한 얼굴이었다. 내쳐질 줄 알았는지 눈을 꼭 감았던 안리가 번쩍 고개를 들고 시선을 맞춰 왔다.

"제 영웅이 여기 있으니까요!"

"흐으음. 영웅 소리는 또 처음 듣네."

낯간지러웠지만 기분은 나쁘지 않았다. 룬에게 "누가 권력자인지 벌써 아는 건가?" 하고 물었지만, 그는 고개를 저을 뿐이었다.

나는 작게 한숨을 내쉬며 말했다.

"으음, 안리. 비센나에 하녀 자리가 있긴 해. 생명 수당도 있어서 돈도 많이 줘. 그래도 오래 평온히 살고 싶다면 오지 말렴. 대공저로 가는 게 더 좋지 않겠니? 추천장을 써 줄 수도 있어."

"전 비센나가 좋아요. 공, 공작님께서 허락해 주신다면 누가 되지 않도록 열심히 배워 올게요."

뭘 배운다는 건지……. 게슴츠레한 눈으로 룬을 쳐다보자 그가 내 시선을 또 피했다.

"아무리 설득해도 듣질 않더군요. 심심해하기에 단검으로 시간 때우는 잔재주를 보여 준 것뿐인데……."

"그래, 뭐. 적성을 발견하면 좋은 거지. 정말 좋은 건진 모르겠지만."

"죄송합니다."

룬이 대역 죄인이라도 된 듯 고개를 숙였다.

"농담이었어. 룬이 신경 많이 썼겠네."

나는 손사래를 치며 답했다. 안리의 선택이니 책임도 아이의 몫이었다. 하고 싶다는데 그만둬라 마라 할 건 못 된다. 그래도 최대한 말리고 싶긴 했다.

"안리, 평온한 일상을 되찾으려면 노력이 필요하단다."

"네, 공작님. 저…… 나중에 제가 자라면 공작님을 뵈러 와도 되나요?"

"그래. 비센나는 네가 자라면 오는 게 좋겠구나. 지금은 가문 사람들이 한창 바쁠 때거든."

"네, 공작님!"

안리는 씩씩하게 대답했다. 어째서 나중에 비센나로 오라는 건지 안리는 되묻지 않는다. 명석한 아이니 곧잘 이해한 건가 싶다.

"공작님도 몸 건강히 지내셔야 해요."

안리는 고개를 꾸벅 숙인 뒤 기사를 따라 떠나갔다.

룬의 보고를 듣고 서류 작업을 끝마치다 보니 어느덧 노을이 질 무렵이 되었다. 하고 있던 일을 갈무리한 뒤, 나는 서둘러 자리에서 일어났다. 페르제와 만나기로 했기 때문이었다.

이른 저녁, 나는 바니가 준비한 과일 샌드위치와 홍차를 든 채 호숫가로 향했다.

"페르제!"

먼저 호숫가에 와 있던 페르제가 나무에 기대 있던 몸을 바로 했다. 나는 모포를 깔고는 페르제를 따라 호숫가 근처의 풀숲에 앉았다. 파란 물결이 이는 호수를 바라보다가 두런두런 대화를 나누었다.

"홍차 마실래? 샌드위치도 가져왔어."

"이리 줘. 내가 할게."

서툴 거라 생각했던 페르제는 꽤 능숙하게 홍차를 따랐다. 나는 커다란 손이 섬세하게 움직이는 모습을 계속 눈에 담았다.

"바니가 만들어 줬어. 기억나지?"

"파이를 잘 구웠었지."

대답한 페르제가 고개를 끄덕였다. 과일 샌드위치를 꺼내 한입 베어 물자 달콤한 잼이 입 안 가득 흘렀다.

홍차까지 마시고 나서 붉은 석양이 진 하늘을 구경했다. 흰 구름이 곳 곳에 끼어 있었고, 어느덧 하늘은 오묘한 자색을 띠고 있었다. 나는 호숫 가를 바라보다가 페르제에게 몸을 기대었다. 그리고 조심스레 물었다.

"오늘 밤에 예카르트로 돌아간댔지?"

"전쟁에 대비해야 하니까."

답을 한 페르제가 말없이 나를 바라보았다.

"페르제, 왜 그렇게 빤히 보는 거야?"

"오랜만에 보는 것 같아서."

"그럼 지금 실컷 봐야겠네."

나는 배시시 웃으며 페르제와 시선을 마주했다. 먹은 것을 정리하고 쉴 때였다. 자리에서 일어난 페르제가 내 어깨에 그가 입고 있던 제복을 걸 쳐 주었다.

"시엘."

등 뒤에서 끌어안은 그가 내 목덜미에 얼굴을 묻었다. 쪽. 차가운 입술 이 내려앉자 묘한 소름이 돋았다. 움찔 몸을 굳히는 나를 더욱 품으로 당 겼다. 한동안 온기를 느끼다가 나무 등치에 몸을 기댔다. 페르제가 내 머 리를 제 어깨에 묻게 했다.

"난 이제 남은 게, 너밖에 없어."

"페르제……."

"다치면 안 돼, 시엘."

페르제가 피식 웃으며 낮게 말했다. 그의 심장이 빠르게 쿵, 쿵 뛰고 있었다. 그의 가슴팍에 고개를 기댄 채 심장 박동을 듣던 나는 눈꺼풀을 스르륵 닫았다.

"페르제도 다치지 마."

나는 그리 말하며 페르제의 옷자락을 꽉 쥐었다. 따뜻한 온기를 놓치고 싶지 않았다. 고개를 들어 페르제를 바라보다가 그의 목덜미를 두 팔로 끌어안았다.

"키스해 줘."

놀란 듯 보던 페르제가 한쪽 팔을 뻗어 내 허리를 감았다. 그의 다른 손이 부드럽게 내 머리채를 그러쥐었다. 페르제는 고개를 비스듬히 숙이고는 깊게 입을 맞추었다. 아랫입술을 핥던 혀가 윗입술을 느릿하게 쓸었다. 입술을 가르고 들어온 혀가 치열을 훑다가 입천장을 건드렸다.

"하아……."

입속을 제멋대로 헤집는 느낌에 미약한 신음이 흘러나왔다. 여린 점막을 자극한 탓에 달뜬 숨이 뱉어졌다. 달콤한 타액을 삼키는데 뺨에 홧홧한 열이 올랐다. 아랫배가 울렁거리는 기분이었다.

"읏……."

목덜미를 지분거리는 손길이 노골적이었다. 페르제는 젖은 입술을 탐하다가 서서히 목덜미로 입술을 미끄러뜨렸다.

"하아, 시엘."

빠르게 뛰는 맥박에 그가 키스하듯 입술을 지분거렸다. 목덜미를 농밀하게 삼키던 입술이 쇄골을 핥았다. 혀가 닿는 곳마다 불에 덴 것처럼 화끈거렸다. 쪽. 야한 소리를 내며 떨어지는 입술에 나는 숨을 길게 들이켰다. 그의 매끄러운 손이 타액으로 번들거리는 입술을 훔쳐 주었다.

페르제가 낮은 숨을 흘리며 말했다.

"참기 힘들어."

"그럼 안 참아도 돼."

페르제가 고개를 번쩍 들었다.

"여기서?"

페르제가 물어 오자 나는 얼굴을 붉히며 말끝을 흐렸다.

"여기선 좀 그렇지."

"여기서 모실 순 없지. 명색이 공작님인데……. 게다가 난 처음이니까."

처음이란 말에 나는 쿨럭거리며 마른기침을 내뱉었다. 애지중지 소중히 아껴왔던 걸까…….

"아무튼! 여긴 병사들도 있고. 풀숲이기도 하고."

"그럼 대공저는 마음에 들어? 대공저에서 둘이 지내는 건 어때?"

"나쁘진 않은 것 같은데. 공작저는?"

"……공작저는 아닌 것 같은데. 꼭 비센나 때문은 아니지만."

페르제가 말끝을 흐리며 고개를 저었다. 비센나에서 나와 키스하려면 목숨을 걸어야 한다나. 그렇다면 지금 입을 맞춘 것도 목숨을 걸었다는 건데. 그런 것치곤 페르제와 나는 어릴 적부터 자주 뽀뽀했던 것 같다. 아, 자주는 아니라 가끔이었나. 볼에 쪽 입을 맞추며 뺨을 붉히던 은발의 소년이 생각났다. 그땐 참 귀여웠는데.

뺨에 열이 올랐는지 페르제가 손등으로 문지르는 게 보였다.

"그간 잘 참았다고 생각했는데……."

페르제가 한숨을 내쉬며 땀에 젖은 머리칼을 쓸어 올렸다. 움직임에 따라 절로 시선이 따라갔다. 페르제는 얼굴도 잘생겼지만 손도 바이올린을 연주할 것처럼 예뻤다. 늘씬한 손에 은빛 실타래가 부드럽게 흩어졌다. 페르제는 나를 꽉 끌어안으며 내 귓가로 고개를 숙였다.

"비센나에서 기다리라고 했던 말 기억나? 첫 시험을 앞두었을 때."

"기다려라, 시엘……이라고 했었지."

나는 천천히 고개를 끄덕였다. 옆에서 느껴지는 따뜻한 온기가 좋았다. 심장이 너무 빨리 뛰는 걸 들킬 것 같았다. 그의 팔에 얼굴을 묻듯 내렸다. 페르제가 내렸던 팔을 비스듬히 올려 주었다. 그러자 탄탄한 팔을 감싼 셔츠 자락이 보드라운 뺨에 닿았다.

"전쟁이 끝나면 비센나에서 기다려 줘."

"왜?"

고개를 기울이며 묻자 페르제가 나무에 기댔던 몸을 살짝 숙였다.

"아직 중요한 걸 못 했으니까."

페르제는 내 손을 붙잡더니 마디 끝에 깊게 입술을 맞추었다.

중요한 게 뭐냐고 물었지만 페르제는 끝까지 답해 주지 않았다. 어차피 나중에 알게 될 텐데 왜 숨기는 걸까.

"그게 뭔데? 궁금하니까 말해 줘."

"지금 알면 재미없잖아. 기다려 준다고 해 줘."

못 이기는 척 말해 줄 법도 한데, 페르제는 끝까지 의견을 굽히지 않았다.

"알았어. 기다릴 테니까, 그땐 꼭 말해 줘."

하는 수 없이 페르제의 뜻에 따르기로 했다. 늘 내게 뜻을 굽혀 주었으니 이번에는 내가 져 줄 차례였다.

"그때 뭔지 말해 줄게."

페르제는 고개를 숙여 내 뺨에 입술을 맞추었다. 단단한 팔이 다정한 온기를 나누듯 어깨를 감쌌다. 나는 그의 품에 안긴 채 하늘로 시선을 올렸다. 어느새 짙은 땅거미가 져 있었다.

'와, 예쁘다…….'

페르제와 보는 하늘이라 더 아름답게 보이는 걸까. 이대로 페르제를 보내기 아쉬웠다. 나는 그의 너른 품에 기대며 괜히 미적거렸다. 이럴 땐 가주가 아니었으면 좋겠다. 어렸을 적이라면 페르제와 계속 같이 있었을 텐데.

'계속 함께 있고 싶은데. 페르제도 그럴까?'

깊었던 입맞춤은 케이크를 먹은 것처럼 달콤했고, 다정한 대화는 한 톨이라도 흘릴까 두 손에 담고 싶었다. 페르제와 있어서 그런가……. 시간이 더없이 빠르게 흘러갔다.

'지금은 또 천천히 흐르는 것 같아.'

두 눈을 감으며 느리게 흘러가는 풍경에 몸을 묻었다. 뺨을 간지럽히며 살랑이는 밤바람. 부드러운 꽃향기. 보드라운 풀숲. 모든 게 영화 속 필름처럼 생생하게 느껴졌다. 이대로 시간이 멈췄으면 좋을 정도로.

내가 편히 기댈 수 있도록 페르제는 몸을 더 숙였다. 그리고 내 손을 붙잡으며 깍지를 껴 왔다.

"시엘."

페르제가 나를 불렀다. 내 시선은 우리의 손에 있었다. 손을 쭉 펼쳐 봤지만, 커다란 그의 손에 비하면 한참 작았다.

"내 세상의 전부는 너야. 그러니……."

손을 거둔 페르제는 내 뺨 언저리에 입을 맞추고는 느릿하게 입술을 떼었다.

"내 숨이 멎을 때까지 곁에 있어 줘."

"100년은 더 지나야겠네."

나는 시선을 내리며 조용히 웃었다. 페르제가 고개를 기울이며 물었다.

"100년은 이르지 않나?"

"그럼 200년."

"유스티아 공보다 더 오래 살아야겠는데."

"그래도 돼."

나는 목이 메 고개를 숙였다. 흩어진 머리칼을 넘겨 주며 페르제가 달래듯 말했다.

"왜 울려고 그래."

"우는 거 아냐."

나는 아무렇지 않게 답하고는 고개를 들었다.

'눈물을 감추는 가장 좋은 방법은 웃는 거랬는데…….'

줄곧 슬퍼하는 모습만 보여 줬던 것 같아서, 나는 작게 소리 내 웃으며 말했다.

"그래도 100년은 살아야 해."

페르제는 대답 대신 두 팔을 뻗어 나를 감쌌다. 그의 따뜻한 품에 기댄 채 나는 눈을 감았다. 후원에서 부는 바람이 부드러운 꽃향기를 훔쳐 왔고, 새가 지저귀는 노래가 우리의 시간을 달콤하게 만들었다.

손을 떼어 낸 페르제가 제 어깨에 몸을 기대게 했다. 사라락. 하늘빛 머리칼이 그의 손에서 실타래처럼 흩어지는 것을 보며 입을 열었다.

"페르제, 내 남편이 되면 오래 살아야 해."

아무리 생각해도 1년은 이르다. 아직 못 해 본 게 너무 많은데 이대로 보낼 순 없었다. 페르제는 기다렸다는 듯 나를 꽉 끌어안으며 말했다.

"부인께서 원하시는 대로."

* * *

교황청의 귀빈실 안. 의자에 비스듬히 기대앉은 성녀가 조소를 숨기지 못했다. 그녀가 성녀로서 자격이 없다고 입을 놀렸던 원로원의 고위 사제들은 모두 목이 잘린 채 죽음을 맞은 뒤였다.

"교황을 죽여도 정말 괜찮으시겠습니까?"

성녀의 기사단장, 기렌이 물었다. 리에나는 입술을 비틀었다.

"걱정 마, 기렌. 폐위된 교황이 어느 날 죽게 되더라도 아무도 상관하지 않을 테니까."

성녀가 자신을 죽일 거라고 아우렐리스 2세는 측근들에게 입버릇처럼 말했다. 하지만 그 측근들조차 숨이 끊겼고 교황의 세력은 모두 정리되었다. 완벽한 승리라고 자축하며 리에나는 비스듬히 웃었다.

"아우렐리스 2세를 죽일 때가 되었어……."

리에나는 턱을 괸 채 나른한 목소리로 중얼거렸다. 신전 안의 권력을 휘어잡을 때가 되었다. 결정을 내린 리에나는 기사와 함께 내실로 걸음을 옮겼다.

도망쳤다고 알려진 교황은 내실에 갇혀 있었다. 한때 그의 거처였던 곳이 감옥이 된 것이다.

"리에나⋯⋯."

노인이 이를 갈 듯 읊조렸다. 붉은 벨벳 의자에 성녀는 깊숙이 몸을 파묻은 채 노인을 내려다보았다. 금자수가 놓인 견의를 벗은 교황은 유약한 노인에 불과했다. 한때 리에나는 아우렐리스 2세에게 잘 보이기 위해 복종을 약속한 적이 있었다. 제 가문을 이용해서라도 신전의 권력을 공고히 하겠다고.

"네가 감히 나를⋯⋯."

가래 끓는 소리를 내며 아우렐리스 2세가 격분을 토해 냈다. 교황의 머리에 있던 트리레그눔이 주인을 잃고 버려졌고, 보석이 박힌 원형의 금색 법관이 바닥을 볼품없이 뒹굴었다.

교황을 보필하던 총대주교는 살해당한 지 오래였다. 밑단이 넓은 로브가 발간 핏물에 적셔진 채 축 늘어져 있었다. 지난 20년간 교황을 보필해 왔던 대주교의 죽음은 교황을 실성하게 하였다.

"후회하게 될 거다!"

"마음대로 해. 교황 당신이 먼저 치기 전에 나선 거니까. 그리고 나 혼자 힘으로 당신을 끌어내린 건 아니지."

교황은 붉게 충혈된 눈으로 리에나를 노려보았다.

세라테 공작가에서 연회가 열렸을 때, 성녀가 나설 수 없는 상황이라 생각했던 교황은 성기사들을 풀었다. 그때 발레리가 성녀를 도울 줄은 몰랐다. 그 냉소적이고 염세적인 여자는 추기경의 자리만 지킬 뿐, 좀처럼 나서는 법이 없었으니까. 분명 성녀의 퇴위에도 방관하고 나서지 않을 거라 생각했다. 그런데 발레리가 제 휘하의 기사들을 풀어 자신의 병력을 단번에 정리한 것이다.

'발레리 추기경이 저 계집 때문에 무리할 줄은⋯⋯.'

눈에 핏대를 세우던 교황은 발악하듯 소리치던 것을 멈추었다. 세월의 흐름이 깃든 회색 눈동자에 경멸이 묻어났다.

"……어리석은 것."

"갑자기 침착해지셨네. 성하께서 죽을 때가 다 되신 건가?"

리에나는 손등으로 입가를 가리며 웃었다. 성녀의 조롱에 교황은 얼굴을 일그러뜨렸지만, 그것도 잠시였다.

"너도 나와 같은 길을 걷게 될 거다, 리에나. 자멸한 네 아비처럼 모든 걸 잃고 진창에 뒹굴게 되겠지. 이젠 너를 비호해 줄 세력이 없다는 걸 깨달아라."

"비호? 누가 날 보호한다는 거지? 난 혼자의 힘으로 성녀가 되었어. 당신들처럼 더러운 방식은 아니었지."

죽은 엘리야의 얼굴이 스쳐 지나갔지만, 리에나는 입술을 꾹 깨물고 이를 무시했다.

"너도 썩은 부위처럼 도려내질 거다."

숨을 몰아쉬던 아우렐리스 2세는 실소를 터뜨렸다. 더 들을 가치가 없다고 판단한 리에나는 기사를 시켜 교황의 목을 비틀게 했다.

기사는 닭을 처리하듯 노인의 목을 잡은 손에 힘을 주었다. 우두둑. 목이 꺾이며 교황의 몸이 축 늘어졌다. 목이 꺾이는 걸 보면서도 리에나는 눈 하나 깜짝하지 않았다. 기사들이 교황의 주검을 치우는 동안, 리에나는 의자에 몸을 기댔다.

그때, 정적을 깨는 발걸음 소리가 내실을 울렸다. 리에나는 감았던 눈을 떴다. 그녀의 시야에 붉은 망토를 휘장처럼 걸친 황제가 모습을 드러냈다.

"끝난 건가?"

"……그래요, 폐하."

"비센나가 남았지."

황제는 그리 답하며 금화로 된 동전을 꺼내 손 위에 얹었다.

"동전은 왜 꺼내신 건가요?"

"어릴 때 하던 장난. 앞면의 숫자가 나오면 우리가 승리하는 거고, 뒷면의 그림이 나오면 저들이 이기는 거로 하지."

말을 마친 황제가 천천히 금화를 내던졌다. 리에나는 감흥 없는 얼굴로 그가 하는 행동을 지켜보았다.

땡그랑—. 하얀 구두를 신은 그녀의 발치에 금화가 천천히 떨어져 내렸다. 선명한 숫자가 새겨진 앞면이 보였다.

"우리가 이겼군요."

리에나가 피곤함을 감추며 말했다. 칼란은 지쳐 보이는 그녀에게 다가갔다.

"그래, 리에나. 신전의 군사와 황가가 모두 성녀의 편이야."

칼란은 손을 뻗어 리에나의 창백한 뺨을 쓸었다. 다정한 행동에 성녀의 속눈썹이 파르르 떨렸다. 가끔, 아주 가끔 칼란은 그녀에게 다정했다. 사람을 죽인 뒤 몰려드는 죄책감에 몸서리를 칠 때면 상냥한 손길로 그녀를 안아 주었다.

'당신이 나를 도구로 여긴다는 것쯤은 알고 있어, 칼란.'

칼란도 원래부터 그런 건 아니었다. 불안정한 황위를 거머쥐기 위해서 변했을 뿐.

'내게도 당신은 도구였어.'

황제를 원망했었으나, 리에나는 어느새 그와 같은 생각을 하는 사람이 되었다. 오래전만 해도 그에게 애정을 갈구했지만, 지금은 무의미한 기대였음을 깨달은 것이다. 사랑받고 싶다는 지독한 미련은 희석된 지 오래였다. 그토록 원했던 애정이 이제는 한낱 먼지 조각처럼 느껴졌다.

"폐하."

입술을 열며 리에나는 감았던 눈을 사붓이 들어 올렸다. 그녀가 건조한 표정으로 보자 황제는 조금 놀라고 말았다. 당혹감이 어린 시선이 성녀에게 향했다.

"말해, 리에나."

"비센나를 치도록 하죠."

리에나가 담담히 말하는 것을 칼란은 묘한 얼굴로 쳐다보았다.

"황가에서 군사를 풀겠다."

칼란은 긴말을 하는 대신 천천히 무릎을 굽혔다. 그리고 애정을 갈구하는 어린 양처럼 리에나의 무릎에 고개를 묻었다. 흰 실크 자락에 닿은 뺨을 느끼며 리에나는 손을 뻗어 금빛의 머리칼을 쓸었다.

그도 자신도 서로를 사랑하지 않는다. 하지만 목적을 위해서라면 기꺼이 사랑하는 척 연기할 수 있었다. 리에나의 다정한 손길을 느끼며 칼란은 긴 속눈썹을 내렸다. 성녀의 차가운 손길이 뺨에 닿자 황제는 웃었다.

"승리를 거둘 수 있겠지?"

"이제 성배만 있으면 돼요."

"발레리 추기경은 내 명령도 듣지 않는데, 리에나 당신에게 성배를 허락할까?"

칼란의 물음에 리에나는 고개를 가볍게 저었다. 그녀가 황제의 보드라운 뺨을 어루만지며 웃었다.

"허락하지 않을 거예요. 나를 썩은 물로 여기고 있는 여자니까. 교황이 숨을 거뒀으니 발레리 경부터 처리하도록 하죠."

발레리가 자신을 어떻게 생각하는지 리에나는 뒤늦게야 깨달았다. 고여서 썩은 물은 내버려지는 법. 리에나는 자신이 썩은 물이 되었단 것을 순순히 인정했다. 하지만 인정은 해도 권력은 놓을 수 없었다. 잠시 생각하던 칼란은 대답 대신 몸을 바로 했다. 친애를 표하듯 리에나의 뺨에 입술을 묻었다.

"페르제가 가엾어지겠군."

동정은 잠깐에 그쳤다. 칼란은 눈을 내리깔며 입술에 호선을 그렸다.

"성녀의 뜻대로 하도록."

그래, 내 뜻대로. 리에나는 속으로 중얼거리며 칼란을 바라보았다. 전쟁은 많은 것을 앗아 가지만, 그만큼 더 값진 것을 돌려받을 기획의 장이 된다. 비센나와의 전쟁은 칼란과 리에나 자신에게 있어 마지막 기회였다.

＊ ＊ ＊

"도망치셔야 합니다!"

부관의 다급한 소리에 백발을 단정히 묶은 여자가 몸을 돌렸다. 한참 성배를 들여다보던 그녀의 시야가 물 흐르듯 바뀌었다.

"도망이라니, 요한 경은 농담을 좋아하는군."

"성기사들이 오고 있습니다. 성녀가 보낸 게 틀림없어요! 한시라도 빨리 떠나야 합니다, 추기경님!"

요한이 불안한 표정으로 발을 동동 굴렀다. 발레리는 여상히 답했다.

"여긴 신전이다. 여신을 믿는 기사들이 오는 게 이상한 일은 아니지."

"발레리 추기경 님과 성녀 말고는 올 수 없는 곳이잖습니까?"

"지금 그대도 여기 있군."

"저는 당신의 허락을 받아……. 추기경님! 이제 그만 떠나야 합니다."

요한이 왜 다급히 외치는지 발레리는 알고 있었다. 리에나가 자신을 치려 군사를 푼 거겠지. 생각을 마친 발레리가 피식 웃었다.

"성배의 관리자인 내가 도망치면 성배는 누가 지키지?"

"성배든 뭐든……."

침음을 삼키는 요한을 향해 발레리가 뜻 모를 말을 했다.

"요한 경, 난 성녀에게 자격이 있다면 성배를 내줄 생각이다."

지금 한 말은 진심이었다. 리에나에게 자격이 있다면 성배를 내줄 것이다. 하지만 그렇지 않다면…….

발레리는 싸늘한 표정을 지었다. 미미한 살기가 그녀의 보랏빛 눈동자에 감돌았다.

"지금이라도 성배를 내준다면…… 성녀께서 추기경님을 살려 줄지도 모릅니다."

요한의 말에 발레리가 크게 웃었다. 난데없는 웃음에 그는 몸을 움찔 굳혔다.

"넌 나를 잘 모르고 있구나."

날카로운 눈이 굶주린 뱀처럼 요한을 훑다가 가늘어졌다.

"제 몸집보다 더 큰 짐승을 사냥하려면 대가가 따르는 법이지."

"하지만 추기경님! 교황의 세력은 이미 깨졌습니다. 성녀도 더는 당신의 눈치를 보지 않을 겁니다."

"바라던 바다."

답을 하는 발레리는 차분했다. 어차피 가장 썩은 물이었던 교황은 진즉 처리되었어야 했다. 자신이 바라던 대로 청소는 완벽했다.

"오늘이 오기만을 기다렸어."

발레리는 창가로 천천히 걸음을 옮겼다. 흰 사제복이 바닥에 끌리며 사락, 부드러운 소리를 냈다. 창밖을 바라보며 그녀는 옅은 미소를 그렸다.

"추기경들을 해산시켜라. 헌터들도 더 이상 나를 따를 필요는 없다."

발레리의 명령에 요한은 입을 벌렸다. 충격을 받은 그의 머리는 발레리가 무슨 말을 한 건지 제대로 이해하지 못했다.

"그대도 허울이 좋아 추기경이지. 신전의 노예와 다름없지 않았나?"

"예? 저희를 데려온 건……."

"그래, 너희를 이용했었지. 꽤 유용했어."

발레리는 느른한 미소를 지었다. 멍한 얼굴의 요한을 내려다보며 나지막이 읊조렸다.

"……늦기 전에 자유를 줄 생각이었다. 종노릇은 됐으니 이제 자신의 삶을 살 거라."

발레리의 말에 요한은 아무런 말도 하지 못했다. 아델하이트가 죽었단 소식에도 눈 하나 깜짝하지 않던 추기경이 조금은 외로워 보였다. 요한이 서글픈 눈으로 발레리를 보다가 시선을 돌렸다. 이윽고 그는 천천히 고개를 숙였다.

"존경했습니다, 추기경님. 교황이 아닌 당신께 충성을 바쳤던 것에 저는 기뻤습니다. 맹세컨대 단 한 번도 후회한 적은 없습니다."

명령이 떨어질 때면 매 순간 살아있단 생각에 요한은 벅찼다. 하지만 이제 끝이었다. 발레리가 내리는 명령이 오늘로써 마지막임을, 그는 직감했다.

발레리가 내린 명령은 슈레이에게도 전해졌다.

푸드덕! 공작저의 나무에 기대 휴식을 취하던 슈레이는 눈을 가늘게 떴다. 그의 손에 신전에서 몇 번 보았던 새하얀 매가 내려앉았다. 푸른 성력이 단단한 가죽처럼 여린 살갗을 보호했다. 슈레이의 섬세한 손이 매의 발목에 묶인 매듭을 풀었다. 붉은 실이 미끄러지며 곱게 말린 서신이 펼쳐졌다.

슈레이는 알 수 없는 얼굴로 서신을 확인했다. 내용을 확인한 그가 한쪽 눈썹을 올렸다.

'내게서 추기경의 직위를 박탈할 거란 공문이 쓰여 있을 거라 생각했는데 이건…….'

오히려 반대다. 발레리로부터 온 서신에는 헌터와 추기경을 모두 해산시킨다는 내용이 담겨 있었다.

'신전의 기세가 심상치 않긴 했지만……. 성녀가 발레리마저 정리하려 나선 건가.'

슈레이는 발레리가 죽든 말든 큰 상관이 없었다. 하지만 이대로 성배를 성녀에게 빼앗기게 되면 곤란하다. 그 전에 발레리를 만나야 했다.

"왜 멍청한 선택을 한 거지?"

거칠게 입술을 깨문 슈레이는 곧바로 몸을 일으켰다. 화를 내기엔 시간이 없었다. 발레리가 해산 명령을 내린 후로 자신은 더 이상 추기경이 아니었다. 그럼에도 슈레이는 검은 사제복을 걸친 채 후원을 빠져나갔다. 추기경이 된 목적은 성배였다. 목숨보다 소중했던 기억을 바쳐서라도 성배를 얻고 싶었다.

'성녀에게 성배를 빼앗길 순 없어.'

휘익—. 날카로운 휘파람 소리와 함께 집채만 한 흰 늑대가 모습을 드러냈다. 슈레이는 별다른 안전장치 없이 훌쩍 마물의 몸에 올라탔다. 거대한 늑대 마물이 바람을 가르며 신전으로 향했다.

슈레이는 고삐를 쥔 손에 힘을 주었다. 부드러운 금발이 서늘한 바람에 실타래처럼 흩어졌다.

* * *

바람이 사늘해질 저녁 무렵, 혈통이 좋은 군마가 비센나 성으로 내달렸다. 말발굽 치는 소리가 울리며, 회색 로브 사이로 여자의 금발이 흘러내렸다. 성문이 보이자 그녀는 말을 몰던 속도를 줄였다.

병사에게 서신을 보여 준 후 나타샤는 성안으로 들어섰다. 그녀를 기다리던 하인을 따라 응접실로 향하는 발걸음이 무거웠다.

도착한 응접실 안은 조용했다. 곳곳에 귀한 태피스트리가 걸려 있었고, 붉은 카펫 위에 편백으로 만든 테이블이 놓여 있었다. 엎어진 찻잔과 찻주전자가 손님이 곧 올 거란 걸 알려 주었다.

타닥타닥. 미리 준비해 둔 것인지 중앙에 비치된 벽난로에서 마른 나무가 불꽃에 타올랐다. 이제야 살 것 같다고 생각하며 나타샤는 한숨을 길게 내쉬었다.

"북부라 그런지 조금 춥네."

언 손을 비벼 녹이는데 문 열리는 소리가 났다. 나타샤는 벽난로 가까이 숙인 몸을 바로 했다.

"오랜만입니다, 공작님."

"어서 오세요, 니나이스 경."

시엘은 반갑게 나타샤를 맞으며 맞은편 자리에 앉았다. 뒤이어 들어온 하녀가 두 사람 앞에 따뜻한 차를 놓아 주었다. 찻잔을 들며 나타샤는 시엘에게로 시선을 올렸다.

'분위기가 조금 달라진 것 같은데.'

앳된 얼굴은 그대로다. 부드럽게 흘러내리는 하늘빛 머리칼도, 반짝이는 듯한 맑은 청록색 눈동자도, 복숭앗빛으로 물들인 것 같은 발간 입술도. 하지만 청록색 눈에는 깊은 고뇌가 서려 있었다. 무게를 아는 자만이 가진 눈이다. 나타샤는 묘한 표정으로 시엘을 보며 턱을 문질렀다.

시엘은 웃음을 띠며 물었다.

"제 얼굴에 뭐라도 묻었나요?"

"아뇨……. 공작님께선 전과 달라지신 것 같습니다."

"달라질 때도 되었으니까요."

시엘은 그리 말하며 차를 들었다. 나타샤가 고개를 끄덕이며 말문을 열었다.

"비센나에서 병력 지원을 요청했다고 들었습니다. 서신으론 기밀을 논할 수 없으니 직접 와 달라고 하셨지요. 어떤 계획인지 들어 보고 싶군요."

나타샤는 목소리를 낮추었다. 군 동맹은 수틀리면 깨지기 쉽다. 동맹이 무너지지 않으려면, 승리할 거란 확신이 있어야만 했다. 그 확신은 군 전략을 어떻게 세우느냐에 따라 몸집이 변했다.

고개를 끄덕이며 시엘이 입을 열었다.

"곧, 수도 쪽에 있는 황가의 군사가 비센나로 진격할 거예요. 황도를 지키는 병력을 제외하면 군사의 절반은 국경과 남부에 주둔 중이죠."

"오래 걸리진 않겠군요."

"맞아요, 니나이스 경. 황가가 움직이기까지 그리 오랜 시간이 걸리지 않을 거예요. 아직 비센나를 반란군으로 명명하지 않았으니 조금의 틈이 있을 뿐이죠."

고개를 끄덕이는 나타샤를 보며 시엘이 이어 말했다.

"니나이스 영지는 비센나와 한참 떨어져 있지만, 남부인 아나이스와는 꽤 가까운 편이에요."

"그렇긴 하지만 아나이스는 이미 멸문하지 않았습니까?"

"아나이스는 멸문했지만, 그 군사들까지 사라진 건 아니죠. 천연 요새라고 불릴 만큼은 아니지만 아나이스 성은 견고한 편이에요. 남부에서 올라오는 군사가 거점으로 삼을 확률도 높고요. 국경에 주둔한 군사도 최소한의 인력만을 배치한 뒤 전쟁에 참여할 거예요."

"국경의 병력이 참여하는 건 잘 알겠습니다. 황가도 급할 테니까요. 하지만 아나이스 성에 머무를 것이라고 어찌 확신하십니까? 남부에 주둔 중인 군사가 바로 비센나로 진격할 수도 있을 텐데요."

"남부의 군사 천. 국경에 주둔 중인 군사를 보낸다 치면 도합 삼천. 낮게 잡아도 그 수가 삼천이에요. 대군을 쉬지 않고 비센나로 이끈다는 건 불가능해요. 지금과 같은 날씨라면 더욱……."

시엘은 말끝을 흐리며 창문 밖으로 시선을 던졌다. 어둑한 저녁 하늘은 구름 하나 없이 맑았다. 선선한 가을에서 겨울의 시작으로 접어들기까지 얼마 남지 않았다.

"니나이스가 남부의 군사를 맡아야 한다는 소리군요."

나타샤는 침음했다. 니나이스가 병력을 많이 지원할수록 피해는 커진다. 전쟁에서 승리를 거둔다고 해도 영지민의 희생은 피할 수 없다. 헤아릴 수 없이 많은 것을 잃게 될 것이다.

니나이스는 가문의 신념에 따라 비센나와 동맹을 맺었다. 그럼에도 비센나가 이번 전쟁에서 승리를 거둘지는 확신하지 못했다. 받침대가 없는 판에 발을 내딛는 것처럼 위험한 도박. 나타샤는 말아 쥔 손에 힘을 주었다.

"니나이스는 삼백의 군사를 비센나에 지원할 생각입니다."

나타샤는 아버지와 의논했던 대로 그 수를 대폭 줄였다. 찬찬히 이야기를 듣던 시엘의 낯이 굳었다.

"삼백?"

되물어 오는 목소리가 지극히 낮았다. 달라진 분위기에 나타샤는 숨을 짧게 들이켜며 생각을 정리했다.

"삼백으로 전쟁에 참여하실 생각이었나요?"

시엘이 조곤조곤한 목소리로 되물었다. 나타샤는 변명하듯 답을 꺼냈다.

"어디까지나 비센나의 전쟁입니다."

"니나이스 경께서 먼저 비센나의 방패가 되겠다고 했던 것 같은데."

"방패가 되겠다고 했을 뿐이지, 제물이 되겠다곤 하지 않았습니다."

"누가 제물로 바친다고 하던가요?"

"북부로 올라오는 황제 군의 병력을 소진하려고 니나이스의 병력을 이용할 생각이잖습니까? 군 전략에 문외한이라 하더라도 다 알고 있습니다."

"……니나이스 경께선 그렇게 생각하셨군요."

시엘은 나직하게 중얼거렸다. 비센나는 확실히 여유롭지 않은 상황이었다. 그렇다고 니나이스 가문을 쓰고 버릴 도구로 여기지는 않았다. 하지만 나타샤로선 그렇게 생각할 수 있었다. 시엘은 생각을 가다듬으며 입술을 뗐다.

"비센나는 니나이스에 도움을 청했습니다, 나타샤. 내 가문 살리겠다고 니나이스의 병사를 사지로 내몰 생각은 추호도 없습니다."

"처음에야 그렇겠죠. 전쟁이 계속되면 언제까지 그 생각이 변치 않으실지 모르겠습니다. 제가 황제라면 비센나를 치기 전에 동맹군부터 정리할 겁니다. 아나이스의 군사가 남부에 있으니 그 병력까지 병합해 니나이스부터 집어삼키고 북부로 진격할 겁니다."

나타샤는 가빠진 숨을 몰아쉬며 말을 이었다.

"공작께선 비센나 성을 지켜야 할 테고, 최악의 경우엔 동맹군을 버려야 할지도 모릅니다. 저와 제 아버지가 병사들과 함께 사지에서 죽음을 기다리게 되리란 걸, 어찌 모르겠습니까?"

나타샤의 물음에 시엘은 고요한 시선을 올렸다.

"남부를 먼저 친다고 해도 집어삼켜지는 일은 없을 겁니다. 가주인 저는 나타샤 경과 함께 있지 못할 것이나……."

시엘은 찻잔의 손잡이를 둥글게 쓸며 입술을 떼었다.

"세라테의 병력이 그쪽에 붙을 겁니다. 어찌 니나이스에게만 남부를 맡으라고 할 수 있겠습니까? 비센나와 함께 검을 들어 주는 니나이스를 위해 가문의 검도 당신과 함께할 겁니다."

"가문의 검이라면……."

"같은 연화였으니 제 첫째 오라버니가 명검이라는 건 아실 테죠."

시엘은 나타샤와 시선을 마주하며 이야기를 계속해 나갔다.

"세라테 소공작은 영민한 자입니다. 그는 니나이스처럼 신념 때문에 움직이는 게 아닙니다. 루인 세라테가 아무런 승산 없이 비센나에 붙진 않죠. 또한—."

시엘은 말을 삼키며 느른히 숨을 뱉었다. 조금 격앙되었던 목소리가 곧 차분해졌다.

"제 오라버니를 사지로 내몰 만큼 저는 모질지 못합니다. 니나이스 가문이 남부에서 몰살된다면 샤르키스 비센나도 살아남지 못할 거예요. 제가 오라버니를 아낀다는 건 니나이스 경도 잘 아실 겁니다."

"……."

대답하지 않는 나타샤를 보며 시엘은 미소를 띠었다.

"승산이 있으니 제 오라버니를 니나이스 가문에 보내는 거예요."

"샤르키스 비센나를 니나이스 군에……."

말을 채 맺지 못한 나타샤가 복잡한 표정을 지었다. 시엘은 그녀가 무슨 생각을 하는지 알 것 같았다. 가문끼리의 전쟁에서 삼백이란 수가 적은 건 아니었다. 하지만 상대는 황제와 성녀의 군사였다.

"그러니 부디 동맹군을 좀 더 지원해 주세요, 나타샤. 중립이었던 세라테도 비센나에 붙었으니 승산이 없는 건 아닙니다."

말을 마친 시엘은 긴 숨을 들이켰다. 하늘색 속눈썹이 차르르 떨렸다. 나타샤가 곤란한 듯 눈썹 사이를 좁혔다.

"세라테야…… 저희 가문보다 군사가 많으니 일정 병력을 보낸다 해도 큰 손해는 아닐 겁니다. 적당히 발만 걸치고 뺄 수도 있고요. 하지만 나나이스는 아닙니다."

나타샤가 굳은 얼굴로 말을 이었다.

"비센나에 무리해서 병력을 보내게 되면, 정작 나나이스 영지를 지킬 군사는 없게 됩니다. 황가의 군사들이 북부로 바로 진격하지 않고 뒤를 돈다면 나나이스가 함락될 거고……. 적들은 남부의 요새를 두 개나 얻는 셈입니다."

"남부의 요새를 두 개나 얻는다는 가설은 적들에게만 기회가 되는 것이 아닙니다."

시엘은 눈을 빛내며 말했다. 남부의 요새를 빼앗긴다면 비센나는 패배한다. 그 말을 반대로 한다면 남부의 요새를 얻게 되면 비센나가 승리할 수도 있다는 소리였다.

"남부를 먼저 삼킨다면, 비센나는 전쟁에서 유리한 고지를 차지할 겁니다."

군 동맹은 구걸이 아니었다. 서로의 이득과 필요로 맺는 것일 뿐. 이를 알고 있는 시엘은 나타샤가 마음을 움직이기를 바랐다.

나나이스는 실리와 이득보다 신념을 좇는 가문. 하지만 전쟁에서 지게 된다면 그 신념마저도 폐지 조각이 될 뿐이다. 깊은 생각에 잠겼던 나타샤가 테이블을 톡, 건드리며 물었다.

"비센나에선 얼마큼의 병력을 원하시는 겁니까?"

"모든 병력을 원합니다."

"재밌는 농담을 하시는군요. 나나이스의 병력은 천 이백입니다. 무가였던지라 백작 가문치고는 많은 수지만…… 군인들로 구성된 비센나와 달리 상비군이 4분의 1입니다. 상비군 중의 대다수가 곡괭이를 들던 농민이란 건 아실 겁니다."

"상비군도 군입니다. 무늬만 기사인 귀족 자제보다는 곡괭이라도 휘두를 수 있는 병사가 낫지 않나요?"

"천 명을 비센나로 보내는 것이라면……. 아니, 아나이스 성으로 보내라고 한다면 거절하겠습니다."

"니나이스가 비센나에 군사를 파견할 일은 없어요. 먼저 공격해 오는 건 황가 측 군사들이니 방어전을 준비하시면 될 겁니다."

북부에 군사를 파견할 필요는 없으니 남부를 지키란 소리였다. 나타샤가 복잡한 심경을 감추지 못하고 머리를 쓸어 올렸다. 시엘은 그녀의 대답을 천천히 기다렸다.

"니나이스는……."

샤르키스를 보낸다는 건 진심인가? 나타샤는 입술을 꾹 깨물다가 말을 이었다.

"남부를 지키겠습니다."

"좋아요, 나타샤. 당신과 니나이스의 은혜는 잊지 않겠습니다."

감사 인사는 간결했다. 눈물을 글썽이거나 생명의 은인을 대하듯 두 손을 붙잡는 일은 없었다. 찻잔을 들어 올리며 시엘이 여상히 말했다.

"비센나에 붙은 걸 후회하지 않을 겁니다, 니나이스 경. 그대는 나와 함께 새로운 역사를 쓰게 될 거예요."

"저도 그러길 바라고 있습니다, 비센나 공. 니나이스가 남부를 지켜 낸다면 그땐 정말로……."

그날이 정말로 올까. 나타샤는 되물으려다 입술을 깨물었다. 이젠 정말로 믿는 수밖에 없었다. 동맹이 되기 전이라면 모를까. 지금은 확신해야 할 때다.

"이번 전쟁만큼은, 니나이스는 비센나의 방패가 될 것입니다."

나타샤는 가슴에 손을 얹고 맹세를 전했다. 시엘은 그녀의 손을 조심스레 붙잡았다.

그 후로도 시엘은 나타샤와 계속 이야기를 나누었다. 대부분 군사에 관한 내용이었지만, 두 사람은 새벽이 지나도록 지치지 않고 의견을 주고받았다.

얼추 의견이 정리되자 나타샤가 고개를 끄덕이며 말했다.

"이중 작전을 쓰자는 거군요. 일단은 그리 준비하겠습니다."

창밖 너머 새벽달이 탁자 위에 놓인 지도를 비추었다. 언제 봐도 그랑도르 성은 웅장했다. 은빛의 성채는 겨울을 나기 위해 웅크리는 거대한 늑대처럼 느껴졌다. 창밖의 성을 바라보던 나타샤는 응접실에서 몸을 일으켰다. 잠깐 눈을 붙인 뒤, 황성으로 갈 생각이었다.

다음 날 아침. 와이번에 몸을 실은 나타샤가 회색 로브를 쓴 채 비센나성을 빠져나갔다. 암색 클로크를 깊이 눌러 쓴 남자가 고삐를 쥔 채 뒤따랐다.

"이런 날이 올 거라 생각 못 했는데……."

시엘은 창가에 서서 그 모습을 바라보았다. 나타샤의 모습이 점으로 보일 때까지 시선을 거두지 못했다.

"당신도 그럴까, 나타샤 니나이스."

나타샤가 보이지 않을 때가 되어서야, 시엘은 햇빛을 가리기 위해 커튼을 쳤다. 어둡고 푸른 커튼이 미끄러지며 눈 부신 태양 빛을 가려 주었다. 시엘은 붉은 벨벳 의자에 깊숙이 몸을 묻었다.

* * *

나타샤는 아침 일찍 비센나를 벗어나 황성으로 향했다. 시엘이 데려다주겠다는 걸 그녀는 한사코 거절했다. 그 결과 생각지도 못한 일이 나타샤에게 닥쳤다.

"좀 천천히 가요!"

나타샤는 샤르키스의 허리를 끌어안은 채 비명을 내질러야만 했다. 둘을 태운 와이번이 거대한 날개를 반쯤 접으며 활강했다.

"붙지 마십시오. 손 떼요!"

"그럼 떨어져 죽으란 겁니까, 샤르키스 경?"

"그게 더 낫겠는데, 나타샤."

갑작스러운 반말에 나타샤는 깜짝 놀라 눈을 키웠다. 그녀의 손이 샤르키스의 목으로 잠깐 향했다가 슬며시 떨어졌다. 나타샤는 샤르키스의 목을 잡고 잘잘 흔들고 싶은 강렬한 충동에 휩싸였다.

"여기서 목이 졸리면 제아무리 샤르키스 경이라도 죽겠죠?"

"심성 한번 고약해. 동맹인데 죽으려고?"

샤르키스는 눈을 가늘게 뜬 채 뒤를 돌아보았다. 정면을 응시한 채 와이번을 몰아야 할 사람이 시야를 뒤로하자 나타샤가 경기하듯 몸을 일으켰다.

"앞! 앞! 동반 자살할 거 아니면 앞을 보라고!"

"제기랄! 움직이지 말고 가만히 좀 있어 봐!"

"앞부터 봐, 이 자식아!"

"하! 운 좋은 줄 알아. 내 여동생 말고는 태워 준 적이 없다고."

샤르키스가 신경질적으로 머리칼을 쓸어 넘겼다. 왜 나타샤를 데려다주라는 건지, 지금도 시엘을 이해할 수가 없었다. 시엘에게서 자신이 남부로 가야 한다고 듣긴 했다. 같이 사지로 가는 상황이니 이 여자와 친해지라는 건가? 뭐든 마음에 들지 않았다. 샤르키스는 배려 없이 거칠게 와이번을 몰았다. 나타샤가 떨어져 죽는다 해도 고의는 아니다. 그저 귀찮은 이 여자의 운이 없었을 뿐.

"와이번을 이따위로 몰다니! 시엘 공작에게 전부 말할 겁니다!"

"시엘은 내 편인데 일러서 되겠어?"

"단둘이서 와인을 마시기로 했는데, 그때 꼭 당신의 만행을 이르고야 말 겁니다."

"누구 마음대로?"

샤르키스는 코웃음 치고는 와이번을 더 거칠게 몰았다.

"으아악!"

나타샤의 비명에 샤르키스는 두 눈을 감고 미소 지었다. 망할 니나이스와 함께 비행이라니. 오늘은 운이 지지리도 없군.

와이번이 지면에 착지하자 나타샤는 거친 숨을 몰아쉬며 땅을 밟았다. 비틀거리는 걸음을 옮기며 그녀는 살기 어린 눈으로 샤르키스에게 다가갔다.

"망할 자식! 개자식!"

"늑대도 갯과인가? 뭐, 데려다줬으니 난 이만 갑니다."

"잠깐만! 잠깐만요!"

나타샤가 다급하게 손을 뻗었지만, 샤르키스는 흙먼지를 일으키며 와이번의 고삐를 붙잡았다.

"아!"

나타샤가 탄식했다. 샤르키스는 멱살이 붙잡히기도 전에 유연히 몸을 비틀었다. 화악! 와이번이 거대한 날개를 펴며 땅을 박차고 올랐다.

"두고 봐, 이 개자식아!"

"개자식은 먼저 갈 테니, 니나이스 경은 여기 평생 있으십시오."

샤르키스는 붉은 입술을 비틀고는 미련 없이 숲을 떠났다. 하필이면 데려다준 곳이 황도와 멀리 떨어진 숲이었다.

"일부러 이상한데 떨궈 놨잖아."

위치를 가늠하던 나타샤가 투덜거리며 머리를 헤집었다. 하지만 그녀가 누구던가. 연화의 기사로서 버텨 온 세월이 있다. 길이 없으면 만들면 그만이다.

그로부터 서너 시간 후. 길을 만들려던 나타샤는 결국 포기하고 털썩 주저앉았다. 한참 배회하던 그녀는 굶어 죽기 전에 운 좋게 마차를 얻어 탈 수 있었다. 마부가 뒤를 흘끗거리며 짐마차에 몸을 실은 나타샤에게 물었다.

"혹시 기사입니까? 허헛, 예전에 기사 나으리를 모신 적이 있어 좀 압니다. 허리춤에 찬 검이며…… 건틀릿이며…….."

"기사 실직한 부랑자요."

"거참 안됐구먼."

쯧, 딱한 듯 혀 차는 소리를 듣고도 나타샤는 짚 더미에 몸을 뉘었다. 등이 푹신하면서도 볏단이 몸을 찌르는 것 같았다. 이른 오후쯤이 됐는지 태양이 조금 낮게 떠 있었다.

덜컹덜컹. 짚 더미에 몸을 눕힌 나타샤는 손을 뻗었다. 눈 부신 햇살이 손가락 사이로 아슬아슬하게 빠져나왔다.

"비센나의 검이라……."

그녀의 중얼거림은 마차가 달리는 소리에 파묻혔다. 나타샤는 뻗은 손에 힘을 주어 주먹을 꽉 그러쥐었다.

"비센나의 방패가 되면, 니나이스는 영광을 되찾을 수 있을까."

나타샤는 천천히 눈을 감았다. 금빛의 속눈썹이 새하얀 뺨에 그림자를 드리웠다.

오랜만에 찾은 황성의 분위기가 다르다는 걸 나타샤는 직감적으로 알아차렸다. 그녀는 주저 없이 연무장으로 발걸음을 내디뎠다. 연무장은 평소와 다르게 텅 비어 있었다. 간이 의자에 앉아 있던 남자가 나타샤를 보고 자리에서 벌떡 일어났다.

"얘기 좀 하자, 나타샤. 그 꼴은 대체……. 어디 멧돼지 사냥이라도 하고 온 거야?"

다급한 체시의 말에 나타샤는 무표정한 얼굴로 고개를 끄덕였다.

"늑대 자식의 농간에 당했습니다. 어떻게 된 일인진 묻지 마세요. …… 그건 그렇고 일단 구석으로 자리를 옮기죠. 저 또한 부단장께 할 이야기가 있습니다."

두 사람은 연무장을 후원처럼 거닐며 이야기를 나누었다. 잠시 후. 연화의 부단장, 체시는 굳은 얼굴로 나타샤와 함께 걸음을 멈추었다. 제일 믿음직스러웠던 기사가 그에게 충격적인 사실을 고했기 때문이었다.

"뭐라고?"

"폐하가 이끄는 군에 참여하지 않을 겁니다."

"명령 위반이야, 나타샤!"

상기된 얼굴로 소리친 체시가 화급히 주위를 둘러보았다. 나타샤는 무덤덤하게 그녀의 계획을 밝혔지만, 누가 들으면 큰일 날 소리였다. 체시가 다른 기사들에게 입을 벙긋하면 나타샤는 당장 감옥에 끌려가 처형당한다 해도 이상하지 않았다. 다행인지 불행인지 그 기사들이 연화의 기사인 '나타샤'를 붙잡을 때의 이야기겠지만.

"도대체 왜……. 너 폐하에게 미쳤었잖아! 스토커라고 불릴 만큼……!"

체시는 나타샤를 이해할 수 없단 얼굴로 쳐다보았다. 니나이스의 후계자인 그녀가 전쟁에 나서지 않겠다면, 이런 이야기를 하는 것조차 큰 위험이었다. 참여 사실을 밝히지 않은 채 군을 이탈하는 게 차라리 더 나았다. 왜 이런 이야기를 자신에게 하는 것인지 체시는 알 수 없었다.

"폐하의 일거수일투족에 관심이 많았을 뿐, 스토커는 아니었습니다. 행여 비센나에 암살이라도 당하면 큰일이었으니까요."

나타샤가 어깨를 으쓱하며 사실을 정정했다.

"아냐, 넌 스토커였어. 아니지. 이게 문제가 아니라……!"

목소리를 높이던 체시가 주위를 둘러보며 소리를 낮추었다.

"제길, 나타샤! 전쟁에 참여하지 않는 기사는 군법 위반이다. 좋든 싫든 자리를 채워야 한다고!"

"제 자리가 아닙니다."

새가 지저귀는 소리를 들으며 나타샤는 고개를 들었다. 푸른 잎사귀 사이사이로 눈 부신 햇살이 파고들었고, 어린 새들이 내는 울음이 밤의 자장가처럼 들렸다. 햇빛이 나타샤의 레몬 빛이 감도는 금발에 반사되었다.

"하. 처형당할 수도 있다고! 기사인 네가 모르진 않을 거 아냐?"

체시를 빤히 보던 나타샤는 투박한 어조로 군법을 외웠다. 토씨 하나 틀리지 않고 정확히 외워 댄 조항에 체시는 굳은 얼굴을 펼 줄 몰랐다.

"일단 전쟁에 참여해. 적당히 검만 휘둘러? 응?"

"군인이 어떻게 적당히 검만 휘두릅니까? 체시 경은 그러려고 기사가 된 겁니까?"

"미치겠네! 그럼 나타샤 경은 전쟁이 끝날 때까지 숨어 있겠단 거야?"

쏘아붙이는 체시를 보며 나타샤는 한숨을 내쉬었다. 비센나와 니나이스의 복잡한 관계를 체시는 알지 못한다. 무언가 말하려던 나타샤는 입을 다물었다. 그 이상의 것을 체시에게 알려선 안 된다. 이번 일과 관련 없는 체시가 괜히 가문의 일에 휘말려 다칠 수도 있었다.

"전쟁터에서 마주치지 않았으면 합니다, 부단장."

나타샤의 말을 곱씹던 체시가 눈을 크게 떴다. 그는 믿을 수 없다는 듯 경악한 얼굴로 소리쳤다.

"너 설마……!"

"전 오늘부로 연화 그만두겠습니다. 샤르키스 경도 보기 힘들 거예요."

나타샤는 말이 끝나자마자 배지를 빼내 체시에게 건넸다. 그가 받지 못하겠다며 망설였지만, 그녀는 인내심 있게 기다렸다.

"차라리 부단장이 숨어 있길 바라요."

연화에서 자신보다 실력이 뛰어난 기사라고 해 봤자 단장과 샤르키스뿐이다. 나타샤는 체시의 목을 베는 일이 없기를 바랐다. 그리고 다른 누군가도.

"하, 결국 그렇게 되었구나."

체시는 깊은 한숨을 내쉬며 나타샤를 안쓰러운 눈으로 보았다.

"샤르키스 때문이지? 그를 죽이고 싶다고 입버릇처럼 말할 땐 언제고 새삼 반하기라도 한 거야?"

"샤르키스 경을 좋아한 적도 없고, 한낱 연애 감정으로 움직일 만큼 니나이스의 무게가 그리 가볍지는 않습니다."

나타샤가 눈썹을 올리며 정색했다.

"그럼 왜……. 나타샤 경이 나보다 강할지는 몰라도 단장님에겐 상대가 안 될 거라고."

체시의 걱정스러운 말에 나타샤는 알고 있다며 어깨를 으쓱했다.

"부단장이야말로 단장에게 목 잘리기 싫으면 당분간 조용한 곳으로 요양이나 가십시오."

"……뭐?"

큰 충격을 받은 건지, 체시가 멍청한 얼굴을 했다.

"그럼 저는 이만 가 보겠습니다. 그간 부단장이 있어 즐거웠습니다. 몸 건강하시길."

이대로 가 버린다고? 체시는 창백해진 얼굴을 들었다. 연화에 미련조차 없는지 나타샤는 뒤도 돌아보지 않고 연무장을 떠났다.

홀로 남은 체시는 상황을 받아들여야만 했다. 나타샤가 연화를 그만두고 전쟁에 나선다는 건 그녀의 가문인 니나이스도 비센나의 동맹에 합류한다는 것이다. 여기까진 억지로나마 이해했다. 하지만 하르트 단장에게 목이 잘리기 싫으면 조용한 곳으로 가라는 건……. 혼란스러운 머리를 부여잡은 체시는 시선을 내렸다. 나타샤가 반납한 연화의 상징이 한 손에 외로이 놓여 있었다.

나타샤는 그렇다 처도 연화의 단장인 하르트가 황제와 적이 된다는 건 쉽게 넘길 일이 아니었다. 이를 보고해야 하는지 모른 척 넘겨야 하는지, 체시는 쉽사리 결정을 내리지 못했다.

'미치겠네, 진짜!'

체시는 당혹감에 제 머리칼을 붙잡았다. 하지만 그의 고민은 오래지 않아 해결되었다.

"단장!"

그날 저녁, 짙은 남색 제복을 입은 하르트가 때마침 기사단에 얼굴을 보였기 때문이었다. 반색하는 체시에게 다가가며 하르트가 반가움을 표했다.

"오랜만이군, 체시. 그간 잘 지냈나?"

"잘 지낼 리가 있겠습니까! 도대체 단장씩이나 돼서 왜 얼굴 한번 안 비추는 겁니까?"

체시의 잔소리에 하르트는 삐딱하게 선 채 팔짱을 꼈다.

"손 놓고 있었던 건 아냐. 훈련과 임무도 미리 짜놨었고, 기사단도 차질 없이 잘 돌아갔던 거로 기억하는데."

"그거야 그렇지만……! 하아, 됐습니다. 그 이야기는 나중에 하죠. 단장도 들었습니까? 나타샤가 연화를 그만둔다는 거 말입니다."

"아니, 못 들었어."

간결한 답에 체시가 답답한 듯 제 가슴팍을 쳐댔다.

"당장 말리셔야 합니다! 자칫하다간 니나이스 일족이 전부 사형당한다고요."

"내가 왜?"

하르트가 당연하게 되묻는 바람에 체시는 얼이 빠진 얼굴을 했다. 내가 왜라니? 단장으로서 당연히 말려야 하는 거 아냐?

곧 그의 의문은 원하지 않는 방식으로 풀렸다. 하르트가 무신경한 표정으로 한 말 때문이었다.

"어떻게 말려? 나도 그만둘 건데."

"……단장?! 농담이죠?"

비명을 지르듯 묻는 체시에게 하르트는 피식 웃었다.

"농담 같아 보여? 넌 연화에 남든가 해. 난 그만둘 테니까."

"단, 단장……! 반란죄로 끌려갈지도 모릅니다! 아니, 애초에 당신이 그만두면 연화는 빈껍데기가 되는 거라고요!"

"끌고 가라고 해. 아니면 체시, 네가 나를 잡으러 오려고?"

저게 말이야 방귀야. 체시가 넋이 나간 얼굴로 하르트를 올려다보았다.

"적당히 별장에 처박혀 있어, 체시. 예쁜 목 잘리기 싫으면."

"그, 그게 무슨 소리예요?"

"네 후배인 샤르키스가 박제하는 취미가 있다는 건 알겠지. 진심으로 충고하마."

하르트가 나타샤와 같은 말을 하자 체시는 울음을 삼켰다. 울먹거리는 부관을 향해 하르트는 냉정히 말했다.

"전쟁터에서 실수로 네 머리를 자르고 싶지 않아. 농담이 아니라 진심으로."

"단장……. 권력에 영혼을 팔기라도 했어요? 반란에 성공하면 비센나 공작이 작위라도 준대요?"

"무슨 개소리지, 그건."

하르트가 고개를 기울이며 불쾌감을 드러냈다. 그는 손을 휘휘 내저으며 말을 덧붙였다.

"이미 너덜너덜해져서 팔 영혼도 없어. 그러니 너도 괜히 전쟁터에서 기웃거리지 말고 별장에 짜져 있어."

"……그걸 지금 충고랍시고!"

체시가 소리쳤다. 하르트는 그의 말을 끊으며 건성으로 손을 흔들었다.

"그간 부단장으로 수고 많았다, 체시."

하르트는 울먹이는 체시에게서 몸을 돌렸다. 정 많은 부단장을 달래 주기엔 한시가 촉박했다. 하르트는 긴 보폭으로 황성을 향해 걸음을 옮겼다. 실로 오랜만에 황제를 보는 것이다.

'시종도 별로 없군.'

회랑을 지나가는 시종들이 평소와 다르게 몇 없었다. 하르트는 달라진 분위기를 느끼며 적막한 복도를 걸었다. 붉은 융단이 늪처럼 발에 감겼다.

그는 황제가 머무는 내실에 다다라서야 걸음을 늦추었다. 연화의 기사 단장을 알아본 기사가 인사를 해 왔지만, 하르트는 받지 않았다.

아치형의 거대한 철문이 열리며 하르트는 내실로 발을 내디뎠다. 황태자였을 때부터 보아 온 황제가 왕좌에 몸을 묻고 있었다. 하르트는 한쪽 무릎을 굽히며 예를 취했다.

"그간 강녕하셨습니까, 폐하."

"오랜만이군, 하르트."

칼란은 혀를 차며 하르트를 내려다보았다. 기사단장의 감정 없는 얼굴이 낯설게 느껴졌다. 누가 봐도 안부 인사를 전하기 위해 온 건 아니었다.

"고작 인사하러 온 건 아니겠지. 시간 끌 것 없다. 본론부터 말해."

이미 눈치챈 건가. 하르트는 자리에서 일어나 잠시 숨을 들이켠 뒤 답했다.

"연화를 그만두겠습니다, 폐하."

기어코 그 말을 꺼냈어. 칼란은 표정을 굳히면서도 화를 내거나 소리치지 않았다.

"예상은 했었지. 이제 비센나에 붙기로 한 건가?"

하르트는 대답하는 대신 시선을 내렸다. 칼란이 실소를 머금었다.

"유스티아가 그대에게 무엇을 약속했지?"

"아무것도 약속하지 않았습니다. 제 영웅이 바뀐 것뿐입니다."

"악취 나는 괴물이 언제부터 영웅이 되었나."

칼란이 엄중히 경고하듯 되물었다. 하르트는 고개를 들어 칼란을 마주 보았다.

"칼란 지브릴 리카르도. 당신은 더 이상 제 영웅이 아닙니다."

말을 하는 하르트의 눈동자엔 조금의 흔들림도 없었다. 그런 후작을 보며 칼란은 쓰게 웃었다. 언젠가 이런 날이 올 거라 예상했었다. 기분이 급격히 가라앉았지만, 머릿속에 얼음물을 들이부은 것처럼 이성이 냉정함을 유지했다.

선황이 서거한 후, 귀족들은 황위를 탐내며 황태자에게 이를 드러냈고 어릴 적부터 보필해 온 가신들조차 독살하려 했었다. 그런 상황에서 백탑의 현자인 하르트가 제게 충성을 약속했을 때 칼란은 기뻤다. 황성에서 몸을 움츠리던 가엾은 황태자에게 손을 내밀었던 사람은 스승이 유일했다. 믿을 사람 하나 없는 황성에서 하르트는 자신이 유일하게 신뢰를 보였던 존재였다. 신뢰했던 이가 등을 돌리는 것만큼 뼈저린 아픔은 없었다. 칼란은 쓰게 웃으며 말을 흘렸다.

"하르트, 그대는 나의 친우이자 스승이었다."

하르트의 눈동자가 미미하게 흔들렸다. 그 찰나의 파동을 알아차린 칼란이 무거운 시선을 내렸다.

"……결국 이렇게 되었군. 하르트, 그대는 내게 손을 내밀지 말았어야 했다. 곁에 남겠다고 약속하지 말았어야 했어."

칼란의 말에 하르트는 고개를 들지 못했다. 지금 당장 자신을 죽이란 명령이 떨어져도 할 말이 없었다.

"후작의 신념이 바뀐 건 그대가 변심한 탓이라고 생각했다. 하지만 지금은……."

칼란이 말을 멈추었다. 자신의 탓인지 물으려던 그의 입이 닫혔다. 하르트에게 왜 변심했는지 묻지 않은 건 마지막 자존심이었다.

칼란은 선황의 장자로 태어났으나, 그 당시의 황위는 미약하기 그지없었다. 그에게 있어 황위는 달콤한 선악과였다. 어떤 수를 써서라도 황위를 공고히 만들어야 했다. 지브릴의 주인으로서 권력을 지켜 내는 것이 칼란의 정의였다. 때론 정의를 위해서 손을 더럽힐 수도 있는 법. 더 큰 선을 위해서 작은 것의 희생은 묵인했다.

칼란은 웃음을 토해 냈다. 하르트에게서 시선을 떼어 내며 고개를 숙였다. 넌 왜 내게 그런 약속을 한 거지, 하르트 이스넬. 칼란은 일그러진 얼굴로 입술을 깨물었다.

제가 당신을 지켜드리겠습니다, 황태자 저하.

자신의 손을 붙잡고 맹세하던 기사를 기억한다. 스승이 되어 주겠다던 약속도, 직접 검술을 가르쳐 줬던 것도. 모두 잊어버렸냐고 묻고 싶었지만, 칼란은 입술을 지그시 깨물 뿐이었다. 등을 돌린 친우에게 신뢰를 구걸하고 싶지 않다. 마지막 자존심을 놓을 순 없었다.

"다시는 내 앞에 모습을 보이지 마라."

칼란은 차갑게 말하며 의자에 몸을 더 깊이 기댔다. 팔걸이를 쥔 황제의 손에 힘이 꽉 들어갔다. 기사들에게 후작을 붙잡으라 명령을 내릴 수 있었지만, 그러지 않았다. 어린 황태자를 돌봐 준 스승에게 마지막 예우를 지키려 했기 때문이었다.

"……그땐 제 목숨을 거두셔도 좋습니다."

하르트는 가슴에 손을 얹고 몸을 숙였다. 전쟁에서 마주치지 않기를 그도 바랐다. 하지만 자신은 비센나를 지키기 위해 나설 생각이었다.

결국, 비센나를 택했군. 이를 악문 칼란이 하르트를 세찬 시선으로 노려보았다.

"아니, 그대의 목을 치는 일은 없다. 유스티아의 잘린 목을 두 눈으로 보게 될 테니까."

하르트는 대답하지 않고 몸을 돌렸다. 그는 황제를 돌아보는 대신 망설임 없이 내실에서 빠져나왔다.

"그런 일은 없을 겁니다, 폐하."

내 목이 잘리는 한이 있더라도. 하르트는 속으로 되뇌며 선명한 눈빛을 빛냈다.

펄럭. 이스넬 후작의 붉은 망토가 흩날렸다. 칼란은 건조한 시선으로 지켜보다 조소를 흘렸다.

〈다음 권으로〉